骆玉明 著

简明中国文学史
典藏版

复旦大学出版社

序

一部简短的文学史也可以有多种不同的写法。本书的宗旨是追求较强的知识性，希望在有限的篇幅中清晰而完整地阐述中国古代文学发展演变的主要脉络和基本情况。也许，正因为篇幅较小，字数有限，写作时必须处处考虑到线索的清楚和文字的干净，读者由此可以更为方便和明快地掌握关于文学史的知识。

文学史是广义的历史的一个分支。如果我们不能认为历史的一切变化都是偶然和无意义的，它只是荒诞现象在时间顺序上的堆积，那么关于历史的描述就必然包含了价值判断。另一方面，如果我们不能认为人类的历史归根结底为神的意志所决定，那么只能说它是人类自我创造的过程。许多现代历史学家从不同角度论述了这一点，马克思、恩格斯亦有一种基于人性立场的理论，依据《资本论》、《1844年经济学哲学手稿》、《共产党宣言》诸书，它可以最简单地概括为：人的本质是自由，人类历史的理想结果是达到"每个人全面而自由的发展"；虽然不同历史阶段中生产力的发展水平制约了自由可能实现的程度，人类终将通过物质与精神的创造实现其自由本质。我想文学史的描述与这种历史观应该是相通的。

说来，"文学"实是个边界模糊、内涵复杂的概念。但就其主要特征来看，可以说它是人类情感在语言形式中的呈现；文学本质上是基于感性的，它的可贵之处就在于它和生命本真密切关联。而人类的情感是一种极其活跃、充满变化的东西，它的本来状态是含混和不稳定的；在人性发展的过程中，当新的情感内容在语言形式中得到呈现时，这实际意味着人对自身情感的一种审视和确认；而文学世界的扩展与丰富，说到底是显示了人类生命形态的扩展与丰富。

所以，我想格外强调的是：文学的根本价值，在于它是人类求证其自由本质、创造其自身生活的一种特殊方式。文学固然源于现实生活，但它绝不会成为后者的镜像；它总是更多地表现了意欲的生活和想象的生活。而这种意欲和想象如果是合理的，便会改变现实生活的内容乃至人自身。进一步说，文学的所谓"合理"又是具有特殊性的。一般的社会意识形态或证明现存秩序的正当性并维护它的继续存在，或意图用另一种预设的秩序来代替前者，文学却是直接从感性、从生命本真的欲求出发，所以优秀的作品总是能够深刻地揭示人性的困境，人性欲求与社会规制的矛盾；文学虽并不承担指导社会改造的责任，却往往以潜在的方式提出了给予人的发展以更大自由空间的要求。正是从上述特点，我们认为文学是人类求证其自由本质、创造其自身生活的"特殊方式"。

在这篇《序》的开头，曾提出"本书的宗旨是追求较强的知识性"，这意味着理论性的讨论在书中将不会得到凸显。但在一部文学史中，基本价值尺度决定了它阐释文学史现象的眼光和态度，所以上面对此作了简要的交代。

对文学史著作而言，如何进行分期也是一个重要的问题。以前的各种文学史大多按照朝代来分阶段，这使许多研究者感到不满意。理由是非常简单的：历史上的朝代更迭是一种政治变化，而文学的变化不可能总是与政治变化相符。这当然很有道理，对文学史应如何分期的问题作深入讨论也非常有必要。但本书仍大体依朝代来划分章节，这是因为：(一)中国历史上各个朝代的更迭，构成了时间单元的自然划分，它早已成为人们获得历史知识的框架。如果在文学史中使用另一系列的时间单元，它难免会同人们久已习惯的历史知识框架发生冲突。就一部强调知识性的文学简史而言，还是稍加避免为好。(二)由于在中国社会中政治对文学的影响极大，尽管文学史的变化不可能总是与政治史的变化相符，但在许多阶段上，这两者的关系又是极为密切的。所以，事实上文学史的章节即时段划分，有时不可避免地与朝代更迭和政治变化相重叠。考虑到以上因素，本书采取了一种折中态度，即一方面仍大体依朝代划分章节以求方便，同时也不为此所囿，充分注意到文学自身的变化规律，尽可能避免以政治为决定因素来阐释文学的历史。

一部《简明中国文学史》，就"题中之义"而言，有两项目标是要努力达到的。一是它必须是"文学"的历史，必须坚持文学本位的立场，强调从文学独特的价值尺度来看问题。所以，通常情形下，一篇写得很出色的思想性论文并不是文学史应该关注的对象；我们赞赏一位诗人，也绝不能只是因为他的诗记录了历史的情形，具有重要的史料价值。——这些应该放在别的著作中去评说。另一个目标是如何真正做到"简"而能"明"。这看起来只是个技术性的问题，操作起来却甚费精力。文学发展的基本线索，各时期文学演变的主要特征，重要作家作品在艺术创造上的独特贡献，是本书关注的核心问题。比起多卷本文学史来，某些内容在本书中被省略当然是不可免的，但读者也许会注意到，在某些环节上，本书的论析甚至比一般多卷本文学史更为周详。至于这本书最终是否真正做到了"简"而"明"而"文学"而"史"，则尚待读者的评说和指教。

我有很多年在学校中为本科生讲授中国文学史课程，这也是我自己不断学习提高的过程。文学史涉及的内容极其广泛，我在这里遇到的疑惑也很多。1996 年，复旦大学出版社出版了封面署名为"章培恒、骆玉明主编"的三卷本《中国文学史》，这是一本多人合作撰写的著作，最后在章培恒先生的指导下，由我承担了全书的统稿工作。由于多种原因，统稿加上补缀各处缺漏的工作量相当大。但也正因如此，我得以对自己从事文学史教学与研究工作以来遇到的问题、产生的想法进行了一番系统的清理，得以就自己的疑惑不断向章先生请教。那一部文学史出版后引起相当热烈的反响，而我从中获得了一次很好的学习机会。

现在这部《简明中国文学史》是应复旦大学出版社的朋友的建议撰写的。他们认为这样规模的一部文学史较为适合目前高校教学情况的变化，也较能适应一部分读者业余求知的需要。此书与过去复旦版三卷本《中国文学史》难免存在关联。首先，虽然章培恒先生认为他不适宜在此书上署名，但它的完成实离不开章先生过去对我的指导。此外，尽管我已尽可能避免将三卷本文学史其他作者原稿中的内容转移到此书中来，但有些东西已经对我产生了一定的影响。如葛兆光兄对中晚唐诗的某些分析，恐怕会在此书中留下痕迹。当然，编撰文学史的人总不免要借鉴其他研究者的学术成果，凡是近年新出（包括近年译介）的，已在书中随处注明，而前贤久已为人熟知的观点则或有省略，凡此均一并致谢；倘有不当的疏忽，亦敬请指出，以便改正。

中国文学史是一个庞大的课题，以我学力的浅薄而意外卷入此中竟已有多年。曾经做过的一切除了使我感到不满以外没有什么很想说的，唯一的意愿是期望有一天终究能做得好。

2004 年 7 月 8 日

目 录

第 1 章　中国文学初期特征的形成 ……001
  一、商、周时期文化简说……002
  二、古代神话……005
  三、早期文学的担当者……007
  四、语言文字的因素……010

第 2 章　《诗经》与《楚辞》 ……013
  一、《诗经》……014
  二、楚辞……023

第 3 章　先秦散文 ……035
  一、历史散文……036
  二、诸子散文……042

第 4 章　秦汉的辞赋 ……051
  一、辞赋兴盛的原因与特点……052
  二、秦与西汉的辞赋……055
  三、东汉的辞赋……062

第 5 章　秦汉的散文　067
　　一、论说散文　068
　　二、抒情散文　071
　　三、《史记》与《汉书》　074

第 6 章　汉代诗歌　083
　　一、楚歌的兴起　084
　　二、五、七言诗的形成　085
　　三、《古诗十九首》及其他　087
　　四、乐府诗　090

第 7 章　魏晋文学　097
　　一、魏晋社会思潮与文学意识　098
　　二、建安诗文　101
　　三、正始诗文　109
　　四、西晋诗文　112
　　五、东晋诗文　117
　　六、魏晋小说　121

第 8 章　南北朝与隋代文学　125
　　一、南北朝与隋代文学思潮　126
　　二、刘宋诗文　131
　　三、齐梁诗文　137
　　四、北朝及陈、隋诗文　147
　　五、南北朝乐府民歌　157
　　六、南北朝小说　161

第 9 章　初、盛唐诗文　165
　　一、初唐诗歌　167
　　二、盛唐诗歌　173
　　三、初、盛唐散文的变化　188

第 10 章　中、晚唐诗文 —— 191
一、中唐诗歌 —— 193
二、晚唐诗歌 —— 221
三、中晚唐散文 —— 231

第 11 章　唐代的传奇与俗文学 —— 239
一、唐传奇 —— 240
二、唐代的俗文学 —— 248

第 12 章　唐五代及北宋词 —— 253
一、唐代的词 —— 254
二、五代词 —— 258
三、北宋词 —— 264

第 13 章　北宋诗文 —— 281
一、北宋诗文的文化背景 —— 282
二、北宋前期的诗文 —— 286
三、北宋中期的诗文 —— 290
四、北宋后期的诗 —— 304

第 14 章　南宋与金代文学 —— 309
一、南宋初期的诗词 —— 310
二、南宋中期诗词 —— 316
三、南宋后期诗词 —— 327
四、宋代的小说与戏曲 —— 337
五、金代的文学 —— 340

第 15 章　元代文学 —— 347
一、元代前期杂剧 —— 349
二、元后期杂剧 —— 360
三、元代南戏 —— 362

四、元代散曲 367

五、元代诗文 374

六、元代小说 383

第 16 章 明代诗文 395

一、明代前期诗文 397

二、明代中期诗文 402

三、晚明诗文 413

四、明代散曲与民歌 425

第 17 章 明代戏曲与小说 435

一、明代前期到中期的戏曲与小说 436

二、晚明小说 444

三、晚明戏曲 456

第 18 章 清代诗文 467

一、清代前期诗文 470

二、清代中期诗文 481

三、清后期诗文 497

第 19 章 清代戏曲与小说 507

一、清代前期的戏曲与小说 508

二、清代中期的戏曲与小说 521

三、清代后期小说 534

结语 544

第1章

中国文学初期特征的形成

中国文学源远流长。它在数千年中虽屡屡向异质文化汲取养分，却始终保持了一个连贯的、从未中断的发展过程，这在世界上是一个独特的现象。正因如此，中国文学形成初期——这里大致是指先秦——的某些基本特征对后来文学的影响也就格外深远，值得注意。

一、商、周时期文化简说

一种文学最初的特征，是在它所从属的文化土壤中萌发和生长起来的。中国上古即秦以前的文化，经历过漫长的孕育，至商、周时期逐渐成熟；尤其是周代，形成了中国文化的一系列元典，确定了包括文学在内的中国文化的某些基本流向。

远古时代，在后来被称为"中国"的这片土地上，原本只是散居着众多的初民族群；这些散居的族群在漫长的年代里逐渐凝聚为大小不一的部落，众多的部落又分别结成不同的联盟，国家形态便在这过程中形成。过去人们通常把黄河流域视为中华文明单一的发源地，现代的考古研究证明中华文明是多元并起、逐步融合的。迄今为止，国内已发现的新石器文化遗址有几千处，如星罗棋布，分散在极其广大的地域内，不同地域的文化相互之间并无显著的主从关系。如其中格外受到人们重视的代表长江流域文化的河姆渡遗址与代表黄河流域文化的仰韶遗址，两者大抵是同时并存，而实属不同类型，且前者并不比后者落后。

但是，在中国早期多元文化相互融会的过程中，黄河流域的文化显然占了主导地位。一般所说的夏、商、周王朝，实际上只是不同时期中我国北方的部落联盟，但后来它们被看成中华文化"正统"的代表，正说明了黄河流域文化的主导地位。那么，这种结果是怎样造成的呢？

在黄河流域从事农业生产的先人，面对的生存环境相当严酷。他们一方面要应对来自更北部的游牧民族的武力掠夺，一方面要与较南方为恶劣的自然环境、特别是任意泛滥的黄河水系作斗争，所以迫切需要把分散的人群凝聚为强大的群体，以展开生存竞争。我们可以注意到：无论传说中的还是信史记载的上古时代的大规模战争，如炎帝与黄帝之战，黄帝与蚩尤之战，商汤伐夏桀，周武伐商纣等等，多发生于北方。关于夏王朝尚多有争议，姑且不论，商、周作为中国最早的有信史可征的王朝，都是以黄河流域为中心的。与此同时，也就产生了中国最早的用于维护统治秩序的思想学说、礼仪制度、文化机构。在商、周文化中，国家意识形态相比于其他地域要早熟得多。

清末民初发现的甲骨文提供了关于商代文化的诸多信息。现存甲骨文献均是就战争、祭祀、农事等各项事件问卜于鬼神，以确定凶吉可否的记录，充满了原始信仰的气氛。从中可以看到，商人对自然之神的信仰和对祖先神灵的崇拜逐渐融合为一体，而其现实意义则在于确认现世君王的权威。在另一种商代文献——《尚书·盘庚》篇中，这一点表现得尤其清楚。《盘庚》是商代中期君主盘庚决定迁都时对臣僚发表的讲演记录，文中显示：历代先王和臣僚们的祖先虽已离开人世，却仍然在天界保持着君臣关系。如果人间的臣僚们违背了君主的旨意，他们的祖先就会要求先王对他们降下灾祸，以示惩罚；相反，如果他们顺从君主，就会得到先王的保佑。这表明在商人的观念中，君王的祖先神已经成为人间权力的来源，天界的秩序与人间的秩序具有同构性，前者证明了后者的合法与合理。

但君主也并不可以为所欲为。在《盘庚》篇中，盘庚一再告诫臣下要克制自己内心的想法，"听予一人之作猷"即服从他一人的计划；同时他自己则要"惟民之承"，"奉畜汝众"，即服务于民众，使民众能好好生活。倘若他做不到这一点，在天上的先王就要责问他"曷虐朕民"——为什么虐待我的人民，并降给他大的惩罚。这清楚地表明：与祖先崇拜密切联系在一起的是维护群体共存的意识；至少在原则上，群体的要求才是处于第一位的。对鬼神的信仰和对祖先亡灵的崇拜，是原始人类最普遍的意识，商文化就是把这种原始意识转化最初的国家意识形态。

周取代商以后，思想文化方面有许多变化，王国维甚至认为："中国政治与文化之变革，莫剧于殷周之际。"（《殷周制度考》）由于重视宗法纽带在其统治中的作用，祭祖依然是周王室和各邦国最重要的政治活动之一。

但是同商代比较，在周文化中对鬼神的信仰与崇拜已经淡薄了很多。所以前人注《礼记》有周人"事鬼神而远之"之说。作为最高的主宰者而存在的"帝"或"上帝"，不像在商文化中那样常常与君王的祖先神混为一体；在更多的场合它被称为"天"，它是超越所有宗族的；它也不再随时参与人间的活动，裁判人间的是非而施以祸福，而是高高在上，监察下方，授"天命"给人间合适的统治者，并在必要时改变"天命"。"天命"的授受，取决于统治者的德行。在这里可以看到，"天"或"上帝"就其意志性一面来说，还近似于宗教神，但在相当程度上已经被抽象化了，成为道德与公正的化身。

随着对神的依赖逐渐减少，关于人的行为和人际关系的准则就变得更重要了，于是有"礼"的建设。在商代，礼只是祭祀礼仪，而相传为周公姬旦所制定的周礼，则包含政治制度、典礼仪式、伦理规范等多种内涵。礼的一个重要原则，依孔子解说是"克己"——所谓"克己复礼为仁"。它应该符合周公制礼的本意：在周初文献《尚书·无逸》篇中，周公就把"克自抑畏"定为君王应该遵守的原则。总之，礼具有抑制个体意识的作用，并由此而达到确立等级秩序、维护群体利益的效能。礼的建设意味着周文化在多方面摆脱了原始宗教的力量，而运用具有理性的政治手段和道德意识调节社会关系。

如果说抑制个体、崇尚群体是商、周文化相同的特征，那么周文化将"帝"与"天"淡化虚化，而提高"礼"与"德"的地位，则有另一种意义：它虽承认一个超世的最高权威的存在从而解释了人间权力的合法性，但在客观上防止了宗教权力与政治权力的两元分化。学者们多认为宗教力量的强弱是中国文化与西方文化的根本区别，可见周代文化建设影响之深远。

长江流域的情况与黄河流域有许多不同。在长江流域，气候湿热，多山林湖泽，天然物产相当丰富，自然灾害不像北方那么严重，维持简单的生存比较容易，因此即使同样有形成强大群体的需要，也绝不像北方那么迫切。所以在长江流域，虽然文明的发展并不比黄河流域迟缓，但那种通过抑制个体来维护社会秩序、强化群体力量的意识形态却远没有北方那样发达。当然，在族群、邦国不断相互兼并的过程中，这里的人群终究也要面对生存竞争的问题，而在这方面，黄河流域的文化具有显而易见的优势，所以他们必然会崇尚和学习黄河流域的文化。以屈原为例，他的作品中所歌颂的圣贤体系、所宣扬的基本政治观念，明显源于北方文化，这表明后者的一些重要的因子到了屈原的时代，已经在长江流域文化中深深地扎下了根。不过尽管如此，正如屈原的作品仍然极具南方特色，在整个中国古代史上，南北文化始终存在各种各样的差异，这造成了丰富的文学面貌。

二、古代神话

在文学史的初始阶段，神话是一种重要而独特的现象。

首先需要说明的是：在远古社会中，神话关涉的范围要远出于文学之外。它本是原始人类的综合的意识形态，是他们对世界的认识和解释，是他们的百科全书式的知识体系，又是他们的愿望的表达。人类最初是生活在一个神话世界中的。

那么，神话的文学意义又表现在什么地方呢？

首先，神话的思维充满了直觉与幻想，是人类理性逻辑尚未发展成熟时期的思维方式。它虽然是不自觉的，却依然表现了人类的艺术天性。同时，神话故事也给后来的文学创作提供了极好的素材。

但神话在一个民族的文学中最终留下多么深的痕迹，对它的发展造成多么大的影响，仍然与其他一些条件相关；换言之，神话的存在并不直接导致文学艺术的发达。因为，神话最初的功能主要是解释自然，或如马克思所说，是借助想象以征服自然力（见《〈政治经济学批判〉导言》）。如果停留在这一阶段上，神话对人自身的关注会是比较有限的。只有当神话将更多的注意力投向人自身，越来越多地反映人类社会中的生活情感、矛盾冲突时，才会形成真正意义上的"神话文学"。像古希腊的荷马史诗和不少戏剧都是这样的作品。神话文学的显著特点，是"神"或"英雄"具有丰富的人性，有着世俗的渴望和常人的困苦。

由此来看中国古代神话，会比较清楚。现存的中国上古神话资料主要见于《山海经》、《淮南子》、《楚辞》、《庄子》等几部不同类型的著作，这些书或讲述荒诞的地理知识，或引用古代传说帮助论说哲理，或在奇异的想象中抒发个人内心的郁闷，但都不以记述神话故事为中心。从这些著作及其他古籍的记载中,可以看到大量神祇的名称和零散的事迹,但看不出有完整的神话系统,各种神话故事、神话人物之间,只有相当松散的关系,而且各自都是以片断的形态被记载下来的。以前人们对此现象有不同的解释,如鲁迅、胡适等人认为中国古代神话原本是不发达的,而上世纪五十年代以来,不少人提出:中国古代原来也有着丰富的神话,只是后来被"历史化"或失传了。

这里有个问题,就是需要把原始神话和文学化的神话加以区分。从后者来说,中国古代神话文学不发达是显然的。造成这一现象的主要原因是:当中国历史进入文献时代,以崇群体而抑个体、注重实际而不喜幻想为特征的周文化已经占据了主导地位。这一文化体系不能容忍伟大的人物具有常人的缺陷和痛苦,也不利于"想入非非"的文学的蓬勃生长。因之,那些古老的神祇也就无法获得丰富的人类情感,无法转化为丰满的文学形象。

这里当然也有地域上的区别。在黄河流域文化范围内,至周代,神话消退的现象已经很明显。《诗经》形成的年代,大体与古希腊的《伊利亚特》、《奥德赛》,印度的《黎俱吠陀》及《旧约·诗篇》相当,但《诗经》无论叙事还是抒情,基本上没有神话色彩。北方的其他著作,也很少涉及神话。南方的楚文化体系则不同,一直到战国乃至汉代,南方的著作尤其《楚辞》仍然常可以看到较浓厚的神话色彩。只是如前所述,这并不足以改变中国古代神话文学不发达的基本状况。——但这也不是什么值得羞愧的事情;正因如此,中国文学从一开始就形成了自己的别样的特色。

现存的各种片断资料中,最为著名的神话故事大抵与解释自然、想象征服自然有关。如《淮南子·览冥训》所记载的女娲救世的神话:

往古之时,四极废,九州裂,天不兼覆,地不周载,火爁炎而不灭,水浩洋而不息,猛兽食颛民,鸷鸟攫老弱。于是女娲炼五色石以补苍天,断鳌足以立四极,杀黑龙以济冀州,积芦灰以止淫水。

这个故事的实际背景应该是大洪水吧。此外,鲧、禹父子治水也是相同背景下产生的为人传诵的故事。我们可以看到:在中国古代神话中出现的神和英雄,绝不像古希腊神话中的神和英雄,常为了个人的情欲、荣誉、尊严、恩怨而斗争,甚至不惜向更有权势和力量的人物发出挑战;他们大多是为民除害的形象，通常尊重现存的权威与秩序，具有牺牲精神，很少顾得上自己或家人，这种形象反映出古代中国人生活环境的严峻和在此环境中人们所崇仰的德性。

三、早期文学的担当者

所谓"文学担当者"，这里指的是从事文学创作、评判、整理、传授的人，他们对一个时代文学面貌的形成起着最直接的作用。在不同的时代中，文学担当者的社会身份往往有很大区别，这种区别是文学史发展变化的根源之一。至于说到中国先秦时代，由于文学大体还处于自发状态，并不存在专门从事文学活动的人。但有些人因其身份关系，与文学的产生、流传、保存有着较常人更为密切的关系。

在我国上古时代，文化活动最初由巫、史两类人执掌；前者主要负责祭祀、占卜等沟通人神的活动，后者主要负责君主言行、国家重大事件的记载及文献的整理与收藏，不过巫、史的职能也常有相兼的情况。

巫沟通人神之域的活动每与文学发生关联。《说文解字》释"祠"字云："春祭曰祠，品物少，多文辞也。"就是说在这种祭祀仪式上，主祭者要奉献很多"文辞"。古人显然认为以特殊形式来运用的语言具有特异的效能，它能够达成种种神秘的沟通。因而，巫可以说是上古时代最具有特殊语言修养的人。史的活动与书面文献的形成有最直接的关系，他们也被认为是擅长文辞、讲究文采的，孔子就说过："文胜质则史。"对语言的美化，史应该有不小的贡献。又据史籍记载，至迟自春秋时代始，君主的宫廷里已有为之提供娱乐的俳优一类人物，他们善于说故事、笑话，能作表演。他们不仅与泛义上的文学活动有关，后世的宫廷文人可以说是这一类人的后裔。

文学当然不只是产生于宫廷范围、官方的活动中，它也大量地产生于民间的日常生活。但至少在先秦时代，那些从民间产生的东西，只有经过官方的收集整理，才有可能以文献的形式传诸后世，《诗经》就是这方面典型的例子。《诗经》中包含不少民间的歌谣，也包含许多在官方的典礼和高层的宴集场合专用的乐歌。当时，周王室和诸侯国均有专门的乐官，他们的职能之一就是对各种歌谣加以搜集和整理。所以，《诗经》其实是周王室文化事业的一项成果，它最终呈现的面目当然受到了占主导地位的官方文化的制约。

说到古代歌谣，我们知道古希腊时代有一类行吟诗人，他们到处流浪，为人们吟唱历代相传的长篇故事诗（epic，又译为"史诗"），所谓荷马史诗就是这样的作品，其产生年代也跟《诗经》中的早期之作相当。但中国文学就现存资料而言，可与之比拟的作品至少要等到《孔雀东南飞》出现。其实，《诗经·大雅》中写周民族发祥过程的几篇，本来具有发展为这一类型作品的条件，但我们现在所见的，却缺乏故事诗应有的某些基本特征。是不是在《诗经》时代，中国民间根本就没有过流浪的吟唱者，也根本就没有产生过那种长篇故事诗呢？这其实很难说，但总之那一时代主流的文化结构中没有这一成分。长篇故事诗离不开人的个性与欲求的冲突，而表现这种冲突看来不为那时代的社会上层所赏识。就文学的审美趣味来说，抒情性作品和叙事性作品具有不同的也是不能互相替代的价值，两者都是人类的精神生活所需要的。而中国文学在其初期阶段，抒情诗格外发达，属于虚构性的叙事文学类型的长篇故事诗和戏剧都没有出现，因而呈现出与其他地域——尤其欧洲——初期文学很不相同的面貌。在这里，我们需要注意到一种文化的总体气质对文学史面貌的形成具有强有力的作用。

粗略地说，春秋以前，中国社会的学术文化是官方机构掌握的，而到了春秋时代，则出现了一种所谓"文化下移"的现象，至战国而愈甚。在这一阶段，"士"这一阶层在思想文化领域特别活跃，他们对广义上的文学的发展所起作用也最大。

所谓"士"原是指最低一级的贵族，到了春秋以后，实际是指具有一定的知识与才能并以此为统治者提供服务以谋得自身利益的人，另有些人则以传授文化知识为业。其中一部分人被称为"游说之士"，他们专以富于煽动力的言辞说动君主，使之采纳自己的意见。这一类人大抵都学习过雄辩术，对语言高度敏感，既善于运用逻辑的力量通过理性发生作用，也善于运用文学的技巧在感情上打动对方。又有一部分人被称为"文学之士"，虽然这里所说的"文学"是泛指学问或专指儒学而言，但他们也被公认为善于运用美化的、能够感染人的语言（当然"游说之士"与"文学之士"并非职业的区别，只是从不同角度上使用的称呼）。正是经过他们的努力，汉语在表现思想和情感方面，逐渐变得丰富多变、活跃有力。

春秋战国时代形成的政治性、哲学性的散文，大抵出于士阶层之手，从中可以看到文学因素的成长；另外值得注意的是历史著作。较早产生的历史著作如《尚书》、《春秋》，基本上是根据正式的官方文献编纂而成的，其中文学因素很淡薄，而战国时代出于士阶层之手的《左传》《国语》《战国策》、《越绝书》等书，来源则比较复杂，看来既使用了官方文献，也使用了非正式的、包括传说性质的材料，其特点是故事性较强。在《左传》中就能看到许多生动有趣的细节，如记述晋与楚作战时，楚国将士边追击边教晋人如何逃跑，情节颇诙谐。而到了年代更晚的《战国策》，很多故事已类似于小说。在官方的正式档案中不可能保存许多细节生动的故事，它一定另有流传的途径。据记载，古时宫廷中有"瞽""矇"一类盲人专司记诵之事，他们演述的历史故事大概会不断加入生动的细节，就是在民间，也未必没有为人讲诵历史故事的艺人。这些口传的、带有很多虚构成分的历史故事，满足了人们通过他人的故事来体会人生的精神需要，它渗透到士阶层的历史著作中，造成一种文史相融的结果。这在文学史上有着不可轻忽的意义——不仅中国初期虚构性叙事文学不发达的缺陷由此获得弥补，中国古典小说的许多重要因素也源于此。

说到中国早期文学担当者的问题，战国后期楚国的楚辞作家群值得特别加以注意。当我们指称屈原是中国文学史上第一位伟大的诗人时，必须想到诗不仅是激情的产物，它同时也是修养和技巧的产物，而修养和技巧是需要在适当的环境中培育的。而据《史记》记载，当时除了屈原之外，宋玉、景差、唐勒诸人也都"好辞而以赋见称"（爱好文辞，以善于作赋著名）；这群人生活的年代相差不远，若按《楚辞章句》的说法，至少屈、宋二人关系是密切的。这意味着在战国后期楚国的上层存在着一群喜好并且擅长文学的人。尽管以屈原在当时社会中的身份而言，他首先是一位政治家而非一般意义上的"诗人"，其余数人也没有根据证明他们是否主要凭借文学才能获取自己的社会地位，但无论如何，以现存记载为限，这样的现象在文学史上是第一次出现。它表明文学正在以某种方式成为上层社会生活的重要内容。

四、语言文字的因素

文学是语言的艺术，文学的某些特点是由语言文字决定的。

不少学者认为，山东大汶口出土的新石器时代陶器上的刻画符号已经是原始的汉字。但这些符号尚难以辨识。到了商代的甲骨文，汉字已经基本定型，其最重要的特点也已经形成。

汉字是以象形为基础的单音节文字，一般地说，每一符号都单独包含音、形、义三要素。

在汉语的文句中，单词不发生表示词性、时态的变化，作为词而存在的带有象形意味的字并不被完整的句子所"吞没"，它仍然具有直接指示意象的功能；汉语文句的语法也并不是十分严密的，一个句子所表达的意义不仅需要通过语法惯例和规则来理解，同时也需要通过对若干单词所形成的意象集合来体会。这种语言用于表达复杂的逻辑思维时会有较多的困难，但用于表现诗化的印象、联想，用于包容歧义和暗示却十分合适。

而汉字的单音节特征又使得汉语作品很容易写得音节整齐而匀称，并便于对偶的形成，再加以适当的押韵，文句更富于美感。所以，不仅仅是诗歌，在先秦各类著作中，如《易经》、《老子》、《庄子》、《荀子》等等，都有广泛运用韵文的情况，那种不怎么严格、看上去似乎是自然形成的对偶句也颇为多见。这种现象的形成，最初当是缘于易于记诵的需要——这在书写不便的上古时代具有非常重要的实用意义，但不能说这里没有追求语言形式美感的心理因素存在。

中国诗歌几乎从一开始就在寻求明显的形式特征。《诗经》所收作品，时间和地域跨度都很大，但几乎全都是使用整齐的四言句式，这无疑是人为修饰的结果。这一现象或许与当时使用的音乐的特点有关，但考察后世入乐之作的一般情况，可以发现句式不齐也并不一定妨碍文字与乐曲的配合，所以更重要的原因恐怕还在于：在写作或者改定那些作品的人看来，诗歌需要有某种不同于口语也不同于一般文章的特殊形式。而追求形式的精致，后来成为古典诗歌十分突出的特点。对于语言形式美感的追求，更有一种泛化的倾向，这不仅显示在介乎诗文之间的特殊文体赋中，表现在骈体文中，许多散文在韵律、节奏方面也有精致的讲究。

综上所述，可以说汉语总体上是一种诗性特征十分强烈的语言。而语言并不只是思维的工具。人所知道的、人所能理解的世界就是人能够用语言描述出的世界；一种语言的特点直接显示了使用这种语言的人们的思维与心理结构。所以，尽管中国文化很早就脱离了神话的笼罩，但汉语的上述特点却证明，在日常的生活里，人们仍然保留着很多偏向于诗性的思维习惯。具象性的感受、暗示的诱导、活跃而无定则的联想等等精神现象，对人们理解世界与人生的活动一直起着相当大的作用；而文学尤其诗歌在中国古人的精神生活中显得特别重要，显然有着非常深层的原因。

第 2 章
《诗经》与《楚辞》

先秦时代中原文化与楚文化在文学方面的精华，首推《诗经》与《楚辞》，而这两种诗歌显著不同的艺术特色，又各自对后代诗歌产生了广泛的影响。《诗经》与《楚辞》成为中国文学重要的源头，"风骚"的并称甚至成为文学的代名词。

一、《诗 经》

《诗经》概说　《诗经》是我国第一部诗歌总集，共收入自西周初期（公元前11世纪）至春秋中叶（公元前6世纪）约五百余年间的诗歌三百零五篇，另有六篇"笙诗"，有目无辞。最初称《诗》，汉代儒者奉为经典，乃称《诗经》。

《诗经》分为《风》、《雅》、《颂》三部分。《风》包括《周南》、《召南》、《邶风》、《鄘风》、《卫风》、《王风》、《郑风》、《齐风》、《魏风》、《唐风》、《秦风》、《陈风》、《桧风》、《曹风》、《豳风》，共十五《国风》，诗一百六十篇；《雅》包括《大雅》三十一篇，《小雅》七十四篇；《颂》包括《周颂》三十一篇，《商颂》五篇，《鲁颂》四篇。

这些诗篇原本是歌曲的歌词。若依《墨子·公孟》之说，则三百余篇均可诵咏、用乐器演奏、歌唱、伴舞。其说或许不尽然确切，但《诗经》在古代与音乐和舞蹈关系密切，是无疑的；它的三大部分的划分，通常认为就是依据音乐的不同。《风》一般释为土风，即具有各地方音乐特色的歌谣，除《周南》、《召南》产于江、汉、汝水一带外，均产生于从陕西到山东的黄河流域。《雅》是西周"王畿"之乐，其地名为"夏"，"雅"和"夏"古代通用。雅又有"正"的意思，当时把王畿之乐看作是正声——典范的音乐。《大雅》、《小雅》之分，众说不同，大约其音乐特点和应用场合都有些区别。《颂》是专门用于宗庙祭祀的音乐。从写作年代来看，大致地说，

《颂》和《雅》产生较早,基本上都在西周时期;《国风》除《豳风》及"二南"的一部分外,都产生于春秋前期和中期。

《诗经》的作者成分很复杂,产生的地域也很广。除了在周王朝中央地区产生、流传的乐歌,那些各诸侯国的歌谣是怎样汇集起来的呢?古人对此有两种说法:一为"采诗"说,认为周王朝派有专门的采诗人到民间搜集歌谣,以了解政治和风俗的盛衰利弊;一为"献诗"说,认为各国的歌谣是在天子巡狩时由诸侯献给天子的。这些说法都难以确证。不管怎样,总之在周王室的乐官——太师那里,逐渐保存了来自各种途径的乐歌。其原貌应该是互不相同的,经过加工整理,其形式、语言成为大体一致的样子。大概就在春秋中期,那些乐歌被编定为《诗》这样一部书。在《论语》中,孔子已经两次提到"《诗》三百",证明《诗》在孔子之前已经大体定型。

《诗经》中的乐歌原来各有各的用途。但到后来,它成了贵族教育中普遍使用的文化教材,学习《诗经》成了贵族人士必需的文化素养。这种教育一方面具有美化语言的作用,特别在外交场合,常常需要摘引《诗经》中的诗句,曲折地表达自己的意思。这叫"赋《诗》言志",其具体情况在《左传》中多有记载。另一方面,《诗经》的教育也具有道德和政治意义。《礼记·经解》引用孔子的话说,经过"诗教",可以导致人"温柔敦厚"。《论语》记载孔子的话,也说学了《诗》可以"迩之事父,远之事君",即学到事奉长辈和君主的道理。《诗经》中乐歌的来源纷杂,有些篇章在用于贵族子弟教育时,难免会加上迂曲的、背离原意的阐释吧。

到了汉代,《诗经》被尊奉为儒家的重要经典,被视为儒家道德精神的体现,其原有的关注政治和社会伦理的倾向,也因汉儒的阐释而被严重夸大了。对《诗经》的研究在漫长的封建时代属于经学而不属于文学。汉初传授《诗经》学的共有四家,简称为齐诗、鲁诗、韩诗、毛诗。到了东汉以后,属于经今文学派的前三家逐渐衰落,属于经古文学派的毛诗日渐兴盛。最终只有这一系统的《诗经》完整流传下来。

<u>《诗经》的艺术</u> 《诗经》中的作品,由于产生的背景、在当时的用途各不相同,艺术趣味也就多有差异。

如前所述,《诗经》中一部分乐歌是为特定的目的而专门写作,并专门使用于特定场合中的。如《周颂》是西周初期王室的祭祀诗,除了歌颂

祖先功德而外，还有一部分于春夏之际向神祈求丰年或秋冬之际酬谢神的乐歌，反映了周民族以农业立国的社会特征和西周初期农业生产的情况。这些诗气氛庄肃，但情调板滞，并不感人。同样产生于西周初期的《大雅》中《生民》、《公刘》、《绵》、《皇矣》、《大明》五篇记述了从周民族的始祖后稷到周王朝的创立者武王灭商的历史，也是周王室用于祭祀、朝会等重大典礼的乐歌。与《周颂》相比，这组诗因为描写了具体的细节，显得生动很多。《生民》叙述后稷的母亲姜嫄因为踏了神的脚印而怀孕，生下了后稷，不敢养育，把他丢弃，后稷却历难而不死："诞置之隘巷，牛羊腓字之。诞置之平林，会伐平林。诞置之寒冰，鸟覆翼之。鸟乃去矣，后稷呱矣。实覃实讦，厥声载路。"这段描写，表现了后稷的神话色彩。《公刘》叙述后稷的曾孙公刘率领部族从有邰迁徙到豳（今陕西旬邑县、彬县一带），诗中写刚到豳地住下时的情景是："京师之野，于时处处，于时庐旅，于时言言，于时语语。"一派欢歌笑语的景象，很是传神。这组诗常被称为"周民族的史诗"，确实它反映了周民族的某些重要史实；但应该注意到《大雅》这一组诗的主旨仍是在歌颂祖先，历史的内容、细节的渲染都为了服务于歌颂的目的，所以诗中对事件的过程反而缺乏完整的交代，对人物也只注重其业绩而不注重其性格。所以在文学类型上，它与荷马史诗等长篇故事诗是完全不同的；如果将之作为"叙事诗"看待，也只能说它是不充分的叙事诗。在西周后期的大、小《雅》中还有几篇歌颂周宣王"中兴"的诗，如《常武》、《出车》、《采芑》、《六月》等，情况也大抵相似。总之，从这些诗中尤其能够看出自《诗经》起中国诗歌就有了偏重抒情而不太重视叙事的倾向。

《小雅》里有一批专门在朝廷正式的宴会上使用的乐歌，多产生于西周前期，其性质本与前述作品相近，但要多一些生活气息，显出亲切和快乐的气氛。如《鹿鸣》的第一节写道：

呦呦鹿鸣，食野之苹。我有嘉宾，鼓瑟吹笙。吹笙鼓簧，承筐是将。人之好我，示我周行。

据记载，这是天子宴群臣嘉宾的歌。诗中用鹿呼同类象征主客的和睦，又写到宴会上奏乐、给客人送礼的情形，终了用期待的语气说：人们爱好我呀，指示给我光明大道！而作为臣下的回答，《天保》则用"如月之恒,如日之升。如南山之寿……如松柏之茂"这样充满景仰的语言向天子致以祝福。此类诗表现了理想的君臣相处之道。

西周后期至平王东迁之际,由于戎族的侵扰,统治秩序的破坏,形成社会的剧烈动荡。《大雅》、《小雅》中产生于这一时期的诗,有很多批评政治的作品,均出于士大夫之手。这很可能与古籍中所说"公卿至于列士献诗"(《国语·周语》)的制度有关。

从《瞻卬》、《北山》诸诗,我们看到当时社会关系正在发生激烈变化,有人升浮,有人沉降;有人为"王事"辛苦劳碌而无所得,有人无所事事却安享尊荣。作者对这种统治阶层内部秩序的混乱和不公正现象提出了指责,希望恢复原有的"公正"。更多的政治批评诗,则表达了作者对艰危时事的极端忧虑,对他们自身所属的统治集团,包括最高统治者强烈不满。如《十月之交》,据《毛诗序》,是"大夫刺幽王"之作。诗人从天时不正这一当时人认为十分严重的灾异出发,对统治者提出严重警告。其中写道:

烨烨震电,不宁不令。百川沸腾,山冢崒崩。高岸为谷,深谷为陵。哀今之人,胡憯莫惩!

这是一幅大动荡、大祸难即将发生的景象。令诗人痛苦的是,"今之人"竟然对此毫无戒惧之心,照旧醉生梦死地悠闲过活。但作者在提出这些批评时,却又是小心翼翼的,生怕不能见容于众人:"黾勉从事,不敢告劳。无罪无辜,谗口嚣嚣。"又如《正月》,作者在表示对朝政不满的同时也极为害怕:"谓天盖高,不敢不局;谓地盖厚,不敢不蹐。"

从这些诗中可以看到,诗人们强烈地表示对国家命运和民众生活的关心,指斥对公正良好的社会秩序的破坏,其出发点是整个统治集团公认的正确立场、道德原则,他们认为自己有维护这种立场和原则的责任;正因如此,他们不愿意张扬个人,作为个人而言,他们是谨慎和谦退的。这就是一种"君子"之德。以上所举的例子以及大、小《雅》中其他同类诗歌,可以说开创了中国政治诗的传统。诗中所表现的忧国忧民的情绪,以及总是首先要站立在"正确"的也就是社会公认的道德立场上才能进行批评的态度,为后代众多政治诗的作者所仿效。

就诗歌的性质来说,《雅》、《颂》中大部分诗歌——包括用于典礼仪式和政治批评的——是为了特别的目的专门创作的,其应用场合大体是贵族上层社会。《国风》则大多是流传范围更广的普通抒情歌曲（《小雅》的一部分与之类似）。但有两点需要说明：其一，实际在《国风》中也有用于仪式和批评政治的诗，但通常与普通抒情歌曲的区别不那么显著，也就是这类诗的专门意义不那么强烈；其二，《国风》中的诗常被称为"民歌"，但这应该仅仅作为一种泛称来看，这种诗在不知由何人写成后于流传的过程中会不断受到改动，在一定程度上可以视为社会性的群众性的创作。总之，"民歌"的"民"实无必要理解得很狭窄；假如以诗中自述者的身份作为作者的身份，其实是各种各样的人都有，而且属于贵族身份的"士"、"君子"为数要更多一些。《国风》中的歌谣所反映的生活内容比《雅》《颂》广阔得多，诗中的生活气息也更为浓厚。在这类歌谣中，我们看到某些人类生活中的最基本、最普遍的情感的表达。这种情感是歌谣永恒的主题，它在中国诗歌里最初的面貌，给人以古老而又亲切的感觉。

首先是由时光流逝而唤起的生命意识。像《萚兮》的作者见枯叶飘飞而忧伤发唱，呼朋引类，《蟋蟀》的作者听秋虫的鸣叫而觉悟到日月既逝，不可复追，所以要及时取乐，而《山有枢》的作者更赤裸裸地说："子有衣裳，弗曳弗娄。子有车马，弗驰弗驱。宛其死矣，他人是愉。"正是在死亡的阴影下，人们意识到生命的可贵。由于中国文化中始终没有建立起足够强大的宗教，这种从自然的变化出发表现对生命的爱惜与留恋的情调，几乎贯穿了全部诗史。

而生命中最为激动人心的事件，乃是青春年华里男男女女的相悦相恋。《国风》中这一类歌谣，也是最为美丽动人的。像《郑风·野有蔓草》所唱：

野有蔓草，零露漙兮。有美一人，清扬婉兮。邂逅相遇，适我愿兮。

又如《召南·野有死麕》写一个打猎的男子在林中引诱一个"如玉"的女子，那女子劝男子别莽撞，别惊动了狗，表现了又喜又怕的微妙心理。《邶风·静女》写一对情人相约在城隅，那女子却故意躲了起来，急得后到的男子"搔首踟蹰"，那女子这才出来，又赠给那男子一根"彤管"作为爱情信物，使得那男子不禁惊喜交集。在《诗经》的时代，男女间的相处还比较自由，后世那种严厉的礼教拘束似乎还未形成，所以它的有些爱情歌谣写得大胆而活泼，十分令人喜爱。

但毕竟社会的约制是在逐渐严格起来，恋人们对自己的行动也不得不有所拘束。《郑风·将仲子》中一位女子请求她的爱人不要冒险地翻墙爬树来找她，因为虽然她很怀念对方，但父母、诸兄及"人之多言"是可畏的。于是我们在《国风》中又看到一些歌谣咏唱着迷惘感伤、可求而不可得的爱情，像：

月出皎兮，佼人僚兮，舒窈纠兮，劳心悄兮！（《陈风·月出》）
蒹葭苍苍，白露为霜。所谓伊人，在水一方。溯洄从之，道阻且长。溯游从之，宛在水中央。（《秦风·蒹葭》）

在后人看来，这也许是一种艺术追求的结果，但在当初，恐怕主要是压抑的情感的自然流露吧。一切诗歌的艺术风格都不是无缘无故地形成的。明朗热烈的风格，必是情感自由奔放的产物；含蓄委曲的表达，总是感情压抑的结果。在文学发展的初期，即人们尚未自觉地追求多样艺术风格的时代，尤其如此。

爱情通常指向婚姻，婚姻却并非总是完满。《国风》中有许多描写夫妻间感情生活的诗，其中写弃妇的两篇，《邶风·谷风》和《卫风·氓》非常有名。《谷风》是一个善良柔弱的女子的哀怨凄切的哭诉，说自己如何同丈夫千难万难度过贫苦的日子，待家境好起来，人也衰老了，于是丈夫另有所欢，把自己赶出门去；自己离开夫家时，如何难分难舍，因为割不断对往事的追忆留恋。诗描绘出一个贤惠忍让的中国妇女的典型形象。《氓》叙写了一个女子从与人恋爱到结婚到被抛弃的痛苦经历：先是有一个男子笑嘻嘻地向她买丝，借机搭识。她答允了这桩婚事，在等待结婚的日子里，还常常登上颓墙盼望他。可是成家没几年，丈夫却抛弃了她。她愤怒地指责丈夫："士贰其行"，"士也罔极，二三其德"。又告诫其他女子不要轻信男子："于嗟女兮，无与士耽；士之耽兮，犹可说也；女之耽兮，不可说也！"这是真实的心理，同时多少带有道德训诫的意味。从《诗经》开始，反映弃妇的痛苦、指斥男子的无情的各类作品贯穿了整个文学史，这和中国文化传统十分重视家庭的和谐有重要的关系。

反映战争和劳役对人们生活的影响也是《诗经》的重要主题。前面说《小雅》中一部分诗歌与《国风》相似，其中最突出的就是这一类，在此我们一并介绍。像《小雅》中的《采薇》、《杕杜》、《何草不黄》,《豳风》

中的《破斧》、《东山》，《邶风》中的《击鼓》，《卫风》中的《伯兮》等，都是这方面的名作。与歌颂君主功业的诗不同，这些诗大都从普通士兵的角度来表现他们的遭遇和想法，对战争的厌倦和对家乡的思念是主调，读来备感亲切。

其中《东山》写出征多年的士兵在回家路上的复杂感情，在每章的开头，他都唱道："我徂东山，慆慆不归。我来自东，零雨其濛。"他去东山已经很久了，如今走在回家路上，忧伤的感情跟天上的细雨一般飘飘扬扬。他一会儿想起了恢复平民生活的可喜，一会儿又想起了老家可能已经荒芜，迎接自己的恐怕是一派破败景象；一会儿又想起了正在等待自己归来的妻子："其新孔嘉，其旧如之何？"全诗通篇都是这位士兵在归家途中的心理描写，写得生动真实，反映了人民对和平生活的怀念和向往。《采薇》表现了参加周王朝对玁狁战争的士兵的苦恼，他不能回家，不能休息："靡室靡家，玁狁之故。不遑启居，玁狁之故。"他黯然地看着日子一天天过去："曰归曰归，岁亦暮止。"最后终于盼到了回家的那一天，走在途中，天空飘着纷纷扬扬的雪花，身体又饥又渴，悲哀不觉涌上心头："昔我往矣，杨柳依依，今我来思，雨雪霏霏。行道迟迟，载渴载饥。我心伤悲，莫知我哀。"前四句作为写景抒情的典范，一直受到后代文人的高度评价。

《诗经》中这一类作品虽然表达了对于从军生活的厌倦，对和平的家庭生活的留恋，却并不直接表示反对战争，指斥那些把自己召去服役的人。诗中的情绪也是以忧伤为主，几乎没有愤怒。这是因为，从集体的立场来看，从军出征乃是个人必须履行的义务，即使这妨害了士兵个人的幸福，也是无可奈何的。这一特点，在《卫风·伯兮》中看得更清楚：

伯兮朅兮，邦之桀兮。伯也执殳，为王前驱。自伯之东，首如飞蓬。岂无膏沐，谁适为容？其雨其雨，杲杲出日。愿言思伯，甘心首疾。焉得谖草，言树之背。愿言思伯，使我心痗。

这首诗是以女子口吻写的。她既为自己的丈夫感到骄傲，因为他是"邦之桀（杰）"，能"为王前驱"，又因丈夫的远出、家庭生活的破坏而痛苦不堪。诗人所抒发的情感，既是克制的，又是真实的。

《国风》中也有相当一部分政治批评和道德批评的诗。这些诗较多反映了社会中下层民众对上层统治者的不满；但在提出批评的依据和原则上，这些诗与《雅》中的同类作品仍是相似的。如著名的《魏风·伐檀》：

　　坎坎伐檀兮，置之河之干兮。河水清且涟猗。不稼不穑，胡取禾三百廛兮？不狩不猎，胡瞻尔庭有县貆兮？彼君子兮，不素餐兮！

　　《毛诗序》解此诗，谓"刺贪也。在位贪鄙，无功而受禄"，应该是正确的。也就是说，诗人还是从社会公认的原则出发，认为"君子"应该是"不素餐"（不白吃饭）的，"无功而受禄"是无耻的事情。又如《鄘风·相鼠》对"无仪"、"无礼"之徒发出了尖锐的诅咒，斥骂他们"何不遄死"，但作者之所以敢于写得如此尖锐而激烈，乃是因为维护"礼仪"是社会公认的"正确"的立场。

　　通过以上对《诗经》作品的分类介绍，我们可以对其主要的艺术特点作出总结。

　　首先，《诗经》是以抒情诗为主流的。虽说二《雅》中歌颂祖先的诗和《国风》中弃妇诗等篇章也包含了叙事成分，却并没有向真正的叙事诗方向发展，《诗经》几乎完全是抒情诗，而且它的艺术水准也明显表现在抒情方面。正如荷马史诗奠定了西方文学以叙事传统为主的发展方向，《诗经》也奠定了中国文学以抒情传统为主的发展方向。

　　其次，《诗经》中的诗歌，除了极少数几篇，完全是反映现实的人间世界和日常生活、日常经验。在这里，几乎不存在凭借幻想而虚构出的超越于人间世界之上的神话世界，不存在诸神和英雄们的特异形象和特异经历，有的是关于政治风波、春耕秋获、男女情爱的悲欢哀乐。后来的中国诗歌乃至其他文学样式，日常性、现实性的人物与事件也总是文学的中心素材。与之相联系，《诗经》在总体上，具有显著的政治与道德色彩。无论是产生于社会上层的大、小《雅》，还是较具民间色彩的《国风》，都有相当数量的诗歌就统治者的政治举措和道德表现提出尖锐的批评，这也开创了中国诗歌注重社会功能的传统。

　　再次，《诗经》的抒情诗在表现个人感情时，总体上比较克制因而显得平和。孔子说"诗教"使人温柔敦厚，他的见解本是不错的。看起来《诗经》中有些篇章表现出的态度也很激烈，但这时作者大抵是在维护社会原则，背倚集体力量对少数"坏人"提出斥责。至于表现个人的失意、从军中的厌战思乡之情，乃至男女爱情，一般没有强烈的悲愤和强烈的欢乐。

由此带来必然的结果是：《诗经》的抒情较常见的是忧伤的感情。很值得注意的是，中国后代的抒情诗，也是以抒发忧伤之情较为普遍。

克制的感情，尤其忧伤的感情，是十分微妙的。它不像强烈的悲愤和强烈的欢乐喷涌而出，一泄无余，而是委婉曲折，波澜起伏。由此，形成了《诗经》在抒情表现方面显得细致、隽永的特点。这一特点，也深刻地影响了中国后来的诗歌。

说到《诗经》的艺术，必然要说到"《诗》六义"的问题。《周礼》中说到大师"教六诗"，《毛诗序》说到《诗》有六义"，内容与次序相同，为风、赋、比、兴、雅、颂。六诗或六义的解释颇纷乱，最通行的意见认为：风、雅、颂为《诗经》的三大部类，赋、比、兴为《诗经》所使用的三种基本的表现手法。

赋、比、兴手法的广泛运用，在加强作品的形象性方面获得了良好的艺术效果。所谓"赋"，指铺陈，除了一般的陈述，《诗经》中有的作品还用大量铺陈的场面来造成强烈的气氛。"比"就是比喻，《诗经》中比喻的手法富于变化，尤其是常用日常生活中的景象来比喻较为抽象的事物，使之有一种直观的感觉，如《氓》用桑树从繁茂到凋落的变化来比喻爱情的盛衰，《鹤鸣》用"他山之石，可以攻玉"来比喻治国要用贤人等等。"兴"则更为独特一些。"兴"字的本义是"起"，它往往用于一首诗或一章诗的开头。大约最原始的"兴"，只是一种发端，同下文并无意义上的关系，表现出思绪无端地飘移联想。进一步，"兴"又兼有了比喻、象征、烘托等较有实在意义的用法。但正因为"兴"原本是思绪无端地飘移和联想而产生的，所以即使有了比较实在的意义，也不是那么固定僵板，而是虚灵微妙的。如《关雎》开头的"关关雎鸠，在河之洲"，原是诗人借眼前景物以兴起下文"窈窕淑女，君子好逑"的，但关雎和鸣，也可以比喻男女求偶，或男女间的和谐恩爱，只是它的喻意不那么明白确定。又如《桃夭》一诗，开头的"桃之夭夭，灼灼其华"，写出了春天桃花开放时的美丽氛围，可以说是写实之笔，但也可以理解为对新娘美貌的暗喻，又可说这是在烘托结婚时的热烈气氛。由于"兴"是这样一种微妙的、可以自由运用的手法，后代喜爱诗歌的含蓄委婉韵致的诗人，对此也就特别有兴趣，各自逞技弄巧，构成中国古典诗歌的一种特殊味道。

二、楚　辞

《诗经》收录作品最晚至春秋中期。这以后，北方当然仍不断有新的歌谣产生，只是未能得到编理和流传。在《诗经》编成后差不多三百多年，南方楚国以屈原为首的一群诗人运用另一种诗体写出了许多优秀作品，对此西汉的刘向所编《楚辞》一书保存最为完整。汉代文献中所见这种诗体通用的名称有两种：一曰"赋"，如司马迁《史记》中说屈原"作《怀沙》之赋"，班固《汉书·艺文志》列有"屈原赋"、"宋玉赋"等名目；另一种就是"楚辞"。为了避免跟汉赋混淆，现在多用后一种名称。另外，"骚体"也是自古以来很常见的别称。

楚文化和楚辞的形成　如前所述，长江流域很早就独立孕育着古老的文化。楚民族兴起以后，成为这一地域文化的代表。楚的始祖鬻熊于西周初立国于荆山（今湖北南彰县一带），长期以来楚人被中原诸国呼为"蛮荆"。但发展至春秋时代，楚国的力量已十分壮大，它兼并了长江中游许多大小邦国，形成与整个中原相抗衡的局面。至战国，楚进而吞灭吴越，其势力西抵汉中，东临大海，在战国诸雄中，版图最大，人口最多，一度有"横则秦帝，纵则楚王"的说法。后楚为秦所灭，继而楚地的反秦武装又成为亡秦的主要力量。如此终于在汉代完成了历史上第一次南北文化的大融会。

楚民族很早就开始吸收中原文化。春秋战国时代，《诗》、《书》、《礼》、《乐》等北方文化典籍已成为楚国贵族诵习的对象；从《左传》来看，楚人赋诵或引用《诗经》颇为熟稔。但另一方面，楚文化始终保持着与中原文化有显著区别的特征。

说及楚文化的特点，首先需要注意到南方的生存环境具有某些优越性。《汉书·地理志》说，楚地"有江汉川泽山林之饶；江南地广，或火耕水耨。民食鱼稻，以渔猎山伐为业，果蓏蠃蛤，食物常足"。由于谋生较为容易，就可能有较多的人力脱离单纯维持生存的活动，投入更高级更复杂的物质和精神生产。所以至少在春秋以后，楚国的财力物力已经是北方国家羡慕的对象。从地下考古发掘来看，战国时代楚国的青铜器，足以代表先秦青铜器冶铸的最高水平；至于楚地漆器、丝织品之精美，那是北方根本无法比拟的。由于同样原因，在南方没有迫切需要组成强大的集体力量以克服自然、维护生存，所以楚国的政治制度比北方国家也显得松懈。在这样的生活环境中，个人受集体的压抑较少，个体意识相应就比较强烈。一直到汉代，楚人性格的桀骜不驯，仍是举世闻名。《史记》、《汉书》中，可以找到不少例子。

据史书记载，当中原文化中巫教色彩已明显消退以后，楚地仍盛行巫教。王逸《楚辞章句》言及在屈原时代，楚先王的庙宇内多有神怪内容的图画，民间习俗也是"信鬼而好祠。其祠，必作歌乐鼓舞以乐诸神"。这种神话氛围也容易养成楚人活跃的、偏好奇思异想的性格。

优越的自然条件，较少压抑而显得活跃的生活情感，造成了楚地艺术的兴盛。在中原地区以"礼"为中心的文化中，音乐、舞蹈、歌曲，被当作调节群体生活、实现一定伦理目的的手段，因而中庸平和被视为艺术的极致。而楚国的艺术，其主要功能仍然表现在对审美快感的满足上，充分展示出人们情感的活跃性。屈原《招魂》中描绘楚国宫廷内的音乐舞蹈热烈动荡而显示出奢华的享乐气氛。楚地出土的各种器物和丝织品，不仅制作精细，而且往往绘有艳丽华美、奇幻飞动的图案。我们今天在观赏楚地出土文物时，会很自然地想到楚辞，就因为它们都在奇幻而华丽的表现形式中，蕴涵着热烈的人生情感。

大体上我们可以从楚文化的一般特点来看楚辞产生的背景。但由于文献资料的缺乏，关于楚辞的形成的具体过程很难作出描述。通常，文学史的研究者会提到《诗经·周南》中的《汉广》可能是楚国歌谣的远祖。它产生于江汉流域，这里后来成了楚国的领地。此诗写一个男子对汉水女神的爱慕之情，在气质上与楚辞《九歌》相通。另外《孟子》中记录有一首据说是孔子游楚时听当地小孩所唱的歌："沧浪之水清兮，可以濯我缨；沧浪之水浊兮，可以濯我足。"它与《诗经》中歌谣在形式上有明显的不同。还有刘向《说苑》所载《越人歌》，据说是楚人翻译的越国舟子的唱辞，格式也与之相近。从《楚辞》等书中还可以看到许多楚地乐曲的名目，如《劳商》、《九辩》、《九歌》、《阳春》、《白雪》等，但无法了解其详情。大概可以说，在楚地一直流传着一种具有地方特色的歌谣，它的句型是多变的，也可以长短不齐，不像《诗经》几乎全是整齐的四言诗；句中或句尾多用语气词"兮"字。只是这些零散资料能够说明的问题是有限的。后人看楚辞，几乎直接就面对着屈原这位伟大的作家。这种诗体在屈原之前应有过一个漫长的发展过程，只是如今难以探究。

有一个问题是值得注意的：即使说楚辞脱胎于楚地歌谣，两者之间也已发生了重大变化。屈原的作品，如《离骚》、《招魂》、《天问》，都堪称长篇巨制；《九章》较之《诗经》而言，也长得多，只有《九歌》比较短小。汉人称楚辞为赋，取义是"不歌而诵谓之赋"（《汉书·艺文志》），据其他古籍记载，这种"不歌而诵"的"赋"就是用一种特别的声调来诵读。这大约类似于古希腊史诗的"吟唱"形式。总之，除了《九歌》，屈原的作品显然不是用来歌唱的，它已经脱离了歌谣形态。正因如此，楚辞才能使用繁丽的文辞、铺张的手法，容纳复杂的内涵，表现丰富的思想情感。这种变化，在诗史上有着不容忽视的意义。

屈原的创作 "不有屈原，岂见《离骚》。"（《文心雕龙·辨骚》）楚辞这一诗体的成立，当然离不开伟大诗人屈原的创造。

关于屈原的生平，最重要的记载是《史记》中关于他的传记。但司马迁掌握的材料似乎也不多，他把《楚辞·渔父》这种很可能是虚构的作品也当作史料来使用了；而且，这篇传记似乎存在错乱，有些地方不易读明白。总之，屈原的生平有一系列的问题尚待澄清。在这里我们只是根据现有材料，参照研究者中较一致的看法，对此作简单的介绍。

屈原（约前339—约前277）名平，字原，是楚王室的同姓贵族[①]。他年纪很轻时就受到楚怀王的高度信任，官为左徒，"入则与王图议国事，以出号令；出则接遇宾客，应对诸侯"（《史记》本传），成为楚国内政外交的核心人物。后有上官大夫在怀王面前进谗，说屈原把他为怀王制定的政令都说成是自己的功劳，于是怀王"怒而疏屈平"。他失去了原来的要职，并受到某种处分——但具体情况《史记》中没有说得很清楚。

这以后，楚国的内政外交发生一系列问题。先是楚与齐的联盟被秦

---

① 古代姓、氏有别。楚王姓芈；屈原祖先封于屈，遂以屈为氏。

国设计破坏，怀王发现上当后，发兵攻秦，连遭惨败。此后由于怀王外交上举措失当，楚国又接连遭到秦、齐、韩、魏的围攻，陷入困境。至怀王三十年，秦人邀怀王会于武关。屈原对此表示反对，而怀王的小儿子子兰等却力主怀王入秦，结果怀王被扣，三年后死于秦。

在怀王被扣后，顷襄王接位，子兰任令尹，楚秦邦交一度断绝。但顷襄王在即位的第七年，竟然与秦结为婚姻，以求暂时苟安。由于屈原反对他们的可耻立场，楚国也有许多人指斥子兰对怀王的屈辱而死负有责任，子兰遂将屈原视为敌人，又指使上官大夫在顷襄王面前造谣诋毁他，导致屈原被流放到沅、湘一带，时间约为顷襄王十三年前后。

在屈原多年流亡的同时，楚国的形势愈益危急。到顷襄王二十一年，秦将白起攻破楚都郢（今湖北江陵），次年秦军又进一步深入。屈原眼看楚国已经无望，却又不能离开故土，远投他国，于悲愤交加之中，自沉于汨罗江。他的高尚品格受到楚人深深的敬重，后来人们就把五月五日这一楚地的传统节日改作纪念屈原的日子。

屈原的作品，在《史记》本传中提到的有《离骚》、《天问》、《招魂》、《哀郢》、《怀沙》五篇。《汉书·艺文志》著录"屈原赋二十五篇"，无篇名。东汉王逸《楚辞章句》所载也是二十五篇，为《离骚》、《九歌》（十一篇）、《天问》、《九章》（九篇）、《远游》、《卜居》、《渔父》，而把《招魂》列于宋玉名下。可见关于屈原的作品汉代就存在争议。现代研究者多认为《招魂》仍应视为屈原之作；《远游》、《卜居》、《渔父》，则伪托的可能性为大。

《离骚》是屈原最重要的代表作。全诗三百七十余句，是中国古代最为宏伟的抒情诗篇。其写作年代，或以为在怀王晚年，屈原初遭排斥以后；或以为在顷襄王时期，屈原遭到流放以后。《离骚》的题旨，司马迁解释为"离忧"；班固进而释"离"为"罹"，以"离骚"为"遭忧作辞"。这是屈原在政治上遭受严重挫折以后，面临个人的厄运与国家的厄运，对于过去和未来的思考，是一个崇高而痛苦的灵魂的自传。

在《离骚》中作者对楚国的政治给以激烈的抨击，并针对此提出自己理想中的"美政"。在这方面屈原显然受到黄河流域文化的影响：诗人所服膺的"三王"之政，"尧舜"之治，他一再提出的以民为本、修明法度、举贤授能等政治主张，可以看出是儒家与法家学说的混合。但另一方面，黄河流域文化中强烈要求克制自我的精神，对屈原的影响却不是很明显。

当他所属的社会群体对他的人格作出否定、当他意识到自己与楚国贵族集团完全处于对立状态时，不仅没有恐惧感，反而产生了一种自豪感，在孤立中看到自己的高大："鸷鸟之不群兮，自前世而固然。"这固然是因为屈原坚信自己的主张在根本上更符合楚国的国家利益，同时也是因为屈原完全不能够放弃他的自尊。汉代的班固指责屈原"露才扬己"（《离骚序》），就事实而言这倒也没错。

《离骚》的前半部分主要写作者与楚国统治集团的矛盾。在这里由三方面的人物构成了作者心目中的楚国政治关系模式。从第一句"帝高阳之苗裔兮"开始，诗人就使用大量笔墨，突出自己高贵的出身、卓异不凡的禀赋和及时修身而培养成的高尚品德与出众才干，进而表明他献身君国的愿望和令楚国振兴的信心，使诗中的自我形象作为美好和正义的代表得到凸显。而"党人"即结党营私的小人，是同诗人敌对的、代表邪恶的一方。他们只顾苟且偷安，使得楚国的前景变得危险而狭隘；他们为了满足自己的贪欲，决心用恶毒的诬陷把诗人消除掉。第三方是能够凭借其权力决定上述双方的成败并由此决定楚国命运的楚王。他具有奇怪的特性：一方面他是楚国的象征，享有天然的正义，并且获得诗人无保留的忠诚（"指九天以为正兮，夫唯灵修之故也"）；然而他又是昏庸糊涂的，虽然开始能够对诗人表示信任，最终却受了"党人"的蒙骗："荃不察余之中情兮，反信谗而齌怒。"由此导致了诗人的失败和楚国的衰危。

我们无法知道当时楚国的政治态势是否就是如此简单明白。但可以看出：这一模式能够把君主的错失与"党人"的邪恶分开，从而能够在忠诚于君王这一道德前提下高度肯定自我的人格和理想（值得一说的是，这一模式在后世仍然被人们反复地模仿使用）。在受到沉重的打击，甚至陷入完全孤立的境地之后，诗人的高傲和自信愈发被激起。他反复地用各种象征手段表现自己高洁的品德：饮木兰之露，餐秋菊之英；戴岌岌之高冠，佩陆离之长剑；又身披种种香花与香草。诗人坚定地表示：他决不放弃自己的理想而妥协从俗，宁死也不肯丝毫改变自己的人格："虽体解吾犹未变兮，岂余心之可惩！"

然而诗人的痛苦和困惑并未就此消弭，因为他还面临着人生应该怎样继续展开的问题。《离骚》后半部分就借助神话材料，以幻想形式呈示了他的内心深处的活动。开始，诗人假设一位"女媭"对他劝诫，批评他的

"婞直"不合时宜；继而诗人通过向传说中的古帝重华（舜）表述自己政治理想的情节，否定了女媭的批评。这其实是表达了诗人内心感情的波折。而后诗人在想象中驱使众神，上下求索。他来到天界，然而天帝的守门人却拒绝为他通报；他又降临地上"求女"，但那些神话和历史传说中的美女，或"无礼"而"骄傲"，或无媒以相通。这表明他的追求不断遭到失败，他甚至无法找到能够理解自己、帮助自己的知音。

出路到底在哪里呢？请巫者占卜的结果是楚国已毫无希望，只有离国出走。于是诗人驾飞龙，乘瑶车，扬云霓，鸣玉鸾，自由遨游，诗中出现了一片神志飞扬、欢愉无比的气氛。然而正当其"高驰邈邈"之时，"忽临睨夫旧乡。仆夫悲余马怀兮，蜷局顾而不行"。他发现自己终究无法离开故土。一切选择都是不可能的，只有以死来完成自己的人格。全诗总结性的"乱辞"这样写道：

> 已矣哉！国无人莫我知兮，又何怀乎故都！既莫足与为美政兮，吾将从彭咸之所居！

无论是政治上的失意还是对政敌的指斥，都是在《诗经》中早已表现过的情感。然而《离骚》与之相比，实有飞跃的进步。不可放弃的尊严、重建自我人格的执着愿望和热烈动荡的感情，使得这样一部自叙传性质的诗作必须使用宏大的篇幅、复杂的表现手段来展开，它由此产生了巨大的艺术感染力。

《九章》由九篇作品组成：《惜诵》、《涉江》、《哀郢》、《抽思》、《怀沙》、《思美人》、《惜往日》、《橘颂》、《悲回风》。宋人朱熹认为这是后人将屈原九篇作品辑录为一卷而加上的总名，现代研究者也大多信从此说。《九章》的内容都与屈原的身世有关，这与《离骚》相似。只是各篇大多写生活中具体的事件，篇幅较短；手法以纪实为主，较少采用幻想的表现。

在《九章》中，《涉江》的艺术性最为人称道。这是屈原被放逐江南时所作，写自己南渡长江，又溯沅水西上，独处深山的行程和感想，文笔颇细致，其中有一段风光描写：

> 入溆浦余僮佪兮，迷不知吾所如。深林杳以冥冥兮，乃猿狖之所居。山峻高以蔽日兮，下幽晦以多雨。霰雪纷其无垠兮，云霏霏而承宇。

诗人抓住带有特征性的景物，寥寥数语，高度概括地写出深山密林欹崟幽邃的景象，又以此恰到好处地衬托了自己寂寞而悲怆的心情。这是中国文学中最早出现的完整的对自然风光的真实描写，因而被视为后世山水诗的滥觞。

《哀郢》作于顷襄王二十一年秦将白起攻陷楚都郢以后，抒写了作者对郢都的眷恋和对楚国前途的忧虑。诗歌从质问苍天开篇，突兀而起，一下子将读者引入国都残破、人民罹难的悲惨情景中。而后以郢都为起点，由近到远，写出流亡过程中步步回首、难舍难分的沉痛情感。"望长楸而太息兮，涕淫淫其若霰。过夏首而西浮兮，顾龙门而不见。"越行越远，郢都高大的乔木和矗立的城门都已在视线中逐渐消失了，泪水不觉像雪珠一样纷纷洒落。这种国破家亡、无法承受的悲伤，在后世再度出现类似危难的时刻，总是给人心带来强烈的震撼。

《怀沙》一般认为是屈原临死前的绝笔。在作出最终的选择以后，诗人再次申述自己志不可改，和对俗世庸众的蔑视。诗最后说道："知死不可让，愿勿爱兮。明告君子，吾将以为类兮。""类"有今所谓"榜样"的意思。诗人表示希望世人能够从自己的自杀中，看到为人的准则。

《招魂》、《九歌》及《天问》这三部作品，都不直接涉及屈原本人的生活经历，但又从不同方面曲折地反映了屈原的个性和思想情感。

《招魂》是为楚怀王招魂而作（"招魂"本是楚地一种习俗），充满奇异的想象。全篇除开头一段引言说明招魂原因外，可分为两大部分。前半部分竭力渲染东南西北四方以及天上、幽都的可怕，劝魂不可留居。诗人的笔下，各种吃人食魂的鬼怪，凶残狰狞的毒蛇猛兽，极端严酷的自然环境，组成一幅幅光怪陆离、诡异恐怖的图景。后半部分，则竭力铺陈楚国宫廷的富丽奢华，以招魂归来，辉煌的殿堂，华贵的陈设，妖娆的女子，醇酒美食和诱人的歌舞，又是那样耀人眼目，动人心魄。最终以"目极千里兮伤春心，魂兮归来哀江南"收结，流露出无限深情。

《招魂》所显示出的想象力和创造力，是令人惊叹的。它用夸饰手法，对恐怖和奢华两种景象作强烈而富于刺激性的描写，形成对照，造成了特殊的美感效果。以后在鲍照、韩愈、李贺等作家的创作中，可以看到《招魂》这一特点的继承与发展。它的铺陈手法，则直接影响了汉赋。

《九歌》原是一种带有传说性的古老乐曲的名称。屈原之作是一组祭神所用的乐歌，共十一篇。前十篇各祭一神：东皇太一（天神中最尊贵者）、云中君（云神）、大司命（主管寿命的神）、少司命（主管子嗣的神）、东君（太阳神）、湘君、湘夫人（均为湘水之神）、河伯（黄河之神）、山鬼（山神）、国殇（战亡将士之魂）；末篇《礼魂》，则是前十篇通用的送神曲。一般认为《九歌》是根据民间的祭神乐歌改写而成的，但诗中常能感受到诗人个人的情怀。

《诗经》中的祭祀乐歌，都是庄重而显得板滞的；人与神之间，相隔遥远。《九歌》则用富丽的语言，描绘出盛大的、活泼而亲切的祭礼场面，那些神灵都被赋予了人类的品格和情感，他们对人的态度亲近而友好，并无可畏之处。这些都反映出在南方的民间信仰中人神共处的特点。

尤其突出的，是《九歌》中大多数诗篇都包含有神与神或人与神相恋的情节，这些恋爱又都呈现为会合无缘、彷徨怅惘的状态，透出对生命的执着追求和追求不得的忧伤怀疑。这令人想到屈原自己人生失路、孤独凄凉的心情。如《湘君》、《湘夫人》写一对配偶神，他们彼此相待，却终不能相遇，唱出伤心的歌子。《湘夫人》开头写道：

帝子降兮北渚！目眇眇兮愁予。嫋嫋兮秋风，洞庭波兮木叶下。

在诗的画面上，深秋的凉意和情感的寂寞不安融为一体，渲染出一派难以言说的凄迷惆怅之情。

《山鬼》也是一首美丽的失恋之歌。诗中写山鬼盛装打扮去同心上人幽会，对方却始终未来赴约，使她陷入绝望的痛苦之中；她独自站在高高的山顶，四望不见人影，不由感叹"岁既晏兮孰华予"——年华渐渐逝去，谁能使我的生命放出光彩呢！正是因为这生命的悲哀，诗歌最后描写的场景格外动人：已经到了深夜，雷鸣电闪，风雨交加，落叶飘飞，猿鸣凄戚，山鬼依然彷徨伫立，不肯离去。这完全是人间少女的情感。

悼念阵亡将士的祭歌《国殇》也很有特色：诗中描绘了一场敌众我寡、以失败告终的战争，在这失败的悲剧中，写出楚国将士们视死如归、不可凌辱的崇高品格。这首诗篇幅不长，却是中国初期文学中最能显示悲壮之美的杰作。

《九歌》具有很高的艺术成就。它包含着先秦文学中少数几篇完全以神话为素材，又经过文学化的改造，以神的形象表现人类生活情感的作品。

它虽然没有《离骚》那样壮阔的场面，但语言的精美，抒情的细致，尤其景物与情感的相互融合与衬托，却是别具一种长处。

《天问》就自然、历史、社会以及有关的神话传说，一口气提出一百七十二个问题；其中有很多问题在当时是已经有了现成答案的，但诗人仍要提出严厉的追问，"怀疑自遂古之初，直至百物之琐末，放言无惮，为前人所不敢言"（鲁迅《摩罗诗力说》）。其文学意义或许稍逊于屈原的其他作品，但这里所显示的深刻的怀疑精神是极为可贵的。

宋玉等其他楚辞作家　司马迁在《史记》屈原传的结尾处提到："屈原既死之后，楚有宋玉、唐勒、景差之徒者，皆好辞而以赋见称；然皆祖屈原之从容辞令，终莫敢直谏。"三人中，唐勒无作品存世[①]；关于景差，王逸《楚辞章句》在《大招》一篇下先标为屈原作，又说"或言景差"，此说不可靠。所以能够具体评述的，只是宋玉一人。但尽管如此，《史记》的简略记载提示了就文学活动而言屈原在楚国并不是孤立的存在，这非常值得注意。

王逸说宋玉是屈原的学生，曾任大夫之职，不知何据。他的作品，《汉书·艺文志》著录为"宋玉赋十六篇"，无篇名；《楚辞章句》中收有《九辩》、《招魂》两篇；《文选》有《风赋》《高唐赋》《神女赋》《登徒子好色赋》《对楚王问》共五篇。以上，《招魂》据《史记》应为屈原之作；《文选》中五篇一般认为是伪托，但也有表示异议的。

《九辩》与《九歌》一样，是具有传说意味的古歌名。宋玉之作当是沿用旧题；从篇幅之长和语言的散文化来看，当也是"不歌而诵"的了。王逸说它是宋玉为悲悯其师屈原而作，与作品的实际情况不太相符。就作品本身来看，《九辩》主要是借悲秋抒发"贫士失职而志不平"的感慨。篇中也有对楚国政治情状的揭露批判，但并没有屈原那样深广的忧愤和追求理想的巨大热情；篇中也有个人失意的不满，但并没有屈原那样高傲的自信和不屈的对抗精神。总体上，诗中所呈现的是一个清高自守、坎坷不遇、憔悴自怜的才士形象。

---

① 1972年银雀山出土汉简中有以"唐勒"为篇题的残简，有些研究者认为是唐勒赋，但根据不足。

《九辩》中多处袭用或仿照屈原作品的成句，复述屈原的论调，表明宋玉的创作明显受屈原的影响。但《九辩》又绝不是一篇模仿之作，它有自身显著的特色。论感觉的细致、语言的精巧，还在屈原作品之上。开头一段，尤为突出：

悲哉秋之为气也！萧瑟兮草木摇落而变衰。憭栗兮若在远行，登山临水兮送将归。沆寥兮天高而气清，寂寥兮收潦而水清。憯凄增欷兮，薄寒之中人。怆恍懭悢兮，去故而就新。坎廪兮贫士失职而志不平，廓落兮羁旅而无友生。惆怅兮而私自怜。燕翩翩其辞归兮，蝉寂寞而无声。雁廱廱而南游兮，鹍鸡啁哳而悲鸣。独申旦而不寐兮，哀蟋蟀之宵征。时亹亹而过中兮，蹇淹留而无成。

在这里我们首先可以看出作者敏锐的感受，尤其是开头几句，用远行中的漂泊感、登山临水的空渺感，写人生失意之情绪，极见匠心创意。而为了充分表达这种感受，作者运用了细致的笔触：他极其善于选择具有一定特征的景物与幽怨哀伤的感情融化在一起来抒写，风声、落叶声、鸟啼虫鸣声，与诗人的穷愁潦倒的感叹声交织成一片，大自然萧瑟的景象与诗人孤独的身影相互映衬，环境气氛的渲染成功地烘托出人物的心理。而且，《九辩》的语言较之屈原也显得更为讲究，诗中句式多变，长短错落，语气词"兮"字的位置也不断调换，节奏显得相当灵活自由。以上虽是就一节来分析，但这些特点是贯穿了《九辩》全篇的。

《九辩》的这种艺术成就，跟前面所提及的作者所表达的情感特征有直接关系。宋玉不像屈原那样与外界处于紧张的对抗状态；所谓"惆怅兮而私自怜"，更多的是对自己的生命的关注，由此而产生无奈，那是一种内向的和伤感的情绪。所以作者需要寻求与屈原不同的更为委曲细致的文学表现，他也获得了成功。后人将宋玉与屈原并称为"屈宋"，这不是没有道理的。

楚辞的文学史意义　《诗经》与楚辞之间不仅存在着南北文化的差异，还相隔着三百多年的时间，这又正是先秦文化发展的重要阶段，所以后者比较前者理所当然地有了许多重要的进步。

在前一章我们说及，屈原与宋玉、景差、唐勒诸人的创作活动，表明文学正在以某种方式成为上层社会生活的重要内容，其意义不容轻忽。与之相应，楚辞开始显示出作者个人的印记。《诗经》中作品总体而言是集体性的创作，虽然有几篇留下了作者的名字，但这和没有留下作者名字的作品并无多少区别。而屈原、宋玉却是用他们的各自的理想、遭遇、痛苦，在自己的作品里打上了只属于自己的烙印。这标志了中国古典文学创作的一个新时代。

　　楚辞打破了《诗经》那种以整齐的四言句为主、简短朴素的体制，形成了句式自由、篇幅宏大的体制。这种变化取决于抒情的需要。在楚辞中，复杂的情感不再被简单地对待，而是凭借了多样化的手段呈现为丰富的面貌。譬如在《离骚》中，作者对楚国的爱与恨，以及关于去与留的思虑，是在一个象征化的世界里一层又一层起伏着展开的；在《九辩》中，我们同样看到对生命的伤感这种不易捉摸的情绪如何被渲染得淋漓尽致。相比于《诗经》，楚辞正把抒情文学引向复杂。

　　《诗经》在将草木鱼虫之类作为比兴的材料来描写时，也能给人以美感，但那大抵是不自觉和简朴的。到了楚辞中，无论花草还是山水，抑或音乐、舞蹈、女性，各种令人感动的美的因素，都受到更多的关注。"羌声色兮娱人，观者憺兮忘归"（《九歌·东君》），爱美之心在屈原那里甚少忌讳。而相应的，楚辞中也大量运用了华美的辞藻。大体上可以说，中国古代文学中讲究文采、注意华美的流派，最终都可以溯源到屈、宋。

　　总之，虽然有很多东西尚待后人展开，楚辞确实已经给中国文学开辟了重要的新的道路。

第 3 章

先秦散文

先秦时代的散文著作是基于各种实用的目的而产生的，它牵涉到社会思想与文化的各个方面。严格地说，先秦散文并不是文学作品，但它们在文学史上的地位却很重要。这是因为：这一类著作显示了上古时代书面语言的成熟过程，它表达思想与情感的能力的增长；进一步说，在文学史的初期，并不存在文学与非文学的明确界限，非文学类型的作品常常也包含了文学因素，有的甚至文学性很强，因而对后代文学的发展产生了重要影响。

一、历 史 散 文

在前面我们曾经说过，先秦历史著作相互间的差别很大。大体说来，在这类著作中的文学成分有一个逐渐增长的过程，如早期的《尚书》，除假托的部分，完全是史官所保存的档案文件的汇编；而在战国末年至秦汉之际形成的《战国策》，却已包含了许多虚构的历史故事，带有小说的气息了。

<u>《尚书》与《春秋》</u>　《尚书》意为"上古之书"，是中国上古历史文件和部分追述古代事迹作品的汇编。春秋战国时称《书》，到了汉代，才改称《尚书》。儒家尊之为经典，故又称《书经》。《尚书》据说原有一百篇，秦焚书后，汉初实存二十八篇（因有分合的差异，或谓当为二十九篇），因用当时通行字体写成，故称今文《尚书》。汉武帝时曾发现一种古文《尚书》，但不久亡佚。东晋时梅赜献出一种共五十八篇的古文《尚书》，成为后来最流行的本子，《十三经注疏》所收即此种。其中三十三篇相当于今文《尚书》的二十八篇；另外的二十五篇，清代著名学者阎若璩考定为伪作，习称《伪古文尚书》。但近年来随着出土文献的发现，关于那一部分

文篇的真伪问题再度发生疑问。

现存《尚书》中的《盘庚》篇可能是最古老的。这是殷王盘庚迁都时对臣民的演讲记录，语辞是古奥的，但有些地方还是可以感受到盘庚讲话时的感情和尖锐的谈锋，如：

非予自荒兹德，惟汝含德，不惕予一人。予若观火，予亦拙谋，作乃逸。若网在纲，有条而不紊；若农服田力穑，乃亦有秋。

短短的一段话，用了三个比喻，颇为生动。又如盘庚告诫臣下不要煽动民心反对迁都，说那样便会"若火之燎于原，不可向迩"，弄得不可收拾，也是相当出色的比喻。

《尚书》中从商代到西周的文献都是艰涩而拗口的，韩愈谓之"周诰殷盘，佶屈聱牙"（《进学解》）。或怀疑这是因为年代久远、传写讹误的缘故，但印证以一些出土青铜器的长篇铭文，可知当时的文章就是如此。真正的原因恐怕是这类中国最古老的文章使用的是一种尚不成熟的书面语，它既夹杂口语，又常有前后文义不连贯的情况，文字的选用也未形成规范。

到了《尚书》中产生年代较晚的文献，情况就有了变化。如春秋前期的《秦誓》，是秦穆公伐晋失败后的悔过自责之词，表达了愧悔、沉痛的感情，文章这样写道：

古人有言曰："民讫自若是多盘。"责人斯无难，惟受责俾如流，是惟艰哉！我心之忧，日月逾迈，若弗云来！

他引用古人的话指出，如果自以为是，必将做出许多邪僻的事，又十分痛心地说明责备别人容易，从谏如流则十分艰难，再说到时光一去不返，深恐没有机会改正错误了。这一节文字虽仍有跳脱，但意思已经比较清晰，所以尚能传神，由此可以看出书面语逐渐成熟的轨迹。

"春秋"原是先秦时代各国史书的通称，后来仅有鲁国的《春秋》传世，便成为专称。此书相传经过孔子整理、修订，被赋予特殊的意义，因而也成为儒家重要的经典。

《春秋》是编年体史书，以鲁国十二公为序，起自鲁隐公元年（前722），迄于鲁哀公十四年（前481），记载了二百四十二年间的大事。它是纲目式的记载，文句极简短，几乎没有描写的成分。但语言表达具有谨严精练的特点,和前述《尚书·秦誓》一样,都反映了书面语趋向成熟的轨迹。

据说孔子修订《春秋》时,按照自己的观点对一些历史事件和人物作了评判,并选择他认为恰当的字眼来暗寓褒贬之意,这被称为"春秋笔法"。因此《春秋》被后人看作是一部具有"微言大义"的经典,是定名分、制法度的范本。这对后代史书乃至文学作品的写作,都有一定影响。

《左传》与《国语》 在汉代经学中,解释"经"的书称为"传"。《春秋》有三传:《左氏传》(简称《左传》)、《公羊传》、《穀梁传》。从实际内容来看,《左传》是一部编年史,其记事系统而具体,记事年代大体与《春秋》相当,但在后面要多若干年。古人认为此书的立意是通过史实来阐发《春秋》,但现代研究者多认为它本来是一部独立撰写的史书,只是后人将它与《春秋》配合,并作了相应的处理。

《左传》的作者,司马迁和班固都说是左丘明,并说他是鲁太史。有人认为这个左丘明就是《论语》中提到的与孔子同时的左丘明。但对此,唐代以后颇有人怀疑,现在一般人认为是战国初年无名氏的作品。

就现存资料而言,《左传》可以说是中国第一部广义上的大规模的叙事性作品。从前的记事文(如青铜器的铭文、《春秋》等)都只有对单一事件的简单记述,而到了《左传》中,许多头绪纷杂、变化多端的历史大事件,都能处理得有条不紊,繁而不乱。最为突出的例子是关于春秋时代著名的五大战役的记载。作者善于将每一战役都放在大国争霸的背景下展开,对于战争的远因近因、各国关系的组合变化、战前策划、交锋过程、战争影响,以简练而不乏文采的文笔一一交代清楚。这种叙事能力的发展,无论从史学还是从文学着眼,都具有极重要的意义。

《左传》所记外交辞令也很精彩。这一类文字照理应该有原始的官方记录作为依据,但必然也经过作者的重新处理,才能显得如此简练而清晰。与《尚书》所记言辞相比,差别是很明显的。如"烛之武退秦师"一节,写郑为秦、晋联军所围攻,危急之际,烛之武夜入秦营,劝退秦军。整篇说辞不到两百字,却抓住秦国企图向东发展而受到晋国阻遏的处境,剖析在秦、晋、郑三国关系中,秦唯有保全郑国作为在中原的基地,才能获得最大利益,于是轻而易举地瓦解了秦晋两大国的联盟,挽救了已经必亡无疑的郑国，至今读来，仍是无懈可击。这堪称地缘政治学的一个古老的杰出范例。

从文学上看，《左传》最值得注意的地方，还在于它记叙历史事件、阐发历史教训的同时，还常常注意到故事的生动有趣，并且能以较为细致生动的情节，初步地描绘出人物的形象。这些因素对文学的发展是很重要的。

一般说来，史籍记载中愈是细致生动的情节，其可信程度愈低。因为这一类细节作为历史材料的价值不大，在发生的当时或稍后，也不大可能被如实地记载下来。只有当历史事件被当作故事来演述的时候，由于人们的搜奇心理——进一步说是通过他人的遭遇来理解社会与人生的精神需要，才会被添加上细节而变得生动。由此我们可以推想：《左传》作者所依据的材料除了史官记录，也有不少原来就是以各种方式流传着的历史故事，在完成这部著作的过程中，作者很可能又根据自己对历史的悬想、揣摩作了进一步的添加。换言之，《左传》相当一部分内容，是在书面语言日渐发达的条件下将口传历史故事书面化的结果。只是它的撰著还显然受史官文化传统的约束，虚构不会太过分吧。

《左传》中关于晋公子重耳流亡经历的记述，故事趣味表现得较为突出，有些颇具戏剧性：过卫乞食于野人，在齐贪恋安乐而被姜氏与随从灌醉强行带走，过曹时曹共公窥其裸浴，至楚与楚王论晋楚未来关系，在秦得罪怀嬴而自囚请罪……把重耳十几年流亡过程写得跌宕起伏。重耳之亡，大概原来就是很有名的故事，所以《左传》、《国语》中均有比较有趣的内容。在这些故事情节中，我们还可以大致地感受到重耳的性格既有贪图安乐、高傲任性的一面，也有胸怀远大、善于自我克制的一面。有些细节写得颇为传神，如：

> 秦伯纳女五人，怀嬴与焉。奉匜沃盥，既而挥之。怒曰："秦晋匹也，何以卑我？"公子惧，降服而囚。

怀嬴是秦穆公之女，先嫁给晋怀公（重耳之侄），此时又改嫁重耳。她捧着匜（盛水器）浇水让重耳洗手，重耳洗完以湿手挥她，这原是贵公子任性的派头，怀嬴认为这是卑视自己，因而发怒。重耳此时正恳求秦国帮他回到晋国夺取政权，岂敢得罪怀嬴？只得以隆重的礼节赔罪。这一节文字虽短,却写出了两人在各自处境中的特定心理。另外,从这一小节中,我们也可以注意到《左传》的文字还是有过于简略、尤其主语省略过甚的现象,这表明文言文还在发展的过程中。

在整个中国文学史上,小说与戏剧的产生相当迟,但与此有关的文学因素,尤其是前面所说的"故事趣味",却不可能很迟才出现;只不过它借了历史著作的母胎孕育了很久才分离出来。而《左传》正是第一部包含着丰富的这一类文学因素的历史著作,它直接影响了《战国策》、《史记》的写作风格,形成文史结合的传统。这种传统既为后代小说、戏剧的写作提供了经验,又为之提供了丰富的素材。

《国语》以国立目,以记载言论为主,故名"国语"(但有些篇什是记事性质)。全书体例并不系统完整。所涉周、鲁、齐、晋、郑、楚、吴、越八国史事,详略多寡不一,其中《晋语》九卷,占全书近半;其记事年代起自周穆王,止于战国初,前后五百余年,除《周语》略为连贯外,其余各国只是重点记载了个别事件。所以有些研究者认为可能作者所掌握的原始材料就是零散的,他主要对材料作了汇编与整理的工作。

关于《国语》的作者,司马迁在其《报任安书》中说及也是左丘明,后人多有异议,现在一般认为产生于战国初年,作者不详。此书与《左传》大抵为同时代的产物,但具体年代孰为先后,研究者持论不一。

《国语》与《左传》虽有许多不同,但也有一些重要的共同特点,它大抵也是混合了正式的档案文献和口传故事的产物。譬如书中一些与重要历史事件相关的长篇大论,理应有书面文献的依据,但不少片断的、带有趣味性的言论,则恐怕多是口传故事的增饰。《国语》记事总体而言不如《左传》,但有些部分则并不逊色。如《晋语》中记"骊姬之难"的故事,较《左传》记载更详尽曲折。有一节写骊姬欲谋害太子申生,恐大臣里克干涉,她手下的优人施自愿出面劝说里克。他请里克饮酒,半中间起舞而歌,暗示里克变故在即,要善于自保。里克体会到优施所言有大的政治背景,夜半召优施,问明"君(指献公)既许骊姬杀太子而立奚齐",遂以保持中立为条件,与骊姬一方达成了政治交易。这一段关于宫廷阴谋的故事不仅富于戏剧性,而且很好地描摹出人物心态。另外《吴语》和《越语》,以吴越争霸和勾践报仇雪耻之事为中心,写得波澜起伏,也是相当精彩的。

《战国策》　《战国策》是西汉刘向将中央政府所藏多种相类似的以战国策士活动为主要内容的著作汇编而成的一部书,作者不明,亦非一人。其中所包含的资料,主要出于战国时代,也有少量产生于秦和汉初。书名也是由刘向重新拟定的。共三十三篇,按国别编排,每篇由若干相互独立的单篇组成。记事年代大致上接《春秋》,下迄秦统一。

记述战国策士活动的书,刘向所见已是名目繁多(见《战国策叙录》),1973年马王堆汉墓出土文物中,也有一种此类内容的帛书,共二十七章,后定名为《战国纵横家书》。可见这一类书曾经广泛流行。这是因为战国是一个激烈的大兼并时代,国与国之间以势力相争,以智谋相夺,不断地发生组合与分化。这种特殊环境导致对才智之士的迫切需求,也为他们提供了广大的舞台。《战国策》一类书,大抵即出于策士之手,它除了赞美策士在历史上的作用而外,大概也提供给有志此道的人们作为修习的范本。

虽然习惯上把《战国策》归为历史著作,但它的情况与《左传》、《国语》等有很大不同。后者虽也因追求"故事趣味"而有些出于增饰的内容,但那都是附着于史实的;而《战国策》的有些记载完全不能当作史实来看。如《魏策》中著名的"唐且劫秦王"一节,写唐且在秦廷中挺剑胁逼秦王嬴政(即秦始皇),早就有学者指出这是根本不可能发生的事情。要讨论《战国策》的内容究竟有多少与史实相符,是一项复杂的工作,但总体上我们可以说作者写那些历史故事时对真实与否是不太看重的。

《战国策》的思想观念也有值得注意之处。那是一个重实利而轻忽道德修饰的年代,策士们运用才智来谋取利禄,大多只把个人的成功视为根本追求。如《秦策》记苏秦始以连横之策劝说秦王并吞天下,后又以合纵之说劝赵王联合六国抗秦。他游秦失败归来时,受到全家人的蔑视;后富贵还乡,父母妻嫂都无比恭敬,于是感慨道:

嗟乎,贫穷则父母不子,富贵则亲戚畏惧。人生世上,势位富贵,盖可忽乎哉!

作者以欣赏的笔调,描绘了苏秦志得意满的神情。这不够高雅,也许不值得赞赏,却是以尖锐的目光看破了冷酷的现实。

由于《战国策》在思想观念上的束缚相对要少,又不完全拘泥于历史的真实（当然从历史学的眼光看这是缺陷），所以就显得比以前的历史著作更加活泼而富有生气。从文学上看，《战国策》的发展主要表现在以下两方面。

第一是富于文采。关于这一点，首先要注意到的是《战国策》的语言比起《左传》、《国语》又有了相当大的变化。它明快而流畅，纵恣多变，后者常有的因过度省略而造成的语气不连贯、前后句的关系不容易看明白的情况，在这里已经很少出现了；无论叙事还是说理，《战国策》都更能委曲尽情。进一步说，《战国策》还普遍使用积极的修辞手段来打动人心。最突出的就是通过铺排和夸张的手法，造成酣畅淋漓的气势。在这里，语言直接作用于感情，而不仅是从理智上说明事实和道理的工具。如《苏秦始将连横》、《庄辛说楚襄王》等篇，都是显著的例子。

第二，《战国策》更善于描写人物。《左传》、《国语》描写人物，大抵是简笔的勾勒，个别例子虽也能写出人物的某种性格特点，但终觉笼统。如前面举出的重耳向怀嬴赔罪的例子，需要仔细想一想，才能明白个中缘由。《战国策》已经开始从以事件为中心向以人物为中心过渡，所以它描写人物更加具体细致，也就更显得生动活泼。如《齐策》写冯谖，一开始描绘他三次弹铗而歌，索求更高物质待遇，显示他不同凡响而又故弄玄虚的性格；之后展开"冯谖署记"、"矫命焚券"、"市义复命"、"复谋相位"、"请立宗庙"等一系列波澜起伏的情节，描绘出这位有胆识谋略，同时也是恃才自傲的"奇士"风采。由于《战国策》的故事常有明显的虚构痕迹，在此情况下再追求人物描写的细致生动，便不时会透出几分小说的气息。

另外，《战国策》所记的策士说辞，常常引用生动的寓言故事，这也是以文学手段帮助说理。这些寓言往往形象鲜明而寓意深刻，也是中国文学宝库中的明珠。诸如"鹬蚌相争，渔翁得利"、"画蛇添足"、"狐假虎威"、"亡羊补牢"、"南辕北辙"等，历来家喻户晓。

二、诸子散文

所谓诸子散文是春秋战国时代各个学派阐述自己学说的著作，是百家争鸣的产物。正因它是随着学术繁盛在争辩的风气中发展起来的，其基本趋向，就是从简约到繁富，从零散到严整，愈是后期的著作，篇幅愈宏大，组织愈严密。这种发展虽不是沿文学的特性而完成的，但却为文学的进步准备了条件。而其中文学性最强的则是《孟子》和《庄子》。

《老子》、《论语》及《墨子》 作为道家元典的《老子》一书，其形成年代一向争执不下。近年来随着地下文献的出土，尤其是1993年湖北郭店战国中期楚墓中竹书《老子》的发现，已可以肯定此书当产生于春秋末期并早于《论语》。但《老子》却未必纯是个人的著作。在《左传》中就有不少跟《老子》明显相似的格言，个别的例子甚至可以追溯到西周的青铜器铭文。可见《老子》的某些内容很早就有流传，后来才被整理成一部书。而被认为是此书作者的"老子"也带有传说色彩，关于他，司马迁《史记》中引了三种不同说法，最有名的一说是：老子是周王朝的"守藏室之史"，姓李名耳，字聃，孔子曾向他请教关于"礼"的问题。可能他就是《老子》一书的编定者。

《老子》是一部以政治为中心的哲理著作，也牵涉个人立身处世的准则。它的文体，既非如《论语》那样的语录，亦非一般意义上的"文章"。全书约五千字，分为八十一章，各章节大致有一定的中心或连贯性，但结构并不严密，前后常见重复。内容都是一些简短精赅的哲理格言，基本上都是押韵的——但其本意并非为了优美，而只是为了便于记诵。如三十六章云："将欲歙之，必固张之；将欲弱之，必固强之；将欲废之，必固兴之；将欲夺之，必固与之——是谓微明。"总之，《老子》一书实是原始道家系统口传格言的书面总结。而口诵文化逐渐转化为书面文献，也正是春秋时代文化发展的一个特点。

《论语》是孔子（前551—前479，名丘，字仲尼）言论的记录，《汉书·艺文志》说："当时弟子各有所记，夫子既卒，门人相与辑而论篡，故谓之《论语》。"全书比较散乱，没有系统的组织，先后次第亦无严格准则。

《论语》中颇多言简意赅、富于哲理性和启发性的语句，显示了孔子对现实人生和社会生活往往有很深刻的认识，如"学而不思则罔，思而不学则殆"（《为政》），"岁寒，然后知松柏之后凋也"（《子罕》），流传后世，成为人们常用的成语、格言。但孔子当初跟学生谈话的时候，不可能只说这么一句就戛然而止。它可能是一个话题，也可能是一段谈话的总结。由此来看，《论语》还部分地保存着将思想格言化以便记忆的特点——这在孔子以前是很普遍的。

孔子长期以授徒为业，他的言论，弟子们所记下的和能够回忆起来的一定很多，哪些值得编纂到《论语》中去呢？那些最能代表孔子思想学说的固然不可缺少，还有一些曾经使大家感动的或特别有意思的也容易被想起吧？后者因其感情和趣味而呈现出一定的文学色彩。如《述而》章："子曰：饭蔬食饮水，曲肱而枕之，乐亦在其中矣。"写出孔丘的一种颇有诗意的人生态度。在孔门弟子中，子路的为人最为鲁莽直率，常与孔丘发生冲突，他们的对话很见性格。有一次，子路问孔丘，如果卫君要他执政，他将先做些什么。孔丘说："必也，正名乎！"子路嘲笑他："有是哉，子之迂也！奚其正？"孔子教训说："野哉由也！君子于其不知，盖阙如也。"而后说了一通为政先正名的大道理。还有一次，孔丘去见卫灵公的夫人南子，子路很不高兴，孔丘只好发誓诅咒："予所否者，天厌之！天厌之！"写出当时的语气，显得孔丘对这位学生有些无可奈何。子路先于孔子而死，大家都很怀念他，他和老师的那些争执想必被大家记得很牢。《先进》章中，有较长的一节，写孔丘与子路、曾晳、冉有、公西华在一起，令诸人各言其志，从比较、对照中显出各人性格的不同。子路冒冒失失，抢先作答，说了一通大话；冉有、公西华以谦虚的语言表述了自己的志向；而后是曾晳：

鼓瑟希，铿尔，舍瑟而作，对曰："异乎三子者之撰。"子曰："何伤乎？亦各言其志也。"曰："莫（暮）春者，春服既成，冠者五六人，童子六七人，浴乎沂，风乎舞雩，咏而归。"夫子喟然叹曰："吾与点也！"

这一段，不但语气生动，而且有简单的情节，又有场景的描写，曾晳的回答也特别具有美感，在《论语》中，是比较特出的了。沿着这个方向下去，就会出现《孟子》那样兼有语录和文章特点的著作。

《墨子》为墨翟及其弟子、后学所著，为墨学的著作总汇，汉代有七十一篇，现存五十三篇。墨翟，生活时代约当于孔子与孟子之间，即春秋战国之际。相传他原为宋人，长期居住在鲁国。他原出于儒门，后来却创立了与儒学相对立的墨家学派，曾一度盛行，称为"显学"。

《墨子》书中出现了以前《老子》和《论语》中所没有的具有系统性的论辩内容，如主张"兼爱"，反对儒家从宗法制度出发的亲疏尊卑之分；提出"非攻"，反对各国之间以掠夺为目的的战争；要求"节葬"、"节用"，反对奢华的生活方式以及礼乐制度等等。各篇主题明确，篇幅也较长，逻辑严密，善于运用具体事例来说理，已经完全脱离了格言式和片断化的表述，成为古代最早的严格意义上的论说文。这显示各学派之间的思想斗争趋向尖锐，因而文章也随之发生大变。就此而言，《墨子》在中国散文史上有不可忽视的地位。

孟轲与《孟子》 孟轲（约前372—约前289），邹（今山东邹城）人，生活于战国前期。鲁国贵族孟孙氏的后代。他自称私淑孔子，也确实弘扬了孔子的学说，成为儒家的又一名大师，后世尊为"亚圣"。他的行事也仿佛孔子，收过不少门徒，率领着他们游说各国。由于各国间都以力相争，他却鼓吹以德为王，言仁义而不言利，终不能被任用。

《孟子》共七篇。它虽也被归属于语录体，但与《论语》实有根本不同。首先是孟子本人直接参与了撰写，因而能够在书中系统地表述自己的思想与情感；它虽然保留了对话记录的格式，但其实是经过仔细处理的，而且很多段落都围绕着一定的中心逐层展开，结构完整，条理清楚，只要添上题目，就可以单独成篇。

在先秦诸子散文中，《孟子》与《庄子》是文学性最强的。因为孟轲的为人，本不像孔子那样深沉庄重，而是自傲自负，锋芒毕露，与人言辞交锋，必欲争胜。所以他的文章不仅仅着力从逻辑上说明道理，而且常表现出强烈的感情色彩。其行文绝不作吞吞吐吐之态，文字通俗流畅，无生硬语，又喜欢使用层层叠叠的排比句式，这样就形成了《孟子》散文的一个显著特点，即富有气势，如长河大浪，磅礴而来，咄咄逼人，横行无阻。如下例：

说大人，则藐之，勿视其巍巍然。堂高数仞，榱题数尺，我得志，弗为也；食前方丈，侍妾数百人，我得志，弗为也；般乐饮酒，驱骋田猎，后车千乘，我得志，弗为也。在彼者，皆我所不为也，在我者，皆古之制也，吾何畏彼哉？（《尽心》下）

《孟子》的文学性，还表现在善于运用比喻、寓言，借形象帮助说理，这样就避免了抽象辨析所带来的枯燥感，能够在说理时不隔断情感的流动。战国时代文章多用寓言本是普遍现象，但孟子有其特别的精彩。如下例：

齐人有一妻一妾而处室者，其良人出，则必餍酒肉而后反。其妻问所与饮食者，则尽富贵也。其妻告其妾曰："良人出，则必餍酒肉而后反，问其与饮食者，尽富贵也。而未尝有显者来。吾将瞷良人之所之也。"蚤起，施从良人之所之，遍国中无与立谈者，卒之东郭墦间之祭者，乞其余，不足，又顾而之他。此其为餍足之道也。其妻归，告其妾，曰："良人者，所仰望而终身也，今若此！"与其妾讪其良人，而相泣于中庭。而良人未之知也，施施从外来，骄其妻妾。

由君子观之，则人之所以求富贵利达者，其妻妾不羞也而不相泣者，几希矣！（《离娄》下）

这是一则绝妙的讽刺故事。尤其是结尾处，一个被揭示了委琐品格的人物仍以庄严自足面貌出现，有强烈的滑稽效果。从中也可以看出作者机智而尖锐的性格。

《孟子》的散文对后世有十分深远的影响。它是感性和理性的结合，对喜欢在说理中包蕴个人感情的作家，成为绝好的典范。

庄周与《庄子》 庄周，宋国蒙（今河南商丘东北）人。生活年代与孟轲相仿，可能年岁略小。只做过地位卑微的漆园吏。据《庄子》书中记载，他住在穷闾陋巷，困窘时织履为生，弄得面黄肌瘦。但楚王派人迎他做国相，他却拒绝了，说做官会戕害人的自然本性，不如在贫贱中自得其乐。这大概是个寓言故事，不过多少也能看出庄子的生活境况和人生态度。《庄子》一书，《汉书·艺文志》著录为五十二篇，现存三十三篇。通常认为其中《内篇》七篇是庄子本人所著，《外篇》十五篇、《杂篇》十一篇，有庄周门人及后来道家的作品。但这方面的问题比较复杂，《史记》介绍庄子思想时所引用的文章就主要出于外、杂篇。所以我们在下文中将《庄子》作为一个整体来看待。

人们习常将《庄子》与《老子》的学说并称为"老庄思想"，但两者实有很大不同。《老子》的中心是政治哲学,《庄子》的中心,则是探求个人在沉重黑暗的社会中如何实现自我解脱和自我保全。庄子透彻地认识到,当时社会的礼法制度、道德准则,本质上只是维护统治的工具,他认为,追求世俗的成功和荣誉,对个人只有危害而没有任何意义;人生的价值在于"全性保真",通过体悟"道"——宇宙本体,达到生命的完美境界。《庄子》表现了一种矛盾的人生态度:在现实的社会关系和生存实践中,作者感觉到个人是毫无作为的,为了逃避冲突与危险,不妨混同世俗,委顺求全;然而在理念和想象的天地里,作者却渴望摆脱一切精神束缚,追求超越时空限制的绝对自由。

在先秦诸子散文中,《庄子》是文学性最强、文学成就最高的。这首先因为庄子和他的门徒们兼有哲学家的思维和诗人气质;他们所考虑的是生命究竟有何意义、完美的人生是否可能的问题,当人怀着实际的生存感受和激情来发出这一类追问时,诗意与哲理已经是不可能分开的了。如《至乐》中的一节:

> 庄子之楚,见空髑髅,髐然有形,撽以马捶,因而问之曰:"夫子贪生失理,而为此乎?将子有亡国之事,斧钺之诛,而为此乎?将子有不善之行,愧遗父母妻子之丑,而为此乎?将子有冻馁之患,而为此乎?将子之春秋故及此乎?"

在庄子对髑髅的一连串发问中,我们体会到这样的伤感:人不仅终将死亡,而且人更多地是未足天年便在生存的失败中死亡——人生何以是如此的呢?

《庄子》的一个重要的文学特色,表现在它主要通过艺术想象来描述理想的人生境界、体现作者的哲学思想。和战国时其他文章假寓言故事为说理的例证不同,庄子他们对现实的残酷与人生的无奈有敏锐的感受,因而需要在宏大壮丽、迷离荒诞的幻想空间中展开精神的自由飞翔;从理论意识来说,庄子这一派本有"言不尽意"的看法,所以也常常有意避开逻辑性的分析。《庄子》的许多篇章,如《逍遥游》、《人间世》、《德充符》、《秋水》,几乎都是用一连串的寓言、神话、虚构的人物故事连缀而成,把作者的思想融化在这些故事和其中人物、动物的对话中。如下例:

北冥有鱼，其名为鲲。鲲之大，不知其几千里也。化而为鸟，其名为鹏。鹏之背，不知其几千里也。怒而飞，其翼若垂天之云。是鸟也，海运则将徙于南冥。南冥者，天池也。《齐谐》者，志怪者也。《谐》之言曰："鹏之徙于南冥也，水击三千里，抟扶摇而上者九万里，去以六月息者也。"野马也，尘埃也，生物之以息相吹也。天之苍苍，其正色邪？其远而无所至极邪？其视下也，亦若是则已矣。……

蜩与学鸠笑之曰："我决起而飞，枪榆枋，时则不至，而控于地而已矣，奚以之九万里而南为？"适莽苍者，三飡而反，腹犹果然；适百里者，宿舂粮；适千里者，三月聚粮。之二虫，又何知！（《逍遥游》）

《逍遥游》的宗旨，是说人的精神摆脱一切世俗羁绊，化同大道、游于无穷的至大快乐。所以文章开头，即写大鹏直上云天，飘翔万里，令人读之神思飞扬。庄子他们似乎是奇特的天才，文章中幻想的故事与景象千汇万状，无奇不有，充满了诡奇多变的色彩。

《庄子》的文章结构也很特别，似乎并不严密，常常突兀而来，任意跳荡起落，汪洋恣肆，变化无端，但思路却是清楚的；它的句式也富于变化，或顺或倒，或长或短，显得很自由；它的词汇异常丰富，足以细致描写，传情达意；文章又常常不规则地押韵，任意洒落与韵律节奏形成配合。凡此种种，都显示了文学的美感与独创性。

《庄子》那种以个人精神自由为中心的思想和与之相关联的富于想象力和创造性的文学风格，在中国思想史与文学史上是重大的存在，后世许多大作家都曾受到它的影响。

《荀子》与《韩非子》 荀况是先秦儒家的最后一位大师。生于战国末期。曾游学于齐，后去楚，春申君以为兰陵令。他的著作，后人编定为《荀子》三十二篇。

荀子对社会文化的态度，是重视政治和伦理上的实用性，要求一切都归于儒家所说的圣王之道。《荀子》书中的文章实践了他的观点。全书体系完整，涉及面很广。多为关于社会政治、伦理、教育等方面的长篇专题学术论文，论点明确，论断缜密，结构谨严，风格朴实、深厚；善于运用自然界和日常生活中的事例作为论据，巧譬博喻，反复论证；造语简练，多用铺陈手法和排比句式，整齐流畅，适于诵读。总之，这是一种尽一切努力使读者能接受自己的观点的文章。

《荀子》中还有一组称为《赋篇》的文章、共有《礼》《知》《云》《蚕》、《箴》五篇。体式为问答体，前半设谜，后半破谜，在描述中掺杂说教的成分。这种体式很可能出于民间的俗文学，对研究汉赋的渊源有一定的价值。另外又有《成相篇》，是以民间歌谣形式宣传他的政治思想：

请成相，世之殃，愚暗愚暗堕贤良。人主无贤，如瞽无相何怅怅。

这种体裁具有明快的节奏感，读来很顺口，是研究古代民谣的珍贵资料。荀子重视俗文学的实用功能，也是值得注意的现象。

韩非（约前280—前233）是荀子的学生，但思想上却是法家的代表。起初秦始皇读他的著作，十分佩服，邀他来到秦国。后被他的同学李斯陷害入狱，自杀于狱中。韩非是一个聪明、深刻的人，对人情世故看得颇为透彻。他不相信人有美好感情，只相信以利驱使人、以害禁制人。《韩非子》五十五篇，构筑了一整套极端专制主义的、严厉控制人的方法和理论。

韩非的文章很有特色。他懂得运用各种手段来阐述自己的思想。从逻辑的严密、论述的细致、条理的清晰来看，还要超过《荀子》；因为他喜欢把道理说得很透，一层一层地铺展，所以篇幅大多很长（如《五蠹》约有四千字）；因为他的思想尖锐，又很自信，所以文风峻峭，锋利无比，语气坚决而专断。他还善于运用大量的譬喻和寓言故事来论证事理，增强了文章的生动性和说服力。

荀况与韩非对文章都是把实用性放在首位的。但从书面语的发展成熟和表达能力提高来说，《荀子》与《韩非子》标志着先秦论说文发展到了全新的高度，而这在文学发展史上也是有意义的。

第 4 章

秦汉的辞赋

在经历了漫长的凝聚融合过程之后，中国进入了以全国统一、中央集权为特征的前后四百余年的秦汉时代，有些史学家将之称为中国历史上的"第一帝国"。其间虽也有秦的覆亡与西汉的继起，西汉的覆亡与东汉的再兴，但动乱的年代不长，基本的政治体制也是一贯的。只是到东汉中期以后，中央集权开始渐趋瓦解。

统一的封建专制王朝，需要有相应的思想文化措施来维护和加强它的统治。秦始皇企图通过焚书来进行思想控制，而到了汉武帝采纳董仲舒所建议的"罢黜百家，独尊儒术"的方针，才使之得到真正的实现。这种被奉为"独尊"地位的儒学是经过改造的，它吸收了孔孟思想中若干有用的成分，又糅合阴阳家和法家思想，形成一种以维护皇权为最高目的，融政治、宗教、伦理、刑法为一体的实用之学。它依托于对儒家主要经典的阐释，故又称为"经学"。统治者并在政治制度上把读经和士人求官谋禄的出路密切结合，所以两汉思想文化大体都在经学的笼罩之下。

封建专制与思想统治的确立，自然会极大地束缚学术文化的自由发展，战国时代百家争鸣、自由活泼的气氛很快消退了。但儒学本身又包含以文化手段调节社会关系、稳定社会秩序的意识；由于经济的不断发展，统治阶级在物质享受之外也需要精神文化的享受，因此文化的发展在秦汉时代既出现了挫折和后退，同时也在受束缚的状况下取得可观的成就。

在特定的社会条件下，辞赋因其自身的某些特点而成为秦汉时代（主要是汉代）文学创作的主流。

一、辞赋兴盛的原因与特点

"辞赋"是个泛义的名称，通指楚辞和秦汉时追仿楚辞风格的、具有抒情诗特征的作品以及汉代新兴的以体物为主、性质介于诗文之间的作品。

汉代辞赋的兴盛首先和先秦文学已经显露出的某些倾向有关。我们看到在战国末年，屈原等人的楚辞创作已经达到了相当高的水准，而且如前所述，在当时和稍后楚国宫廷中已经出现了一个辞赋作者群体；再有，从《大招》"二八接舞，投诗赋只"之句和《荀子·赋篇》之名来看，"赋"作为一种意义宽泛的文体的名称，在汉以前应该已经成立。另外值得注意的一点是，从《战国策》以及同类的散文来看，战国后期的"游士"大抵都有相当好的运用文辞的修养，喜欢铺张而华丽的语言表达。可以推定，当时要成为"士"必须经过文辞方面的训练。当然，无论屈、宋的作品还是《战国策》中的文章，在写作时恐怕均非出于艺术的目的，主要还是为表达政治见解、说服他人等等目的而作，但无法否认辞赋和文章的趋向铺张华丽，也是因为这里有一种"语言的陶醉"，一种在语言所构造的世界中实现的自我慰解或精神满足。换言之，艺术性质正在这类作品中逐渐凸显。

楚国的文学艺术原本就较别国为发达，汉王朝的统治阶层又兴于楚地，这就给汉代辞赋的兴盛提供了很好的条件。而大一统王朝造就了经济发展、国力强盛的局面，也需要一种与之相称的文学来表现它，并以此满足统治者精神上的需要。武帝时期辞赋达到鼎盛，就同这一时期国家的状况与武帝本人的喜好直接相关。

从作者群来说，战国游士的培养模式和这一类人的基本文化结构是不会一下子改变的，但到了中央集权的王朝，他们的生活方式却必须有所改变。西汉初，中央集权与分封制同时并存，战国时代的风习还尚有残留，诸侯王多喜欢在自己的宫廷中收罗士人，但他们已不具有战国诸侯的独立地位，他们宫廷中的士人也不再能够以外交、军事等活动为君主谋取霸权。于是那些习纵横之术的游士便更多地发挥其文辞方面的才能，主要以文学活动为君王提供精神享受，至多在政治上提供一些建议、批评，从而转化为宫廷文人。武帝即位后，出于个人喜好，大力收罗这一类文人到中央宫廷来，更扩大了辞赋的影响。在这过程中，一些大官僚、王侯乃至皇帝本人也成为辞赋的作者。

伴随着辞赋的兴盛，出现了两种在文学史上具有重要意义的现象：一是出现了一批专门从事文学活动的文人群，他们仅仅或主要凭借文学才能而得官职，并以文学写作为自己的主要事业，这是先秦时期所未曾有过的；

二是出现了以语言的美感为最终目的的文学创作，也就是辞赋本身。尽管汉代人每每强调辞赋的道德意义，但这种文学样式的本质，其实就是通过精心安排美丽的文字，整齐的句式，层次分明的结构，表现社会和自然的种种奇特事物和绚丽景象，刺激读者的感受力与想象力，获得审美快感。

汉代辞赋作品的数量与先秦相比可谓惊人，据班固《两都赋序》说，成帝时整理从武帝以来各种人士奏献给朝廷并且还保存着的辞赋，总数有一千余篇，东汉张衡也用"作者鼎沸"来形容他那时辞赋创作的情况。这构成了文学史上第一个创作繁盛的时期。辞赋的兴盛及其明显的艺术特质，引发了将文学与非文学相区分的意识。《汉书·艺文志》将"诗赋"专列为一类，《史记》《汉书》每以"文章"的概念指称辞赋等重文采的作品，就表明独立的文学意识开始形成。

但汉代辞赋的缺陷是很明显的。首先是由于封建专制的确立和思想控制的加强，汉代文人的批判意识和个体意识都有明显的减退，像屈原作品所表现出的高度自信、敢于以个体与自己所属的群体相对抗的意识，已经完全看不到了；而且，由于辞赋的作者大多依附于帝王的宫廷或权臣，他们的写作主要不是从自身的生活感受出发，所以像宋玉《九辩》那样深入的抒情也不很多见。汉代辞赋的主流从楚辞的模式转向以写物为主、以歌颂为主的典型的汉赋模式，跟上述原因有极大关系。至于典型的汉赋一味通过大量铺排辞藻来追求美感，除了出于歌颂的需要，也因为当时人对语言艺术的理解尚浅。——不过需要说明：以上是针对汉代辞赋的基本情况而言，到了东汉中后期中央集权逐渐瓦解，也有一些新的现象出现，后文会具体说及。

关于辞赋的价值，汉人的认识也颇多矛盾。如前所言，汉代辞赋本质上是审美和娱乐性的，但这不符合经学的标准。所以作者常在自己的作品中加上些具有道德意义的说教之辞，形成一种"伦理掩饰"。而肯定或否定辞赋的人，也总是就其是否真正具有政治与道德上的实用价值发生争论。司马迁《史记》中说："相如虽多虚辞滥说，然其要归引之节俭，此与《诗》之风谏何异？"这里肯定司马相如的赋，是认为它有道德意义，而把华丽铺陈的部分贬为"虚辞滥说"。汉宣帝则说："辞赋大者与古诗同义，小者辩丽可喜。辟如女工有绮縠，音乐有郑卫，今世俗犹皆以此虞说（娱悦）耳目，辞赋比之，尚有仁义风谕，鸟兽草木多闻之观，贤于倡优博弈远矣！"（《汉书·王褒传》）他认为辞赋价值"大"的方面，仍然是"与古诗同义"的"仁义风谕"，也就是道德与政治功用。不过他把辞赋"辩丽可喜"和"虞说耳目"的价值也肯定了，这还是重要的进步。至于扬雄，虽指出了辞赋的道德劝诫是虚假和无用的，却因此完全否定了辞赋的价值。

总之，文学的独立性和对文学价值的理解，还有待发展。

二、秦与西汉的辞赋

秦与西汉前期辞赋　秦与西汉前期是辞赋从楚辞模式向典型的汉赋模式过渡的时期。

关于秦代辞赋，《汉书·艺文志》著录有"秦时杂赋"九篇，已失传，故过去文学史于秦赋无所论列。但《楚辞》所收署名为"屈原，或言景差"的《大招》一篇，游国恩先生《楚辞概论》指出其中以"青"指黑色，应是秦末才会有的现象；近年章培恒先生进一步作了考证，认为此篇实是秦末的新建楚国为楚怀王招魂的作品。其体式大体仿《招魂》，先言四方之不可居，而后言居楚则"乐不可言"。篇中对楚国的音乐、舞蹈、美女、宫室多有描写，有些地方的细腻有胜于《招魂》之处，反映了楚人不讳言享乐的生活态度；末节赞美楚国的良政，如"禁苛暴"云云，则表现了这一反秦政权的政治理想。

西汉第一位重要的辞赋家是贾谊（前200—前168）。他年二十二岁便受到汉文帝赏识，参与国家事务，但因性格尖锐，好论天下大事，引起朝中元老的不满，被贬谪到楚地任长沙王太傅。在赴长沙途经湘水时，贾谊因感念屈原生平而作《吊屈原赋》，亦以自吊，其中说："鸾凤伏窜兮，鸱枭翱翔；阘茸尊显兮，谗谀得志。""彼寻常之污渎兮，岂能容吞舟之巨鱼；横江湖之鳣鲸兮，固将制于蝼蚁。"都是用了屈原式的语言来抒发自己受排挤遭打击的愤慨。在谪居长沙时，某日有一鵩鸟（猫头鹰）飞入室内，因这在当时的习俗中意味着"主人将去"的大不祥的预兆，贾谊又作《鵩鸟赋》自我宽慰。赋中以万物变化不息、吉凶相倚，不可执着于毁誉得失乃至生死存亡的道家哲学为解脱之方，却在解脱的语言中深藏不可解脱的痛苦。

《史记》将屈原与贾谊合为一传。但在情感表达方式上，贾谊实与屈原有异。他虽然也满怀愤慨，却并不像屈原那样"露才扬己"，也缺乏屈原那种幻奇飞扬的想象；二赋篇幅颇短小，不能充分展开，也与抒情态度的局促有关。在文体形式上，《吊屈原赋》前半多用四言句，后半多用楚辞式的长句；《鹏鸟赋》的文句除去语气词"兮"字，基本上都是整齐的四言句，这也逐渐脱离了楚辞的风格。

西汉前期，在诸侯国吴、梁的宫廷中，聚集了许多文人，大都能赋。其中最重要的赋家是枚乘（？—前140）。武帝即位后，慕名召他入宫，结果因年老死在途中。

枚乘的代表作是《七发》。内容假托楚太子因安居深宫、纵欲享乐而导致卧病不起，"吴客"前往探病，说七事以启发之（篇名即由此而来）；中心部分竭力描述音乐、美味、车马、宴游、狩猎、观涛六方面的情状，最后以贤哲的"要言妙道"的吸引力使楚太子病愈——但这一部分却相当简单。在古代常用的文体分类中（如《文选》之分类），"七"自为一体，不直接归入辞赋，但通常仍认为这是标志着汉代新体赋正式形成的第一篇作品。

《七发》在多方面奠定了汉赋的基础。一、《七发》是在一个虚构的故事框架中以问答体展开的。这就摆脱了就实际事件展开描述、抒发感想的限制，使作者能够自由地选择作品所要表现的内容。二、《七发》脱离了楚辞的抒情特征，转化为以铺陈写物为中心的高度散文化的文体。虽然楚辞中如《招魂》等篇也有较多铺陈的成分，但赋的铺陈特征到《七发》中才充分展现出来。与此相适应，《七发》的文句也较楚辞更多地使用排比整齐的句法，而省略虚词和语气词，使语言本身更具有形式上的美感。三、《七发》已经出现道德主题与审美主题的矛盾。从全文来看，《七发》的重点不是说理，也不是批判，而是展示各种令人向往的生活嗜欲，并将这些素材创造为新鲜的文学美感；但作者在最后却特地表明精神的东西才是最重要的，以此作为文章在道德上的立足点。这些特点均为后来的体物大赋所沿承并加以发展变化。

另外，《七发》所铺陈的内容，也从多方面开拓了文学的题材。《招魂》、

《大招》中已出现的对音乐歌舞以及宴游景象的描写在《七发》中表现得更为集中、丰富和细致；对狩猎、观涛、车马的描写，则是前所未有的。

司马相如与西汉中期辞赋 西汉前期的辞赋家主要活动于南方的诸侯国。武帝即位以后，开始在中央宫廷招集文人，以后的历代皇帝大都学了他的榜样，使辞赋更广泛地流播于全国。武帝时期也是汉赋的极盛期，仅《汉书·艺文志》著录的这时期的辞赋就有四百多篇，同时还出现了汉赋最重要的代表作家司马相如。

司马相如（？—前118）字长卿，蜀郡成都（今属四川）人。尝从枚乘游于梁孝王门下，孝王死后归蜀。武帝读他的《子虚赋》大加叹赏，把他召到宫廷，他又为之作《上林赋》。《汉书·艺文志》著录其赋作二十九篇，今存者除上述两篇外，另有《大人赋》、《哀二世赋》、《长门赋》、《美人赋》四篇（末两篇的真伪尚有争议）。作为司马相如的代表作的《子虚》《上林》两赋，今所见者有连贯的结构，实为完整的一篇。大约他为武帝作《上林赋》时，把《子虚赋》也作了修改。经过贾谊、枚乘诸人的尝试，典型的汉代大赋的体制到此得到最后的确立。

两篇赋的内容也是在一个虚构框架中以问答的体式展开的：楚国使者子虚出使齐国，向齐国之臣乌有先生夸耀楚国的云梦泽和楚王在此游猎的盛况，乌有先生不服，夸称齐国山海之宏大以压倒之。代表天子的亡是公又铺陈天子上林苑的壮丽和天子游猎的盛举，表明诸侯不能与天子相提并论。然后"曲终奏雅"，说出一番应当提倡节俭的道德教训。

这两篇赋中的登场人物，冠以"子虚"、"乌有先生"、"亡是公"这样的名字，等于是公开声明了作品的虚构性质，这较《七发》又进了一步。作品的内容由三个人物各自的独白展开，通过相互比较、逐个压倒，最终突出了天子的崇高地位与绝对权威；在"讽"的部分，作为唯一的统治思想的儒家学说成为道德立足点，这也与《七发》基于战国各家各派学说的"要言妙道"不同。这些都显示了大一统时代的文化特征。

二赋最突出的一点，是极度的铺张扬厉，这也反映着时代的精神。汉武帝时代物质财富高度增长，帝国的版图大幅度扩展，统治者的雄心和对世界的占有欲望也随之膨胀。司马相如的"劝百讽一"之赋，一方面顺应儒家思想而进行伦理掩饰，一方面顺应着统治者膨胀的欲望而成为膨胀的文学。《七发》以两千余字铺陈七事，已经是空前的规模；《子虚》、《上林》则以四千余字的长篇，铺写游猎一事，并以此为中心，把山海河泽、宫殿苑囿、林木鸟兽、土地物产、音乐歌舞、服饰器物、骑射酒宴，一一包举在内。作者用夸张的文笔、华丽的辞藻，描绘一个无限延展的巨大空间，对其中林林总总、形形色色的一切，逐一地铺陈排比；毫无疑问，这里渲染了统治阶级的奢侈生活，但它确也呈现出过去文学从未有过的广阔丰富的图景和宏伟壮丽的气势，和由此表达的人们拥有世界的自豪感。

在语言方面，《子虚》、《上林》赋也把辞赋注重修辞的特点推向了极端。司马相如是位文字学家，他在这两篇赋中，罗列了大量陌生的词汇，组织成文，显示出华丽的效果；它的文句形式以四字句为主，与三字句、六字句、七字句夹杂交错，显示出整齐而复杂的美感。总之，作者表现了对文学的修辞艺术的极大热情。虽然，过度的铺排，堆砌陌生词汇，反映出对语言艺术的幼稚的理解，而且难免造成夸张失实、艰涩难懂、呆板滞重等弊病，但这种努力不但强化了文学作品作为艺术创造的显著特征，而且最终对文学技巧的发展成熟，也有着强有力的推动作用。

司马相如的其他辞赋也颇有特色。如《长门赋》以代言形式细腻地描写了宫中被遗弃的女子的孤独与悲哀，开了后世"宫怨"文学的先河。此篇和描写了旅行途中的自然景象的《哀二世赋》均属抒情之作，体现出司马相如在辞赋写作方面的多种风格和多样才能。

武帝宫廷中著名的文人还有东方朔和枚乘之子枚皋。东方朔的《答客难》是带有辞赋气息的散文，我们放在后面再谈；枚皋之作多是给皇帝逗趣的"恢笑嫚戏"之作，写得数量颇多，今已不传。在武帝时期，一些诸侯王的宫廷也仍旧保持着提倡辞赋的传统，只是其作用已经不那么重要。其中淮南王刘安的宫廷最为兴盛，据《汉书·艺文志》著录，刘安本人有赋八十二篇，其群臣有赋四十四篇，数量很可观。但今存者仅有题为"淮南小山"作的《招隐士》完整而可靠。这是一篇楚辞体的名作，主题是召唤隐士出山，语言清新流丽，有出色的自然景物描写，对后来关于隐士生活的文学作品有显著的影响。

武帝之后，宣帝也喜爱辞赋并在宫廷里招罗了许多文学侍从之臣。当时最著名的辞赋家是王褒，其代表作《洞箫赋》是第一篇专门描写乐器与音乐的赋，取材显然受到《七发》写音乐的第一段的启发，但作了大规模的扩充。内容包括竹生长的自然环境，洞箫的制作、装饰和它所奏出的音乐。对景色和音乐的描写都富于想象，后者尤为突出。由于音乐是靠听觉来感受的，用文字很难表现，作者在这里尝试作了形象的转换，即用视觉形象来比拟听觉形象，然后通过读者的感受与联想去体会音乐的美妙。如用矫健的腾跃动作状乐声的迅疾灵巧，用优游徘徊的动作状乐声的柔曼等。这种描写音乐的方法给后人很大启发。《洞箫赋》在题材上开了后世的咏物赋和音乐赋的先河，在文句方面虽多用骚体句，但每杂以骈偶句式，这也首开辞赋骈偶化的端绪。总之，这篇赋对艺术美的追求比前人更为明确，因而在各个方面都颇有独创性。

西汉后期辞赋　西汉后期最著名的赋家是扬雄（前53—18）。他的赋据《汉书·艺文志》记载有十二篇，今存有《蜀都赋》、《甘泉赋》、《河东赋》、《羽猎赋》、《长杨赋》、《反离骚》等，另外还有带辞赋气息的文章《解嘲》、《解难》等。扬雄是汉代留传文学作品数量最多的作家之一，所以在旧时影响颇大。

扬雄也是蜀地人，他对同乡前辈司马相如非常倾慕，其代表作《甘泉》、《河东》、《长杨》、《羽猎》四赋，就是模拟《子虚》、《上林》的。由于他也善于运用瑰丽的语言描绘宏大的场景，故向来以"扬、马"并称。但虽然他也显示了语言方面的才华，却终究是缺乏创造力。和司马相如不同的是，扬雄对赋的所谓"讽谏"作用看得更为认真，司马相如那种主要是作为伦理掩饰的"曲终奏雅"，到了扬雄作品中企图化为文章的主旨。但汉赋的传统和文体特征决定了它的内在矛盾是难以克服的，扬雄最终克服这一矛盾的方法是放弃赋的写作，转向学术性的著述。他并对以司马相如为代表的汉赋传统提出了严厉的批评，认为它"劝百讽一"、"劝而不止"，本质上不符合儒家教义。这一转变，反映了当时社会中儒家思想统治的深化。

与扬雄大致同时，还出现了一位女性辞赋家班婕妤。她是成帝的妃嫔，因遭谗被弃而作《自悼赋》。以前司马相如的《长门赋》最早写到宫中女子被冷落的幽怨，但那是男性的代言体。《自悼赋》是第一篇出于女性之手的宫怨赋，它从真切的感受出发，诉说了这一类女子幸福被剥夺却无可奈何的怨恨惆怅之情，语言清丽流畅，善于通过细致的描写抒发感情，对后世"宫怨"类文学的影响很大。有些词汇、意象都是被经常使用的。如其中一节：

> 潜玄宫兮幽以清，应门闭兮禁闼扃。华殿尘兮玉阶苔，中庭萋兮绿草生。广室阴兮帷幄暗，房栊虚兮风泠泠。感帷裳兮发红罗，纷缛䌓兮纨素声。

西汉后期重要的辞赋家尚有刘歆、班彪。刘歆的《遂初赋》是他由河内太守徙五原时的纪行之作，结合沿途的景色、与所经地有关的历史掌故，抒发在混乱时局下内心的不安与忧郁。这种多方面因素的结合，为辞赋的写作开辟了新路。虽然以前屈原、司马相如的一些作品也与行旅有关，但"纪行赋"作为辞赋的一种独特类型，是因本篇才得以成立的，它引发了后来众多的同类作品。班彪的《北征赋》就是一篇重要的后继之作，它记述作者在西汉末的动乱中离长安至天水避乱的行程，内容也是结合途中所见景物与有关的史事抒发感想。由于时事更为艰难，所表现的情绪也更显悲沉。《遂初赋》和《北征赋》对景物的描写都偏重写实，清新自然，而不再是《上林赋》等那种夸张的罗列。它们直接启发了后代抒情小赋对自然景色的描写。

关于辞赋的变化，刘勰《文心雕龙·才略》篇指出："自卿（司马相如）、渊（王褒）已前，多俊才而不课学；雄（扬雄）、向（刘向）以后，颇引书以助文。"这是因为从西汉后期直到东汉前期的主要辞赋家扬雄、刘向、刘歆、班彪、班固、傅毅等人，其身份已经不再是专以文学写作侍奉于帝王宫廷的文人；他们或主要是学者，或以官僚兼学者。这使得辞赋创作中为了显示学问而引用典故及古书中成语的风气开始盛行。用典虽然增加了阅读的难度，同时也增加了文章的涵量。这一现象的出现对后代文学的发展变化也有深远的影响。

其他辞赋作品　除以上所论，还有一些年代不易确定而又很重要的赋作，我们放在这里作单独的介绍。

首先是《文选》所收录的署名宋玉作的《高唐赋》与《神女赋》。两篇在文学史上的实际影响很大，还由此形成了一个辞赋作品的系列，后世如曹植的《洛神赋》、陶渊明的《闲情赋》等名作均与之有关。但由于研究者多认为其并非宋玉所作，写作年代又不太清楚，所以过去一般文学史著作很少提及。案东汉前期傅毅所作《舞赋》叙言"楚襄王……使宋玉赋高唐之事"，表明当时宋玉作《高唐赋》一说已为人熟知，而《神女赋》与《高唐赋》相互连贯，实系完整的一篇。所以两赋究竟是否出于宋玉虽有待进一步考证，但在西汉时已经存在是没有疑问的，故暂置于此。

《高唐赋》写楚襄王与宋玉游于云梦之台，宋玉为之说楚怀王在高唐观梦遇巫山神女之事，而后应襄王之命赋高唐，主要写由高唐观所见巫山景色，至襄王前往会神女结束。《神女赋》先写襄王告知宋玉其梦遇神女的情形，而后宋玉应襄王之命代为赋神女。大抵前篇以写景为主，后篇主要写神女的体貌与情态。

中国古代文学在相当长一段时期中，由于受社会道德观的束缚，对女性的美和吸引力通常有所回避。《诗经》中这类内容不仅少，而且仅有的一些也主要通过比喻手法作间接的表现，楚辞虽有直接的描写，却不很细致。《高唐》、《神女》两赋借着神话、梦游这种虚拟情节，得以造成一种虚假的距离来逃脱正统道德观的苛责，从而比较充分地表现了这一文学中不可缺少的题材。不过尽管如此，神女对待楚襄王，还是被描写为"欲近还远"，先为情所动而后以礼自持。这种写女性的方法与态度，后来成为中国文学的惯例。

两赋将叙事、写景、抒情出色地相结合，语言非常华丽，却清新流动，没有一般汉赋常见的过分堆砌、生涩累赘的毛病，有些细节的描摹生动感人。如：

……望余帷而延视兮，若流波之将澜。奋长袖以正衽兮，立踯躅而不安。澹清静其愔嫕兮，性沈详而不烦。时容与以微动兮，志未可乎得原。意似近而既远兮，若将来而复旋。褰余帱而请御兮，愿尽心之惓惓。怀贞亮之洁清兮，卒与我兮相难。

这一节写神女犹疑难决的神态，心理活动表现得如此细腻，在汉代文学中是很难得的了。

另一篇值得注意的作品是1993年于江苏东海县一座汉墓中出土的书于竹简的《神乌傅（赋）》。该墓墓主下葬于成帝元延三年（前10），赋写作当然在这之前。它的文字虽已残缺，但经学者考释，基本内容还是可以看出来。这是一篇动物寓言，写一对乌鸦夫妇艰苦筑巢，却被别的鸟盗走了材料；雌乌去索讨，又被伤命危，雄乌感于情想同它一起死，被雌乌劝阻。此赋情绪的表达十分强烈，还有一个特点是多用对话。从《神乌傅》的内容和表现特点看，这应是一种通俗的说唱的文本，强烈的情绪和较多的对话，对说唱表演是必要的。从前曾经出土过汉代演艺人的陶像，被称为"说唱俑"。两者结合来看，是很有趣的。

《神乌傅》出土的重要意义在于：它揭示了汉代辞赋除了以铺陈华美辞藻为主要特征的文人创作，还存在着重视故事性的趣味较为通俗化的一支，它也证明了从敦煌石窟发现的唐代俗赋有古老的渊源。对这一类赋的深入研究，将有助于理解赋这一文体的丰富性及其在中国文学史上的多种意义。

三、东汉的辞赋

东汉辞赋总体成就似不如西汉，但却酝酿着一系列的变化。体物大赋虽然还占着优势，但随着王朝的衰落，正渐渐失去生机，而以表现个人情感为中心的抒情小赋逐渐兴盛起来。

东汉前期的辞赋 东汉前期重要的辞赋家首先有班固（32—92）。他和父亲班彪一样，都是史学家兼辞赋家。其代表作为《两都赋》。

"两都"指西都长安，东都洛阳；《两都赋》也是由《西都赋》和《东都赋》两篇合成。东汉建都洛阳，但也一度发生过两都孰为优的争议。班固的赋作表示赞成以洛阳为都。在结构形式上，班固模仿了司马相如，以"西都宾"与"东都主人"的相互论辩展开内容。建都是重大的政治决定，要说文人辞赋在其中能起多大作用是不切实际的。实际班固的赋是以歌颂东汉王朝为基本目的，其依据则是儒家的政治学说。故《西都赋》主要赞美长安的繁华富丽，包括统治阶层的享乐生活；《东都赋》则更多地歌颂了东汉统治集团所实施的各种政治措施如何恰当，以及王朝的威势、洛阳风俗的淳厚，这样就显出东汉的统治比西汉的统治更符合儒家理想。这种比较反映了儒家思想在辞赋中很深的渗透。

但《两都赋》还是有一定的特色。它的夸张建立在写实基础上，不像司马相如那样近乎虚诞；它以描绘都市为中心，比西汉辞赋更为广泛地反映了人们的生活场景，山水、草木、鸟兽、珍宝、城市、宫殿、街衢、商业、服饰、人物……增添了不少新鲜内容，景象也颇为壮丽。在结构上考虑严谨，对文字的锻炼也相当精心。京都赋是辞赋的一个重要类型，它的基本格式是由《两都赋》奠定的。

冯衍的《显志赋》在另一种意义上显示了某些新的迹象。冯衍曾追随光武帝，有功不封，后又罢官居家，很不得意。《显志赋》是一篇表达对现实不满、宣泄内心郁闷的抒情之作，这在一定程度上回复到屈原、贾谊的系统上去了，但它的结构却是借用了纪行赋的写法，通过一次虚拟的游历对自己的遭遇、对历史人物和事件发表感想。篇中屡屡显示出对老庄思想的兴趣，如开首附《自论》即说自己的人生态度是"与道翱翔，与时变化，夫岂守一节哉！"赋中又赞美"夫庄周之钓鱼兮，辞卿相之显位"；包括对一切鼓动或助长战争、实施严刑苛法的人表示出极大的憎厌，认为追求功业常常造成罪孽，也是以老庄为旨归的。在儒学势力还十分盛大的当时，这显得颇为特别。

东汉中期的辞赋 东汉中期著名的传统大赋，首推张衡（78—139）的《二京赋》。此篇继班固的《两都赋》而作，由"凭虚公子"称颂西京的富丽，而"安处先生"则赞美东京的德化。但《二京赋》包含着许多批判性的内容，如指斥秦始皇的豪奢实以虐民为代价，批评对方："今公子苟好勤民以媮乐，忘民怨之为仇也；好殚物以穷宠，忽下叛而生忧也。夫水所以载舟，亦所以覆舟。"这些实际都是以当时的社会现实为背景的。所以它并不像班固之作完全以歌颂当世的统治者为目的。在各种生活场景的描绘方面，由于《二京赋》篇幅更为巨大，因此能够写得更细致。尤其是作者花费了大量笔墨反映世俗生活，如都市商贾、侠士、辩士的活动等，《西京赋》中还有近四百字的一节描写"角抵百戏"的演出情况，这是《两都赋》所没有的。《东京赋》中清新流丽的自然描写，同样为《两都赋》所未见。总之，《二京赋》既是汉代体物大赋的殿军，又有若干变化。

张衡更有特色的创作是抒情性的赋。如《思玄赋》既吸收了冯衍《显志赋》那种虚拟的纪行，又学习屈原的手法将这种纪行染上神话色彩，借以表现对现实政治生活的厌倦和逃脱，在文字的想象世界中追求慰解。《思玄赋》的篇幅仍相当长，具有同样旨趣而以写实为主的《归田赋》则完全摆脱了汉赋的铺陈手法，标志了抒情小赋的成立。篇中"谅天道之微昧，追渔父以同嬉"两句点明了主旨：因社会的昏乱不可救，个人的抱负无从施展，而逃遁于田园。这是辞赋史上第一篇反映田园隐居乐趣的作品，其中写景的部分，自然清丽，十分出色：

于是仲春令月，时和气清，原隰郁茂，百草滋荣。王雎鼓翼，鸧鹒哀鸣，交颈颉颃，关关嘤嘤。于焉逍遥，聊以娱情。

《归田赋》全篇仅二百余字，在写作态度上，堪称是对传统大赋的一种反拨吧。在张衡或许只是兴到而作，但却代表了辞赋文学的变化趋势。

属于汉赋传统题材的，另有马融（79—166）的《长笛赋》、王延寿（约124—约148）的《鲁灵光殿赋》等。《长笛赋》中抒情成分显较前人同类之作为浓，开头一节描绘制笛之竹的生长环境孤僻凄凉，以渲染笛声之哀，而实际渗透了作者的人生情怀。此篇及上述张衡《思玄赋》均用七言诗句结束，为汉赋之创格，而为后人所经常袭用。《鲁灵光殿赋》就题材而言应是传统的体物大赋，但写得却并不长，这也是可以注意的。赋中关于建筑物上彩绘的描写颇为出色，如写窗棂上的画是"玉女窥窗而下视"，楹上的画是"胡人遥集于上楹，俨雅踧而相对。……状若悲愁于危处，憯嚈蹙而含悴"。此外写壁画中的山神海灵和古代神话史迹等，都生动逼真。这些地方表现出追奇求新的意欲。王延寿又有《梦赋》，写梦中与鬼怪搏斗，《王孙赋》写猴子的各种情状，都很奇特。这些特点同样与东汉中期辞赋的转变趋势有关。

东汉后期的辞赋 东汉后期辞赋的创作依然不衰，汉灵帝光和元年置鸿都门学，以书画辞赋取士，可见一斑。这一时期不可能没有传统赋颂的创作，但却没有像样的作品流传下来，只有新体的抒情小赋，闪耀特异的光芒。

生活于灵帝时期的赵壹所作《刺世疾邪赋》表现出汉代辞赋从未有过的尖锐的批判锋芒。作者否定德政也否定法治，将春秋、战国、秦汉说成是政治日益恶化的进程，而"于兹迄今，情伪万方"，更把最激烈的批判指向当代社会。这样彻底的否定表明了彻底的失望，正是社会瓦解时代的思维特征；同时这也是对汉赋歌颂性主流的彻底的背叛。此赋篇末缀以两首五言诗，以起到强化抒情的作用，可见诗赋结合的写作方法在不断延续。

《刺世疾邪赋》那种尖锐激烈的写法难免造成抒情的粗糙。要说东汉后期成就最特出的辞赋作家，仍当数蔡邕（139—192）。其赋作完整保存至今的有《述行赋》和《青衣赋》。

《述行赋》作于蔡邕二十七岁那年，那时正是桓帝朝宦官擅权、政治极度混乱之际，他却被迫应召入京去给当政者鼓琴，幸而以病半途而归。作为纪行赋，本篇在写作方法上并无特异之处，但其篇幅相对短小，感情表达就显得集中有力。文中不但就沿途所见发生联想，借古刺今，如"皇家赫而天居兮，万方徂而星集。贵宠扇以弥炽兮，金守利而不厌"之句，更将锋芒无所掩饰地直指"皇家"、"贵宠"；由于作者对社会现实的不满和对个人遭遇的愤慨结合在一起，他的感受就写得较赵壹为具体。

《青衣赋》写与一奴婢的情缘和别后对她的怀念。这即使有虚构成分，也应该与作者的某种实际经历有关系。这种不合道德传统的题材的出现，既体现了作者的大胆，也反映了在当时社会瓦解的情况下人们的思想和情感表现渐趋自由。赋的文字生动清丽，末一节尤为出色："明月昭昭，当我户扉，条风狎猎，吹予床帷。河上逍遥，徙倚庭阶。南瞻井柳，仰察斗机。非彼牛女，隔于河维。思尔念尔，怒焉且饥。"这里描写了恋爱之人在月光皎洁的晚上因思念对方而不能成寐，在庭院中徘徊的情形，意境很美。《古诗十九首》中的《明月何皎皎》和乐府古辞中的《伤歌行》，都有类似描写，从中可以看出东汉后期的辞赋与诗歌相互影响的痕迹。

蔡邕是东汉末最著名的文人，他的一些创作特点体现了汉代文学与魏晋文学之间的关联。而且，建安时期著名文学家中，王粲、阮瑀是蔡邕的弟子，蔡琰是他的女儿，因而他对后一时期文学的影响有很直接的地方。

第 5 章

秦汉的散文

秦汉的散文相比于先秦也发生了很大变化。首先是春秋战国时代热闹一时的诸子散文趋于消退。像秦代的《吕氏春秋》、西汉前期的《淮南子》，被视为诸子散文的尾声，但要说思想的创造，已是远不如前人了。秦汉时其他的一些论著和许多单篇的论说文，也可以说是诸子散文的后裔，但已是另一种面貌。这些文章中有些富于文采，或能以情感人，在文学史上仍有其影响，所以我们还是有选择地略作介绍。值得注意是从汉代开初出现了相当数量的抒情散文，以书信形式为最多，也包括一些自我辩解、自我嘲弄的文章。这类作品常常触及个人与环境、与社会统治力量的冲突，不仅具有感人的力量，而且激发了读者对人生的思考，是文学史上可贵的收获。而继承先秦历史散文，在汉代出现了司马迁的伟大的《史记》，它是历史与文学结合的杰出典范。以上三种——尤其后两种类型的散文，代表了秦汉文学的重要成就。由于这些散文的性质差别较大，所以下面分类来介绍。

除以上三种类型的散文外，西汉时还出现了一些游戏性的散文，因作品不多，简单附记于此。这类散文中以王褒的《僮约》最为有名。此文是一份虚构的契约，内容系吓唬一名倔强的僮仆，纯以戏谑为目的，文字通俗，多杂口语。它很可能是仿效民间通俗文学的，因是名家之作，遂得流传。作为古代文学面貌逐渐多样化、娱乐性文学不断增长的例证，此文在文学史上也有一定地位。

一、论说散文

以前一些文学史著作对汉代散文多用"政论散文"作为一个分类，但考虑到"政论"的概念对我们要说的内容无法包容周全，故使用更为宽泛的"论说"作为分类名目。

秦与西汉的论说文 秦立国时短，唯有丞相李斯的"上书"一类文章保存较多，其中《谏逐客书》最为有名。书为劝阻始皇驱逐非秦国人士而作，主要通过选择一系列显著的事例来说明道理，文辞华丽而铺张，气势奔畅，有颇明显的纵横家辩说文辞的气息，可以作为那一阶段文章风格的代表来看。

西汉初邹阳以文章著名，也是战国纵横家的气息很浓。他的《狱中上梁王书》本意是为自己遭谗得祸作辩解，却并不细致分析跟自己直接相关的事实，而是大量征引历史上的人物事件，运用比喻，论"谗毁"之祸，借以表明自己"忠信"的心迹。这在后人看起来会觉得奇怪，但排比铺张，引前事为证，追求气势，大概就是那时文人所受的基本训练。这种文章带有抒情成分，但论辩的味道要更重一些。

随着社会变化的深入，从战国纵横家文脱化出西汉前期典型的政论文，代表性的作家为贾谊。贾谊年轻时在文帝朝中任太中大夫约十年，写下一系列政论，对秦汉之际的历史以及当代社会各方面的问题，都提出了尖锐而深刻的看法。他的文章洋溢着对国家前途的忧患意识，充满热情，富于文采。在写法上，既继承了战国散文纵横驰骋的气势，但因为注重具体的实际的政策方针，又具有战国散文所缺少的整饬谨严的风貌。其中《过秦论》、《论治安策》最为著名，被鲁迅称为"西汉宏文"（《汉文学史纲要》）。

《过秦论》分上中下三篇，其主旨如题目所示，是论秦政的过失，这也是西汉前期政论散文所集中讨论的问题。上篇竭力夸张秦国力量的强大和一朝败亡的迅速，以强烈的反差，突出"仁义不施"则必然败亡的道理。中篇和下篇，提出秦二世和子婴应该采取何种措施才能挽回败局，实际是比较具体地提出了西汉王朝应该注意的政策。文章善于用铺张手法，但却不是典型的纵横家文那种平列的重复的铺张，而是有一种迅疾向前推动的气势，如上篇的劈头一句："秦孝公据崤函之固，拥雍州之地，君臣固守，以窥周室，有席卷天下、包举宇内、囊括四海之意，并吞八荒之心。"写秦人初盛的声势，令人读来一震。这固然是借修辞手段来影响读者的感情，但强悍的文句中蕴有作者年轻的生命力。又如《论治安策》讨论国家所面临的各种危机，以"臣窃惟事势，可为痛哭者一，可为流涕者二，可为长太息者六"这样令人心惊的句子开头，而后逐一论之。也是以情动人和以理服人相结合。

稍后的景帝时代,出现了另一位重要的政论散文作家晁错。代表作有《论贵粟疏》等。晁错的政论文,比贾谊的文章更细密严谨,切合实际,文采和情感则稍逊之。

到了西汉中期,随着国家形势的稳定,专制制度和君主权威的强化,以奏疏为主要形式存在的政论散文,无论热情还是大胆议论的态度都很少见了,来自战国纵横家的雄恣辩丽的风格也消退殆尽。而值得注意的是部分散文出现追求对偶工整的趋向。如司马相如奉武帝之命安抚蜀中民众时所作《喻巴蜀檄》,把辞赋写作的修辞技巧用于散文,通过对偶获得一种美化效果,读来音节铿锵。之后像桓宽《盐铁论》这样一种经过整理的关于国家财政方针讨论会的记录,也多用对偶工整的句子,说明这种文章风格在西汉中期已经越来越明显了。后来这成为东汉散文的普遍特色,继而在六朝发展成骈文。

东汉的论说文　自西汉后期始,经学对社会思想的束缚日趋严重;到东汉前期,因统治者所倡导的伪造神秘预言的图谶之学风行,思想界更被笼罩于一片荒诞迷信之中。此际值得注意的论说文,只有与上述风气相抗争的王充的《论衡》。

王充（27—约97）是会稽上虞（今属浙江）人,仅短时期做过郡县的属吏。他远离京师也远离政治上层,得以保持了思想的独立性。《论衡》八十五篇,站在比较接近原始儒学的古文经学立场上,激烈批判作为国家意识形态的宗教化庸俗化的今文经学,揭示天人感应之说及世俗迷信的荒谬。他的论证方法,主要是罗列大量的生活常识进行层层推进的逻辑分析,击破妖妄无据的迷信。文章以简朴明快见长,没有多少文学性可言,但它所倡导的理性精神与东汉文学复苏的思想背景有关。

东汉中期至后期,出现了王符的《潜夫论》、仲长统的《昌言》、崔寔的《政论》、荀悦的《申鉴》等沿着王充的方向、具有批判性的论著,而批判的对象则从迷信思想转向更具体更广泛的社会现实问题。在风格方面,它们继承了汉代散文一直在发展着的骈偶化传统,文章更为整齐工丽。

王符出身寒门,终身不仕,《后汉书》本传说他:"志意蕴愤,乃隐居著书三十余篇,以讥当时失得,不欲章显其名,故号曰《潜夫论》。其指评时短、讨谪物情，足以观见当时风政"。《潜夫论》的批判，涉及东汉中期的政治、军事、经济、文化等各个方面，如《浮侈篇》批判了当时"京师贵戚"的奢靡之风，《论荣篇》中批判了当时的门阀制度。此外，在《潜夫论》中，王符还表达了他对于人性的一些新的思考，如《释难篇》说："是故贤人君子，既忧民，亦为身作，……仁者兼护人家者，且自为也。"用为他人兼为自身来解释"仁者"之心，反映了东汉中期文人个体意识的抬头。

仲长统（180—220）的《昌言》可以视为东汉后期批判性论著的代表。关于仲长统其人，《后汉书》本传说他"敢直言，不矜小节，默语无常，时人或谓之狂生"，可见是一个颇有个性的人物；他的《昌言》著于汉王朝已全面瓦解的年代，所以思想更为解放，言辞也更为锋利。从《昌言》残存的篇章来看，仲长统或批判图谶迷信，或批判社会风气，或批判外戚宦官，或批判门阀制度，其锋芒几乎遍及社会现实的各个方面。他的文章骈俪色彩很浓，具有工丽整齐的特色。此外，《后汉书》本传记载其自叙志向的一篇短文也很有名，文中表示以隐居田园为乐，又说："安神闺房，思老氏之玄虚；呼吸精和，求至人之仿佛。……消摇一世之上，睥睨天地之间。不受当时之责，永保性命之期。如是，则可以陵霄汉、出宇宙之外矣，岂羡夫入帝王之门哉！"这种对理想人生的描述，清楚地体现了士人与政权的疏离、国家意识的淡薄和个人意识的强化。

随着文学作品的繁盛，论说散文在文学史上的意义不再重要，后面我们一般也不再提及这一类散文。

二、抒情散文

西汉的抒情散文　西汉早期的一些散文，如邹阳《狱中上梁王书》其实也是有抒情成分的，但却没有在表述自我的内心感受上充分展开，反是论说的色彩更重些。所以西汉最早的抒情散文，还得从东方朔的《答客难》说起。此文以辞赋惯用的问答体展开，句式整齐且间或押韵，故有时也被列入广义的辞赋范畴。

东方朔（前154—前93）是汉武帝的宫廷文人，机智多才，却只能在宫廷中扮演一个滑稽角色。《答客难》假借"客"责难东方朔为什么"好学乐道"却地位不高起头，然后通过对此责难的解答，揭示出包括自己在内的士的历史命运。文中说到：自己虽有苏秦、张仪之才，但时代却非复战国之旧了。汉武帝逐步削弱了诸侯国，实行彻底的中央集权，这使得士不再能够凭借自己的才能谋求成功，获取高位；一切都在皇帝的掌握之中并由他的个人好恶所决定，"贤与不肖"，也实无区别：

故绥之则安，动之则苦；尊之则为将，卑之则为虏；抗之则在青云之上，抑之则在深渊之下；用之则为虎，不用则为鼠；虽欲尽节效情，安知前后？夫天地之大，士民之众，竭精驰说，并进辐凑者，不可胜数，悉力慕之，困于衣食，或失门户。使苏秦、张仪与仆并生于今之世，曾不得掌故，安敢望侍郎乎！

《答客难》敏感地指出了从相对自由的战国时代进入专制制度的一统天下以后，文人可悲的命运和必须作出新的人生选择。文章虽然带着某种嘲谑意味和表面上的自我慰解，内藏的痛苦其实很深。

西汉中期的抒情散文，以司马迁（生平见后）的《报任安书》成就最高。在这封给朋友的书信中，司马迁诉说了自己无辜遭受耻辱的宫刑而感受的莫大痛苦，和忍辱求生以完成《史记》撰述的心迹。信中写道：

仆以口语遇遭此祸，重为乡党戮笑，污辱先人，亦何面目复上父母之丘墓乎！虽累百世，垢弥甚耳。是以肠一日而九回，居则忽忽若有所亡，出则不知所如往。每念斯耻，汗未尝不发背沾衣也。

从这里能够读出一个具有高尚人格的知识者在强大的专制制度迫害下巨大的内心创痛，并且体会到专制权力的非理性。然而司马迁也以自己能选择的方式作出了反抗，那就是他引以为骄傲的《史记》——他以这一伟大的创作表达了自己的意志自由，重新肯定了自己的生存价值。信中也说到：

仆诚已著此书，藏之名山，传之其人，通邑大都。则仆偿前辱之责，虽万被戮，岂有悔哉！

和东方朔的《答客难》相比，司马迁并没有用任何嘲谑之类的方法钝化痛苦的刺激，当时任安是狱中已判了死刑的犯人，给他的信不可能做到私密，所以也是危险的，但他仍然不顾一切地说出内心的悲愤；甚至，像"虽万被戮，岂有悔哉"这样的话，实是对最高统治者表示坚决反抗的态度。这是非常难能可贵的。在中国文学史上，纯粹的抒情散文传统的形成与书信体关系最为密切，《报任安书》可以说直接开启了这一传统。

司马迁外孙、宣帝时杨恽（？—前 55）的《报孙会宗书》，亦颇有外祖遗风，同样是传诵的书愤之作。杨恽曾一度受到宣帝的信任，后因故免官。他在家经商治产业交接宾客，声闻于外。在专制制度下，被免职的官员这样做是犯忌的。因而他的朋友孙会宗写信劝他"当阖门惶惧"，以免招致危险。而杨恽的答书不仅为自己的行为坦然辩护，而且态度桀骜不驯，对非议他的人乃至对朝廷都有所讥刺。后来信被查出，杨恽竟被处腰斩。这是一篇充分表现个性的书信体散文，文字不求美饰而意态自然张扬，有感人的效果。

东汉的抒情散文　东汉的抒情散文仍以书信体为主，和论说散文一样，较为出色的作品主要产生于中后期。虽传世名篇较少，但可以注意的是东汉人于书信的写作实更为用心，文辞多经锻炼。这意味着书信不仅是实用的沟通手段，而且被当作"文章"来看待。而从《后汉书》著录传主作品的情况来看，"书"确已正式成为文体的一种。

李固（94—147）《遗黄琼书》是比较有名的一篇。在当时士大夫集团与外戚、宦官的激烈冲突中，李固是个中坚人物，黄琼负盛名而未出仕，此信即为劝黄琼出仕而作。信中说："自生民以来，善政少而乱俗多。必待尧舜之君，此为志士，终无时矣！"言下之意，艰危之世，志士无由避其责任，言简而甚有激昂之气。后面又说名士被征入朝，往往是"盛名之下，其实难副"，被"俗论"指为"纯盗虚声"，希望黄琼"一雪此言"，虽是有"激将"的味道，但确实显示了李固峻烈的个性。

同时人朱穆（100—163）的《与刘伯宗绝交书》开了"绝交书"这一书信体散文类型的首例。信中指斥刘对待自己前恭后倨，全视双方地位变化而定，很简短的几句话就画出一个庸俗官僚的嘴脸，同时也显示出自己人格的骄傲。末句"咄，刘伯宗，于仁义道何其薄哉"声色毕露。张奂

（104—181）是东汉后期一位儒士出身的名将。他的一些短札写得很有趣。如《与崔子贞书》："仆以元年到任，有见兵二百，马如羖羊，矛如锥铁，盾如榆叶。"又《与延笃书》说以暮年而居边地的凄苦，文辞精美而又能以情动人。

秦嘉的《与妻徐淑书》和《重报妻书》叙写夫妻感情，在当时是很特别的。前者云：

> 不能养志，当给郡使。随俗顺时，僶俛当去。知所苦故尔，未有瘳损，想念悒悒，劳心无已。当涉远路，趋走风尘，非志所慕，惨惨少乐。又计往还，将弥时节。念发同怨，意有迟迟。欲暂相见，有所属托，今遣车往，想必自力。

所说均日常生活之事和夫妻离别之情，却别有情致。当时有文化修养的夫妻间通信当然是平常的事，不平常在于这种信会被有意识地保存下来并作为"文章"流传。它标志了一种文学态度，并预示了日常性抒情性散文的兴起。

三、《史记》与《汉书》

司马迁对历史的理解 司马迁（前145—约前87）字子长，左冯翊夏阳（今陕西韩城）人。他的父亲司马谈是一位渊博的学者，任太史令之职。将近十岁时，司马迁随父亲到长安，曾师从经学名家董仲舒、孔安国。二十岁那年，他开始广泛的漫游。以后又因奉使外出、侍从武帝巡狩封禅而游历各地。他的足迹几乎遍及全国，在这过程中接触到各个阶层各种人物的生活，并搜集了许多历史人物的资料和传说。父亲去世后，司马迁继任太史令，也继承了父亲著述历史的遗愿。

这以后发生了一场巨大的灾难。天汉二年（前99），李陵抗击匈奴，力战之后，兵败投降。司马迁出于对李陵的了解和同情，愤于朝臣一味逢迎上意、痛诋李陵的丑态，便为之作了辩护。然而李陵兵败实由武帝任用无能的外戚李广利为主帅所致，他的辩护也就触怒了武帝，因此受到"腐刑"的惩罚。对于司马迁来说，这是远比死刑更为痛苦的奇耻大辱。只是因为不愿宝贵的生命在毫无价值的情况下结束，他才"隐忍苟活"，而将著述历史视为生命的完成。这也是一位知识者对君主的淫威和残酷的命运所能采取的反抗形式。在约写于太始三年的《报任安书》中，提到《史记》已大致成书。此后其事迹不清，大概卒于武帝末年。而东汉卫宏的《汉书旧仪注》则说他"有怨言，下狱死"。

《史记》原名《太史公书》，东汉末始称《史记》，总共一百三十卷，五十二万余字。是古代第一部通史，又是到那时为止规模最大的一部著作。全书由本纪、表、书、世家、列传五种体例构成。"本纪"用编年方式叙述历代君主或实际统治者的生平和政绩，是全书的大纲；"表"用表格形式分项列出各历史时期的大事，以便查检；"书"是天文、历法、水利、经济等各类专门事项的记载；"世家"是世袭家族以及孔子、陈胜等在汉代祭祀不绝的人物的传记；"列传"为本纪、世家以外各种人物的传记，还有一部分记载了中国边缘地带各民族的历史。《史记》通过这五种不同体例相互配合、相互补充，构成了完整的历史体系。这种著作体裁又简称为"纪传体"，以后稍加变更，成为历代正史的通用体裁。

《史记》纪事，其时间上起当时人视为历史开端的黄帝，下迄司马迁写作本书的汉武帝太初年间，空间则包括整个汉王朝版图及其四周作者能够了解的所有地域。它实际上就是司马迁意识中通贯古往今来的人类史、世界史。司马迁本人在《报任安书》中说他的目标是"究天人之际，通古今之变，成一家之言"。这既意味着以宏大的眼界全面地总结历史，也意味着以个人的思考深刻地理解历史。

首先，在那个专制制度高度强化、歌颂成为文人的职业的时代，《史记》却拒绝歌颂而采取批判的态度。尤其对汉王朝的历史，对当代即武帝时代的政治，司马迁始终保持冷峻的眼光。对武帝任用酷吏、残害人民、选用人才唯己所好以及迷信求仙、滥用民力等种种行径，司马迁都无畏地加以揭示，至于官僚阶层中种种勾心斗角、厚颜无耻的现象，更是纷呈毕现于他的尖锐的笔下。这些揭露与批判，并不带有丑化的倾向，也不是单纯的否定，而是基于自己有系统的思想立场和对史实的考察。在政治上，司马迁较为赞赏汉初以来以黄老思想为指导的"清静无为"的统治政策，认为这对于安定人民的生活和民间财富的增长起了好的作用，而景帝、武帝时代皇帝独裁的强化和他们好大喜功、与民争利的举措，在他看来是造成一系列社会危机的根源。

究竟是什么样的力量，支配着人的历史活动？这是司马迁关心的同时也为之困扰的问题。作为一个忠于生活的观察者和深刻的思想家，他清楚地看到：人对自身利益的追求是一种不可遏制的冲动。在《货殖列传》中，司马迁不厌其烦地列举多方面事实，证明"富者人之情性，所不学而俱欲"，"自天子至于庶人"，无不"好利"。那么道义的力量何在？《史记》七十列传以《伯夷列传》为第一，这表明了某种理想主义的态度。但也就从伯夷、叔齐"积仁絜行如此而饿死"的事实中，他发出了"倘所谓天道，是邪非邪"的追问。在司马迁的历史描述中，那些成功的人物，正在掌握权势的人物，并不像他们宣称的那样是因为拥有高贵品质和道德正义，才得到他们的地位；有时恰恰相反，品质高贵和信守道义的人倒往往是遭遇不幸和失败的。虽然司马迁不曾对这些现象给出明白的解释，却足以启发人们作一种深入的反省。

而史家的责任，司马迁认为就是要让那些"扶义倜傥，不令己失时，立功名于天下"的人们得以垂名后世，而这里面也包含了许多怀才不遇的人和失败的英雄。历史必然包含了评价，但《史记》并不以官方的、现时的、习见的评价作为标准，他试图找到自己的更为合理的方法。独立而自由的思考使司马迁意识到历史的复杂性。《史记》所记述的人物，虽以上层政治人物为主，但也涉及更广泛的社会范围，包括一部分社会中下层人物和非政治性人物。在帝王、卿相之外，文学家、思想家、刺客、游侠、商人、戏子、医师、男宠、卜者等等，也各各显示出人类生活的不同侧面，多少呈现了社会的复杂组合。而作者对人物的褒贬，也并非很简单的，前后有些矛盾也无妨。例如《伯夷列传》歌颂了两位贤君子"不食周粟"的忠节，《管晏列传》却又赞美先后奉事互为死敌的公子纠与齐桓公的管仲，说他"不羞小节，而耻功名不显于天下"；在指明了游侠对社会秩序的破坏性的同时，却不妨赞扬他们重然诺轻生死的义风；甚至，《酷吏列传》激烈抨击了酷吏的残忍，《太史公自序》又说"民倍本多巧，奸轨弄法，善人不能化"，故酷吏似也有存在的理由。这些并不是因为司马迁观念混乱，而是由于社会本身的复杂，他需要广泛而多视角地理解各种人的生存方式。

班固对司马迁的"是非颇谬于圣人"——其实主要是谬于汉代的统治

思想——深感不满。然而，正是由于司马迁较少受统治思想的束缚，敢于蔑视世俗道德教条，也不从某种单一的学说出发来理解人和描写人，《史记》方能成其丰富和博大，产生一种独特的魅力，而区别于后代所有其他正史。

《史记》的文学成就　《史记》是一部史学名著，又是一部文学名著。

司马迁的个性和他写作《史记》的心态，首先决定了这部史书的文学性。从《报任安书》和《史记》中，处处可以看到他富于同情心、感情强烈而容易冲动的性格特点；他由李陵事件而罹祸，本也是一场由性格导致的悲剧。总之，司马迁其实是有着诗人气质的。而在《报任安书》中，司马迁把《周易》、《诗经》、《离骚》等等，归结为"大抵圣贤发愤之所为作也。此人皆意有郁结，不得通其道，故述往事，思来者"。这种"发愤著书"之说不一定完全符合那些古人著述的实情，却完全符合于《史记》的实情。他把写作《史记》当作宣泄内心的痛苦和郁闷、向现实作抗争的手段，因而在书中处处渗透了自己的感情。鲁迅《汉文学史纲要》说《史记》是"无韵之《离骚》"，正是从这一特点而言的。与此相应，司马迁对历史的关注，一个中心的内容是对人的生存方式和人物命运的关注；而描述历史人物的事迹，在一定程度上成了他和这些人物的对话。举例来说，司马迁在受刑之后是"隐忍苟活"的，这虽有最充足的理由，也仍然刺痛着他的心。他无疑有着死亡的欲望，而《史记》中也一再写到壮丽的死亡：项羽在可以逃脱的机会中，因无颜见江东父老，拔剑向颈；李广并无必死之罪，只因不愿以久经征战的余生受辱于刀笔吏，横刀自刎；屈原为了崇高的理想抱石沉江……这种悲剧场面不仅表现了崇高的人对命运的强烈的抗争，写作本身也成了司马迁自己对死亡的心理体验。

因为关注人在历史中如何生存、人的命运为什么力量所决定这些问题，司马迁创立了以"纪传"为主的史学体裁，第一次以人为本位来记载历史。当然，过去的历史著作也都记载了人的历史活动，但这些记载都是以时间、地域、事件为本位的，人的主体地位未能被充分地意识到和表现出来。而且，过去的历史著作通常只记载上层政治人物的事迹，再加上一部分游士等，而《史记》力图考察宏大而复杂的社会现象，它的人物面貌要丰富得多。

从总体上说,《史记》所描写的人物具有数量众多、类型丰富、个性较鲜明三大特点。它以大量的个人传记组合成一部宏伟的历史,其中写得比较成功、能够给人留下深刻印象的,如项羽、刘邦、张良、韩信、李广、李斯、屈原、荆轲等等,就有近百个。这些人物来自社会的各个阶层,从事各不相同的活动,经历了不同的人生命运。从帝王到平民,有成功者有失败者,有刚烈的英雄,有无耻的小人,共同组成了一条丰富多彩的人物画廊。这些人物又各有较鲜明的个性。不同身份、不同经历的人物固然是相互区别的,身份和经历相似的人物,也并不相互混淆。张良、陈平同为刘邦手下的智谋之士,一则洁身自好,一则不修细节;武帝任用的酷吏,有贪污的也有清廉的……凡此种种,在给予我们历史知识的同时,又给予我们丰富的人生体验。

在描写人物一生的过程中,司马迁常特意表现人物命运的巨大变化。如刘邦微贱时游手好闲,父亲不喜欢他,做了皇帝之后刘邦还不肯忘记把他嘲弄了一番;李广免职时受到霸陵尉的轻蔑,复职后他就借故杀了霸陵尉;韩安国得罪下狱,小小狱卒对他作威作福,他东山再起后,特地把狱卒召来,旧事重提……这些命运变化和恩怨相报的故事,将人物的性格、人性中的某些根深蒂固的东西暴露得尤为充分。

对于《史记》所描写的人物,人们可以强烈地感受到他们面目活现,神情毕露,如日本近代学者斋藤正谦所说:"读一部《史记》,如直接当时人,亲睹其事,亲闻其语,使人乍喜乍愕,乍惧乍泣,不能自止。"(《史记会注考证》引《拙堂文话》)这是因为司马迁在写作人物传记时,使用了文学的叙事方法。

《史记》的人物传记,极少有后代正史中常见的排比人物履历的写法;作为历史著作,特别是在记载重要历史人物的事迹时,它不能避免某些必要的交代,但传记的核心部分,通常是一系列经过精心选择并精心描绘出来的具体生动的事件,有些并具有很强的故事性。如《项羽本纪》中从诛宋义、救巨鹿、鸿门宴直到垓下之围、乌江自刎,均非平淡的叙述。文学叙事的特点,就是要构造鲜活的场景,令读者获得如临其境的真实感,这和历史所追求的真实是不同的。《史记》以"实录"著称,这是指司马迁具有严肃的史学态度,在重要史实方面严格推究,不虚饰、不隐讳。但他的笔下那些栩栩如生的故事,不可能完全是真实的。为了再现历史的"现场"和人物的活动，必然要在细节方面进行虚构。如《李斯列传》一开始就是这样一段：

（李斯）年少时为郡小吏，见吏舍厕中鼠食不洁，近人犬，数惊恐之。斯入仓，观仓中鼠食积粟，居大庑之下，不见人犬之忧。于是李斯乃叹曰："人之贤不肖，譬如鼠矣，在所自处耳！"乃从荀卿学帝王之术。

这是一个很有名的故事。但不仅从史学角度来看这种细琐小事是毫无价值的，而且从逻辑上推断，其真实性也十分可疑：李斯上厕所，谁看见了呢？然而作为文学性的传记，这种细节却是展现人物性格及其内心世界的重要手段。《史记》中用许多这样的细节描写塑造人物形象，避免了抽象的人物评述。

《史记》的叙事手段也非常丰富。譬如说司马迁很喜欢描写戏剧性的场景，像著名的"鸿门宴"故事，简直是一场高潮迭起、扣人心弦的独幕剧。人物的出场、退场、神情、动作、对话，乃至座位的朝向，都交代得一清二楚。这一类戏剧性的故事，具有很多优点：一则能够营造逼真的场景与氛围；二则避免了冗长松缓的叙述，具有紧张性，由此造成文学所需要的激活力；三则在尖锐的矛盾冲突中，人物彼此对照，性格愈显鲜明。在关于鸿门宴的不算很长的描写中，我们可以那样清楚地看到刘邦的圆滑柔韧，张良的机智沉着，项羽的坦直粗率，樊哙的忠诚勇猛，项伯的老实迂腐，范增的果断急躁。

《史记》的语言也历来被尊为典范。司马迁极少运用当时文人惯用的铺张排比手法，淳朴简洁、疏宕从容、流畅而富于变化，是《史记》基本的散文风格；因为司马迁在叙述中始终是注入情感的，他的文字很自然地形成了与情绪相适应的节奏感。在写人物对话时，《史记》常使用日常生活中的口语，也增加了语言的生气。

《史记》在文学史上的影响　《史记》在文学史上有着崇高的地位和深远的影响。

从《史记》开始，中国才有了真正意义上的文学性的叙事散文。在这以前的历史著作，当然都属于叙事散文，并且多少不等地包含了文学成分，但它们本身还不能够称作是"文学性"的。这种文学性叙事散文的成立，最直接的影响首先在传记文学方面。自《汉书》始，历代史书大多继承了《史记》的纪传体，从中产生了不少优秀的传记文学作品；而史传以外的各种类型的传记，也与《史记》所开创的传统有渊源关系。另一种重要影响则是在小说方面。虽然小说的性质与史传不同，但在把叙事与塑造人物形象紧密结合这一点上，两者仍有很大的共同基础。从唐传奇开始，文人创作的小说多以"传"为名，以人物传记式的形式展开，具有传记式的开头和结尾，以人物生平始终为脉络，大体按时间顺序展开情节，并往往有作者的直接评论，这一切重要特征，主要是渊源于《史记》的。

此外，《史记》所写的虽然是历史上的实有人物，但是由于司马迁喜欢突出人物的某种主要性格特征，使得一部分人物形象具有类型化的意味，从而有可能为后世的虚构性文学创作提供原型。譬如项羽的勇猛粗率，张良的文弱善谋，都在后来的文学中投下了影子。至于《史记》中的人物故事被后代的小说、戏剧用作素材的情况，更是多见。

《史记》对其他散文也有影响。由于东汉以后散文渐趋骈偶，至魏晋南北朝及初唐骈文盛行，《史记》的影响尚不是很明显；至中唐韩愈等人倡导古文运动起，直到明、清的古文家，多将《史记》推崇为与骈文相对的"古文"的典范，规模其文章者甚多。只是其间的得失较复杂，需要分别研究。

班固与《汉书》　《史记》纪事止于武帝太和年间，其西汉部分是不完全的。其后不少人做过续补的工作，其中班固之父班彪的《史记后传》六十五篇最为著名。班固便以《史记》的汉代部分和《史记后传》为基础，编成了纪西汉一代史事的《汉书》，成为古代第一部断代史。大体武帝以前部分多采用《史记》原文，作了一些改动和补充；以后部分，多本于《史记后传》。体例承继《史记》而略有变化。《汉书》向与《史记》并称"史、汉"，声誉很高。但实际上它难以同《史记》相提并论。班固开始是私下修撰《汉书》的，并因此而下狱。后来明帝读了他的初稿，十分赞许，召之为兰台令史，让他继续《汉书》的编著。所以，《汉书》实际是奉旨修撰的官书。班固本人，又具有强烈的正统儒家思想观念。所以，要论独立意识与批判精神，《汉书》自然远逊于《史记》。

但班固毕竟是一位严肃而有才华的历史学家。他作为东汉的史官记述西汉的历史，较之司马迁处理当代史实，又自有其方便之处。因此，站在儒家传统的政治立场，他对西汉历代统治的阴暗面也有相当多的揭露。如《晁错传》关于景帝初用晁错的建议削弱诸侯王势力，至吴、楚七国起兵叛乱，他为了缓和形势，又给晁错诬加罪名，杀其全家，这方面的记载就比《史记》原文更为清楚。

班固又是东汉最负盛名的文学家之一。从叙事文学来看，《汉书》虽逊于《史记》，但仍有不少出色的部分。一般说来，班固的笔下不像司马迁那样时时渗透情感，但通过具体事实、人物言行的描写，却也常常能够显示出人物的精神面貌。最为人传诵的是《李广苏建传》中的李陵和苏武的传记。这两篇感情色彩较浓，其感人之深，可与《史记》的名篇媲美。写苏武拒绝匈奴诱降，受尽迫害犹不可屈的情景，凛然有生气；写李陵以五千兵力敌匈奴八万大军，转战至汉边塞百余里处仍无援军，在绝境中被迫投降，直至因全家被杀，欲归而不能，整个过程和李陵这一悲剧人物的复杂心情都表现得相当深细，可以看出作者对他是有同情心的。李陵与苏武告别的一幕写在苏武传中，情景颇为动人：

于是李陵置酒贺武曰："今足下还归，扬名于匈奴，功显于汉室，虽古竹帛所载，丹青所画，何以过子卿？陵虽驽怯，令汉且贳陵罪，全其老母，使得奋大辱之积志，庶几乎曹柯之盟，此陵宿昔之所不忘也！收族陵家，为世大戮，陵尚复何顾乎？已矣！令子卿知吾心耳！异域之人，壹别长绝！"陵起舞歌曰："径万里兮度沙幕，为君将兮奋匈奴。路穷绝兮矢刃摧，士众灭兮名已隤。老母已死，虽欲报恩将安归！"陵泣下数行，因与武绝。

大致可以说，《汉书》中精彩的部分，还是深得《史记》精髓的。它写人物有时也选用虽无甚史学价值但故事性较强、比较有趣味的细节，这继承了《史记》的文学精神；但总体上《汉书》提供的史料更为详赡，这又是史学的需要。从长期趋势来看，史学将与文学分离，恐怕是不可免的。

《汉书》的语言工整凝练，倾向排偶，又喜用古字，崇尚典雅，与《史记》风格不同。这也代表了汉代散文的变化趋势。喜欢骈俪典雅的文章风格的人，对《汉书》的评价甚至在《史记》之上。

第6章

汉代诗歌

秦代没有诗歌作品流传下来，唯在《汉书·艺文志》中著录有"仙真人诗"，或许与始皇的求仙活动有关。汉代诗歌的情况与先秦相比，变化很大。《诗经》虽为士人所普遍诵习，但那种四言诗体的写作则已衰微，今传只有韦孟的《讽谏诗》《在邹诗》等呆板的模拟之作。楚辞本也属诗的性质，但到了汉代，从楚辞演化出的辞赋成为一种介乎诗与文之间的特殊的体式。所以汉诗主要是一些新的诗体，尤其五言诗在这个时代渐渐发展成熟，后来成为中国古典诗歌的一种基本诗型。

一、楚歌的兴起

前已提及，春秋、战国时代，楚国就有一种不同于《诗经》的歌谣存在，并在古籍中留下若干痕迹。但仅就文献记载来看，这种歌谣的创作并不显得兴盛。在推翻秦王朝的过程中，主要力量来自原来楚国的地域。因而到了汉代，源于楚地的歌谣一度在社会上、特别是宫廷中十分流行，人们称之为"楚歌"。

汉代最早的楚歌，可以追溯到项羽的《垓下歌》。那是在汉五年，项羽被刘邦的各路大军围困于垓下，山穷水尽，对着他心爱的美人虞姬慷慨悲歌：

力拔山兮气盖世，时不利兮骓不逝。骓不逝兮可奈何，虞兮虞兮奈若何！

在女性附属于男性的时代，一个权势人物遭受失败的最严酷的标志，是他的女人将作为财产为胜利者所占有并重新分配。关于虞姬未来的设想，以最刺激感情的方式，显示着项羽在短短几年内登上成功的绝顶复又坠落失败的深渊的急剧变迁。他愈是对个人的能力保持骄傲和自信，就愈是感觉到在命运的巨大压迫下个人的渺小和无力。这种关于命运无常的悲观意识，似乎就是从《垓下歌》以后，逐渐渗透了中国的诗歌。

作为成功的英雄，刘邦留下了《大风歌》：

大风起兮云飞扬，威加海内兮归故乡，安得猛士兮守四方？

刘邦在秦末战争的大风暴中，从社会底层登上皇位。支配这种剧变的命运力量同样是他所难以理解并且感到不安的。从战国而秦汉，中国历史长期处在剧烈的变迁中，它又造成历史人物同样剧烈的人生变迁。虽有成败的天差地别，但《垓下歌》和《大风歌》都表现出关于人在世界中的处境的困惑和感慨，这预示了文学的主题将会有深入的发展。

从西汉前期到中期，还有许多上层人物创作的楚歌为史籍所记载。而且，尽管作品的背景和内容互异，在感叹人不能支配自己的命运这一点上，却有惊人的相似。如武帝时远嫁乌孙王的公主刘细君的思乡之歌，李陵的别苏武歌，宣帝时因觊觎帝位而被杀的广陵王刘胥的临终歌（这些作品在史书中均只载歌辞，不题篇目），等等。载录于《汉武帝故事》署名汉武帝作的《秋风辞》，真伪不易断定，就其情调来说，"欢乐极兮哀情多，少壮几时兮奈老何？"也包含着人生无常的感伤。

自西汉中期以后，楚歌的写作逐渐衰退。值得一提的是东汉前期梁鸿的《五噫歌》，诗中将"宫室崔嵬"的帝京与"劬劳未央"的民众生活作对比，直接对帝王提出指斥。诗中很特别地连用五个感叹词"噫"句，表现了强烈的愤慨。

二、五、七言诗的形成

关于五言诗　关于汉代五言诗的形成一直有很多争议。从文献记载来看，唐张守节《史记正义》引陆贾《楚汉春秋》所载虞姬答项羽的一首诗，是完整的五言四句格式，如果《楚汉春秋》中原来确有此诗，那么不论它是否出于虞姬之手，其年代都是非常早的（陆贾与虞姬实为同时代人）。但这诗几乎像一首绝句，放在秦汉之际显得颇突兀，所以古代就有人怀疑它或许是后人窜入的；只是这也并无确凿根据，我们在此只好暂且存而不论。除此之外，汉高祖姬戚夫人所作《舂歌》年代也很早，已接近完整的五言诗形态："子为王，母为虏。终日舂薄暮，常与死为伍。相离三千里，当谁使告汝？"在武帝时代，又有李延年的《佳人歌》：

北方有佳人，绝世而独立。一顾倾人城，再顾倾人国。宁不知倾城与倾国，佳人难再得！

此诗仅一句非五言。而作者不把它写成完整的五言诗，谅非有何技巧的困难，只是他不认为有此必要而已。至成帝时，存世民谣"安所求子死"和"邪径败良田"两首俱是完整的五言诗格式，表明那时五言诗体已经在民间流行；成帝妃嫔班婕妤也有《怨歌行》见载于《文选》，语言简洁，是一首相当出色的五言诗：

新裂齐纨素，皎洁如霜雪。裁为合欢扇，团团似明月。出入君怀袖，动摇微风发。常恐秋节至，凉风夺炎热。弃捐箧笥中，恩情中道绝。

此诗也有人疑为伪作，但实无根据。综合以上所述来分析，有些文献记载《古诗十九首》中若干篇出于西汉，应该说没有什么可惊怪的。只是"古诗"的具体情况较为复杂，下文另作介绍。

关于七言诗　过去通行的看法认为七言诗体形成很晚，这也是有问题的。典型的上四下三结构的七言诗句，在汉代以前已经很多见。《荀子》中杂言体的《成相辞》，就是以这种七言句为核心的（例见前引）。近年在云梦睡虎地秦墓出土的竹简中，也有好几首类似的歌辞，可见这种歌谣体曾经很流行。楚辞中《橘颂》的四言形式与《诗经》的不同，如将两句连读，去掉句尾的"兮"字，也就成为上四下三的七言句："后皇嘉树橘徕服，受命不迁生南国……"可以说，在先秦文学中已经存在形成七言诗体的必要条件。

自西汉始，民谣、镜铭、字书等用七言韵语写成是普遍的情况，这表明七言诗体有深厚的民间习俗基础。而且"七言"作为一种文体分类也出现得非常早，《汉书·东方朔传》说东方朔有"八言七言上下"，《文选·北山移文》注引《董仲舒集》有"七言琴歌二首"，《文选》注又多处引及刘向的"七言"。这一"七言"概念指的是诗应无问题，《汉书》晋灼注于东方朔所作即言："八言、七言诗，各有上下篇。"《后汉书》载东汉初刘苍有"七言别字歌诗并集"，则把"七言"为诗说得更明白。

从现存的作品来看，武帝时由司马相如等宫廷文人制作的《郊祀歌》十九章，其中《天地》、《天门》、《景星》三章，均含有较多的七言句。尤其《景星》，前半部分完全是四言，后半部分十二句完全是七言，这很值得注意；相传为武帝君臣联句写作的《柏梁台诗》，是完整的七言诗。虽然它的真实性颇受学者的怀疑，但以当时诗歌写作的情况来看，它的存在实无可怪之处。又残存的东方朔"七言"仍带有语气词"兮"字，而刘向的"七言"所存六句已不带语气词，这六句似属同一首，其内容如"揭来归耕永自疏"、"结构野草起室庐"、"山鸟群鸣我心怀"，写隐居的日常生活和闲逸心情，诗的特点也比较明显。

总之，七言诗体在西汉已经形成，这是可以肯定的。到了东汉，仅据《后汉书》，就有刘苍、杜笃、崔瑗、崔寔、张衡、马融、崔琦诸人的著作中包含有"七言"一类，又前提及张衡《思玄赋》、马融《长笛赋》篇末均以七言诗结束，这些都表明七言诗体其实已经颇为流行。只是我们现在能够看到的独立而完整的汉代七言诗篇，仅有张衡的《四愁诗》而已。此诗个别句子尚带有语气词"兮"字，但这不说明汉代七言诗到这时还未脱尽楚歌痕迹，刘向残存的六句七言诗均无语气词，恐非偶然。《四愁诗》写对"美人"深沉思慕和求之不得的忧伤，古人或以为实为有政治内容的寄托之辞，但至少它是用恋歌的形式来表现的，七言句式曼婉悠长的优点在这里得到显示。只是，这一诗体的优长要充分得到发挥，还有待后人的努力。

三、《古诗十九首》及其他

南朝人对自汉、魏时代流传下来而作者情况不是很清楚的一批五言诗常泛称为"古诗"，锺嵘在《诗品》中提及他所见这种"古诗"有五十九首，其中最著名的是收入《文选》的《古诗十九首》。

关于"古诗"的作者与时代，有过种种不同说法。刘勰的《文心雕龙》最早提及这一问题，但他说得谨慎而笼统："比采而推，两汉之作乎！"之后《文选》对所选入的十九首不标作者,而稍迟由徐陵编成的《玉台新咏》却将其中八首列为枚乘之作。现代研究者比较普遍的看法是将《古诗十九首》以及相类似的另外一些古诗推断为东汉中后期的作品,认为作者是一些佚名的文人,但这并无可靠的根据。"古诗"中有一部分带着明显的东汉时代的标记,但这并不能证明其他的诗都出于东汉。刘勰"两汉之作"这样一种谨慎的说法,应该是比较可取的。

"古诗"的作者与时代之所以模糊不清,同这类诗的某些特点有关。《古诗十九首》显然是围绕一些最常见的诗歌母题来写作的,其个人特征并不强。而且,所谓"古诗"与"乐府",又很难明确区分。在有关的文献记载中,两者每有同诗异题的重复,如古诗《生年不满百》,又作乐府《西门行》;古诗中的词句,更有许多也重复出现在乐府诗中。可以相信,不少"古诗"原来是配乐演唱的。换言之,这类诗同普通乐府歌辞一样,会在流传过程中不断被修改以适应社会的需要。加上五言诗并不是汉代文人所看重的文学类型,作者在写作这些诗时,恐怕就没有一定要留下自己姓名的意识,经过长期流传和在此过程中的修改,作者的情况遂愈发模糊了。直到诗歌的价值受到高度重视的南朝,人们才重又关注这一点,《诗品》甚至慨叹:"人代冥灭,而清音独远,悲夫!"

当然,《古诗十九首》中的两汉作品之间理应存在一定的差别和变化。但由于"古诗"的文本形态并不稳定,一首早的诗在流传过程中很可能变得和晚出的诗面貌相近,所以上述差别与变化也就难以仔细地加以讨论。

总体而言,《古诗十九首》的核心内容是抒写人生的悲哀,并在这悲哀的背景下寻求获得人生幸福的途径。这些内容在《诗经》中间或也能看到,但远不及《古诗十九首》表现得如此集中而强烈。这意味着汉代诗歌对人生的困境显示了更为强烈和敏锐的感受。

对生命短促、人生无常的感慨在"古诗"中以强烈的感觉反复出现。"人生天地间,忽如远行客"(《青青陵上柏》);"浩浩阴阳移,年命如朝露。人生忽如寄,寿无金石固。万岁更相送,圣贤莫能度"(《驱车上东门》)。在诗人们的眼中,节序物候的变迁意味着时间和生命的流失,引起了他们的强烈反应:"四顾何茫茫,东风摇百草。所遇无故物,焉得不速老"(《回车驾言迈》);"回风动地起,秋草萋已绿。四时更变化,岁暮一何速!"(《东城高且长》)累累坟墓和墓前萧萧白杨也频频出现在"古诗"中,它象征着死亡的阴影:"驱车上东门,遥望郭北墓。白杨何萧萧,松柏夹广路。下有陈死人,杳杳即长暮。潜寐黄泉下,千载永不寤。"(《驱车上东门》)在死亡阴影的胁迫下,诗人们急切地为这短暂而痛苦的人生寻求慰藉与解脱之道。其一便是"及时行乐":"昼短苦夜长,何不秉烛游?为乐当及时,何能待来兹?"(《生年不满百》)而"及时行乐"的内容,则既包括美衣美食之类的物质享受,诸如"斗酒相娱乐,聊厚不为薄"(《青青陵上柏》)、"不如饮美酒,被服纨与素"(《驱车上东门》)所说的那样,也包括及时满足对于荣誉地位的渴望:"何不策高足,先据要路津?无为守穷贱,轗轲长苦辛!"(《今日良宴会》)似乎满足了这些欲求,便能稍稍忘怀对死亡的恐惧。

"古诗"给人以深刻印象的一点,是表现离人相思的作品特别的多,包括夫妇、恋人、朋友之间的相思,以及游子对于故乡的怀念,这一类作品几乎占了《古诗十九首》的一半以上。而这些诗中抒发的离人相思之情,也是同感叹人生短促、生命无常的主题联系在一起的,是把爱情、友情等等作为短暂而可悲的人生中值得珍惜的东西提出的。如《冉冉孤生竹》说:"伤彼蕙兰花,含英扬光辉。过时而不采,将随秋草萎。"这就是用一个女子的口吻表示:如果恋人不及时归来,有限的美好青春将会如蕙兰花一样枯萎。《青青河畔草》中,那位出身"倡家"的妻子由于丈夫远出不返,不愿让自己的青春在无望的等待中白白耗尽,甚至发出了"空床难独守"的痛苦呼喊。

以《古诗十九首》为代表的"古诗",历来受到极高的评价。刘勰《文心雕龙》曾说"古诗"是"五言之冠冕",钟嵘《诗品》更不无夸张地称其为"一字千金"。他们都高度肯定了"古诗"的艺术成就。这主要因为"古诗"是建立在歌谣基础上的文人创作,它的语言既自然朴素,又高度洗练而富于概括力;它的感情表达,也既有文人化的哲理内涵,又具有歌谣的直率与真切。诗人们毫无矫饰地、有时是非常大胆地表现着内心世界,表现要紧紧抓住人生的真实欲望,使作品产生了很强的感染力。

"古诗"也特别擅长借助写景来衬托和抒发感情。像"四顾何茫茫,东风摇百草","回风动地起,秋草萋已绿",都是异常生动而充满情感的句子。再如《迢迢牵牛星》一首:

迢迢牵牛星,皎皎河汉女。纤纤擢素手,札札弄机杼。终日不成章,泣涕零如雨。河汉清且浅，相去复几许。盈盈一水间，脉脉不得语。

这是借牛郎织女的神话故事写人间的男女离别之情。全篇只是对人物动作与周围景色的描写，而愁绪一片，流溢其中。尤其结束两句，真是委婉缠绵，情景难分。

《古诗十九首》作为一种兼有民间歌谣与文人创作之长的诗作，在形式、题材、语言风格、表现技巧等诸多方面，都对后代诗歌产生了深刻的影响。在魏晋时代曹丕、曹植、陆机等重要诗人的作品中，我们都可以看到通过模拟"古诗"而寻求新发展的痕迹。

以上主要围绕《古诗十九首》来分析。除此以外，《文选》和《玉台新咏》中还保存了另外的若干首无名氏"古诗"，内容和风格都与《古诗十九首》接近；再有《文选》中题为李陵、苏武作的七首五言诗，是否伪托也多有争议，其内容、风格同样接近于《古诗十九首》。这些诗加上《古诗十九首》，至今共存有三十多首。

此外，东汉还有些作者清楚的文人诗留传下来。如班固有《咏史》诗，歌咏西汉文帝时少女缇萦上书救父的故事。钟嵘评为"质木无文"，但它开创了后代很盛行的"咏史"题材。张衡有《同声歌》，以女子口吻描述新婚生活的快乐。东汉后期秦嘉、徐淑夫妇之间有相互赠答的诗篇。秦嘉的三首《赠妇诗》是完整的五言体，徐淑的《答夫诗》在每个五言句中嵌一"兮"字，实为骚体与通行五言体的混合。两人诗中用明白通俗的家常语言，将夫妇之情娓娓道来，在汉代诗歌中有着新鲜的趣味。

四、乐 府 诗

"乐府"概说 "乐府"一词，在古代具有多种涵义。最初是指主管音乐的官府。汉代人把乐府配乐演唱的诗称为"歌诗"，这种"歌诗"在魏晋以后也称为"乐府"。同时，魏晋南北朝文人用乐府旧题写作的诗，有合乐有不合乐的，也一概称为"乐府"。到了唐代，除了依旧题写作的乐府诗，还出现了不用乐府旧题而只是仿照乐府诗的某种特点写作的诗，被称为"新乐府"或"系乐府"。宋元以后,从配乐演唱的意义上,又把"乐府"用作词、曲的别称。学习中国文学史时,需要注意"乐府"概念的各种区别。

至迟自周代始,历朝都有掌管音乐的官方机构。但《汉书·艺文志》却说"自孝武立乐府而采歌谣"云云,似表明武帝时又专门建立了一个新的音乐机构,其名称为"乐府";它的一个重要功能是采集歌谣。

汉乐府中朝廷典礼所用的乐章一般称为"雅乐",其歌辞是由文人写作的;从各地搜集来的音乐及歌辞,通常称为"俗乐"。前者文学价值不高,下文将不再涉及它;后者则代表了汉乐府的文学成就。现存的汉乐府诗基本上都收入了宋代郭茂倩所编的专书《乐府诗集》。其书将自汉至唐的乐府诗分为十二类,其中包含有汉乐府的为郊庙歌辞、鼓吹曲辞、相和歌辞、杂曲歌辞,俗乐则主要保存在后三类中,尤以"相和"类中为多。"相和"是一种"丝竹相和"的管弦乐曲,也是汉代民间的主要乐曲;"鼓吹曲"是武帝时吸收北方民族音乐而形成的军乐;"杂曲"是原来音乐归类已经失传的作品。

汉乐府研究的一个困难是作品的具体产生年代不易判别。《鼓吹铙歌》十八曲产生于西汉大体可以肯定(其中《上陵曲》的歌辞提及该篇的写作年代为宣帝甘露二年),其余反映一般社会生活的作品则缺乏显著的时代痕迹。在这个问题上,我们只能说得笼统些。

汉乐府的特色与文学成就　　汉乐府在中国文学史上有重要的开创意义,其突出的表现,一是第一次具体而深入地反映了社会下层民众的日常生活,二是奠定了中国古代叙事诗的基础。而这两个特点又是相互联系的,即只有运用叙事诗的形式,才有可能具体而深入地描述包括下层民众在内的人们的日常生活。

以前的诗歌中,《诗经》的十五国风具有较浓的民间生活气息,但它反映社会下层生活的特征并不显著,只有《豳风·七月》写到奴隶们一年四季的劳作,却又只是概括性的陈述。因而汉乐府中的许多诗篇,读来就有耳目一新之感,如《妇病行》:

妇病连年累岁,传呼丈人前一言。当言未及得言,不知泪下一何翩翩。"属累君两三孤子,莫我儿饥且寒!有过慎莫笪笞:行当折摇,思复念之！"乱曰：抱时无衣，襦复无里。闭门塞牖，舍孤儿到市。道逢亲交，泣坐不能起。从乞求与孤买饵，对交啼泣，泪不可止。"我欲不伤悲，不能已！"探怀中钱持授交。入门见孤儿啼，索其母抱。徘徊空舍中，"行复尔耳，弃置勿复道！"

诗中写一个妇人临终时对丈夫的嘱托，和她死后丈夫难以养活孩子的窘迫。最后父亲看着小孩还一个劲地哭着要母亲抱，不禁悲哀地长叹：很快都会死的，一切都不必再说了！诗从具体的生活细节，写出了底层民众艰难的生存处境，这是过去从来没有过的。这首诗虽说在艺术上没有多少讲究，却以它的真实性而催人泪下。另外，如《孤儿行》写一富家子弟在父母死后成为兄嫂的奴隶，他被迫远行经商，饱经风霜，归来后"头多虮虱，面目多尘"，也不能稍事休息，什么都得干，使得这孤儿发出了"居生不乐，不如早去，下从地下黄泉"的悲痛呼喊；《东门行》写了一个城市贫民外出归来，见家中"盎中无斗米储，还视架上无悬衣"，在毫无希望的情况下，"拔剑东门去"，想要铤而走险，都是真实而感人的场面。这种对社会生活的深入关注，使得诗歌呈现出新的生命力。

前面我们说过，中国诗歌从一开始，抒情诗就占有压倒的优势。而在汉乐府的俗乐歌辞中约有三分之一为叙事性的作品，它虽不足以改变古典诗歌以抒情诗占主流的局面，却能够宣告叙事诗的正式成立。这些诗有的在艺术上显得比较稚拙，如《妇病行》、《孤儿行》看来没有经过必要的锤炼，诗句显得琐碎而散乱，但也有的已经显得比较成熟。一些短篇常常是选取生活中恰当的片断来表现，既避免过多的交代与铺陈，又能包含丰富的内容。如前面说到的《东门行》，只是写了丈夫拔剑欲行、妻子苦苦相劝的场面，但诗歌背后却有很多可供联想的东西。《十五从军征》在这方面更为突出：

十五从军征，八十始得归。道逢乡里人："家中有阿谁？""遥看是君家，松柏冢累累。"兔从狗窦入，雉从梁上飞。中庭生旅谷，井上生旅葵。舂谷持作饭，采葵持作羹。羹饭一时熟，不知贻阿谁。出门东向看，泪落沾我衣。

老人六十五年的从军生涯中，在家乡在军旅发生过无数的事件，诗中一切不说，只说他白头归来，面对荒凉的庭园房舍和一座座坟墓，人生的苦难尽在其中了。这首诗虽仅有十六句，但由于内容集中，写得绝无局促之感。

篇幅较长的如《陌上桑》等，则有更多的描述和矛盾冲突的起伏。《陌上桑》一名《艳歌罗敷行》，是一篇喜剧性的叙事诗。它写一个名叫秦罗敷的美女在城南隅采桑，人们见了她都爱慕不已，正逢一个"使君"（太守一级的高官）经过，问罗敷愿否跟他同去，罗敷断然拒绝，并将自己的丈夫夸耀了一通。诗没有再写下去，但可以想象使君是灰溜溜走开了。

《陌上桑》的母题渊源甚远。自《诗经》以来，桑林常被描写为男女幽会的场所，汉代仍有此余风，如传世的汉画像砖，还有一种所谓"桑林野合图"。但关于桑林幽会的故事，逐渐分化为两种不同的方向，一是原有的浪漫性的方向，一是与此相反的道德性的方向。著名的秋胡妻传说就是后一方向的典型例子：鲁国秋胡新婚不久远出游宦，数年后归乡，于途中调戏一美貌采桑女，遭到拒绝；回家后才发现此采桑女原来是他的妻，而其妻愤不能忍，遂投水自杀。而《陌上桑》在表现这一种古老母题时使用了特别的处理：它开始写罗敷前去采桑，许多人忘情地观看，"行者见罗敷，下担捋髭须，少年见罗敷，脱帽著帩头。耕者忘其犁，锄者忘其锄。来归相怨怒，但坐观罗敷"，这既凸显了罗敷的美貌，也顺应了一般人喜爱美丽女子和浪漫故事的心理，只是诗中又不在这方面过分展开，以顺合社会的正统道德观；同时，诗的后半部分在从伦理意义上的赞美夫妻之爱而否定邂逅的梦想时，又避免了枯燥无趣的道德说教，和像秋胡妻那样的过于严重的举动。总之，它以浪漫性的描写开始，以诙谐性的喜剧结束，所以显得活泼有趣，得到人们普遍的欣赏。

汉乐府诗除"郊庙歌辞"之类，通常都是无名氏作品。留有作者姓名的，今存有辛延年的《羽林郎》、宋子侯的《董娇娆》等；两位作者的生平均不详，一般认为是东汉中期或后期的文人。这种情况或许可以说明乐府诗的创作也开始受到文人重视吧。《羽林郎》写一美貌的卖酒胡姬以爱自己丈夫为由断然拒绝贵门豪奴之"私爱"的故事，整个构想犹如《陌上桑》的变奏，语言更为精致些，但缺乏前者的天然之趣；《董娇娆》假借桃李花与一折花女子的对话，将自然的无穷循环和人生的短暂不再作对比并由此发出感叹，这是后来的诗歌咏唱不绝的主题。

以上主要分析了汉乐府中的叙事性作品。汉乐府中的抒情诗歌也很有特色，尤其是西汉《鼓吹铙歌》中一些诗篇情感的表达激烈而直露，是以前的诗歌所不及的。如《战城南》这样来描述战争的惨烈：

战城南，死郭北，野死不葬乌可食。为我谓乌："且为客豪！野死谅不葬，腐肉安能去子逃？"水深激激，蒲苇冥冥，枭骑战斗死，驽马徘徊鸣……

激战过后的战场上，尸体横陈，乌鸦在上空盘旋，准备啄人肉，而死者则要求乌鸦在吃他的肉体之前，先为他嚎叫几声。如此描绘战争之惨烈，在《诗经》中完全看不到踪影；楚辞中的《国殇》，也有所不及。

《上邪》一般理解为热恋中的情人对于爱情的誓言：

上邪！我欲与君相知，长命无绝衰。山无陵，江水为竭，冬雷震震，夏雨雪，天地合，乃敢与君绝！

诗中主人公连用了五种绝不可能出现的自然现象，表示要"与君相知"直到世界的末日，虽写得很简单，却有令人惊心动魄的力量。这种情感的释放，同样也丰富了中国古代诗歌的精神面貌。

《古诗为焦仲卿妻作》《古诗为焦仲卿妻作》最早载于南朝徐陵所编的《玉台新咏》，诗前小序说："汉末建安中，庐江府小吏焦仲卿妻刘氏为仲卿母所遣，自誓不嫁。其家逼之，乃投水而死。仲卿闻之，亦自缢于庭树。时人伤之，为诗云尔。"郭茂倩《乐府诗集》列此诗于"杂曲歌辞"，题为《焦仲卿妻》。后亦有用诗的首句改题为《孔雀东南飞》的。

由于此诗在《玉台新咏》中是作为"古诗"来载录的，所以，它究竟本来就是一首乐府诗，还是后来才配乐演唱，因而被郭茂倩收入《乐府诗集》，这个问题不容易说清。但不管怎样，汉代所谓"古诗"与乐府的界限并不很严格；此诗作为长篇叙事诗，它和汉乐府中叙事诗的兴起有密切关系也是无疑的。所以我们无妨在有所保留的情况下将它置于汉乐府的章节下论说。

《古诗为焦仲卿妻作》长达三百五十七句、一千七百八十五字，不仅是汉乐府中，也是中国诗歌中罕见的长篇。内容写一个中国封建社会中常见的家庭悲剧：男主人公焦仲卿是庐江府小吏，与其妻刘兰芝感情甚笃，但焦母却不喜欢儿媳。刘兰芝因忍受不了婆婆的苛刻，向丈夫提出不如让婆婆把自己遣回娘家。焦仲卿去劝说母亲，反被母亲骂了一通，并逼他休妻再娶。焦仲卿无奈，只好让刘兰芝暂回娘家。之后县令和太守相继遣媒至刘家为子求婚，刘兰芝的哥哥逼迫她答应。刘兰芝、焦仲卿二人走投无路，最终约定时间分别自杀。死后两家将二人合葬在一起。这个悲剧，反映了中国封建社会中妇女的命运为他人所操纵的不幸处境，同时也描述了刘兰芝对强加给自己的命运的无畏的反抗。在中国文学史上，作者第一次从这种悲剧中发现了深刻的人生教训，并用汉末时已臻于成熟的叙事诗体作了堪称完美的表现。

《孔雀东南飞》成功地塑造了一些人物形象，这在前此的诗歌中是看不到的。这里面刘兰芝的性格十分鲜明。明代张萱在《疑耀》一书中说："（刘）非贤妇也，姑虽呵责，始未相逐，乃氏自请去耳。"他清楚地看到刘兰芝并非遵循妇德的模范。而刘的"自请去"，实际是为了维护自我尊严而主动采取的抗议行为，尽管她必然会想到被遣回娘家后也有许多麻烦，却仍然坚毅地选择了离开；当面对兄长的逼迫时，她仍然表现得镇静而从容。在女性没有独立生存权利的时代，刘兰芝所拥有的选择余地非常之小，但人性高贵的一面却在她身上得到了清晰的展现。此外，像焦仲卿的懦弱与刚烈的交杂，焦母的蛮横，刘兄的自私，都写得真实可信。

诗中作者成功地运用了各种叙事文学的手段。首先，此诗善写人物的对话，正如沈德潜所说："淋淋漓漓，反反复复，杂述十数人口中语，而各肖其声音面目，岂非化工之笔！"（《古诗源》）其次，此诗善于通过人物的动作来反映人物的心理，如用"捶床便大怒"写焦母的暴戾，用"大拊掌"写刘母的惊讶，"举手拍马鞍"写刘兰芝和焦仲卿最后一次相会时的沉重心情，等等，均写得生动逼真，使人如见其形。此外，此诗结构的完整紧凑，剪裁的繁简得当，都是明显的优点。它的总的风格是写实的，但是其中的铺排描写及结尾处理却颇有浪漫色彩，如其结尾云："两家求合葬，合葬华山傍。东西植松柏，左右种梧桐。枝枝相覆盖，叶叶相交通，中有双飞鸟，自名为鸳鸯。仰头相向鸣，夜夜达五更。行人驻足听，寡妇起彷徨。"以枝叶的相交与鸳鸯的和鸣，象征男女主人公的爱情绵绵不绝，其构想极为优美迷人。这种余音袅袅的浪漫结局，对于后来的类似故事有很大影响。

第 7 章

魏晋文学

东汉末的建安年代（196—220），曹操实际掌握了朝政大权，魏都邺（在今河北临漳）不仅成为实际上的政治中心，也是当时文学活动的中心，所以通常魏晋文学是从建安时代开始算起的。

自东汉后期以来，中央集权的专制制度便处于不断瓦解的过程中；至汉末大乱而三国鼎立，中国开始进入约有四百年之久的多个政权并存的历史阶段。魏晋时代纷乱而多彩，文人对社会与人生的体验显得格外深刻且丰富，文学因此获得了前所未有的发展。

一、魏晋社会思潮与文学意识

士族的兴起与专制制度的削弱　自东汉后期开始，所谓高门大族的力量越来越突出。这种家族既是地方性的势力，同时又参与国家权力机器的运作。在汉末大乱中，高门大族的独立性得到进一步的强化，他们拥有自己的庄园、私人武装和大量的依附农民，任何统治者都不敢忽视。到了曹丕正式建立魏朝时，更采用有利于地方大姓的选官制度"九品中正"制，以换取他们的支持。这标志了作为特殊社会阶层的士族（或称"世族"、"势族"）——中国中古时代的贵族——已正式形成。经过魏晋禅代，两晋兴亡，逐渐形成"上品无寒门，下品无势族"的局面。士族享有世袭的政治特权，又通过婚姻相互联结。除了特殊的例外，士族与庶族之间是不通婚的。这种士族门阀制度贯穿了整个魏晋南北朝，并在一定程度上延续到唐代安史之乱以前。

士族的特殊地位和权力来自于他们自身所拥有的力量而非皇帝的赐予，所以在一定程度上士族的权力成为与皇权并列的权力。如东晋是士族势力最为强盛的时代，不仅建国之初就有"王与马，共天下"（《晋书·王敦传》）之说，在以后的一些年代中甚至出现皇帝仅拥有虚位的情况。当然在具体条件下皇权与士族权力的关系是不断变化的，但不管怎样，士族权力总是具有与皇权既相配合又相抗衡的特征，它客观上起到阻止皇权绝对化和遏制专制独裁政治膨胀的作用，这就大为减弱了读书人（尤其士族）对皇权的依附意识。在整个魏晋南北朝时期，所谓君臣大义并不被看得很重，士族更多地从个人或家族而非皇室的利益立场来考虑问题，正是所谓"殉国之感无因，保家之念宜切"（《南齐书·褚渊传论》）。这在专制力量强盛的年代简直是大逆不道，但既然士族权力并非来之于皇权，他们不愿为之承担太大的道德义务，也是很自然的事情。

士族的兴起导致封建专制统治的削弱，这给文学创造提供了较为宽松的环境和自由想象的空间。

思想的多元化　魏晋是中国历史上继战国"百家争鸣"以后又一个思想活跃的时代。

首先，也是从东汉后期开始，儒家学说的神圣地位逐渐被打破。一方面，经学的繁琐和迷信化，使得思想学术界对之产生了厌倦和排拒的心理；另一方面，随着中央集权的瓦解和地方势力的抬头，这一以维护皇权的绝对权威为根本宗旨的官方学说的基础也发生了动摇。当孔子的后裔孔融也在倡导"非孝"时，可见儒学所遇到的挑战是多么严峻了。到了曹操掌握汉末大权，出于实际需要，他就敢于一再下达"唯才是举"、连"不仁不孝"之徒也不可排斥的命令。儒学当然并非就此彻底衰微，由于其有利于建立和维护社会统治秩序的特点，它甚至仍然屡屡得到帝王不同程度的提倡。但不仅儒学本身也顺应时代而发生了变化，而且，直到唐代也没有能够重建儒学的独尊地位。在魏晋以后很长的历史年代中，儒学只是作为各种学术思想的一种而存在。

老庄哲学自东汉中后期始就越来越为读书人所爱好，进入魏晋时代，以此为核心的"玄学"成为流行的思潮。玄学的基本特征在于它是一种抽象思辨的哲学，反映了当时人们对人类知性的重视。由于玄学表面上不牵涉现实问题，又被称为"清谈"。但实际上这种玄学清谈包含着一些深刻的内容。如"名教"与"自然"的异同问题是清谈的重要名目，它就关系到尊重人为的社会规则与尊重人的自然天性孰为先后、如何协调的问题；主张"越名教而任自然"的人，所要得到的是更大的精神自由，是个人选择其生活方式的权利。《世说新语》载，阮籍不顾"礼"的规制，与嫂面别，为人所讥，阮曰："礼岂为我辈设也？"他或许不否认礼对于维护整个社会秩序的价值，却认为像他这样的人有权任性情而越礼。

佛教自两汉之际传入中土后，到魏晋时期才以迅猛的势头发展起来，佛经的翻译也达到极盛的状况。这对此后的整个中国文化产生了广泛深远的影响。同时产生于中国本土的道教也不断扩大它的势力范围，不少著名的士族大姓世代信奉道教。对佛、道思想的分析评价不是本书的任务，我们需要指出的是，由于儒家独尊的局面被打破，多种思想学说同时并存，个体价值受到重视，人们对精神生活就有了更多的追求，这有力地促进了魏晋时期各种艺术的发展。音乐、舞蹈、绘画、雕塑、书法乃至园林建筑等，在这一时期都发生了重大的变化，并不是偶然的事情。而文学也就在这样的背景下得以大为减轻了过去强加给它的政治与伦理的负担，进入到一个全新的阶段。

文学的兴盛与文学的自觉　《宋书·臧焘传论》说："自魏氏膺命，主爱雕虫，家弃章句，人重异术。"概括了建安时代由于曹氏父子的影响，文人的兴趣由经学转向文学的情形。在这以后，皇帝、宗室等权势人物热心于文学创作，并由于他们的特殊身份而成为一个时期中文学的中心，在魏晋直至南北朝成为普遍的现象。而这与汉代帝王在宫廷中招罗文人让他们为自己服务的情况有很大不同，它实际上是带有文学集团性质的活动；参与其中的人尽管有身份的高下，但仅仅从文学活动的范围来说，彼此间具有一定的平等意识，文人认为自己被"倡优畜之"的感受几乎不再存在。而与之相关联的另一种现象是文学逐渐成为上层社会所崇尚的文化素养，高级士族以能文自矜成了普遍的风气。文学自由创造的空间的扩展，加上权势者的倡导和贵族社会的崇尚，造成文学越来越繁盛的局面。

鲁迅《魏晋风度及文章与药及酒之关系》一文在介绍了曹丕《典论·论文》关于"诗赋欲丽"和"文以气为主"的论点以后，说："用近代的文学眼光看来，曹丕的一个时代可说是'文学的自觉时代'。"现在看来，这一见解仍然能够成立，只是应该注意到，鲁迅的见解是紧密结合当时文学创作的情况提出的，并非只是从曹丕的片断文句得出的结论。大要而言，鲁迅认为"诗赋欲丽"除以华丽为诗赋的主要特征外，还包含有反对寓训勉于其中的意思；"文以气为主"则是提倡文章要富于生气、要"壮大"。总之，有意识地追求文学的艺术美感和生命活力，这是当时"文学自觉"的基本标志。

在对文学理解上，陆机的《文赋》较《典论·论文》又有显著的进步。他明确提出"诗缘情而绮靡"的论断，把"情"作为诗歌写作的出发点，作为"绮靡"即华美的艺术表现所依赖的条件，这标志了文学自觉程度的提高。《文赋》全篇是以赋体描述文学创作的过程，尤其是创作中的心理现象，以及创作中的利害得失。其中涉及构思活动、灵感现象等，都是微妙而又不容易把握的，作者都作了称得上深入细致的探讨与描述，由此可以看到中国古代文学理论已经进入了一个更高的阶段。至于儒家传统文学观的束缚，在这篇《文赋》中已经看不到什么痕迹了。

二、建安诗文

建安文学是沿着东汉后期文学固有的方向推进的，但这种发展同时带有飞跃性质。它的最显著的进步，一是个性特征的凸显，二是情感表现的强烈，三是对艺术形式美的有意识追求。

在重视个人价值的思潮下，作家打破陈规、自创一格的勇气，是文学的个性特征得到凸显的主要原因；在战乱和饥荒、瘟疫接连不断的环境中，从事或准备从事实际政治活动的建安文学家把忧时伤乱的悲哀和渴望建立不朽功业的雄心糅合在一起，造成他们的作品中情感表现特别强烈；而追求艺术形式的美根本上则是缘于情感表现趋向丰富、细致。

建安文学另一方面的重大变化是诗歌开始占据全部文学创作的主导地位。如前所述，两汉文人文学的主流是辞赋。建安时期辞赋创作仍然兴盛，并且彻底完成了从体物大赋向抒情小赋的转移，取得了可观的成就。但是，建安文人需要表达的悲凉慷慨、深厚浓重的感情，不要说体物的大赋，就是抒情小赋也不能恰当和充分地表现。因为辞赋的美说到底是由铺陈、渲染而形成的，它无法形成表现慷慨悲凉的感情所要求的力度。因而，文人创作的中心就从辞赋转移到诗歌，从而形成中国文学史上第一次文人诗歌的创作高潮。

但辞赋的某些特点，如华丽的语言和骈偶句式，在需要时也被擅长于作赋的王粲、曹植等人带到诗歌领域中来。所以建安文人诗既承受了乐府民歌的传统，同时也开始向文人化的精致华美转变。这在中国古典诗歌的发展史上，是一个重要的开端。

人们常常用"建安风骨"这一概念称誉建安文学尤其是诗歌。这是指作品内在的生气和感染力与简练刚健的语言表达的完美结合。

曹操　曹操（155—220）字孟德，沛国谯（今安徽亳州市）人。他既是建安时期北中国的政治领袖，也是当时文坛上最有影响的人物。

曹操的父亲曹嵩是宦官曹腾的养子，《三国志·魏书·武帝本纪》言"莫能审其出生本末"，他原来的出身无疑是很微贱的。这一家庭虽也曾显赫，但完全没有经学传统，再加上时代风气的影响，曹操一生行事很少受儒家伦理观念的束缚。史书记载，曹操生性机警，为人通脱。所谓"通脱"，就是无所拘泥、固执，讲求实效。他的文学创作在一定程度上也反映了他的思想和性格。

曹操的文学成就主要表现在诗歌方面。他的现存作品，都是曾经配乐演唱的娱乐性的乐府"相和歌辞"。这种类型的歌辞过去大抵采自民间，文士通常是不参与写作的。但这种惯例对曹操而言毫无意义。他写诗也不一定遵循乐府题意，甚至可以与之毫无关系，只是套用了某一支乐曲而已，譬如他可以用《秋胡行》这样的题目来写游仙。总之曹操的乐府创作非常自由，一切都为己所用。这给乐府的面貌带来很大改变。过去的俗乐歌辞是一种社会性的创作，包括仅有的几篇留有署名的文人作品，也完全看不出纯属作者自身的印记。而曹操的诗作大多有十分鲜明的个人情感特征和与之相应的艺术风格。他是一个叱咤风云的乱世英雄，所作诗喜从大处落笔，视野开阔，气势宏伟，有一种所谓"王者之气"；诗歌的结构则不求精细，语言亦古朴少修饰。如《步出夏门行》中的《观沧海》一章：

东临碣石，以观沧海。水何澹澹，山岛竦峙。树木丛生，百草丰茂。秋风萧瑟，洪波涌起。日月之行，若出其中；星汉灿烂，若出其里。幸甚至哉，歌以咏志。

这是一篇现存最早的完整的山水诗。从一开头登碣石山一览沧海的身姿，从诗中展现出的大海吐纳万有的宏阔景象，人们能够感受到作者的胸襟。

以前乐府诗多用叙事手段反映社会现实，但一般只是描述仅与个别人相关的具体事件，而曹操的诗如《薤露》、《蒿里行》等，却用乐府中挽歌的题目，反映汉末重大历史事件，用虚实相映的手法，描绘出社会残破不堪、民众大量死亡的悲惨景象，气魄宏大，风格苍凉，完全突破了乐府诗原来的叙事传统。

还有一些直接抒发人生情感、表达政治抱负的作品，非常典型地代表了建安诗歌那种"悲凉慷慨"的气质。比如《短歌行》是一篇用于宴会的歌辞，全诗由两个相互联系的主题组成：一是感叹时光易逝、人生短暂，一是渴慕贤才，希望得到他们的帮助，实现重建天下的雄心。正是因为生命短暂，它才弥足珍贵；追求不朽的功业，不仅是一种社会责任感，而且更是为了使个人有限的生命获得崇高的价值。从"对酒当歌，人生几何？譬如朝露，去日苦多"发唱，以"山不厌高，海不厌深，周公吐哺，天下归心"收结，诗中流动着一片深沉而雄壮的情调。虽然诗的结构稍嫌松散，却仍有至为感人的力量。

曹操以其特殊的地位和豪迈的个性推动了建安文学的飞跃性突破。他把原来缺乏个性、通常也不署作者名的乐府诗改造为一种能够充分显示自我情怀和个人审美趣味的文人诗型，为文学的发展开出一条新路；他的尝试又深刻地影响了两个儿子曹丕与曹植，由他们把建安文学推进到新的高度。

建安七子及其他作家　曹丕在《典论·论文》中评述当世文人，特别标举了孔融、陈琳、王粲、徐幹、阮瑀、应瑒、刘桢，称为"七子"。除孔融因反对曹操而被杀，其余六人都依附于曹操。他们大多明显年长于曹丕、曹植兄弟而与之有密切的交往，形成集团性的文学活动，对建安文学的成长形成起了重要作用。其中以王粲最为著名。

王粲（177—217）字仲宣，前人常把他与曹植并称为"曹王"。但王粲的文学活动要比曹植早得多，他的某些新的创作特点在文学史上有十分重要的意义。如他诗歌代表作《七哀》两首之一：

西京乱无象，豺虎方遘患。复弃中国去，远身适荆蛮。亲戚对我悲，朋友相追攀。出门无所见，白骨蔽平原。路有饥妇人，抱子弃草间。顾闻号泣声，挥涕独不还。"未知身死处，何能两相完？"驱马弃之去，不忍听此言。南登霸陵岸，回首望长安。悟彼《下泉》人，喟然伤心肝！

此诗据考证约作于初平三年（192）王粲离长安赴荆州避战乱时，时作者仅十六岁。全篇组织完整，并已初步呈现意象密集、进展迅速的特点，与"古诗"的平缓重沓的语言表现有了明显的区别。所以诗能够将社会的混乱、自身的不幸、民众的苦难结合起来，写得内涵丰富，感情深切。《七哀》之二作于作者寄寓荆州时，主要借自然景色叙写思乡怀归的愁绪和孤独苦闷的心情。像"山冈有余映，岩阿增重阴。狐狸驰赴穴，飞鸟翔故林。流波激清响，猿猴临岸吟。迅风拂裳袂，白露沾衣襟"一节，显然是汲取了辞赋尤其纪行赋的特点。这些写景诗句基本上都是对仗的，它预示着古典诗歌将要发生的意味深长的变化。

王粲在诗以外又以擅长辞赋著称，代表作为《登楼赋》。这是王粲在荆州登麦城城楼所作，写羁旅之愁与怀才不遇的悲哀，与《七哀》之二内容相似。它篇幅短小，语言精美，多用骈句，写景与抒情结合紧密，深刻地表现出在混乱的时代中对人生价值失落的忧惧，是魏晋时期辞赋转变阶段中的代表作之一。其享名之盛，以至"王粲登楼"本身成了一个典故。

在建安文学中，王粲与曹操都是有开创之功的作家。但与曹操主要基于乐府诗的传统进行创新不同，王粲从辞赋文学传统中汲取了更多的养分。在这一点上，他对曹植恐怕有不小的影响。

其余诸人留存作品都较少。孔融有给曹操的两封书信，《与曹公论盛孝章书》较有抒情色彩，《难曹公表制酒禁书》为嘲讽曹操之作，可以看出他的性格；刘桢在当时以五言诗著名，有《赠从弟三首》、《杂诗》等。陈琳和阮瑀都曾为曹操掌管书记，当时军国书檄，多出于二人手笔，他们的文章显示了更趋向于骈文的特征；徐幹在当时以赋见称，但作品流传者少，倒是保存在《玉台新咏》中的《室思》诗较为有名；应玚的诗以现存的几篇而论，较少特色。

除"七子"之外，建安时代还有不少文人，而最值得称道的，则是女诗人蔡琰。她字文姬，是蔡邕的女儿。汉末战乱中被董卓的军队掳走，后流落到南匈奴，滞留十二年，生有二子。建安年间曹操将她赎回，重嫁董祀。今传署名为蔡琰的几首诗都有真伪的争论，一般认为五言《悲愤诗》确为她所作。

《悲愤诗》记述了她从遭掳入胡直到被赎回国的经历，将叙事、抒情、议论密切结合，写出时代的动乱，胡兵的残暴，民众的悲惨遭遇，和个人不幸的命运。犹如一幅血泪绘成的历史画卷，以强烈的感情，真实的笔触，反映出那一可惊可怖可痛可泣的社会情状，令读者不能不为之感动。如记述董卓军队掳掠平民的一节：

马边县男头，马后载妇女。长驱西入关，迥路险且阻。还顾邈冥冥，肝脾为烂腐。所略有万计，不得令屯聚。或有骨肉俱，欲言不敢语，失意几微间，辄言毙降虏："要当以亭刃，我曹不活汝！"

这里有高度的概括，也有细致的描写，深刻有力，触目惊心。又如记述自己与亲儿永别，准备回国的一节：

存亡永乖隔，不忍与之辞。儿前抱我颈，问母欲何之。"人言母当去，岂复有还时？阿母常仁恻，今何更不慈？我尚未成人，奈何不顾思？"见此崩五内，恍惚生狂痴。号泣手抚摩，当发复回疑。

一面是久别的故国，一面是亲生骨肉，不能两全。这种选择，确实令人肝肠寸断。孩子一连串的责问，使诗中的感情气氛显得无比沉重。

从写作特点来说，这首诗结构严谨，剪裁精当，语言具有高度的表现力，足以代表当时五言诗的发展水平。

曹丕与曹植　　曹丕（187—226）字子桓，曹操次子。父亲在世时他是邺下文学交游的核心人物，后依靠父亲打下的基础，取代汉做了魏的开国皇帝。

曹丕的文学创作以诗为主，其中乐府歌辞约占一半。他的诗喜袭用乐府和"古诗"的常见母题，善于拟写游子思乡、思妇怀远之情，以委婉细致见长。语言较为浅俗流畅，但比一般歌谣显得精致。五言体中，《杂诗》两首风格与《古诗十九首》略近，七言《燕歌行》两首尤为著名，今录其一：

秋风萧瑟天气凉，草木摇落露为霜。群燕辞归雁南翔，念君客游思断肠。慊慊思归恋故乡，君何淹留寄他方？贱妾茕茕守空房，忧来思君不敢忘，不觉泪下沾衣裳。援琴鸣弦发清商，短歌微吟不能长。明月皎皎照我床，星汉西流夜未央。牵牛织女遥相望，尔独何辜限河梁？

这首诗的叙述主体是拟想中的思念远行丈夫的女性。它充分利用了七言诗的长处，音节和谐舒缓，描摹细致生动，感情缠绵动人，语言清新流丽，取得了多种效果的统一。由于早期七言诗保存数量很少，所以此诗在诗史上很受重视。

曹丕另有一类大抵是他做太子时召集文人宴游留下的诗，如《芙蓉池作》、《于玄武陂作》等，内容以写景为主，语言风格舒缓华丽，有浓厚的贵族气质。

曹丕的散文中，两篇《与吴质书》文学性较强。如下一节回忆往日之游的文字，尤为显著："白日既匿，继以朗月，同乘并载，以游后园。舆轮徐动，参从无声，清风夜起，悲笳微吟。乐往哀来，凄然伤怀！"从这里可以看出作为实用文体的书信正进一步文学化，文辞也愈来愈偏向精美。

曹植（192—232）字子建，曹丕同母弟。他才华出众，但因为陷入与曹丕争夺继承权的漩涡并最终失败，在曹操死后一直受到曹丕的严厉管制，至明帝继位才稍获自由。一生空怀壮志，终于郁郁而死。在建安作家中，他是留存作品最多、对当时及后代文学影响最大、通常评价也最高的一个。

钟嵘《诗品》对曹植诗的评价是"骨气奇高，辞采华茂"，我们如果把这具体解释为生机勃发、情感丰沛和艺术表现的精致华美，大抵可以成为对曹植诗简要的概括。

曹植是一个任性的、颇有浪漫气质的人。他描写人生，每每以飞扬轻脱、纵情享受为理想的状态。如《名都篇》通过描绘一贵族少年奢华而放纵的生活，赞颂了人的生命力的自由舒张之美，人物形象之活跃为前所未有。当然，在曹植的生活理想中，建立不朽功业也是不可缺少的，所以《白马篇》写游侠少年，既有与《名都篇》相似的内容，又加入了"名在壮士籍，不得中顾私。捐躯赴国难，视死忽如归"的豪言。而《鰕䱇篇》则直抒胸臆:"驾言登五岳,然后小陵丘。俯观上路人,势利惟是谋。""抚剑而雷音,猛气纵横浮。泛泊徒嗷嗷,谁知壮士忧!"呈现出一派豪迈气概。

以上列举的作品或许多为曹植早年所作,但即使是明显作于生存环境极端恶劣的后期的诗作,如著名的《赠白马王彪》,尽管有浓烈的哀伤,却仍然洋溢着沛的感情,绝不是委顿无力的。"丈夫志四海,万里犹比邻"这样的诗句,当然有对曹彪对自己强为慰勉的意味,但也确实体现着曹植固有的气质。

从艺术上说,曹植的诗把文人文学的传统与汉乐府的特点结合了起来,既吸取了民间歌谣的长处,又改变了它单纯朴素的面貌。它虽不像后来的文人诗那么典雅,但总体上均有注重精致华美的特点。所谓"诗赋欲丽"虽是建安文学的一般趋向,但曹操、曹丕还是有相当一部分诗是写得粗糙、随意的,这种情况在曹植那里几乎看不到了。他的诗,对结构、意象、修辞都很讲究。

在曹植诗中,意象的构造十分用心。如《野田黄雀行》以"高树多悲风,海水扬其波"两句开头,这一高旷激越的意象,暗示了作者激荡不平的心境和险象环生的处境,给全诗笼罩了一片特定的情感气氛。另外像《七哀》开头的"明月照高楼,流光正徘徊"两句,也是以迷蒙恍惚的意象,奠定了全诗哀怨的基调。沈德潜说他"极工于起调"(《说诗晬语》),这确实不错。不过换一个角度来看,曹植把这种精心构造的意象放在诗的开头,其实也是全篇结构上的一种特殊安排。他的诗很少是平铺直叙的,从开头到中间的起伏变化,到最后的收束,通常都考虑得很仔细,即以《七哀》诗为例:

明月照高楼,流光正徘徊。上有愁思妇,悲叹有余哀。借问叹者谁?言是宕子妻。君行逾十年,孤妾常独栖。君若清路尘,妾若浊水泥。浮沉各异势,会合何时谐?愿为西南风,长逝入君怀。君怀良不开,贱妾当何依?

曹植诗歌的语言往往有鲜明的色泽,而且已经注意到工整和精练。这里最值得注意的是一些对仗句已经讲究炼字,如"凝霜依玉除,清风飘飞阁"(《赠丁仪》),"白日曜青春,时雨静飞尘"(《侍太子坐》),其中的动词都经过精心锤炼,因而有一种凸显诗境的效果。尤其第一例中"依"和

"飘"相对，前者是静态后者是动态；第二例中"曜"与"静"相对，前者为焕发之状后者为消歇之状，把原本是分散的、不相关联的景物改造为抑扬变化中互相对应的完整图景，体现了诗歌语言不寻常的构造力量。这种修辞效果比王粲又明显推进了一步。这样的诗句在曹植作品中虽然所占比例不大，但它是非常重要的尝试。

另外，建安文人诗中，开始有较多的自然景物描写，曹植也是主要的代表。这也是对后代文人诗影响很大的现象。

以上所说的曹植诗的特点，有些并非为曹植所独有，但都是以他最为突出和最具代表性。换言之，建安文人诗的成就在曹植那里表现得最为充分，以至可以说中国古代诗歌的面貌正是经过他的手发生了明显的改变，因而他在建安乃至整个魏晋南北朝诗歌的发展过程中占据了特别重要的地位。

除了诗歌以外，曹植的散文、辞赋也有相当特出的成就。《与杨祖德书》《与吴季重书》均是出色的书信体抒情散文。曹植现存的辞赋，包括残缺的在内，有三十多篇，可见他于此用力甚勤。这些作品可以说代表了建安辞赋的特点和成就，其中《洛神赋》更是传诵的名作。

《洛神赋》虚构了作者在洛水遇神女的故事。按在曹植以前，陈琳、王粲、杨修都曾模仿旧传宋玉所作《神女赋》《高唐赋》写过《神女赋》，可见这一题材在当时很流行。曹植所写的故事是否有今人无从探知的隐喻已不可确知，就作品文字来看，它的感染力主要来自两个方面：一是对于女性美的前所未有的细致描摹，一是由人神相遇而终不能接近的愁怨，表现了完美事物总是可望而不可即的人生体验。

赋中刻画神女容貌与情态的文字极华美之能事，如开头一节：

其形也，翩若惊鸿，婉若游龙，荣曜秋菊，华茂春松。仿佛兮若轻云之蔽月，飘飘兮若流风之回雪。远而望之，皎若太阳升朝霞；迫而察之，灼若芙蕖出渌波。

而结尾处写神女已飘然远去，主人公仍在寻求她的踪迹，等待她的复临，长夜难寐，临去盘桓，充满失落的苦涩和追求的急迫。也许这意味着人生的一种不可解脱的无奈吧，你必须寻求，但结果注定是寻求不到。

三、正始诗文

正始是魏废帝曹芳的年号（240—249），但习惯上所说的"正始文学"，还包括正始以后直到西晋立国（265）这一段时期的文学创作。

正始时期，玄学开始盛行。玄学中包含着一种穷究事理的精神，破除了拘执、迷信的思想方法；玄学崇尚自然，也就强调适情、适性，但是，当人们一旦把个性自由作为重要的甚至根本的生存价值时，就会发现抑制的力量无所不在。这就导致了对于社会现象、人生处境的深入思考。

正始时期司马懿和曹爽集团为争夺权力而展开了激烈的斗争，最终司马懿以突发的政变击败曹爽而控制政权。这以后十多年间，司马氏父子相继执政，酝酿一场朝代更替的巨变。他们大肆杀戮异己分子，对于拥戴曹氏王室或不愿意附从司马家族的人来说，这造成了恐怖的政治气氛。

由于周围环境危机四伏，也由于哲学思考的盛行，正始文人很少直接针对政治现状发表意见；他们把从现实生活中所得到的感受，推广为对整个人类社会生活和历史的思考。这就使正始文学呈现出浓厚的哲理色彩。

正始文人有著名的"竹林七贤"：阮籍、嵇康、山涛、王戎、阮咸、向秀、刘伶。其中阮籍与嵇康文学成就最高。

阮籍 阮籍（210—263）字嗣宗，陈留尉氏（今河南开封）人，阮瑀之子。史称其博览群籍，尤好《老》《庄》，为人旷放不羁，任情自适，鄙弃礼法。曾先后被召为曹爽、司马懿及其子师、昭的僚属。阮籍年轻时"有济世之志"（《晋书》本传），自视很高，但随着司马氏篡权图谋的显露，政治风云日趋险恶，他常常只能用醉酒佯狂的办法来躲避矛盾。但这种生活对英锐高傲、思想警敏的阮籍来说，实在不容易忍受的吧。

阮籍的代表作五言体《咏怀诗》八十二首，是在中国诗歌史上具有重要开拓意义的作品。这些诗多用象征手法喻写诗人对人生问题的深刻思考和内心的复杂情感，用笔曲折，含蕴隐约。但尽管钟嵘《诗品》谓之"厥旨渊放，归趣难求"，诗中以精致的语言、丰富的形象所展露的具有人类普遍意义的情绪，依然能动人心弦。

感叹人生短暂这一自《古诗十九首》以来一直存在的诗歌主题，在《咏怀诗》中采取了如此尖锐的表达："朝为美少年，夕暮成丑老！""朝生衢路旁，夕瘗横街隅。"这较"古诗"的"四时更变化，岁暮一何速"之类更其惊心动魄。而在《古诗十九首》和建安文人诗中种种可以视为解脱途径、可以作为人生追求目标的东西，也被阮籍一一否定："膏火自煎熬，多财为患害"，"高名令志惑，重利使心忧"，名和利使人丧失自我，丧失本性，虚幻无价值；"晨朝奄复暮，不见所欢形"，所亲爱的美丽异性，只在朝暮之间就失去了使人迷恋的形貌；至于亲人和朋友呢，"一身不自保，何况恋妻子？""如何金石交，一旦更离伤！"也是不足恋和无从留恋；而且，"亲昵怀反侧，骨肉还相仇"，人与人之间，实无可信赖的联系；甚至，即使能长生，在这样的世界上也是徒然："人言愿延年，延年将焉之？"

所以，阮籍在诗中无法提出任何值得追求的东西。有时虽然也歌颂"临难不顾生，身死魂飞扬"的壮士，但由于被命运的偶然所摆布，被现实的大网所笼罩，"六翮掩不舒"，人也无从寻求到有意义的目标。当一切外在事物的价值都被否定之后，不能不感受到彻底的寂寞与孤独。第四十六首写道：

> 独坐空堂上，谁可与欢者？出门临永路，不见行车马。登高望九州，悠悠分旷野。孤鸟西北飞，离兽东南下。日暮思亲友，晤言用自写。

从堂上到永路到"九州"即整个世界空无一人。即使因为寂寞无法忍受而期望与亲友"晤言"，那也只是并无心灵沟通的自我宣泄（"写"即"泻"）。这种从生命本质意义上提出的孤独感是过去诗歌中从未有过的。但需要注意到是：孤独其实是一种自我体认，它通过对外界的拒绝和排斥，凸显出来的是自我在世间的存在。当阮籍把整个世界描绘为一片荒芜时，不仅写出了内心的痛苦，也表现了内心的高傲。后来陈子昂的《登幽州台歌》，正是这一精神的延续。同时，这种与世隔绝的孤独，也为自己开辟出一片纯属个人的自由的精神空间，那就是第四十首所虚拟的"高度跨一世"，"逍遥游荒裔"的生存状态。

总之，《咏怀诗》在一些重要的方面代表了诗歌的新发展。它通过揭示理想的破灭，实际上宣告了建安诗人以政治功业为核心的对个人价值的追求的虚幻性，由此开始探究完全摆脱社会价值后个人生命的意义何在的问题；即使上述问题无从解答，它仍然通过抒写诗人自身的孤独与傲岸，表现了对自我意识的坚持。所以，看起来阮籍对人生的描绘是那样孤独、沉闷、阴冷，但在根底上还是包含了对自由与完美的人生的期望。

与上述特点相关联，《咏怀诗》在抒情表现方面也有重大的突破。它的诗歌意境中较自然地融入了哲学思考，使诗歌的内涵更为深邃，并具有一种曲折婉转、引人入胜的艺术魅力，所以《文心雕龙》谓"阮旨遥深"，《诗品》说它"可以陶性灵、发幽思"。而这种以组诗方式来抒发内心复杂感受的形制，在后世又有陶潜的《饮酒》、陈子昂的《感遇》、李白的《古风》等出色之作相继而出，遂使抒情组诗成为中国古诗的一个重要类型。

阮籍的散文以《大人先生传》最著名。文中虚构了一位超世绝群、飘飘乎天地四极的"大人先生"的形象，借以歌颂绝对的精神自由，揭露封建礼法的虚伪的本质。文中还辛辣地讽刺当世所谓礼法君子"唯法是修，唯礼是克。手执圭璧，足履绳墨。行欲为目前检，言欲为无穷则"，谨慎庄重，博得美誉，其实不过是为了图个高官厚禄。后面接着说，他们自以为这样就找到了安全富足的藏身之地，其实不过像虱子钻在裤子缝里，一旦大火烧了城郭房舍，延及裤子，虱子还能逃到哪里去？这些尖刻的语言，喷泄了对于伪善者的痛恶。另外《达庄论》也有同样的意趣。

不过，这些文章中的尖锐激烈言辞，都是通过一种超时空的虚构人物之口发出的；其所攻击的对象，也都是泛化的而非实指的。这是为了避免与现实发生直接和正面的冲突；他对于自己所厌恶的现实社会，终究是无能为力的。

嵇康 嵇康（223—262）字叔夜，谯郡铚（今安徽宿州西）人，曾官中散大夫，其妻为曹操的曾孙女，所以他和曹魏王室有较亲近的关系。嵇康与阮籍为好友，二人思想也多有相近之处，但他的性格更为刚烈。最终被司马氏集团构陷杀害。嵇康的论说文很有名，《声无哀乐论》、《管蔡论》、《难自然好学论》等篇，以思想新颖、说理缜密而透彻见长。不过，从文学意义上说，他的《与山巨源绝交书》更为重要。

山巨源即山涛，与嵇康为知交，但在政治上与司马氏关系密切。他本任吏部郎，后举荐嵇康以自代，嵇康作此书断然拒绝，并宣布与之绝交；但后来嵇康遇祸时，又对山涛能够照顾自己的遗孤表示了极大的信赖，足见两人关系非同一般。

由于作者的个性及他与山涛特殊的关系,构成了这封"绝交书"一种峻切明畅的特殊风格。信中说自己的性格是"惵中小心"即不能忍受可厌之人事,又说"足下傍通,多可而少怪",这种对比既包含讥刺,又透露出老朋友不能不分手的无奈。他陈述自己不能就职的理由,是推崇老庄,任真纵放,无法忍受礼法的羁勒和俗务的纠缠,其中描摹官场景象,"或宾客盈坐,鸣声聒耳,嚣尘臭处,千变百伎",显示出很深的厌恶感和桀骜不驯的态度。他要求对方尊重自己的志趣,提出"人之相知,贵识其天性,因而济之",又譬喻说:"此犹禽鹿,少见驯育,则服从教制;长而见羁,则狂顾顿缨,赴汤蹈火;虽饰以金镳,飨以嘉肴,愈思长林而志在丰草也。"这种追求个性自由的精神,正是魏晋文学最可贵的特色。至于声称自己"非汤、武而薄周、孔",更与司马氏为了篡权而制造礼教根据的大背景有关。据说嵇康最终被杀,与司马昭读了这几句话而心中愤恨有直接关系。总之,这篇书信用率直的语言如实表述自己的感情,既无隐晦,也不夸张,让人感受到很强的人格魅力。

另外,嵇康的诗歌也颇多显示其高洁的志趣和耿直的性格,较之阮籍的深沉,别有一种秀朗的特色。代表作有《兄秀才公穆入军》(五言一首,四言十八首)及四言的《幽愤诗》。《兄秀才公穆入军》第九的"风驰电逝,蹑景追飞。凌厉中原,顾盼生姿",第十四的"目送归鸿,手挥五弦。俯仰自得,游心太玄",借想象其兄嵇喜从军后的生活写出了自己的人生情趣,所谓"魏晋风度",于此生动可见。

四、西晋诗文

公元 265 年,司马昭之子司马炎取代魏室,建立了晋王朝,史称西晋。立国不久,便攻灭东吴,重新统一中国。但司马炎去世后,由一场宫廷内的权力之争演变出宗室间的大混战(史称"八王之乱"),趁此机会,汉、魏以来大量内迁的北方少数民族的首领纷纷自立,摧毁了晋朝在北方的统治。西晋从立国到覆灭,总共只有大约五十年。

西晋虽是一个短暂而又不稳定的王朝，文学创作却很兴旺。无论作家还是作品的数量，都远远超出前代。尤其是诗歌，在士人生活中的价值进一步得到肯定，上层文士几乎没有不写诗的。西晋文学尤其诗歌是文学史上的一个重要环节。不仅建安、正始文学所形成的若干新的特点得到深化和发展，而且这时代的作家还继续从事着前人没有做过的尝试。诸如文辞的藻丽精工，对偶的运用，写景与抒情的紧密结合，哲理的融入，乃至对诗歌声律的注意，都表现得颇为突出；同时，基于个人意识的觉醒而展开的对人生价值的思考，在某些方面也有更为深入的表现。

陆机、潘岳等 西晋年辈较早的作家中以张华（232—300）最为著名。其诗以《情诗》五首、《杂诗》三首为代表，善于写男女之情，《诗品》谓之"儿女情多，风云气少"。他的诗很值得注意的一点是写景与抒情的结合，像"房栊自来风，户庭无行迹"（《杂诗》），"密云荫朝日，零雨洒微尘"（《上巳篇》）之类，论精细是前人所未有的。《文心雕龙》称陆机"思能入巧"，《诗品》称张协"巧构形似之言"，可见语言的精巧化是西晋诗歌的一种趋向，而张华身居高位，成名又早，他在这方面实有先导的作用。

稍晚于张华等人的作家，有所谓"三张（张载、张协、张亢兄弟）二陆（陆机、陆云兄弟）两潘（潘岳、潘尼叔侄）一左（左思）"之目。其中陆机、潘岳并称"潘陆"，在当时评价最高，代表了西晋文学的主流；左思以及刘琨表现了与潘陆不同的风貌。

陆机（261—303）字士衡，吴郡华亭（今上海松江）人，出身东吴世家，吴亡后闭门勤学。晋武帝太康末年与弟陆云赴洛阳，因张华的推重而名动京师。惠帝时宗室相争，他为成都王司马颖率大军讨伐长沙王司马乂，兵败，为司马颖所杀。

陆机才冠当世，诗、文、辞赋都有突出成就。尤其他的诗，沿着曹植的方向，创造出一种典雅华美、写景与抒情密合的风格，影响深远。我们先以他的《招隐》为例：

明发心不夷，振衣聊踟蹰。踟蹰欲安之，幽人在浚谷。朝采南涧藻，夕息西山足。轻条象云构，密叶成翠幄。激楚伫兰林，回芳薄秀木。山溜何泠泠，飞泉漱鸣玉。哀音附灵波，颓响赴曾曲。至乐非有假，安事浇淳朴？富贵苟难图，税驾从所欲。

诗的主旨是表现对隐逸生活的向往。入洛以后，陆机对仕途的险恶和不自由感到厌倦，他想象隐逸可以成为保全个人自由、解脱内心苦闷的一种途径。这诗在艺术上有许多可注意的地方。一是它的语言典雅而华美，既有不少引用古代典籍中语汇的成分，写景部分又显出刻意形容物象和造语力求新鲜的倾向。二是多用对偶句，这是陆机诗的一种显著特点。建安诗中偶句通常只占很小的比例，而此诗已占一半以上，更有像《苦寒行》则接近通篇对仗。所以清人沈德潜说陆机"开出排偶一家"（《古诗源》），而并不把重对偶之风的开创归于曹植。三是此诗大体以入声字押韵，而无韵句的句尾多为平声字，构成每两句之间非常明显的声调变化。《文赋》明确提出"暨音声之迭代，若五色之相宣"，而据研究者统计，陆机诗有意避免句尾声调重复的现象已经很普遍。虽然当时关于四声的理论尚未出现，但汉字声调的不同是本来就存在的；注意利用这一因素来造成诗歌韵律上的美感，能够明确看出来的，陆机是第一人，所以他的诗实可视为中国古典诗歌声律化的开端。

在《日出东南隅行》中，陆机又以精细的笔触刻画了女性的美。从题目来看，这诗像是对汉乐府《陌上桑》的模拟，但两者实际区别很大。陆诗是写上巳节时洛阳女子在洛水边游玩的情景，既无故事情节，亦无道德内涵，纯是描摹女性容貌与姿态之美；像"鲜肤一何润，秀色若可餐。窈窕多容仪，婉媚巧笑言"之类，都是直接而切近的笔法。显然作者不认为爱慕美色是邪恶的表现。这种审美态度开了南朝宫体诗的先河。

西晋是一个传统价值观进一步崩溃、士人精神生活陷于彷徨无依的时代，人们的自我意识依然很鲜明，却又清楚地看到自我的渺小与无奈。因而，把自然之美、女性之美以及表现这些对象的语言之美提升为单独的价值，显然有美化人生和精神解脱的意义。陆机诗正是代表了这一倾向。

对陆机诗好模拟前人，好显示才学，以及由于过分注重于修辞，雕琢太重，难免造成繁冗乏力的毛病，前人多有讥评。这些批评当然有其道理，但也应该看到，诗歌的发展并不是一条直线，要把朴素简单的歌谣式语言提高到精美而富于表现力的程度，像陆机那样的过程（包括其弊端），恐怕是难免的。

陆机的文章向来评价也很高。从文体演变的角度来看，其文在骈文形成过程中具有代表性的意义。如《吊魏武帝文》、《辩亡论》等均大量使用骈句，而《豪士赋序》更是通篇对偶，还使用不少长短交错的隔句对，又善于灵活运用虚词，已经是成熟的骈文。只是它以议论为主，不能算是纯文学的作品。

潘岳（247—300）字安仁，荥阳中牟（今属河南）人，少有才名，热切于仕进，媚事权贵，人品颇遭到非议。但仕途并不得意，所以常常感到苦恼；可是虽有高蹈避世的想法，又不能真正实行。最终被赵王司马伦杀害。

潘岳的文风在追求绮丽、喜欢铺写等方面与陆机一致。南朝人论潘、陆之别，多认为潘较和畅，陆则深芜。这是因为潘岳的作品用语较浅，不像陆机那样深奥，文句的连接也比较紧密。但是，他也很少写出陆机那样精美工致、深于刻炼的句子，在语言的创造方面略显平庸。其诗文均以善叙悲哀之情著称。诗歌的代表作有《悼亡诗》三首，是追悼亡妻之作。诗中文字略嫌重复，但善于通过细节的描绘将感情表现得真切动人，如第一首中"望庐思其人，入室想所历。帷屏无仿佛，翰墨有余迹"、第二首中"床空委清尘，室虚来悲风"诸句，均达到了委婉而传神的效果。以现存资料来看，在潘岳之前还没出现过这样以深沉的感情追悼亡妻的诗，它反映了由于对文学的抒情因素的重视，诗歌题材不断向日常生活领域扩展的趋向。

王隐《晋书》称潘岳"哀诔之妙，古今莫比，一时所推"。其中《哀永逝文》、《马汧督诔》都是名作。他也是一个重要的赋家，代表作有《西征赋》、《秋兴赋》、《怀旧赋》等。无论是哀吊的文字，还是一般的抒情之作，都流露着低沉、伤感的情绪。这不仅是潘岳个人的特点，也反映了时代的特点。悲哀不仅被当作心理事实来描述，而且，作家在这种描述中也追求着富有美学效果的感动。

"三张"之中张协（？—307）的成就最高。他的现存作品主要是收录于《文选》的《杂诗》十首，诗以精致的文辞，展示了面对自然引发的诸多感慨，其中写景之句尤精于锤炼，状物工巧。如"轻风摧劲草，凝霜竦高木。密叶日夜疏，丛林森如束"、"腾云似涌烟，密雨如散丝"、"浮阳映翠林，回飚扇绿竹"等，都很突出。这方面他与陆机颇为相近。只是他用语较浅显，全篇的文辞也较少繁冗之病。

左思与刘琨 左思（约250—约305）字太冲，齐国临淄（今属山东淄博市）人，出身于寒素家庭。曾任秘书郎。他的《三都赋》堪称传统大赋的尾声，据说曾引得"洛阳纸贵"。但在士族门阀制度下，他颇受歧视，最终脱离官场，专事著述。

左思的代表作为《咏史诗》八首，在当时具有独特风格。自班固开创咏史的题材，这类诗的写法大抵以叙述史事为主，间抒个人感慨。左思之作则是借历史材料抒发个人的怀抱，开辟了咏史诗写作的新途径。诗中不仅揭露和批判了世族垄断政治的不合理，其感人之处，更在当作者意识到不能获得社会的合理对待时，以精神性的自我提升，表现出与社会压迫相对抗的姿态；而作为一种个性化的反抗方式，他在诗中贯注了一种极度自尊和豪迈激昂的情绪，在文辞上亦喜追求壮美奇瑰。如第五首：

皓天舒白日，灵景耀神州。列宅紫宫里，飞宇若云浮。峨峨高门内，蔼蔼皆王侯。自非攀龙客，何为欻来游？被褐出阊阖，高步追许由。振衣千仞冈，濯足万里流。

诗在极为阔大的背景下展开。前半部分描绘王侯住处，完全用俯视的角度来组织，显示出居高临下的姿态。后半部分写自己与富贵者决绝的行动，构境也颇为奇特、壮大。

这种豪迈气概根由于强烈的自我尊严感。如咏荆轲的第六首结末说："贵者虽自贵，视之若埃尘；贱者虽自贱，重之若千钧。"这意味着个人如果选择了有尊严的生活，即使如荆轲之流沦为博徒狗屠，依然能够傲视四海。这种人生态度对后代诗人有很强的吸引力。

潘、陆的诗虽也偏重抒情，但由于无奈的进退维谷的处境，难以表现出高亢的激情，诗歌语言也向着唯美的精巧或繁缛的方向发展。《咏史诗》以抒情的力度见长，其语言则相应简劲，少有累赘的铺写，所以《诗品》有"左思风力"之誉。

左思的《娇女诗》描摹了他两个女儿的娇憨天真之态，富于谐趣，风格别致。这种专写儿童而完全生活化的诗篇在文学史上是初次出现，也有它特别的价值。

刘琨（271—318）字越石，西晋乱亡之际，他任并州刺史、大将军等职，在北方辗转抗敌，屡败而无悔。最终被同他结盟的幽州刺史段匹磾杀害。面对中原瓦解之势，刘琨仅凭一腔热血出生入死，自知只手擎天，绝无此理，故所作《扶风诗》、《答卢谌》、《重赠卢谌》三首，抒写家国之痛，英雄末路之悲，既慷慨激昂，又沉痛无比。在写作上，结构、修辞均无讲究，只是随笔倾吐，但沉痛悲凉之气，足以感人。《诗品》评为"善为凄戾之词，自有清拔之气"。

五、东晋诗文

西晋覆灭后，公元317年，琅琊王司马睿于建业（今江苏南京）称帝，这以后的晋王朝，史称东晋。这是一个完全依赖大士族支撑的王朝，门阀势力更为强大。处在这一环境下的士人，一方面并不放弃对政治与经济利益的追求，一方面又渴望在精神上获得更大的解脱。优雅从容，风流旷达，成为他们特别崇尚的生活态度。与此相应，东晋士族文化最突出的表现，是对玄学清谈和山水自然的爱好，这极大地影响了东晋文学的特点。

郭璞 郭璞（276—324）字景纯，河东闻喜（今属山西）人，博学多识，又喜阴阳卜筮之术，因此关于他有很多怪诞的传说。西晋末南下避祸，东晋元帝时任著作郎，后因劝阻王敦谋反被杀。其代表作为南渡后所作一组《游仙诗》，另外他的《江赋》也很有名。

《诗品》称《游仙诗》"乃是坎壈咏怀，非列仙之趣也"。它把虚构的仙界作为永恒和超越的象征，以对照出现实生活中价值观的不可靠和不足道，同时又融入了西晋以来渐盛的向慕隐逸的内容，以表达摆脱人世间的拘束而进入自由境界的幻想，实是过去游仙、咏怀、招隐多种题材的结合。在这个虚幻的超越时空的境界中，可以"啸傲遗世罗，纵情任独往"；由此看人间，则一切都变得非常渺小，那里的不自由的生活显得格外可怜："东海犹蹄涔，昆仑蝼蚁堆。遐邈冥茫中，俯视令人哀。"

《游仙诗》文辞富艳，在"仙"与"凡"的对照中，表达了对混乱的现实的厌倦和对自由境界的向往，不仅在东晋和南朝深受人们喜爱，对唐代李白、李贺等人的诗作也有明显的影响。

玄言诗风 从正始以来，诗歌中开始大量融入老庄哲理，这一方面深化了诗的内涵，另一方面也出现因议论过多而损害诗的形象性和抒情性的弊病。包括阮籍、嵇康、郭璞诸人都有这类毛病。晋室南渡后，玄学清谈盛行，诗歌普遍使用抽象语言来谈论哲理，变得枯燥无味。这类诗被称为"玄言诗"，留存的数量已经很少。对东晋玄言诗风，《宋书·谢灵运传论》有一个概括性的描述：

有晋中兴，玄风独振。为学穷于柱下，博物止乎七篇，驰骋文辞，义殚乎此。自建武暨乎义熙，历载将百，虽缀响联辞，波属云委，莫不寄言上德，托意玄珠，遒丽之辞，无闻焉尔。

但问题还有它的另一面。如前所述，玄学清谈和悦情山水是东晋士人普遍的双重爱好，这两者又是相互联系的。在玄学之士看来，人生的根本意义不在于世俗的荣辱毁誉、得失成败，而在于精神的超越升华，对世界对生命的彻底把握。宇宙的本体是玄虚的"道"，四时运转、万物兴衰是"道"的外现。所以对自然的体悟即是对"道"的体悟，人与自然的融合即意味着摆脱凡庸的、不自由的、为现实社会关系所羁累的世俗生活，从而得到高尚的生存体验。所以玄言诗每每从体察自然发端。它同山水诗、田园诗的兴起，有很重要的关联。穆帝永和九年（353）王羲之与谢安、孙绰等四十余人于山阴兰亭修禊事，留下一批《兰亭诗》，便是很好的例证。王羲之诗所谓"寥朗无厓观，寓目理自陈"，就是说由体察自然可悟得造化之理；他同时作的名文《兰亭诗序》也表达了同样的意趣。

到东晋后期，出现了一些玄意渐淡而工于描摹自然的诗篇，湛方生的《帆入南湖》堪称佳作。诗中"白沙净川路，青松蔚岩首"之句写景明净，"人运互推迁，兹器独长久"之句于说理中寓含着人与自然之关系的感慨。只是他的影响似乎很有限。沈约《宋书·谢灵运传论》认为殷仲文、谢混对玄言诗风的改变起了较大作用，这跟他们的社会地位较高、诗风接续了西晋诗的华绮有关。

陶渊明 东晋文学总体上说不很繁荣，但生活于晋宋之际而习惯上归于东晋的陶渊明却被后人推举为整个魏晋南北朝最杰出的文学家。陶渊明（365—427）字元亮，后更名潜，浔阳柴桑（今江西九江）人。他的曾祖陶侃是东晋前期的名将，声威煊赫一时。但到陶渊明时因父亲早逝，家境便日渐败落。他从二十九岁时开始出仕，任过一些地位不高的官职，过着时隐时仕的生活。四十一岁再次出为彭泽县令，不过八十多天，便弃职而去，从此隐居躬耕而终。

陶渊明的思想与玄学有很深的关系，但它又是更贴近日常生活的、生动而丰富的。他的组诗《形、影、神》曾对人生的价值和意义作过一番讨论，所得的结论是"纵浪大化中，不喜也不惧。应尽便须尽，无复独多虑"，即把生命看作是自然的一部分，从归化自然中得到欣慰，不为生命以外的东西而焦虑，也无须强求解脱。他又把老庄思想与原始儒学取舍调和而形成自己的社会观，在他看来，理想的社会应该是人人由劳作而得食，真诚相处，无竞逐无欺诈，甚至无君无臣。这也是一种"自然"哲学。

陶渊明是一位全才型的文学家，但对后代影响最大的是诗歌；在陶渊明的诗歌中，最有代表性的是田园诗。隐居的生活，乡村的环境，被陶渊明用诗的构造手段高度纯化、美化，用来寄托他的人生理想，而散发出强烈的艺术魅力。如陶诗中最著名的《饮酒》之五：

结庐在人境，而无车马喧。问君何能尔？心远地自偏。采菊东篱下，悠然见南山。山气日夕佳，飞鸟相与还。此中有真意，欲辨已忘言。

作者在描述了在旷远的心境下于不经意间目遇南山（即庐山）的欣悦之后，用"欲辨已忘言"把诗推向一个更玄远的境界。但所谓"真意"实际上在前面已经作出了暗示：在一种醉意的陶然中精神融合于自然，又从自然的永恒、美好、自由中感受到自己生命的意义。这诗在某种程度上仍可以说是一首玄言诗，不同的是作者用富于情致和暗示的意境取代了抽象的辩说，就恢复诗的特质而言，这无疑是极大的进步。

而《归园田居》组诗的第一首更细致地描绘了乡村的环境：

少无适俗韵，性本爱丘山。误落尘网中，一去三十年。羁鸟恋旧林，池鱼思故渊。开荒南野际，守拙归园田。方宅十余亩，草屋八九间。榆柳荫后檐，桃李罗堂前。暧暧远人村，依依墟里烟。狗吠深巷中，鸡鸣桑树巅。户庭无尘杂，虚室有余闲。久在樊笼里，复得返自然。

这诗大约作于从彭泽令解职归田的次年。诗中用大量的笔墨铺写乡村平凡的日常性的景色，而它的宁静、朴素、平和，由于作为官场的污浊与喧嚣的反面而显得格外美好，令人由此体会到回归身心与实在双重意义上的"自然"后的莫大愉悦。这诗中仍然有哲理趣味存在，但它完全被浓厚的生活气息所融化。

冲淡平和是陶诗最显著的风格特征，但陶渊明并未以此掩盖其内心的焦虑、激愤等种种不安宁的情绪。有关死亡与衰老的语汇、意象在他的诗中出现频率非常高，这表明他对生命短促、壮志难酬终究是不甘心的。所以《读山海经》组诗中有咏精卫填海、刑天舞干戚的情调悲壮激越的篇章，而他晚年所作《杂诗十二首》之二中，从对时光流逝的敏感，写到"欲言无予和"的孤独，"有志不获骋"的失望，而以"终晓不能静"这样强烈的句子结束，令人体会到其悲哀的无穷尽。在这一类诗中可以看到陶渊明热烈的性格和艺术风格的多样性。

陶渊明在诗歌发展史上的重大贡献，是他开创了新的审美领域和新的艺术境界。在陶渊明笔下，田园风光和劳作生活第一次被当作重要的审美对象，由此为后人开辟了一片情味独特的天地。从建安时代文人诗兴起以来，诗歌语言总体上趋向于华美，可以说在人们的意识中，诗歌的美离不开特殊的修辞。而陶诗则使用一种较为朴素的语言，但那并非民间歌谣式的朴素，而是高度精炼，洗净了一切芜杂粘滞的成分，才呈现出明净的单纯。由此诗人构造出完整的意境，它以深沉的思想感情和哲理为底蕴，每有言外之意，所以表面浅显而内涵丰富，正如苏轼所说"质而实绮，癯而实腴"（《与苏辙书》），达到了很高境界。

陶渊明留存下来的散文、辞赋总共只有十多篇，但几乎每一篇都很出色。

散文中《桃花源记》最为著名。此文实际近于小说，所以又被收录在据传是陶渊明著的志怪小说集《搜神后记》中。文中虚构的"世外桃源"，既有儒家幻想的上古之世的淳朴，也有老子宣扬的"小国寡民"社会模式的影子，其中乡村景象的描绘，又同作者的田园诗意境相似。可以说，它既是作者依据他的社会理想所作的美好想象，也代表了那个动乱时代的广大民众对太平社会的向往。文章的语言优美而朴素。如写武陵渔人初入桃源的一节："忽逢桃花林，夹岸数百步，中无杂树。芳草鲜美，落英缤纷。"写桃花源中风光："土地平旷，屋舍俨然，有良田、美池、桑竹之属。阡陌交通，鸡犬相闻。"这种文笔，使语言、意境、主题达到高度的统一。

辞赋以《归去来兮辞》最为著名，内容为描写由彭泽令任上归隐时途中景象和还乡以后生活。比较辞赋常见的华美，此篇语言显得清新明丽。它的抒情色彩浓厚，富有诗意，同时又充满了哲理的内涵。"舟遥遥以轻飏，风飘飘而吹衣"，写归途中的自由无羁、轻松愉悦，令人心旷神怡。"云无心以出岫，鸟倦飞而知还"，"木欣欣以向荣，泉涓涓而始流"等写景之笔，非常形象地体现了自然界自生自灭、充足自由的灵韵。

另外如《五柳先生传》、《祭程氏妹文》、《感士不遇赋》等均各有特色。《闲情赋》在陶集中尤为特殊。其题旨标榜为"闲情"即约束感情，实际内容却是热烈地渲染男女之情，而且文辞流宕，色彩丰艳。其中"愿在衣而为领"以下一大段，用各种各样的比喻表现欲亲近美人之情，穷形尽态，极铺排之能事。从这里可以看到陶渊明思想情趣的另一方面，和文学才能的多样性。

陶渊明的文学创作在普遍推崇华丽文风的南朝未能得到很高评价。入唐以后，影响逐渐扩大，到了宋代，陶渊明才开始受到普遍一致的推崇。对陶渊明的理解，本身也是文学史上一个有意思的现象。

六、魏晋小说

"小说"一词，原指琐杂肤浅的言论或道听途说的传闻。所以古人所说的"小说"著作面貌很是纷杂。其中跟现代概念的小说有关的，主要是各种带有民间传说性质的关于神异灵怪的故事。魏晋时期这一类记载开始兴盛，遂成为小说史的滥觞，前人称之为志怪小说。关于魏晋志怪小说兴盛的原因，鲁迅《中国小说史略》认为缘于汉末巫风大畅和佛教传入的刺激。但另外应该注意到这还同魏晋时期社会思想比较活跃自由、人们对不那么正经的读物抱有较浓的兴趣有关。魏鱼豢《魏略》记曹植初见邯郸淳，"诵俳优小说数千言"以炫才艺，此"俳优小说"未必是志怪，但也说明了当时文人好游戏之谈的风气。所以魏晋以后的志怪小说，尤其其中的文人之作，无疑反映了较过去更为活跃和广泛的人生情趣。

现存志怪小说中，有署名汉人之作的，主要有题为班固作的《汉武帝故事》《汉武帝内传》，题为郭宪作的《洞冥记》。研究者多认为出于魏晋人的伪托（但近来也有提出不同意见的）。三种都是讲有关武帝的神仙怪异故事。年代确定的志怪书，当以题名曹丕作的《列异传》最早。现此书已亡，在几种类书中有引录。其中《谈生》叙一书生与一美丽女鬼为婚，因不能遵守三年不得以火照观的禁约，终于分离，留下一子。因不能抑制好奇心而受到惩罚，这是各国民间传说中最常见的母题，由此可以见到人类的一种普遍心态。

《搜神记》　魏晋志怪小说中，《搜神记》是保存作品数量最多且具有代表性的一种。作者干宝（？—336），字令升，是两晋之际的史学名家。他在《搜神记》序中自称作此书是为"发明神道之不诬"，同时亦有供人"游心寓目"即赏玩娱乐的意思。

《搜神记》的内容很广，其中首先值得注意的是一些爱情故事。如《韩凭夫妇》写宋康王见韩凭妻何氏美丽，夺为己有，夫妇不甘屈服，双双自杀。死后两人墓中长出大树，根相交而枝相错，又有一对鸳鸯栖于树上，悲鸣不已。这故事与《古诗为焦仲卿妻作》有很多相似之处。《吴王小女》写吴王夫差的小女紫玉与韩重相爱，因父亲反对，气结而死。韩重来墓前相吊，她的鬼魂将韩重邀入墓中同居三日，完成了心愿。这个故事对婚姻不能自主的社会规制表现了强烈的反抗，情调悲凉凄婉，而紫玉的勇毅与执着尤其令人感动。

《干将莫邪》则歌颂了人民对于残暴统治者的强烈的复仇精神。故事写干将莫邪为楚王铸剑，三年乃成，被杀。其子赤长大后，为父报仇。此故事原出于《列异传》，但《搜神记》所增饰的复仇情节尤为壮烈：

（儿）入山行歌。客有逢者，谓："子年少，何哭之甚悲耶？"曰："吾干将莫邪子也。楚王杀吾父，吾欲报之！"客曰："闻王购子头千金，将子头与剑来，为子报之。"儿曰："幸甚！"即自刎，两手捧头及剑奉之，立僵。客曰："不负子也。"于是尸乃仆。客持头往见楚王，王大喜。客曰："此乃勇士头也，当于汤镬煮之。"王如其言。煮头三日三夕，不烂。头踔出汤中，瞋目大怒。客曰："此儿头不烂，愿王自往临视之，是必烂也。"

王即临之，客以剑拟王，王头随堕汤中。客亦自拟己头，头复堕汤中。三首俱烂，不可识别。乃分其汤肉葬之，故通名"三王墓"。

文中写干将莫邪之子以双手持头与剑交与"客"，写他的头在镬中跃出，犹"瞋目大怒"，不但是想象奇特，更激射出震撼人心的力量。它以悲壮的美得到鲁迅的爱好，被改编为故事新编《眉间尺》(后改名《铸剑》)。

《搜神后记》 《搜神后记》自《隋书·经籍志》即题陶潜撰，而论者多以为出于伪托。但梁慧皎《高僧传》已言及"陶渊明《搜神录》"，可见此说由来已久，纵非陶潜所作，书的产生年代应该也较早。

《搜神后记》中有多则故事写及奇异的女性，与恋爱或相关或不甚相关，但都颇有情致。如《徐玄方女》写已成鬼的徐氏女托梦给马子，要复生做他的妻，马子表示同意——

至期日，床前头发正与地平。令人扫去，则愈分明。始悟是所梦见者。遂屏除左右人，便渐渐额出，次头面出，又次肩项形体顿出。马子便令坐对榻上，陈说语言，奇妙非常。

这里的描写实在是很奇妙。又如《袁相根硕》一则记剡县人袁相、根硕于深山遇两名少女与之结为夫妇的故事，写得似仙非仙，迷离恍惚。此后《幽明录》中刘、阮入天台遇仙的故事，当由此演化而来。还有《白水素女》写谢瑞捡得一大螺，此后每日外出劳作，便有"天汉白水素女"自螺中跃出为其操持家务。这些故事都表现了奇幻的想象力而又包含着实在的人生情趣。

总体而言，魏晋小说中优秀的故事已不仅与对鬼神之事的好奇有关，它的情感倾向与整个魏晋文学的进步是相一致的。相应地，它的情节描写也开始变得较为生动细致。志怪的历史由来甚久，但到魏晋时才呈现比较明显的文学趣味，这是有其社会原因的。

第8章 南北朝与隋代文学

公元420年，刘裕取代东晋建立宋朝，此后不久，北方也由北魏太武帝拓跋焘实现了统一，经过一段双方均无所获的战争，南北朝进入了相对稳定的对峙时期。在南方，约一百七十年间经历了宋、齐、梁、陈四代政权的更替，但因多在上层间进行，并没有使南方社会经济发展停滞，而文化相对宽松开放的格局，倒促进了文学的进一步繁荣。在北方，北魏后期也发生了东魏、西魏的分裂，和北齐对东魏、北周对西魏的取代，最终由产生于北周政权基础上的隋王朝实现了全国统一。自晋室南渡以来，北方地区一直处于少数民族统治下，由于大量文士的南下和经济、文化因素的制约，文学繁兴的程度一度远逊于南方。但经过长期的孕育和南北文化交流，北方文学也逐渐获得了可观的成就并形成与南方文学不同的特色。而伴随着政治统一的步伐，南北文学最终走向了融会的道路。

一、南北朝与隋代文学思潮

南朝文学的唯美倾向与"新变"要求　在克服了玄学思潮对文学过度的侵蚀以后，南朝文学再度接续了自建安以来文人文学注重华美的传统，并将之推向唯美化的程度。区分文学与非文学的意识越来越明确，文学与政教的关系进一步分离，而美被普遍认可为文学的基本特质。重视文学的美质，首先表现为注重强烈的抒情性。钟嵘《诗品序》说：

若乃春风春鸟，秋月秋蝉，夏云暑雨，冬月祁寒，斯四侯之感诸诗者也。嘉会寄诗以亲，离群托诗以怨。至于楚臣去境，汉妾辞宫；或骨横朔野，魂逐飞蓬；或负戈外戍，杀气雄边；塞客衣单，孀闺泪尽；或士有解佩出朝，一去忘反；女有扬蛾入宠，再盼倾国。凡斯种种，感荡心灵，非陈诗何以展其义，非长歌何以骋其情？

在萧纲的《答张缵谢示集书》中，也有类似的论述。这些论述都强调能够"感荡心灵"的自然现象及社会现象是文学的主要表现对象。

南朝文人试图通过"文"与"笔"区分来分判文学与非文学类型，刘勰《文心雕龙》说当时的"常言"即一般意见认为"无韵者笔也，有韵者文也"，而萧绎的《金楼子·立言》中则提出一种更清晰的标准：

吟咏风谣，流连哀思者谓之文。……至如文者，惟须绮縠纷披，宫徵靡曼，唇吻遒会，情灵摇荡。

这里萧绎要求于"文"的是三点：辞采之美、声调音律之美、能够撼动心灵的强烈抒情性。这种看法较前人更直接地把握住了文学的本质。

这个问题可以和南朝文学普遍的追求"新变"的风气联系起来看。梁、陈时著名诗人徐陵，其文章的特点本是"颇变旧体，缉裁巧密，多有新意"（《陈书》本传），但他写信给族人徐长孺，仍称自己缺乏新变，并为之自愧。不难看出，"新变"已经被看作文学必须追求的目标和衡量作品优劣的准绳。在刘勰《文心雕龙》、萧子显《南齐书·文学传论》等当代文论中，都可以看到专门的论说。

追求"新变"，就是不愿一味沿袭旧的形式、题材、风格，而力求创造具有新鲜特点和个性特征的美。当时，只要是符合时代审美观的对象，都被作为创作题材写入文学作品，特别是有关山水自然、有关女性和男女之情的题材，得到更为集中的表现，而且边塞诗也开始兴起。这一时期文学对艺术形式的追求也格外强烈，最突出的表现就是诗歌的格律化和骈文（包括骈赋）的产生。在前者，齐永明年间以沈约的"四声八病"之说为理论先导，以谢朓等人为创作实践的代表，所谓"永明新体"开始走向格律化的道路。这一过程在梁代又有进一步的发展，到以萧纲为中心的文学集团（包括庾肩吾、庾信父子与徐摛、徐陵父子），五言律诗已大体成型。骈文的形成，据《文心雕龙》所说应始于魏晋时代，确实在西晋已经出现了陆机《豪士赋序》等很严整的骈文，但这种文章终究不是纯文学作品。到了刘宋，出现了精美而富于抒情性的骈体书信和小赋（如鲍照的《登大雷岸与妹书》及《芜城赋》、谢惠连的《雪赋》、谢庄的《月赋》等），纯文学的骈体文才进入成熟阶段。

格律诗和骈文以一种显著的艺术形式，以鲜明的音乐节奏，构成美文学与口语及普通文章的区别，强化了美文学的抒情效果。南朝文学在这两个方面所取得的成就，为后来文学的进一步发展作了实验性的探索，打下了重要的基础。

同时也值得注意的是诗体的多样化和与之相随的艺术表现功能的分化。在五言诗占主导地位的同时，七言诗也逐渐兴盛，并最终取得与前者同样重要的地位；在五言诗范围内，当律诗走向成型的同时，律体与非律体的艺术特点就开始出现区别；在七言诗范围内，以七言句为主而杂以其他句式的诗体和每句都是七字的齐言体常常用来表达不同的情绪；而作为后世绝句之雏形的以四句为一首的五、七言诗体，也各有自己的艺术特征。此处无法具体地分析各种诗体的不同特点，但必须注意到：中国古诗的各种体式绝不只是形制上的区别，它们在以抒情为核心的艺术表现功能上是各有所宜的；而诗体在南朝走向多样化，正是由抒情需要、审美需要变得丰富、复杂、细致而引起的。

当然，由于南朝文学的主导权掌握在宫廷和贵族手中，其审美趣味难免带有明显的褊狭性。从文学题材来说，无论是贵族社会以外的人群的生活，还是贵族社会内部激烈的冲突，都很少得到正视；在修辞风格上，追求华美本来无可厚非，但过于单一地倾向于华美也必然会带来许多缺陷。这些弊病在南北文学融会的过程中、在唐代文学进一步发展的过程中，不断受到批评和纠正。但不管怎样说，南朝是文学自觉意识更为强烈的时期，南朝文学不仅在南北朝与隋代文学中占有主导地位，在整个中国文学史上也是十分重要的环节。

《文心雕龙》与《诗品》 南朝也是文学批评史上特别重要的时期，对这一时期最著名的理论和批评著作《文心雕龙》与《诗品》，在此略作介绍。

《文心雕龙》全书五十篇，是我国第一部规模宏大的文学批评著作，写成于齐代。作者刘勰（约465—约532）字彦和，少时家贫，曾依随沙门僧祐十余年。梁初出仕，曾任太子萧统的通事舍人，为萧统所赏爱。后出家，法名慧地。

《文心雕龙》所讨论的是广义的文章，既包括文学性的诗、赋等类，也包括非文学性的诸子、论说、诏策等类。因为刘勰认为"古来文章，以雕缛为体"，即所有的文章都是讲究美饰的，所以可以用同样的规则来讨论。这种认识的弊病是容易混淆文学与非文学的界限。但当时的现状是不仅文学作品，连实用文章也力求写得美丽，刘勰有这样的认识也是自然的。而书中特别注重也是最有价值的地方，仍是怎样达到文学的美。

开始的《原道》、《征圣》、《宗经》三篇，试图为广义的"文"确立基本原则。这里所表现的思想带有很多折中牵合的成分。如《原道》提出文章的根源在于"道"，这里所说的道乃是自然的"天道"，而不是指儒家的伦理之道。"日月叠璧，以垂丽天之象；山川焕绮，以铺理地之形。此盖道之文也。"道有美丽的显象，文章原于道，追求美真正是"天经地义"，这显然是六朝美文学风气的反映。但刘勰接下去却把自然之道与儒道相互捏合，认为儒家圣人的经书最能"原道心以敷章"，而且"道沿圣以垂文，圣因文而明道"，一般人不能够深刻体悟道的神奥，所以要"征圣"——向圣人学习，要"宗经"——效仿经书的榜样。这实际是玄学中自然与名教合一的理论在文学中的运用。

如果严格按照"征圣"、"宗经"的原则来要求文学，本来很容易回到汉儒的立场上去。好在刘勰并没有这样做。如在谈到楚辞的时候，他指出其一系列特点，诸如"朗丽以哀志"、"绮靡以伤情"、"瑰诡而慧巧"、"标放言之致"等等，其实都不怎么符合上述原则，但作者却大加赞美，并且在评价其他作家时也常用这样的态度。可见他觉得文章写得美很重要，原则马虎一点也不要紧。

在具体讨论文学创作时，《文心雕龙》更是有许多精彩而富于创造性的论述。如"风骨"这一范畴的提出。这里所谓"风"指作品对读者的感动力，所谓"骨"是指作品在文辞与结构方面的力度；而这两者均是源于作者的生命力。优秀的作品必然是有风骨的，但风骨还须与文采结合：光有风骨而无文采，犹如凶猛却难看的鸷鸟；光有文采而无风骨，则犹如五彩缤纷而飞不动的野鸡。从以上简单的概括中，我们也能察觉刘勰对文学的本质、文学的美感的认识，较前人深入了许多。

除此以外，像《隐秀》篇讨论艺术表现上含蕴与卓拔的结合，《神思》篇讨论创作中的想象力，《体性》篇讨论作家个性与作品风格的关系，《情采》篇讨论情志与文采的关系，《物色》篇讨论文学与自然景物的关系，广泛涉及了文学创作的重大事项；而《声律》、《丽辞》、《夸饰》、《事类》等篇则更具体地就文章的修辞、技巧问题展开一系列的探讨。总之，《文心雕龙》在总结前人经验的基础上有了显著的提高，成为中国古代文学理论一次空前的总结。这不仅显示了刘勰的才华，也是南朝文学进步的显著表现。

钟嵘（约468—518）字仲伟，初仕于齐，梁时官至西中郎将晋安王萧纲（即后之简文帝）记室。《诗品》作于梁武帝天监十二年（513）以后，已是作者的晚年。

《诗品》专论五言诗。全书实际包含两个部分，《序》总论五言诗的起源和发展，表达作者对诗歌写作以及当代诗风的一些看法，正文将自汉魏至齐梁的一百二十家诗人分为上中下三品（每品一卷），显优劣，叙源流，指出各家利病。《诗品》讨论的对象比较单纯，理论上也不像《文心雕龙》考虑得那么细致稳妥，但却也有明朗清晰的长处。尤其是它几乎完全不受儒家思想的束缚。《诗品序》一开头就说："气之动物，物之感人，故摇荡性情，形诸舞咏。"而后就是本章开头引用过的那段文字。依钟嵘的看法，诗歌完全是由个人经验、生活遭遇而发生的情感的产物。作为论诗的专门著作，《诗品》对汉儒《毛诗序》所言"经夫妇，成孝敬，厚人伦，美教化，移风俗"之说视若无闻。后面解释赋、比、兴，也完全当作抒情的手法，与历来儒者解经之说不同。

对于诗歌的评价，钟嵘主要重视充沛的感情、华茂的辞采、典雅而明朗的风格。他对曹植最为推崇，概括其诗歌特点，说是"骨气奇高，词采华茂，情兼雅怨，体被文质"，而高度赞誉为"譬人伦之有周孔，麟羽之有龙凤"。这跟刘勰强调风骨与文采的结合，意见大体是一致的。但有一点与刘勰也与当时整个文坛风气不同的地方，就是反对用事和声律。

由于过分推重华美典雅的风格，《诗品》对诗人的评价也不免有偏颇之处。魏晋以来最杰出的诗人中，曹操被列为下品，陶渊明、鲍照被列为中品，后人多致讥刺。从具体评语来看，曹操的"古直"、陶渊明的"质直"是评价不高的原因；鲍照的诗其实是华美的，却又责其"颇伤清雅之调"。这样的眼光当然有问题，但其中也有时代风气的因素。

《诗品》对诗人风格的概括，不管其褒贬如何，大体能做到简要准确，这是不容易的。它又很重视诗人的源流，如指曹丕"其源出于李陵，颇有仲宣之体"之类。其说不无牵强附会之处，但运用了一种史的眼光，在当时也是难能可贵的。

儒家文学观的再度提出 自建安以来，文学的发展偏离了儒家思想的轨道。但它对文学的影响并不是从此消失了。前面我们已经说到《文心雕龙》中的保守与折中现象，而在南北朝与隋代，还有更明确地宣扬儒家文学观的主张。如梁代的裴子野在其《雕虫论》中指斥南朝的美文学"摈落六艺，吟咏情性"，乃是"淫文破典，斐尔为功"，要求恢复儒家以教化为根本的文学态度。在北朝也有同样情况。西魏时，苏绰曾受命仿《尚书》体作《大诰》，作为革除南方文学"浮华"之弊的实验。而据《北史·文苑传》：苏绰的文学见解，有"糠秕魏晋"之意。到了隋初，文帝在文化政策方面力主实用，要求文艺有益于政教，遂引导出完全否定美文学的极端态度。李谔在《上隋高祖革文华书》中，指斥自曹魏以降，"竞骋文华，遂成风俗"，认为那些讲究声辞之巧、描绘月露风云的诗文不仅纯属无用，还有害人心，主张加以清除。与此相应，隋末在民间聚徒讲学的文中子王通也力主汉儒的诗教说，认为诗当"上明三纲，下达五常"（《中说·天地篇》），对南北朝以来的著名作家如谢灵运、鲍照、庾信、徐陵等，几乎全部一笔抹杀。虽然，这些主张对南北朝至隋唐文学的进程没有发生太大作用，但所显示的思想倾向，却是值得注意的。

二、刘宋诗文

关于两晋至刘宋的文学演变，沈约《宋书·谢灵运传论》有简明的描述，大致是由西晋以潘陆为代表的典雅华美之风转为东晋因玄风大盛而造成的枯淡，至刘宋则以谢灵运和颜延之为代表，接续了西晋的文风，"方轨前秀，垂范后昆"。

从题材来说，刘宋文学的突出现象，是继承东晋后期文学的趋势，掀起了山水诗的新潮。《文心雕龙·明诗》说："宋初文咏，体有因革。庄老告退，而山水方滋。俪采百字之偶，争价一句之奇；情必极貌以写物，辞必穷力以追新。"这方面的代表是谢灵运。

大体在南朝一般的评价中，是把颜、谢作为刘宋文学的代表。但实际上出身于庶族的鲍照也是一位极富于创造力的作家，其成就足以与谢并驾而远出于颜之上。

谢灵运与山水诗的兴盛　谢灵运(385—433),陈郡阳夏(今河南太康)人,为东晋名将谢玄之孙,属于最显赫的世族家庭,且天资过人,所以为人性格十分高傲。然而他却一直没有得到最高统治者的信任,反而因不遵规度而屡受打击,只当过永嘉太守、侍中、临川内史等远离政治中枢的内外官,而最后以谋反罪名被杀。谢灵运所任职的永嘉、临川及隐居地家乡始宁均多山水胜景,他便将郁闷孤独之绪寄托于自然,经常带领僮仆、门生四出探奇寻胜。游历的经过,便用诗来记述。其作"都邑贵贱莫不竞写","名动京师"(《宋书》本传),故导致了山水诗的兴盛。

从文学史来说,山水诗的形成实际上经历了相当长的过程。自建安以来,诗歌中写景成分就不断增多,两晋又出现了一些记行旅、游览的诗作,已经可归于山水诗范畴。就晋宋之际文学变化的趋势而言,陶渊明的创作年代与谢灵运是相仿的,他们在摆脱玄言诗的枯淡的议论、艺术化地展示人的心灵与自然的融合方面,也作了相似的努力。但在谢灵运之前,描绘山水之作只是零星地出现,并且诗人在自然景物中的情感投入也比较淡薄,所以不足以给人深刻的感受;而陶渊明描绘自然并不以山水为中心,其田园诗的价值在当时也不被人们所理解。因而,到谢灵运出现,才凭借其特出的诗才,以合乎当时普遍欣赏趣味的艺术风格,掀起了山水诗的热潮;一般认为,山水诗作为中国古代诗歌的一个重要流派,也是到了谢灵运才真正确立。

谢灵运的山水诗通常是记一次完整的游历过程,这从诗题上就明白显示出来,如《游赤石进帆海》、《从斤竹涧越岭溪行》之类。在这种诗中,自然景物随着诗人视线的转移和时间的流动而变化,表现出类似游记的特点。下以《石壁精舍还湖中作》为例:

昏旦变气候,山水含清晖。清晖能娱人,游子憺忘归。出谷日尚早,入舟阳已微。林壑敛暝色,云霞收夕霏。芰荷迭映蔚,蒲稗相因依。披拂趋南径,愉悦偃东扉。虑澹物自轻,意惬理无违。寄言摄生客,试用此道推。

以前的诗歌写景,大抵是平列的画面,缺乏时空的变化。谢灵运的写法运用了细致的观察,所以既能写出各处山水的不同特点,每首诗中的景物也丰富多彩。不足的是诗中"此中有真意"式的玄理未能彻底转化为形象的喻指，而多在结尾处以抽象议论来归纳，难免损伤了诗歌的意境。

谢诗最为突出的优点，是他对自然的喜爱与敏感和他在语言上的创造力非常出色地结合在一起，常常能写出深于刻练、意象明丽的佳句。如"白云抱幽石，绿筱媚清涟"（《过始宁墅》），动词的运用有很强的主观感受，使景色显得富于人情味；"晓霜枫叶丹，夕曛岚气阴"（《晚出西射堂》），色泽鲜明而浓郁；"密林含余清，远峰隐半规"（《游南亭》），画面的层次感与线条感极其优美；"云日相辉映，空水共澄鲜"（《登江中孤屿》），景象壮阔而明亮。这些佳美诗句在当时的文学中堪称前无古人，引起轰动是很自然的。而除此之外，像"池塘生春草，园柳变鸣禽"（《登池上楼》）、"明月照积雪，朔风劲且哀"（《岁暮》）则是以自然平易见长的名句。中国古诗重视佳句，跟谢灵运有很大关系。

不过谢诗在语言方面也有其疵病，这主要是有时铺排过甚，如《诗品》所言"颇以繁富为累"；有些句子不仅写得深奥，而且生涩不畅。所以到梁代，人们对此提出了尖锐的批评。但必须注意到，对截然有别于散文的诗歌特殊语言的形成，谢灵运有很大贡献。

正如陶渊明笔下的田园风光蕴含着陶渊明的人格精神一样，谢灵运笔下的山水也是人格化的。如果说陶诗的冲淡常表现出人与自然达成和谐的境界，那么谢诗的意境则每有幽深或孤峭的特征，让人感觉到当他企图通过对山水的欣赏来忘却现实的压迫时，那种高傲和褊躁的个性、贤者不能为世所用的孤独和苦闷，仍旧顽强表现出来。现在一般对陶渊明的评价要高于谢灵运。但应该注意到两点：一是谢诗更富于对外部世界的兴趣，其个人精神也较为强烈；二是在艺术技巧方面，它为后人提供了可以学习、效仿的经验。所以，要论对南北朝到唐代诗歌的实际影响，谢灵运比陶渊明大得多。

除谢灵运外，谢氏宗族中谢惠连、谢庄也是当日文坛上的重要人物。他们也有诗名，而以两篇工于写景状物的小赋最负盛誉。谢惠连的《雪赋》假托司马相如与梁孝王的对话描摹雪景，谢庄的《月赋》假托王粲与曹植的对话以描摹月色。两篇均是精美的骈文，其句式工整，声调和谐，选辞精当，描写细致，总之在唯美化的程度上是超出了前人的。下面是《月赋》的一小节：

若夫气霁地表，云敛天末；洞庭始波，木叶微脱；菊散芳于山椒，雁流哀于江濑；升清质之悠悠，降澄辉之蔼蔼。列宿掩缛，长河韬映；柔祇雪凝，圆灵水镜；连观霜缟，周除冰净。

写月中世界，如此晶莹剔透、空明澄虚。语言之工丽已是竭尽所能。这类辞赋与正在兴起的山水诗有相互呼应之效。它们所表现的自然景物的美，归根结底是高雅脱俗的贵族理想人格的美。

跟谢灵运一时齐名的颜延之（384—456）字延年，宋时官至光禄大夫。他的诗现存的大多数是应酬唱和之作及拟古乐府，这一类诗习惯上是显示学问才华的，颜延之似乎更突出。语言艰深，喜铺陈，重藻饰，且好用典故和对仗句式，因此形成繁密深重、华美典雅的风格。如果说这种诗在接续西晋华美诗风上也有其贡献的话，它同时也把自陆机、潘岳以来诗歌的修辞化倾向推到了极端。不过应该说颜诗中有些景句写得十分出色。如"庭昏见野阴，山明望松雪"（《赠王太常》），颇有油画般色彩凝厚的特点。东晋末，颜延之奉使去北方，往返途中作有《北使洛》和《还至梁城作》二诗，虽说也是用辞深雅，但并无堆垛之病，描绘北方的残破景象，抒发心中悲怆之情，真挚感人。"阴风振凉野，飞云瞀穷天"，"故国多乔木，空城凝寒云"，情景都很深沉，不多让人。

鲍照　鲍照（约414—466）字明远，东海（郡治在今山东苍山县南）人，出身寒微，在任临海王刘子顼参军时，因刘举兵叛乱而死于乱军中。鲍照的人生道路，是向着士族门阀制度抗争的，同时又是郁郁不得志和悲剧性的。他是一个性格和人生欲望都非常强烈的人，毫不掩饰自己对富贵荣华、建功立业等种种目标的追求，并且认为以自己的才华理应得到这一切。老庄哲学中一切消极遁世、委顺求全的东西，都与他的思想格格不入。而当他的努力受到社会现实的压制时，心灵中就激起冲腾不息的波澜，表现出愤世嫉俗的深沉忧愤。其作品的独特风格也就在这一基础上形成。

鲍照的诗歌明显分成五言古体和乐府体两大类。其五言古体诗总体上与以谢灵运为代表的主流风格相近，文辞较为典雅，雕琢颇深。其中有大量记述行旅的作品，写景成分很多，实际也可以说是山水诗的一个分支。不过在鲍照的笔下，已经没有什么谈玄说理的东西了。论状物的工巧深切，他似不如谢灵运,但气势往往更显得雄健。这主要是因为鲍照较喜欢选择动态的景物,并且常加以夸张,诗中的意象带有更明显的主观色彩。如"急流腾飞沫,回风起江濆"(《还都道中》),"腾沙郁黄雾,翻浪扬白鸥"(《上浔阳还都道中作》);即使是静景,他往往也写得具有动感,如"高柯危且竦,锋石横复仄"(《行京口至竹里》),"广岸屯宿阴,悬崖栖归月"(《岐阳守风》)等等。从中可以明显地感觉到诗人易激动、不平衡的心理。而这种主观化的写景方法对后人有相当大的影响。

鲍照诗歌更显著的成就在乐府体。这类诗用辞警醒,色泽浓郁,节奏奔放,显示出感情的冲动、激荡与紧张,极少有松弛平缓之笔,造成前所未有的、富于刺激性的总观。梁代萧子显在《南齐书·文学传论》中说到鲍体诗的特点是"发唱惊挺,操调险急,雕藻淫艳,倾炫心魂",主要指鲍照的乐府诗而言,尽管语带贬义,概括还是较为准确。

在鲍照的乐府诗中,可以看到对享乐生活毫无掩饰的歌唱,如《代堂上歌行》写及"车马相驰逐,宾朋好容华。阳春孟春月,朝光散流霞。轻步逐芳风,言笑弄丹葩。晖晖朱颜酡,纷纷织女梭。满堂皆美人,目成对湘娥",对富贵奢华的生活场景流露出艳慕之情,而其主要的意旨,乃是说当好春光、好年华,男女感通,须尽情欢乐。但鲍照更多的是倾泻内心的不平之愤,在他的乐府诗里可以看到自建安时代文人诗兴起以来就极少见的对于贫困生活的刻意描写。如《代贫贱苦愁行》不仅从各方面描述了贫贱者在物质上的困窘,更突出反映了作者具有亲身体会的精神上的创伤。《诗品》说鲍诗"颇伤清雅之调",确实,像"以此穷百年,不如还窀穸"——这样度过一生,还不如早归黄泉!这样的呼喊,是贵族文士即使陷于绝境也不会发出的。

以《拟行路难》十八首为代表,鲍照还创造了一种以七言句为主而杂以其他各种句式的诗型,如其六:

对案不能食,拔剑击柱长叹息。丈夫生世会几时,安能蹀躞垂羽翼?弃置罢官去,还家自休息。朝出与亲辞,暮还在亲侧。弄儿床前戏,看妇机中织。自古圣贤尽贫贱,何况我辈孤且直!

以前只有整齐的七言诗,而且佳作甚少。鲍照新创的这种杂言式七言歌行音节错综变化,大体隔句用韵,雄恣奔放,尤其适宜表达激荡不平的感情。所以唐代李白等个性强烈的诗人，尤其喜好使用它进行创作。

鲍照还是南朝最早有意识地写作边塞题材的诗人。这些诗从创作意识来说，主要是通过边塞风光与军旅生活这一特殊题材，追求紧张而雄壮有力的诗情。他的边塞诗涉及的方面已颇为广泛。如《代出自蓟北门行》，着重写将士为国捐躯的壮烈情怀。"疾风冲塞起，沙砾自飘扬。马毛缩如猬，角弓不可张"四句，写沙场景象，雄峻有力，渲染出悲壮的情调。《代苦热行》则着重写战争的艰苦，"汤泉发云潭，焦烟起石圻"，"丹蛇逾百尺，玄蜂盈十围"等诗句以奇峭、夸张的笔法写南方景物，有惊心动魄之感。此外，《拟行路难》之十三、十四写远离故土的将士对家乡、妻子的怀念，《代东武吟》写军中的不平等，都有生动感人的效果。后世边塞之作大要不离以上几种的基本范围。

鲍照不仅是一位杰出的诗人，也是一位杰出的辞赋与骈文作者。他的《芜城赋》与《登大雷岸与妹书》，都是盛传不衰的杰作。

《芜城赋》以夸张笔法将广陵城昔日的繁荣与它在宋代两次遭到兵祸后的荒凉相对照，哀叹战争的惨重破坏和世事迁变无常，透露了非常沉重的时代的伤感，同时也有讥刺权势者繁华如梦的意味。尤其是写战乱之后景象的一节，作者将主观情绪渗透在客观景物之中，以悲怆的语调、峭拔的气势、阴森狞厉的形象，描摹这座城市的荒芜乃至恐怖的景象，令人惊心动魄。它除了表现比较明确的思想主题以外，也有一种通过有力的语言构造描绘出阴森可怖的意象以获得富有刺激性的特殊美感的意识。

《登大雷岸与妹书》是一封骈体文的家书，其中有大量的对所见自然景色的描写，色彩瑰丽，用辞雄健有力，而写景之生动，尤为稀见：

南则积山万状，负气争高，含霞饮景，参差代雄，凌跨长陇，前后相属，带天有匝，横地无穷。东则砥原远隰，亡端靡际。寒蓬夕卷，古树云平。旋风四起，思鸟群归。静听无闻，极视不见。……西南望庐山，又特惊异。基压江潮，峰与辰汉连接。上常积云霞、雕锦缛。若华夕曜，岩泽气通，传明散彩，赫似绛天。左右青霭，表里紫霄。从岭而上，气尽金光，半山以下，纯为黛色。信可以神居帝郊，镇控湘、汉者也。

画面阔大，气象万千，群山众水，均呈动势，光色耀目，令人应接不暇。

总体而言，鲍照诗文在诸多方面表现了新的创造，并在一定程度上突破了贵族文学注重典雅而造成的褊狭面貌，为南朝直至唐代诗歌开辟了新的路径。所以，尽管他如《诗品》所说"取湮当代"，却越来越受到后人的重视。

三、齐梁诗文

齐立国仅二十余年，许多著名文人身处齐、梁两代；两代的文学风气与创作现象亦一脉相承，故向有"齐梁文学"、"齐梁体"的合称。

齐梁是一个文学新变特别显著的时期。不仅前面提及的诗歌的格律化等重要现象都集中出现在这一时期，而且，诗歌的语言风格也发生了意义深远的变化。自建安以来，文人诗渐趋典雅华美，与此同时，语言的繁密深芜也逐渐成为突出的问题。一些晋宋名家都有这样的情况。这在鲍照诗中已经有所改变，至齐梁，人们对上述问题有了进一步的关注。谢朓提出了"好诗圆美流转如弹丸"（《南史·王筠传》引）的要求，萧绎、萧子显等更明确提出诗应雅俗结合。萧子显的《南齐书·文学传论》认为理想的风格是："言尚易了，文憎过意；吐石含金，滋润婉切；杂以风谣，轻唇利吻；不雅不俗，独中胸怀。"这种看法代表了梁代文人比较普遍的认识。这一变化一方面与南方新兴民歌的影响有关，一方面则由于梁代文人重视追求诗歌"情灵摇荡"的效果。中国古典诗歌的语言经历了由俗而雅进而要求雅俗结合的过程，为唐诗的全面兴盛奠定了重要的基础。

沈约、谢朓与永明体 齐武帝永明年间（483—493），围绕着武帝次子竟陵王萧子良，形成了一个庞大的文学集团。其中最著名的是萧衍、沈约、谢朓、王融、萧琛、范云、任昉、陆倕八人，号为"竟陵八友"。当时由于佛教兴盛，一些学者受梵文声调特点的启示，在汉语四声的考辨方面取得了重要成果，沈约将之运用到诗歌创作中，引发了古体诗向格律诗演变的一次关键的转折，而谢朓则是这一转折过程中成就最为突出的诗人。

沈约（441—513）字休文，吴兴武康（今浙江德清武康镇）人，出身于南方世族，仕宋、齐、梁三代，曾参与萧衍建梁的决策大计，官至尚书令。沈约学养丰厚，政治地位又高，在齐梁时代是文坛领袖式的人物。

沈约用于建立诗歌格律形式的《四声谱》已失传，其声律论的概要大致可见于其《宋书·谢灵运传论》："欲使宫羽相变，低昂互节。若前有浮声，则后须切响。一简之内，音韵尽殊；两句之中，轻重悉异。"又其《答甄公论》将"善用四声"与"能达八体"作为并列条件，"八体"在后代文献中通称为"八病"，故沈氏声律论又被简称为"四声八病"说。

大略地说，永明新体诗的声律要求，以五言诗的两句为一基本单位，一句之内要求四声交错变化，两句之间要求"浮声"与"切响"（相当于后世所说的平、仄声）相互对立。另外又要求避免平头、上尾、蜂腰、鹤膝等八种声韵上的毛病。到了梁代以宫体诗为代表的创作，声律要求进一步集中于平仄的交错与对应，形成格律诗的基本规制。除了四声八病的讲究，永明体还有一些写作上的习惯。如篇幅的长短，虽无明确规定，但通常在十句左右。由此发展下去，形成律诗的八句为一首的定格；还有，除首尾二联外，中间大都用对仗句，这也成为后来律诗的定式。

声律论的提出和运用，直接的原因是文人诗歌大多已脱离歌唱，因而需要从语言本身追求音乐性的美。《文心雕龙》说到曹植、陆机连乐府诗都已是"无召伶人，事谢管弦"，即不再配乐演唱。所以也就从陆机开始，已经可以看出对声调美感的注意。到永明新体则进一步建立了系统而明确、可以普遍运用的规则。永明体的意义还不止于声律本身。因为讲求了音乐性，出现了谢朓所谓"圆美流转"的审美追求，这就开始矫正了以前文人诗的语言过于艰深的毛病；由于篇幅有一定的限制，也阻遏了过去常见的因卖弄才华学问而肆意铺排的写法，要求诗人在诗歌艺术上作出新的努力，渐渐地明净凝练的作品开始多起来。这是一个意味深远的变化。

沈约还在其他一些方面起了开创新风气的作用。在形式上，他是写作七言体较多的诗人；在题材上，他的以女性美为中心的艳情之作（如《六忆》、《夜夜曲》等）直接影响了宫体诗风的形成。他的一些赋大量使用诗句，最早开启了梁陈至初唐诗赋混融的风气。虽然对他的实际创作成就后人评价不高，但一些佳篇还是相当出色的。如《伤谢朓》、《别范安成》均是真情流露之作，以写景为主的《早发定山》、《石塘濑听猿》等，语言清秀明丽，声韵和谐，意境也很美。

谢朓（464—499）字玄晖，与同族前辈谢灵运均擅长山水诗，所以后人有"大小谢"的并称。谢朓于永明初出仕，曾任宣城太守、尚书吏部郎。作为显赫世族的谢氏，由于过多卷入上层权力之争，不断有人死于非命，所以谢朓一直胆小而谨慎，唯求自保，却仍因处事犹豫，在始安王萧遥光谋废东昏侯自立时被诬陷下狱而死，年仅三十六岁。大抵与性格有关，他的诗歌中的感情多表现为迷惘、忧伤，极少有强烈激荡的情绪和跃动不宁的形象。谢朓流传至今的作品都是诗，以描写山水景物见长。他也有一些与谢灵运相似的篇幅较长、记述完整游历过程的诗篇，但大多数作品不是如此，如《游东田》：

戚戚苦无惊，携手共行乐。寻云陟累榭，随山望菌阁。远树暧阡阡，生烟纷漠漠。鱼戏新荷动，鸟散余花落。不对芳春酒，还望青山郭。

诗以游历发端，但写景的四句，却并不是铺排游历所见的风光，而是有选择地描绘了两幅相互配合的画面，远景广阔而悠渺，近景鲜丽而生动。两者之间不需要多余的说明，就构成了完整而富于层次感的暮春景色。这和谢灵运诗的写景方法有了很大不同。从本篇中"远树"以下四句，还可以看出谢诗写景的另一特出的优点，就是善于从寻常景物中发现新鲜动人的美感，构造清丽的意象，令读者觉得亲切。另外像"日华川上动，风光草际浮"（《和徐都曹出新亭渚》）、"余霞散成绮，澄江静如练"（《晚登三山还望京邑》），也是绝好的例子。李白对小谢诗的这一特点深为喜爱，尝言"解道澄江静如练，令人常忆谢玄晖"（《金陵城西楼月下吟》）。

在写景与抒情的结合上，谢朓诗较前人也有新的发展。他有时直接从景物中生发出一种感情，反过来使景成为情的象征，如"大江流日夜，客心悲未央"（《暂使下都夜发新林至京邑赠西府同僚》）；有时则把情完全寄托在写景中，如《之宣城郡出新林浦向板桥》的开头："江路西南永，归流东北骛。天际识归舟，云中辨江树。"看起来纯是客观地写景，其实，西去江路之永，东归水流之急，都有作者眷念京都生活的心理感受在内；而"识归舟"与"辨江树"，更是从背面映现一含情远眺的人物身影。

五言四句的小诗，原是南朝民歌中最普遍的一种形式，谢朓在其中涵化以文人的素养，使之摆脱俚俗风格，语言在浅近中呈精致，意蕴在明晓中显婉转。这样就从民歌小调中脱化出文人诗的一种新诗体，这就是后来所说的五绝。如《玉阶怨》：

夕殿下珠帘，流萤飞复息。长夜缝罗衣，思君此何极？

严羽《沧浪诗话》说："谢朓之诗，已有全篇似唐人者。"这除了声律的因素之外，还因为诗歌的语言经过长期探索、磨炼，到了谢朓时更加纯熟了。在谢灵运、颜延之的诗中，还是很容易找到病句、累句，在谢朓诗中就极为少见。

江淹与孔稚珪　江淹与孔稚珪均是与沈约同辈而不属于竟陵文学集团的作家。孔卒于齐；江虽入梁，但据《诗品》说，他在永明中已是"才尽"，现存作品也均作于宋、齐。

江淹（444—505）字文通，济阳考城（今河南兰考东）人，初于仕宋而不得志，由齐至梁，逐渐显达，然才思亦随之减退，留下"江郎才尽"的成语。诗以善于模拟著称，试图通过学习汉魏以来众多名家的风格，达到广采博取的目的。他的模拟功力非常深厚，常能酷肖前人唇吻，拟陶渊明的一篇，甚至长期混在陶集中。他写自己生活的作品，喜欢参用楚辞、古诗中的语汇，写种种迷惘的、不很确定的伤感，以清丽幽怨见长。代表作有《赤亭渚》等。

但江淹的文学声誉主要还是得之《恨赋》和《别赋》这两篇骈体赋的名作。二赋将不得志的憾恨与别离的哀伤视为人类的普遍情感，通过一一举例或分门别类的方法加以描摹。作者善于用精丽的语言、移情的笔法，描绘出各种特定场合中的环境气氛，衬托各类人物的憾恨之情、离别之悲，具有很强的感染力。

其中《别赋》尤为出色。文中先从行者与居者两面总述别离之悲，然后分写各类人物、各种情形的别离，以见其在人们生活中的普遍性，并达到反复渲染的目的。写侠士以死报恩、与家人诀别的景象是："沥泣共诀，抆血相视，驱征马而不顾，见行尘之时起。"有慷慨悲壮之气。写游宦者之妇的四季相思是："春宫閟此青苔色，秋帐含兹明月光。夏簟清兮昼不暮，冬釭凝兮夜何长！"有缠绵不尽之哀。写情人之别，则于忧伤中充满了诗意的美感：

下有芍药之诗，佳人之歌，桑中卫女，上官陈娥。春草碧色，春水渌波，送君南浦，伤如之何！至乃秋露如珠，秋月如珪，明月白露，光阴往来。与子之别，思心徘徊。

南朝文学普遍带有伤感性，这既是对人生的认识，也是审美的追求。如果说，美归根结底是一种感动的力量，那么在南朝文人看来，悲哀的情绪是最令人感动的。江淹的两篇赋可称是这一审美趣味最典型的表现。

在语言风格上，鲍照的骈体文、赋，语意紧缩、意象密集而显得峭拔有力，江淹之作则多用虚字、助字以及重叠句式，造成曼婉的语调，两者恰成对照，各有所宜。

孔稚珪（447—501）字德璋，作品以骈文《北山移文》最著名。"移文"本是一种官府文书。本文用拟人手法，以北山（即钟山）之灵的名义，描绘了一个变节入仕的假隐士"周子"的可笑形象，借以讥刺南朝普遍存在的既以清高自诩而实又心慕朝市荣贵的虚伪风气。

从骈体文的发展来看，《北山移文》全文对偶严密，而句式富于变化。它以三四字的短句为主干，造成简截有力的节奏，又较多地交错使用六七字的长句，以免语调过于急促；每小节的开头多用发语词、语气词疏通文气，并间或在小节之尾使用有感叹语气的散句，形成紧密节奏中的缓冲。这样，读起来既铿锵有力，又有腾挪摇曳之姿。总之，骈文的形式在孔稚珪这里发展得更为精致了。

在精致的形式中，《北山移文》的内容结构起伏变化，绘声绘色，富有妙趣。前半部分先极言"周子"显示给外人的风度情致之清高，操守气概之凌厉，忽然转入其一闻征召即"形驰魄散，志变神动"，急不可耐的趋俗之态，笔势一跌千丈，在鲜明的对比中，造成强烈的滑稽感。以拟人手法刻画风物情状，也是本文的显著特色。如写"周子"出仕后山林的寂寥：

使我高霞孤映，明月独举，青松落阴，白云谁侣？涧户摧绝无与归，石径荒凉徒延伫。至于还飙入幕，写雾出楹，蕙帐空兮夜鹄怨，山人去兮晓猿惊。

由于把自然风物当作有灵性的东西来描绘，形象更为鲜明，感情气氛也格外浓厚。写山林待人，也正反映出人向往山林的心情。

何逊、吴均等 何逊（？—518）字仲言，东海郯（今山东郯城）人，一生中主要以文才为诸王幕僚。他是南朝诗歌演变中又一位具有代表性的诗人。

何逊诗中一个值得注意的现象，是十句左右篇幅较短的五言诗在全部五言诗中所占比例较前人显著增多，而且这里面八句一首的为数也不少；同时，在艺术表现上这类诗通常写得更凝练，且联与联之间在意义关系上每有跳跃，以扩张空间，不像长篇的诗多用连绵的陈述。其实律诗的特点不仅仅表现在声律上，上述现象实际也有向成熟的律诗推进的意义。当然这些诗大多是讲求声律的，其中如《慈姥矶》、《日夕出富阳浦口和朗公》等篇距后世定型的五律差别已颇有限。总之可以看出何逊诗是承续永明新体且有所推进的。

何逊的诗在梁代就被人与前朝名家谢朓并举，他也确实汲取了谢朓一些长处。但何逊自有他的特点。他也精于写景，但那已不是中心话题，羁旅与怀乡成为何逊诗歌最集中的内容，景物则多用来映衬、烘托诗人的心情。在语言上，谢诗常常以出语天然取胜，何诗则更显出精心锤炼的功力（唐代两大诗人，李白偏爱谢朓而杜甫偏爱何逊，也从侧面反映了何逊与谢朓的区别）。下以何逊的名作《临行与故游夜别》为例：

历稔共追随，一旦辞群匹。复如东注水，未有西归日。夜雨滴空阶，晓灯暗离室。相悲各罢酒，何时同促膝？

写景的第三联极其工炼。它用连绵的夜雨、昏暗的晓灯暗示离别之夜时间的流逝和情绪的忧伤，又在全篇诗意的连接中起到过渡作用，所以它有很大的张力，绝非单纯的写景。类似以写景与抒情结合见长的诗句，在他的集子中所在多是，如"野岸平沙合，连山远雾浮"（《慈姥矶》），"寒鸟树间响，落星川际浮"（《下方山》）等等。

何逊的五言绝句中，也有几篇佳作，其中《相送》最为著名：

客心已百念，孤游重千里。江暗雨欲来，浪白风初起。

后两句是客观景物的描述，但紧接在"孤游"之"客心"后，它的动势就直接成为情绪涌动的感性呈现，情和景密合无分。

吴均（469—520）字叔庠，出身寒门，一生居于下僚。他在梁代与何逊齐名，但两人的诗歌风格并不相同。《南史·吴均传》说："均文体清拔有古气，好事者或学之，谓之吴均体。"此所谓"清拔有古气"，主要指吴均的五言诗语言比较质朴，对仗不务工巧，而追求一种雄迈的气势。但往往有粗糙之感。写得比较好的是一些边塞诗，如《胡无人行》等。吴均另有七言《行路难》五首，这些诗基本上属于转韵的齐言体，与萧纲、萧绎等人的七言歌行相似，为梁代的新变诗体。而吴均生活年代早于萧氏兄弟，此诗的写作可能也较早。所以它们在七言歌行的发展史上是值得注意的。

吴均的《与宋元思书》，是南朝最杰出的写景小品之一，如画如诗，引人入胜：

风烟俱净，天山共色，从流飘荡，任意东西。自富阳至桐庐，一百许里，奇山异水，天下独绝。水皆缥碧，千丈见底；游鱼细石，直视无碍。急湍甚箭，猛浪若奔。夹峰高山，皆生寒树，负势竞上，互相轩邈，争高直指，千百成峰。泉水激石，泠泠作响；好鸟相鸣，嘤嘤成韵。蝉则千转不穷，猿则百叫无绝。鸢飞戾天者望峰息心，经纶世务者窥谷忘反。横柯上蔽，在昼犹昏；疏条交映，有时见日。

此文以善于刻画见长。起笔四句，意境清明高远，人的洒脱情态自在其中。下文摹写水之清澈急猛，山之高峻奇伟，环境之幽深秀美，无不刻画精准。尤其以动势描绘静山，将心理感觉移注在客体上，给读者的印象更为深刻。较之鲍照《登大雷岸与妹书》，虽壮丽雄浑不如，而清奇俊秀过之。

梁代前期作家中，丘迟（464—508）亦以文章著称。迟字希范，有骈体文《与陈伯之书》，系为劝说已经降魏的梁朝大将陈伯之而作。骈文形式上限制很多，而此篇却能自由挥洒，写得委婉曲折，收纵自如。其中有一段极富抒情色彩的文字：

暮春三月，江南草长，杂花生树，群莺乱飞。见故国之旗鼓，感平生于畴日，抚弦登陴，岂不怆悢！所以廉公之思赵将，吴子之泣西河，人之情也。将军独无情哉？

以优美的文字写出江南宜人风光，激发对方的故国之思，可谓神来之笔。

萧氏兄弟 梁代中后期，武帝诸子萧统、萧纲、萧绎结成了各自的文学集团，他们的活动成为当时文学的主要景观。

在这里有必要先提及他们的父亲梁武帝萧衍（464—549）。衍字叔达，南兰陵（今江苏常州西北）人，在齐时为"竟陵八友"之一，称帝后对于文学的爱好依然不衰。他精通音乐，爱好民歌。据《南史·徐勉传》载，萧衍宫中专蓄有吴声、西曲的乐部，而他现存诗作九十余首，半数以上是乐府诗，而且大都是模仿南朝乐府民歌或受其影响的。他还依照西曲制作了一批新曲，其中《江南弄》七曲均以七言句与三言句组合而成，有固定的格式，故后人论词的起源，或追溯及此。其文辞浅俗，音节轻快优美。

梁代文学有近俗的倾向，文字偏于轻艳流丽，与民间乐府的影响有关。而这风气的形成，萧衍是起了不小作用的。

萧统（501—531）字德施，武帝长子。立为太子而早卒，谥"昭明"，故后人习称为昭明太子。围绕着他的太子东宫，一度形成一个兴旺的文学集团，《文心雕龙》的作者刘勰也曾参与其中。虽然萧统本人的创作以现存的几首诗来看都是平庸无奇的，但由他主持编纂的《文选》，却是文学史上一部重要的典籍。

《文选》又称《昭明文选》，是我国现存最早的一部诗文总集。所录始于先秦而迄于梁，魏晋以后作品占据较大比重。按文体和题材分类编排。《文选》所谓"文"，指能够独立成篇的诗、赋、文章；而入选的标准，以《文选序》所言，大体是要求在抒情、述志、叙事方面具有文采，值得赏玩。编者并明确表示不取经、子、史三类，这固非出于价值判断，但也确实注意到后者偏于实用的性质。总之，这里存在着一种区别文学与非文学的意识，尽管它不那么明确，也不尽符合现代的文学概念。从收录作品的具体情况来看，编者的趣味明显偏向文人化的典雅华美，因此全书成为传统的文人文学的一次总结。《文选》汇集了历史上大量的优秀文学作品，不但起到保存和流布的作用，也为后代文人提供了较好的学习范本。在唐代这部书就受到高度重视，有所谓"文选学"之名。

萧纲（503—551）字世缵，武帝第三子。萧统死后他被继立为太子，及至侯景叛乱，武帝去世，他继皇帝位约二年，最后被幽禁而死，谥简文。

萧纲的文学主张有值得注意的地方。其《诫当阳公大心书》说："立身之道，与文章异：立身先须谨重，文章且须放荡。"此所谓"放荡"，就是摆脱束缚的意思。《与湘东王书》则明确表示反对宗经复古，认为经典有经典的用途，以"吟咏情性"、"写志"为目的的文学去模仿儒家经典，既没有必要，事实上也是做不到的。同在此信中还对学谢灵运诗的人"不届其精华，但得其冗长"提出批评，用意在于反对过于典雅深密的文风；他在《劝医论》中更明确说："或雅或俗，皆须寓目。"这些观点在当时颇为新颖，并与文学创作的新变密切相关。

萧纲为太子时，围绕着他形成一个以东宫僚属为主要成员而影响颇为广泛的文学集团，他们的具有某些明显特点的诗歌被当时一些人从贬义上指称为"宫体"。史书言及宫体诗的特点，有"新变"、"轻艳"、"轻靡"等，这些评语的所指并不很明确。参照各种资料简括地说，萧纲等人的诗有相当一部分专写男女之情及女子的容貌、她们所使用的器物等，其中有些包含着程度不等的渲染、暗示情欲的成分，这是"宫体"得名的主要缘由。当然他们也有一部分作品只是题咏自然或人事的，不过这些诗大抵也不注意思想内容。另外，宫体诗在写作手法和语言风格上也有显著特点，主要是描写细巧、辞采秾丽、音乐性强——特别是七言诗，音节曼婉而流荡。下面是萧纲的一首比较典型的宫体诗《咏内人昼眠》：

北窗聊就枕，南檐日未斜。攀钩落绮障，插捩举琵琶。梦笑开娇靥，眠鬟压落花。簟文生玉腕，香汗浸红纱。夫婿恒相伴，莫误是倡家。

与传统的表现女性美的作品相比，它显然缺乏一个道德性的主旨，而且它又是用了比较逼真和细致的笔法来描写，在卫道者看来是很容易引发性的联想的。大概，写到"梦笑"两句而止，在旧时代正统观念中尚可接受；到了"簟文"两句，便无法容忍了。而实际上，此诗不过是写了一个青年女子的睡态之美，要说怎么"色情"是没有道理的。

宫体诗一直受到严厉批评主要不在文学原因。齐梁文学中表现"艳情"的风气在宫体出现以前就有不断扩展的趋势，何逊也写过这样的诗，但并没有引起惊怪。问题是萧纲的身份决定了他对维护传统道德负有特殊责任，像他那样的人把对女性的兴趣细致地表现于诗，是对封建政治规则的破坏——至于他在这种兴趣上干什么倒完全不要紧。如果只从文学方面来说，不附着于道德主旨，单纯表现女性体貌之美，包括带有暗示情欲的成分，应该认可为正常的现象，宫体诗实际上也扩大了中国诗歌的审美表现的范围。它真正的缺陷，在于它所表现的乃是贵族男性对女性的品赏，这里缺乏由女性的美引起的真正的激情。

除了关于女性的诗，萧纲还有许多咏物写景之作。他好像是一个感觉神经特别纤细的人，喜欢也擅长写细微的景象。如"倘令斜日照，并欲似游丝"(《赋得入阶雨》)，写只有在斜射的阳光里才能看见的雨丝，"浮空覆杂影，含露密花藤"(《咏烟》)，写轻烟弥漫于天空与花丛的迷蒙之景，其纤巧细腻令人惊叹。这种写法在萧纲周围的其他诗人的作品中也很常见，它对诗歌写物传神之技巧的发展也是有作用的。

《梁书·庾肩吾传》说，宫体诗人的创作，"转拘声韵，弥尚丽靡，复逾往时"。也就是说他们把诗歌的律化又推进了一步，这也是值得注意的。沈约、谢朓等永明体诗人的作品若以唐代定型的格律衡量，合律程度不高，这当是因为永明声律的规则与后世的格律存在差异，只是今人已无法详究。而萧纲、庾信、徐陵等人的诗作（尤其唱和之作），有很多是严格遵循一句之中平仄交错、两句之间平仄对立的规则的，已十分接近体诗的形式。故日本学者通过统计调查，认为律诗的声律在此时已经成立。

庾信、徐陵是宫体文学集团的重要成员，因他们在后来还有许多文学活动，故下文另述。

萧绎（508—554）即梁元帝，字世诚，武帝第七子。初封湘东王，镇守江陵。平侯景之乱后即位称帝，西魏军攻破江陵时被杀。

在《金楼子·立言》中，萧绎系统表述了他的文学见解。他首先把"古人之学"分为"儒"与"文"两类，从根源上对儒学与文学加以判分；而后又把"今人之学"分为"儒"、"学"、"文"、"笔"四类，在文与笔的区分中强调了实用文章与抒情诗文性质的不同。这不仅仅是学科性质的判别，由此也否认了文学受经学统属的主张。至于从强烈的抒情特征和声音与辞采之美来确定"文"的概念，代表了南朝人对文学性质之认识的新水平，有关论述已引用于本章的开头，不再重复。

萧绎的创作风格与萧纲有相近之处，但在浅俗、艳丽、富于音乐性方面更为突出。其七言乐府《燕歌行》在梁代同类诗中较有代表性：

燕赵佳人本自多,辽东少妇学春歌。黄龙戍北花如锦,玄菟城前月似蛾。如何此时别夫婿,金羁翠眊往交河。还闻入汉去燕营,怨妾愁心百恨生。漫漫悠悠天未晓,遥遥夜夜听寒更。自从异县同心别,偏恨同时成异节。横波满脸万行啼,翠眉暂敛千重结。并海连天合不开,那堪春日上春台!唯见远舟如落叶,复看遥舸似行杯。沙汀夜鹤啸羁雌,妾心无趣坐伤离。翻嗟汉使音尘断,空伤贱妾燕南垂。

全篇五小节,除开头一节六句外,其余均四句一转韵,整齐中见变化。齐梁五言诗走向律化以后,形成了篇制短小而语言凝练的特点,而七言诗——尤其篇幅较长的七言歌行,则朝着多用铺排手法、语言浅俗而音节流荡的方向发展,与之形成相互补充。这一诗型在初、盛唐时一度很为流行。

萧绎的《荡妇秋思赋》写游子之妇对远行之人的怀思,语言浅显,色彩艳丽,音节流畅而情意婉转;《采莲赋》写采莲女子在湖船上摘采莲花时的姿态与咏歌,有一种绚烂而流动的美,都堪称是南朝唯美文学的佳作。

四、北朝及陈、隋诗文

晋室东渡后,北方十六国时期一百多年中文学极为寂寥。至北魏统一北方,社会逐渐安定,后孝文帝迁都洛阳,推行汉化政策,促进了民族文化的融合,文学也开始出现转机。但当时首先受到重视的是儒学,文学的地位远不如在南方那样重要。直到北魏后期才出现了几位较著名的文人,他们的创作受南方文学影响较明显,但已经显示出与后者的不同。至西魏灭梁之后,一些南方著名文士来到北方,同时北方土著文人的创作水准也显著提高,文学重心实有再度北移之趋势。大体上,我们可以把梁亡以后的南北对峙时期到隋统一视为南北文学开始走向全面融合的阶段。

北朝土著作者 北魏后期文学开始走向兴盛,较著名的土著作者有温子昇(495—547,字鹏举)、邢邵(496—?,字子才)、魏收(505—

572，字伯起），史称"北地三才"。《颜氏家训》曾以嘲笑的口吻说到邢邵、魏收于沈约、任昉各有所慕，以至争执不下，可见那时北方文人还完全没有与南方文人相抗衡的意识。但他们却也并非毫无自己的特点。温子昇的七言之作《捣衣诗》从题材、声调、用辞，以及杂用五言句的形式，都可以在梁代歌行中找到祖本，但短小的乐府《白鼻䯄》却颇有特色：

少年多好事，揽辔向西都。相逢狭斜路，驻马诣当垆。

诗写的是北地风情。用简洁的语言描绘出贵族少年轻浮放浪而又洋溢生气的情态，在同时的南方文学中并不多见。邢邵的诗中如《思公子》很接近于齐梁文人从南朝民歌中脱化出来的绝句体，而《冬日伤志篇》又较多保存了魏晋诗的余风：

昔时惰游士，任性少矜裁，朝驱玛瑙勒，夕衔熊耳杯。折花步淇水，抚瑟望丛台。繁华忽昔改，衰病一时来。重以三冬月，愁云聚复开。天高日色浅，林劲鸟声哀。终风激檐宇，余雪满条枚。遨游昔宛洛，踟蹰今草莱。时事方去矣，抚己独伤怀。

这诗的意旨颇类于阮籍的《咏怀诗》。辞采方面虽不无齐梁风习，总体上是以朴拙的文笔寄寓深沉的人生感伤，多少表现出北方文学"重于气质"的优点。魏收的诗也多模仿南方风格，《挟琴歌》较佳：

春风宛转入曲房，兼送小苑百花香。白马金鞍去未返，红妆玉箸下成行。

这诗节奏轻快，色泽明丽，虽说是模仿，放在齐梁诗中，也毫不逊色。

但真正能够代表北朝土著作者创作成就的却是《水经注》与《洛阳伽蓝记》这两部地理著作，两书中许多片断实为文学散文，且更多地显示了融合南北文学之特点的痕迹。

《水经注》的作者郦道元（？—527），字善长，范阳涿县（今河北涿州）人，仕北魏，任关右大使时被叛军所杀。其所注《水经》原是古代一部简单记录全国主要水道的书，郦道元为之作注，不仅根据自己的见闻和众多资料对之加以纠补，还旁及这些河流两岸的历史故事、名胜古迹、风土景物。后面这些内容，尤其是风景描写，具有较高的文学价值。

《水经注》文章的格局，大抵先以散体文对有关事实加以交代和说明，其中涉及历史人物故事时，每有生动的文笔；而写景文字则多含骈俪成分，文采尤为鲜明。如《河水注·孟门山》，先写龙门的地理位置，而后引古书三种，说明龙门的形成原因及有关传闻。而后着力描绘黄河水流经龙门时冲撞腾扑的气势："其中水流交冲，素气云浮，往来遥观者，常若雾露沾人，窥深悸魄。其水尚崩浪万寻，悬流千丈，浑洪赑怒，鼓若山腾，浚波颓叠，迄于下口。"其文笔之精悍，实不让于南朝骈文名家；而黄河特有的景观，助成了文字的力量。至于脍炙人口的《江水注·三峡》一节，则另有一番意趣：

自三峡七百里中，两岸连山，略无阙处。重岩叠嶂，隐天蔽日，自非亭午夜分，不见曦月。至于夏水襄陵，沿溯阻绝，或王命急宣，有时朝发白帝，暮到江陵，其间千二百里，虽乘奔御风，不以疾也。春冬之时，则素湍绿潭，回清倒影，绝巘多生怪柏，悬泉瀑布，飞漱其间，清荣峻茂，良多趣味。每至晴初霜旦，林寒涧肃，常有高猿长啸，属引凄异，空谷传响，哀转久绝。故渔者歌曰："巴东三峡巫峡长，猿鸣三声泪沾裳。"

写山写水，写四时景物的不同，文笔清丽优美。然郦道元一生足履不及江南，此文实系综合盛弘之《荆州记》、袁山松《宜都记》有关记载而成。这反映出北方文人对南方文学的关注，也表现出作者运用南方文体风格的娴熟。

《水经注》对景物的描写虽非独立的山水游记，但已具备山水游记的一些重要特点，对后世这一文体的发展起了相当大的作用。

《洛阳伽蓝记》的作者杨衒之，北魏人，曾官奉朝请、抚军府司马。"伽蓝"是梵语寺庙的音译。北魏时佛教炽盛，都城洛阳曾广建寺庙，这些华丽庄严的建筑同时也成为北魏全盛时代的象征。后北魏因内乱崩析，洛阳繁华之地沦为废墟。此书系东魏武定五年（547）杨衒之因公务重经洛阳后所作，充满抚今追昔、感慨伤怀之情。全书虽以寺庙为纲维，却广涉北魏都洛四十年间的政治大事、中外交通、人物传记、市井景象、民间习俗、传说异闻。

由寺庙的兴废反映北魏政治的盛衰，是本书的中心。故开卷第一条即写由实际掌权的胡太后所建、规模为群寺之冠的永宁寺。这里有对统治者沉湎于宗教狂热而大肆耗费民力的感慨，也蕴涵了永宁寺毁而国破的哀伤。文中以大段文字不厌其烦地记述永宁寺塔通体饰金的详细情况，归之于"不可思议"、"骇人心目"的评语；最后记永宁寺被焚毁，大火三月不灭，"悲哀之声，振动京邑"，寓意悲痛而深沉。因旧时洛阳为作者眷怀的对象，故其描绘寺庙的文笔常有动人之处。如写永宁寺塔："至于高风永夜，宝铎和鸣，铿锵之声，闻及十余里。"表现了庄严肃穆的气氛。写景林寺，又是另一番景象："寺西有园，多饶奇果。春鸟秋蝉，鸣声相续。中有禅房一所，内置祇洹精舍，形制虽小，巧构难比。加以禅阁虚静，隐室凝邃，嘉树夹牖，芳杜匝阶，虽云朝市，想同岩谷。"又写出寺园中幽静脱俗的情趣。

书中记载人物故事、民间传闻也有不少精彩的内容，有的颇有小说趣味。如《法云寺》条中写到河间王元琛的歌女朝云：

有婢朝云，善吹篪，能为《团扇歌》、《陇上声》。琛为秦州刺史，诸羌外叛，屡讨之，不降。琛令朝云假为贫妪，吹篪而乞。诸羌闻之，悉皆流涕，迭相谓曰："何为弃坟井在山谷为寇也！"即相率归降。秦民语曰："快马健儿，不如老妪吹篪。"

一个歌女的篪声，竟能瓦解众叛军，真是令人神往。同样的例子，还有河东刘白堕所酿酒饮者一醉经月不醒，盗贼劫客夺酒，醉而被擒的故事。如此夸张音乐、酒的力量，正反映了人们对音乐和酒的喜爱，也是对快乐生活的喜爱。书中还记载了一些类似志怪小说性质的民间异闻。如《大统寺》条有一则樊元宝为洛水神之子传书至洛神宫中的故事，同唐代传奇《柳毅传》故事的形成可能有些关系。

《洛阳伽蓝记》有着相当丰富的内容，既有魏徵于《隋书·文学传论》所言北方之文"便于时用"特点，亦如《四库提要》所称"秾丽秀逸"，不乏文采，这跟南北文学的混融是有关系的。

庾信与王褒 在南北文学融合的过程，一些从南方来到北方的著名文士起了很大的作用，其中最为特出的是庾信和王褒。

庾信（513—581）字子山，南阳新野（今属河南）人，曾与徐陵一起任萧纲的东宫学士，为宫体文学的代表作家，以风格绮艳，被称为"徐庾体"。后于奉命出使西魏时梁为西魏所灭,遂被羁留在北方。先后仕于西魏、北周,官至骠骑大将军、开府仪同三司。

庾信的文学创作以他四十二岁时出使西魏为界,可以分为两个时期。前期在梁,诗多宫廷唱和之作,时有"宫体"气息,而在运用精巧的语言细致地描写景物上有过人之长。如《奉和山池》中"荷风惊浴鸟,桥影聚行鱼。日落含山气,云归带雨余",前二句是细致而精美的画面,后二句更在有限的文字中力求获得尽可能丰富的效果。庾信早期的赋亦多为带有宫体文学气息的绮艳之作,其中《春赋》最具体表性。此篇写春光之美及妇女游春景象,色泽极为艳丽,且富于音乐感,结尾一段用五、七言交错的类似诗歌的格式,动人地表达了留恋人生欢乐时光的情调。自沈约以来诗赋结合的方法,到庾信,在技巧上又有显著的提高。

庾信后期的诗歌形成了早年所没有的新的文学风貌,其最具代表性的佳作是《拟咏怀》二十七首。这组诗的抒情内容包含了亡国的悲痛、思归不得的哀怨、因仕宦北朝而产生的道德上的自责等等,而归根结底可以说是对自我的失落的审视——时局的变化是个人无从逃脱的,在政治生活中所担当的角色是个人无权选择的,有力者的意志是个人无法抗拒的,甚至,如果不愿选择死,个人所信服的道义责任也是不能完成的。生存成为彻底的失败,自我在精神意义上赖以安身托命的东西在哪里呢?只有万般无奈而已了。

> 寻思万户侯,中夜忽然愁。琴声遍屋里,书卷满床头。虽言梦蝴蝶,定自非庄周。残月如初月,新秋似旧秋。露泣连珠下,萤飘碎火流。乐天乃知命,何时能不忧?(《拟咏怀》之十八)

建功立业的梦想破灭了,琴声书卷也不足以遣愁,虽说人生如梦,却又不能如庄子所描述的那般旷达。在时间的无意义的重复里,何时才能不忧愁呢?"残月"、"新秋"二句,写出日复一日的无聊与绝望,看似简单,其实精警非凡。"露泣"一联写景抒情,则又可以看到宫体诗式的细巧与精美。

> 萧条亭障远,凄惨风尘多。关门临白狄,城影入黄河。秋风别苏武,寒水送荆轲。谁言气盖世,晨起帐中歌?(《拟咏怀》之二十六)

李陵、荆轲、项羽，这些悲剧人物的人生场景在诗人眼中的风尘里一一浮起，好像在证明厄运的无法避免。

大致自西晋以来，文人诗歌在向广泛的生活内容扩展的同时有一种回避与政治相关的生活的倾向。但由于那时的文人多属于社会上层，其人生遭遇与政治的关系极密切，回避这方面的生活内容自然就回避了尖锐的人生矛盾与人生困境，从而使诗歌在相当程度上失去了厚重感。而庾信《拟咏怀》对自我失落的追问，揭示了处于优越地位的士族文人在政治生活中的不安和不自由，这对读者的感情会产生相当大的震撼。

《拟咏怀》标明"拟"，然而它和阮籍的《咏怀》实有很大不同。在南朝诗歌中孕育起来的声律、用典、骈偶等手段，被运用得十分老练；它证明了华美的修辞，甚至宫体的细巧与苍凉厚重的抒情要求也能够恰当地结合。

庾信后期诗中的五言绝句也值得注意。如《寄王琳》：

玉关道路远，金陵信使疏。独下千行泪，开君万里书。

南朝文人从民歌中化出的绝句体，是一种轻巧的诗型，庾信以高度集中的手法，将这种小诗写得意境开阔而深厚，这对五绝的发展是一个贡献。

庾信后期的赋在题材和风格方面也有很大改变，其中以晚年所作《哀江南赋》最为著名。赋前有序，是一篇能独立成章的骈文，交代作赋的缘由，概括全篇大意；正文以自身经历为线索，历叙梁朝由兴盛而衰亡的过程，抒发自己陷入穷愁困顿、灵魂永不得安顿的悲苦。此赋篇制宏大，头绪纷繁，感情深沉，叙事、议论、抒情结合一体，具有史诗性质，在古代赋作中罕见其例。

"日暮途远，人间何世！将军一去，大树飘零；壮士不还，寒风萧瑟。"赋序以这样的悲怆之语展开对自我心境的表述。而赋中叙梁朝败亡经过，对其政治的荒秽混乱提出了尖锐的批评。写到江陵破后大量的南方士人和百姓被驱迫到北方，其惨痛景象，尤其贵者的沦落，显示出在巨大历史变局中人的可悲可怜：

水毒秦泾，山高赵陉。十里五里，长亭短亭。饥随蛰燕，暗逐流萤。秦中水黑，关上泥青。于时瓦解冰泮，风飞电散。浑然千里，淄、渑一乱。雪暗如沙，冰横似岸。逢赴洛之陆机，见离家之王粲。莫不闻陇水而掩泣，向关山而长叹。况复君在交河，妾在青波，石望夫而逾远，山望子而逾多……

《哀江南赋》正文和序，都使用了大量的典故。善于用典是庾信公认的特长，这虽不免使文章变得艰深，但典故所提供的丰富的历史联想，也增加了文章的厚重感。骈偶的技巧在庾信的文章里也运用得十分老练。《哀江南赋序》是所谓"四六体"的骈文，却毫无呆板之感。像"孙策以天下为三分，众才一旅；项籍用江东之子弟，人唯八千。遂乃分裂山河，宰割天下。岂有百万义师，一朝卷甲，芟夷斩伐，如草木焉！"前六句为不同的对偶句式，有很强的顿挫感；后四句变为散体，一泻而下。精致的形式极充分有力地表达了感情。

庾信在文学史上最重要的成就是运用南朝的美文因素创作出内涵深厚、富于力度的诗文，这对唐代文学的进展具有重要意义。明代张溥《汉魏六朝百三家集·庾子山集》题辞说"唐人文章，去徐、庾最近"，确实是有见地的。

王褒（约513—576）字子渊，出身名族。梁元帝登位，他因旧交之情受委重任；梁亡后至北方，以门第与文才受到重视，仕西魏、北周，官至太子少保、少司空。

王褒在梁时所作七言《燕歌行》颇有名，其格式与前引萧绎与之唱和的同名作相类，内容大抵写南方春色，塞北寒苦，闺妇思远，征夫怀乡，颇可见出梁代诗歌喜欢以华艳的文辞与哀怨的情调相结合的特点。到了北方以后，由于人生处境、自然环境的变化，所作每有阔大浑厚的韵味。如写景绝句《云居寺高顶》："中峰云已合，绝顶日犹晴。邑居随望近，风烟对眼生。"景象堪称壮丽。《渡河北》则是王褒诗中最著名的一篇：

秋风吹木叶，还似洞庭波。常山临代郡，亭障绕黄河。心悲异方乐，肠断《陇头歌》。薄暮临征马，失道北山阿。

这首诗表现了对故国的思念，和人生失路、无可奈何的悲哀，风格萧瑟苍凉，与庾信诗颇多相似之处。不过王褒诗很少像庾信那样触及深刻的心理矛盾与精神困境，所以后人对他的重视也远不及庾信。

徐陵、阴铿等陈朝作家 徐陵（507—583）字孝穆，东海郯（今山东郯城）人，年轻时与父徐摛一起出入于萧纲门下，为宫体文学集团的核心人物之一。专门选录与女性有关的诗篇的《玉台新咏》一书，一般认为就是他在那一阶段编成的。入陈历任要职，曾官吏部尚书、尚书左仆射。他曾多次出使北方，并在使齐时被羁留二年。所以他的创作情况与庾信、王褒有相似之处。

徐陵的诗歌大致可分为两类。一类属于南方流行的宫体诗，如作于陈代的七言歌行《杂曲》，内容系赞美陈后主之妃张丽华的美貌，显得有些空洞，但形式上颇值得注意：其诗长二十句，四句一转韵，平仄韵相间，比梁代歌行更为和谐婉转，并奠定了初唐歌行的基本格式。而另一类写边塞题材的诗作则显得风格刚健，如《出自蓟北门行》《陇头水》《关山月》等。这类诗既有结构紧密、语言凝练之长，而感情的表现又很有力。如《关山月》的第二首：

月出柳城东，微云掩复通。苍茫萦白晕，萧瑟带长风。羌兵烧上郡，胡骑猎云中。将军拥节起，战士夜鸣弓。

前六句写景、渲染气氛、交代战争背景，最后全部落在结末二句上。也就是说，全诗并不是平行、分散的叙述，而是逐步凝聚到一个焦点上去。而且，"将军拥节起，战士夜鸣弓"，是一组动态而包含余势的画面，因而具有一种力度感。这种结构方法在后来的唐诗中变得很常见。而此类诗的写出，大概和徐陵曾在北方生活有关吧。

徐陵同时也以文章著称。他被羁留北齐时所作《与杨仆射书》，内容系向北齐执政大臣杨遵彦要求南归。文长近三千字，骈散交错，多用典故、雕饰辞藻，却写得既雄辩又富于激情，实为有才力之作。

阴铿（生卒不详）字子坚，先仕梁，入陈，徐陵荐其诗才，为文帝所赏，官至晋陵太守、员外散骑常侍。他的诗相当出色，可惜传世甚少。下面是他的《江津送刘光禄不及》：

依然临送渚，长望倚河津。鼓声随听绝，帆势与云邻。泊处空余鸟，离亭已散人。林寒正下叶，钓晚欲收纶。如何相背远，江汉与城闉。

开头直接从送友不及、怅然远望落笔，起得爽利明快。随后写远去的帆影，江边萧飒的秋色，孑然一身的送行人，构成完整而富于抒情意味的画面。

阴铿诗以写景见长，前人每将其与何逊并称，其实二人也有区别。阴诗的语言看起来用力不重，给人以清灵的感觉。他常能把寻常景象写得摇曳多姿，读来不感到奇特却又新鲜可喜，如"夜江雾里阔，新月迥中明"（《五洲夜发》），"莺随入户树，花逐下山风"（《开善寺》）之类；他还喜欢在对仗句中用不同的色彩作对照，如"棠枯绛叶尽，芦冻白花轻"（《和傅郎岁暮还湘洲》）之类，其内在的凝练程度，实比何逊更有进步。

陈代后期，以后主陈叔宝（553—604）为中心，形成了一个宫廷文学集团，其创作风格与梁代宫体文学颇为接近。后主是一个糟糕的皇帝，但在艺术上却有较好的修养。写景的佳句中，如"天迥浮云细，山空明月深"（《同江仆射游摄山栖霞寺》），渗透了佛教意味而显得空渺幽远；"野雪明岩曲，山花照迥林"（《献岁立春光风具美泛舟玄圃》），却是写得明丽喜人；"沙长见水落，歌遥觉浦深"（同前），有优美的韵致，其意境在后代诗词中多次被化用。

在后主宫廷文人中，最著名的是江总（519—594），字总持，济阳考城（今河南兰考东）人，初仕于梁，入陈为后主所宠幸，官至尚书令。卒于隋。在朝无甚政绩，唯与后主游宴为乐。但作为文人他是颇有才华的，到唐代韩愈还说"久钦江总文才妙"（《韶州留别张使君》）。

《陈书》本传称江总"于五言、七言尤善"。史书中专门提及某人善为七言诗的，江总是第一个，这很值得注意。他留存的七言诗近二十首，在南北朝诗人中是最多的；其中《宛转歌》达三十八句（此诗或题徐陵作），又是南朝七言歌行中最长的一首，从中可以看出他在这方面的爱好。这些七言诗大都属于所谓艳情之作，立意较浅，但常能给人以鲜丽明快的感受。如《闺怨篇》：

寂寂青楼大道边，纷纷白雪绮窗前。池上鸳鸯不独自，帐中苏合还空然。屏风有意障明月，灯火无情照独眠。辽西水冻春应少，蓟北鸿来路几千。愿君关山及早度，念妾桃李片时妍。

这诗通篇对仗而讲究平仄，后世学者或以为实唐人排律之先声。联与联之句有跳跃但诗意清楚，所以读来流畅而活泼；末联将爱惜青春之意写得十分热烈。还有像《梅花落》用明快而略带伤感的调子写少年人在花树下歌舞的情景，同样有爱惜青春的意思。这些诗构成了南朝与初盛唐歌行之间的过渡。

江总的五言诗中也有一些佳作。如《于长安归还扬州九月九日行薇山亭》："心逐南云逝，形随北雁来。故乡篱下菊，今日几花开？"写思乡之情，言简意长，寄慨深沉。《遇长安使寄裴尚书》诗的末联"太息关山月，风尘客子衣"，纯用名词或名词性词组平列地组合，忽略句中各成分间的语法关系，从而突出了意象的作用，这喻示了诗歌语言的重要变化。

隋朝诗人　南北朝末期至隋，政权的兴废更迭十分迅疾。通常列为隋代重要诗人的卢思道（535—586）字子行、薛道衡（540—609）字玄卿，实际上在隋立国以前就已成名，卢更是在隋代没有生活几年。《隋书·薛道衡传》载，"道衡每有所作，南人无不吟诵焉"，可见到了他们这一辈，过去南方文人占绝对优势的情形已不复存在。

卢思道、薛道衡的诗总体上偏向齐梁风格，而且对这种风格的运用十分娴熟。如卢思道《采莲曲》中"擎荷爱圆水，折藕弄长丝"，甚是婉丽；而薛道衡《昔昔盐》中名句"暗牖悬蛛网，空梁落燕泥"，尤为精巧。但同时他们也有作为北方诗人的特点。薛道衡在行役途中写的一些咏怀诗，颇为慷慨有力；而卢思道的《从军行》，更为人称道：

> 朔方烽火照甘泉，长安飞将出祁连。犀渠玉剑良家子，白马金羁侠少年。平明偃月屯右地，薄暮鱼丽逐左贤。谷中石虎经衔箭，山上金人曾祭天。天涯一去无穷已，蓟门迢递三千里。朝见马岭黄沙合，夕望龙城阵云起。庭中奇树已堪攀，塞外征人殊未还。白雪初下天山外，浮云直上五原间。关山万里不可越，谁能坐对芳菲月。流水本自断人肠，坚冰旧来伤马骨。边庭节物与华异，冬霰秋霜春不歇。长风萧萧渡水来，归雁连连映天没。从军行，军行万里出龙庭。单于渭桥今已拜，将军何处觅功名？

以七言歌行体写边塞风光、军旅生活，并结合以闺妇怨思，本来是梁、陈诗中已经很流行的。而卢思道这首诗境界的开阔、动感的强烈和时空的不断迭换，表现了对诗歌的气势和力度的更显著的追求。

另一位北方诗人杨素的情况又与上述二人有所不同。杨素（544—

606）字处道，在隋文帝、炀帝两代身居高位。其诗中虽亦有些细巧的文笔，但南朝诗中所常见的艳丽的词汇却是很少用的。而且诗中每每寄寓了一种人生的悲感，意境显得弘廓而苍凉。只是全篇的结构不免有些粗糙。

隋代后期在炀帝杨广（569—618）周围聚集了一批宫廷文人，但能留下一些佳作的却只有杨广本人。他生长于军旅，却又喜爱南方文化。其诗之佳者以意境清丽而开远见长。如《夏日临江》中"日落沧江静，云散远山空。鹭飞林外白，莲开水上红"之写景，渺远的山水与近处鲜丽的花鸟配合得生动而富有情味。

五、南北朝乐府民歌

关于本节的内容，首先需说明的是：通常所说的"南朝"指宋、齐、梁、陈，"北朝"指北魏及东魏、西魏、北齐、北周；但在泛义上，古人有时也把在这以前的东晋归于南朝，把十六国归于北朝。由于乐府民歌的产生年代不太容易弄清楚（如南方民歌中很重要的《子夜歌》《子夜四时歌》等几类，宋郭茂倩《乐府诗集》均署为"晋（案指东晋）宋齐辞"，说明其具体年代久已不可考），所以本节所说的"南北朝乐府民歌"，是把东晋与十六国歌辞也包容在内的。其次，现在已习惯于把南北朝乐府中大量的无名氏歌辞称为"民歌"，但必须注意到：这里——特别是南方民歌中——有许多作品表现出相当高的语言修养，很可能是文士依民歌情调所写的歌辞。

南朝乐府民歌　南朝乐府民歌主要分为"吴声歌曲"（或简称为"吴歌"）和"西曲"两大类。前者产生于以六朝都城建业（今南京）为中心的吴地，后者产生于作为南朝西部重镇的江汉流域的荆（今湖北江陵）、郢（今江陵附近）、樊（今湖北襄樊）、邓（今河南邓州）等几个主要城市。其中据说有孙吴时的乐歌，但如《晋书·乐志》所说，"盖自永嘉渡江以后，下及梁陈，咸都建业，吴声歌曲，起于此也"，主要产生于东晋以后。

吴声歌曲现存三百四十多首，主要曲调有《子夜歌》、《子夜四时歌》、

《读曲歌》、《懊侬歌》、《华山畿》等;《西曲歌》今存一百三十余首,主要曲调有《石城乐》《乌夜啼》《乌栖曲》《莫愁乐》《估客乐》《江陵乐》《寿阳乐》等。这些歌曲明显是产生在城市的环境中,有些还直接写到商人的生活。其体制都是短小的,五言四句体占三分之二以上;内容方面写男女欢爱之情的占百分之九十以上。如此大量的情歌集中出现,足以给中国文学的面貌带来改变。

宿昔不梳头,丝发披两肩。婉伸郎膝上,何处不可怜!(《子夜歌》)
光风流月初,新林锦花舒。情人戏春月,窈窕曳罗裾。(《子夜四时歌》春歌)
秋风入窗里,罗帐起飘扬。仰头看明月,寄情千里光。(《子夜四时歌》秋歌)
打杀长鸣鸡,弹去乌白鸟。愿得连冥不复曙,一年都一晓。(《读曲歌》)
朝发襄阳城,暮至大堤宿。大堤诸女儿,花艳惊郎目。(《襄阳乐》)
暂请半日给,徙倚娘店前。目作宴瑱饱,腹作宛恼饥。(《西乌夜飞》)
风流不暂停,三山隐行舟。愿作比目鱼,随欢千里游。(《三洲歌》)
夜来冒霜雪,晨去履风波。虽得叙微情,奈侬身苦何。(《夜度娘》)

南朝民歌所表现的爱情,几乎完全是浪漫色彩的;诗中的男女主人公,按照严格的礼教标准来看,几乎完全是"非礼"的关系:或是青年男女之间的私相爱慕,或是冒犯世俗道德的偷情,或是萍水相逢的聚合。诗中所说的"欢"是情郎的专用称呼。在婚姻不能自主且很少顾及当事人感情要求的古代中国,这些诗大胆热烈、毫无掩饰地歌颂了对爱情的追求,表现出对人生的幸福与快乐的渴望。在诗人的眼光里,恋爱中的人无比美丽,那些丝发披肩婉伸于郎膝、在月光下花丛里罗衣飘曳的女子,令人不能不为之感动。虽然,这种"非礼"的恋爱常是充满艰辛,甚至多以悲哀的结局告终,但相爱的人们并不因此退缩,他们把爱情看成是生命中最高的价值。虽说歌谣并非总是实际生活行为的写照,但它毕竟表示明确的情感取向。从这一诗歌的流行,也可以看出南朝社会文化的开放态度。

南朝乐府民歌最常用的五言四句格式,创立了一种具有鲜明的艺术特点的新诗型。它通常使用明朗活泼的语言,呈现在一个片断的时间中人物的行动及心理活动,对情感的表现格外集中;其中的佳作,更因为暗示了言外丰富的生活内容，显得意味深长。如上列《子夜四时歌》秋歌一首，只描写了风吹罗帐而引得主人公遥望秋月的片刻，但"寄情千里光"却把诗意引向深长悠远的境界。我们前面说到南朝各种诗型在抒情功能上产生了分化趋向，这种短诗与律诗的多层次组合及七言歌行连绵曼婉的抒写显然是不同的。而由此脱化出的五言绝句及受其影响而产生的七言绝句，也仍然保持着南朝民歌的一些基本特点，成为古诗中格外受人喜爱的类型。

此外，《乐府诗集》收录在《杂曲歌辞》一类中、称为"古辞"的《西洲曲》，可能也是经过文人加工的南朝民歌（或谓江淹所作）。五言三十二句，大抵四句一换韵，似用八个小曲连缀而成。内容写一个女子对情人的怀念，情意缠绵，辞采清丽，声调婉转，达到了相当高的艺术境界。

南朝乐府民歌有着多方面的影响。宫体诗的兴起与之有直接关系，齐梁的文人诗从过去的文人诗因过度雅化而造成的艰深奥涩中走向雅俗结合，也得益于它的启迪（前引萧绎、萧子显的文论，明确说诗以"吟咏风谣"或"杂以风谣"为佳）。到了唐代，南朝乐府民歌仍然是文人创作灵感的来源。如李白就很喜欢南朝民歌，他的名篇《静夜思》显然是从上面所引的《子夜四时歌》秋歌中变化出来的。

北朝乐府民歌　《乐府诗集》中《梁鼓角横吹曲》一类中所收乐府歌辞六十余首，其音乐大抵源于北方，歌辞内容也多与北方生活相关，所以一般把这些作品和《杂曲歌辞》《杂歌谣辞》中的几篇称为北朝乐府民歌。但那些由梁代的乐府机构收集和保存下来的歌辞是原来就用汉语写成，还是经过翻译甚至重写，已经弄不清楚了。不过它们和《吴歌》、《西曲》存在显著差异，却是一眼可以看出的。

和南朝民歌产生于城市、以男女欢爱为中心不同，北朝民歌是在多种多样的生活中产生的，虽然留存的数量不大，题材却比南方民歌广泛；其风格显得质朴粗犷，没有南方民歌那么漂亮，但其中有些篇什有一种天然的豪迈雄壮之气，却正是南方文学所缺少的东西。

在北方民歌中有一部分表现游牧民族固有的尚武精神的作品：

男儿欲作健，结伴不须多。鹞子经天飞，群雀两向波。（《企喻歌辞》）
新买五尺刀，悬著中梁柱。一日三摩娑，剧于十五女。（《琅琊王歌辞》）

前一首以雄健的鹞鹰冲天而起、怯懦的群雀如水波躲向两侧的形象，赞美真男儿敢以独身敌众的英雄气概，足以感奋人心。后一首写爱刀甚于少女，与南方民歌是完全不同的情味。

著名的《敕勒歌》描绘了北方大草原的风光和游牧生活：

敕勒川，阴山下。天似穹庐，笼盖四野。天苍苍，野茫茫，风吹草低见牛羊。

据记载，这首歌谣原是鲜卑语，现存歌辞乃是翻译作品。歌中广阔无垠、浑沌苍茫的景象，也正表现了歌唱者开阔的胸襟、豪迈的情怀。

有些诗则反映某种社会现象：

快马常苦瘦，剿儿常苦贫。黄禾起羸马，有钱始作人。（《幽州马客吟歌辞》）

没有钱就不能像样地做人！诗中如此直截了当地说出生活中残酷的真实。

北方民歌当然也咏唱爱情与婚姻，较好的如下面这首：

腹中愁不乐，愿作郎马鞭。出入擐郎臂，蹀坐郎膝边。（《折杨柳歌辞》）

这首诗从形式到情调都与南方情歌有些相似，不过它还是显得更爽利些；女子愿作情郎的马鞭，与之形影不离，也十足是马上民族的风情。

最后需要说到《木兰诗》。本篇在宋初编的《文苑英华》中题为唐韦元甫作，《乐府诗集》则收入《梁鼓角横吹曲》，目前多数研究者认为它是北朝民歌。诗中写木兰女扮男装替父从军的著名故事，它的特点主要在于传奇性和喜剧色彩的结合。诗中对木兰的征战生活用简括的语言作交代，却用铺叙笔法写她准备从军和立功归来的情形，将一个英雄传奇写得富于生活气氛。兹录最后一部分：

……爷娘闻女来，出郭相扶将；阿姊闻妹来，当户理红妆；小弟闻姊来，磨刀霍霍向猪羊。开我东阁门，坐我西阁床，脱我战时袍，著我旧时裳，当窗理云鬓，对镜帖花黄。出门看火伴，火伴皆惊惶。同行十二年，不知木兰是女郎。雄兔脚扑朔，雌兔眼迷离，双兔傍地走，安能辨我是雄雌?

从军者的归来成为一个快乐的节日,而英雄重又变还为爱打扮的小女子,读起来颇有趣味。诗中浅近而轻快的叙述文笔和穿插在全篇中的对话,造成了活跃的气氛。

六、南北朝小说

《幽明录》及其他　　自《搜神记》、《搜神后记》之后,南朝志怪小说中优秀著作当属题为刘义庆(403—444)作的《幽明录》。他是宋宗室,袭封临川王,爱好文学,喜招罗文士。著述除本书外,还有更著名的《世说新语》。不过,一般相信这些著作当有他门下的文士参与编写。

《幽明录》所载多为晋宋时代新出的故事,并且多述普通人的奇闻异迹,虽为志怪,却有较浓厚的时代色彩和生活气氛。其文字比《搜神记》等显得舒展,也更富于辞采之美。如《刘阮入天台》系从《搜神后记》的《袁相根硕》一则变化而来,但篇幅长出一倍多,文字也更为优美。它虽是写人仙结合,却不甚渲染神异色彩而充满人情味。故事中的两个仙女,美丽多情,温柔可爱。如开头写刘晨、阮肇二人遇仙一节:

出一大溪,溪边有二女子,姿质妙绝。见二人持杯出,便笑曰:"刘、阮二郎,捉向所失流杯来。"晨、肇既不识之,缘二女便呼其姓,如似有旧,乃相见忻喜。问:"来何晚邪?"因邀还家。

在富于生活气息方面,《卖胡粉女子》一则更是绝佳之作。故事写一富家子爱上一卖胡粉女子(胡粉是搽脸用的),为了看到她,每日都去买一包胡粉。后二人幽会时,此富家子"欢踊遂死",女子因一时慌张而逃走。男方父母从儿子箧笥中积下的胡粉查到了她,告到官府。女子表示:"妾岂复吝死?乞一临尸尽哀。"当她抚尸痛告时,男子复生醒来,二人遂成夫妇。在这故事里,除了死而复生的情节,完全没有神异色彩。对男女主人公的私通行为,作者不加指责,反而赞美,肯定了人们追求幸福与快乐的权利。这样的作品，已有脱离志怪而着重于人间生活的倾向。《幽明录》中一些离奇的故事也每每具有较浓的感情气氛。如《庞阿》一则，写石氏女爱慕美男子庞阿，身不得随，精魂常于夜间来庞家，最终二人结为夫妇。这是最早的一个离魂故事。后来，男女相爱在现实中不能遂愿而代之以"精魂"的结合，成为爱情故事的一种类型。总之，《幽明录》比以前的志怪小说，更注意人生情趣，也更有文学性。

此外，较好的志怪书，还有十六国时王嘉原作、梁萧绮删订的《拾遗记》和梁代吴均的《续齐谐记》。吴均文章清丽，所作小说亦别有特色。如《阳羡书生》一则，演化佛经中的故事，幻奇之极；《赵文韶》一则，写赵文韶与青溪神女因歌声而相会，极富诗意。

《世说新语》 和志怪小说相反，自魏晋以来又有一种专记真实人物言行的书，因其内容比较琐细而偏重趣味，如鲁迅《中国小说史略》所言"远实用而近娱乐"，也被列为小说一类，今人称之为"志人小说"或"轶事小说"。较早的有东晋中期裴启的《语林》和晋宋之际郭澄之的《郭子》。二书均已散佚。同类著作中唯一完整地保存下来、也是集大成的一种为《世说新语》，亦题刘义庆撰。裴、郭二书的遗文，往往又见于《世说新语》，可见此书带有纂辑的性质。梁代刘峻为之作注，以博洽著称，也是珍贵的史料。

《世说新语》分为《德行》、《言语》等三十六篇，以类相从。内容主要记述自东汉至东晋文人名士的言行，尤重于晋。所记事情，以反映人物的性格、精神风貌为主，作为史实来看，绝大多数无关紧要。书中对所记人物言行，有的也有表彰或批评的用意，但其标准并不苛严狭隘；有的纯是为了有趣。由于对人的行为给予宽泛的认可，也就能够反映出当时士族阶层的丰富的精神面貌、生活情趣。

作为理想的期待，当时文人希望摆脱世俗利害得失，使个性得到自由发扬，精神得到升华。这种文化特征，在《世说新语》有集中的表现。

嵇康身长七尺八寸，风姿特秀。见者叹曰："萧萧肃肃，爽朗清举。"或云："肃肃如松下风，高而徐引。"山公曰："嵇叔夜之为人也，岩岩若孤松之独立；其醉也，傀俄若玉山之将崩。"（《容止》）

对某些优异人物的仪表风采的关注，是因为这里蕴涵着令人羡慕的人格修养。同样的例子很多。如《容止》篇又记时人对王羲之的评价："飘如游云，矫若惊龙。"

王子猷居山阴，夜大雪，眠觉，开室，命酌酒。四望皎然，因起仿偟，咏左思《招隐诗》，忽忆戴安道。时戴在剡，即便夜乘小船就之。经宿方至，造门不前而返。人问其故，王曰："吾本乘兴而行，兴尽而返，何必见戴？"（《任诞》）

任由情兴，不拘矩度，自由放达，这是当时人所推崇的。

《世说新语》所记人物言行，往往注意感情色彩。如张翰是这样悼念亡友：

顾彦先平生好琴，及丧，家人常以琴置灵床上。张季鹰往哭之，不胜其恸，遂径上床，鼓琴，作数曲竟，抚琴曰："顾彦先颇复赏此不？"因又大恸，遂不执孝子手而出。（《伤逝》）

《世说新语》的文字，素称简洁隽永，笔调含蓄委婉。它没有铺叙或过多的描写，更绝少夸张之处。但由于作者能抓住人物最富于意味的动作和语言，往往寥寥几笔即勾画出相当生动的人物神态。如上引王子猷雪夜访戴安道一则，全在主人公的动作中，透出微妙的情味；又如《雅量》篇中一则，记淝水之战正进行时，谢安与客围棋，前线有报捷书至，谢"看书竟，默默无言，徐向局"，显出他十分镇定的器度。

《世说新语》一向受到古代文士的特别喜爱，后世笔记小说记人物言行，往往模仿其笔调。但它本是中古士族文化的产物，有显著的时代特点，后人很难效仿。

第 9 章

初、盛唐诗文

公元618年唐王朝建立。在以后的年代中，它发展成为中国历史上一个强大的帝国。

唐代社会的政治结构，与此前的魏晋南北朝和此后的宋均有所不同。全国的统一和国家的兴盛，使皇权有所强化，士族门阀势力受到一定抑制。科举制度的作用虽不像宋以后那样严格和重要，却也在有限程度上实现了政治对社会中下层的开放，使得其中的优异人物对参与社会的政治与文化活动表现出更多的热情。但皇权也并没有成为绝对的专制权力。唐太宗执政不久即下令修《氏族志》，其实质意义是对各利益集团的关系作出调整。新旧士族、地方势力在政治上的影响依然存在。唐代也始终没有建立起强有力的单一的思想统治。特别是在初、盛唐时期，儒家思想无论在文化人中还是在高层统治者那里都并不比道教或佛教更受重视。总的说来，唐代社会的思想是比较自由的。

由于社会环境较为宽松，加上国内多民族文化的相互融合，中外文化的频繁交流，使得这个时代的文化逐渐呈现丰富多彩、生气勃勃的面貌。而作为魏晋以来文人文学核心文体的诗歌，经过长期的发展与变化，积累了丰富的经验教训，包孕了多种多样的可能性，由初唐至盛唐因多方面的有利条件而达到艺术的高峰。

明代高棅的《唐诗品汇》将唐诗的发展演变分为初、盛、中、晚四个阶段。这后来成为关于唐诗的习惯分期方法，并推衍于唐代文学的其他领域。但在四阶段具体的断代年限上，常有不同意见。考虑到长久以来形成的习惯，本书仍袭用这种分期方法，但更强调初盛唐与中晚唐之间的区分，其界限则是天宝末年爆发的"安史之乱"。大体说来，初、盛唐文学是沿着魏晋南北朝文学固有的方向发展的，其核心精神是对美的追求；而到了中唐，文学开始出现一系列复杂的变化：一方面是将文学视为政治、道德的附属品或工具的意识明显抬头，一方面是文学对人的情感生活的表现仍在扩展和深化。这种变化一直贯穿到宋以后。

一、初唐诗歌

初唐的宫廷文人　唐初统治者对文艺采取了比较宽容的态度。李世民亲自撰写了《晋书·陆机传论》,称赞陆机的创作"辞藻宏丽",对美文学表示欣赏。此后高宗、武后、中宗等几代君主也都喜好艺文。为了炫耀大唐帝国的治世气象,他们广引天下文士,编纂类书,赋诗唱酬。因此唐初的宫廷犹如南朝与隋,成为当代文学活动的中心。

初唐宫廷文人中最具代表性的,有太宗朝的虞世南(约558—约638,字伯施),高宗朝的上官仪(约608—664,字游韶),武后及中宗时的杜审言(约645—708,字必简)、宋之问(约656—约713,字延清)、沈佺期(约656—713,字云卿)等。他们的创作多歌功颂德、宫苑游宴的内容,难以深入抒发情思。但在诗歌体制的建设上,他们还是作出了有意义的贡献;他们的与宫廷雅集无关的一些创作,也有写得情致动人的。

自齐永明体以来,诗歌格律化的进程一直没有停止。至南北朝后期和隋代诗人,有些五言诗篇已经完全与唐代定型的格律相符,但是在理论上缺乏新的总结,有些问题(如黏附规则)还没有完全解决。七言诗的律化,更处于幼稚阶段。唐初先有上官仪提出"六对"、"八对"之说,将南朝的对偶说发展得更加细密,其对对偶手段的分析也从词扩大到句。从武后至中宗神龙、景龙年间,宫廷文学活动分外热闹,杜甫诗说到在武则天的统治时期,朝中"墨客蔼云屯"(《赠蜀僧闾丘师兄》)。此时在杜审言、宋之问、沈佺期等人笔下已大量涌现平仄协调,又合乎黏附规则的全篇合律的诗篇,标志着五、七言律诗的完全成熟;由于宫廷文学的特殊影响,由此确立的律诗规范也普遍为人们所接受。元稹在《唐故工部员外郎杜君墓系铭并序》中说:"沈、宋之流,研练精切,稳顺声势,谓之为律诗。"这是"律诗"之名首见于文献。胡应麟《诗薮》叙诗歌律化的历史,也说:"神龙以还,卓然成调。"总之,中国古典诗歌的格律化过程至此终于完成。

前已论及,诗歌的格律化不只与声律有关,它还促使诗人在艺术表现上作出新的努力,在上述诗人较出色的作品中我们也可以看到这一点。杜

审言诗今存者以五言律诗为主,他在江阴任职时所写的《和晋陵陆丞早春游望》一诗,曾被胡应麟《诗薮》誉为"初唐五言律第一":

独有宦游人,偏惊物候新。云霞出海曙,梅柳渡江春。淑气催黄鸟,晴光转绿𬞟。忽闻歌古调,归思欲沾巾。

诗以大地回春的绚丽风光反衬游宦者的思乡之情。"独有"与"偏惊"一联,通过对仗关系强化了诗人对物候变化的警觉;"云霞"、"梅柳"一联,不仅感觉明快,而且意象密集,涵义丰厚。像"梅柳渡江春"这样的句子已经完全脱离了散文的语法,包含了多重歧义。

沈佺期、宋之问也都倾大力于律体的写作,以自己的创作实践总结了五七言近体的形式规范。宋以擅长五言诗著称,其写景抒怀之作每有佳句,如《江亭晚望》中"鸟归沙有迹,帆过浪无痕。望水知柔性,看山欲断魂"二联,在精整的对偶形式中描绘出景物的变化或对比,并以此酿造了独特的情绪氛围。而沈佺期史称其"尤长七言之作"(《旧唐书》本传),他的为数甚多的七律,在合乎规范方面堪称宫廷诸诗人之首,在推进七言歌行体律化的过程中,作用最为明显。下录他的《独不见》:

卢家少妇郁金堂,海燕双栖玳瑁梁。九月寒砧催木叶,十年征戍忆辽阳。白狼河北音书断,丹凤城南秋夜长。谁谓含愁独不见,更教明月照流黄。

这种诗尚带有歌行的特点,作为七律而言不够紧凑,但作者运用这种规整的形式已是挥洒自如,相当纯熟;"九月"、"十年"一联也堪称警策。

但以宫廷为中心的文学活动很难避免情感上苍白平庸的毛病。从造就唐诗特有的风貌而言,另外一批与宫廷无缘的诗人作出了更重要的贡献。

"四杰" 初唐诗坛上很早就曾出现与宫廷诗风异趣的人物,太宗贞观年间的王绩(589—644)就是一例。他经历隋唐之际的变故,最终归隐乡村,以任情纵酒的生活为乐。其代表作为《野望》:

东皋薄暮望,徙倚欲何依。树树皆秋色,山山唯落晖。牧人驱犊返,猎马带禽归。相顾无相识,长歌怀采薇。

在对田园生活的静观式的描绘中，蕴涵着诗人内心与外部世界相疏远的感觉。这是一首严格的五律，但语言质朴，不事雕琢，和宫廷文学的风尚迥然不同。不过，王绩的诗通常偏于疏浅，佳作不多；他的创作风格在当时影响也不大。在初唐诗坛上真正展现出新的风貌、使唐诗产生明显变化的诗人，是活动于高宗、武后时期的所谓"初唐四杰"：卢照邻（约634—约686，字昇之）、骆宾王（约638—？，字观光）、王勃（650—676，字子安）、杨炯（650—693后）。

最初在宋之问的《祭杜学士审言文》中，就提及"后俊有王、杨、卢、骆"云云，将四人并称；并说到四人共同的特点："由运然也，莫以福寿自卫；将神忌也，不得华实斯俱。"即虽有才华而命运多舛。唐代较以前的时代，个人凭借自己的才华获取成功的机会固然要多一些，卢照邻《南阳公集序》就提到唐初许多名臣或"以文章进"或"以才术显"，皆"起自布衣，蔚为卿相"，这使像他这样的人深深为之激动；然而对于那些缺乏家族背景而个性又过于显露的人来说，人生道路仍然充满艰险。四杰中，卢照邻曾官县尉，因染恶疾不堪痛苦而自杀；骆宾王参与徐敬业反叛之事，不知所终；王勃因事获罪，后于渡海省亲时溺水而死；仅杨炯一生平顺，官至县令。这种才高而位卑、志大而运蹇的人生经历深刻地影响了他们的思想性格和文学创作。

四人中，卢、骆的年岁实比王、杨要高出一辈。在诗歌创作方面，他们都以长篇歌行最为著名，如卢照邻有七言的《长安古意》，骆宾王有五、七言相杂的《帝京篇》、《畴昔篇》。这种诗吸收了齐梁以来的歌行的特点，又融入了京都赋的格局与气派，写得篇幅宏大，场面壮观，将帝京风物与繁华奢侈的生活描绘得十分活跃。诗中内涵是多层面的组合，像《长安古意》在华丽而流动的笔调里，既赞美了对欢乐生活的追求，又感慨富贵荣华之不能长久，最终以寒士的寂寥与前面大肆渲染的豪贵的骄纵构成对比，显示了人世的不平。总之，诗中表达了丰富而复杂的人生感受，并不以某种偏执的态度看待生活，因而格外生气洋溢。除了长篇歌行，卢、骆二人也有不少出色的五言短篇。如骆宾王的《在狱咏蝉》就是为人所熟知的一首，它在过去偏重于游戏性的咏物诗中寄托了深沉的人生感慨，反映了唐代咏物诗重要的变化。而《于易水送人一绝》尤其能表现出作者的卓荦气概：

此地别燕丹，壮士发冲冠。昔时人已没，今日水犹寒。

在"四杰"中，王勃享寿最短，声名最大。他擅长五言律诗与绝句，不仅声律工整，语言亦浅显而精练，内涵着饱满的生气。如《送杜少府之任蜀川》：

城阙辅三秦，风烟望五津。与君离别意，同是宦游人。海内存知己，天涯若比邻。无为在歧路，儿女共沾巾。

起笔就写得境界阔大，而后"海内"两句，写出一种具有哲理感的人生情怀。它完全不同于传统的送别诗的低沉忧伤的情调。另外像五绝《山中》也是用语不啻口出而情韵丰厚，推进了深入浅出的语言风格：

长江悲已滞，万里念将归。况属高风晚，山山黄叶飞。

王勃是一位富于才华的文人，在五言律绝之外，他的杂言体歌行《采莲曲》和七言诗《滕王阁》都堪称上乘之作。

杨炯诗今存者几乎全部是五言律诗（包括排律）。他在"四杰"中稍乏才性，较有名的作品有《从军行》：

烽火照西京，心中自不平。牙璋辞凤阙，铁骑绕龙城。雪暗凋旗画，风多杂鼓声。宁为百夫长，胜作一书生。

建功立业的人生理想和热情，为诗歌注入了豪迈的意气。

总体来说，初唐四杰的创作同六朝文学的关系极为密切，从体式到题材、语汇，对后者均有明显的沿袭。但与此同时，它对后者也作了有力的改造，诗歌的境界变得宽广，语言趋向明净凝练，尤其是作品的生气更为饱满，这一切表明唐诗正在走向自己的道路。而从与当代文学的关系来说，它对宫廷诗风因过度偏重修辞性、装饰性的美而造成的缺乏激情和生气的弊病，也作出了有力的纠正。

陈子昂、张若虚等 唐代文学在继承六朝文学的同时理所当然地也谋求具有变革意义的创新与发展，这种需要引起在理论上对前代文学的批评。但由于陈旧观念的影响，初唐文人的文学观却往往显得保守而空洞。

如王勃在《上吏部裴侍郎启》中，以屈原、宋玉为"浇源"（浇薄之源），杨炯在《王勃集序》里也说"曹、王杰起，更失于《风》《骚》"，都是些无意义的陈词滥调。与前人相比，陈子昂的理论主张要显得清晰而有效。他的《与东方左史虬修竹篇序》说"文章道弊，五百年矣"，认为"齐梁间诗，彩丽竞繁，而兴寄都绝"，其实也不无偏见；但他所大力提倡的乃是"汉魏风骨"，具体说就是推崇建安与正始的文学。这对于纠正南朝贵族文学以绮靡轻丽为主流而缺乏深厚有力的精神力量的偏向，仍是有意义的。如果滤除陈子昂文章中的夸张成分，结合其代表作《感遇》诗以阮籍《咏怀》为榜样的情况，可以说其文学态度与庾信文学的后期变化有一脉相承之处。

陈子昂（661—702）字伯玉，出身蜀中富家，年轻时任侠使气。武则天当政时入仕，颇思有为，终因屡遭冷遇而辞官返乡，后被当地县令诬陷致死。他的诗作如《感遇》三十八首及《蓟丘览古赠卢居士藏用》七首，其内容既涉及现实社会与政治问题，也有比较玄虚化的、以老庄哲学为出发点的对人生与命运的思考，而共同特点则是总带有强烈自我意识和充满进取精神。

陈子昂和阮籍一样，喜欢把个人的生存放在巨大的时空背景上来审察，诗意往往显得幽邃。如《感遇》第十三写道："闲卧观物化，悠悠念无生。青春始萌达，朱火已满盈。徂落方自此，感叹何时平？"从万物的生生化化，追想那一切生命的本元（无生）。春色始萌，夏意已浓，而万物自此凋零。这是无端而生的感慨，却令人心动。

由于习惯于带哲理性的思考，陈子昂的一些由现实问题而生发感想的诗，也多写得境界宏阔，情绪苍凉。如《感遇》之三：

苍苍丁零塞，今古缅荒途。亭堠何摧兀，暴骨无全躯。黄沙漠南起，白日隐西隅。汉甲三十万，曾以事匈奴。但见沙场死，谁怜塞上孤！

这首边塞诗或许有批评当时朝廷边备不修的用意，但全诗却是以荒莽的沙漠为背景，总括地描绘自汉迄唐战争给人民带来的深重苦难，令人感受到一种悲天悯人的情怀。

对生命的孤独感的倾诉也是陈子昂诗歌的重要主题。这虽与他怀才不遇的遭际有关，但更多缘于他强烈的自我意识。因之其诗中的孤独感绝少表现为沮丧沉沦，而是高傲不群。如人所皆知的《登幽州台歌》：

> 前不见古人，后不见来者。念天地之悠悠，独怆然而涕下。

诗中以无限的时间和无穷的空间为背景，高耸起一个伟大而孤傲的自我，给人以崇高的美感。诗人把孤独描绘成纯粹的情绪，并且有意使用了不寻常的诗歌格式，从而造成一种精神上的震撼力。

陈子昂的理论将"风骨"与"彩丽"放在对立地位，其诗亦以汉魏五言古体为主，回避在南朝兴盛起来的新体式，显然有些片面性。但从倡导被人们忽视的慷慨悲凉的诗风来说，这样做也是有必要的。而正是多种风格的汇聚，才造就了唐诗空前的繁盛。

在陈子昂力图重振"汉魏风骨"的同时，刘希夷、张若虚诸人与"四杰"一样，仍沿着南北朝诗歌固有的方向朝前开拓。

刘希夷的诗歌颇多从女性立场出发的赏春、惜春之作，是宫体诗的余绪和变化。其中最著名的是《代悲白头翁》。诗的前半篇写"洛阳女儿"见落花而叹息，感慨"年年岁岁花相似，岁岁年年人不同"；后半篇写往日美少年今成白头翁，衰相可哀。这种对良辰美景而感叹韶华易逝的诗在南朝已很常见，江总《梅花落》可为代表。但到了本篇中，一方面是语言、节奏更为明快轻捷，另一方面则是诗中的情思包含了更广泛的人生哲理，所以就比前人之作更为优美动人。

张若虚的《春江花月夜》也是流连青春之作：

> 春江潮水连海平，海上明月共潮生。滟滟随波千万里，何处春江无月明！江流宛转绕芳甸，月照花林皆似霰；空里流霜不觉飞，汀上白沙看不见。江天一色无纤尘，皎皎空中孤月轮。江畔何人初见月？江月何年初照人？人生代代无穷已，江月年年只相似；不知江月待何人，但见长江送流水。白云一片去悠悠，青枫浦上不胜愁。谁家今夜扁舟子？何处相思明月楼？可怜楼上月徘徊，应照离人妆镜台。玉户帘中卷不去，捣衣砧上拂还来。此时相望不相闻，愿逐月华流照君。鸿雁长飞光不度，鱼龙潜跃水成文。昨夜闲潭梦落花，可怜春半不还家。江水流春去欲尽，江潭落月复西斜。斜月沈沈藏海雾，碣石潇湘无限路。不知乘月几人归，落月摇情满江树。

此诗久负盛名,也实在是异常出色。它的结构十分精致却又非常自然,各层次间的转变、连接空灵飞动;诗歌的语言轻浅明丽,节奏婉转而流畅;诗中的意境幽渺而澄澈,意象丰富而和谐;诗中的哲理与人生情感高度艺术化地融为一体。读唐诗至此,人们不能不由衷地发出一声惊叹。

《春江花月夜》包含着一些南朝文学的因子,但它更多地表现了诗人不平凡的创造力;它所达到的艺术高度,意味唐诗的高潮正在到来。

二、盛唐诗歌

本节所说的"盛唐"是指玄宗开元、天宝年间,直至"安史之乱"爆发以前的时期,这是唐诗经过长期酝酿而达到艺术高峰的时期。

张说、张九龄 张说(667—731)字道济,张九龄(678—740)字子寿,二人在玄宗朝前期先后为执政大臣,而又爱好文学,喜延纳后进。如张说执政时,张九龄、王翰等许多著名文士常游其门下;张九龄曾辟孟浩然为荆州府幕僚,提拔王维为右拾遗,对王昌龄等许多诗人也有所奖励和关怀。他们的这种作风以及他们自己在诗歌创作方面的爱好,对盛唐时期诗歌繁盛局面的形成起了明显的作用。

张说自武后时起历仕四朝,又是辅佐玄宗创建开元之治的杰出政治家。他的诗语言比较质朴,有时甚至有些粗率,但在抒写个人怀抱时显示出的风采和气度,是豪放而有力的。张说也喜欢吟咏各种杰出人物,以此表现自己的人生志趣,《邺都引》是这类诗中的代表作。诗的开头写"君不见魏武草创争天禄,群雄睚眦相驰逐。昼携壮士破坚阵,夜接词人赋华屋",语言凝练,人物的形象活跃有力。虽然结末"试上铜台歌舞处,唯有秋风愁杀人"之句归结到一切英雄业绩都将被淹没在时间之流中,却并不失倜傥意气。这种英雄精神渐渐成为盛唐诗歌重要的精神内涵。

张九龄在政治上以操守高洁著名,在与李林甫发生冲突及遭排挤罢相后,尤其看重这一点。他的诗因而多表现清高自爱的人生态度。在艺术表现上,多托物言志、借景抒情,显得委婉蕴藉。例如他的《感遇》十二首均以芳草美人的意象抒写自己的胸怀，而《西江夜行》、《望月怀远》等篇将澄净的襟怀表现在清朗的月色中，情韵隽永，尤为出色。前一首如下：

遥夜人何在，澄潭月里行。悠悠天宇旷，切切故乡情。外物寂无扰，中流澹自清。念归林叶换，愁坐露华生。犹有汀洲鹤，宵分乍一鸣。

诗中所展现的澄澈柔美的夜景，处处渗透着婉约深长的情思。这类诗的风格对稍后孟浩然、王维等清淡一路的诗风也有一定的影响。

王昌龄、李颀等　在盛唐诗坛上有一批诗人，尽管仕途功名无甚成就，却在这一富于理想色彩和创造精神的时代中才华涌发，诗情激荡，写下了许多千古传诵的杰出篇章。他们很难归属于某一个流派，在诗型、题材上各有擅长，但无不有一种磊落豪迈的精神。王昌龄、李颀以及王翰、王之涣、崔颢就是其中的佼佼者。

王翰有《凉州词》：

葡萄美酒夜光杯，欲饮琵琶马上催。醉卧沙场君莫笑，古来征战几人回？

因为死亡是随时可以来临的，生命的每一个片刻都值得珍爱；而纵情的乃至不无奢侈的享受既是军人嘲弄死亡的方式，又隐隐透出一层悲凉。

王之涣（688—742）字季凌，他也有以《凉州词》为题的名篇：

黄沙直上白云间，一片孤城万仞山。羌笛何须怨杨柳，春风不度玉门关。

此诗开头四字通行本作"黄河远上"，可能是在流传中被后人作了改动。诗歌在极广大的视野里写出边城的荒凉，而后再以羌笛哀怨的声音撩动读者的心弦。但诗中画面雄壮阔大，故仍不失遒壮的风力。

在这群诗人中最为著名的是王昌龄（约690—约757）。他字少伯，京兆长安（今陕西西安）人，开元十五年进士及第，一生位沉下僚。安史之乱爆发后于避乱途中被亳州刺史闾丘晓杀害。

王昌龄最为擅长的诗型是七绝，写得较集中的题材是边塞生活。一般认为他和李白是唐人写七绝的两大高手，而他的《出塞》甚至被誉为唐人绝句压卷之作（见王世贞《艺苑卮言》）：

> 秦时明月汉时关，万里长征人未还。但使龙城飞将在，不教胡马度阴山。

诗一开头就把边塞的战争追溯到它的遥远而连绵不绝的历史，提醒人们自古以来沿长城一线血与火的冲突是这一土地上的人们难以摆脱的命运；而后用"但使"、"不教"这样的假设表达了对和平的祈愿——但也正因"龙城飞将（指像汉代李广那样的名将）在"是一个假设的条件，它同时也就暗示了和平的不可能。这诗写得并不深奥，却在短小的篇幅中包含了对历史的思考和复杂的感情，它的风格雄健浑厚，令人体会到诗歌语言的力量。

有些诗则热烈赞扬了前线将士舍身许国的豪情，如《从军行七首》其四：

> 青海长云暗雪山，孤城遥望玉门关。黄沙百战穿金甲，不破楼兰终不还。

这里表达的感情豪迈爽朗而富于英雄气。

王昌龄又常用七绝体式写闺情、宫怨，如《青楼曲二首》其一：

> 白马金鞍从武皇，旌旗十万宿长杨。楼头小妇鸣筝坐，遥见飞尘入建章。

末句只写少妇注视夫婿疾驰入宫，而自矜得意之情已尽在不语之中。诗人将情思和物色凝聚为鲜明的一点，言语无多而神情毕现。这样的才华是令人钦佩的。

前面提及的三位诗人均以七绝传名，我们由此可以看到这一诗型在盛唐时期的流行及成熟。它语言浅显，节奏流畅，宜于通过对素材的精心提炼而构成集中、明快的表现，好的作品又普遍被用作歌词来演唱，因此七绝特别容易被人们记诵、传唱而广泛流播，这对造成唐代社会热爱诗歌的风尚起了重要作用。

李颀（690—约751），东川（今四川三台）人，开元二十三年进士及第，天宝中曾任新乡县尉，后弃官退隐，又曾游历洛阳、长安。《古从军行》、《古意》等几篇歌行体的边塞诗以悲壮而奔放的格调为他赢得了声誉，但他的另外一些着力刻画人物性格、有人物特写意味的诗篇尤其具有特色。如《别梁锽》诗开头，"梁生倜傥心不羁，途穷气盖长安儿。回头转眄似雕鹗，有志飞鸣人岂知"，神气摄人；《送陈章甫》中"陈侯立身何坦荡，虬须虎眉仍大颡。腹中贮书一万卷,不肯低头在草莽",豪迈有精神;《赠张旭》"露顶据胡床,长叫三五声,兴来洒素壁,挥笔如流星",将这位"草圣"的神貌写得十分动人。李颀写这些人物时好表现他们的骨鲠之气和狂傲性格,用笔奇诞,这同时宣泄了他自己胸中的愤激不平之慨。从中人们也看到唐诗中对个性自由、个人尊严的赞美日渐突出。

李颀有几首描写音乐的诗篇也非常有名。诗人善于运用巧妙的比喻、联想,在听觉形象和视觉形象的配合中描写乐曲旋律和所呈现情感的变化,如《听董大弹胡笳声兼语弄寄房给事》中"空山百鸟散还合,万里浮云阴且晴。嘶酸雏雁失群夜,断绝胡儿恋母声",以及"幽音变调忽飘洒,长风吹林雨堕瓦。迸泉飒飒飞木末,野鹿呦呦走堂下",状摹曲声和内中意蕴的动人,可谓出神入化。

崔颢(?—754),汴州(今河南开封市)人,开元十一年登进士第,累官尚书司勋员外郎。他写过一些关于闺情和边塞的诗,而最有名的是被严羽称为"唐人七律第一"(《沧浪诗话》)的《黄鹤楼》:

昔人已乘黄鹤去,此地空余黄鹤楼。黄鹤一去不复返,白云千载空悠悠。晴川历历汉阳树,芳草萋萋鹦鹉洲。日暮乡关何处是?烟波江上使人愁。

相传仙人在此骑鹤而去的黄鹤楼如今成为崔颢人生漂泊的一站。他以无作有,借黄鹤的一去不复返,写出自由与永恒的梦想在人间的不可得;当日暮时分,烟波迷茫,此时遥望目不可及的乡关,也不只是怀乡之情,而更多是感念人在天地间的根本上的漂泊无着。这首诗尚带歌行的韵味,以严格的律体来衡量颇有"出格"之嫌。但这恐非因为对诗体的掌握欠纯熟,而是出于情感的自由抒发的需要。

孟浩然、王维 孟浩然和王维通常被推举为唐诗中山水田园诗派的代表性作家。

孟浩然(689—740)是位享有盛名而一生布衣的诗人。他长期隐居在家乡襄阳城南岘山附近的涧南园,也曾屡次出游,到过许多山水名胜之地。他的诗大部分与家乡及漫游途中的山水景物有关,是唐代第一个倾大力写作山水诗的诗人。

山水诗在唐以前已经经历了长期发展,而孟浩然在这里仍然有独特的创造。这不仅表现在诗中情和景的关系常常是水乳交融般的密合,诗中的意境也显得更加单纯明净。而这又同孟浩然诗在语言方面的特点有关:通常它是朴素而自然的,甚至有些平淡,但其实经过苦心琢磨,所以能够表现悠远深厚的境界。如《夜归鹿门山歌》:

山寺钟鸣昼已昏,渔梁渡头争渡喧。人随沙岸向江村,余亦乘舟归鹿门。鹿门月照开烟树,忽到庞公栖隐处。岩扉松径长寂寥,唯有幽人夜来去。

从渔梁渡头到鹿门山,一路行程中时与景渐变,诗境也渐渐转向清幽。当嘈杂的人群各有所归时,诗人的身影以一个飘逸的姿态从喧嚣的尘世脱出。在这里,人在世间的行程和他的精神历程相互叠合。而诗在字面上并无特异的修辞手段,通篇只是用一种行云流水般的调子把夜归的行程一路写下来。另外写田园生活的《过故人庄》也是很好的例子:

故人具鸡黍,邀我至田家。绿树村边合,青山郭外斜。开轩面场圃,把酒话桑麻。待到重阳日,还来就菊花。

老朋友请客,准备了些家常的食物,彼此闲扯了一会农庄里的琐事。这似乎是毫无意义的日常生活经历,但在平淡的描述中却浸透了淳厚的人情;而且,这种无所用心似的萧散,跟城市里官场中免不了的虚饰、焦虑、紧张,正好是相反的情调,它使读者的心情获得一种放松。

孟浩然诗的语言和意境有时似乎与陶渊明诗相近。但陶诗意蕴的深厚与诗中的玄理有关,而孟诗并无这种哲理的内容,它的深厚意蕴只是产生于对生活本身的体味和感受。这使得孟浩然诗读来更觉亲切。而诗歌在创造情韵丰厚的意境时,不依赖于特殊的语汇与炫人眼目的修辞,这也表明人们对诗意的感受越来越敏锐和细致。

王维(约701—761)字摩诘,太原祁县(今属山西)人,开元九年进士及第,长期主要在京城任职,累迁至尚书右丞。他是一位多才多艺的作家,精通音乐,尤擅绘画,后人甚至推许为南宗画派之祖。他在诗歌创作方面也具有全面的造诣,各种诗型各种题材均有佳作。总之,在盛唐诗坛上,王维是一位富于艺术修养的诗人。

王维早年一些诗歌写得意气风发，如《少年行》其一：

新丰美酒斗十千，咸阳游侠多少年。相逢意气为君饮，系马高楼垂柳边。

游侠少年洒脱无羁的情怀，表现得何其真切。此外，王维早期以及中年所写的边塞诗亦慷慨宏放，《使至塞上》中"大漠孤烟直，长河落日圆"之句，以单纯的线条描绘出塞上奇瑰的风光，景象壮阔而优美，令人神往。

不过，王维诗中最具个人特色、最能体现他的创造才华的，还是关于山水田园的作品。大抵自中年以后，由于对仕途生活的厌倦和佛教思想的熏陶，王维在政治上采取一种低调的姿态，他在终南山置有别业，后又经营了辋川山庄，过着亦仕亦隐的生活，而自然美景便成为他取之不尽的诗材。

前人论王维的山水田园诗，经常注意到的有两大特点：一是苏轼所说的"诗中有画"（《书摩诘蓝田烟雨图》），一是诗中常蕴含佛理禅趣。他本是一位画家，又是热心的佛教信仰者，上述特点的形成应该说是很自然的。但必须注意到，就前者而言，王维诗中常常融合了心理因素描绘出自然景物的微妙变化，这恰恰是绘画难以表现的；就后者而言，王维诗在呈现自然景象的幽静与深邃时总不乏清丽丰润的美感，它更多地传达了热爱生活的情怀而并非佛徒的空寂出世之想。总之，王维归根结底是一位感性丰富的诗人。

和孟浩然相比，王维的山水田园诗有一种纯化的非日常性的意境，如《山居秋暝》：

空山新雨后，天气晚来秋。明月松间照，清泉石上流。竹喧归浣女，莲动下渔舟。随意春芳歇，王孙自可留。

这是一片宁静而清朗的世界，散发着梦幻般的美丽的光华。"王孙自可留"，更可以理解为诗意生活对庸俗人性的劝归。

王维写景的一个非同凡响的长处，是凭借着敏锐而细致的感受、使用恰好的语言显示光与色及声音变幻不定的形态。如《山中》一诗，前二句"荆溪白石出，天寒红叶稀"已是很漂亮的具有绘画效果的色彩组合，而后二句"山路元无雨，空翠湿人衣"，写湿润的青山中翠色仿佛荡漾开来，更是空际着笔，在真幻之间。还有《鹿柴》：

空山不见人，但闻人语响。返景入深林，复照青苔上。

空山中不见人影因而显得不可捉摸的声音，暗淡地浮动着并且正在静静地消逝的阳光，演示了"有"和"无"的不确定性。此诗后二句本于梁刘孝绰《侍宴集贤堂应令》中"反景入池林，余光映泉石"一联。但刘氏原诗因为有太多的累赘语，以至这二句的妙处也被淹没了；而王维将它作了一番改造并重新组合，却构成了既单纯又幽邃的意境。从这里我们也可以看到唐诗与南朝诗歌的关系。

作为一个艺术造诣全面的诗人，王维诗即使在山水田园这一题材范围内，其风格也不是单一的。如《终南山》的"白云回望合，青霭入看无。分野中峰变，阴晴众壑殊"，《汉江临眺》的"江流天地外，山色有无中。郡邑浮前浦，波澜动远空"，都具有极为空阔广大的境界。而《渭川田家》则用了清淡自然的笔调写出农村生活的安宁与和谐，近似于陶渊明的风格。

再有，王维也善于用歌谣式的素朴语言和自然音调，把一些普遍性的人生情感表现得单纯而又隽永，如《送元二使安西》：

渭城朝雨浥轻尘，客舍青青柳色新。劝君更尽一杯酒，西出阳关无故人。

此诗在唐代被配乐后作为送别曲演唱，又称《阳关三叠》，可见其感人之深。

王维是唐代影响最为深远的大诗人之一。不仅山水田园诗在他手中得到一次总结和显著的提高，后代凡追求诗歌"妙悟"、"神韵"之境的诗人，大抵皆以他为宗。

当时和王、孟风格比较接近的，还有储光羲、常建等人。储光羲写有多篇田园诗，而传诵较广的则是写景小诗《钓鱼湾》，"潭清疑水浅，荷动知鱼散"之句颇为细巧。常建善写山水景物，其《题破山寺后禅院》一篇很有名：

清晨入古寺，初日照高林。竹径通幽处，禅房花木深。山光悦鸟性，潭影空人心。万籁此都寂，但余钟磬音。

虽说在蕴涵佛理方面较王维而言稍嫌外露，但还是成功地写出了幽寂的意境；中二联之精工，尤非寻常。

高適、岑参 高適和岑参都曾厕身戎幕，均擅长以古诗尤其是七古的形式来写边塞题材，而且诗中多慷慨之气，所以自唐宋以来就有"高岑"的并称。

高適（约704—765）字达夫，渤海蓨县（今河北景县）人，早年困顿不遇，约五十岁时至河西节度使幕中掌书记。安史之乱发生后他才开始受到重用，代宗朝累官至刑部侍郎，进封渤海县侯。《旧唐书》说"有唐以来，诗人之达者，唯適而已"。但其现存诗篇大都作于未发达时。

高適抱负远大，狂放不羁，却长期沉沦，故诗中情绪激愤而高昂。《九月九日酬颜少府》写道：

檐前白日应可惜，篱下黄花为谁有？行子迎霜未授衣，主人得钱始沽酒。苏秦憔悴人多厌，蔡泽栖迟世看丑。纵使登高只断肠，不如独坐空搔首。

这是一首通篇对仗的七律，内容又是自叹不遇，却写得气势翻腾，雄浑有力。这力量来自诗人内心的高傲。虽然无衣无钱，但这只是苏秦、蔡泽一类英雄人物的"憔悴"与"栖迟"；既然世人无识，他也只好独坐搔首，任白日空驰，黄花柱开。其实高適在去河西幕府之前也曾担任过封丘县尉，但不久便辞去了，《封丘县》一诗坦率地自陈心迹："我本渔樵孟诸野，一生自是悠悠者。乍可狂歌草泽中，宁堪作吏风尘下。只言小邑无所为，公门百事皆有期。拜迎官长心欲碎，鞭挞黎庶令心悲……"个人尊严和小官僚职务的卑琐与不自由发生了严重的冲突，这样的生活令他难以忍受。殷璠《河岳英灵集》说："適诗多胸臆语，兼有气骨，故朝野通赏其文。"表达感情直率而强烈，确是高適诗的明显特点，加上始终自信的豪迈性格，使得他的诗歌形成雄健的风格。

高適的诗以七言古体最为著名，代表作除上引《封丘县》，另有边塞题材的《燕歌行》：

汉家烟尘在东北，汉将辞家破残贼。男儿本自重横行，天子非常赐颜色。摐金伐鼓下榆关，旌旆逶迤碣石间。校尉羽书飞瀚海，单于猎火照狼山。山川萧条极边土，胡骑凭陵杂风雨。战士军前半死生，美人帐下犹歌舞。大漠穷秋塞草腓，孤城落日斗兵稀。身当恩遇常轻敌，力尽关山未解围。铁衣远戍辛勤久，玉箸应啼别离后。少妇城南欲断肠，征人蓟北空回首。边风飘飘那可度，绝域苍茫更何有？杀气三时作阵云，寒声一夜传刁斗。相看白刃血纷纷，死节从来岂顾勋。君不见沙场征战苦，至今犹忆李将军。

类似以战争的艰苦和征人思妇相思之情为主要素材的七言歌行自梁代以来络绎不绝，而此篇却仍能出类拔萃。它在形式上大体为四句一转韵，每节前两句散行，后两句用对偶，一弛一张，节奏感很强；而内容的抒写则避免舒缓的铺陈，场景迅疾变换，并且将相互冲突的情绪如将士的勇武、军中的苦乐不均、征人思妇的彼此思恋等直接组合在一起，这不仅大大开拓了歌辞的内涵，而且显得动荡排阖，更具有冲激力。这种整练中见顿宕、纵横驰骋的艺术特色，给后人以很多启发。

岑参（715—769），江陵（今属湖北）人。和唐代一般边塞诗作者相比，他有着远为丰富的实际生活经验。自三十岁应举及第后，岑参曾两度出塞，在今新疆一带任幕僚之职多年。他的边塞诗多具体描述亲身经历的事件、亲眼所见的风光，而很少用概括性的写法。岑参性本好奇，其诗中充满异域情调的习俗、事物、景色斑斓纷呈，给边塞诗开拓了瑰丽异常的境界。如"琵琶长笛曲相和，羌儿胡雏齐唱歌。浑炙犁牛烹野驼，交河美酒金叵罗"（《酒泉太守席上醉后作》）是别具风味的饮筵，"曼脸娇娥纤复秾，轻罗金缕花葱茏。回裙转袖若飞雪，左旋右旋生旋风"（《田使君美人舞如莲花北旋歌》）是另有风情的舞蹈，而"北风卷地白草折，胡天八月即飞雪。忽如一夜春风来，千树万树梨花开"（《白雪歌送武判官归京》）则是常人不得见的景观。在这严酷而奇丽的自然环境中，军旅生活既是豪迈的也是艰辛的。《走马川行奉送出师西征》写道：

君不见，走马川行雪海边，平沙莽莽黄入天。轮台九月风夜吼，一川碎石大如斗，随风满地石乱走。匈奴草黄马正肥，金山西见烟尘飞，汉家大将西出师。将军金甲夜不脱，半夜军行戈相拨，风头如刀面如割。马毛带雪汗气蒸，五花连钱旋作冰，幕中草檄砚水凝。虏骑闻之应胆慑，料知短兵不敢接，车师西门伫献捷。

岑参诗中也常常直接呈露个人的情感，它和局外观察者的拟想是有所不同的，如《凉州馆中与诸判官夜集》：

弯弯月出挂城头，城头月出照凉州。凉州七里十万家，胡人半解弹琵琶。琵琶一曲肠堪断，风萧萧兮夜漫漫。河曲幕中多故人，故人别来三五春。花门楼前见秋草，岂能贫贱相看老。一生大笑能几回，斗酒相逢须醉倒。

这是一群中层官员的宴集，他们因不甘贫贱而远来塞上，却又深感人生苦长欢短，唯有借酒作乐，一醉方休。

岑参诗以奇峭壮丽著称。这不仅是因为它的内容不同寻常，而且其体式亦有刻意求奇的特色。上引二诗，前一首诗以三句为一用韵单位，句句用韵，造成一种拗峭而急迫的节奏；后一首两句一韵，最后四句为一韵，十二句共换了五韵，诗中又多用接字法紧密连接，造成复沓回旋的声情。这种不拘常规的节奏、格调和富于跳跃性的情思可谓相得益彰。

李白其人 李白（701—762）字太白，出生于碎叶（唐安西四镇之一，治所在今吉尔吉斯斯坦境内）。李阳冰《草堂集序》等早出的文献均谓其为陇西成纪人，然陈寅恪先生之考证，则提出其家族实为汉化的西域胡人。幼年随家迁居绵州昌隆（今四川江油）。开元十三年李白二十五岁时离蜀漫游，经湖北、湖南而至江浙一带。后寓居郧城（今湖北安陆），娶故相许圉师孙女为妻。之后他仍不断出游，足迹遍及中原各地及山东，并一度到达长安。在漫游过程中，李白广泛交接文人雅士、名宦巨公，诗名远播。

天宝元年（742），李白被唐玄宗征召入京，供奉翰林。他入京时受到玄宗隆重的礼遇，踌躇满志，颇有心作一番事业。但不久就因遭到宫廷权贵的嫉恨与谗毁而萌生去意。天宝三载春，李白被放还乡。离长安后，他在洛阳与杜甫相识，结为知交。继而仍四处浪游，漂泊在河南、山东和吴越一带。

天宝十四载（755），安史之乱爆发。李白隐居于庐山时，永王李璘率师由江陵东下，邀请他参与其戎幕。肃宗李亨恐李璘成割据之势，发兵征讨，李璘军败被杀，李白也因此获罪下狱，不久被长流夜郎（今贵州铜梓一带）。至巫山时遇赦放还。宝应元年，李白病死于当涂其族叔李阳冰家。

在中国古代文士中，李白是一个生平、个性、思想都很独特的人。他是否为胡人后裔虽曾无定论，但其家非属仕宦而富裕逾常，这也是颇为奇怪的，所以人们猜想其父李客可能是一位巨商。李白自幼所受教育也不同一般，所谓"五岁诵六甲，十岁观百家"（《上安州裴长史书》），"十五观奇书"（《赠张相镐》），这里完全没有格外看重儒家文化的意味；在其他作品中，倒是常能见到对儒生乃至对孔子本人嘲弄的态度。

李白是一个生活兴趣极其广泛，而且无法仅仅在现实中就获得充分满足的人，他渴望积极地行动，追求一切可能的成功和享受。他"十五游神仙，仙游未曾歇"（《感兴》），而著名的道士司马承祯在江陵初次遇到他，便夸许他"有仙风道骨，可与神游八极之表"（李白《大鹏赋·序》），游仙问道的生活体现着超越凡俗的向往，也寄托着永生之梦想；他常年漫游，几乎遍历全国的名山大川，这既与求仙访道有关，也是因为自然的美景令生命感受到快慰；他纵酒豪饮，宣称"百年三万六千日，一日须倾三百杯"（《襄阳歌》），因为醉酒的境界神气格外飞扬；他又有很强烈的任侠作风，魏颢说他"眸子炯然，哆如饿虎……少任侠，手刃数人"（《李翰林集序》），他也曾回忆自己"东游维扬，不逾一年，散金三十余万，有落魄公子，悉皆济之"（《上安州裴长史书》），足见其为人之轻财好施，豪荡使气；当然，李白在政治上也慷慨自负，"愿为辅弼，使寰区大定，海县清一"（《代寿山答孟少府移文书》），这是壮丽人生所需要的舞台；另外，魏颢《李翰林集序》还提及他"骏马美妾"的出游，那也是一种古昔的风流俊赏。

总之，李白是一个充满梦想的非凡的天才，其个性之活跃和解放在中国古代诗人中无人可及。因此，李白也就很自然地为其同时代的人们所心仪，并永久地为后人所钦仰。

李白诗歌的艺术　　崇尚自由与个人尊严，热爱生活，热爱自然，对亲友乃至广大的人群常怀着真挚感情，是李白诗歌中最突出也是最可贵的内涵。魏晋以来重视个人价值的精神，盛唐文化中的英雄主义的气质，都融会在他的诗中，并且更注入了某些带平民色彩的意识。他正是在新的历史环境中继承和发扬了古典诗歌的优秀传统，积极发挥基于其强大生命力的艺术天才，而成为中国诗坛上耀眼的巨星。

李白所期望的是壮丽的人生，而这必须通过建立奇功伟业来实现；李白所期望的又是自由的人生，而这意味着不能够向权势者屈服。在他的时代中，这两者完全是不可能统一的，但李白就其人生态度而言，从没有放弃这种理想的结合。

在诗歌中，李白喜欢赞美在动荡变乱的非常时期叱咤风云的人物，因为在那样的历史舞台上英雄的行动更为主动和自由，他们的身姿格外光彩照人。而他总是随着自己的愿望来描述这些英雄，使他们成了自己的替身或陪衬。如《古风》其十写战国时的鲁仲连："明月出海底，一朝开光曜。却秦振英声，后世仰末照。意轻千金赠，顾向平原笑。"这里鲁仲连退秦兵是那样潇洒而轻快，大约李白想象自己排难解纷的身姿便是如此。又如《梁甫吟》中的郦食其："君不见高阳酒徒起草中，长揖山东隆准公；入门不拜骋雄辩，两女辍洗来趋风。东下齐城七十二，指挥楚汉如旋蓬。——狂客落魄尚如此，何况壮士当群雄！"郦食其原不是楚汉之争中的决定性人物，但李白要把他写成如此模样。他还进一步推想，像他这样的"壮士"应该比郦食其那样的"狂客"更高一等。

李白无法忍受俯首在权力的阶梯上费力攀升，他为自己设想的从政道路是由布衣直取卿相，做一番安国济民的大事业，然后是"功成拂衣去，摇曳沧洲旁"（《玉真公主别馆苦雨》）。当他来到长安的官场之后，当然也不能够为了遵守等级秩序的固有规则而屈膝向人。"揄扬九重万乘主，谑浪赤墀青琐贤"（《玉壶吟》），对皇帝他无妨加以称赞，至于群臣也就是彼此玩笑一番罢了。当发现自己不能为官僚们所容忍时，他宁可抛弃皇家的荣宠。他诧异且愤怒地指斥这个世界的荒唐："鸡聚族以争食，凤孤飞而无邻。蝘蜓嘲龙，鱼目混珍；嫫母衣锦，西施负薪。"（《鸣皋歌送岑征君》）而在《梦游天姥吟留别》中，他更高声呼喊："安能摧眉折腰事权贵，使我不得开心颜！"他把"开心颜"看得那么重要，因为他不能够压抑自己。但要李白从此高卧云山成为隐士，却还是不能够。在加入永王李璘的幕府后，他又兴奋地向往着一出手便能扶颠济危，犹如谢安之于东晋："但用东山谢安石，为君谈笑静胡沙。"（《永王东巡歌》）其实，李白是否具有在复杂的权力结构中从事政治活动的能力是可疑的。然而作为诗人，他为世人描绘了在当时而言是瑰丽非凡的人生图景。

对李白来说,生命的快乐也不只是寄托在政治上的成功,它需要各方面充分的满足,譬如饮酒:

> 君不见黄河之水天上来,奔流到海不复回;君不见高堂明镜悲白发,朝如青丝暮成雪。人生得意须尽欢,莫使金樽空对月。天生我材必有用,千金散尽还复来。烹羊宰牛且为乐,会须一饮三百杯。岑夫子,丹丘生,将进酒,杯莫停。与君歌一曲,请君为我倾耳听。钟鼓馔玉不足贵,但愿长醉不复醒。古来圣贤皆寂寞,惟有饮者留其名。陈王昔时宴平乐,斗酒十千恣欢谑。主人何为言少钱,径须沽取对君酌。五花马,千金裘,呼儿将出换美酒,与尔同销万古愁。(《将进酒》)

从无人将喝酒的事情说得如此义正辞严、慷慨热烈。大抵一般人总要为享乐生活找到在其之上的较为高尚的理由,但李白觉得享乐就是生命的权利,并不需要作什么掩饰。何况,酒还能将自然的人性从礼俗的拘禁中解放出来,恢复其本有的真诚。李白的饮酒诗总是洋溢着童真般的情趣,像本篇中"主人何为言少钱"云云,又如《山中与幽人对酌》:"两人对酌山花开,一杯一杯复一杯。我醉欲眠卿且去,明朝有意抱琴来。"人们喜爱这些诗,也正是因为从中可以感受到李白的坦诚性格和热烈的人生之恋。

大自然对李白来说是亲密的朋友,因为他常常把自己的性情融化到自然景物中去,然后又从自然中寻回另一个自我。例如他初出蜀时写的《渡荆门送别》:

> 渡远荆门外,来从楚国游。山随平野尽,江入大荒流。月下飞天镜,云生结海楼。仍怜故乡水,万里送行舟。

李白离开自幼生长的西蜀,踌躇满志,振翅欲飞。此时来到荆门山下,但见天宇旷寥,平野无涯,一路被两岸高山紧紧夹持的长江欢畅地流向辽阔的大地,这不正象征着一个广大的世界将属于他吗?

热爱自由和豪迈奔放的个性,使得李白尤其喜爱描绘雄壮的山川及其有力的动态。他笔下的黄河、长江,冲腾奔放,不可阻挡:"黄河万里触山动,盘涡毂转秦地雷……巨灵咆哮擘两山,洪波喷流射东海"(《西岳云台歌送丹丘子》);"登高壮观天地间,大江茫茫去不还。黄云万里动风色,白波九道流雪山"(《庐山谣寄卢侍御虚舟》)。他笔下的山峰峻拔峥嵘,气势磅礴,像著名的《蜀道难》以"噫吁嚱,危乎高哉!蜀道之难难于上青天"这样的惊叹开头,而后以大量篇幅从各种角度描绘和渲染蜀山的高峻艰险,令人有惊心动魄之感。当然李白也善于写意境优美的山水诗,但由性格所决定,前一种才是最具特色的。

当然,李白的感情更多地是投向他周围的人们。他珍爱自我,由此也珍爱他人。我们先看他的《久别离》诗:

别来几春未还家,玉窗五见樱桃花。况有锦字书,开缄使人嗟。至此肠断彼心绝,云鬟绿鬓罢梳结,愁如回飙乱白雪。去年寄书报阳台,今年寄书重相催。东风兮东风,为我吹行云使西来。待来竟不来,落花寂寂委青苔。

据魏颢《李翰林集序》,李白初娶许氏,后"合于刘"而"刘决",此后他还有过两次婚姻。上引诗正是李白在河南收到刘氏从吴地寄来诀别书信后写的①。从诗中可以看出,李白曾两次致书要求并急切等待刘氏到他身边来,但刘氏不知为什么不能来,还决定与他分手。而李白尽管对此有"肠断"之痛,但在诗中对她不仅毫无指责,而且更多地想到她的痛苦,好像看见她愁苦不堪的模样。这是一首十分动人的诗篇。尤其是在妇女的社会地位很低的古代中国,李白能够这样对待主动提出离异的女方,更为难能可贵。他对贵者是高傲的,对弱者却富于同情。

李白那些歌唱友谊的诗篇,更有很多是久来脍炙人口的,如《黄鹤楼送孟浩然之广陵》、《闻王昌龄左迁龙标遥有此寄》是为两位名诗人而作,《赠汪伦》则是写给一个普通的老百姓:

李白乘舟将欲行,忽闻岸上踏歌声。桃花潭水深千尺,不及汪伦送我情。

李白的这一类赠别诗总是写得一往情深而又清爽畅快,缠绵悲切不是

---

① 有关此诗的解释系据章培恒先生考证,见其《献疑集·李白婚姻生活、社会地位与氏族》。

他的爱好。

自由活跃的性格，等级观念的淡薄，使李白能够饶有兴味地看待各种人的生活，随处发现人情之美。如《宿五松山下荀媪家》表达了因一个农妇对他的款待而生的感激之情，《秋浦歌》描绘了冶炼工人在月夜中炼矿时火光熊熊、歌声动地的热烈景象，而《越女词》则写下了对江南赤足少女的瞬间的感动："长干吴儿女，眉目艳星月。屐上足如霜，不着鸦头袜。"生活对于他是如此富于吸引力，他的诗意感觉永远那么新鲜。

尽管盛唐时代社会文化之开放在中国历史上是不多见的，李白的诗歌创作也确实离不开这一大背景，但当时仍然找不到与李白风格近似的诗人；而在整个中国诗史上，李白也几乎是独一无二的。作为诗人的李白，实有其不可企及之处：他有特别强烈的自我意识，一般人在世俗生活中无法保持的童心与天真，旺盛的生命活力和非凡的天赋，还加上足够的文学修养，这一切实难汇集于一身。

从诗歌体式来说，李白除了七律写作较少，可说是众体兼长。其中为人称道也最具个人特色的是以乐府体为主的古诗，尤其是传统上归为"七古"而实为杂言体的歌行。由鲍照所开创的这一诗体，在李白那里比前人更为放纵自由，在句式的起伏无端而舒卷自如的变化中呈现着感情的激越跳荡、倏忽变幻。七言绝句也是李白特别擅长的诗体，写来或轻快流利，或飘逸飞动，公认代表着唐代七绝的最高水准。而五言古体、律诗、绝句，无不各有佳妙之作。

李白的诗歌极富于想象力。当寻常的形象无法容纳他的活跃而强烈的感情时，诗人就展开天马行空式的想象和幻想，创造出奇幻的形象与意境。如《陪侍郎叔游洞庭醉后》："刬却君山好，平铺湘水流。巴陵无限酒，醉杀洞庭秋。"先是把洞庭秋丽的秋色与酒醉联想在一起，而后又设想把君山削去，让湘水一无遮拦地流泻，便能够使洞庭的秋色"醉"得更透更动人。又如《梁甫吟》中的："我欲攀龙见明主，雷公砰訇震天鼓，帝旁投壶多玉女。三时大笑开电光，倏烁晦冥起风雨。阊阖九门不可通，以额扣关阍者怒……"用幻想中天界异常诡奇激烈的情景表现了自己与昏聩的统治集团的冲突。而《月下独酌》写平常的生活内容却有着常人梦想不到美妙：

花间一壶酒，独酌无相亲。举杯邀明月，对影成三人。月既不解饮，影徒随我身。暂伴月将影，行乐须及春。我歌月徘徊，我舞影零乱。醒时同交欢，醉后各分散。永结无情游，相期邈云汉。

同样，李白诗歌在风格上也是兼具各色。情绪热烈、富于气势、境象奇丽固然是其重要的特点，但他也善于写或清幽或朴素的诗境。像"床前明月光，疑是地上霜。举头望明月，低头思故乡"（《静夜思》）这样朴实无华的小诗，也是十分动人的。

"清水出芙蓉，天然去雕饰"，李白的这两句诗常被人们用来形容他自己诗歌的语言特色。他很喜爱南朝乐府，有不少诗篇的用语直接脱化于此（如《静夜思》系从《子夜秋歌》"秋风入窗里"一篇化出），而其他许多诗篇虽不是直接由此改造而来，却同样具有率真自然、清浅明朗的歌谣风韵。但是他的"天然"又并不仅仅是除去雕饰，浅显明白，而是在学习歌谣特点、广泛吸纳新鲜活泼的生活语言的同时，也广泛汲取了前代文人诗歌的精华，形成通俗而又精练、明朗而又含蓄、清新而又明丽的特色，语近情遥，自成高格。

在文学史上，初、盛唐诗歌继承了六朝诗歌所蕴含的多种可能性而获得大幅度的提高。尽管，追求文学的生气和抒情的解放，强调"风骨"，提倡"自然"，要求语言的雅俗结合，这些主张在六朝就先后被提出，但由于社会文化等历史条件和艺术经验积累的限制，至盛唐诗歌，前人的这些审美理想才真正得到充分的体现，而李白在这方面又正是一个杰出的代表。

三、初、盛唐散文的变化

我们在这里说的"散文"是一个广义的概念，骈体文和散体文都包括在内。初、盛唐是一个诗歌的时代，散文的成就相形逊色得多。但这时的文章正酝酿着一些变化，还是很值得注意的。

初唐承南朝余绪，流行四六骈体。"四杰"中骆宾王、王勃尤以擅长骈文著名。

骆宾王留下的文章数量不少。他呈给上级官员的书、启一类，雕琢很重，但写给亲旧的书信，则有明显不同。如《与亲情书》的开头，"风壤一殊，山河万里。或平生未展，或睽索累年。存殁寂寥，吉凶阻绝。无由聚泄，每积凄凉"，写出了无奈地劳瘁于仕路时回顾人生、眷怀亲友的浓厚伤感，显得十分感人，文辞也较为简洁。大体这一类文字较南北朝的骈文已经少了些矜持。他代徐敬业起草的《讨武氏檄》是唐代骈文中的名作。文字中灌注了热烈的感情，极富于煽动性。像"一抔之土未干，六尺之孤安在"，虽是从君臣大义来发论，却是令人由悲哀而生愤慨。

王勃写有多篇骈体序文，其中《滕王阁序》尤为著名。描摹秋色的一节，画面宏阔而景象明丽：

云销雨霁，彩彻区明。落霞与孤鹜齐飞，秋水共长天一色。渔舟唱晚，响穷彭蠡之滨；雁阵惊寒，声断衡阳之浦。

这一小节用三组不同的对句构成，堪称精工。但骈文虽然也可以写得既精美又切情，然而由于形式的讲求太多，并不容易写好。实际上初唐像《滕王阁序》这样的文章已不多见了。

对于盛唐时代一些性格自由无羁的文士来说，过于严格的文章形式是他们不愿接受的。典型的如李白，他的书信体散文无不是骈散兼用而挥洒自如，即使像《春夜宴从弟桃李园序》这种惯例用骈体的文章，他也写得相当松散："夫天地者，万物之逆旅；光阴者，百代之过客。而浮生若梦，为欢几何？古人秉烛夜游，良有以也。况阳春召我以烟景，大块假我以文章……"这是说人生当及时行乐的道理，文字浅显而属对不十分严整，遂容易表达活跃的情绪。而王维的《山中与裴秀才迪书》更具代表性：

北涉玄灞，清月映郭。夜登华子冈，辋水沦涟，与月上下。寒山远火，明灭林外；深巷寒犬，吠声如豹；村墟夜舂，复与疏钟相间。此时独坐，僮仆静默。多思曩昔，携手赋诗，步仄径，临清流也。当待春中，草木蔓发，春山可望，轻鲦出水，白鸥矫翼，露湿青皋，麦陇朝雊，斯之不远，倘能从我游乎？非子天机清妙者，岂能以此不急之务相邀？然是中有深趣矣！无忽。

写景抒情，文辞清丽，趣味隽永，非常富于诗意。此文明显继承了六朝书信体写景小品传统，但它虽多用四字短句，亦间有对偶，却有意避免过分严整，更见轻快自由。

从以上简单的引证，可以看到唐代散文在中唐以前就有了从骈体向散体变化的趋势。值得提出的是：单纯从文学范围来说，虽然某一种体式会因风习的关系而特别盛行，但作家基于个人对美的追求的写作终究是自由的，如果某一体式使人们感到不适，便自然会发生改变，实无须乎严辞厉色的批判与呼吁。所谓"古文运动"之所以有一种庄严峻厉之相，正因它是一种思想与意识形态的运动；换句话说，单就文学而言，古文运动并不像人们以前所推崇的那么重要。

第 10 章

中、晚唐诗文

在尚维持着表面繁盛的玄宗天宝后期，唐代社会已埋伏着危机。天宝十四载（755）安史之乱爆发，使这个强盛的王朝迅速地转入衰乱。安史之乱给唐代社会乃至整个中国历史造成的影响是相当深远的：一方面，地方军阀割据势力不断扩张，中央政权对全国的控制受到严重削弱；另一方面，从隋代以来就逐渐受到抑制的贵族阶层（包括传统士族与新起的贵族）由于庄园经济受到战乱的扫荡而从此一蹶不振，出身于普通官僚、地主家庭的文化人在政治上越来越活跃。从总体上来说，中国社会的结构开始走向转型阶段。

政治的变乱使得一部分文化人渴望皇权的强大，对南北朝直到盛唐因城市经济的发展而形成的追求享乐的倾向也提出了严厉的批评，并进而考虑调动意识形态的力量来积极维护封建伦理秩序。因此出现了复兴儒学的努力；这种努力包含了对儒学的改造，其方向是通向宋代理学的。反映在文学领域，首先可以看到文学与时事政治的关联加强了，进一步是儒学传统中以文学为政治、教化之工具的观念得到系统的阐发，并表现于一部分作家的实际创作。一般说的"古文运动"和"新乐府运动"就是这一背景下不约而同的产物。

但中晚唐文学并不是说因这种束缚而出现全面的退缩，它只是变得更复杂。尽管社会处于持续的动荡中，城市经济却仍旧趋向繁盛，与城市生活相适应的俗文学以及跟它关系密切的传奇小说兴盛起来，这我们将在另外的章节中介绍。而就是纯属雅文学传统的诗文，也是处于分化的状态，即一部分朝着为政教服务的方向转变，一部分继续朝着表现个人生活情怀和注重审美的方向发展。而且同一个作家的文学态度、文学品格也并不总是统一的。像韩愈在散文领域是倡导"文以明道"的领袖，而他的诗歌则很少跟这一主张发生关联；白居易的诗歌则在两个方向上都有突出的表现。

还有一点值得注意的是，自魏晋至盛唐，文学的趣味是偏向于高雅的，这跟贵族文化的影响有关；到了中唐以后，因此而产生的许多忌讳被打破了，尤其在诗歌方面，呈现的心理活动内容、审美趣味要比前人更为丰富复杂。所以，中晚唐诗歌艺术风格的多样化、各种不同风格之间的差异，甚至比初盛唐诗给人的印象还要强烈。

一、中唐诗歌

杜甫的生平与创作历程 在《唐诗品汇》中杜甫被列为盛唐诗人，现代研究者中早有人提出这不妥当。因为杜甫诗歌的主导风格是在安史之乱的前夕开始形成而滋长于其后数十年动荡不已的形势中的，尽管在杜甫的诗歌创作中仍然体现着盛唐诗歌的一些重要特征，如爱好雄伟壮大之美等等，但许多新的特点，如关切政治和民生疾苦，注重写实，从朝廷的利益考虑而抑制自我内心的激情等等，都已经出现，并相应带来语言表现形式方面的一系列变化。杜诗的创作倾向不仅标志了唐诗内容与风格的重大转折，也对中唐以后直至宋代诗歌的发展造成了深刻的影响。

杜甫（712—770）字子美，生于巩县（今属河南）。先祖杜预为西晋名将和名学者，祖父杜审言为武后时的名诗人。这一家族历代仕宦不绝，但到杜甫的父辈已显衰落之象。所以杜甫一方面自豪地夸诩其家族"奉儒守官，未坠素业"，同时又感叹"近代陵夷，公侯之贵磨灭"（《进雕赋表》）。唐人重门第，重诗名，追求仕途事业和诗歌的成就，成为杜甫的两大人生目标。

杜甫早慧，自称七岁便能写诗，十四五岁时便"出游翰墨场"（《壮游》）。二十岁以后十余年中，杜甫过着漫游的生活。他先到了吴越一带，二十四岁时赴洛阳应试未第，又"放荡齐赵间"，过着"裘马颇清狂"的日子（《壮游》）。三十三岁时，杜甫与已是名震天下的李白相识于洛阳，又在梁、宋一带为豪侠之游。这些年是杜甫一生中生活最为放浪无拘的时期。

三十五岁左右，杜甫来到长安求取官职，滞留十余年。由于缺乏有力的援手，他不断碰壁，生活也越发艰困。他不得不乞求权贵的荐引，这又使他深感羞辱。到天宝十四载，杜甫因曾向玄宗献赋，获得右卫率府胄曹参军这样一个掌管兵器甲仗和门禁锁钥的卑微官职，这已是安史之乱的前夕。

安史之乱爆发后，杜甫一度被困于叛军占据下的长安。后来只身逃出，投奔驻在凤翔的唐肃宗，被任为左拾遗。但不久就因上疏申救房琯的罢相而触怒肃宗，于乾元初被贬斥为华州司功参军。由于战乱和饥荒，杜甫无法养活他的家庭，便在乾元二年（759）丢弃了官职，经过艰苦跋涉进入当时尚为安定富足的蜀中，寄居成都。

在成都杜甫度过两年多安逸的时光。后又因军阀的叛乱而携家逃难。广德二年（764）他回到成都，此时他的故交严武在任剑南节度使，请他担任了节度参谋，并为他谋得检校工部员外郎的虚衔。但第二年他就辞去了使署中的职务，而后离开成都，流寓于云安、夔州等地。到五十七岁那年，终于乘舟出三峡，却仍是在湖北、湖南一带的水路上漂泊，最后于大历五年、五十九岁上，在耒阳附近客死旅舟。他的后半生几乎完全是在动荡的形势中带着全家过着艰难漂泊的生活。

杜甫年轻时代性格中有着颇为张狂高傲一面，其《壮游》诗回忆往事，自称"性豪业嗜酒，嫉恶怀刚肠"，"饮酣视八极，俗物都茫茫"，这跟李白的自我表述颇有近似之处。但他又是自幼就接受了儒家正统文化的熏陶，后来经历重重苦难，把一切希望寄托在唐王朝的"中兴"上，于是儒家思想对他的人生态度发生了重要的作用，他在诗中也自称"乾坤一腐儒"（《江汉》）。但他也并不是完全变成了另外一个人，《旧唐书》本传说他"性褊躁"、"无拘检"、"傲诞"，不会毫无根据。而这种内在的易激动和高傲的性情，对于诗人而言乃是不可少的。

杜甫的诗歌创作大体可分作三个时期。其早期之作和盛唐诗歌的普遍风气相一致，如《画鹰》以"何当击凡鸟，毛血洒平芜"写鹰，表现出充满自信的情调和英雄主义的倾向；又像《今夕行》写"家无儋石输百万"的豪杰式的赌徒，《饮中八仙歌》写李白、张旭等人任情纵酒的风姿，也散发着盛唐社会的浪漫气氛。但杜甫的早期作品留存数量很少，其诗歌的显著特点也尚未显现出来。

安史之乱前夕，杜甫本人的生活陷入困境，而社会的危机也日益突出，他的诗歌创作发生了明显的变化。作于天宝十一载（752）的《兵车行》，记录下人民被驱往战场送死的悲惨图景，它标志着杜甫诗歌转向严肃的写实和具有批判性的方向;而长诗《自京赴奉先咏怀》又把这种创作精神推进到更为深刻和尖锐的程度。这是杜甫于天宝十四载由长安赴奉先探家后写成的,诗中写到他到家中才得知幼子已经因饥饿而死,这使他感到巨大痛苦;而正是由于个人的不幸,他对人民的不幸也有了深切的体验:"入门闻号咷,幼子饿已卒。吾宁舍一哀,里巷亦呜咽。……生常免租税,名不隶征伐。抚迹犹酸辛,平人固骚屑。默思失业徒,因念远戍卒。忧端齐终南,澒洞不可掇!"也正是因此,杜甫在表示自己对王朝和君主忠诚如"葵藿倾太阳"一般不可改移的同时,写下了如此具有震撼力的诗句:

彤庭所分帛,本自寒女出,鞭挞其夫家,聚敛贡城阙。……朱门酒肉臭,路有冻死骨!

从安史之乱爆发到杜甫入蜀前的数年,他的诗歌在上述方向上进一步发展,内容则更为丰富。叛军的残暴、社会的残破、人民的灾难、个人的不幸都成为其诗歌的题材,以强烈的感情和正视人生苦难的精神为基础切入社会政治现实的杰作,从诗人浸满忧患的笔下不绝涌出,这些作品奠定了杜甫在文学史上的特殊地位。

在这些诗作中,有的着重从自身的处境出发抒发战乱带来的痛苦,如《春望》写他被迫困守长安时的焦虑,《月夜》写对相隔异地的妻儿的思念,这些诗感情明晰而深邃,十分感人。而另一类作品则描述了战乱给广大民众带来的灾难,感情就较为复杂。从历来被称扬为"忧国忧民"的杜诗名篇"三吏"、"三别"中,我们可以清楚地理解这一点。这些诗作于乾元二年杜甫从华州去洛阳时。此前不久,唐军在邺城围攻安史叛军遭到大败,形势危急,因而在民间拼命抓丁,连未成年人和老人都不能幸免。杜甫以叙事诗的形式描述了他亲眼所见的悲惨情形。首先看他的《新安吏》的前半部分:

客行新安道,喧呼闻点兵。借问新安吏:"县小更无丁?""府帖昨夜下,次选中男行。""中男绝短小,何以守王城?"肥男有母送,瘦男独伶俜。白水暮东流,青山犹哭声。"莫自使眼枯,收汝泪纵横,眼枯即见骨,天地终无情!"

至此我们感受到诗人对受难的人民的深切的悲悯之情。"眼枯即见骨,天地终无情"这样悲愤的话指出了一个惨痛的事实：民众在这个世界上走到了绝路。但沿着这个方向追问下去，会出现严重的问题：安史之乱的爆发乃至攻邺之战的失败根本是由统治集团的腐朽无能造成的，已经被迫牺牲到尽头的人民有无义务继续为大唐王朝放弃他们最后的生存希望？而诗人就在这危险关头收刹了他的笔，转到另外的方向：

我军取相州，日夕望其平，岂意贼难料，归军星散营。就粮近故垒，练卒依旧京，掘壕不到水，牧马役亦轻。况乃王师顺，抚养甚分明，送行勿泣血，仆射如父兄。

如果杜甫真的相信所谓官军中劳役轻、官长爱惜士兵，并且似乎没有什么危险，他在前面根本就无须那样悲愤。这只能是一种矫饰，并因此使诗中不可避免地产生了前后矛盾。还有《新婚别》，写一位结婚才一天就送丈夫从军的新娘，《垂老别》写一位"子孙阵亡尽"而自己又被征去当兵的老人，诗人在用充满同情的笔调写出他们的凄惨至极的遭遇和深切的悲哀之后，都让他们说出"深明大义"、为国忘私的豪言。但是，既然杜甫自己在写出这些诗篇之后不久就为了躲避祸乱而弃官入蜀了，那些平民怎能在人生的绝境中对冷酷的统治者毫无怨尤？这显然也是矫饰之笔。而根本原因在于杜甫寄希望李氏王朝的"国"，不能不对它设法维护，因而他有意缩小了人民和政权的矛盾，也削弱了揭露与批判的锋芒。

总之，杜甫"忧国"，却不能因此而泯灭良知，回避眼见的事实；他"忧民"，却又不能因此舍弃李唐王朝的根本利益，只能在尖锐的矛盾中勉强地寻找折中的途径，这使诗中表现出的情绪显得十分痛苦。如果不苛责杜甫，应该承认像"君今往死地，沉痛迫中肠"（《新婚别》）、"幸有牙齿存，所悲骨髓干"（《垂老别》）这样凄惨的描述，像"眼枯即见骨，天地终无情"这样悲慨的呼喊，仍是充满激情地写出了生活在社会底层的孤弱的个体受国家力量驱迫的巨大不幸，这样的诗终究是难能可贵的。

入蜀以后是杜甫诗歌创作的晚期，留下的作品有一千余首，占其存诗总数的三分之二以上，其内容也较前一时期更为广泛。

在杜甫晚年，唐王朝爆发性的危机转化为反复不已的动乱，而他对自身的前景也日觉灰暗，因此诗歌创作与中期相比也有所不同。像《兵车行》和"三吏"、"三别"那样怀着急迫的心情描述社会现实状况的作品已经很少见，但他对军阀、官僚的横暴、腐败，态度有时更为尖锐严峻。如《三绝句》中写官军的残暴：

> 殿前兵马虽骁雄，纵暴略与羌浑同。闻道杀人汉水上，妇女多在官军中。

而杜甫晚期抒发个人情怀的诗篇，常呈现为两种不同的格调：一类多写平凡的日常生活和恬静的自然风光，情味悠闲，如《水槛遣心》中"澄江平少岸，幽树晚多花。细雨鱼儿出，微风燕子斜"的优美景色，《江村》中"老妻画纸为棋局，稚子敲针作钓钩"的生活场景，这大抵是生活较为安定、心境较为平静时的产物；另一类则多以雄壮阔大的自然景色与悲凉的情绪相结合，反映了诗人对命运不甘而又无奈的激荡心情，如《登高》中"无边落木萧萧下，不尽长江滚滚来"和"万里悲秋常作客，百年多病独登台"的配合。另外，杜甫晚年还写作了不少追怀一生经历或吟咏历史事件与人物的诗作，他似乎常常沉入过去的时间中作一种深沉的思考。

诗歌艺术成为杜甫晚年生活的重要寄托。他自称"晚节渐于诗律细"（《遣闷戏呈路十九曹长》），对诗歌中语言、意象、声律、节奏诸要素的运用都作了精深的探究，从而为中国古典诗歌艺术形式的发展积累了宝贵的经验。

杜甫诗歌的艺术成就　　杜甫是一位感情深挚的诗人。他和李白交往的时间并不长，但当李白遭遇危险时，他却魂牵梦绕，再三写下了《梦李白》、《天末怀李白》等感人至深的诗篇；他在夔州离开一处住所时，还不能忘记常来自己院中打枣的邻家老妇人，特意写了《又呈吴郎》诗，嘱托新主人对她多加体谅。他对亲历的忧患生活的记述，也以笃于情为最突出的特点，如《羌村三首》之一：

> 峥嵘赤云西，日脚下平地。柴门鸟雀噪，归客千里至。妻孥怪我在，惊定还拭泪。世乱遭飘荡，生还偶然遂。邻人满墙头，感叹亦歔欷。夜阑更秉烛，相对如梦寐。

此诗作于杜甫从长安逃至凤翔而后去鄜州探家时。在那一场突发的大战乱中，家破人亡是寻常事情，骨肉重聚反而似乎是不可思议的了。杜甫以准确生动的语言，把他们一家人重新相见时，彼此如在梦中、亦惊亦悲亦喜的复杂心情清晰地呈现出来。千百年来，它不知引发了多少人内心的共鸣！而他的反映大众苦难的诗篇，尽管有时难免有些矫饰成分，但其中由己及人的感情却是真实而深厚的。后世学杜甫反映民生疾苦的诗人很多，但他们往往只是从官员的责任感出发去写这类诗，甚或只是自我表白，所以很少能达到杜甫的成就。

杜甫诗中的感情虽然也有奔泻而出的，但更多是在理智的控制下成为屈折而有力度的涌动，这直接影响了其诗歌艺术的特点。一般而言，杜诗的艺术风格虽说多种多样，但较少像李白诗那样以天然涌发、飘逸飞动见长，而常是苦心寻求恰当合度的表达；他又特别注重艺术技巧的创新，尝自称"语不惊人死不休"（《江上值水如海势聊短述》），其诗因而显示出不平凡的功力。

杜甫在诗歌语言的运用上作了大力开拓。概括而言，就是尽力向精丽巧致和粗拙鄙俗两端伸展，从而获得广阔的空间。文人诗传统上用语偏于温雅典丽，而杜甫则跳出了这种狭隘观念的束缚，经常使用看上去显得粗俗的口语或简陋的散文化句式，如"楼头吃酒楼下卧"（《狂歌行》）、"二月已破三月来"（《绝句漫兴》）之类；其《杜鹃行》开头四句，因为太不像诗，甚至被后人误认为是诗题下的注语。这种对既成诗歌用语规则的破坏，打开了新生面，深刻影响了中唐以后直至宋代的诗歌创作。而从精丽巧致的一面来说，杜甫不仅比前人更擅长锤炼诗句中的关键字即所谓"诗眼"，还特别善于利用汉语词性可变、句子中各成分之间语法关系没有明确标志的特点，有意识地造成诗句的歧义或多义性，扩展诗歌的内涵并凸显意象效果。像"丛菊两开他日泪，孤舟一系故园心"（《秋兴》），动词"开"与"系"均关联句中前后两项事物。又像"麒麟不动炉烟上"（《至日遣兴奉寄北省旧阁老两院故人》），"不动"意在说"炉烟"，却关联麒麟状的香炉。而且杜甫常把不同风格的语言配合使用，如《绝句》"两个黄鹂鸣翠柳，一行白鹭上青天"浅显如白话，而"窗含西岭千秋雪，门泊东吴万里船"则精警有力，因而产生了特别的效果。

杜诗的意象构造也是向两端——壮阔浑浩与纤巧细微——伸展，而获得广大的变化空间。前者如"吴楚东南坼，乾坤日夜浮"（《登岳阳楼》）、"江间波浪兼天涌，塞上风云接地阴"（《秋兴》）之类，后者如"鸣雨既过渐细微，映空摇飏如丝飞"（《雨不绝》）之类。细致才能丰富，所以杜甫写诗不以纤巧为嫌。而特点不同的意象也常被配合使用,如《旅夜书怀》开头的两联:"细草微风岸,危樯独夜舟。星垂平野阔,月涌大江流。"

杜诗中自然景物的描写及写景与抒情的结合也有新的特点。诗中的自然景物总是在一定程度上意象化了的;在前人的诗中,其呈现状态通常和诗人的情绪相一致。这种情况在杜甫那里当然也很常见,他有时甚至完全依照主观情绪营造景色。但杜诗中还有另一种情况。如《春望》开头两句"国破山河在,城春草木深",自司马光(见其《温公续诗话》)以来一直解释为诗人忠爱之心的含蓄表达;但其实它和《伤春》的开头两句"天下兵虽满,春光且自浓"一样,都是写自然与人情的不一致。岂但自然,人心也常常互不相通:"野哭初闻战,樵歌稍出村。"(《刈稻了咏怀》)而杜甫将人世的混乱、人心的凄凉与自然的"欣欣物自私"(《江亭》)之态对映,内涵着相当复杂的感受。总之,杜诗中写景与抒情结合的表现较前人显得更为丰富多变。

杜诗在声律、节奏方面亦有精深的讲究。自古诗格律化以来,律诗以及受律化进程影响的古体诗(后者对声律的要求不严格),常规是通过平仄声的交错与对立求得声调的和谐,而杜甫对声律的运用则要复杂得多。他的古体诗有多例是连用平声或仄声的,像"峡形藏堂隍,壁色立积铁"(《铁堂峡》),前句四平,后句五仄,先扬后抑之感十分强烈。而在有定格的律诗中,一方面杜甫对声调的辨别比常人更为精细,而在需要的时候,他又经常打破定式,形成所谓"拗句"乃至"拗体"。对五、七言诗句惯用的上二下三、上四下三的音步,杜甫也常用特殊句法来打破它,以避免通篇的平滑流利而形成有力的顿挫。像"碧知湖外草,红见海东云"(《晴》),就是把表示色形的单字置于句首,形成一个停顿,而强化了诗的意象化特征。他的《白帝城最高楼》是拗律的代表作,声律和句法的特殊性都表现得很突出:

城尖径仄旌旆愁,独立缥缈之飞楼。峡坼云霾龙虎卧,江清日抱鼋鼍游。扶桑西枝对断石,弱水东影随长流。杖藜叹世者谁子?泣血迸空回白头。

从声律来说,这首诗每一句第五字的平仄都和律诗规定的平仄相反,而且对仗的三、四句和五、六句,句尾都是三仄声对三平声,起伏感很强;

从句法来说，这首诗第二句和第七句语法完整，不避虚词、代词，是古体诗的散文化句式，尤其第七句是上五下二的节奏，在第五字"者"处形成很强的停顿，然后引出悲怆而有力的末句。这样，作者打破了律诗固有的平衡、和谐，于拗折中求得独特的韵味，借以表达自己不平静的心情。这种借声调和句法的拗折来抒发某种特殊情绪的手段，后来在宋诗人黄庭坚那里被广泛运用。

杜甫善于运用各种诗歌体式。他的五、七言律诗和五、七言古体诗，在唐代都是第一流的。其中有几种类型特别具有独创性：一类是用五言古体形式写成的自叙性的诗篇，《自京赴奉先咏怀五百字》、《北征》是其中最著名的代表作。这类诗大都篇幅较长，往往是融写景、叙事、抒情、议论于一体，能够表达相当复杂的内容。一类是以《兵车行》《丽人行》、"三吏"、"三别"为代表的既有七言古体、又有五言古体的叙事诗。这一类诗实际是古代乐府民歌的流变，但杜甫打破惯例，不袭用古题而"即事名篇"，这样就更贴近现实，更富于生活气息。这一创造直接启迪了稍后白居易等人的"新乐府"诗。再有一类是七律。杜甫在这方面的成就，对中国诗歌艺术作出了巨大贡献（这恰好是李白用得最少的诗型）。

在杜甫以前，七律尚未脱尽歌行的风调，且多用于宫廷应制唱和，佳作不多，语言大多过于平缓。到了杜甫，不但完善了它的声律体制，更重要的是充分发展了它的艺术表现力，使之能包含相当大的容量，成为一种既工丽严整又开合动荡的诗型。试看他的名作《秋兴八首》之一：

玉露凋伤枫树林，巫山巫峡气萧森。江间波浪兼天涌，塞上风云接地阴。丛菊两开他日泪，孤舟一系故园心。寒衣处处催刀尺，白帝城高急暮砧。

诗写巫峡的秋声秋色，美丽而萧瑟，壮阔而阴郁，以此衬托出孤独的诗人形象。整首诗层次丰富，既有力度，又非常精致。再如《闻官军收河南河北》：

剑外忽传收蓟北，初闻涕泪满衣裳。却看妻子愁何在，漫卷诗书喜欲狂。白日放歌须纵酒，青春作伴好还乡。即从巴峡穿巫峡，便下襄阳向洛阳。

此诗动词和具有动作感的形容词用得超常地多，且所表现的动作是有连贯性的，全诗显得去势迅疾，一气流注而下，充分表现了作者欣喜若狂的心情。如果用五律的话，就难以写得如此波澜奔涌，淋漓尽致。再有，从本节所选录的三首诗，我们还能看到杜甫的七律因情绪而变化的多样的风格。

总结来说，杜甫是一位善于汲取前人经验而又富于创造性的诗人。他打破了许多陈规惯例，开拓了诗歌的表现领域，对诗歌的语言和艺术形式作了精深的探究，从而给后人留下了广阔的发展余地。不过，由于杜甫常用诗歌代替散文（像人物述评、书信、政论、诗文评一类性质的东西，他也用诗的形式来写），部分作品难免偏于理性化而造成"以文为诗"的毛病。还有，杜甫诗歌切近社会现实、反映民生疾苦的努力当然是值得肯定的，但与此同时，也出现了诗人对个体意识的抑制和对皇权国家的依附性的加强。这些特点对后人也留下了深远的影响。

和杜甫同时、作品也注重反映社会情况的诗人是元结（719—772），字次山。他在任道州刺史时，作有《舂陵行》、《贼退示官吏》两诗，前者写道州经过兵乱后衰败破敝的景象，和不忍再在这些处境艰辛的人民身上搜括钱粮的心情；后者则劝告道州官吏，"城小贼不屠，人贫伤可怜"，不要再在这些百姓身上横征暴敛。在这两首诗里，表述了作者怜悯贫苦百姓的心情和作为官吏必须履行职责而引起的内心矛盾，最终表示"谁能绝人命，以作时世贤"，即宁可弃官也不愿将百姓赶向死路。这种同情百姓的人格，受到杜甫由衷的称赞，特为作《同元使君舂陵行》诗。

这两首诗确也有感人之处。但作者主要是从官吏的良知这一立场来说话，对百姓的苦难并没有杜甫那种深切的体验，在艺术上也是粗糙的。这种缺陷与元结对诗歌功能的看法有关。他认为诗歌应起到"上感于上，下化于下"（《系乐府序》）的作用，应"系之风雅"（《刘侍御月夜宴会诗序》），总之首先要发挥政治功能。在这种思想指导下，加上他对老百姓的同情毕竟是居高临下的，感情不可能非常强烈，诗的成就也就有限了。从中唐诗的变化来说，元结具有一定代表性；他对儒家诗教说的张扬，可视为白居易等"新乐府运动"的先声。

刘长卿与"大历十才子"　肃宗大历五年杜甫去世，之前王维、李白、高适、岑参已相继去世，至此，自开元、天宝时期就活跃于诗坛的大诗人都已离开人间。这以后的代宗大历、德宗贞元年间没有出现大诗人，是唐诗史上相对岑寂的时期。但这一时期的诗人们在艺术上仍有积极的尝试，延续了唐诗发展变化的脉络，也留下了不少为后世传诵的佳篇。

在当时诗坛上活动的诗人首先可以说及刘长卿与"大历十才子"。他们中多数人在盛唐时代度过青春时光，又目睹了安史之乱及战乱之后的破败萧条。盛唐诗的激昂风发之气、由杜甫所开创的写实精神在他们诗中都有所显露，但这些并不是他们诗歌的主调；他们更多抒写了对国家、社会的失望，对人生的黯然惆怅之情，以及为了摆脱这种痛苦，在山水、在佛理中所追寻的恬静、幽远的趣味。胡应麟说唐诗至钱起、刘长卿"气骨顿衰"（《诗薮》），大体是指这些诗人的作品缺乏激情和力度而言。

刘长卿（约727—约790）字文房，是这群诗人中年辈较早的一个。他性格刚傲，进士及第后步入仕途，两被诬谤而遭贬谪，晚年才起为随州刺史。时代变乱加上身世坎坷，使刘长卿诗中的情绪总显得消沉而灰暗。如《感怀》所写"愁中卜命看《周易》，梦里招魂读《楚词》"，而《小鸟篇上裴尹》则以卑微无依而又深恐"鹰鹯搏"的小鸟自况，哀叹"自怜天上青云路，吊影徘徊独愁暮"。这和李白以扶摇直上九万里的大鹏自喻正是相反的对照。但这种消沉的情绪是和对唐政权的不信赖相联系的，它也意味着对现实更清醒的认识。所以刘长卿的边塞诗很少咏唱将士为国捐躯的激情，而更多表达从军者的失望与哀伤，如"万里飘飖空此身，十年征战老胡尘"（《疲兵篇》）、"报国剑已折，归乡身幸全"（《从军》）等等。

刘长卿的诗特别五言律绝写得相当精致，一个显著的特点是构境意识特别强烈。他善于写山水景物，但其优长之处并不在于对客观景物的细致刻画，而在于将观察所得的景物元素重新营造为能够最充分地体现主观情绪的意境。像"苍山隐暮雪，白鸟没寒流"（《题魏万成江亭》），山和鸟在画面上淡化、消失的瞬间，世界呈现出一种深有意味的空茫。又像"寒渚一孤雁，夕阳千万山"（《秋杪江亭有作》），"一孤雁"和"千万山"不可能是真实视野里的对照，而是诗人对景物元素强化、再造的结果。如果说这种对山水景物的主观化营造是对前人经验的进一步发展，那么刘长卿对生活中的真实人物的活动作构境式的描绘，则更具有个人独创性。如《送灵澈上人》：

苍苍竹林寺，杳杳钟声晚。荷笠带夕阳，青山独归远。

灵澈是刘长卿的一位僧侣朋友。作为一首送别诗，本篇没有关于双方关系、相见与作别过程的任何说明，一切都被淘洗干净，只留下一幅清雅淡远而又饶有情味的画面。更为人熟知和喜爱的是《逢雪宿芙蓉山主人》：

日暮苍山远，天寒白屋贫。柴门闻犬吠，风雪夜归人。

读这首诗，我们甚至不再会考虑归者与"芙蓉山主人"是谁，诗中的一切元素都只为一个生命中的境界服务：在艰难与凄寒中跋涉的人，遥遥看到一个小小的温暖的等待。这真是令人动情的场面。

唐高仲武《中兴间气集》批评刘长卿"大抵十首已上，语意稍同"，这也是事实。如他诗中的色彩，也是以"青"、"白"为最多，未免有些单调。

所谓"大历十才子"是指在大历、贞元年间一度颇为活跃而成就却不甚高的一批诗人。这十人是谁众说不一，可见所谓"十才子"原是后人所加的笼统的归纳。依《新唐书·卢纶传》之说，则十人为钱起、卢纶、吉中孚、韩翃、司空曙、苗发、崔峒、耿湋、夏侯审、李端。要对此十人的诗风加以总结当然很困难，大约说来，他们的诗一是酬唱应和之作较多，一是多通过描绘自然山水表现个人的心境；艺术上有向六朝尤其是二谢诗风回归的趋向，追求写景之句的清丽秀美、精巧雅致，而意象以偏于幽暗静谧的居多。

十人中钱起与不在此十人之列的郎士元生前颇有声名，高仲武《中兴间气集》谓当时京中高官出掌地方要职，若无二人作诗送行，则"时论鄙之"。然而他们的诗实无性情。倒是卢纶的边塞诗较具个人特色，其中一部分富于雄浑之气，与盛唐的同类作品相近，如《和张仆射塞下曲》；而《逢病军人》则别有感人之处：

行多有病住无粮，万里还乡未到乡。蓬鬓哀吟古城下，不堪秋气入金疮。

这是一个生命活力被统治者以国家名义榨取殆尽的士兵，如今哀吟于荒途，饥寒与战争留下的创伤横堵在他归乡的路上。它对社会的冷酷无情是有力的控诉。

顺带可以提到生活年代与上述诸人相仿的张继。他留下作品不多，但

《枫桥夜泊》却是唐诗中传诵极广的名篇：

> 月落乌啼霜满天，江枫渔火对愁眠。姑苏城外寒山寺，夜半钟声到客船。

诗中以丰富的意象组合成优美而富于含蕴的意境。可以注意到第一、二句各三组意象均是平列式的呈现，完全省略了表示语法关系的词语，从而达到使意象密集化的效果；但由于组合妥帖，读来仍是顺畅自然。

韦应物　在大历、贞元间的诗坛上，韦应物（约737—约791）是一位重要诗人。他是长安人，出身贵族，少年时曾任玄宗的宫廷侍从，后任滁州、江州及苏州刺史，一生仕途大抵平顺。他的诗涉及范围颇广，或追忆自己少年时代任侠放荡的生活和安史乱前的"盛世"景象，具有浓厚的伤感气息；或反映社会危乱及下层百姓的疾苦，表现了他的社会责任感；但同时他也受佛道思想影响，企慕一种淡泊脱俗、远离尘世的生活，每在诗中抒写向往田园山水的隐逸之趣。而其诗最为人称道的是后一种类型，白居易称"其五言诗又高雅闲淡"（《与元九书》），司空图谓其诗"澄淡精致"（《与李生论诗书》），即由此而言。如《寄全椒山中道士》：

> 今朝郡斋冷，忽念山中客。涧底束荆薪，归来煮白石。欲持一瓢酒，远慰风雨夕。落叶满空山，何处寻行迹？

诗虽是为怀念友人而作，然诗中那位道士孤高峻洁、飘逸无迹的世外生活，实是作者自身的心灵影像。韦氏自称他案牍盈前，却能和山僧一样，"出处似殊致，喧静两皆禅"（《赠琮公》），所以此时的怀人成了对另一个自我的怀恋。《滁州西涧》亦是他的名作：

> 独怜幽草涧边生，上有黄鹂深树鸣。春潮带雨晚来急，野渡无人舟自横。

这里所描绘的清幽空寂的自然景象，是从世俗生活的时间之链上解脱出来的孤立境界，它表达了一种幽邃的人生情怀。

韦应物是一位较早明确标榜慕效陶渊明之人格与诗风的诗人。其作品在题目上标明是学陶的就有十余首；同时他又在遣词用字上注意锤炼推敲，结合了大小谢山水诗的精致与明丽。其优秀之作大抵以意境的恬淡澄明、自然秀丽见长。

顾况、李益　顾况（？—806以后）字逋翁，是大历年间一个较有特点的诗人。他为人性格刚傲，"虽王公之贵与之交者，必戏侮之"（《旧唐书》本传），仕途上屡受挫折。但其诗在表达内心痛苦的同时，较之刘长卿更多几分倔强之气。

顾况豪放不羁的个性，也表现在诗歌的艺术风格上。皇甫湜在《顾况诗集序》里说他的诗"偏于逸歌长句，骏发踔厉，往往若穿天心，出月胁，意外惊人语，非寻常所能及"。稍仔细地说，顾况的古体歌行主要有如下一些特点：想象丰富而奇特，而且常带有怪诞的意味；句式、节奏变化多端，如《范山人画山水歌》三、七、六、四言均有，而且有时故意写得不那么流畅，显得跳跃动荡；常夹杂俚俗化的口语，令人读来既亲切又陌生。这些特点当然有承袭前人的地方，但以上诸种因素结合在一起，使得诗歌的主观性更强，在当时的诗坛上显得颇为怪异不常。

这一类诗中有相当数量是通过想象来描述欣赏绘画或音乐的感受。如《李供奉弹箜篌歌》中"大弦似秋雁，联联度陇关；小弦似春燕，喃喃向人语"，比拟生动，白居易《琵琶行》中大、小弦对照的比拟写法大约是从这里变化而来的。不过这不是怪诞的例子，像《郑女弹筝歌》说美妙的音乐使"赤鲤露鬐鬣"、"白猿臂拓颊"，就有点匪夷所思了。又如《范山人画山水歌》写自己观画入神，"忽如空中有物，物中有声，复如远道望乡客，梦绕山川身不行"，突出表现了画对人的吸引力。此外，诗人描绘自然景物，意象也常有奇异之处，如《庐山瀑布歌送李顾》中的瀑布是"应从织女机边落"，又如"火雷劈山珠喷日"。从缺陷来说，顾况的这类诗有时显得跳跃太大，而且他的想象有时较为表面化，只是给人以奇异的印象，在深入地表达复杂的心理与情感内容上尚觉不足。但他确实在努力开拓新的境界，这对以后韩愈、李贺等人的创作不无启迪。

李益（748—829）字君虞，在大历、贞元年间也是一位有特色的诗人。他少有才名，早年沉沦下僚，又曾五次在边地幕府任职，有漫长的军旅生活经历。五十多岁以后仕途顺达，最终以礼部尚书衔致仕。但其诗歌成就主要是在前期取得的。

李益是中唐最重要的边塞诗人。就气质来说，他的边塞诗虽也有少部分写得雄壮而豪迈的，但更多的是描述战争的残酷，反映将士的凄苦心情，总体上与盛唐之作有了明显的不同。如《从军夜次六胡北饮马磨剑石为祝殇辞》，在相当长的篇幅中以起伏动荡的节奏，诉说了战死者无穷的悲恨，而《夜上受降城闻笛》则以精悍的绝句形式，表现从军者厌战思乡之情：

　　回乐峰前沙似雪，受降城外月如霜。不知何处吹芦管，一夜征人尽望乡。

　　从这一类诗篇里，可以看到在唐王朝衰乱的过程中，诗人对事物的认识变得更为冷静。在李益的《过马嵬》诗中，还可以看到他对杨贵妃之死的清醒而富于正义感的评说：

　　汉将如云不直言，寇来翻罪绮罗恩。托君休洗莲花血，留记千年妾泪痕。

　　在杜甫诗中，杀杨贵妃尚被视为挽救国家命运的值得歌颂的行为，而在李益此诗中，那成了永远也洗刷不净的卑鄙举动。后人对杨贵妃冤死的同情态度，可说是肇始于此。

　　孟郊、韩愈　自德宗贞元后期始，以宪宗元和年间为中心，唐诗又进入一个新的高潮，其各方面的特点与初、盛唐诗的差异更为明显，故诗史上有"元和诗风"之说。不过这一时期实有取向相反的两大诗派，一是孟郊、韩愈等人的奇崛险怪，一是白居易、元稹等人的浅俗明畅。

　　孟郊（751—814）字东野，湖州武康（今浙江德清）人，早年屡次参加科举而不得中，直到四十六岁才进士及第，又过了四年才当上溧阳尉，其后又担任过一些其他低微官职，元和九年得暴疾而死，可说是一生穷困潦倒。孟郊要比韩愈年长十七岁，他其实是所谓"韩孟"诗派的先驱。不过他们之间也有区别：孟郊所作，多为句式短截的五言古体，用语刻琢而不尚华丽，韩愈谓之"横空盘硬语，妥帖力排奡"（《荐士》）；而韩愈的七言古体最具特色，气势雄放而怪奇瑰丽。他们的诗都很有力度，但韩愈的力度是奔放的，孟郊的力度则是内敛的。

　　孟郊诗以辞浅情深的短篇《游子吟》传诵最广，但这显然不是他的主导风格。他的诗首先有一个十分显著的特点，就是以异常敏锐的感受和尖锐的方式表达穷寒之士对自身境遇和社会的不公平的愤怨之情。有些诗是从广阔的社会现象着眼的，如《寒地百姓吟》以"高堂捶钟饮，到晓闻烹炮"与"霜吹破四壁，苦痛不可逃"两相对照，揭示了贫富之间的不平等，但像"寒者愿为蛾，烧死彼华膏"之句，实已包含了深刻的心理体验，非泛泛记述民间疾苦者可比。而在述写自身的孤独与悲哀时，则更明显地表现出个人与社会环境的冲突，如《秋怀》之二：

> 秋月颜色冰，老客志气单。冷露滴梦破，峭风梳骨寒。席上印病文，肠中转愁盘。疑怀无所凭，虚听多无端。梧桐枯峥嵘，声响如哀弹。

诗表面上只是写秋日的自然景象，但在这里，风、月、露之类不仅是冰凉不可亲的，而且成为侵害生命的力量，周围的一切都带着威胁向人挤压过来。毫无疑问，这是诗人对他的生存环境的感受。而他之所以有这样的感受，又同强烈的自我意识和基于此的性格上的敏感分不开。虽然杜甫也描写过自己困窘的生活，但总有一些其他因素（如对王朝命运的关心、对自我政治才能的期许）能使之有所化解，而这些因素在孟郊那里已经不存在了。

由于心情的压抑和低沉，也由于刻意求工，孟郊的诗歌运用了以前很少见的艺术手法，即喜欢使用生僻词语、生冷意象，而且一般都偏向于冷涩、荒寞、枯槁的色彩和意味，将寻常事物刻画得令人惊耸。上引诗篇就有这样的特点，此外还有如"老虫干铁鸣"（《秋怀》之十二）、"黑草濯铁发，白苔浮冰钱"（《石淙》之四）、"厚冰无裂文，短日有冷光"（《苦寒吟》）之类，相当普遍。以明丽、鲜妍为美的传统审美意识在孟郊诗中几乎没了踪影。这很突出地表现了以主观情感营造诗境的创作态度，宋人许顗《彦周诗话》谓其"能杀缚事实，与意义合，最难能之"，就是指这一点而言。

韩愈（768—824）字退之，或以其郡望称为韩昌黎，河阳（今河南孟州市）人，贞元八年（792）中进士，贞元十八年授四门博士，历迁监察御史，后两度因上书言事遭贬谪，穆宗时历任国子监祭酒、吏部侍郎等要职。韩愈在中唐时期从多种意义上说都是重要的人物。在散文领域，他所倡导的"古文运动"强调发挥文章的政治与道德功能，力图重建儒家思想对社会人心的统治；而在诗歌领域，他却以极大的才力把孟郊所开创的那种奇崛的诗风推向远为恣肆险怪、显示出极强悍的个人意志力量的境界，从而给古典诗歌的面貌带来显著改变。两者的趋向不同，但对当代及后世的文学都造成了很大影响。而这种诗、文异趋的现象，又典型地反映了中唐以后文学的复杂化。

韩愈身上的这种矛盾，和他的个性有关。他自视其高，但直到晚年仕途顺达之前，人生经历却多坎坷艰难，而且据其自述，他的身体情况也很差。他一方面以上追孟子、继承道统自命，一方面在官场中费力爬升（其《醉留东野》诗尝自嘲以"狡黠"得官），内心所积蓄的压力是很大的，这需要一个宣泄的途径。韩愈自称"多情怀酒伴，余事作诗人"（《和席八十二韵》），这并非表明轻视诗歌，而是将之保留为从政、卫道之外的私人空间。也正因如此，他的诗写得格外自由；他的丰富的想象力、活跃的性格、激烈的内心冲突，都在诗歌中得到了表现。

如果说自六朝形成的文人诗的规范在杜甫那里开始被打破，经顾况、孟郊诸人而愈甚，那么到了韩愈手里真正是造成了一场颠覆。他的诗没有什么东西是不可以写的，华丽壮大的景象固然宜于诗，恐怖的、阴惨的、丑陋的事物也照样用作诗的素材（譬如他写过腹泻拉肚）；他喜欢用自由的古体写作，句式、节奏任意变化，而且他并不像杜甫那样总还是要寻求某种均衡，在运用散文句法或赋体的排比句式时，他可以故意推到极端（如《南山诗》连用五十多个"或"和"若"）；他运用词语也毫无顾忌，生涩拗口、突兀怪诞的语汇层出不穷。总之，韩愈的诗常常令人感到惊讶、陌生，甚至显得光怪陆离、匪夷所思。这些特点表现在具体作品中未必都是成功的，但总体上是对古典诗歌艺术的大胆开拓。

至于韩愈诗歌最成功的地方，是以奇异的想象、磅礴的气势，描绘出具有巨大力量感的、激烈冲荡的意境。司空图说其诗"驱驾气势，若掀雷抉电，奔腾于天地之间"（《题柳柳州集后》）。而这种渴望着力与力的格斗的艺术趣味，正显示了诗人刚崛而不无乖张的性情。如《卢郎中云夫寄示送盘谷子诗两章歌以和之》写瀑布是："是时新晴天井溢，谁把长剑倚太行。冲风吹破落天外，飞雨白日洒洛阳。"《陆浑山火和皇甫湜用其韵》描绘一场山火是："天跳地踔颠乾坤，赫赫上照穷崖垠，截然高周烧四垣，神焦鬼烂无逃门。"《贞女峡》写江水是："江盘峡束春湍豪，雷风战斗鱼龙逃。悬流轰轰射水府，一泻百里翻云涛。"至于《雉带箭》只是写围猎一头野鸡，竟然也紧张无比：

原头火烧静兀兀，野雉畏鹰出复没。将军欲以巧伏人，盘马弯弓惜不发。地形渐窄观者多，雉惊弓满劲箭加。冲人决起百余尺，红翎白镞随倾斜。将军仰笑军吏贺，五色离披马前堕。

在这场围猎中，双方——将军和他所率领的军队与一头野鸡——的力量对比是远远不相称的，作者却仍要写出力与力的冲突，巧妙在于所有的力量不断凝聚，到了最后的瞬间才爆发。所以，尽管不过是杀一头野鸡，这却是一场强大的、决绝的、雷霆万钧的杀戮。这是一首非常感性的诗，诗中"蓄力"的过程是制造心理紧张的过程，这种紧张由于瞬间的宣泄而变为快感。

韩愈其他风格的诗也有写得相当好的。如《早春呈水部张十八员外》自然流畅、平易明白："天街小雨润如酥，草色遥看近却无。最是一年春好处，绝胜烟柳满皇都。"而著名的《山石》采用一般山水游记散文的叙述顺序，从行至山寺、夜观壁画、夜卧所闻所见、清晨离寺一直写到下山，娓娓道来，让人如历其境。全篇于流畅中见奇崛，有精心的雕琢而不甚着痕迹，很有特色。

韩愈写诗好逞奇矜博，喜用生涩语词，好发议论，有的题材选择让人讨厌，都是可以批评的地方。但他是富于创造力的大诗人，有些毛病也是无妨的。宋代一些诗人没有他那样的才华，却去学这些东西，也就难免东施效颦之讥了。

当时在韩愈周围有一批诗人，如卢仝、刘叉、贾岛、李贺等，在诗歌语言、形式、风格上与韩愈、孟郊有一定的相同或相近之处，他们声气相通，在当时造成了一定的影响。

李贺、贾岛等　在韩愈周围的诗人中，艺术成就最高的是李贺（790—816）。他字长吉，生于福昌（今河南宜阳），是皇家谱系很远的宗室，这种出身除了带来一点血统上的自豪，别无利益。因为父名"晋肃"，遂因需避讳而不得考与之谐音的"进士"，只当上个从九品的奉礼郎。他家境困窘，身体病弱，其貌不扬，却是个敏感而早熟的天才，尤其容易感受到人生的不幸，最终仅二十七岁就怏怏而死。

李贺心中有过豪迈的理想，《南园》诗中说："男儿何不带吴钩，收取关山五十州。请君暂上凌烟阁，若个书生万户侯？"但在冷酷的现实面前，这种豪情畅想只是偶然地闪过，从他内心所感受到的世界的景象冷漠而恐怖、天昏地暗："天迷迷，地密密。熊虺食人魂，雪霜断人骨。嗾犬狺狺相索索，舐掌偏宜佩兰客。"（《公无出门》）他说那些善良正直的人（"佩兰客"）陷入不幸，是因为"天畏遭衔啮，所以致之然"，也就是说凶恶的力量不仅胜过人，也胜过天。这是一种绝望的心情。但那些不幸的人们却也没有彻底被粉碎，他们的悲恨化为永恒的存在，如《秋来》所咏唱的：

> 桐风惊心壮士苦，衰灯络纬啼寒素。谁看青简一编书，不遣花虫粉空蠹。思牵今夜肠应直，雨冷香魂吊书客。秋坟鬼唱鲍家诗，恨血千年土中碧。

总之，从个人命运出发，感受、体验和对抗自然与社会对人的压抑，是李贺诗的基调。

李贺早衰，他似乎对死亡有一种预感，他也以多写幽冥中的鬼魂而被人称为"鬼才"；同时李贺又是一个生命欲望极其强烈的诗人，所以他总是在荒凉中追寻斑斓的色彩，在死寂中表现生命的活动。于是，浓暗与艳丽、衰残与惊耸、幽冷与华美，共同构成了李贺诗歌意象的特殊美感。如他写一场悲壮的决死之战是"角声满天秋色里，塞上燕脂凝夜紫。半卷红旗临易水，霜重鼓寒声不起"（《雁门太守行》），写巫山神女的遗迹是"瑶姬一去一千年，丁香筇竹啼老猿。古祠近月蟾桂寒，椒花坠红湿云间"（《巫山高》），他所见的田野，既有"冷红泣露娇啼色"，又有"鬼灯如漆点松花"（《南山田中行》）。上引《秋来》诗，也具有这种特点。

美丽的异性是李贺向慕的对象，而虚无缥缈的神仙世界，则被李贺想象成一个脱离了时间因而也脱离了死亡之威胁的所在；在有关这两个主题的诗作中，就会较多地呈现或是艳丽或是恍惚迷离的美感。前者如《洛姝真珠》中美女的形象："真珠小娘下青廊，洛苑香风飞绰绰。寒鬓斜钗玉燕光，高楼唱月敲悬珰。兰风桂露洒幽翠，红弦袅云咽深思。花袍白马不归来，浓蛾叠柳香唇醉。"后者如《梦天》：

> 老兔寒蟾泣天色，云楼半开壁斜白。玉轮轧露湿团光，鸾珮相逢桂香陌。黄尘清水三山下，更变千年如走马。遥望齐州九点烟，一泓海水杯中泻。

但这些诗中仍是有阴影的。李贺写男女欢爱，总是被什么力量阻隔、破坏；写永恒的仙界，其实是因为不能忘记凡世的一切脆薄易碎。他清楚地知道他追逐的只是美丽的幻影。

李贺诗和韩愈一样富于想象力，具有反常规的特点。但韩愈的想象以人力追求的痕迹很明显，而李贺的想象更近于一种病态的天才的幻想，是常人的思维很难进入的。一切虚幻的感受、迷乱的情绪，在他的诗里都能转化具体而鲜明的感官特征。单以声音为例，他写敲击太阳会发出玻璃的声音（《秦王饮酒》），瘦马的骨头很硬，所以敲上去发出的是铜声（《马诗》），银河里的云流动着，会发出水声（《天上谣》），等等。这种幻觉性的想象层出不穷，而且总是出人意表，实非常人思索可得。再则，李贺诗中的思路也是跳跃跌宕、飘忽不定，不遵守逻辑规则，也缺少连续的脉络，这也不断给阅读者带来意外。加上他的诗歌素材多离异于日常生活经验，用语又很奇特，所以杜牧说："鲸吸鳌掷，牛鬼蛇神，不足为其虚荒诞幻也。"（《李长吉歌诗叙》）

总结来说，李贺的诗较前人更注重表现内心的情绪、感觉，而忽视事物固有的客观特征和逻辑关系，打乱了人们所习惯的思维程式。唐诗表现的主观化在李贺那里更深入了一层，由此，他给中国诗歌开辟了一种新的境界。

贾岛（779—843）字浪仙，早年为僧，法名无本，后还俗应进士试，但一直未中。做过长江主簿等低级官职。他的生活颇为潦倒，诗中诉穷说愁之处甚多。不过中唐诗中这种情况很普遍，这和诗歌本身的变化也有关。

贾岛虽然和韩愈的关系颇密近，但诗风已经相去较远。从诗体说，他喜好并擅长五律，而五律的一般特点是均衡、平稳、精致；他的诗歌题材大抵出于日常生活经验范围，很少想入非非；他的诗歌语言也并不是很怪特。贾岛爱好写诗，自称"一日不作诗，心源如废井"（《戏赠友人》），那么他的特点在哪里呢？韩愈曾称其诗为"奸穷怪变得，往往造平淡"（《送无本师归范阳》），相对韩愈一派的怪异诗风而言，可以说是如此；但这也绝非孟浩然那一路的自然平淡。贾岛作诗主要的特点是爱好苦吟，他善于在日常生活中、甚至是在一些很琐细的地方寻求到诗歌的素材，加以精心锤炼，造成新巧但也并不怪诞的诗句；他在一首诗里最用心的地方也就是中间对仗的两联。像"独鹤耸寒骨，高杉韵细飔"（《秋夜仰怀钱孟二公琴客会》）可说较偏于尖新，而"雪来松更绿，霜降月弥辉"（《谢令狐相公赐衣九事》）则稍为自然，但都不是不经意所得。贾岛最得意的一联乃《送无可上人》中的"独行潭底影，数息树边身"，他特意作注说："二句三年得，一吟双泪流。知音若不赏，归卧故山秋。"其刻苦与自重可见。前一句写孤独者在潭水边茕茕孑立、形影相吊，后一句写疲惫的孤独者倚树小憩，又在寂寞之中增添了怅然无依的气氛。两句的确对偶工巧，但要说怎样了不起实也不见得。

在唐代，诗歌写作成为文士越来越不可缺的素养。但才华、想象力以及生活经历的缺乏，会使很多人感觉到写诗的困难。而贾岛这种从最平凡最琐细之处搜求诗材，从苦吟造就诗境的努力，实际上宣告了在任何条件下都可以写出诗来。所以贾岛在后世影响之大，并不下于唐代的几位大诗人。因为他才真正是小诗人的榜样。

当时写作风格与贾岛相近的还有一位姚合，他们被并称为"姚贾"。

元稹、白居易及新题乐府诗　宪宗元和四年（809）前后，元稹、白居易等人有意识地运用新题乐府的形式来反映社会问题，针砭政治弊端，以期达到实际的社会效果；围绕自己的创作，他们还提出了一系列比较完整的理论主张。以前人们曾把这一新诗潮称为"新乐府运动"，并将张籍、王建、李绅等创作倾向与之相近的人包括在内。这一诗潮的高峰期为时不很长，但这些诗人还写过很多其他类型的诗作，在他们——尤其元、白——不同的诗作中呈现出明显的分化现象。

张籍（约766—约830）字文昌，贞元十五年（799）进士，曾任水部郎中、国子司业。他交游很广，与以韩愈、白居易为代表的两个诗人群体都有密切的关系。他自称"学诗为众体"（《祭退之》），白居易则称赞他"尤工乐府诗，举代少其伦"（《读张籍古乐府》）。在《上韩昌黎书》中，张籍对捍卫儒道并以此改良政治及社会风俗表现出积极的态度，他写出众多针对现实问题的乐府诗篇当与此有关。这些诗题材很广泛，其中最突出的一类是批评官府的赋税过重，造成百姓生活困苦，《促促词》《野老歌》《山头鹿》等均是，最后一篇如下：

　　山头鹿，角芰芰，尾促促。贫儿多租输不足，夫死未葬儿在狱。早日熬熬蒸野冈，禾黍不收无狱粮。县家唯忧少军食，谁能令尔无死伤。

如果说这种诗在政治上是有意义的，那么作为诗而言作者并未显现多少感情，当然也不能给读者带来多大感动。张籍有些浅易而委婉的抒情诗篇，读来更觉有味，如《秋思》：

洛阳城里见秋风，欲作家书意万重。复恐匆匆说不尽，行人临发又开封。

王建字仲初，与张籍是朋友，年岁相仿，曾任县丞、县尉等低级官职，后任陕州司马。他的诗风与张籍相似，史称"张王乐府"。但王建的乐府诗题材要显得更广泛些，在作为社会批评的手段的同时，他的诗对下层民众的生活情形的描述也更为具体。如《水夫谣》写被官府征发从役的纤夫的悲惨境况："逆风上水万斛重，前驿迢迢后渺渺。半夜缘堤雪和雨，受他驱遣还复去。夜寒衣湿被短蓑，臆穿足裂忍痛何！"在这里能够感受到诗人自身的情感，而不只是正义的立场。

另外，王建还以《宫词一百首》著名。这是一种大型的组诗，每一篇都只是片断的场景，而总合起来则涉及宫廷生活的各个方面。其中一部分反映了宫女的生活境况，如：

未承恩泽一家愁，乍到宫中忆外头。新学管弦声尚涩，侧商调里唱《伊州》。

辞意虽然平缓，却令人体会到宫女内心的无聊赖和人生的渺茫。

从杜甫作《兵车行》、《丽人行》等运用乐府风格而摆脱古题的诗篇以便更直接地针砭现实开始，新题乐府的写作渐渐形成风气。到李绅的《乐府新题》二十首出现，遂正式形成了"新乐府"的概念。李诗已佚，但从尚可知道的诗题来看，其内容特点是清楚的。他的创作引起元稹、白居易的热烈响应，并由他们把新乐府的创作推向高潮。

如果说以前的诗人写作新题乐府也有政治方面的用意，那毕竟还是因一时一事的感触而发；对于这些诗会由什么途径发生何种作用，大抵也并无清楚的计划。元、白则有所不同。他们于元和初开始担任负有建议、监察责任的中级官职，作为新进官员，具有较高的政治热情和积极表现自己的愿望，新乐府创作在他们来说已成为其实际政治活动的一部分，这类诗歌是被他们有计划地当作政治工具来使用的。

元稹（779—831）字微之，河南河内（今河南洛阳）人，元和元年（806）登才识兼茂明于体用科第一名，授左拾遗，历仕监察御史，因敢于直言触怒宦官被贬。中年后仕途渐顺达，曾一度任宰相（工部侍郎同平章事）。

元和四年，元稹看到李绅所作的"乐府新题"二十首，深有感触，依其部分诗题作《和李校书新题乐府十二首》。在诗序中，他说明自己的写作动机是"遭理世而君盛圣，故直其词以示后"，即这种写作首先是从政治目的出发的。其中像《上阳白发人》写民间女子被囚禁深宫，空耗青春年华；《华原磬》以两种乐器作对比，要求君主辨别正声邪声；《五弦弹》借五弦比五贤，希望君王征召贤人，调理五常；《法曲》写安史之乱前后习俗变化，痛惜雅正习俗的消失……这些诗所涉及的都是元稹心目中重要的政治与社会问题。但元稹并不是真正具有儒家政治热情的人，他的这些诗多空洞议论而少艺术形象，语言也显得夸饰浮靡。此后他还写过另一些乐府诗，或沿用古题或自立新题，仍然以"刺美见事"为原则（《乐府古题序》），内容较前稍为具体，但由理念出发而导致的毛病依然存在。如《田家词》写农民苦于重赋力役，到了最后却说："愿官早胜仇早覆，农死有儿牛有犊，不遣官军粮不足。"这真是为官家想得久远。

元稹的新乐府创作总体上是一个失败的记录。但他早年就因诗传唱宫中而被宫中人称为"元才子"（《旧唐书》本传），他真正爱好和费心创作的抒发自身生活情感的诗，有不少是写得很出色的。如《春晓》：

半欲天明半未明，醉闻花气睡闻莺。狂儿撼起钟声动，二十年前晓寺情。

这诗当与元稹在《莺莺传》中涉及的恋爱经历有关，它把诗人在似梦非梦的回忆中迷茫的情怀刻画得十分感人。而元稹最为人称道的是悼亡诗，写得情深思远、哀婉动人。如《遣悲怀》三首之一：

谢公最小偏怜女，自嫁黔娄百事乖。顾我无衣搜荩箧，泥他沽酒拔金钗。野蔬充膳甘长藿，落叶添薪仰古槐。今日俸钱过十万，与君营奠复营斋。

白居易（772—846）字乐天，下邽（今陕西渭南）人。元和三年至五年任左拾遗，是其从事新乐府创作的高潮时期。元和十年任太子左赞善大夫时，因越职言事而得罪，贬为江州司马。在江州时作《与元九书》，系统总结了他的诗歌理论，但同时也结束了他所主张的那一类政治诗的创作，其人生态度逐渐向佛教靠拢。此后，他又任过忠州、杭州、苏州刺史、秘书监、河南尹、太子少傅。越到晚年，他受佛教的浸染就越深，最后闲居洛阳，与香山寺僧人结社，捐钱修寺，自号香山居士。七十五岁时卒于洛阳。

无论从创作还是从理论上说，白居易都是新乐府诗潮中影响最大的诗人。

还在元和初年，白居易在他与元稹"揣摩当代之事"而写成的《策林》中，就有一篇《采诗以补察时政》，系统地谈到了诗的功能与作用。他强调从诗歌中可以了解社会问题，观"国风之盛衰"、"王政之得失"，所以国君应当效法古人，建采诗之官；在元和四年所作的《新乐府序》中，白居易更明确地提出诗应"为君为臣为民为物为事而作，不为文而作也"。这里"为君"是第一位的，"文"则处于绝对依附的地位；在《读张籍古乐府》中，他通过表彰张籍来宣扬自己的观点，认为具有"风雅比兴"内涵的诗，能够感化"放佚君"、"贪暴臣"乃至凶恶的女人——"悍妇"。在《与元九书》中，白居易还对当时人们最为推崇的李白、杜甫这两位大诗人提出尖锐的指责，说李诗"索其风雅比兴，十无一焉"，而杜诗虽胜过李，但像《新安吏》、《石壕吏》等符合"风雅比兴"标准的诗在其一千余首传世之作中"亦不过三四十首"。在这里白居易表现了很大的骄傲，而骄傲的根据并非因为他是更有才华的诗人，而是因为他的诗在政治上更有价值。

白居易的诗歌理论大体上是汉儒诗说的推衍。他主要是从对于政治与教化的作用来看待诗歌的功能，实际上是把诗歌当作政治与道德的工具，最终目的是要借此帮助国君实现良善的政治秩序与良善的社会风俗。这种理论与同时期韩愈在散文领域所倡导的"古文运动"的理论，都是儒家以伦理为本位的文学观在长期受到冷淡以后在新的历史条件中的再兴，如果认真奉行起来，对诗歌的发展将会产生严重的束缚。当然，放在具体条件下，也不能说白居易的诗歌理论在当时毫无积极意义。因为在这里面包含着重视社会写实的精神；而当诗人认真看待社会现实时，他的情感会从他所信奉的政教立场上发生某种偏离。

白居易把他的具有政治和社会批判意义的诗编为"讽喻诗"，其中最主要的是创作于元和初至元和四年的《秦中吟》十首、《新乐府》五十首。这些诗的艺术成就明显高于元稹的同类之作，情况也显得复杂些。有一部分作品也是说教气味很重，读起来索然无趣的，这是第一种类型。但在说教性的诗作中，有时作者表现出前后矛盾的态度。如《井底引银瓶》，作者在小序中标明的宗旨是"止淫奔也",而诗中具体描写一对青年男女的恋爱故事却不乏美丽动人之处,以至使人产生与作者立意相反的感受(元代白朴正是根据这一素材写成了歌颂自由恋爱的杂剧《墙头马上》)。这种情况虽然不多,但也可算作一种类型。还有不少诗篇以大胆尖锐的态度广泛揭示了社会的不公正和民众生活的艰难。如《轻肥》在铺排官para宴饮时"樽罍溢九酝,水陆罗八珍"的奢侈景象后,以百姓生活的水深火热为对照:"是岁江南旱,衢州人食人!"《杜陵叟》写长吏在灾害之年仍然"急敛暴征求考课",逼得百姓无路可走,篇末诗人愤怒地诅咒道:"剥我身上帛,夺我口中粟,虐人害物即豺狼,何必钩爪锯牙食人肉!"这种诗显然包含着对不幸者真实的同情和社会正义感,可惜作者政治上的功利目的太强烈,使这种悲愤像是粗糙的呼喊。这可以算是第三种类型。也有少数几篇虽也与政治上的功利目的有关,但由于渗透情感而深入的写实,使之产生了强烈的艺术感染力,这是第四种类型。如著名的《新丰折臂翁》写一位老人回忆在天宝年间唐王朝发动对南诏的战争时,他"偷将大石捶折臂"而得以逃过兵役,留得残生。诗中老翁说道:

此臂折来六十年,一肢虽废一身全。至今风雨阴寒夜,直到天明痛不眠。痛不眠,终不悔,且喜老身今独在。不然当时泸水头,身死魂孤骨不收。应作云南望乡鬼,万人冢上哭呦呦。

这位老人不幸成为残废,却以欣喜口吻自庆侥幸,让人读来更觉得悲哀。白居易在此诗小序中标明的宗旨是"戒边功也",但作品客观上令人更多地感觉到个人在统治力量驱迫下不幸的命运。

白居易的新乐府创作只维持了不长的时间。作为唐代最重要的诗人之一,他在此前后还有许多其他的创作;而最能代表其诗歌艺术成就的,是叙事长诗《长恨歌》和《琵琶行》。白居易将它们列在"感伤"一类中。

《长恨歌》作于元和元年。据陈鸿的《长恨歌传》,白居易写《长恨歌》的本意是在"惩尤物,窒乱阶,垂于将来",这可以说也有"讽喻"的意味。所以,《长恨歌》从写杨贵妃入宫到安史之乱,都对君主的耽色误国和贵妃的专宠有所讽刺。但是,这一意图并不十分强烈,也没有贯穿到底。白居易在描述杨、李爱情悲剧本身时,又抱着深厚的同情态度,这样就出现了双重主题彼此纠缠的现象。特别是诗中对玄宗与贵妃二人梦魂萦绕、生死相恋的情感反复渲染,用了许多动人的情节,包括带神话色彩的虚构,把这场悲剧写得异常缠绵悱恻,更把前一个主题大大地冲淡了。如诗中写到杨贵妃死后,玄宗的对景伤情:"蜀江水碧蜀山青,圣主朝朝暮暮情。行宫见月伤心色,夜雨闻铃肠断声。"之后又以浓重的笔调继续写玄宗回长安后的孤寂:"夕殿萤飞思悄然,孤灯挑尽未成眠。"盼望梦中相会,却是"悠悠生死别经年,魂魄不曾来入梦"。把生死间的苦恋之情写到了极致。最后终于有一位道士为玄宗找到了死后归仙的杨贵妃,为他们沟通了生死悬隔的恋情;杨贵妃请道士带去当年的定情物给玄宗,重温旧日盟誓,并在结尾处点出全诗的主旨:

> 但令心似金钿坚,天上人间会相见。临别殷勤重寄词,词中有誓两心知:七月七日长生殿,夜半无人私语时,在天愿作比翼鸟,在地愿为连理枝。天长地久有时尽,此恨绵绵无绝期!

所以《长恨歌》最终留给读者的并非"惩尤物"式的道德教训,而是因人间的幸福脆薄易碎而引发的伤感,和以永不灭绝的爱情超越一切阻隔的美丽的幻想。

中唐是一个虚构性的叙事文学获得高度发展的时期,文人的传奇小说和民间的变文、话本小说等开创了中国文学史上的新生面,它们有一共同特点:文学趣味的世俗化。白居易的《长恨歌》同这一背景是有关联的,而且其趣味同样存在世俗化的倾向。对普通人来说,帝王与贵妃的生活本身就具有一种神秘的诱惑,而《长恨歌》所描绘的实际上又是基于普泛人性的爱情,它在两个不同的方面都投合了世俗心理的需要。所以此诗不仅在当时就受到人们广泛的喜爱,并且为后世文学提供了再创作的重要母题。

元和十一年白居易贬谪江州时写下的《琵琶行》,则围绕作者所经历的一件小事展开,具有叙事诗的构架,又充满抒情气氛。开头记述诗人秋夜在江州浔阳江头送客,偶遇一弹琵琶女子并请她演奏,然后写那女子自诉其由繁华而凄凉的身世遭遇,令作者油然而生同病相怜之感:"同是天涯沦落人,相逢何必曾相识!"最后那女子重弹一曲,诗人和她都深深地沉浸在伤感的乐声中。

《琵琶行》所写的事件非常简单,而叙事结构却十分精致。作者从对对方的同情而引入自身，在相似的命运中渐渐忘却了身份地位的差别，写出一种具有普遍性的人生失落之感，如陈寅恪所言"主宾俱化"（《元白诗笺证稿》）。诗中细致描绘音乐的一节十分精妙，它不仅通过富于创造力的巧妙的比喻使音乐的节奏变化极其生动地呈现在读者面前，而且还由此显示了演奏者情绪的起伏变化。"转轴拨弦三两声，未成曲调先有情"，它开始是零散的，像是欲语还休的情态；继而"低眉信手续续弹"，流畅的节奏表明情绪渐渐活跃；此后乐声由慢而快，"大弦嘈嘈如急雨，小弦切切如私语；嘈嘈切切错杂弹，大珠小珠落玉盘"，喻示了各种复杂情绪的交错涌动；最后经过一个小小的回旋跌宕而进入了高潮："银瓶乍破水浆迸，铁骑突出刀枪鸣。"接着这惊天动地之后又突然煞住："曲终收拨当心划，四弦一声如裂帛。东舟西舫悄无言，唯见江心秋月白。"归于一片寂静。这种描写和下文琵琶女自诉身世的内容相互呼应，以暗示手法发挥了抒情作用。

白居易编为"闲适诗"和"杂律诗"的部分包含着较多的抒写日常生活情怀的作品。这些诗不以精警见长，更无险怪痕迹，其中的佳作善用浅易流畅的语言表达略带理蕴而又自然活泼的人生情趣，如《钱塘湖春行》：

孤山寺北贾亭西，水面初平云脚低。几处早莺争暖树，谁家新燕啄春泥。乱花渐欲迷人眼，浅草才能没马蹄。最爱湖东行不足，绿杨阴里白沙堤。

早春时节西湖边富于生机、正处于变化中的景物，随着诗人行动和目光的变化而渐次呈现，这双层的变化融为一体，诗境显得格外活泼流丽。在七律中，这种写法是很难得的。

白居易诗在语言上有明显的特点，就是浅白。不仅新乐府为了便于流布、有利于达到宣传目的而有意识地写得"直而切"，其他的诗也大多偏向通俗平易，而且意绪流贯，不喜生涩、跳跃。这种语言特点和白氏诗中颇多见的世俗化趣味是很好的配合。这使得白居易的诗赢得了最广泛的读者。但这里面也有优劣之分，一些差的作品是写得俗气而絮叨的。

刘禹锡、柳宗元 中唐诗歌在艺术上出现了多元化的趋向。有些诗人尽管对诗坛的影响不那么大，却仍有自己独特的建树，刘禹锡和柳宗元就是这种情况。

刘禹锡（772—842）字梦得，洛阳（今属河南）人，贞元末任监察御史时，与柳宗元等人参与了由王叔文领导而很快宣告失败的政治变革活动，因此被贬为朗州司马，此后长期在外地任职。至大和二年（828）才回到长安，官至太子宾客。

刘禹锡从早年起就受到佛教的影响，一生的经历又颇多坎坷，这使得他经常以一种具有哲理性的眼光从广阔的空间和时间范围来看待事物的变化；因为一切都在不可避免的变化之中，万事万物都有其成与灭的过程，那么对个人所经历的荣辱得失就可以不那么执着。但刘禹锡又是一个性格倨傲孤高、决不肯向外来压迫力量低头的人，所以他也并不因此而变得心怀空漠或颓唐自放。视野阔大，感悟深沉，具有通脱的态度却不失激情，成为刘禹锡诗重要的特点。

刘禹锡的咏史诗素来为人称道，上述特点在这类诗中也有明显的体现。在咏史诗中刘禹锡有时也会发出唐人惯常的议论，像《台城》所谓"万户千门成野草，只缘一曲《后庭花》"，看似尖锐，其实没有多少意义。倒是那些并没有给出结论的诗篇，更能表现他阅尽沧桑变化之后的沉思，如《西塞山怀古》：

王濬楼船下益州，金陵王气黯然收。千寻铁锁沉江底，一片降幡出石头。人世几回伤往事，山形依旧枕寒流。今逢四海为家日，故垒萧萧芦荻秋。

当运势已去时，吴人的一切努力固然悲惨地崩碎，可是时过境迁，晋人当年雄猛的气概也同样荡然无存。如今只有芦荻萧萧，只有默默无言的大自然似乎永远也不会改变。这诗内涵着对人的存在意义的不安，因此透出一种苍凉的意绪。又如《乌衣巷》：

朱雀桥边野草花，乌衣巷口夕阳斜。旧时王谢堂前燕，飞入寻常百姓家。

东晋王、谢这些显赫士族的旧迹都已湮灭，人们不禁会叹息一切繁华与高贵都会被时间洗刷净尽；但历史仍然在变迁中延续，燕子作为自然的永恒性的象征，依旧年年归来。

刘禹锡多次贬官南方，对那里盛行的民歌表现出浓厚的兴趣，所作模仿民歌体的诗篇如《竹枝词》、《杨柳枝词》、《堤上行》、《踏歌词》等也极有特色，以下两首尤为传神：

江南江北望烟波，入夜行人相应歌。《桃叶》传情《竹枝》怨，水流无限月明多。(《堤上行》三首之二)

杨柳青青江水平，闻郎江上唱歌声。东边日出西边雨，道是无晴还有晴。(《竹枝词》二首之一)

诗的语言朴素而轻快，散发着民歌的浓郁的生活气息，但前一首意象的运用和后一首双关语的运用，却还是相当精巧的。

柳宗元（773—819）字子厚，河东（今山西永济）人，他与刘禹锡同样因参与永贞革新而遭贬谪，先后任永州司马、柳州刺史，四十七岁时死于柳州任所。

柳宗元诗仅存一百四十余首，多作于被贬之后。柳氏自称"自幼好佛"（《送巽上人赴中丞叔父召序》），在永、柳二州期间，他也常与禅僧往来，所谓"万籁俱缘生，窅然喧中寂。心境本同如，鸟飞无遗迹"（《巽公院五咏·禅堂》），"澹然离言说，悟悦心自足"（《晨诣超师院读禅经》），表明他试图从佛理中得到解脱。但政治上的失败和长久被放逐边地所造成的悲愤和怨艾并不那么容易消除，他的诗中有时会表现出唐诗中并不多见的尖锐的痛苦和绝望的心情，如"海畔尖山似剑铓，秋来处处割愁肠"（《与浩初上人同看山寄京华亲故》），"零落残魂倍黯然，双垂别泪越江边。一身去国六千里，万死投荒十二年"（《别舍弟宗一》），正如宋人蔡启所说，其"忧悲憔悴之叹，发于诗者，特为酸楚"（《蔡宽夫诗话》）。不过柳诗中更多的是一种空旷孤寂的意境，虽然也有伤感的底色，但情绪不像前一类诗表现得那么刻露，如《中夜起望西园值月上》：

觉闻繁露坠，开户临西园。寒月上东岭，泠泠疏竹根。石泉远逾响，山鸟时一喧。倚楹遂至旦，寂寞将何言。

这是一个清冷静寂的寒夜，人因为不能融入自然而获得平静，格外地感受到内心的孤独，远处的泉声和山鸟偶尔的一鸣也会引起内心的惊动。

又如著名的《江雪》：

千山鸟飞绝，万径人踪灭。孤舟蓑笠翁，独钓寒江雪。

这首诗本质上和陈子昂《登幽州台歌》相通，都是把世界描绘为一片空茫，以之衬托自我或象征自我的形象，借以表现孤傲的心境。但两者相比，陈诗在苍凉中带有雄迈的情绪，而柳诗更突出了孤绝的感受。

至于空灵淡泊的意境在柳诗中也时有所见，如《渔翁》：

渔翁夜傍西岩宿，晓汲清湘燃楚竹。烟销日出不见人，欸乃一声山水绿。回看天际下中流，岩上无心云相逐。

世间的一切都会消散，人也可以活得脱略形迹，缥缈若虚。其实这诗中也有孤独感存在，但由于佛学哲理的作用，它变得轻淡无迹。不过这恐怕不能说是柳宗元诗的主调，前人或过于夸大柳诗所谓"淡泊"的一面，将他与陶渊明、韦应物相提并论，是不合适的。柳宗元其实始终是一个敏感的、不能忘怀世情的人。

二、晚唐诗歌

这里说的"晚唐"是指文宗大和以后的约八十年（828—907）时间。其中前三十年为晚唐前期，主要诗人有杜牧、李商隐等。这一时期唐王朝进一步走向衰败，时代把一层失望与沮丧的阴影投射在文人的心中，他们的作品和以雄壮、奔放、自信为特点的所谓"盛唐"气象相隔更远了。但这也是一个再度摆脱儒家功利文学观约束的时期，诗人们在表现内心情感体验方面往往更为充分，艺术形式上也有新鲜的创造，所以它仍然足以代表唐诗发展的一个新阶段。这以后约五十年为晚唐后期，是唐王朝全面崩溃的时期。这一时期没有出现能够在唐诗史上占取第一流地位的大诗人，诗歌创作的情况也变得比较纷杂，既出现了不少反映社会问题的作品，也有许多借吟咏山水求得心理平静的诗篇；同时，与词的兴起相联系，艳情诗的写作也颇为引人注目。这些现象与后代文学的变化有直接关系。

杜牧、许浑等 杜牧（803—853）字牧之，京兆万年（今陕西西安）人，大和二年（828）进士，早年长期为地方大员的幕僚，四十岁以后相继在黄、池、睦诸州任刺史，也曾短期任京职，官至中书舍人。杜牧出身于仕宦名门，祖父杜佑为三朝宰相兼名学者，著有《通典》二百卷。这种出身是杜牧一直很自豪的，他也非常渴望在政治上有大的建树，并且写过不少政治与军事方面的论著，如《罪言》、《孙子兵法注》等等。但一方面其仕途经历跟他的自我期许相比是很不如意的，另一方面唐王朝的衰败之势也实难有挽救的办法，这使得他的心境常处在强自振作与颓唐自放不断交替的状态。

杜牧早年为人作幕僚时，常以一种落魄公子、风流文人的姿态流连于酒市妓楼，他的一部分诗作描述了这种生活情形，在旧时有人喜爱有人反感，但总之是很出名。例如《遣怀》：

落魄江湖载酒行，楚腰纤细掌中轻。十年一觉扬州梦，赢得青楼薄幸名。

这诗带着点自嘲，却又不无风流自赏的意味。从中可以感受到由于在王朝衰微的情势下社会的道德压力会有所减轻，文人在表露自我心理时往往更为坦然。

杜牧诗作中最著名的则是怀古咏史一类。他是一个志向远大而又相当自负的人，当感觉到没有机会在实际政务中施展身手时，不禁会对历史发生深沉的感慨。如《赤壁怀古》：

折戟沉沙铁未销，自将磨洗认前朝。东风不与周郎便，铜雀春深锁二乔。

"东风"在这里是历史机缘的象征。杜牧的言下之意是：自己未必不如年纪轻轻就获得巨大成功的周瑜，幸与不幸，只取决于个人无法把握的"东风"而已。当然，杜牧也体会到这并不纯粹是他个人命运的问题，整个时代都处于无可奈何的颓势中，所以在《将赴吴兴登乐游原一绝》中他会说："欲把一麾江海去，乐游原上望昭陵。"——说要从此逍遥江海，却又恋恋不舍地回望唐太宗的陵墓，那是多么遥不可及的辉煌！

把现实的人生与社会问题放在历史中来观看，固然可以借时空的扩大而冲淡了它的阴影，同时却也会因为更强烈地感受到岁月倏忽变幻，引起另一种人生的惆怅，如《题宣州开元寺水阁》所写：

六朝文物草连空，天澹云闲今古同。鸟去鸟来山色里，人歌人哭水声中。深秋帘幕千家雨，落日楼台一笛风。惆怅无因见范蠡，参差烟树五湖东。

朝代兴亡变化，古今相续，一切旧有的繁华与悲欢都消失了其痕迹，而现在的一切亦将如是。第二联的时间感觉是很特别的，似乎自然和人世的变化被压缩成迅疾而单调的重复镜像，读来令人惊悚。而当心理的压迫变得难以忍受时，杜牧也常常以一种带有超越感的旷达来寻求解脱，在《湖南正初招李郢秀才》中他说到"高人以饮为忙事，浮世除诗尽强名"，在《九日齐山登高》中又说："尘世难逢开口笑，菊花须插满头归。但将酩酊酬佳节，不用登临恨落晖。"这些诗中一面显着洒脱无羁和看破红尘似的高逸情致，一面又透出诗人内心其实是不可解脱的痛苦。

当然，杜牧的性格终究是比较豪爽开朗的，他的眼界又高，从前面举出的诗中可以看到那种颓唐的情绪并不显得局促阴暗，而是多少透出几分意气风发、俊逸明丽的气格。至于单纯的写景抒情之作，有时更显出明亮和高朗的感情色彩，如《山行》：

远上寒山石径斜，白云生处有人家。停车坐爱枫林晚，霜叶红于二月花。

从诗型来说，杜牧最擅长七绝和七律，而七绝尤其为人称道。他是极富于才华的诗人，七绝的集中与明快，最宜于表现其敏捷机警的才思。杜牧诗的语言既是轻快流畅的，却又并不是元白诗那样趋向浅俗的类型，而是写得精致而俊逸飞动，毫无生涩感，这也是才气过人的表现。

许浑字用晦，是杜牧的朋友，大和六年（832）进士，当过睦州、郢州刺史。他擅长近体诗，也以怀古之作著名，如《金陵怀古》：

玉树歌残王气终，景阳兵合戍楼空。松楸远近千官冢，禾黍高低六代宫。石燕拂云晴亦雨，江豚吹浪夜还风。英雄一去豪华尽，惟有青山似洛中。

诗中也是以自然的永恒和人事的短暂相对照，第二联尤其突出地表现出一种繁华归于寂灭的荒凉感。这种写法在许浑其他诗中也很常见，如"荒台麋鹿争新草，空苑凫鹥占浅莎"（《姑苏怀古》），"行殿有基荒荠合，寝园无主野棠开"（《凌歊台》）之类。从技巧来说，许浑诗也是堪称圆熟的，但与杜牧相比，可以发现那里面缺乏一种从特殊的个人境遇、个体生命感受中发出的热烈冲动，多少有些泛泛而论的感觉。前人讥刺许诗用语、意境屡屡重复，尤其爱写水，有"许浑千首湿"之说（见《苕溪渔隐丛话》引《桐江诗话》），就是因为他喜欢写漂亮的诗却又缺乏兴奋点，因而缺乏特异的感受吧。

另外，张祜也是一位与杜牧相友善的诗人。他的《题金陵渡》写得很动人：

金陵津渡小山楼，一宿行人自可愁。潮落夜江斜月里，两三星火是瓜洲。

寻常景物在特殊情形下会有特殊的意义，诗歌常常就是发现这种意义并用恰当的艺术手段来表现它。

李商隐、温庭筠等　李商隐（813—858）字义山，号玉谿生，怀州河内（今河南沁阳）人，唐文宗开成二年（837）进士，少年得志，却长期沉沦，一生中除了几度在京任低级官职，大部分时间都是在地方上为人作幕僚。当时所谓"牛李党争"十分激烈，李商隐被卷入漩涡，他仕途上的不顺利与此有关。李商隐的情感生活也多有挫折，据学者研究，他有过一些违于常规的恋爱经历，但都没有结果；婚后他与妻子感情很好，然而妻子又在他三十九岁时去世。他生活在一个颓败的缺乏希望的时代，加之个人境遇困厄落魄，内心情感屡遭创伤，遂造成精神上浓重的失落感。

李商隐诗中有一部分与时政直接相关。如大和九年甘露之变发生后，他曾写了《有感二首》、《重有感》，感慨在那场企图诛杀宦官的行动中朝臣的无谋和宦官集团报复的凶虐；在主张清除宦官势力的刘蕡遭贬斥而去世时，又接连写了《哭刘蕡》等数首诗再三为之叹息；而《行次西郊作一百韵》则历数了唐王朝由盛趋衰的重要原因，悯叹民不聊生，哀伤自己对这一切无能为力。同时他也写过不少咏史怀古类的诗篇，或寄慨于往事，或借古讽今，但都有现实的感受在内。这类诗常写得辞面温婉而内在的锋芒异常锐利，如《贾生》中"可怜夜半虚前席，不问苍生问鬼神"，《龙池》中"夜半宴归宫漏永，薛王沉醉寿王醒"等等。《吴宫》一篇就意境而言尤为精美：

> 龙槛沉沉水殿清，禁门深掩断人声。吴王宴罢满宫醉，日暮水漂花出城。

这是想象吴王夫差宫中宴饮的情形。醉生梦死似乎也是一个永恒，然而时间仍然在流动着，水浮载落花漂出宫来就是证明。在这时间的流动里，危机正在生长，衰亡即将降临。

不过，李商隐诗最具特色的还是抒发个人情思的一类作品。他在思想上有着反传统的倾向，对周公、孔子的"道"不那么钦佩；对于诗歌，他在《献相国京兆公启》中说："人禀五行之秀，备七情之动，必有咏叹以通性灵，故阴惨阳舒，其途不一，安乐哀思，厥源数千。"这里强调了诗歌的作用主要在于抒发性灵，表达情感。沿承中唐诗已有的趋向，李商隐在表现个人情思方面更为深入、细致；他特别擅长用精美华丽的语言，含蓄曲折的表述方式，构成朦胧幽深的意境，来呈现心灵深处的不易言说的人生体验与情绪。这种向内心深处的开掘和与之相应的艺术创造，使李商隐成为唐诗的最后一位大家，同时也使得晚唐诗以一种强烈的特征与以前的诗歌相区别，从而构成唐诗发展的一个新的阶段。

在李商隐的无题诗（包括以篇首数字为题而实际仍为无题的诗）中，上述特点尤其显著。关于无题诗各篇的主旨虽向来多有异说，但其中一部分写的是男女恋情应是无疑的。这些诗之所以在中国诗史上格外引人瞩目，是因为在以前的文人诗传统里真正的爱情诗并不多，很少有人以当事人的立场将它当作一种刻骨铭心、生死无休的情感来描述。比较多的其实是对女性的表示欣赏的所谓"艳情"诗；如果是写夫妻关系，则诗中的情感表现通常偏于端谨庄重，更具有伦理意味。而读李商隐诗，令人感觉到深厚的恋情已经被视为生命中最有价值的东西。他的艺术表现方法也与此有关。这类诗多用七律写成，七律的结构通常是以跳跃性的步调展开的，大抵每一联自为一意蕴不同的层次，逐层铺展，而李商隐的诗则往往全篇都是吟咏一种情绪，在不同角度上叠加复重，显得更为深入和细密，感情气氛十分浓郁动人。如《无题》：

相见时难别亦难，东风无力百花残。春蚕到死丝方尽，蜡炬成灰泪始干。晓镜但愁云鬓改，夜吟应觉月光寒。蓬山此去无多路，青鸟殷勤为探看。

这是写一对被阻隔的恋人之间的固执而又痛苦的情感。从别离之苦，到恋情的纠缠固结，而后是两地为相思而憔悴的伤感情景，最后又以仙家蓬山譬喻两人虽近在咫尺却又远过万里，唯有借"青鸟"传书却无法见面，更增添了一层愁苦。全诗始终围绕恋情的无法舍弃又无法满足来写，而"春蚕"、"蜡炬"一联写情几于凄厉，令读者的心灵受到震撼。又如《促漏》一诗：

促漏遥钟动静闻，报章重叠杳难分。舞鸾镜匣收残黛，睡鸭香炉换夕熏。归去定知还向月，梦来何处更为云。南塘渐暖蒲堪结，两两鸳鸯护水纹。

前半部分写一女性的居处，这里幽缈隐秘，闪烁着秾艳而凄凉的色泽和气息，给人以虚幻和神秘的感觉。而后点出一场幽会已经过去，归去之人却仍在月下徘徊难眠，来日悠悠，更不知这样的云雨幻梦在何时重现。最后画面转为明亮，写南塘中蒲草结，鸳鸯游，水波荡漾，更令人触目伤心。这也是一层又一层地渲染，烘托出寂寞和孤单之情。

其实我们无法弄明白李商隐的那些关于爱情的诗篇究竟是写自身的具体经历还是虚拟，更无法知道诗中所写的对象是谁，只能推断这总是同他的情感经验有关系。而且，不仅是与恋情有关的诗，他的其他主题的诗篇也有不少写得意境朦胧迷幻，形成了一种显著特征。这些朦胧诗篇常常是既不大容易读"懂"，却又传达了强烈的情绪，使人为之吸引并受到感染。这里再以他的《锦瑟》诗为例，分析这种朦胧诗的"晦"与"明"：

锦瑟无端五十弦，一弦一柱思华年。庄生晓梦迷蝴蝶，望帝春心托杜鹃。沧海月明珠有泪，蓝田日暖玉生烟。此情可待成追忆，只是当时已惘然！

这首诗到底写什么，从古到今聚讼无已，恐怕只能承认它的有些背景是无法确认的，读者唯有凭自己的人生经验和情感趣向去体味。但它也并不是没有提供引发读者去体味的线索：开头两句，至少提示了这是追忆"华年"而生的情怀，而"无端"二字，则有猛然一惊之感。中间两联连用四个典故：第三句用《庄子·齐物论》中庄生梦蝶的故事，呈现了一种人生恍惚之情；第四句用《华阳国志》中蜀王望帝化为杜鹃，每到春天便悲啼不止、直至出血的故事，包含了一种苦苦追寻而又毫无结果的悲哀；第五句用《博物志》里海中鲛人泣泪成珠的故事，在这里具有浓厚的伤感意味；第六句虽不知出自何典，但中唐人戴叔伦曾以"蓝田日暖，良玉生烟"，形容可望而不可即的诗景（见司空图《与极浦书》），这里大致也是指一种朦胧虚幻的感觉。到末尾两句，进一步点明"此情"并非在追忆之中才转为"惘然"，早在当年已是如此。总之，全诗虽有幽晦难明之处，但它反复渲染的人生之虚渺、迷惘、伤感的情味却十分浓郁，而且有关意象十分鲜明，所以读者不会觉得诗人是在无意味地故弄玄虚。

上述各诗中程度不等的幽晦现象，可能与作者出于某种原因而故意回避有关；但更应该注意到，诗歌终究是一种艺术创造活动，一定的艺术特色总是和诗人的有意追求分不开的。至少，李商隐并不把清楚地记述具体的人物事件看作是诗歌写作的必要条件，他也不是直接抒发单纯明了的喜怒哀乐之类的情感，而是着重用象征手段对自己内心的流动不定的情感体验作印象式的表现。他证明了诗歌并不一定需要表述明白的事实，而可以用朦胧的形态表现复杂变幻的内心情绪，这种诗有利于激发读者在阅读时的创造性参与，从丰富中国古典诗歌的面貌来说是一大贡献。

李商隐当然也写过许多抒发日常生活情感的诗篇，像著名的短诗《乐游原》：

向晚意不适，驱车登古原。夕阳无限好，只是近黄昏。

此篇常被当作唐王朝趋向没落的象征来使用。诗人本意是否如此难以断定，但李商隐诗中多用衰残意象如夕阳、残花、枯荷之类则是前人早已注意到的。个人命运与时代气氛，确实容易使他产生一种无奈的萧瑟情绪。

李商隐的诗广泛吸取了前人的艺术成就，如南朝宫体诗的绮艳，骈文的用典精巧，杜甫近体诗音律的严整和语言的精练，李贺诗用语的瑰奇新颖和色彩秾丽，都是比较明显的。但作为大诗人，他有自己独创性的追求，前人的特点已经被融会再造为自己独特的风格。因而，他也成为后人学习的重要典范。从诗型来说，他对近体诗最为擅长，尤其七律，可与杜甫并称为唐代两大宗匠。

温庭筠（？—866）字飞卿，太原（今属山西）人，素有才名，却因性格狂傲、行为不检而一生坎坷。他是唐代最重要的词人，后面还将述及。其诗与词风相通，尤其乐府类，在描摹女性的美貌以及表现男女之情方面显得非常特出。大抵色彩秾丽，带有南朝艳情诗的气息。他与李商隐并称"温李"，但从艺术创造性来说，似相去较远，仅有个别佳篇可以相提并论，如《瑶瑟怨》：

冰簟银床梦不成，碧天如水夜云轻。雁声远过潇湘去，十二楼中月自明。

诗写一女子的孤独与愁怨，但并不点明是何缘故，只以月夜景色为衬托，意境优美而朦胧。"十二楼"为用典，原指仙女居处，此处借以暗示女主人公。

另外在温庭筠描述自己生活经历的诗中，也有些以写景抒情见长的佳作，像人们熟知的《商山早行》：

晨起动征铎，客行悲故乡。鸡声茅店月，人迹板桥霜。槲叶落山路，枳花明驿墙。因思杜陵梦，凫雁满回塘。

第二联纯粹用若干意象平列组合而成，是唐诗中的名句。这种写法始于南朝后期，在唐诗中已经很多见。但这两句因为意象的特征性很强，组合也自然，所以仍然极为受人称赞。

晚唐前期不太著名的诗人中，李群玉、赵嘏两人值得一提，他们的诗虽然成就不很高，但有些佳作传世，语言则比较清新流畅。如李群玉的《黄陵庙》：

黄陵庙前莎草春，黄陵女儿茜裙新。轻舟短棹唱歌去，水远山长愁杀人。

诗带有歌谣的特点，色彩与音节都很明快。赵嘏有《长安秋望》：

云物凄凉拂曙流，汉家宫阙动高秋。残星几点雁横塞，长笛一声人倚楼。紫艳半开篱菊静，红衣落尽渚莲愁。鲈鱼正美不归去，空戴南冠学楚囚。

第二联据说杜牧曾"吟味不已，因目龁为'赵倚楼'"（《唐摭言》）。全诗表现羁旅生活的失意与伤感，也是比较成功的。

晚唐后期的诗歌　晚唐后期诗歌沿着李商隐、温庭筠一路，以写男女之情的绮丽诗歌出名的有韩偓（842—923）。韩是以《香奁集》为人熟知的，这部集子的内容与风格正如其名，带有艳情诗的特征。其中有的写得比较直露或秾艳，像《半睡》中"四体着人娇欲泣"，《意绪》中"脸粉难匀蜀酒浓，口脂易印吴绫薄"之类，也有一些则写得较为含蓄，如《闻雨》：

香侵蔽膝夜寒轻，闻雨伤春梦不成。罗帐四垂红烛背，玉钗敲著枕函声。

写一女子春夜中的孤独，有着细腻的体验。晚唐艳情诗与正在兴起的词的关系相当密切，这在《香奁集》中尤其显得突出。像《偶见》："秋千打困解罗裙，指点醍醐索一尊。见客入来和笑走，手搓梅子映中门。"辞意很浅，不重在对言外之味的追求，而着力把一个日常生活的细节描摹得生动。后来李清照的词《点绛唇》（"蹴罢秋千"）就是从这首诗脱化而出的。韩偓在《香奁集》的自序中也说，他的那些绮丽诗篇，往往被"乐工配入声律"。只不过到了再晚些时候，诗人写艳情就索性用词体而不用传统的诗歌体式了。

与之相反的一个方向，是一部分诗人在唐帝国陷入全面崩溃的形势下，再度试图把诗歌当作政治的工具来使用。这方面的代表有皮日休、聂夷中、杜荀鹤等人。皮日休对白居易非常佩服，曾仿照其新乐府作《正乐府》十首，期望有益于王者治国；杜荀鹤也称自己所作"言论关时务，篇章见国风"（《秋日山中》）。但他们的创作成就实在连白居易也及不上。如皮日休的《橡媪叹》，通过写一拾橡实为食的农妇的苦辛，反映赋税的沉重，但因立足点主要在宣传"轻赋"的政治主张，所以对农妇形象的描写就颇为干枯。又如杜荀鹤的《乱后逢村叟》也写了一个被战争、赋税逼得无以为生的八十衰翁，同样由于急于发表政治议论，在艺术上表现得比较粗糙。再以聂夷中的《咏田家》为例：

> 二月卖新丝，五月粜新谷。医得眼前疮，剜却心头肉。我愿君王心，化作光明烛。不照绮罗筵，只照逃亡屋。

和前二例一样，你不能说诗人对贫苦农民的生活没有同情，但政治议论成为诗歌的中心，使得诗中对农民生活的描写成为简约化的状态，也缺乏激情。这种以表现政治主张为目的而反映民生疾苦的诗作在宋代变得更普遍。

但上述类型的诗歌并不是那些诗人唯一的创作兴趣所在，从数量上来说，他们所作关于山水风月、赠酬送别以及抒写自身伤感情怀的诗要更多一些，在艺术上也更为讲究。其中杜荀鹤受姚、贾诗风影响较深，尝自称"苦吟无暇日"（《投李大夫》），而他的名句"风暖鸟声碎，日高花影重"（《春宫怨》），正是苦吟的显例。

在晚唐后期，韦庄（836—910）是一位比较重要的诗人，其创作特点情况与前述诸人也有所不同。庄字端己，曾任右补阙，后为西川节度使王建掌书记，前蜀建国，官至宰相。他的许多诗篇抒发了对唐末王朝衰亡、社会动乱的感慨，如《忆昔》"今日乱离俱是梦，夕阳唯见水东流"，《与东吴生相遇》"老去不知花有态，乱来唯觉酒多情"等等。长篇歌行《秦妇吟》尤其值得重视。

《秦妇吟》曾传诵一时，后世失传，直到近代才又从敦煌遗文中发现。诗写一个上层妇女在黄巢军队攻入长安以后的遭遇，并借她的口描述了在这一场历史大动荡中社会所遭受的严重破坏。诗中既写到黄巢军队入长安后居民所经受的残害，也写到与之作战的官军对民间的掠夺；而对士大夫阶层来说，王朝秩序惨酷的粉碎更是巨大的震恐：

> 含元殿上狐兔行，花萼楼前荆棘满。昔时繁盛皆埋没，举目凄凉无故物。内库烧为锦绣灰，天街踏尽公卿骨。

《秦妇吟》无疑表现着作为士大夫阶层一员的作者对黄巢军队的仇视态度，但它所描述的许多具体情形却不能说是没有根据的。作为是唐代最长的叙事诗（共一千六百六十六字），《秦妇吟》以宏大的规模、详尽的笔法描述了一桩历史大事件，在诗歌史上是不多见的；从叙事技巧来说，诗中女主人公同时也是叙事人，其个人命运与整个历史事件的过程完全结合在一起，突出了一种现场感，这也是叙事艺术的明显进步。

三、中晚唐散文

关于"古文运动"　所谓"古文"，是针对"时文"即魏晋以来形成、至初盛唐仍旧流行的骈体文而提出的一个概念，指先秦两汉时单行散句、没有规定形式的文体。但韩愈他们提倡古文，虽也包含文体变革的要求，其根本的目标却并不在文体上。

文的骈俪化与诗的格律化同是六朝文学的结晶和主要特征。尤其骈文的兴盛，对于提出"文"、"笔"之分，区别文学与非文学有重要的意义。但骈文的兴盛也带来一系列不同性质的问题：一是骈文的写作过度膨胀，被推进到各种实用文的领域，使得后者的实用功能受到削弱；二是从文学性散文来看，由于骈文的形式要求越来越严格，对偶、藻饰、用典、声律都成为其必备的要素，给大多数作者自由地抒写思想感情造成了困难。这种情况从盛唐时期开始发生了较明显的改变，在一些作者笔下，实用性散文如奏疏、论说、书札等在形式上已经逐渐变得松动，文学性散文也趋向轻快自由，并取得了一定的成绩。简单地说，如果单纯从实用功能或审美功能出发看问题，在骈文高度兴盛以后，文章再度由骈入散、骈散结合是一个自然的过程，也并不存在骈、散的截然对立。但骈文兴盛的现象还具有另外一层意义，即它对形式的讲究和唯美倾向，隔断了以政治、教化功用为根本目标的儒家文学观对文学的支配，同时，这种现象也正反映着魏晋以来儒学独尊地位的失落。而提倡"古文"者之所以对骈文提出严厉的批判，主要的原因也在于此。

从儒学复兴的立场反对骈文和六朝文风由来已久，我们在《南北朝与隋代文学》一章中就做过简要的介绍，进入唐代，这种努力也仍然在继续，如《隋书·文学传序》就从历史兴衰的角度批评六朝文风"意浅而繁，文匿而彩"。但在社会文化心理和审美习惯还没有发生大的改变时，其效果是很有限的。到安史之乱爆发以后，一部分士大夫把重建儒家传统的社会规范作为挽救衰世的方案,为了发挥文章写作在树立和维护儒学权威方面的作用而要求进行文体与文风变革的呼声变得更为强烈,其代表人物有萧颖士、独孤及、梁肃、柳冕等。如梁肃提出:"文之作,上所以发扬道德,正性命之纪;次所以财(裁)成典礼,厚人伦之义;又其次所以昭显义类,立天下之中。"(《补阙李君前集序》)柳冕则更明确了文的教化作用,认为"文章之道,不根教化",则为"君子"所耻(《谢杜相公论房杜二相书》)。总之在他们看来,只有把伦理教化意义放在首位,文章才有存在的价值。以此为准则,文学性愈强的作品就愈应该加以否定,如柳冕就说:"魏、晋以还,则感声色而亡风教,宋、齐以下,则感声色而亡兴致。"(《与滑州卢大夫论文书》)因而文体与文风变革的途径,首先又在于复古。

但"古文"的复兴,还有赖于韩愈的出现。这一方面是因为到了韩愈活动的年代,文章由骈入散的趋势更加明显了,另一方面则因为韩愈比他的前辈们更擅长于散文的写作,他的身边又聚集了不少同道之人,具有更大的号召力。柳宗元虽然并不属于韩愈那个作家群体,而且由于他长期贬谪在南方,离当时的文学中心较远,在当时的实际影响没有韩愈那么大,但他的古文理论与韩愈是一致的,彼此间有一种相互呼应的作用。

韩、柳的古文理论的核心观念,用柳宗元《答韦中立论师道书》中的一句话来概括就是"文者以明道"(这一说法到了宋代演变为"文以载道",进一步突出了文的工具性)。如韩愈在《题欧阳生哀辞后》一文中说:"学古道则欲兼通其辞;通其辞者,本志乎古道者也。"在《重答张籍书》中他又声明自己所奉行的"道"乃是"夫子、孟轲、扬雄所传之道",而《上宰相书》则强调自己所作的"文"乃是"歌颂尧舜之道"的文,内容"皆约六经之旨"。因为六朝文是背离"道"的,所以韩愈自称"非三代两汉之书不敢观"(《答李翊书》)。柳宗元同样认为"文"是附属于"道"的,他在《报崔黯秀才论为文书》中指出:"圣人之言,期以明道,学者务求诸道而遗其辞。辞之传于世者,必由于书。道假辞而明,辞假书而传,要之之道而已耳。"总之,写文章的目的是"明道",读文章的目的是"之道",文辞只是传达"道"的手段、工具。基于这样的认识,柳宗元推崇的也是先秦两汉之文,主张写文章要"本之《书》以求其质,本之《诗》以求其恒,本之《礼》以求其宜,本之《春秋》以求其断,本之《易》以求其动"(《答韦中立论师道书》),又认为"文之近古而尤壮丽,莫如汉之西京"(《柳宗直西汉文类序》),而对骈文持严厉的批判态度。所以,严格意义上的"古文"在内容方面有其特定的要求,并非散体文就是"古文",清代桐城派古文家对此就很强调。

从根本上说,古文运动的理论对文学的发展是有害的。由于它强调道对文的支配性,这就取消了文学的独立地位,从而也抹杀了魏晋南北朝时期形成的对实用性文章与艺术性作品的区分;由于古文运动的核心思想是倡导以文学为维护封建政治秩序服务,这必然导致作家个性的收敛,从而对文学的自由创造加上沉重的束缚,封建专制愈是强化,这一种束缚就愈是严重,同时"古文"也愈是表现出浓厚的封建说教色彩。

但同时也要注意到:如果撇开"文以明道"的原则,则古文运动也是文章由骈入散过程中的一个环节。尤其是,韩、柳的文章实际上并非都是"明道"之作,有些主要是从抒发个人情感出发的。而且,在比较宽泛地谈论诗文时,韩愈的文学观中也包含了"大凡物不得其平则鸣"(《送孟东野序》)这种重视抒发个人郁闷愤怨之情的意见,他提出:"夫和平之音淡薄,而愁思之声要妙;欢愉之辞难工,而穷苦之言易好也。是故文章之作,恒发于羁旅草野。"(《荆潭唱和诗序》)这跟"文以明道"的原则存在着矛盾,也因此会给他们的散文创作带来一些生气。

韩愈、柳宗元的散文 韩愈的《原道》、《原性》、《论佛骨表》、《师说》等说理文过去很受一般古文家的称赏,但并不属文学性的作品。另有一些以议论为中心的短文,如《送孟东野序》、《送董邵南序》、《送李愿归盘谷序》等,由于文中包含着对友人的同情与慰解,发泄了对不合理的社会现象的不平之气,有较多的感情色彩,写得颇有动人之处。此外,还有一些近乎寓言的杂感,借生动的形象抒写自己怀才不遇的感慨或穷愁寂寞的叹息,情绪更显得尖锐,如著名的《马说》:

世有伯乐,然后有千里马。千里马常有,而伯乐不常有,故虽有名马,祗辱于奴隶人之手,骈死于槽枥之间,不以千里称也。马之千里者,一食或尽粟一石。食马者不知其能千里而食也,是马也,虽有千里之能,食不饱,力不足,才美不外见,且欲与常马等不可得,安求其能千里也。策之不以其道，食之不能尽其材，鸣之而不能通其意，执策而临之曰："天下无马！"呜呼！其真无马邪？其真不知马也！

在韩愈的散文中，悼念其侄韩老成的《祭十二郎文》尤其具有浓厚的抒情色彩。哀吊之文前人多用骈体或四言韵文写作，在整齐的格式中求得一种庄肃之感。而此文全无格式、套语，而且不像韩愈其他文章那样讲究结构。全文以向死者诉说的口吻写成，哀家族之凋落，哀自身之未老先衰，哀死者之早夭，疑天理疑神明，疑生死之数乃至疑后嗣之成立，极写内心之辛酸悲恸。中间一段写初闻噩耗时将信将疑、不甘相信又不得不信的心理，真实而动人；结末一节叹生死永别，尤其哀切：

呜呼！汝病吾不知时，汝殁吾不知日。生不能相养以共居，殁不得抚汝以尽哀。敛不凭其棺，窆不临其穴。吾行负神明，而使汝夭。不孝不慈，而不得与汝相养以生，相守以死。一在天之涯，一在地之角。生而影不与吾形相依，死而魂不与吾梦相接。吾实为之，其又何尤。彼苍者天，曷其有极！

这一段文字中其实也包含不少对偶的成分。但这种对偶跟情绪的波动非常密合，显得相当自然，不同于一般骈文所追求的精致与紧密。从全文来看，语意反复而一气贯注，体现了在特定情景下散体文相对于骈体文的优长。而把韩文上述几种类型加以比较，又可以看出大体愈是具有文学价值的作品脱离"明道"原则愈远，这也从反面说明了古文运动核心理论对文学的束缚。

韩愈还写过一些诙谐性的或带有游戏色彩的散文，当时人裴度就说他"恃其绝足，往往奔放，不以文立制，而以文为戏"（《寄李翱书》），这也反映了韩愈个性活跃和富于想象力的一面。这类文章有《毛颖传》、《鳄鱼文》、《石鼎联句诗序》、《送穷文》等，其优劣高下大抵取决于作者人生感受、生活情感投入的深浅。如《石鼎联句诗序》以一种近乎小说的情节描述道士轩辕弥明与刘师服、侯喜二人联诗的戏剧性过程，把两个文人酸文假醋的模样、前倨后恭的心理和道士不拘小节、放荡机智的形象写得十分生动，这里面显然包含着韩愈对诗的自得之情。《送穷文》则虚设"主人"具柳车草船送"穷鬼"离去反被穷鬼和他的朋辈教训了一番的情节，对自己久来陷于穷困而难于自拔的遭遇加以嘲戏，以一种幽默的态度求得心理压力的释放。文章开头是主人致穷鬼的庄肃的送别辞，结束处却是五鬼以滑稽的腔调说出一番堂皇的大道理，在荒唐悠谬中显出无奈的心情。兹录最后一小节：

> 言未毕，五鬼相与张眼吐舌，跳踉偃仆，抵掌顿脚，失笑相顾，徐谓主人曰："子知我名，凡我所为，驱我令去，小黠大痴。人生一世，其久几何？吾立子名，百世不磨。小人君子，其心不同，惟乖于时，乃与天通。携持琬琰，易一羊皮；饫于肥甘，慕彼糠糜。天下知子，谁过于予？虽遭斥逐，不忍子疏。谓予不信，请质《诗》、《书》。"主人于是垂头丧气，上手称谢，烧车与船，延之上座。

中国古代诙谐幽默之文不多，这种生动有趣的文章在文学史上是应有一席之地的。

韩愈在散文写作的技巧方面很费心血。其文章之结构布局根据立意的需要各各不同，有时以重笔陡然而起，有时则从远处迂回而来，有时层层推进；他又很讲究句式的设计，善于交错运用各种重复句、排比句、对仗句，来增加文章的变化与气势，造成与骈体文不同的自由多变的节奏感；尤其值得称道的是韩愈散文在语汇上的创新，他从当时的口语中提炼，从前代的文籍中改造，创造出不少新颖的语汇，使文章常常闪现出妙语警句，增添了不少生气。前引《送穷文》中写鬼"张眼吐舌，跳踉偃仆，抵掌顿脚，失笑相顾"，显得十分生动。韩文中许多新创的词语，如"面目可憎，语言无味"、"垂头丧气"、"动辄得咎"、"佶屈聱牙"、"不平则鸣"、"俯首帖耳"、"摇尾乞怜"等，后来都成为常用的成语。

韩愈是很有才华的作家。但由于重视"文以明道"，他所创作的文学性散文为数并不多。而就是这样，在思想束缚更严重的宋代，还是有人指责他过于好文，如张耒说他"以为文人则有余，以为知道则不足"（《韩愈论》），大儒朱熹则责怪他"裂道与文以为两物"（《读唐志》）。不过，既然韩愈他们主张"文"只是依附于"道"的工具，将这种原则贯彻到底，对他提出那样的批评也是符合逻辑的。

柳宗元散文的情况也与韩愈相类。在其全部作品中，文学性散文占的比例不大；而且一般来说，具有文学价值的作品大抵并不体现"明道"的作用。这种性质的散文主要有两类：寓言和山水游记。寓言如著名的《蝜蝂传》借小虫讽刺那些"日思高其位，大其禄"而不知死之将至的贪心者；《三戒·黔之驴》则借驴比喻那些外强中干、实无所能的庞然大物，想象丰富，语言犀利，篇幅虽短而寓意深刻。但柳宗元散文中写得最好的是山水游记。

散文中描摹山水的内容自六朝以来就很兴盛，一些名家的书信差不多就是写山水的小品，郦道元《水经注》中更保留了许多精彩的片断。但山水游记成为一种单独的文章类型，则是从柳宗元才开始的。柳氏的这类散文大抵均作于他贬居西南边地时，游山玩水是他孤寂生活中的精神寄托。所以他并不是单纯地描摹景物，而是将感情投射于自然，通过对山水的描写呈现自己的心境。像《钴鉧潭西小丘记》所说其处"清泠之状与目谋，潜潜之声与耳谋，悠然而虚者与神谋，渊然而静者与心谋"，正是一种物我合一的境界。因而，他笔下的山水总是体现出人格化的孤洁清雅、凄清幽怨的情调。如《至小丘西小石潭记》：

从小丘西行百二十步，隔篁竹，闻水声，如鸣珮环，心乐之。伐竹取道，下见小潭，水尤清冽。全石以为底，近岸，卷石底以出，为坻为屿，为嵁为岩。青树翠蔓，蒙络摇缀，参差披拂。潭中鱼可百许头，皆若空游无所依，日光下澈，影布石上，怡然不动。俶尔远逝，往来翕忽，似与游者相乐。

潭西南而望，斗折蛇行，明灭可见。其岸势犬牙差互，不可知其源。坐潭上，四面竹树环合，寂寥无人，凄神寒骨，悄怆幽邃。以其境过清，不可久居，乃记之而去。

同游者吴武陵，龚古，余弟宗玄。隶而从者，崔氏二小生：曰恕己，曰奉壹。

柳宗元的山水游记写景部分喜用短句，像《袁家渴记》写风，"振动大木，掩苒众草，纷红骇绿，蓊葧香气，冲涛旋濑，退贮溪谷，摇飏葳蕤，与时推移"，连用八个四字句，明显是保留了辞赋与骈文的特点。

柳宗元有一类以叙事与说理相结合的散文，如《捕蛇者说》、《种树郭橐驼传》、《梓人传》等，对后来的"古文"影响很大（某些现代散文实亦承此一脉而来）。这种文章其实是运用一些文学因素来帮助说理、"明道"，不过其中也有些区别：如果叙事的部分比较真实且渗入了作者的强烈的情感，也能给读者带来文学的感动，《捕蛇者说》近于这种情况；如果理念的因素太强，叙事完全迁就说理，也就谈不上有多少文学性，《种树郭橐驼传》和《梓人传》近于后一种情况。总体而言，在"古文"传统和相类的现代散文中，后一种情况更为突出。

晚唐散文 韩愈所倡导的古文运动曾造成较大的声势，但也并没有能够使得散体文取代骈体文成为主要的文体。晚唐前期骈文仍然相当流行，李商隐《樊南甲集序》说到自己初学韩氏的古文，后入令狐楚诸人幕府，乃改习四六"今体"，这既说明当时古文对读书人已经有一定的吸引力，但常用的公私文书仍以骈体为重。李商隐的骈文精于藻饰和用典，后代有人对之评价甚高，不过这些文章大多是代他人而作的应用文，在文学方面也没有多大意义。在诗歌方面与李商隐齐名的杜牧也能文，他的《阿房宫赋》传诵很广。这篇赋在文体上显得很特别，前半部分以华丽的骈体作想象性的描写，后半部分则以散体发议论，有着古文的气息，它对宋代散文体的赋不无影响。这也表明晚唐前期是一个文体混杂和酝酿着变化的时期。

晚唐后期伴随着诗教说的再度兴起，散文领域内类似"文以明道"的主张也再度被提出。如皮日休写过《请韩文公配享太学书》，要求将韩愈配享于孔子庙堂，在《皮子文薮序》中又自称他的各种文章"皆上剥远非，下补近失，非空言也"，显然以继承韩愈的事业为己任。但在晚唐后期的乱世中，这种主张显得非常无力，持这种主张的人也写不出韩、柳那样的尚有自信因而也还有气势的"明道"文章。倒是他们在失望与愤慨之下写出的一些讽刺性的短文，还略有特色。这类文章的作者除皮日休外，尚有罗隐、陆龟蒙等。

这种讽刺性的短文篇制非常短小，通常仅二三百字，也有数十字的，所以从文章形态来看是相当新颖的，对宋元以降的短文有开启先河的作用。不过皮日休、陆龟蒙所作实过于切露且议论太盛，并没有真正发掘出短文可能具有的优长。罗隐所作则强于前二人，盖缘少作基于儒家道统而不宜于短文的宏大议论。如其集中列为赋类的《秋虫赋》连序在内也仅有数十字：

秋虫,蜘蛛也,致身罗网间,实腹亦罗网间。愚感其理有得丧,因以言赋之曰:物之小兮,迎网而毙,物之大兮,兼网而逝。网也者,绳其小而不绳其大,吾不知尔身之危兮,腹之馁兮,吁!

强者捕食弱者,又为更强者所食,这就是作者勾勒出的社会图景。又如《越妇言》虚构朱买臣富贵后仍与妻共同生活,朱妻想到他以前常说待通达后要"匡国致君"、"安民济物",如今一无所行,不过是以其富贵通达"矜于一妇人",遂"闭气而死",也是显出思想尖锐、文笔干脆利落的特色。

第 11 章

唐代的传奇与俗文学

唐代文学发展的一个重要现象，是虚构性叙事文学的繁盛，这在中唐以后尤其显得突出。这里面既包括前面已经作了介绍以白居易《长恨歌》为代表的叙事诗，也包括本章将要介绍的文人创作的传奇小说和近代从敦煌石窟发现的话本、俗赋、变文等俗文学作品。其作者分属于不同的社会阶层，作品的流传范围也有所不同，但相互之间却有着密切的关联。唐代城市经济与城市文化生活的兴旺是其共同的背景，在文学趣味上它们程度不等地都有世俗化的趋向；而且，这些不同类型的作品在写作特点上也有很实在的相互影响的关系。孟启《本事诗》记述张祜对白居易说："'上穷碧落下黄泉，两处茫茫皆不见'，非《目连变》何耶？"表明唐人就已经注意到俗文学对文人创作的影响。

　　唐代虚构性叙事文学的繁盛在中国文学史上有着重大的意义。它以更为自由的形式在较为宏大的篇幅中具体而生动地反映了人们的生存状态、内心世界和对生活的想象，有力地拓展了文学的审美内涵与情感空间，也为后代文学的发展演变提供了新的样式与母题。

一、唐 传 奇

　　"传奇"最初被唐人用为单篇小说或单部小说集的题目，如元稹的《莺莺传》原名"传奇"，今名是宋人将此篇收入《太平广记》时改题，另外裴铏所著小说集也叫《传奇》。后世遂将唐人那种故事性较强的文言短篇小说通称为"传奇"。需要顺带说明的是，"传奇"一名称应用的范围很广，不但后代说话、讲唱中有"传奇"一类，南戏在明以后也叫"传奇"。

　　唐以前小说的主要类型为志怪。前面说及六朝志怪发展到后期，有些优秀之作情节变得较为曲折，并且较偏重于现实的人生情趣。但总体来说，志怪作为艺术创作的意识还不明确，所以明人胡应麟说："至唐人乃作意好奇，假小说以寄笔端。"(《少室山房笔丛》) 鲁迅《中国小说史略》承其意而更明确地指出，传奇与志怪相比，"其尤显者乃在是时则始有意为小说"。正因如此，唐传奇在情节、结构、叙事手法及人物形象的塑造等小说艺术的各个方面都有了显著的提高。由此，唐传奇宣告中国古典小说开始进入成熟阶段。

从唐传奇的发展过程来看，它与六朝志怪有直接的渊源关系，但也受到其他因素的影响。以前我们就说到：中国古代的历史著作主体虽非虚构，但常常运用文学手段来追求鲜明生动的效果，以《史记》为代表的历史人物传记，在叙述故事和刻画人物性格方面取得了相当高的成就，为后人提供了良好的榜样。唐传奇的重要作家中有不少人是历史学家，他们很容易将这一传统更自由地运用于小说创作。唐传奇中凡以写人物为主的，几乎一概题为"××传"，这就是来自史传的明显痕迹。另外，在唐代城市生活中产生了多种面向市井民众的俗文学形式，它们也引起文人士大夫的兴趣，如根据各种史料记载，在唐代的宫廷内和士大夫家中，都有专门请艺人"说话"的情况。俗文学的兴起必然也会给文人创作带来刺激，并提供新鲜的素材。

初、盛唐时期的传奇　如果借用唐诗的分期概念，那么诗歌方面所说的初、盛期，在传奇方面都属于初期。这一时期的小说有些还完全停留在志怪的范围，也有些则显示了新的特点。而一般认为最早可归之于"传奇"的唐人小说，是《古镜记》和《补江总白猿传》。

《古镜记》自中唐顾况的《戴氏广异记序》起即明题王度（文中子王通之弟）撰，文字亦以王度自述的口吻写成。然也有些研究者对此表示怀疑，今尚难定论，不过它的产生年代大概是比较早的。

此文记王度得一古镜以之制服妖精等灵异事迹，以若干小故事串联而成。它以真实的人物作为小说中的人物，似乎那些灵异事迹也是真实的，就此而言，有很明显的六朝志怪的特征。但它篇制规模已远远超出一般的志怪小说，而且文辞华美，描写也较具体生动。如文中述一老狐所化女子鹦鹉为古镜所照，自知必死，乞一醉，醉后奋衣起舞而歌曰："宝镜宝镜，哀哉予命！自我离形，于今几姓？生虽可乐，死不必伤，何为眷念，守此一方！"实际上表达了人对生的留恋和对死的哀伤，颇有感人之处。就此而言，则作者又显然是有意识地运用了艺术性的虚构手段。在结构上此文以王度的叙述为主线，又穿插其家奴的叙述，其弟王勣的叙述，较之六朝志怪稍趋复杂和完整。

《补江总白猿传》的作者已不可考。此文写梁将欧阳纥携妻南征，途中其妻于戒备森严的密室中突然失踪。欧阳纥经一番历险，终于在其他被窃去的妇女帮助下擒获妖物，乃一大白猿。猿精被杀死前告欧阳纥："尔妇已孕，勿杀其子，将逢圣帝，必大其宗。"后其妻果生一子（即欧阳询），貌似猿猴而聪敏绝伦。欧阳纥死后，由江总将此子抚养成人，"文学善书，知名于时"。前人或认为这篇小说是唐人为诽谤欧阳询而作（见宋晁公武《郡斋读书志》）。

此篇文字较《古镜记》为简洁，故事的叙述却曲折有致，布局严谨，在艺术技巧上显得更讲究一些。所写白猿虽是妖物，却神异而风雅，如写它现时情形是："日晡，有物如匹练自他山下，透至若飞，径入洞中。少选，有美髯丈夫长六尺余，白衣曳杖，拥诸妇人而出。"这里的描绘是相当生动的，可以感觉到作者的文学趣味。

产生年代较早的小说还有《游仙窟》。此篇在国内久已失传，却保存于日本，近代才重新传回国内。据研究，其传入日本约在唐开元年间。因卷首题"宁州襄乐县尉张文成作"，故一般认为是高宗时代著名文士张鷟（字文成）所作。

《游仙窟》的内容和体制均有些特殊之处。它以第一人称自述于奉使河源途中，投宿"仙窟"，与神女十娘邂逅交结的故事。但除了开头的情节略有受六朝志怪中刘晨、阮肇遇仙之类故事影响的痕迹，基本内容完全是世俗化的男女间的调笑戏谑，且带有一定程度的色情倾向；全文以骈体文写成，而大量的主客对答则是诗体，语言既有华丽的成分，又多用俗谚口语。它显然和主要源于六朝志怪的一般唐传奇作品不同，而更多地受到俗赋的影响。俗赋虽然过去不受注意，但现在看来，从汉代的《神乌傅（赋）》到六朝的《庞郎赋》以及敦煌文献中保存下来的可能是产于隋以前的《韩朋赋》和产生于唐开元年间的《燕子赋》等，这一种俗文学形式在很长时间里其实一直延绵不绝。而《游仙窟》所描写的内容和骈丽浮艳的文字及其用诗体写对话的结构，都显示了它与俗赋的承接关系。

中唐时期的传奇　中唐是传奇发展的盛期。在这一时期,许多著名的文人投入了小说创作,因而显著地提高了它的艺术性;当时颇流行的以歌行与传奇相互配合的写作风气(如白居易的《长恨歌》和陈鸿的《长恨歌传》,白行简《李娃传》和元稹的《李娃行》),也刺激了传奇的兴旺。以题材而言,这一时期的作品中,讽世小说和关于男女之情的小说取得了最大的成功;尤其后者,可以说代表了唐传奇的最高成就。

陈玄祐的《离魂记》是产生较早的爱情小说,据篇末作者自述,当作于大历以后不久。故事写倩娘与表兄王宙相爱,父亲却将她许配他人,倩娘的生魂于是随王宙远去,身体则卧病闺中,后倩娘回家探亲时,二者重合为一。这篇小说脱胎于南朝《幽明录》中的《石氏女》,但突出了女主人公对婚姻自主的要求,描述也更细致一些,作为过渡性的作品,它预示着以后大量优秀爱情小说的兴起。

唐传奇盛期首先崛起的重要作家是沈既济(约750—797),曾任史馆修撰,《旧唐书》本传称其"史笔尤工"。所撰《枕中记》和《任氏传》均是唐传奇中的名作。

《任氏传》写因贫穷而托身于妻族韦崟的郑六,邂逅狐精所化的女子任氏,娶为外室。韦崟本富贵而落拓不羁,爱任氏绝色,欲强行占有,而任氏终不屈服。韦崟为之感动,从此二人结为不拘形迹的朋友。后郑六携任氏往外县就一武官之职,途中任氏被猎犬咬死。

《任氏传》标志了唐传奇小说艺术的成熟。以往小说中的神怪形象,作者所强调的是其诡异的一面,而在本篇中除了开头和结尾,任氏的言行及情感都是充分人性化的;小说借用人物传记的形式,使主要人物任氏始终处于中心地位,但在细节的展开上,却比一般史传更为丰富,这使得任氏的形象显得十分生动可爱。如任氏力拒韦崟的一节写道:

……崟爱之发狂,乃拥而凌之,不服,崟以力制之。方急,则曰:"服矣。请少回旋。"既从,则捍御如初。如是者数四。崟乃悉力急持之。任氏力竭,汗若濡雨,自度不免,乃纵体不复拒抗而神色惨变。崟问曰:"何色之不悦?"任氏长叹息曰:"郑六之可哀也。"

其后写任氏感叹郑六因贫穷不能不依附于韦崟,以致"生有六尺之躯而不能庇一妇人",这实际上也是指责韦崟自恃有恩于郑六才敢如此霸道。

韦崟不愿被她如此看待，遂表示谢罪，放弃了占有她的念头；而任氏知道韦崟深爱自己，在"不及于乱"的前提下同他保持了不同寻常的亲昵关系。这种深入人物心理的细腻描写，是以前的小说不曾有过的。

李朝威的《柳毅传》约作于元和年间，它既有浓厚的神话色彩，又刻画出鲜明的人物形象。故事写洞庭龙女嫁泾河小龙，受到厌弃虐待，落第返乡的举子柳毅为之传书洞庭龙宫，龙女的叔父钱塘君飞赴泾川，吞食了泾河小龙，救回龙女并作主将她嫁给柳毅。但柳毅因钱塘君的态度带有强迫的意味，遂严辞峻拒。然柳毅与龙女实有相慕之心，所以龙女后来抗拒了父母让她再婚的安排，设法与柳毅结成夫妇。在这篇极富于浪漫色彩的神话爱情故事中，寄托了人们对自由美好生活的热烈向往，三个主要人物，亦各具个性。

由著名诗人元稹作于贞元末的《莺莺传》，则是第一篇完全不涉及神怪情节、纯粹写人世男女之情的作品。故事大略述张生寓蒲州普救寺，适其表姨郑氏携女崔莺莺同寓寺中。当地军队发生骚乱时，张生设法庇护了她们母女。在郑氏所设答谢宴上，张生认识并倾心于莺莺，因通过婢女红娘，以诗求私通，始遭严拒，但最终莺莺不能自持，以身相许，二人幽会累月。后张生赴京应举，遂与之绝。据学者研究，此故事与元稹的实际经历有关。小说写到张生完全有机会正式娶莺莺为妻，却以种种理由推托，最终还解释说，莺莺是一个具有诱惑性的"尤物"乃至"妖孽"，自己"德"不足以胜之，"是以忍情"。实际的背景，则是因为"莺莺"的原型家庭的社会地位较低，而唐代士人在婚姻上十分看重门第，故元稹本无意与之结为婚姻。

所以《莺莺传》其实是写一个士人为一寒门女子的美色所动，始乱终弃的故事；小说为张生的行为所作的辩护，充满伪善气息。但另一方面，元稹对自己曾有过的那一与小说情节类似的经历显然颇怀留恋，因而将崔莺莺的形象描绘得十分动人。她端庄温柔而美丽多情，在犹豫中与自己所爱慕的男子冒险结合，而终于成为封建势力和自私的男子的牺牲品。她的渴望和幽怨中，埋藏着深深的痛苦。由于这个故事包含着青年男女向往自由爱情、由彼此慕悦而自相结合的因子，它后来被改造为《西厢记诸宫调》和《西厢记》杂剧。但必须注意到在情节与人物形象方面，后者已有根本性的变化。

与《莺莺传》的人物关系相类的小说有蒋防的《霍小玉传》。故事写沦落娼门的女子霍小玉与士子李益相爱,自知不能与之相伴始终,只求李益与自己共度八年欢爱时光,而后才另选高门。然而李益虽声称誓不相负,却很快就因奉母命定亲,销声匿迹。小玉求一见而不可得,以至卧床不起。后一黄衫豪侠强挟李益来见,小玉怒斥其负心无情,愤然死去。

唐传奇中以爱情小说最有情致,而《霍小玉传》尤为精彩动人。霍小玉与李益立八年相守之誓,是在不幸的命运中想要抓住自己的生命的一种苦苦挣扎,然而这一点希望也被自己所爱的人破坏,使她坠入黑暗的深渊,这会令人感受到社会是何等不合理和无情。小说的悲剧性结局、小玉爱和恨都极端强烈的性格,都给人以强烈的震撼。它在反映生活的深刻性和表达感情的强度上,超过了其他同类题材的作品。下面是小说中写霍小玉与李益最后相见的一节:

> 玉沉绵日久,转侧须人,忽闻生来,欻然自起,更衣而出,恍若有神。遂与生相见,含怒凝视,不复有言,羸质娇姿,如不胜致,时复掩袂,返顾李生。感物伤人,坐皆欷歔。……玉乃侧身转面,斜视生良久,遂举杯酒酬地,曰:"我为女子,薄命如斯;君是丈夫,负心若此。韶颜稚齿,饮恨而终;慈母在堂,不能供养;绮罗弦管,从此永休。征痛黄泉,皆君所致。李君李君,今当永诀!我死之后,必为厉鬼,使君妻妾,终日不安!"乃引左手握生臂,掷杯于地,长恸号哭数声而绝。

《李娃传》也是写妓女与士子的爱情的名作,作者为诗人白居易之弟白行简(776—826)。小说略述天宝中荥阳公子某生赴京举秀才时恋上娼妓李氏,资财耗尽后被李氏假母设计抛弃,沦为唱挽歌的歌郎。其父发现后,责其玷辱家门,鞭打至昏死而弃之。生浑身溃烂,沦为乞丐。一日雪中哀叫,为李氏所闻,乃悲恸自咎,自赎身而与生同居,勉其读书应举。生终于步入仕途,并与父亲相认,后渐至显达,李氏也被封为汧国夫人。

这篇小说取材于民间说话[①],又经著名文士用心改造,在小说艺术上

[①] 元稹《酬翰林白学士代书一百韵》"光阴听话移"句下注言及他曾和白居易一起听人说《一枝花》,而明陈耀文《天中记》引唐陈翰《异闻集》称"娃后封汧国夫人,夫人旧名一枝花",则《李娃传》故事当源于《一枝花》。

具有相当高的成就。首先，它在虚构方面富于想象力，故事情节比以往任何小说都要复杂，波澜曲折，充满戏剧性的变化。它的"大团圆"结局完全是异想天开，但这也显然反映市井社会中人们的一种善良愿望和心理需要。而在展开这一复杂的故事时，小说的结构非常完整，叙述十分清楚，很能够吸引人。其次，虽然这篇小说的虚构性特别强，但在叙述故事的过程中，却有很多真实动人、描写细腻的细节，如关于东肆、西肆赛歌的描写，令人如见唐代城市生活的景象。这反映了小说作者构造具有真实感的场景的意识和能力。再有，主要人物李娃的性格也比较丰富。她开始参与对荥阳生的欺骗乃是由其营生性质所决定，后来又把他从悲惨的境地中拯救出来，则显示了其固有的善良天性。这种描写是有一定合理性的。

唐传奇中关于男女之情的小说多写士子与妓女的关系。这一方面与唐代城市经济发达、士人常流连于青楼的社会特点有关，另一方面也是由于"正常"的婚姻关系大抵并非因两情相悦而形成，所以文学中所表现的较为自由的恋爱反多在婚姻以外。这同南朝民歌的情况相似，但小说的表现力则要强得多。

中唐传奇中讽世主题的作品以沈既济的《枕中记》、李公佐的《南柯太守传》最为著名。《枕中记》所写即"黄粱美梦"故事：热衷功名的卢生，在邯郸旅舍借道士吕翁的青瓷枕入睡，在梦中身历仕途风波，也实现了他"建功树名，出将入相，列鼎而食，选声而听，使族益昌而家益肥"的人生理想。一旦梦中惊醒，身旁的黄粱饭犹未蒸熟。他因此大悟，表示接受吕翁借此梦而施的"窒欲"之教。《南柯太守传》命意与《枕中记》略同，述游侠之士淳于棼醉后被邀入"槐安国"，招为驸马，出任南柯郡太守，守郡二十年，境内大治。孰料祸福相倚，先是与邻国交战失利，继而公主又罹疾而终，遂遭国王疑惮，被遣返故乡。这时他突从梦中醒来，方知前事皆醉梦中幻象，而所谓"槐安国"者，乃庭中大槐树穴中的一大蚁巢。因"感南柯之浮虚，悟人世之倏忽，遂栖心道门，绝弃酒色"。

上述两篇小说，中心完全是对现实的人生意义的思考，故事的奇异情节也主要起到使主题更为显豁的作用。它们一方面表现出佛道思想所宣扬的以俗世荣辱为虚幻的人生观，同时也反映出士大夫阶层中一些人试图疏离于群体生活及其价值观的愿望。这种生活态度在后来的戏曲小说中有进一步的发展。从艺术性来说，《枕中记》偏向于史家的简洁文笔，主题固然鲜明,情节未免简化。《南柯太守传》则更为小说化,作者把梦中的一切情景尽可能写得真切别致、饶有趣味,还每有细琐的闲笔,所以更富于从生活本身形成的对读者的感染和启发。

中唐时期的传奇除了上述两大类型,还有一些其他内容的作品。如陈鸿的《长恨歌传》是兼及政治与男女之情的历史小说,李公佐的《谢小娥传》记述谢小娥为外出行商而遇害的父亲与丈夫报仇的故事,塑造了一个机智勇敢的女性形象,在当时的小说中别具一格。

晚唐时期的传奇 晚唐时期,单篇的传奇创作大为减少,小说集的创作却兴旺起来。较重要的有牛僧孺《玄怪录》、李复言《续玄怪录》、袁郊《甘泽谣》、皇甫枚《三水小牍》等,而裴铏所作《传奇》尤为特出。在题材方面,豪侠小说的兴起最为引人注目。

《虬髯客传》在豪侠小说中享名最盛,旧题杜光庭作,近年研究者多认为它原为裴铏《传奇》中的一篇。小说写隋末天下纷乱,杨素的宠妓红拂私奔李靖,又在客店中遇到意在图王的"虬髯客",与之结为兄妹。后虬髯客见到"李公子"即李世民,知其"真天子也",遂将资财尽赠李靖夫妇,脱身远去,后在海岛称王。这是一篇艺术性很强的作品。首先它描绘人物极富英雄气概,如红拂一侍女耳,视权重天下的杨素为"尸居余气",见李靖可嫁,即从容投去;虬髯客虽自知不能胜过李世民,也绝不愿俯首称臣,为其驱使。这种文学形象作为平庸人生和卑琐人格的反面,代表着人们对于自由豪迈的人生境界的向往,有其独特的感染力。同时,所谓"风尘三侠",各有其个性和风采,在彼此映衬中更显得生气勃勃,这也是很好的构图式的配置;而小说于英雄豪迈之气中,穿插儿女之情的旖旎,读来尤觉深有情趣。

裴铏《传奇》中另有《昆仑奴》,写一老奴武艺高强,为其少主窃得他所爱的豪门姬妾,使二人如愿以偿;《聂隐娘》写聂隐娘自幼为一女尼携去,习得武艺近于神异,后世武侠小说实滥觞于此。这类小说中的人物不仅技艺超群,行止亦不循常规,难以常情揣测,显示出想象世界中人生的奇妙,给人以阅读的快乐。又袁郊《甘泽谣》中的《红线》和《懒残》,也有近似的趣味。

爱情题材的小说在晚唐已告衰微,可以一提的有《三水小牍》中的

《步飞烟》。此篇写武公业之妾步飞烟厌恶丈夫粗悍，与邻家少年赵象私通，事发，被毒打至死。故事情节与描写均不甚佳，唯写步飞烟为维护自己的情人坚不吐实，但云"生得相亲，死亦何恨"，其身娇弱，其性刚烈，令人感动。而男儿赵象则"自窜于江浙间"矣。

二、唐代的俗文学

19世纪末在敦煌石窟发现的文献中，包含许多久已失传的俗文学资料，根据原有的题目，其类型主要有变文、话本、讲经文、词文、俗赋等；有些则没有明确的标题，在归类上研究者的看法会有所不同。其中话本大体上没有韵文，大概只是用来讲说的；其余的或韵、散兼行或纯为韵文，大概或说唱并重或以唱诵为主。这些俗文学资料的发现，不仅丰富了人们对唐代文学的认识，在文学史上的地位越来越重要的通俗小说与讲唱文学的起源情况，也由此变得较为清楚了。

俗赋及词文　西汉俗赋《神乌傅（赋）》的出土，令我们了解到一种非常古老的俗文学样式的存在，而敦煌写本中的俗赋，更证明了它的源远流长。如《燕子赋》是一则动物寓言，写燕子因自己的巢被黄雀强占，向鸟王凤凰控诉，凤凰遂拘来黄雀杖责囚禁。将《神乌傅》同曹植的可以认为是源于俗赋的《鹞雀赋》以及本篇放在一起考察，能够看出三者之间的传承与变化。

《韩朋赋》是敦煌俗赋中的优秀作品。故事源于晋干宝《搜神记》，原作甚简略，赋中增添了许多具体细节，并对结尾作了重要改变。大略述韩朋夫妇恩爱，宋王骗夺韩妻，两人殉情而死。原故事写两人死后化为连理树、鸳鸯，赋中加入鸳鸯飞去时落下一片毛羽，宋王以之"摩拂项上，其头即落"的情节。不仅歌颂了他们对爱情的坚贞，并且表达了强烈的复仇精神。此赋多用古韵，研究者或认为是隋以前流传下来的。

"词文"应是民间讲唱文学的一种，基本上用韵文写成，很可能是从俗赋分化而来。其中最重要的一篇是《季布骂阵词文》，述项羽部将季布在战阵上痛骂刘邦，楚亡后历尽艰险，终于依靠自己的才智与口辩获得赦免，还当了乔州太守。这种揭露"贵人"本来的贫贱和无赖面目以羞辱之的故事，渗透了浓厚的民间智慧与民间趣味，后来元散曲中还有类似的创作。全篇为一韵到底的七言诗，长四千四百多字，铺叙细致周密，是敦煌说唱文学中艺术性较强的作品。另有《下女夫词》，写一男子月夜投宿，与女主人言辞挑逗而终成好合的故事，通篇以两人的对答、诗歌构成，情节和言辞与《游仙窟》颇相类似，可见这种写男女调情的作品在唐代颇受人们欢迎。

讲经文与变文 讲经文是寺院中举行"俗讲"（对经义作通俗讲演）时所用的底本，现存有《佛说阿弥陀经讲经文》《妙法莲华经讲经文》《维摩诘经讲经文》《父母恩重经讲经文》等等。文中每引一段经文而后讲解一段，讲解时有说有唱。佛经中原有带文学性的内容，而讲经人又加以一定的发挥，使得这种宗教宣传活动也有艺术魅力。而且，这种宣讲形式对变文的产生应该也是起了促进作用的。

变文是民间曲艺"转变"所用的底本。其文辞大多韵、散相杂，这表明艺人在转变时通常是说一段唱一段。转变还有一个基本特征是表演时以相应的图画配合，随着故事的进展，说唱者卷动画卷，变换画面。晚唐诗人吉师老《看蜀女转〈昭君变〉》诗描绘了一个女艺人表演《王昭君变文》时的情景："檀口解知千载事，清词堪叹九秋文。翠眉颦处楚边月，画卷开时塞外云。说尽绮罗当日恨，昭君传意向文君。"其内容则可分为讲佛经故事与世俗故事两大类。

但"转变"这种演艺形式是从何而来的？"变"字应作何解释？历来有多种不同的见解和推测。一种比较通行的看法认为"变"是梵文 citra（图画）的音译，"转变"源于"俗讲"，所以变文中有较多佛经故事。但相反的意见则认为"变"即是汉语原有的"变化"之意，而世俗内容的变文可能比佛经故事的变文出现更早。这牵涉到唐代多种讲唱文学形式的相互关系问题，尚有待深究。但不管怎样，唐代的"转变"表演看来很早就是世俗化的了，唐诗里偶有提及的艺人均为女性，就可以证明这一点。

演唱佛经故事的变文，著名的有《大目乾连冥间救母变文》（简称为《目连变》）和《降魔变文》等。这类变文不像讲经文那样拘于佛经文本，而是注重于故事的生动有趣,显示了丰富奇特的幻想。如《目连变》述佛门弟子目连入地狱救母的故事,对地狱的情状作了许多恐怖的描写;《降魔变文》叙述佛门弟子舍利弗与邪魔外道六师斗法,双方变化出各种奇异的事物,充满匪夷所思的描写,对后世神魔小说有显著的影响。

世俗题材的变文多取材于历史故事和民间传说。主要有《王昭君变文》、《汉将王陵变》、《伍子胥变文》、《孟姜女变文》①等。这些作品均对简单的历史资料作了大量敷演,为后来相同母题的创作建立了基本的模式。如《王昭君变文》用了许多细节述写昭君怀念故国的感情,《伍子胥变文》也在《吴越春秋》有关记载的基础上增饰了大量民间传说性质的内容,情节和人物性格都显得相当丰富。

前述俗赋、词文、讲经文和变文,虽早已绝迹,但在后来的文学艺术中却留下了深刻的痕迹。特别是那种韵散相间、有说有唱的体制,通过后来的词话、诸宫调、宝卷、弹词、鼓词等等说唱文学一直延续下来,至今仍是我国许多曲艺中常见的形式。

话本小说　唐代有多种文献言及"说话"这种民间演艺流行的情况,然所用的话本散失殆尽,幸而在敦煌石窟中又重新发现了《庐山远公话》、《韩擒虎话》、《叶净能话》②及《唐太宗入冥记》等。这些小说的语言文白相杂,口语的成分已经相当多。以现存的资料而言,可以说代表了中国民间通俗小说最初的形态。

《叶净能话》叙述唐玄宗朝道士叶净能的神奇事迹,由十多个小故事缀连而成,情节新奇有趣,语言浅俗通顺。其中既写到叶净能惩处占人妻女的岳神和祟人女儿的妖狐,又写到叶净能依仗法术霸占玄宗宠爱的宫女,显示民间文学在道德观上不那么讲究的态度。《庐山远公话》则是述东晋高僧慧远故事的,它的文字要比《叶净能话》老练,但其演说教义的态度比较认真,故事反不如前者有趣,这里多少也可以看出佛教徒与道教徒的区别。

---

①　后两篇原无标题,且文中亦无显著的属于变文的标志,此处暂且按通行的划分,将其归属于变文一类。

②　原题作《叶净能诗》,研究者多认为"诗"为"话"之讹。

《韩擒虎话》是一篇值得注意的话本。它叙述隋代武将韩擒虎灭陈等事迹，虽然在大背景上有所依托，具体故事的描述则全出于虚构与想象，情节稚拙而生动，体现了民间对历史和历史人物特殊的理解方式，后世的历史演义小说与此一脉相承。

　　唐代话本小说留存数量有限，艺术上也较粗糙，但表现出的想象力是非常活跃的。在小说史的研究上，它更是有着重要的价值。

第12章

唐五代及北宋词

在唐代诗歌繁盛的同时，作为广义诗歌的一个分支的词也在逐渐形成。在其孕育发展的过程中，词体现出与传统诗歌显著不同的特质，因而产生了"诗"、"词"并立的意识。而在后世，唐诗、宋词、元曲，更被认为各自代表了一代文学的最突出的成就。

从晚唐五代至北宋，文学的发展变化在词与诗文两方面有不同的情况：从词来说，其前后延续的脉络颇为明显；而从诗文来看，后者则是在反拨前者的基础上建立了自己的轨道。换言之，北宋的诗文与词存在着分化现象。考虑到这一点，把唐五代与北宋词放在一起来介绍大概是比较合适的。

一、唐代的词

词的形成与特色 词本来是一种歌曲的歌辞，就此而言，它和《诗经》、汉魏六朝乐府等配乐演唱的诗并无区别。只不过它所配合的是一种新的音乐——燕乐，这种音乐是由原产于西域的"胡乐"（尤其是龟兹乐）与汉族原有的以清商乐为主的各种音乐相融合而产生的。"燕乐"的名目在隋代就有，至唐代大盛，宋郭茂倩《乐府诗集·近代曲辞》论唐代燕乐，说它"盛于开元、天宝，其著录者十四调二百二十二曲"。其歌辞就是词的雏形，当时叫作"曲子词"。

唐代与燕乐相配合的歌辞在体制上本来没有严格的规定，不少文人诗歌（尤其七绝）被伶伎直接用来演唱。如《乐府诗集》所录《水调》的第七段为杜甫七绝《赠花卿》，《明皇杂录》所载《水调》为李峤七古《汾阴行》的末四句，或许就是这种情况。但以诗入曲必然也有不相合的，为了适应曲调格式，就需要作一定的变动处理，如破句、重叠等；据宋人沈括、朱熹等的解释，在唱这些齐言的歌辞时，还需要加入"和声"、"泛声"，才能与长短不齐的曲拍相合。后来歌辞的写作与乐曲进一步密合，要求依乐章结构分片，依曲拍为句，依乐声高下用字，其文字遂形成一种句子长短不齐而有定格的形式。这种情况是过去的乐府歌辞所没有的，"词"的基本格式大体就此而成立。

但词与诗的区别，并不只是表现于音乐和句式的变化上。从文学角度来说，词在抒情表现上的某些特征也许更重要。一般说来，词通常被用来抒发更具有个人性的、与日常生活更贴近的情感，如男女欢爱、相思别离、感时伤春之类，传统诗歌中偏于严肃、沉重、激烈的情感则较少用词来写，而且词的写作也不像诗那样经常被当作社交手段来使用；在语言方面，词的表达通常较诗更为浅显和委婉曲折，意脉的流动较为连贯，不大使用诗歌中常见的高度压缩和跳跃性的笔法。总之，词就其主流而言可以说是"软性"的文学，总体上比传统诗歌要更为单纯地偏向于抒情和娱乐，唯美的意味也更浓。所以王国维说词的特点是"要眇宜修"。而词的长短句格式的形成，也不能只看到它与音乐的关系，参差错落的节奏也正是适应了上述抒情偏向的需要。虽然，宋代以苏轼、辛弃疾为代表的"豪放"风格给词的面目带来很大改变，但至少在词体形成的过程中，上述特征是非常明显的。

尽管可以作出如上大概的描述，关于词的起源仍然是一个争执不下的问题。这是因为词的特征和填词的基本规则并不是一下子确立的。借用达尔文的自然选择原理来说，词的若干特点最初出现时相当于物种的变异现象，它显示出传统诗歌更复杂的分化，而由于这种变异适合于社会环境和文学发展的需要，逐渐完善并定型，才最终形成了被称为"词"的新的诗体。中唐时自觉按曲谱作词的文人不断增多，艺术表现上与诗的区别也变得明显起来，至少，到这时词应该说已正式成立为一体。

一般认为，词体的形成与唐代的民间歌谣也有密切关系，而且这种为曲而配的歌辞可能很早就是长短不一的。近代在敦煌发现了一批曲子词的钞本，其中唐人写本《云谣集杂曲子》含作品三十余首，除此以外还有很多其他歌辞。但对哪些应列入"词"的范围，则各说不一，故一般将这些作品泛称为"曲子词"。

现存唐代民间曲子词产生年代早晚不等，其中有一部分是玄宗时代的作品；其形式较为松动，在字数、平仄、叶韵等方面似尚无严格规定。它们的作者可能包括了乐工、歌女、普通百姓以及无名文人，歌辞的内容十分庞杂，有写日常生活的，也有记述政治大事的，乃至"佛子之赞颂，医生之歌诀"亦容纳在内（王重民《敦煌曲子词集叙录》），这和文人词作集中于写日常生活有所不同。但作为一种娱乐的艺术，曲子词中仍以写男女欢爱、离愁别恨的作品最为出色，所占比重也较大，这和词在题材上的基本偏向还是一致的。

现存的敦煌曲子词大多是民间创作，感情直率、语言自然朴实是其显著的优点。如《鹊踏枝》借思妇与喜鹊的对话表现征夫之妻盼望亲人回归的心情，在轻快风趣的调子中透出苦涩。而一首《望江南》则显然是反映了妓女内心怨怼的情绪：

莫攀我，攀我太心偏。我是曲江临池柳，者人折了那人攀，恩爱一时间。

在简短直率的辞句中有一种震撼人心的力量。

敦煌曲子词中也包含小部分文字颇为秾丽的作品，如《云谣集》中的《天仙子》，王国维称"当是文人之笔"，但其中"五陵原上有仙娥，携歌扇。香烂漫，留住九华云一片"云云，语意还是偏于浅俗的。这大概是无名文人为歌女写作的歌辞吧。

中唐的文人词　传说李白写过《菩萨蛮》（"平林漠漠烟如织"）、《忆秦娥》（"箫声咽"）两首，那是艺术水准很高的作品。但两词究竟是否李白作，很早就有人表示怀疑，现代研究者亦多认为盛唐时不太可能出现那样的词作。可以确定地说，文人从事词的创作形成风气，是始于中唐。其重要作者，有张志和、韦应物、王建、戴叔伦、白居易、刘禹锡等。

张志和（生卒年不详），曾待诏翰林，后退隐山林，自称"烟波钓徒"。有《渔父》五首，其中第一首最为人传诵：

西塞山前白鹭飞，桃花流水鳜鱼肥。青箬笠，绿蓑衣，斜风细雨不须归。

白、红、绿等明丽的色彩及富于江南特色的鹭鸟、鳜鱼、桃花水、斜风细雨，构成了一幅精美的画面。从体式来看，三、四两个短句如果合成一个七言句，这首词就会成为一首浅显的七绝。但正是在这里作了分拆，就形成了比七绝更显得轻盈而富于流动感的节奏。再看韦应物的《调笑》

二首之一：

> 胡马，胡马，远放燕支山下，跑沙跑雪独嘶，东望西望路迷。迷路，迷路，边草无穷日暮。

词中通过一匹骏马焦躁不安的形象，烘托出一种迷惘而苍凉的情绪。它的艺术效果与作者善于运用词调的急促节奏和反复重叠句式是密切相关的。

白居易、刘禹锡两人也写了不少小词，他们的唱和之作《忆江南》很值得注意。刘禹锡在其《忆江南》两首题下注明："和乐天春词，依《忆江南》曲拍为句。"在现存作品中，可以确定是按曲调作词，这几首是最早的。白氏两首中的一首如下：

> 江南好，风景旧曾谙。日出江花红胜火，春来江水绿如蓝，能不忆江南。

中间两句把春日江岸与江水景色写得极其明丽鲜艳，而整篇语气的连贯，显然和诗的写法有所不同。

中唐的文人词总体而言，运用曲调的范围还比较狭窄，较常用的是有限的十几个曲调，体制短小，结构也比较简单，情感表现的深度相当有限。如果说词在这时已经开始显示出其不同于诗的特点，但在艺术上要达到堪与传统诗歌并驾齐驱的水准，还须后人付出很大的努力。

温庭筠与晚唐词　　晚唐不少诗人如杜牧、皇甫松、韩偓等都填过词，但真正花大力气在词的艺术创造上，从而对后世文人词的语言、题材、风格产生了重大影响的，唯有温庭筠。人们向来认为温词标志了文人词的成熟，这是不错的。

温庭筠现存有六七十首词作，所含曲调达十九种，其中如《诉衷情》、《荷叶杯》、《河传》等，句式变化大，节奏转换快，与诗的音律特点差别很大，从中可以看出他对词的特殊声律模式有精心的推敲。温词中常运用唐诗中习见的精致的意象与语言，如"江上柳如烟，雁飞残月天"（《菩萨蛮》之二）、"花落子规啼，绿窗残梦迷"（同前之六）等等，这对词摆脱俚俗的语言风格起了很大作用，但更重要的是，他同时也努力寻求跟诗完全不同的语言，如《更漏子》下半阕：

> 梧桐树，三更雨，不道离情正苦。一叶叶，一声声，空阶滴到明。

在一个细节上充分展开，使感情得到淋漓尽致的表现，这在诗的传统中是罕见的；这也是词能够独立为一体的重要理由。而在题材方面，温庭筠词集中于描写美丽的女子和她们的感情生活，这是对晚唐诗风的承袭，以后成为词的一种重要特征。

温词有些是单纯描摹女性之美的，如下面这首《菩萨蛮》：

> 小山重叠金明灭，鬓云欲度香腮雪。懒起画蛾眉，弄妆梳洗迟。　照花前后镜，花面交相映。新帖绣罗襦，双双金鹧鸪。

末句以"双双金鹧鸪"含蓄曲折地反衬了女子的孤单。但从全篇看，这并不突出，它的主要特点是以艳丽细腻的笔调描画了一个慵懒娇媚的女子晨起梳妆的情景，显示出一种以女性美为观赏对象的态度。但也有一部分词作力图深入地呈现女性的内心世界，并获得不错的效果。前举《更漏子》便是一例，另一首《菩萨蛮》也是很好的例子：

> 夜来皓月才当午，重帘悄悄无人语。深处麝烟长，卧时留薄妆。　当年还自惜，往事那堪忆。花落月明残，锦衾知晓寒。

词中细节写得精致而富于暗示性（如"麝烟长"的"长"字深堪体味）。这个深夜不眠、似有所待，同时又在回忆往事而自惜当年的女子，她的痛苦是令人同情的。类似意境在李商隐及温氏本人的诗中也可以看到，但词显然有更为细致的特点。

二、五代词

温庭筠之后，写词的文人越来越多，到五代十国时期，倚声填词更蔚为风气。而西蜀与南唐两地，军事力量虽弱小，经济文化却是全国最发达的，因而成为词人荟萃的基地。

西蜀词人与《花间集》 赵崇祚于广政三年（940）编成《花间集》，收录了唐代温庭筠、皇甫松以及韦庄、薛昭蕴、牛峤、张泌、毛文锡、牛希济、欧阳炯等十六位由唐入五代的词人的近五百首词。后十六人中十四人曾仕于蜀，所以《花间集》差不多就是西蜀词的汇编。

《花间集》以温庭筠为首，欧阳炯在《序》中也对他表示了特别的尊崇，而西蜀词人的创作总体上正是延续了温词的方向。其题材大抵以女性及男女之情为中心，语言则力求艳丽精美。不过，西蜀词人在描写男女情爱时，其大胆露骨的程度要远超过温庭筠，它因此常受到后代具有正统意识的人们的严厉批评。这一特点，既与词在当时主要作为供歌妓演唱的娱乐性艺术的性质有关，同时也反映了自晚唐以来文人与正统思想的疏离。

在上述以直露的笔法描摹女性、表现男女之情的作品中，有些只是流于表面，重在追求官能的刺激，有些则虽说是触犯了中国传统的审美习惯，但其内在的情感是强烈而真实的，如牛峤的《菩萨蛮》："玉楼冰簟鸳鸯锦，粉融香汗流山枕。帘外辘轳声，敛眉含笑惊。　柳阴烟漠漠，低鬓蝉钗落。须作一生拚，尽君今日欢。"这首词也有堆砌华丽辞藻的毛病，但它所表现女子对于性爱的狂热，从文学意义上说是有生气的。

在《花间集》中也有一些词作，内容的表现较为约制，对女性的情感和心理有着细腻的理解，写得柔婉真挚。如牛希济的《生查子》：

春山烟欲收，天淡稀星小。残月脸边明，别泪临清晓。　语已多，情未了。回首犹重道：记得绿罗裙，处处怜芳草。

写女子与情侣别离时难舍难分、愁肠萦绕的情形十分生动。末两句尤其回味无穷。

西蜀花间词人中，成就最高、风格也较为特别的是韦庄。自温庭筠以来，文人词大都偏于绵密秾艳，韦庄虽也有这一类型的作品，但他最擅长的是以清朗的语言、连贯流畅的意脉，深入地表现人物的情感。况周颐《历代词人考略》说他"尤能运密入疏，寓浓于淡"，就是指这一特点而言。如《荷叶杯》：

记得那年花下，深夜，初识谢娘时。水堂西面画帘垂，携手暗相期。　惆怅晓莺残月，相别，从此隔音尘。如今俱是异乡人，相见更无因。

从"谢娘"一语来看，作者所思念的应是一位歌女。他们曾经相爱并有所期许，却因时代的动乱而各去异乡，回首往事，惆怅难言。韦庄词常写自身实在的情感经历，文笔深婉而具有真实感，这对文人词多以艳丽的辞藻从普泛的感受描述意想中的男女之情带来明显的改变。也许正是因为他富于感情气质、对情爱看得重，当他以虚构的态度来写词时，也同样注重对人物心理的体会，以浅白的语言呈现对象的内心活动，如《思帝乡》：

春日游，杏花吹满头。陌上谁家年少，足风流。妾拟将身嫁与，一生休。纵被无情弃，不能羞。

这里完全从女子的角度来写一个爱情的幻想，直率的表达，紧凑的节奏，恰好地体现了一份浓烈的情感。总体来说，在创造新的语言风格方面，韦庄与李煜起到了相似的作用。

南唐词人与李煜　南唐是建立在富庶的长江中下游地带的小朝廷。自晚唐以来，这里的环境比较安定，出现了当时少有的繁荣气象，它为文人的风雅生活提供了条件。北宋陈世修为冯延巳《阳春集》所作序中说："公以金陵盛时，内外无事，朋僚亲旧，或当燕集，多运藻思为乐府新词，俾歌者倚丝竹而歌之。"由此可以略见当时的风气和词在社会上层的娱乐作用。

也许是因为没有专门总集传世的关系，现在所知的南唐词人与词作数量均不及西蜀。但以南唐词人中最为出色的冯延巳、李璟和李煜而言，其文化修养和词作的质量都超过西蜀大多数词人。这里顺带要说明一点：李煜的代表性词作实际是写于亡国以后，只是习惯上人们仍把他视为南唐作家。

冯延巳（903—960）字正中，广陵（今江苏扬州）人，南唐中主时为宰相。王国维《人间词话》说他"虽不失五代风格，而堂庑特大，开北宋一代风气"。北宋重要词人晏殊、张先、欧阳修都曾受他的影响，他的一些词作也每与北宋词人的相混淆，这都说明他确实带来一些重要的变化。

以前温庭筠一派的词艳丽而意浅，韦庄词善于写情而文辞质朴，冯延巳词与两家均有异，他写得更为精致优雅。在字面上冯词颇为清新，极少有耽迷于辞藻之感，却又是精心锤炼、距口语很远的；在结构上，冯词层次丰富，转折和连接十分细致；而从整体来看，冯词又很讲究意境，善于通过自然意象喻示人物的情感与心理变化。如《谒金门》：

风乍起，吹绉一池春水。闲引鸳鸯香径里，手挼红杏蕊。　斗鸭阑干独倚，碧玉搔头斜坠。终日望君君不至，举头闻鹊喜。

对娇慵的女性的描摹是前人词中常见的，但这一首却更显精致。风吹皱春水像是闲笔，其实是借写景为暗喻，却又避免太落实；下面写女子的闲引鸳鸯好像并无心思，直到最后才点出"望君"这一层，却又是用"喜"来说愁。人物心理被表现得相当细致。

文人词一向多写女性和男女之情，但冯词已不再局限于此。如《归国遥》写送别：

寒山碧，江上何人吹玉笛，扁舟远送潇湘客。　芦花千里霜月白，伤行色，来朝便是关山隔。

这是一幅江上送客图。山碧水清，芦花含霜，月色皎洁，笛声悠扬，构成完美的意境。而词中的情绪，又似超出于送别本身。

在冯词中最引人注目的是他称为"闲情"、"闲愁"一类情怀的表现。这是一种无端的、难以言说的人生的孤独与惆怅之感，是敏感的、富于艺术气质的士大夫对人生的莫名忧伤，而冯氏极善于将其呈现于词的意境中。如《鹊踏枝》：

谁道闲情抛掷久？每到春来，惆怅还依旧。日日花前常病酒，不辞镜里朱颜瘦。　河畔青芜堤上柳，为问新愁，何事年年有？独立小桥风满袖，平林新月人归后。

既谓"闲情"自应是无关紧要的，但却萦绕心头永不能排遣，因为这是与生俱来的伤感。最后"独立小桥风满袖"的形象写出一种寂寞孤零之态，极富感染力。

大体在冯延巳这里，可以看到词的内涵有了一些重要的扩展，语言表现也更加精微了。

李璟（916—961）字伯玉，是南唐第二代国君，他治国软弱无能，却有很高的文艺修养。词作传世甚少，但《浣溪沙》两首却是词史上的名篇。其一如下：

菡萏香销翠叶残，西风愁起绿波间。还与韶光共憔悴，不堪看。　细雨梦回鸡塞远，小楼吹彻玉笙寒。多少泪珠何限恨，倚阑干。

从"鸡塞"（汉有鸡鹿塞，此处代指边塞）一语来看，词表面上是写思妇怀远，但通过所谓"美人迟暮"的哀伤，人们更多地感受到一种对生命的珍惜和由此引发的人生易逝的无奈。篇中意象较密集，视境转换也较快，但组合得很精细，情绪变化的过程表现得很自然，所以并无滞塞破碎之感。同词牌的另一首也有同样特点，其中"丁香空结雨中愁"与本篇中"小楼吹彻玉笙寒"都是传诵的名句。

李璟的儿子李煜（937—978）即李后主，字重光，二十五岁即位，三十九岁时南唐为宋所灭，李煜被押到汴京，过了两年多被宋太宗毒杀。他是一位具有多方面修养与才华的艺术家，却并无治国的才能，南唐的军事力量也根本不能与宋相提并论，所以亡国是必然的。但正是这种由国君而沦为降虏的辛酸经历，使他对"人生愁恨"有了深刻的体验，由此成就了他作为词史上一流大家的地位。

李煜在亡国以前的生活相当豪华奢侈。他的早期词作或写宫廷生活及歌舞宴饮，或沿袭传统题材写男女恋情，未见有格外特别之处。但在语言艺术上，则已经表现出较高的才华，某些特点与后期词作是一致的。如《清平乐》：

别来春半，触目柔肠断。砌下落梅如雪乱，拂了一身还满。　雁来音信无凭，路遥归梦难成，离恨恰如春草，更行更远还生。

用浅显的语言、完整连贯的结构来抒情，意象较少，而且选择的是日常习见之物，但关键是在比喻、象征的关系上，表现出新奇而又巧妙的想象力——这是天才型诗人的共通之处。前半部分用如雪花般飞舞、拂之不去的落梅，暗喻相思之情令人烦乱惆怅，无从摆脱，后半部分用一望无际、随处而生的春草，比喻离恨的无穷无尽、铺展于遥遥相隔的每一寸路途，两者前后呼应，都生动而新鲜，令人读之喜爱。

代表李煜最高成就的是他的后期词。这类词中所抒发的情感有些仅与其特殊身份有关，对一般读者而言是隔膜的，如《破阵子》所写的"最是仓皇辞庙日，教坊犹奏别离歌，垂泪对宫娥"那种悲苦。但更多的词作所写，乃是由个人特殊的经历中体验到的更具普遍意义的"人生愁恨"。王国维比较李后主词与宋徽宗《燕山亭》词，以为同是经历亡国而作，后者"不过自道身世之戚"，而前者则"俨有释迦、基督承荷人类罪恶之意"，意似指后主词有一种为人类的生存感到悲哀的内涵。李煜是否想到那么深实也难说，但他写的"人生愁恨"确是普通人同样能够理解和被打动的。

这里面写得最多的是对美好事物容易凋零的感慨和失去它之后由追忆所引起的哀伤，如《相见欢》：

林花谢了春红，太匆匆，无奈朝来寒雨晚来风。　胭脂泪，留人醉，几时重？自是人生长恨水长东。

以及《虞美人》：

春花秋月何时了，往事知多少？小楼昨夜又东风，故国不堪回首月明中。　雕栏玉砌应犹在，只是朱颜改。问君能有几多愁，恰似一江春水向东流。

前一首完全不涉及他曾有过的帝王身份，后一首虽说到非寻常人家所能有的"雕栏玉砌"，但这里主要作为易改之"朱颜"的对照物。林花春红，禁不得朝雨晚风苦苦相逼，而人生的美好光景，也同样脆薄易碎，不经意间就化成了幻影。换一种角度看，则春花秋月是无穷循环的，而往事却不重现于春花秋月之下。人生是那样充满缺憾，所以说恨如流水，愁满春江。

李煜词的特点，首先是抒情的热烈感人。词作为供歌女演唱的作品，原本距作者自身的感情较远，它的抒情是在拟想中完成的。韦庄、冯延巳词虽有所改变，但他们抒写自身感情也还是有所抑制的，表现得较为平静。李煜词则多是直率地倾吐情怀，将人生的悲哀、痛悔充分地展示于文字中，令读者可以走进他的内心世界。而起伏变化的情绪，成为贯穿词篇始终的主脉。与此相应的是语言的清新自然，没有过分的雕琢、过分的罗列造成读者注意力的分散。而同时，凭借着久已蓄积的艺术修养与天赋才华，作者又能够似乎是不很费力地选择恰当的意象,使抽象的情绪化为可见可感的形象,造就透明的、和谐完整的意境。李煜词在词史上带有某种特殊性,所以尽管它写得清浅,却很少有人风格上与之相近,大约清代的纳兰性德可以算是遥相承续吧。

三、北 宋 词

宋王朝建立以后,从对外部政权的关系来看,力量显得薄弱,但它以高度中央集权为特征的内部统治却始终是稳定的。在宋代,不仅农业及手工业生产有显著的发展,城市与商业经济的发达也超过前代,这仅仅通过纸币的使用(在世界史上也是最早的)、通过《清明上河图》的描绘,就能够感觉得到。同时,由于印刷业开始真正发生重大的作用,文化传播也更为普及。这也是一个于生活享受更为考究的时代,在上层,士大夫得到朝廷优渥的待遇,歌筵酒会是他们生活中不可缺少的内容,而且还有政府专门蓄养的官妓为他们提供娱乐性的服务;在下层,市井社会也同样盛行各种各样的娱乐形式,尤其是妓女的歌舞。这些都产生了对词的大量需求。

在中央集权强化的同时,士大夫对国家政权的依赖性和他们自觉维护既存社会体制与价值准则的意识也强化了。这对文学产生了相应的要求。在士大夫看来是"正宗"文学体式的诗歌和散文,从北宋立国不久便明显朝着雅正的、偏于理性化的方向发展(这一点在下一章中将作详细的介绍)。但他们并非只有端谨庄肃的一面,他们的个人化的和世俗性的情感也需要宣泄和表现的途径。而词就其一般性质而言是提供给歌妓演唱的歌辞,是与教化、与治国平天下向无关系的"小道",士大夫无须用严肃的态度来看待它。但是正因如此,当诗歌开始收敛时,词弥补了它的不足。这也是北宋词兴旺的原因。

从北宋开始出现的诗与词的分趋,造成两者不同的面貌。尽管,在多数文人看来,诗是更重要、也是他们投入精力更大、写作数量更多的文学样式,尽管宋诗也有它可观的成就,但词却更能显示北宋文学的创造力;在自由抒情的意义上,它更符合广义的"诗"之特质。人们惯常说"唐诗宋词"，不是没有道理的。

晏殊、柳永及张先　前面说及李煜最有代表性的词实际是作于他被押解到汴京以后，但这似乎只是他孤独的吟唱，与整个词坛并无关系。可能是因为立国不久吧，北宋前期数十年，大概说是到仁宗朝以前，词的写作颇为寂寥，流传至今的作品仅有几十首小令。经常被提及的词作者有王禹偁、寇准、潘阆、林逋等。他们的作品也有写得不错的，但由于数量少，很难说有何特色。

至仁宗朝词开始兴盛，并出现了晏殊、张先、柳永这三位名家。有意思的是三人年岁相仿，而晏殊以高级士大夫的雅趣为主调，柳永以体现市井社会的趣味为特色，张先则介于二人之间。

晏殊（991—1055）字同叔，临川（今属江西）人，少年时以"神童"之目被荐于朝，遍历显职，官至宰相。他喜招宾客宴饮，例以歌乐相佐，主宾常作词让歌女演唱。他那里其实成了一个与填词有关的文艺沙龙。

晏殊的人生境遇，在封建士人中可算得志，他的词中常渗透着一种满足的心态及雍容闲雅的气质。然而官场的生活必然有其难以明言的紧张性，它会造成精神上的压力，所以晏殊词又常渗透着一种伤感。刘攽《中山诗话》说晏殊"尤喜江南冯延巳歌辞，其所自作，亦不减延巳"。他的修养、地位原本和冯延巳有相似之处，艺术趣味便更容易相通。和冯词一样，晏殊词也喜欢用清丽疏淡的语言、精致的意象，抒写微妙的"闲情"、"闲愁"，抒写那种好像没有来由、却是时时会从内心深处散发出来的孤寂与惆怅，所谓"乍雨乍晴花自落，闲愁闲闷日偏长"之类的感受。——这是《浣溪沙》中的句子，同词牌的另一首更为人熟悉：

一曲新词酒一杯，去年天气旧亭台。夕阳西下几时回？　无可奈何花落去，似曾相识燕归来。小园香径独徘徊。

没有任何事件发生，生活是正常的而且有一种安适的气息。天气和去年一样，亭台如旧，花依然落去，燕重又归来。但其实一切都不同了，每一天夕阳带走的时光都不再回来，生命也就在这安适而平淡的生活中渐渐流去。再如《踏莎行》：

小径红稀,芳郊绿遍,高台树色阴阴见。春风不解禁杨花,濛濛乱扑行人面。　　翠叶藏莺,朱帘隔燕,炉香静逐游丝转。一场愁梦酒醒时,斜阳却照深深院。

这也是写春暮的景色与情思。词中大部分内容是不动声色的景物描摹,到"炉香"一句,进入到一种极凝静的境界,世界的运动和变化缓慢到似乎停止的状态。而时光在静谧中不知不觉地流逝,结末两句以愁梦醒来斜阳满院的情景,表现主人公在一刹那间对时光流去的惊觉和无奈,呈露了深深的愁绪。

晏殊词和冯延巳词相比,结构要单纯些,意脉的展开比较自然;他也喜欢用些华丽的辞藻,但常常又同清淡自然的语言结合起来,有时更以白描为主,因此总体面貌显得清丽疏淡。他的长处尤在于以特别细腻的心理感受从某些司空见惯的景象中发掘深长的人生意味,其中包含着一些哲理性的因素。像"无可奈何花落去,似曾相识燕归来"一联,语言浅近却很精致,内涵丰富而微妙,其艺术境界是很难得的。

晏殊的词是五代尤其南唐词与北宋词之间的连接,它进一步奠定了疏淡清丽、精致柔婉的风格在宋词中的地位。

柳永字耆卿,原名三变,崇安(今属福建)人,生卒年不详,大约与晏殊、张先同时,主要生活在真宗、仁宗时代。早年屡试不第,晚年才中进士,之后也只是辗转下僚,终于屯田员外郎。柳永年轻时长期厮混于市井,与许多歌妓相熟,为她们同时也以她们为对象写作歌词。传说柳永曾拜访晏殊,晏殊问他:"贤俊作曲子么?"他回答:"只如相公亦作曲子。"晏殊不屑地说:"殊虽作曲子,不曾道:'彩线慵拈伴伊坐。'"(张舜民《画墁录》。又按,通行版本此句中"彩线"作"针线")不管这故事的真实性如何,总之是反映了两位词人间雅、俗的对立。

虽说写女性及男女之情在文人词中是习见的,柳永词却别有一种特色。一方面他写得非常袒露和大胆,像《菊花新》有"须臾放了残针线。脱罗裳、恣情无限。留取帐前灯,时时待、看伊娇面"这样肆无忌惮的生活场景的描摹。另一方面,他对歌妓的态度有一种市民化的平等而非士大夫的居高临下,因而写她们的情感往往真实而热烈。在柳永词中,歌妓不是士大夫优雅生活中风流美丽的装饰,她们有自己的哀痛、梦想,和对平常的世俗生活与诚挚爱情的渴望。如《迷仙引》写一个歌女渴望摆脱强颜卖笑的生涯:"已受君恩顾,好与花为主。万里丹霄,何妨携手同归去,永弃却,烟花伴侣。免教人见妾,朝云暮雨。"再看被晏殊嘲笑过的《定风波》:

> 自春来,惨绿愁红,芳心是事可可。日上花梢、莺穿柳带,犹压香衾卧。暖酥消,腻云䯼,终日恹恹倦梳裹。无那!恨薄情一去,音书无个。　　早知怎么,悔当初、不把雕鞍锁。向鸡窗、只与蛮笺象管,拘束教吟课。镇相随,莫抛躲。针线闲拈伴伊坐,和我,免使年少,光阴虚过。

这首词写一位女子对情人的抱怨,其身份虽未说明,应亦是歌妓舞女一类人物。她所希望的只是一种庸常的幸福,而这也是不可得的。

柳永写情的词作多有鲜活的气息。为了达到这种效果,他有意避免过多使用精雅的书面化的文辞,而多用民间化的"浅近卑俗"的语言(王灼《碧鸡漫志》),并且常结合对具体的生活事件、场景的叙述来表现人物的心理与情感,使读者容易产生亲切感。所以他的词在民间很受欢迎,以至有"凡有井水饮处即能歌柳词"之说(《避暑录话》)。

柳永还写过多篇描绘都市繁华景象的词作,这也反映出他所染受的市民社会意识。士大夫诗词中出现最多的是山野乡村、溪涧林泉。这既是他们在都市的仕宦生活的一种补偿,更是他们所着意强调的高雅旷逸的人生情趣的寄托,所以自然山水几乎成了士大夫文学的传统标志。而柳永则对都市生活表现出兴奋与迷恋,汴京、杭州、苏州、成都,这些重要都市都曾出现在他的词中;这些词无不赞美繁华,渲染欢闹,期慕风流,乃至夸耀奢侈的消费,有着浓郁的世俗气息。其中以写杭州城市景象和西湖风光的《望海潮》最为著名:

> 东南形胜,三吴都会,钱塘自古繁华。烟柳画桥,风帘翠幕,参差十万人家。云树绕堤沙,怒涛卷霜雪,天堑无涯。市列珠玑,户盈罗绮,竞豪奢。　　重湖叠巘清嘉,有三秋桂子,十里荷花。羌管弄晴,菱歌泛夜,嬉嬉钓叟莲娃。千骑拥高牙,乘醉听箫鼓,吟赏烟霞。异日图将好景,归去凤池夸。

在这类与传统士大夫文学标准相去甚远的词作中,潜藏了一种富有生命力的人生意识和审美情趣。

当然，柳永词中也有一些表现出士大夫的雅致趣味，如向来很受称道的感慨人生失意、抒写羁旅行役情思的作品。但即使是这一类词，柳永仍然常常表现出某些特别之处。如《雨霖铃》：

寒蝉凄切，对长亭晚，骤雨初歇。都门帐饮无绪，留恋处，兰舟催发。执手相看泪眼，竟无语凝噎。念去去，千里烟波，暮霭沉沉楚天阔。　多情自古伤离别，更那堪、冷落清秋节！今宵酒醒何处？杨柳岸、晓风残月。此去经年，应是良辰好景虚设。便纵有、千种风情，更与何人说？

这是写与情人的告别。上阕是秋日风物中的送别情形，下阕是想象酒醉醒来时的凄凉景色和内心的孤苦，语言颇雅丽，"杨柳岸、晓风残月"一句尤以精美著称。但那种重重叠叠地渲染气氛，务必将缠绵悱恻之情表现得淋漓尽致的写法，在之前的文人词的传统中还是很少见。

以抒情的活泼、袒露与充分为特征的柳词，在体制方面也有两项与之相关的突破，那就是采用了许多新曲调和多用长调词。北宋中叶歌曲繁兴，新声流行，而当代的文人词，仍习于沿用晚唐五代以来的旧调。柳永则不同，他的创作与社会中流行的音乐关系紧密，据研究者统计，在其现存二百余首词作中共使用了一百二十七个词调，其中大多数是新曲调。有些还是他自己创制的，如《秋蕊香引》、《临江仙引》等。而在其所有词作中，字数较多的长调占一半以上。这样，柳永就打破了长期以来文人词以传统的小令为主的习惯。柳永词一个重要的贡献，就是成熟地运用了长调词适于铺叙、层次丰富、变化多端的特点，在词中融抒情、叙事、写景于一体并能比较细致加以展开。前录《定风波》、《望海潮》、《雨霖铃》都具有这样的特点。同时，这也为后人开拓了新路。

柳永是文学史上较早出现的一个与市民社会关系密切、在作品中较多表现出城市中世俗生活气息的文人，但他因此也遭到许多指责。后来不少人批评他的词"格调卑下"，那就是从士大夫传统出发所作的评价。

张先（990—1078）字子野，乌程（今浙江湖州）人，出身于发达未久的小官僚家庭，中年考取进士后历任州郡地方官职，虽非显达却也平顺，以尚书都官郎中致仕。他又是生性开朗、至老喜好风流的人，所以他的词既不像晏殊那么优雅，又不像柳永那么市井化，自成一种格调。

张先同样与歌妓有很多交往并为她们写作歌词。这些以女性的美貌和男女恋情为主题的词作常表现出浪漫的想象，颇有动人之处。如《更漏子》写一个年少歌女的情态："黛眉长，檀口小。耳边向人轻道：柳阴曲，是儿家。门前红杏花。"《诉衷情》写恋人的情意："此时愿作，杨柳千丝，绊惹春风。"《千秋岁》写一女子对爱情的怨痴："天不老，情难绝。心似双丝网，中有千千结。"不过这大抵是旁观式的虚拟，作者自身的感情并不强烈，有时让人觉得轻巧。把词作为一种唯美的艺术，追求婉媚的风格，在张先这一类作品中表现得比较突出。

张先另有一类作品则抒写了士大夫式的闲情，如他的名作《天仙子》：

《水调》数声持酒听，午醉醒来愁未醒。送春春去几时回？临晚镜，伤流景，往事后期空记省。　　沙上并禽池上暝，云破月来花弄影。重重帘幕密遮灯，风不定，人初静，明日落红应满径。

这是作者五十多岁时所作，"往事后期"之迷惘，有一层人生无据的意味。它和晏殊的感叹年华易逝的伤春之作是同样情调。不过张先所写，意思要更浅露些，语言也更显得巧丽。词的唯美倾向，在这里同样存在。

张先虽不算是特别富于独创性的词人，论才情却是出众的，作品中常有精巧尖新的佳句，当时即盛传于人口，给他带来名声。时人曾据其三个写"影"的佳句，誉之为"张三影"。而实际可以标举的例子还不止三个。除上录词中"云破月来花弄影"，另如《青门引》中"那堪更被明月，隔墙送过秋千影"，《木兰花》中"中庭月色正清明，无数杨花过无影"，《剪牡丹》中"柳径无人，堕风絮无影"，都是体会很细、用力很深的。

在体制上，张先词以小令为主，同时他也是当时除柳永外写作长调慢词最多的词人。长调的词宜于铺陈，宜于细致化和多层次地进行描摹，这使得词得以摆脱诗歌传统所尊崇的高度的精练，更具有不同于诗的面貌。

欧阳修与晏几道　　晏殊、柳永分别开创了北宋词的雅、俗二派，但在文人群中，毕竟是雅的一派更有影响。所以，晏殊被尊为北宋词的"初祖"（冯煦《六十一家词选例言》），不是没有道理的。在晚一辈的词人中，作为晏殊门生的欧阳修及其子晏几道的词，主要都是沿承了晏殊一路，不过各有变化。尤其欧阳修，除了"雅"调的词，还有十分俚俗化而又与柳永之风格有所不同的词作。

欧阳修（1007—1072）字永叔，吉水（今属江西）人，出身于低级官吏家庭，父早亡，幼时家贫。天圣八年（1030）进士，多历仕途风波，至嘉祐年间擢升至枢密副使、参知政事等权要职位。他是北宋中期文坛的领袖人物，在诗文领域内，对具有宋文化特征的文学趣味与风格（学者或称为"宋调"）的形成起了主要作用，有关情况，下一章再作介绍。不过，他的词的创作，却与他在诗文领域所主导的变革无甚关系。因为词在他看来只是消遣性、娱乐性的东西，无关紧要，所谓"聊佐清欢"而已（《采桑子·西湖念语》）。但也正因如此，他的词就写得比较放松，部分作品与他的诗文的雅正面目简直难以相信是出于同一人之手。从这里也可以看到中唐以后文学现象渐趋复杂的情况。

实际上，欧阳修的词也是明显的分成两类。主要的一类即大多数词作，是承晏殊一路，以典雅精致的语言、含蓄的风格，描摹山水景物，抒写伤时之感，以及男女恋情中细腻的心理，这同当代文人词的基本倾向一致。此类词作中，一首《蝶恋花》非常有名：

庭院深深深几许，杨柳堆烟，帘幕无重数。玉勒雕鞍游冶处，楼高不见章台路。　雨横风狂三月暮，门掩黄昏，无计留春住。泪眼问花花不语，乱红飞过秋千去。

这是拟写女性的悲哀。深院、柳烟、帘幕一重又一重地关闭着孤独的少妇，而她所思念的人正在她翘首高楼也难以望及的地方寻觅浪漫的艳遇；下阕拓开，以风雨中的暮春黄昏烘托伤春怀人的情绪，又暗示女子美好年华被不幸的命运所摧残，而末二句写乱红飞去，不仅本身是撩人情思的景物，也是无法把握自身命运的弱者的象征。词对女主人公内心的痛苦写得相当深刻，但这种内涵是通过一层层渲染、一步步暗示来表现的，是很典型的文人"雅"调。又如《踏莎行》写离别相思，也是同样格调。上阕结尾"离愁渐远渐无穷，迢迢不断如春水"是从行者着笔，下阕结尾"平芜尽处是春山，行人更在春山外"是从居者着笔，两相对映，取象精美而情味悠长，显示了不寻常的文学才华。而这种浓郁的情感在欧阳氏诗中是比较少见的。

而另一类就很特别。不妨先举一首《醉蓬莱》为例：

见羞容敛翠，嫩脸匀红，素腰裛娜。红药阑边，恼不教伊过。半掩娇羞，语声低颤，问道"有人知么？"强整罗裙，偷回波眼，佯行佯坐。　　更问"假如，事还成后，乱了云鬟，被娘猜破。我且归家，你而今休呵。更为娘行，有些针线，诮未曾收啰，却待更阑，庭花影下，重来则个"。

这是年轻人的热烈的幽会，写少女对爱情又羞怯又渴望的复杂心情，尤为传神。另外像《南歌子》描绘一对新婚夫妻的家庭生活，那女子"弄笔偎人久，描花试手初。等闲妨了绣功夫，笑问：'双鸳鸯字怎生书？'"神态也是活泼而娇憨。这类词的显著特点是具有简单情节、多用对话来表现，语言生动而浅俗。在表现所谓"艳情"时，它比典雅含蓄的词更具有魅惑性。

就写情的袒露和语言的浅俗来说，欧阳修这类词作与柳永词显有相似之处。不同的是：柳永词有作者自身的生活经验与情感在内，而欧阳修词则看不出那样的内涵。他大抵只是在模仿市井的词风；也许在他看来，这只是一种游戏之作，可以怡情取乐，同自己的人品并无关联。然而事实上这仍反映出他的趣味和内心情感世界的一部分。后世有些文人怀疑这类词并非欧阳修所作，甚至认为是仇家特地伪造用来栽赃的，但这种怀疑与猜测实无根据。这表明在那些文人心目中，上述词作与欧阳修作为"一代文宗"的身份不相符。而实际上，这正反映出自中唐以来不少文人文学人格的分裂现象。

晏几道（约1030—约1106）字叔原，号小山，晏殊之子。他虽出于相门，但少年时代父亲就已去世，在仕途上并不得意，仅做过开封府推官等下层官吏。他又是一个性格高傲的人，不喜欢借父亲的余荫攀附当权者，后半生过着贫困潦倒而又任意疏狂的生活。

晏几道在词史上与其父并称"二晏"。他的词作多为小令，语言精雅，这些特点均与晏殊相似；但由于社会地位、生活经历的不同，作为宰相的父亲的那种雍容闲雅在他的词中是看不到的，而多了几分磊落疏狂之气。他在《小山词自序》中说到因为"病世之歌词不足以析酲解愠"，所以自己来写词，"期以自娱"。这一婉转说法真实的意思是指当代词作在情感上缺乏震撼力。他的词多写他与歌妓舞女间的恋情，但并不像一般文士只是将恋情视为浪漫的文学题材，这对于他是人生的慰藉，在其中投入了相当深的感情。因而他不仅写得美，而且写得入骨，其凄楚伤感的情调有较强的感染力。如下面两首《鹧鸪天》：

小令尊前见玉箫，银灯一曲太妖娆。歌中醉倒谁能恨？唱罢归来酒未消。　　春悄悄，夜迢迢，碧云天共楚宫腰。梦魂惯得无拘检，又踏杨花过谢桥。

彩袖殷勤捧玉钟，当年拚却醉颜红。舞低杨柳楼心月，歌尽桃花扇底风。　　从别后，忆相逢，几回魂梦与君同。今宵剩把银釭照，犹恐相逢是梦中。

前一首写主人公在酒宴上爱慕上一个歌女而不能自制的情态，和归来后不能忘却的相思；后一首写主人公与情人别后重逢对往事的回忆，和重逢之夜犹怀惊疑的心理。所呈现的感情热烈而纵放，真是有着一种文士的"狂"态。前一首"梦魂"两句以梦魂的自由无拘反衬现实中的阻隔，写出内心的渴望；后一首"舞低"两句写出双方情感在歌舞中的深深沉溺，都是很动人的。

晏几道的词作语言华丽，每有精巧新颖的词句，却又富于起伏流动之感，绝无平板凝滞之病，是很见才华的。

苏轼　苏轼（1037—1101）字子瞻，号东坡，出身于眉山（今属四川）一个比较清寒的文士家庭。父苏洵、弟苏辙均为北宋著名文学家，世称"三苏"。苏轼是北宋文学成就最高的一人，关于他的诗歌与散文，将在下一章介绍。在词的领域，他带来了最为显著的变化，开创了全新的风格，在整个中国词史上都有着特殊的地位。

苏轼年轻时就深受欧阳修赏识，并在其知贡举时考取进士。在他步入仕途时，北宋政治与社会危机开始暴露，士大夫因政见不同以及党派之争而分化为不同政治集团，苏轼也卷入了这一漩涡。他主张以平缓的方式改革弊政，与欧阳修等一批官员一起对王安石激进变革的新法表示反对。在王安石执政期间，苏轼主动要求外放，先通判杭州，后又做过密州、徐州、湖州等地知州。可是在元丰二年（1079），他仍以在诗文中攻击新法的罪名被捕下狱，后贬为黄州（今湖北黄冈）团练副使，实际处于被监管的状态。到了神宗去世、高太后主政时,旧党上台,新法被逐一废除,而被召入京任职的苏轼却又因不同意司马光等人一味"以彼易此"的做法,与当权者发生分歧,只得自求调离京城,出知杭州,此后继续辗转于地方官任所。至高太后去世、哲宗亲政时,时局再度倒转过来,苏轼却还是被当作"旧党"受到惩处,一贬再贬,最后贬到岭南、海南岛。直到元符三年(1100)宋徽宗即位,大赦元祐旧党,他才北归,次年到达常州,病逝于此。

在所谓"新党"与"旧党"之争中,苏轼总是两头不讨好,他说自己"受性刚褊,黑白太明,难以处众"(《论边将隐匿败亡宪司体量不实札子》),但这正反映出他不愿将政见分歧与党派之争相混淆的正直态度。不过在另一方面,苏轼又是一个思想豁达开放的人,他固然以儒者自居,但对老庄及佛学思想都有浓厚的兴趣,又喜好各种"杂学",胸襟很开阔。这些为人的特点与他的文学创作的特点有密切关系。

如前所述,从晚唐五代到北宋中叶,词一直是一种"软性"的文学,它主要是让歌妓唱来侑酒的,中心主题总是离不开男女之情、离合悲欢、感时伤春之类。虽然它以重情和唯美的特色奠定了自身的价值,但范围过窄却不能不说是一病。在苏轼之前,词中也有些苍凉刚健之作,尤其像范仲淹的《渔家傲》写雄壮的边关景色和将士深沉的忧伤,是很有力度的,但这只是个别现象。真正的改变直到苏轼出现在词坛才发生。

前人对苏轼词核心的评价是"以诗为词",与苏氏年代相近的陈师道在《后山诗话》、李清照在《词论》中都说过类似的话。它的意思就是苏轼词打破了传统上诗与词的分界。实际上苏轼也写过不少与传统文人词风相合的作品,只是他不以此为囿而已。在他的词中,田园风情、山水景物、人生志趣、怀古感今以及咏物纪事,"无意不可入,无事不可言"(刘熙载《艺概》)。而在开拓了词的题材与情感内容的同时,他也因此而丰富了词的语言、意境和风格。

苏词在北宋名家中是留存数量最多的,很难加以简单的概括,这里只能对几篇最具特色的名作略加介绍。如《江城子》是为悼念二十七岁就去世的妻子而作:

十年生死两茫茫,不思量,自难忘。千里孤坟,无处话凄凉。纵使相逢应不识,尘满面,鬓如霜。　夜来幽梦忽还乡,小轩窗,正梳妆。相顾无言,惟有泪千行。料得年年肠断处,明月夜,短松冈。

以前的词虽多涉恋情,却少写悼亡,盖因悼亡之情过于沉重,恋情词的习惯却是写得柔绵。但苏轼这首词却是极佳之作。它充分利用了长短句体式,长句的曼婉和短句的简截,构成强烈的起伏顿挫,恰好表现出一份浓重而苍凉的感情,令人感觉不到这是附和着词调的固定格式写成的。

苏轼最著名的两首词作,都是在处境很不顺利时,写出一种面对自然、感怀今昔、伤感与旷达相融、带有哲理性的人生感受:

明月几时有?把酒问青天。不知天上宫阙,今夕是何年。我欲乘风归去,又恐琼楼玉宇,高处不胜寒。起舞弄清影,何似在人间! 转朱阁,低绮户,照无眠。不应有恨,何事长向别时圆?人有悲欢离合,月有阴晴圆缺,此事古难全。但愿人长久,千里共婵娟。(《水调歌头·丙辰中秋》)

大江东去,浪淘尽、千古风流人物。故垒西边,人道是、三国周郎赤壁。乱石穿空,惊涛拍岸,卷起千堆雪。江山如画,一时多少豪杰! 遥想公瑾当年,小乔初嫁了,雄姿英发。羽扇纶巾,谈笑间,樯橹灰飞烟灭。故国神游,多情应笑我,早生华发。人生如梦,一樽还酹江月。(《念奴娇·赤壁怀古》)

前一首作于苏轼因反对熙宁变法而出知密州时,那时他在政治上遭受到挫折;后一首作于他经历"乌台诗案"后被贬黄州团练副使时,更是刚蒙受了极大羞辱并且经历了生命危险之后。为了摆脱现实力量的打击,作者试图从宏大的时空意识中寻求超越。《水调歌头》的开头把酒问天,乃是把个体生命放到永恒的时间中观照;在这永恒存在的对映下,不可避免地变化着月的阴晴圆缺,人的离合悲欢。认识到生命的不完满是必然的,那么就不如放弃无益的梦想和自怨自艾,而爱惜生活中总会有的一些值得珍爱的东西。《念奴娇》也是一开始就在上下几千年、绵亘数千里的宏大境界上展开,它既表达了对风流英雄的追慕,同时也借着浩渺的时空框架看到生命终究的虚幻,而消释了内心的懊丧。这种人生哲学虽然缺乏激烈抗争的力量,却也反映了苏轼不甘沉沦的高傲性格。词中的意境宏阔无比,情绪呈现为大幅度的起伏,那真是词史上从来未见之物。

除上述数篇之外,像《卜算子》("缺月挂疏桐")借吟咏"缥缈孤鸿影"

表现一种独处于清幽之境的高洁而又不安的精神状态,是典型的诗歌式的象征与意境。而属于传统词风的《水龙吟》("似花还似非花"),将春日思妇的形象与飘舞的杨花相互映衬,层层渲染一种哀怨的情绪,又写得特别地轻柔细巧。还有一些写日常琐事杂感或田园风情、生活习俗的小词,则别具苏轼特有的幽默风趣。总之,苏轼对词最重要的贡献,是开创了一种与诗相通的、雄壮豪放、开阔高朗的艺术风格,但同时他也写过各种不同类型的词作。由于题材、风格的多样,也由于苏轼不受羁勒的个性,他的词在语言方面也带来很大变化。诗语、文语、口语,都可以熔铸在词的体式中,这对词向更自由的方向发展,同样起了不可轻视的作用。

  苏轼对词的创造性发展,具有多方面的意义。首先,"以诗为词"其实也可以说是"以词代诗":当宋诗总体上趋于理性化、崇尚"平淡"的艺术风格之后,苏轼把他需要表现的强烈和动荡的情感转移到词这一体式中来了,并且使词成为表现这类情感的恰当形式,换言之,苏轼对词的贡献也是对广义的诗的贡献;由此,他也发掘出词这一体式在表现情感方面所具有的潜能,使词不再仅仅作为"艳科"而存在,为词家指出一条新路;再有,因为苏词的出现,词开始不完全依附于音乐,它也可以成为一种提供诵读的书面文学。——这里需要说明的是:关于苏词是否可以歌唱的问题,历来有争议,而焦点大抵集中于它是否"协律"的问题上。但关键并不在此。苏轼的时代,词是由歌妓演唱的,它的音乐必然也是"软性化"的,所以苏词中那些激越豪放之作即使在字面上协律也不合适演唱。有个故事传诵很广:苏轼问他的门客己词与柳永词相比如何,门客说柳词只合十七八女郎执红牙板唱"杨柳岸晓风残月",苏词却须关西大汉执铜琵琶、铁绰板歌"大江东去"。这是很好的对比,说出了苏词与传统文人词的显著区别——但当时为士大夫服务的歌者中,多的是"十七八女郎",那种"关西大汉"却实不易找到。所以"大江东去"一类词恐怕是不合适演唱的,也并非是作为唱词来写的。

  秦观、黄庭坚及贺铸 秦观、黄庭坚和贺铸均是北宋后期各有特色的词人。其中秦、黄二人被列入"苏门四学士",但就词风而言,倒是贺铸与苏轼更多相近之处。

  秦观(1049—1100)字少游,高邮(今属江苏)人,元丰八年(1085)

进士,元祐年间当过秘书省正字,兼国史院编修,绍圣年间因与苏轼的关系被一贬再贬,流放到郴州、雷州,后来在赦还途中,卒于藤州。

秦观性格柔弱,情感细致,对政治斗争并不热心,却因受牵连而陷入困苦的境遇,所以内心常沉浸于悲愁哀怨,不能自解。王国维《人间词话》说他的词"最为凄婉",下面这首《踏莎行》就是明显的例子:

雾失楼台,月迷津渡,桃源望断无寻处。可堪孤馆闭春寒,杜鹃声里斜阳暮。 驿寄梅花,鱼传尺素,砌成此恨无重数。郴江幸自绕郴山,为谁流下潇湘去?

这是通过写景来抒情的名作。外界的物色音声,经过作者悲苦心境的投射,无不蒙上一种迷蒙、凄寒的气氛,然后再度与心中情绪相互回环缠绕,借助清丽的语言呈现为动人的意境,极细致地表现了身处逆境的文人对于不能自主的命运的哀伤。

秦观不乏与歌妓交往的浪漫经历,男女恋情是其词中写得最多的题材。个别几篇带有一种"香艳"气,如《河传》中有这样的句子:"丁香笑吐娇无限。语软声低、道我何曾惯。"不过还是那些既缠绵又真挚的词篇,更能代表他的成就,像著名的《鹊桥仙》:

纤云弄巧,飞星传恨,银汉迢迢暗度。金风玉露一相逢,便胜却人间无数。 柔情似水,佳期如梦,忍顾鹊桥归路?两情若是久长时,又岂在朝朝暮暮!

借着七夕牛郎织女相会的古老传说,写出人间一种执着深沉的爱情。末了两句拗转之笔,成了后人经常引用的关于爱情的警句。

上面这首词中"纤云弄巧"四字,也正好可以借来象征秦观词的艺术特征。他的词大多写得纤细、轻柔,语言优美而巧妙,善于把哀伤的情绪化为幽丽的境界。像"自在飞花轻似梦,无边丝雨细如愁"(《浣溪沙》),"山抹微云,天黏衰草"(《满庭芳》)之类为人传诵的佳句,都有这种特点。他似乎不爱写力量太重的东西,宋词婉丽的风格,在他那里表现得最为明显。

黄庭坚(1045—1105)字鲁直,号山谷道人,分宁(今江西修水)人。他与苏轼关系密切,仕途生涯也和新旧党之争纠结在一起,几度沉浮,而以遭贬斥之日居多。晚年被监管于今广西境内的宜州，最终客死异乡。在诗歌领域，他是宋代影响最大的"江西诗派"的开创者，下面还会说及。

黄庭坚也有些艳词或俚俗词调，比较特别的地方，是他常用纯粹的白话来写作，乃至用重沓式的口语来表现恋爱中人的痴情，这在文人词中是很少见的。如"怨你又恋你，恨你惜你，毕竟教人怎生是"（《归田乐引》），"拚了又舍了，定是这回休了，及至相逢又依旧"（同前又一首），作为歌词而言是很生动的。这些俚俗化的作品读上去浅易，实际上语言也有它的讲究，如《沁园春》的上阕：

把我身心，为伊烦恼，算天便知。恨一回相见，百方做计，未能偎倚，早觅东西。镜里拈花，水中捉月，觑著无由得近伊。添憔悴，镇花销翠减，玉瘦香肌。

它的精巧灵动，同后来元曲的语言有几分相似。这类作品虽未必能列入上乘，却别具一格，丰富了北宋词的面貌。

至于自述情志之作，则是另一种格调。这类作品有接近苏轼的地方，像《念奴娇》（"断虹霁雨"）、《水调歌头》（"瑶草一何碧"），都试图勾勒一个清幽开朗的境界，表现一种宕放旷达的情怀，文字雅洁，间用典故或前人成语以深化词中的内涵。但受其作诗方法的影响，语意紧缩并带有跳跃性，读起来不那么明快流畅。对这类词古来评价不一，但大抵不是很有创造性的。

贺铸（1052—1125）字方回，出身于外戚之家，又娶宗室之女，算是近于"贵族"身份，但实际上与当世皇室关系又不密切。他长得奇丑，个性刚直倔强，在官场总是受到冷遇。晚年退居苏杭一带，自称庆湖遗老。

贺家世为武臣，铸本人亦从武官出身，加之性格耿介高傲，他的一部分词写得意气慷慨；它继承了苏轼所开创的偏于"豪放"的风格，又比苏词要多些凌厉奇崛的味道，在北宋词中自具一格。像《六州歌头》描述他的"少年侠气"的交游，是"推翘勇，矜豪纵。轻盖拥，联飞鞚，斗城东。轰饮酒垆，春色浮寒瓮，吸海垂虹。闲呼鹰嗾犬，白羽摘雕弓"，写得狂放不羁；转而抒发不遇的感慨，是"剑吼西风。恨登山临水，手寄七弦桐，目送归鸿"，还是傲然自重身份。这种急促奔放的风格对南宋一些词人有较大的影响。

贺铸另一类词以精致的语言写男女之情和人生愁绪，则属于文人词传统的路子。下录《青玉案》是他的名作：

凌波不过横塘路，但目送、芳尘去。锦瑟华年谁与度？月桥花院，琐窗朱户，只有春知处。　碧云冉冉蘅皋暮，彩笔新题断肠句，试问闲愁都几许？一川烟草，满城风絮，梅子黄时雨。

上阕写目送一女子身影远去并想象她生活的情形，下阕由此抒发一种难以言状的"闲愁"。辞面优雅华美，而意境则显得缥缈，似乎是写情，但女子的身份却是不清楚的，她只出现了一个背影。这和俚俗化的"艳词"的取向正背反，在宋词中也有点特别。

贺铸词总体上有一种重视锻炼辞面、追求富艳典雅的倾向。他还常化用前人的词句或诗意，甚至直接运用前人诗歌原句。同时的秦观、黄庭坚也有这种苗头，只是未有如此之甚。这种现象表明词在越来越受到文人重视的同时，也更多地渗入了文人的学养。此后词和俚俗风格越发隔远了。

周邦彦　周邦彦（1056—1121）字美成，号清真居士，钱塘（今浙江杭州）人，精通音律，徽宗时任徽猷阁待制、提举大晟府（国家音乐机构）。他是北宋后期最重要的词人。

周邦彦的词在题材上大抵属于传统类型，没有什么特别之处。他的主要成就是把词的形式发展得更加精致细密，使之在情感的表现上能够更加深入细腻。苏东坡一些词呈现出与音乐分离而成为单纯的书面作品的趋向，周邦彦词则完全是它的反面；他极端重视词与音乐的配合，使词的声律模式进一步规范化、精密化，词中用字不仅分平仄，连同为仄声的上、去、入都不容混用。而在词的结构、用语上，周邦彦词也特别讲究，即使读上去感觉浅易的作品，实际也是精心构撰而成。读周邦彦的词，令人想起北宋宫廷中极其精细而又富丽的工笔画。

周邦彦词就体制而言，小令、长调均有，小令常写得清新灵动，如《苏幕遮》：

燎沉香，消溽暑。鸟雀呼晴，侵晓窥檐语。叶上初阳干宿雨，水面清圆，一一风荷举。　故乡遥，何日去？家住吴门，久作长安旅。五月渔郎相忆否？小楫轻舟，梦入芙蓉浦。

上阕描绘出一幅江南水乡的动人图景。"水面清圆，一一风荷举"，那种动态的、疏朗而秀拔的风姿，是有情感的观察，所以动人。而转入下阕的"故乡遥"，你才发现那原来是追忆中的景象，至"五月渔郎相忆否"再度回到追忆之中，渲染出浓郁的怀乡之情。这样一首短小之作，也是曲折回环，既清楚又雅致。而长调的词作，更是极精致工巧，如著名的《兰陵王·柳》：

柳阴直，烟里丝丝弄碧。隋堤上、曾见几番，拂水飘绵送行色。登临望故国，谁识京华倦客？长亭路，年去岁来，应折柔条过千尺。　闲寻旧踪迹，又酒趁哀弦，灯照离席。梨花榆火催寒食。愁一箭风快，半篙波暖，回头迢递便数驿，望人在天北。　凄恻，恨堆积！渐别浦萦回，津堠岑寂，斜阳冉冉春无极。念月榭携手，露桥闻笛。沉思前事，似梦里，泪暗滴。

这是一首三叠的词，其主题只是客中送别，但层次安排极富匠心，情绪的表现十分细腻。第一节由春日柳色引出怀乡与倦游之情，而后又通过屡屡折柳送客的往事，写足客居京华的百无聊赖；第二节由追思旧游起笔，很快以"又"字接上昨夜别宴场景，继而转入对别后彼此在相隔中相望之情景的想象；第三节以两个短句起头，在急促的节奏中涌出一腔哀怨，随后节奏放慢，描绘离舟去后斜阳日暮，自己犹徘徊不忍去的情形，再展开往日温馨友情的追思，最后用"泪暗滴"的现实收束。这种反复回环、层层渲染的章法，使得情绪的展开细致而复杂。此外，这首词的声韵格律也很复杂，而周邦彦写来十分工稳妥切，所以尤为乐师所爱。在周词中，如《瑞龙吟》（"章台路"）、《六丑·蔷薇谢后作》等许多长调词，大抵都有这样的特点。

周邦彦词又以善于化用典故和前人词句著名，像《西河·金陵怀古》甚至隐括了刘禹锡的《石头城》、《乌衣巷》两首七绝和古乐府《石城乐》，却显得天衣无缝，绝无生硬凑合之感。文人的学养和词艺的精湛，在这里被完美地结合为一体。

总之，周邦彦的词在艺术形成、技巧方面堪称北宋词的又一个集大成者，为后人提供了许多经验。因此，南宋以后的姜夔、张炎、周密、吴文英等人均对其深表推重。就连近代学者王国维，也把周邦彦比作"词中老杜"（《清真先生遗事》）。但词的极度精致化，同时却也是它的生气衰减的表现。

第13章 北宋诗文

在北宋，词这一体式受士大夫重视的程度虽渐有增长，但总体上它还是被当作"末枝小道"一类东西来看待的，而真正能够代表北宋士大夫文化之主流的，仍是传统的诗文。

和北宋差不多同时存在的由契丹族建立的辽王朝，并用契丹文与汉文，也产生了一些诗文作品，道宗皇后萧观音（1040—1075）所作《回心院》十首等诗篇，在后世还颇有好评。但从总体情况来看，辽诗文的水准不高，而且留存也少。作为一部文学简史，对它不再作具体介绍，仅在此简单提及。

一、北宋诗文的文化背景

政治状况与文人的处境　赵宋是在经过晚唐和五代十国多年的地方军事力量的割据状态之后建立起来的统一王朝，历史的教训使得统治者自开国始就高度重视中央集权。太祖"杯酒释兵权"是有名的历史故事，太宗也曾说："国家若无外忧，必有内患。外忧不过边事，皆可预防；惟奸邪无状，若为内患，深可惧也。帝王用心，常须谨此。"（《续资治通鉴长编》卷三十二）他们甚至不惜以边防的弱化来换取政权内部的稳定。以军权为核心，宋代皇帝进一步实现了行政权力、财权和司法权的高度集中。由此，宋成为一个过去的历史上未曾有过的以成熟的文官制度为基础、君主专制和中央集权空前强化的王朝。

中央集权的实现并不只是取决于帝王的意志和精明的措施，宋立国时，一个重要条件已经存在：在很长时期里在政治上具有顽强势力的士族阶层，经过安史之乱以来的反复战乱和地方军事力量的扫荡，已彻底退出历史舞台。也就是说，当地方军事力量被消除以后，在国家的社会结构中不再存在多少能够与皇权相抗衡的政治势力。

因此到了宋代,完备的科举制度才得以建立。唐代不仅科举的规模小,选拔官员的途径多,而且连科举的成败也并不完全是(甚至并不主要是)由考试成绩决定的。而宋代科举由于实行了弥封制度,家庭背景、社会关系等因素在考试中所起的作用要少得多了。作为文官制度的核心机制,宋代科举每科所取的人数常超过唐代十倍。除了开国初,科举几乎成了士人进入政治舞台、获取社会地位以及优越的物质生活的唯一途径。

从积极的方面来看,上述变化可以说实现了政治权力对平民阶层的广泛开放。一个人只要其家庭具备基本的经济和文化条件,不管其门第、乡里、贫富如何,都可能"学而优则仕",由科举逐步攀升,成为高官。在宋代的名臣和著名文人中,像欧阳修、梅尧臣、苏氏父子、黄庭坚等等,都是出身于寒微的家庭。而像唐代还存在的诸如一个家族中数十人中进士乃至居高官的情况,在宋代根本就找不到。这无疑是一种历史的进步。

但从另一面来看,上述特点也强化了文人士大夫对于国家政权的依赖性。唐代文人进入仕途、求取声名的方法可谓五花八门,而宋代文人可以选择的自我价值实现之路却狭窄得多。因此,像唐代文人那样广泛的社会活动,多姿多彩的生存方式在宋代渐渐消失了。用最明显的例子来说,宋代著名文学家的生活经历,比起唐代王维、李白、杜甫、高適、岑参等人,都要简单得多。

与之相应,宋代文人士大夫的思想也受到很大的束缚。这一方面缘于统治者对知识阶层的笼络与挟制,如决定文人一生前途的科举考试,其内容自真宗以后由诗赋、策论转变为集中于儒学,立论必须依据儒家经典,诸子书不合儒学的都不许采用,到仁宗以后,进一步在各州县建立学校讲授儒学,作为培养士子的基地,更深化了官方思想对读书人精神生活的控制;另一方面,思想的束缚也来自宋代文人士大夫自觉的努力。君权的高度强化固然决定了文人只能在忠于君主、报效国家的位置上确定自我的角色,而作为政府官员或准备成为政府官员的人,他们也把建设和守卫社会的伦理价值系统视为自己义不容辞的责任。自中唐以来,统一的中央政权反复经历危机,而经济的发展、城市的繁荣所带来的享乐倾向也不断地销蚀着传统道德的力量,因而韩愈、李翱等人就已意识到重建伦理纲常与维护中央集权对于恢复封建社会秩序具有同等的重要性,并且意识到这种重建需要通过道德的内化即内心中对道德的自觉来实现。从北宋的周敦颐、张载、二程到南宋的朱熹、陆九渊，正是沿承这一方向构筑了一套新的庞大的儒家意识形态体系，它被称为"道学"或"理学"，近代或称之为"新儒学"。其特点是预设了一种不证自明的"天理"的存在，它贯通自然、社会与人性，而生命的意义即被规定为向着源于"天理"的纯善的人性的归复。其实际效用则在于要求人心自觉地顺应伦常规范。虽然理学在宋代并未成为官方学说，有时甚至因为特殊的原因受到政府的抑制，但它的强大的势头，清楚地表现了宋代士大夫的思想趋向。

并不能证明上述变化对宋代文人的内在人格和个人行为的根本动机影响有多么重大，但至少在公众性场合，在显示个人人格形象的范围内，与唐人相比，他们多了些成熟老练、冷静内敛，少了些才情飞扬、异想天开。而所谓"显示个人人格形象的范围"，也包括诗文这种宋人认为具有庄肃性的文字的显示。

文学主张与意识形态　一个时代的文学主张受占主导地位的社会意识形态的影响，这在中国历史上本是很常见的事情，但宋代的情况显然比前代严重得多。

在由朝廷支持的重建儒学权威的过程中，不少士大夫显示了意识形态上的高调姿态，而强调"文"为"道"服务，对不合儒道之文展开攻击，是一个重要方面。宋初时，柳开（947—1000）就明确以尊韩和文道合一为号召，指斥五代与宋初的文风"华而不实，取其刻削为工，声律为能"（《上王学士第三书》），并宣称他的"道"与"文"，都是承自孔子、孟轲、扬雄、韩愈一脉（《应责》）；换言之，"道统"与"文统"完全是合一的东西。与之持相似文学观的，还有比他稍后的穆修（979—1032）。而到了北宋中期，曾任国子监直讲的石介（1005—1045）再度挺身而出，发出尖锐的声音。他攻击的对象是宋初西昆派的领袖杨亿。本来西昆派的文学不过是一种富丽典雅的馆阁文学，石介却派杨亿一顶"名教罪人"式的帽子，说他"欲以文章为宗于天下"，故意使天下人"不闻有周公、孔子、孟轲、扬雄、文中子、吏部（韩愈）之道"，因此耳聋目盲，然后"使天下惟见己之道"（《怪说》）。那么好文章是什么样的呢？据他说，须要与两仪、三纲、五常、九畴、道德、孝悌、功业、教化、刑政、号令相合或体现这些东西。这种荒诞的铺排正显示出意识形态的亢奋症状。

北宋中期理学逐渐兴起，理学家们对文与道的关系同样提出了苛严的、在崇道意义上也可说是更透彻的看法。周敦颐首先把韩、柳所说"文者以明道"之意改变为"文所以载道也"的明确口号，把文比喻为载货的车子，更彻底地说明了文对于道的工具性（《文辞》）。程颢、程颐进一步对无益于道的文学作出根本的否定。如柳开、石介等人将崇道与尊韩合为一体，二程则从更纯粹的道学立场指出韩愈的崇道是不彻底的，并不值得仿效："退之晚来为文，所得处甚多。学本是修德，有德然后有言，退之却倒学了。"不但韩愈，杜甫的"穿花蛱蝶深深见，点水蜻蜓款款飞"一类诗，程颐也责问道："如此闲言语，道出做甚？"（《二程遗书》）

这一类观点并不只是出于柳开、石介等不善于为文的文人和周敦颐、二程等理学家，事实上将"道"置于"文"之上，重视文对于政治与教化的服务作用，是北宋文人普遍接受的立场。著名文士中，范仲淹曾发出"敦谕词臣，兴复古道"的呼吁（《奏上时务书》），梅尧臣曾感慨"迩来道颇丧，有作皆言空"（《答韩三子华、韩五持国、韩六玉汝见赠述诗》），苏舜钦宣称"文之生也害道德"（《上孙冲谏议书》），欧阳修也认为"道胜者文不难而自至"（《答吴充秀才书》），"勤一世以尽心于文字间者皆可悲也"（《送徐无党南归序》）。总之，道统文学观的盛张，在北宋达到了空前的地步。

当然，并不是说整个北宋文学完全为这种道统文学观所笼罩。前面介绍的词就被文人们辟为一片可以较自由地抒发个人生活情感的"自留地"，更不必说宋代民间戏剧、小说的盛兴预示了整个中国文学史将会发生重大改观。而且，即使同在道统文学观的原则支配下，作家的具体创作还是因人、因时、因地而异。但不能不看到，与官方意识形态密合的文学主张无疑会对传统诗文造成相当大的压力。以前对北宋文学评价特别高的一个方面，是欧阳修所领导的新"古文运动"，后世评选出的所谓"唐宋八大家"中，北宋占了六位。北宋古文不是没有它的成就，但实际分析来说，文学性散文在其中所占比例是很低的。这原本无足为怪，因为"古文"就其产生的宗旨而言，首先是为了"明道"、"载道"，它是依附于意识形态的东西。宋诗也走上了与唐诗不同的道路。除了在民族冲突给宋政权带来危机的形势下反映民族感情（这大抵属于群体性、公众化的感情）的作品，它通常少见恣肆纵放、直率热烈的情感表现。一般说来，宋诗有爱好知性的偏向，而"平淡"被许多诗人尊为最高的境界。日本学者吉川幸次郎在其《宋诗概说》中论宋诗的特点,强调了"悲哀的消退",正是因为在知性的观照中,悲哀成了幼稚和令人羞耻的感情。其实不仅仅是悲哀,一切激情和表现这种激情的华丽语言,在知性的观照中都显得幼稚,因而通常为宋诗所避忌。无疑,宋诗有它特别的趣味,其优秀之作往往在看似平淡的风貌中包含了深刻的心思、复杂的心境,对语言的细腻的感觉以及带哲理性的人生感悟。所以,大致激情发越者多喜唐诗,性格沉潜者多爱宋诗。但要说到凭借活跃的情感、富有个性的自由创造,去冲击社会已形成的规制,引发人们对生活的渴望,这种力量在宋诗中显然是贫弱的。明代有些文人屡屡说"诗死于宋"(如祝允明《祝子罪知录》),自然是偏激之论,但还得承认他们看到了一些问题。

二、北宋前期的诗文

北宋前期就诗歌来说,以效仿前代名家为多,方回把这一时期的诗歌分为"白体"、"晚唐体"、"昆体"三派(《送罗寿可诗序》),虽不很精确,大致可以成立。其中学李商隐的西昆派后来遭到严厉抨击,而学白居易的王禹偁的诗,则和"宋调"诗主流的形成有更多的关联。散文方面,柳开已经打起复古的旗帜,但影响不大,文章较有特色的仍数王禹偁。

王禹偁与"白体"《蔡宽夫诗话》说,宋初"士大夫皆宗乐天诗,故王黄州(王禹偁晚年曾任黄州地方官)主盟一时"。这说明了北宋最初一个阶段诗坛的风气和王禹偁在此中的地位。

不过在王氏之前,自后周入宋的李昉(925—996)和自南唐入宋的徐铉(916—991)就已经是以效仿白体而出名的了,后者声誉尤高。吴之振《宋诗钞》引冯延巳语,称徐诗"具元和风律",又说它"率意而成,自造精极",不像一般人以奇语求胜。白居易诗其实有两种不同类型的作品,即表现对政治关怀的和写日常生活中闲适心情的,前一类型在五代文人那里并不受重视,徐铉的诗也主要偏于闲适一类,但他本是南唐的重臣,后随李后主降宋,虽然做到散骑常侍,心情不可能是轻松的。所以他的诗常带着一种索寞与怅惘的情绪，在表面的平静下隐藏着莫名的哀伤。如《登甘露寺北望》：

京口潮来曲岸平，海门风起浪花生。人行沙上见日影，舟过江中闻橹声。芳草远迷扬子渡，宿烟深映广陵城。游人相思应如橘，相望须含两地情。

全诗大半部分只是在写一片萧索迷蒙的景色，语言也平淡，看不出有什么强烈的情绪。但末两句用"橘迁于淮北则化为枳"的典故，由此不仅可以推断这诗是写于南唐覆灭以后，而且可以看出作者对江南故国的依恋。再回头体味诗中对扬子渡、广陵城迷蒙景色的描写，则似乎亦非闲笔。只是一切都并不显露，末两句也是借"游人相思"着笔，不正面写自己。

王禹偁（954—1001）字元之，巨野（今属山东）人，宋太宗太平兴国八年（983）进士，当过翰林学士，三任知制诰，又三次受黜外放。他怀有士大夫来自儒家传统的使命感，经常提醒自己作为官员应负的社会责任，所以不仅学白居易的闲适诗，也学其诗关怀政治的一面。如他在京任谏官时所作《对雪》，从寒冬大雪无公务、一家团聚饮酒落笔，写到自己因此而想起"输挽供边鄙"的"河朔民"和"荷戈御胡骑"的"边塞兵"，在此酷寒天气中会是如何艰辛，最后归结到自责：自己身为谏官，却并未充分尽责，实是"深为苍生蠹"。这种构架在白居易诗歌中是常见的，如《新制绫袄成感而有咏》，就是从寒雪时节自己新做了一件温暖的绫袄而想到"百姓多寒无可救，一身独暖亦何情"。作为官员，王禹偁的想法当然是正确的。但"正确"的想法未必能造就好诗。因为这种诗并非从生活的实际感受而是从理念出发，表达"意义"的欲望比抒发情感的要求更强烈；而且作者的自谴中显示出很强的自我表白意味，实际上这成了诗歌的重心。因为重"意义"，这类诗在艺术上往往比较粗糙，并不能给读者多少感动。

能够反映王禹偁诗歌艺术造诣的，还是那些描绘山水景物、抒发个人生活情怀的作品，如《村行》：

马穿山径菊初黄，信马悠悠野兴长。万壑有声含晚籁，数峰无语立斜阳。棠梨叶落胭脂色，荞麦花开白雪香。何事吟余忽惆怅？村桥原树似吾乡。

这首诗作于王禹偁被贬商州时。政治上的挫折所带来的苦闷被消融在观赏自然的"野兴"中,诗中因而呈现出悠闲的意趣。结末因看到"村桥原树似吾乡"而生的"惆怅",其实并非普通的怀乡之情,但悲哀被淡化到似有似无的状态。全篇语言浅切,叙述从容连贯,层次清楚,没有突兀惊人的意象,也没有跳荡的表现,正是白居易"闲适"诗的一般特点;但"数峰无语立斜阳"一句以拟人手法写景物,却有着唐诗中不多见的新巧,在以后的宋人诗词中渐渐多起来,所以值得注意。

从上述两种特点——一方面强烈地关注政治,而在抒发个人感情时则从容轻淡——来看,《宋诗钞》说王禹偁"开有宋风气"是有道理的。其实王禹偁也很推崇杜甫,他称赞"子美集开诗世界"(《日长简仲咸》),作品中也可以看到学杜诗的痕迹,如《新秋即事》中"鉴里鬓毛衰飒尽,日边京国信音稀。风蝉历历和枝响,雨燕差差掠地飞"两联就是非常明显的例子。但杜诗因内在的紧张造成的沉郁而壮阔的风格,却是王诗不易接近的。连带来说,杜甫在宋代逐渐受到远超过李白的极高评价,但也正是由于缺乏那种内在的紧张性,宋诗总体上与杜甫并不接近。

关于散文,王禹偁在《答张扶书》和《再答张扶书》中谈了他的意见。原则上他认为:"夫文,传道而明心也。"这里也有崇道的倾向,但"传道"与"明心"并论,毕竟给抒写个人的性情留下一些余地。在具体写作方面,他反对"语皆迂而艰也,义皆昧而奥也",而主张"使句之易道,义之易晓",这和后来欧阳修的主张是一致的。

王禹偁的散文以《黄州新建小竹楼记》最为出色,王安石甚至认为在欧阳修《醉翁亭记》之上(见金王若虚《文辨》)。作此文前,王氏两度遭迁谪,"四年间奔走不暇",故文中以描写"谪居之胜概"为自慰。文章以散体为主,同时吸收了骈文整齐而容易上口、具有声韵之美的优点,写得自由流畅又有音乐感,如下面一节:

……远吞山光,平挹江濑,幽阒辽敻,不可具状。夏宜急雨,有瀑布声;冬宜密雪,有碎玉声;宜鼓琴,琴调和畅;宜咏诗,诗韵清绝;宜围棋,子声丁丁然;宜投壶,矢声铮铮然,皆竹楼之所助也。

这种文字颇有柳宗元在谪居生活中所作山水记的风情,但意境不像柳文那样幽深,盖因情绪较为平和之故。

"晚唐体" 方回所说的宋初三体之中,"晚唐体"的概念比较含混。它指"九僧"(希昼、保暹、文兆、行肇、简长、惟凤、惠崇、宇昭、怀古)及林逋、魏野、寇准、潘阆诸人之诗,大体因为他们偏重以苦吟的方法描绘格局不大的自然景象,借以表达清高脱俗的人生情趣,这与唐代贾岛、姚合一派的作风较近似。如九僧之一惠崇的《池上鹭分赋得明字》中"照水千寻迥,栖烟一点明"两句,据说他曾"默绕池径,驰心于杳冥以搜之"(《湘山野录》),这就很像贾岛写诗的故事。

在这一群诗人中,以林逋(968—1028)最为著名。他中年以后独居西湖孤山,据说足迹从不入城市,因而受到官府和名流的敬重,成了有名的隐士,死后仁宗赐谥"和靖",表彰他的清高。《梅花》(一作《山园小梅》)诗是他的代表作:

众芳摇落独暄妍,占尽风情向小园。疏影横斜水清浅,暗香浮动月黄昏。霜禽欲下先偷眼,粉蝶如知合断魂。幸有微吟可相狎,不须檀板共金尊。

诗中第二联素来被誉为"警绝"。据说这是脱胎于南唐江为的诗句,只改"竹影"为"疏影"、"桂香"为"暗香",而江诗实已不存。但不管怎样,林逋所写的仍是值得赞赏。一则两句均是写梅,水中的倒影,空中的浮香,又均是从虚处着笔,不仅画面完整,而且更能呈现出朦胧清幽的情味;一则在古典文化的审美习惯中,梅代表清雅超逸的品格,比竹、桂之类更合适于作这样的渲染。但全诗并不见佳,不仅格局狭小,"霜禽"之"偷眼"、"粉蝶"之"断魂",均是俗笔,后面自命清高的标榜,也实在有唯恐不为人知的味道。

"昆体" 真宗时期,以杨亿(974—1021)、刘筠(971—1031)、钱惟演(977—1034)为首的一批在馆阁、翰苑任职的文人,常以诗歌唱和应酬。至大中祥符二年(1009),杨亿将这一类诗编成《西昆酬唱集》,于是有"西昆体"之名,或简称"昆体"。传说中古代帝王藏书册于西方昆仑群玉之山,诗集的命名即标示了作者们作为朝廷词臣的身份。因为这是一些高级官僚带有社交性、娱乐性的写作,显示雍容华贵的生活氛围和高雅的文化素养成为其显著的特点。诗歌风格则效仿李商隐一路,辞面深婉绮丽而多用典故。但这主要是表面特征的效仿，李商隐诗那种由炽热的情感、痛苦的经历蕴涵于语言而形成的诗歌的张力，就不是容易学到的。

《西昆酬唱集》中诗少有性情发露之作，有些更只是堆垛丽藻，但也并不像以前有些批评者所说，完全是内容空泛的。北宋文人政治意识较浓，杨亿等位居清要，有些作品还是委婉地表现了他们对现实的批评，如杨亿等七人以《汉武》为题的唱酬诗，即含有对真宗妄信符瑞、东封泰山之事借古讽今的意思，刘筠一首结末云："相如作赋徒能讽，却助飘飘逸气多。"讽刺的意味很明显。另外，一些传统的抒情题材，他们也写得既有美感且不乏情味，如杨亿的一首《夕阳》：

夕籁起汀葭，秋空送目赊。绿芜平度鸟，红树远连霞。水阔迷归棹，风清咽迥笳。高楼未成下，天际玉钩斜。

这诗意境开阔，对秋日晚景的描绘相当细腻，虽乏激情，但还是有动人之处。宋初"白体"流行，这一派诗每有俚俗滑易之弊，而昆体之长，如《四库全书总目》所称，在"取材博赡，练词精整"，对前者应不无纠正的效用。

西昆体一度在诗坛上影响很大，欧阳修《六一诗话》说："自《西昆集》出，时人争效之，诗体一变。"但这种馆阁酬唱之作弊病是明显的，终究难有持久的影响力；它的娱乐性倾向和北宋日渐强化的道统文学观也不相容，所以在下一阶段就受到严厉的攻击。到了北宋中期，西昆体便在诗坛上消退了。

三、北宋中期的诗文

约当于仁宗、神宗年间的北宋中期，是北宋诗文最为兴盛的时期，也是具有宋文化特征的所谓"宋调"诗文真正形成的时期。这一时期文学变化的枢纽人物是欧阳修，而创作成就最高的则是苏轼。

北宋中期又是一个围绕政治、经济及思想文化问题发生广泛争论乃至激烈斗争的时期。而当时的著名文人，要么是政治舞台上的核心人物（如欧阳修、王安石），要么与政治活动有很深的牵连（如梅尧臣、苏舜钦、苏轼等），因此，像诗文这类被认为具有严肃意义的文学体式受政治及伦理观念的影响之深为前所未有，这对它的发展造成了较多的约束。

梅尧臣、苏舜钦的诗　梅尧臣和苏舜钦都是受到欧阳修高度赞誉，视为前驱者的人物，一般评论者也都认为宋诗的新格调是从他们（尤其是梅氏）的创作开始形成的。

梅尧臣（1002—1060）字圣俞，宣城（今属安徽）人，早年做过几任低级地方官，后迁至尚书都官员外郎。他一度和西昆派的钱惟演等关系甚密，后来则对这一派诗歌的娱乐、游戏倾向提出了尖锐的批评，同时也提出了运用诗来维护"道"并为政教服务的理论主张。如《答韩三子华、韩五持国、韩六玉汝见赠述诗》所云："迩来道颇丧，有作皆言空。烟云写形象，葩卉咏青红。人事极谀谄，引古称辩雄。经营唯切偶，荣利因被蒙。"而《寄滁州欧阳永叔》诗对此说得更浅白："不书儿女书，不作风月诗。唯存先王法，好丑无使疑。"这些议论并没有多少新的东西，但在宋代诗人中，是梅尧臣最早用一种强烈的态度重新提出来的，它对宋诗的走向起了一定的作用。

根据上述诗歌主张，梅尧臣写了不少关涉社会问题、反映民生疾苦的作品。如《田家》《陶者》是普遍地咏唱劳者无所获的古老主题，而《田家语》《汝坟贫女》则是针对当时具体政令措施而提出的批评，后一首如下：

汝坟贫家女，行哭音凄怆。自言有老父，孤独无丁壮。郡吏来何暴，县官不敢抗。督遣勿稽留，龙钟去携杖。勤勤嘱四邻，幸愿相依傍。适闻闾里归，问讯疑犹强。果然寒雨中，僵死壤河上。弱质无以托，横尸无以葬。生女不如男，虽存何所当！拊膺呼苍天，生死将奈向？

诗歌写作的背景是当时北宋与西夏作战，朝廷从民间征调弓箭手。而诗中说"县官不敢抗"，则同作者的身份有关——当时梅尧臣正任河南襄城县令。在这里我们确实可以看到一个下层官吏对时政的不安和对民众的同情，但很奇怪的是，被认为应承担责任的既非发出政令的朝廷（在因同样事件而作的《田家语》的小序中，作者还明确说"圣上"本有"抚育之意"），也不是执行政令的县官，一切罪过集中于"郡吏来何暴"。由此可以意识到作为低级官员的尴尬处境。而作为诗歌，由于出发点是用恰当的态度来批评时政，激情的涌发自然会受到限制，所以诗中不仅没有像杜甫《三吏》、《三别》那样具体描绘出受害者的形象，连试图表达出悲愤的结末数句，语言也是概念化、一般化的。倘与作者为悼念夭亡的幼女而写下的"慈母眼中血，未干同两乳"（《戊子三月二十一日殇小女称称》）这样的诗句相比，两者的区别十分清楚。

梅尧臣诗对宋诗发展影响的另一个方面，是有意识地寻找前人未曾注意的题材，或在前人写过的题材上翻新，由此开了宋诗好为新奇、力避陈熟的风气。这种努力当然不无意义，但它和宋诗由于激情消退而带来的无奈有关。而在寻求新的诗材时，梅尧臣有时会走向破坏诗歌的美感的途径，譬如他写虱子、跳蚤，甚至写乌鸦啄食厕中的蛆，这不能不说是无聊和趣味恶劣的表现。

梅诗的扩大题材包含对琐碎平常的生活内容的描述。而为了避免凡庸无趣味，作者常以哲理性的思考和议论贯穿于其中，以加深诗歌的内涵。譬如《范饶州坐中客语食河豚鱼》，从河豚的珍贵，写到它的面目可憎、剧毒可怕，而人们却"皆言美无度，谁谓死如麻！"最后归结为"甚美恶亦称，此言诚可嘉"，把食河豚这一日常生活的现象，与"至美与至恶相随"这一人生哲理联系在一起，诗的分量就显得比较重。这也是宋诗在热情减弱以后向其他方向发展的一个途径。从后代的情况来看，宋诗中带哲理性的作品也有写得情趣盎然的，不过在梅尧臣手里，似乎还没有找到好的方法。像举例的这首诗，用平铺的叙述加上过多的议论，散文化倾向格外突出。

梅尧臣诗歌的艺术风格，欧阳修谓之"古硬"（见《水谷夜行寄子美、圣俞诗》），又谓之"平淡"（见《梅圣俞墓志铭》）。梅氏自己也认为："作诗无古今，唯造平淡难。"（《读邵不疑学士诗卷》）所谓"古硬"，大抵是指梅诗用语朴拙或怪僻，句式常显得拗涩，节奏不那么轻快，总体上给人生新的感觉。"平淡"其实是从另一个角度来说，大抵是指其避免激情的表现、浓重的色彩，与"古硬"不一定是矛盾的。

梅尧臣写得最好的诗，是一种虽"平淡"却并不枯槁，在似乎松散的结构、浅白的文字中带着精致和细腻之感的写景抒情之作。像《鲁山山行》

前半,"适与野情惬,千山高复低。好峰随处改,幽径独行迷",似乎随口道来,却写得很美。又如著名的《东溪》:

> 行到东溪看水时,坐临孤屿发船迟。野凫眠岸有闲意,老树著花无丑枝。短短蒲茸齐似剪,平平沙石净于筛。情虽不厌住不得,薄暮归来车马疲。

诗中情绪平静,与之相联系,诗句写得语气连贯,节奏舒缓,语言流畅,但这并不是白体中一种轻滑之作,它其实经过细密的琢磨。"野凫"、"老树"一联,句式是平常无奇的,但意趣却很新奇,这里能够体会到梅尧臣作为诗人的敏感。这种内敛的、令人心境平静的美,后来也成为宋诗的一种特点。

宋诗的某些具有特征性的弊病和优长都是从梅尧臣开始的,将他称为宋诗的"开山祖师"(《后村诗话》),确实没有说错。

苏舜钦(1008—1048)字子美,开封(今属河南)人,做过县令,后因范仲淹引荐任集贤殿校理,因卷入高层的政治冲突,被敌对一方借细故指控而罢职,遂在苏州修筑了有名的园林沧浪亭,过着闲居生活。

苏舜钦与梅尧臣合称"梅苏",而欧阳修论二人之别,谓"子美笔力豪隽,以超迈横绝为奇;圣俞覃思精微,以深远闲淡为意"(《六一诗话》)。苏氏为人性格偏于豪放开张。他的诗有时带有唐人气息,如早年所作《对酒》,劈头就是"丈夫少也不富贵,胡颜奔走乎尘世!"中间以"长歌忽发泪迸落,一饮一斗心浩然"为自解,到了结尾却又呼喊:"读书百车人不知,地下刘伶吾与归!"虽没有李白的意气飞扬,多少有几分近似。

但苏舜钦的才华和功力似乎不足以支撑长篇,他写得最好的诗是七言绝句,如《和淮上遇便风》:

> 浩荡清淮天共流,长风万里送行舟。应愁晚泊喧卑地,吹入沧溟始自由。

语言率真,感情奔放,很见个性。而《夏意》则写得轻巧别致,情趣盎然:

> 别院深深夏簟清,石榴开遍透帘明。树荫满地日当午,梦觉流莺时一声。

至于叶燮说他与梅尧臣同"开宋诗一代之面目"(《原诗》),则主要不是表现于上述风格的作品。在对诗歌的政治作用的认识上，苏舜钦与梅尧臣一致，这是一点。而作为一个渴望在政治上大有作为的人，苏舜钦的诗也常常触及一些严峻的现实问题。如《庆州败》之痛心于宋朝对西夏战争的失败，《吴越大旱》写在饥荒病疠使"死者道路积"的同时官府仍无情搜括粮食，《城南感怀呈永叔》也反映了民间由于饥荒而出现的惨状，并感叹自己没有权势，无法救助那些饥困之民。由于个性的关系，在反映时弊、揭露社会矛盾方面，苏舜钦往往比梅尧臣来得尖锐直截；不过论诗的粗糙，他也超过梅氏。此外，在诗歌的语言方面，苏舜钦也喜欢多用散文化的句子，喜欢发议论。

欧阳修与宋诗文主流风格的确立　虽然梅、苏被认为是开创宋诗新风气的诗人，虽然柳开、穆修、石介相继不绝地提倡以尊韩崇道为基本主张的古文，但前者地位不高，后者不仅地位不够高，而且也不怎么会写文章，所以影响力都颇为有限。必须有一位具备足够的政治地位、充分的文学修养，并且具有一定的人格号召力的人物，才能真正确立一种代表宋文化特征的主流性的诗文风格，它既符合宋王朝思想文化建设的需要，又能在前者的笼罩与挟制下为诗文的文学性生存找到合适的立足点，并足以垂范将来。欧阳修适时地充当了这样一个重要角色。

　　欧阳修早年在文学领域就相当活跃，至和年间入朝任职后逐渐升迁至执政要位，并多次知贡举，直接掌握为朝廷选拔人才的权力。他利用自己的地位和影响，于志同道合者则竭诚予以勉励和奖拔，如梅尧臣、苏舜钦的诗因欧阳修的鼓吹而声誉大张，曾巩、苏轼、苏辙均在欧阳修知贡举时被录取为进士，王安石的诗，苏洵的文章，都曾受欧阳修的盛赞，因此在他周围形成了集团性的力量。而另一方面，欧阳修也曾在嘉祐二年主持科举时，对当时国子学中流行的风格怪诞的所谓"太学体"毫不容情地加以黜斥，使"场屋之习，从是遂变"（《宋史》本传）。所以说，欧阳修对其所认定的良好文风的倡导，不仅显示了个人的好恶，而且也代表了官方的意志并动用了政府的行政力量。

　　当然，欧阳修在北宋中期文坛上获得领袖地位，还有其他因素的作用。他不仅本身具有相当高的文学修养，他的文学主张也较有调和性和包容性。如前所言，北宋立国以来，以道统文、以道代文的理论盛张到空前的地步，欧阳修对这种占主流地位的文学思想在原则上是赞同的，尊韩崇道也是他最基本的文学主张，但他终究不是柳开、石介那样的意识形态亢奋症患者。他批评石介对西昆诗人的极端态度是"好异以取高"，"以惊世人"（《与石推官第一书》），颇能说明这一点；他也并不简单地反对骈文，以为"偶俪之文，苟合于理，未必为非"（《论尹师鲁墓志》）；而"英雄白骨化黄土，富贵何止浮云轻。唯有文章烂日星，气凌山岳常峥嵘"（《感二子》）之类的表述，也显示着他对文学成就的向往。若以理学家的标准来看，欧阳修与韩愈一样，其卫道立场均远不够纯粹（可参见朱熹《读唐志》《朱子语类》中有关评述）。而正是这种不纯粹，在当时的环境下多少维护了文学作为艺术创造活动的存在。

通过以欧阳修为首的文学集团的努力，确立了宋代"正宗"文学的基本特点和主导风格。大概而言，散文方面，由于"古文"崇道意识的强化，抒情特征强烈的文章为数甚少，文体上虽以散体为主，实融合骈体，可以说结束了骈体与散体的截然对立；文字以浅易流畅为多，节奏徐缓婉转，较少激烈跳荡的表现。诗歌方面，情感的力度减弱，所反映的心理状态比较平衡，相应地色彩和意象都比较疏淡，而对事物观察和体验比前人更细腻。总体上带有重理智的特点，特别在古体诗中，散文化的叙述和说理成分往往占很大比例。宋代诗文有其自身的特点，但要说华丽的美感、自由热烈的情感特征，无疑是处于衰退之中。

欧阳修本人的创作也表现出上述基本特点。

欧阳修的一部分古体诗作好发议论，好铺排叙事，以文为诗的倾向非常严重。打开《欧阳文忠公集》的第一篇，《颜跖》诗其实就是一篇"颜回盗跖论"，而《洛阳牡丹图》则像是一篇"洛阳牡丹记"。这些还是句式较整齐的，至于《鬼车》以"嘉祐六年秋九月二十有八日"开头，中间又有"不见其形，但闻其声，其初切切凄凄，或高或低……"，连句式都跟散文一样。究其意是为了以新异的面貌打破诗歌常规体制，但实在找不到多少诗趣。

不过欧阳修是一个爱好游览、亲近自然的人，在各处地方官任上，他也写了不少以近体短篇为主的写景抒情诗，面目与上述一类不同。其特点是语言浅近自然，意脉流畅，读起来感觉很亲切。这类诗有的写得随意，有的则写得浅显而优美，如《初至颍州西湖，种瑞莲黄杨，寄淮南转运吕度支、发运许主客》：

> 平湖十顷碧琉璃，四面清阴乍合时。柳絮已将春去远，海棠应恨我来迟。啼禽似与游人语，明月闲撑野艇随。每到最佳堪乐处，却思君共把芳卮。

诗意是连绵而下的，不像唐代近体诗多有跳跃性。中二联的写景，那种人与自然的亲切是很动人的；而像"柳絮已将春去远"这样的句子，则是宋人诗中语意平易而意趣新奇的佳例。至若《三桥诗》，如画的诗境中还带一点难得的浪漫性：

> 朱栏明绿水，古柳照斜阳。何处偏宜望，清涟对女郎。

在欧阳修的各项创作中，前人对其散文成就的评价最高，但他的一些"古文"名篇如《朋党论》、《五代史伶官传论》属于政论性质，至于他为父亲所写的墓表《泷冈阡表》，前人或与韩愈《祭十二郎文》相提并论，然而气质并不相类：欧阳修之文重在颂先人之德并列述自己荣宗耀祖的成就以告慰先人，不重在抒情。所以他留下的文学散文数量实为有限，其中最著名又最能代表宋代散文特点的是《醉翁亭记》。

《醉翁亭记》作于庆历六年欧阳修谪知滁州时。文章用语浅显，其主脉为散体句，中间写景部分穿插字数不同的骈偶句，既纡徐流转又富于韵律感。全篇结构细致绵密：从"环滁皆山"的扫视开始，视线转向西南诸峰，推近到琅琊山，入山中溪泉旁，随峰回路转，见泉上小亭，引出作此"醉翁亭"、自号"醉翁"的太守，和"醉翁之意"在乎山水的议论，趁势导向山中四时之景，再转回写"醉翁"的酒宴，酒宴散后的情景，最后点明太守为"庐陵欧阳修"。全文既萦回曲折，又连绵不绝，无一句跳脱。文中每一个意义完足的句子都用叹词"也"结束，共出现二十一次，构成咏叹的声调。总之，这是一篇写得十分用心的文章。它的明显缺点是有些做作：滁州周围除"西南诸峰"就没有什么山，说"环滁皆山也"只因它对文章而言是个好开头（据说这是作者反复修改的结果）；连用二十一个"也"字，也让人感到不自然。至于十分绵细的意脉，实际是情感受理智控制、表现得平缓有分寸的状态，它对读者情感的激活力量也相应地比较薄弱。

《秋声赋》是欧阳修的另一名篇。它上继杜牧《阿房宫赋》的一些特点，开创了宋代"文赋"的体式，而启迪了苏东坡的前后《赤壁赋》。其首节如下：

欧阳子方夜读书，闻有声自西南来者，悚然而听之，曰：异哉！初淅沥以萧飒，忽奔腾而砰湃，如波涛夜惊，风雨骤至。其触于物也，鏦鏦铮铮，金铁皆鸣；又如赴敌之兵，衔枚疾走，不闻号令，但闻人马之行声。余谓童子："此何声也？汝出视之！"童子曰："星月皎洁，明河在天，四无人声，声在树间。"

其后是对秋景的描绘，突出了所谓"秋气"摧残万物的力量，借此抒发自身的人生悲哀。文章保留了赋的某些基本特点，同时又把早已高度骈偶化的赋体改变为吸收骈文之长的散文体式，使这一古老的文体再次焕发出新的生机。

多读欧阳修的诗、词、文，会不断地感受到作者的才华和以正统意识形态为基点的理性对这种才华的抑制，这或许就是宋代文学的命数吧。

当时受欧阳修延誉推举而走上仕途或获得文名的一批文学家，也同时活跃在文坛上，除王安石、苏轼将在后面作专门介绍，其他一些人在此附带提及：苏洵（1009—1066），字明允，苏轼、苏辙之父，人称"老苏"。擅长于史论、政论，文章风格略带纵横家气，文笔老练而简洁，《六国论》为其名篇。苏辙（1039—1112），字子由。他将自己的文章与兄苏轼相比，称"子瞻之文奇，余文但稳耳"（《栾城遗言》）。《黄州快哉亭记》为其名篇。曾巩（1019—1083），字子固，他的思想比较正统，文章以政论为主，风格醇正厚重，文学色彩很淡薄。但后世重视文章的伦理价值的人对他特别推重，如朱熹就认为他的文章比苏东坡的好。

王安石 王安石（1021—1086）字介甫，晚号半山，临川（今江西抚州）人，庆历二年（1042）进士，神宗初年以其改革主张受到重用，主持了历史上著名的熙宁变法。但他的一套激烈变革的政策措施不仅触犯了许多人的利益，执行中也产生很多流弊，遂招致强有力的反对，几起几落。后期退居江宁。在司马光全面废除新法后不久，忧愤而卒。

王安石很早就以太平宰相自许，其理想决不是要做一个"文人"。他对"文"的看法，是主张"贯乎道"(《上邵学士书》)而"有补于世"(《上人书》)，没有实用价值的文章在他看来是不用作的。所以他虽名列"唐宋八大家"，却几乎没有文学性的散文传世。其名篇如《上仁宗皇帝言事书》、《答司马谏议书》，本是与变法有关的政论，而即使像《读孟尝君传》、《书刺客传后》、《伤仲永》这样的小品，立意也不在表现人生情趣，而是要说明某种道理；甚至像《游褒禅山记》这种应属游记类散文的作品，也用了近半的篇幅来讨论人生哲理，结果既不像游记，又不是纯粹的议论文。

王安石诗歌的情况则不那么单一。他写过不少反映社会问题的作品，表达了他对时政的批评，如《感事》、《兼并》、《收盐》、《河北民》等，这种诗着眼点在于"意义"而不在艺术；他也和当时其他诗人一样，喜欢写一些高度散文化的、以议论为主的古体诗，也同样没有多少艺术性。但除此而外，王安石还写有许多偏重于抒情、具有相当艺术水准的诗篇，晚年所作尤为精致。当政治上遭受挫折之后，诗歌成为他抒发内心郁闷的重要方式；他又是一个性格倔强、在历史上以"拗"著称的人，所以那些诗虽然表达比较含蓄，却并不平淡。

王安石的个性其实在一些咏史之作中也可以看出来。如著名的《明妃曲》二首，结尾分别是"家人万里传消息，好在毡城莫相忆。君不见咫尺长门闭阿娇，人生失意无南北"，"汉恩自浅胡自深，人生乐在相知心。可怜青冢已芜没，尚有哀弦留至今"。他不觉得像王昭君这样的一个命运任由他人支配的女子一定要回到故国才算幸福，认为得与知心人相处才是人生真正的快乐，在"胡"在"汉"却是其次。这里可能蕴涵着作者自己的人生感慨，但他对王昭君的同情是真实的，并且，按照他的看法，个人有权根据自己是否受尊重来选择生活道路。在"夷夏之辨"成为社会意识形态核心内容的宋代，这显示了不同于流俗的识见，也激起了"道义"之士的愤怒，南宋初范冲就曾在高宗面前痛斥此诗，谓："以胡虏有恩而遂忘君父，非禽兽而何？"(见李壁《王荆文公诗笺注》)

在罢职闲居的日子里，王安石写了不少写景抒情的诗作，有时可以从中看到他的孤傲的形象，如《寄蔡天启》：

杖藜缘堑复穿桥，谁与高秋共寂寥？伫立东冈一搔首，冷云衰草暮迢迢。

与北宋中期梅、苏、欧等人特别推崇韩愈不同，王安石非常敬重杜甫。

杜甫晚年的诗,常把自我的形象孤零零地置于肃杀的秋色中(如《登高》),以表现心境的悲凉,王安石这首诗与之有些相像。只是他作了些淡化的处理,譬如诗中自然景象不像杜诗中那么广阔而涌动不息,从而避免了情绪的扩张,但通过那萧索苍凉的诗境,作者内心的不平和隐痛还是可以感受到的。而在另一些诗中,诗人的自我形象却又表现得似乎从容闲淡,如《北山》:

> 北山输绿涨横陂,直堑回塘滟滟时。细数落花因坐久,缓寻芳草得归迟。

在"细数"、"缓寻"的动作中,诗人的神态是那样萧散而从容不迫。然而一个英锐而固执的政治家如今有尽多的时间消磨在"细数落花"上,一种百般无聊的寂寞情怀也是可以感受到的。"解玩山川消积愤"(《宝应二三进士见送乞诗》),他对自己的流连光景之举作了最明白的解释。

宋诗对语言的精细讲究,王安石可算是一个代表。他的诗对语言常常是反复锤炼,以求达到精练而圆熟的状态;因其工巧,能看得出用力之处,但很少生硬的感觉。上引《北山》诗中的后二句就是很好的例子,又如《泊船瓜洲》中的名句"春风又绿江南岸",据说这个"绿"字,改了十几次才确定下来。王安石也是一位勤奋而渊博的学者,他对诗歌语言的讲究,还表现在喜欢和善于化用前人的语汇,他甚至说:"用汉人语,止可以汉人语对。"(见《石林诗话》)像《书湖阴先生壁》中"一水护田将绿绕,两山排闼送青来"两句,据说都是用了《汉书》中的材料。这种借助才学写诗的方法,也是宋诗转向知性化的表现。不过王安石能够用典而不留痕迹,算是很难得的。

在体式方面,王安石最擅长的是七绝,晚年写作尤多。一般认为他的七绝在宋代是最出色的。

苏轼 苏轼的诗文代表了北宋诗文的最高成就。而他之所以能取得这样的成就,不仅仅因为他是一位天才。在当时的文人中,苏轼是最富于浪漫气质和自由个性的人物。他对儒、道、释三家学说都很熟悉并各有所取,他的思想通达而平易,不喜欢过于玄虚、过于亢奋、过于偏执的论调。宋代各种笔记里记载了许多苏轼的幽默谈论,这种幽默的个性即来自于对人性容易陷入虚妄与偏执的清醒认识。

作为士大夫集团的成员，苏轼抱着强烈的社会责任感积极地参与了国家的政治活动，并体现出不肯随波逐流以取利的良好品格，但另一方面，经历了多年的宦海风波和人生挫辱，苏轼对政治斗争中不可避免的阴暗、卑琐和险恶有着切身的感受。他虽然并不能够像李白那样对压迫自己的社会力量表现出傲然的抗争，而只是从老庄哲学、佛禅玄理中追求超越的途径，但同时他也每每走向对一切既定价值准则的怀疑、厌倦与舍弃。在他身上所表现出的洒脱无羁与无可奈何，随缘自适与失意彷徨，深刻地反映了知识者在封建专制愈益强化时代的内心苦闷。

在文学思想方面，苏轼所崇奉的原则与欧阳修等人一样是"明道"和"致用"，他也正是欧阳修亲自从科举考试中选取的并极为欣赏的后辈才士。但他的文学气质要更浓厚一些，因而并不完全为这一原则所拘囿。譬如李白在当时受到一些人的苛评，苏轼则赞美他"雄节迈伦，高气盖世"（《李太白碑阴记》），有神往之意在。他也较为重视文学作为一种艺术创造的价值。前人每引用孔子"辞达而已矣"一语，反对在文章写作中的艺术追求，苏轼《答谢民师书》则说：

夫言止于达意，即疑若不文，是大不然，求物之妙，如系风捕影；能使是物了然于心者，盖千万人而不一遇也，而况能使了然于口与手者乎？是之谓辞达。

这里公然对孔子加以曲解。孔子所谓"辞达"，原只是指用文字清楚地表述事实与思想，而苏轼却把"系风捕影"般的"求物之妙"这种以个人内在感受为基础的很高的艺术境界作为"辞达"的要求。这些地方，他比也具有艺术爱好的欧阳修走得更远了。

苏轼对自己的文风有一段评说："吾文如万斛泉涌，不择地而出，在平地滔滔汩汩，虽一日千里无难；及其与山石曲折，随物赋形而不可知也。所可知者，常行于所当行，常止于不可不止。"这恐怕不无自炫，但确确实实，苏轼的文章在所谓"古文"的系统中，无论与早期的韩、柳之文相比，还是与同时的欧、曾之文相比，都要少一些格局、构架、气势之类的人为讲究，却如行云流水一般，姿态横生，并且吻合他自己的情感基调与个性特征。而正是由于随"意"变化，苏轼的文章结构蹈袭前人或自相雷同的情况很少。

他散文品类众多，其中有不少是史论或政论，如《上神宗皇帝书》、《范增论》、《留侯论》、《韩非论》、《贾谊论》、《晁错论》等。以性质而言，这些文章并不属文学散文，但从中可以感受到苏轼的个性与才华。其议论往往就常见的事实翻新出奇，从别人意想不到的角度切入，得出意料之外的结论，文笔在自然流畅中又富于波澜起伏，有较强的力度和感染力。

苏轼的文学性散文，主要见于随笔、游记、杂记、赋等文体中。这类散文常打破各种文体习惯上的界限，把抒情、状物、写景、说理、叙事等多种成分糅合起来，以胸中的感受、联想为主，在似乎松散的结构中贯穿了意脉，显得自然、飘逸和轻松。如《石钟山记》先是对郦道元、李渤就石钟山命名缘由所作的解释提出怀疑，而后自然地转入自己的游览探察过程，最后引发出"事不目见耳闻"则不可"臆断其有无"的议论，提出一个有普遍意义的道理。文章虽也表现出宋人好说理的性格，但并不像王安石作《游褒禅山记》那样长篇大论，姿态强硬。

在语言风格方面，苏轼的散文较欧阳修为紧凑，更注意修辞的新颖醒目，较韩愈则显得平易些，没有那样拗折奇警。他更善于通过景物的描摹，在声音、色彩的组合中传达自己的主观感受，句式则是骈散文交杂，长短错落。如《石钟山记》中的一节：

至暮夜月明，独与迈乘小舟至绝壁下。大石侧立千尺，如猛兽奇鬼，森然欲搏人，而山上栖鹘，闻人声亦惊起，磔磔云霄间；又有若老人咳且笑于山谷中者，或曰：此鹳鹤也。……

夜深人静，月照壁暗，山石矗立，栖鸟怪鸣，几笔之间，便是一个阴森逼人的境界。

《前赤壁赋》是苏轼最著名的散文作品。它虽是承《秋声赋》而作，但已完全摆脱了过去赋体散文呆滞的形式与结构。全文在自夜及晨的时间流动中，贯穿了游览过程与情绪的变化，写景、对答、引诗、议论水乳交融地汇为一体，而文字之清朗秀美，不可多得。下引开头部分：

壬戌之秋，七月既望，苏子与客泛舟，游于赤壁之下。清风徐来，水波不兴。举酒属客，诵"明月"之诗，歌"窈窕"之章。少焉，月出于东山之上，徘徊于斗牛之间。白露横江，水光接天。纵一苇之所如，凌万顷之茫然。浩浩乎如冯虚御风，不知其所止；飘飘乎如遗世独立，羽化而登仙。

于是饮酒乐甚，扣舷而歌之。歌曰："桂棹兮兰桨，击空明兮溯流光。渺渺兮予怀，望美人兮天一方。"

其后是主客的对答，通过自然的永恒性正是体现于万物之变化的宏观眼光，消解了人生短暂而渺小的悲哀。这种认识固然构成了对激情的消融，却也引导了对逆境的超越（其时苏氏贬谪黄州），使人不至于沉陷于一时一地的遭遇而无从自拔。

此外，苏轼还有一些小品文也是独具风韵的妙品。如《在儋耳书》写自己初到海南岛时环顾四面大海的心境：

覆盆水于地，芥浮于水，蚁附于芥，茫然不知所济。

少焉水涸，蚁即径去，见其类，出涕曰："几不复与子相见，岂知俯仰之间，有方轨八达之路乎？"念此可以一笑。

在表面的诙谐中有深沉的悲哀，在深沉的悲哀中又有开朗的情怀，使人读后感慨万千。严格说来，唐宋古文与晚明小品本属性质不同的两个系统，但不仅苏轼本人深受明代具有异端思想的文人的喜爱，他的这一类文章对晚明小品文也有直接的影响，这一现象对理解苏轼是饶有意味的。

苏轼的诗题材广阔，数量众多，各体兼备，尤擅七言古体和律、绝。宋诗偏向知性所带来的一些显著特点，如散文化、好议论或包蕴道理，好显示才学等，在苏轼诗中也有突出的表现，并且也造成某些缺陷，但他毕竟才华横溢，人生感受极其丰富，因而能够更多地保留诗的趣味。

苏轼诗让人最爱读的有两类。一类是以亲切愉快的心情看待生活，以灵妙的想象和活泼的语言描绘生活中生机盎然、富有情趣的事物，让人感觉到他那富于智慧而又温厚的人格，像《新城道中》：

东风知我欲山行，吹断檐间积雨声。岭上晴云披絮帽，树头初日挂铜钲。野桃含笑竹篱短，溪柳自摇沙水清。西崦人家应最乐，煮葵烧笋饷春耕。

这里所写的都是寻常景象，但在作者愉悦的眼光中，一切都变得善解人意，谐趣而快乐。岭上的云似棉帽，树头的日像铜钲，那是儿童画的风味；野桃含笑，柳枝轻摇，田头传来葵笋的香味，朴素的生活真是很好的享受。又如《惠崇春江晚景》：

竹外桃花三两枝，春江水暖鸭先知。蒌蒿满地芦芽短，正是河豚欲上时。

这本是一首题画诗，但诗人的描绘是富于动态的。在作者对季节物候的敏锐感觉中，传达了对春天初临的欣喜，它带给我们一份感动。

另一类是包含着人生哲理的诗。好说理是宋诗的普遍现象，很有些作品因此而变得干硬枯燥，但苏轼的诗较少给人以这样的感觉。他的一部分优秀之作，善于从具体经历、具体景物中触发思考，把哲理与抒情写景融为一体，善于通过亲切妥帖、富于才思的比喻表现哲理，因而既有深厚的内涵，又不乏诗意情趣。如著名的《题西林壁》：

横看成岭侧成峰，远近高低各不同。不识庐山真面目，只缘身在此山中。

这是从自然景物中得到的悟解。也许苏轼的本意，是说只有超越人生所陷落的狭小的境遇，才能看清世事的真相。但人们也可以作别样的理解，他只给出一个形象的喻示。再如《和子由渑池怀旧》：

人生到处知何似？应似飞鸿踏雪泥；泥上偶然留指爪，鸿飞那复计东西。老僧已死成新塔，坏壁无由见旧题。往日崎岖还记否？路长人困蹇驴嘶。

生命如飞鸿掠过，它的过程短暂，它的归向渺茫；在生命的过程里只留下偶然的、稀微的痕迹，而这痕迹也很快被时间所冲淡。这比喻极为新颖妥切，更重要的是它富于情感，打动人心，这才是诗化的哲理。

苏轼是一个具有自由个性和天才气质的人，对人生的无奈、世事的可悲，他有着比别人更敏锐更强烈的感受。只是面对所处的环境，他找不到可以克服那种无形而又无处不在的压迫力量的途径。他不愿总是咀嚼那些痛苦，所以凡事宁愿作退一步想，希望在"如寄"的人生中寻求到可以令人自慰的东西。譬如他被贬到当时为远恶之地的岭南时，吟道："日啖荔支三百颗，不辞长作岭南人。"（《食荔支》）正是这种人生态度的表现。这种心理使他的文学创作削弱了激情的强度。但并不是说苏轼能够全然忘却人生的痛苦，像《倦夜》所写"孤村一犬吠，残月几人行。衰鬓久已白，旅怀空自清"之类,仍然流露出心底深深的哀伤。

四、北宋后期的诗

北宋后期在散文方面没有再出名家。诗歌方面的作者大多与苏轼有较亲近的关系,其中黄庭坚开创了一种新的风格,它在艺术特征上与从前的宋诗有非常明显的区别,稍后的陈师道诗风也与之相近。这种诗以其语言、声律的新奇而引起许多人的追随,几乎笼罩了北宋后期至南宋前期的诗坛,以后也继续保持着一定的影响。因黄庭坚是江西(宋时的江南西路)人,人们就把这一派称为"江西诗派"①。

黄庭坚 黄庭坚被列为"苏门四学士"之一,但也因与苏轼关系密近在新旧党之争中屡经波折。党争中言论不慎也会成为祸由,熙宁年间苏轼就因有在诗中讥讽朝廷的嫌疑被捕受审,险些丧命,而黄庭坚也牵连在内。这种经历给他一个教训,就是写诗作文要小心。他在《答洪驹父书》中教导其外甥:"东坡文章妙天下,其短处在好骂,慎勿袭其轨也。"在《书王知载朐山杂咏后》一文中,他对因诗中"发为讪谤侵陵"而导致"引颈以承戈,披襟而受矢"的下场,也深表戒惧。所以黄庭坚诗中涉及时政的内容相当少,他已无意像前辈诗人那样借此表现自己的社会责任感。他对诗歌的关注主要在形式和技巧方面,与上述心理是有关的。但这并不意味着他内心的愤慨不平被完全消解了。其诗歌奇峭的风格,多少也表现了被抑制的情绪的潜在涌动。清代方东树《昭昧詹言》谓黄诗"于音节尤别创一种兀傲奇崛之响,其神气即随此以见",也看到他的诗歌语言形式与抒情需要有内在的关系。

当然,黄庭坚的诗歌艺术风格的形成,更多是出于在诗歌的发展过程

---

① 北宋末年,吕本中作《江西诗社宗派图》,自黄庭坚以下,列陈师道等二十五人为"法嗣",于是文坛上有了"江西诗派"这个名称(其实这些人中有一半以上不是江西人,称"江西诗派"主要是因黄庭坚的关系)。

中作出新的创造的考虑。这种诗风在抑制激情、偏向知性等方面与之前宋诗的主流风格有一致之处，但对后者的散文化倾向以及与之相关的意脉流贯的表现方法，则是一种反拨。可以说黄庭坚更多地考虑到诗歌语言形式的特殊性。同时，他还提出了一整套可供效行的"诗法"，这也是许多诗人翕然相从的重要原因。这种"诗法"和由此引导出的诗歌面貌。主要有如下几个特点。

首先，黄庭坚倡导以丰富的书本知识作为写诗的基础。他非常推崇杜甫[1]，认为杜诗韩文"无一字无来处"，而"古之善文章者，真能陶冶万物，虽取古人之陈言入于翰墨，如灵丹一粒，点铁成金也"（《答洪驹父书》）。围绕这种"点铁成金"论，又有"换骨"、"夺胎"二法，前者指"不易其意而造其语"，即袭前人之意而自创新词，后者指"规摹其意而形容之"，即对前人之意加以扩展、更新（见魏庆之《诗人玉屑》）。这种理论从作者角度来说，是依托文化遗产启迪自己的创作，丰富诗歌的修辞；从接受者的角度来说，则是通过调动知识的库藏，意会到词语、典故经翻陈出新而显示的神妙。

在黄庭坚看来，所谓"点铁成金"、"夺胎换骨"决非陈词滥调的展览，诗歌语言仍须去陈反俗。所以他用典喜欢从一些冷僻的书籍中取材；如果是人们熟悉的，他则尽量用得出人意料。如有《次韵刘景文登邺王台见思》"公诗如美色，未嫁已倾城"二句，把出于李延年《李夫人歌》的"倾国倾城"这样无人不晓的成语，用得颇有新鲜感。

其次，在句法上，黄庭坚诗通常避免平顺流滑，而喜欢用使人感到陌生的特殊修辞，以增强表现的力度。如"诗人昼吟山入座，醉客夜愕江撼床"（《题落星寺》），写山色与人相亲，夜来涛声惊耳，都很警醒，而"心犹未死杯中物，春不能朱镜里颜"（《次韵柳通叟寄王文通》），不仅"死"与"朱"的用法反常，"一三三"的音步节奏也是很奇兀的。同时，在章法即在全诗的结构上，黄庭坚也多有奇变，句与句、联与联之间有时跳跃，有时反折，很少一路连绵衔接而成的；而且有时相互间的意义距离很大，"每每承接处中亘万里，不相联属"（《昭昧詹言》），其间的关系须反复思

---

[1] 后来形成的江西诗派"一祖三宗"之说，还把杜甫追认为"祖"，"三宗"即黄庭坚、陈师道、陈与义。见方回《瀛奎律髓》。

索才能明白。

再次，黄庭坚多作律诗，而在格律上喜用"拗体"。这种诗体原是杜甫所创，但只是偶一为之，而在黄庭坚手中，变得很常用。其方法是改变近体诗久已定型的平仄格式，与诗句的语序组织的改变相结合，使音节和文气不顺畅，有意地造成一种不平衡不和谐的效果，犹如书法中生硬屈折的线条，给人以奇峭倔强的感觉。

黄庭坚诗每每生涩不易懂，下面举他的较明白也很有名的《寄黄几复》为例：

> 我居北海君南海，寄雁传书谢不能。桃李春风一杯酒，江湖夜雨十年灯。持家但有四立壁，治病不蕲三折肱。想得读书头已白，隔溪猿哭瘴溪藤。

一二句暗用了《左传》僖公四年"君处北海，寡人处南海"的典故和雁南飞至衡山回雁峰而止的传说写二人的相隔。三、四句不仅和前二句之间有跳脱，而且二句之间也有跳脱。这二句完全用习见的辞汇构成，但构成对句以后却很新鲜，不仅因为它是纯粹以名词性意象组合而成的，而且两句彼此反衬，间距很大，所以张力就强。五、六句再转写黄几复的处境，先用《史记·司马相如列传》中"家徒四壁立"的典故写他的贫寒，再反用《左传》定公十三年"三折肱，知为良医"的成语，感叹他久沉下僚。这两句的声律都是"拗"的，尤其前句二平五仄，给人以逼促之感。最后再借想象描绘一幅凄凉图景，并化用了李贺《南园》"文章何处哭秋风"的诗意，表现自己的不平。

综合各个方面的因素，黄庭坚的诗以讲究法度、刻意求深求异的写作方法，和生新、瘦硬、陡峭的风格为主要特点，给宋诗带来了一种新的变化。它的长处既是通过运用典故、古语扩大了语言的涵量，同时其力避陈俗、逞奇出新的追求，实际就是通过强化诗歌语言的陌生感来刺激阅读上的兴奋，这也是对诗歌特质的追求。而它的弊病，则是每有过分艰奥和生硬的情况，这不仅在理解上造成困难，而且在审美感受上也带来一种压抑和扭曲的感觉。所以苏轼一面称赞他的诗"格韵高绝"，一面又说这种诗读多了会令人"发风动气"（《东坡题跋》）。至于"点铁成金"、"夺胎换骨"之法，弄得不好也很可能变成无意义的卖弄才学，乃至靠剽窃古人过活，这些都是前人早已指出过的。

黄庭坚诗也有些是写得比较明白流畅的，如《雨中登岳阳楼望君山二首》之一：

> 投荒万死鬓毛斑，生出瞿塘滟滪关。未到江南先一笑，岳阳楼上对君山。

诗中表现了他的倔强性格，还有他的苦涩和沉痛，既保持着劲峭的风格，却并不晦涩。

陈师道、韩驹　陈师道（1053—1101）名无己，又字履常，号后山，彭城（今江苏徐州）人，由苏轼举荐而担任过徐州教授等低级官职。为人孤傲，一生贫病困顿。

他也极力主张学习杜甫，同时对黄庭坚非常钦佩，自言"及一见黄豫章，尽焚其稿而学焉"（《答秦觏书》）。他以写诗刻苦著称，黄庭坚称之为"闭门觅句陈无己"（《病起荆江亭即事》），而写诗的方法，他认为应该是"宁拙毋巧，宁朴毋华，宁粗毋弱，宁僻毋俗"（《后山诗话》），所以他的诗绝无华饰，锤炼得很深，语意减缩，加之生活境况和个性的关系，情绪也有些压抑。下面这首《春怀示邻里》是他的名作：

> 断墙着雨蜗成字，老屋无僧燕作家。剩欲出门追语笑，却嫌归鬓着尘沙。风翻蛛网开三面，雷动蜂窠趁两衙。屡失南邻春事约，只今容有未开花。

诗中写出贫寒窘迫的文人那种既羞涩尴尬又不甘寂寞的心理。五、六两句运用典故写景，表面只是说风吹破蛛网，蜂列队喧闹，但是否有暗寓的深意，却不易推究。

韩驹（？—1135）字子苍，曾受到苏轼的赏识，后来又结识了黄庭坚，也是被吕本中列入《江西诗社宗派图》的诗人。他的诗一部分琢磨精巧，用心深刻，具有江西诗派的特点，但晚年对苏、黄都有些不满，诗风也变得比较平顺流畅。《和李上舍冬日书事》是他的代表作：

> 北风吹日昼多阴，日暮拥阶黄叶深。倦鹊绕枝翻冻影，飞鸿摩月堕孤音。推愁不去如相觅，与老无期稍见侵。顾藉微官少年事，病来那复

一分心。

"倦鹊"一联是极精巧的写景名句,而且抒情意味颇浓。和陈师道上举《春怀示邻里》相比,虽说在刻苦锤炼上是一致的,但此篇诗意要显得清楚些,辞采也比较清丽。

另外,韩驹有《十绝为亚卿作》诗一组,写友人葛亚卿与一妓女的感情纠葛,完全用女方口吻写成,这在宋代是词的选材,而在诗中是少见的。最后一首道:"强整双鬟说后期,相盟不在已相知。来时休落春风后,却漫嘲侬子满枝。"写出了女方对这种一时浓情的不信赖,也是难得的。

秦观等 秦观以词著名,但诗作数量远多于词。他的诗色彩明丽,语言精致,描写景物很细腻,如下面两首绝句:

一夕轻雷落万丝,霁光浮瓦碧参差。有情芍药含春泪,无力蔷薇卧晓枝。(《春日》)

霜落邗沟积水清,寒星无数傍船明。菰蒲深处疑无地,忽有人家笑语声。(《秋日》)

由于秦观诗与宋诗主流,尤其与当时盛行的江西诗派风格相去甚远,所以评价不高。前人普遍认为他的诗与词的格调相近,如《后山诗话》谓"秦少游诗如词",而上引《春日》诗更被元好问讥为"女郎诗"(《论诗三十首》)。这反映了宋代诗词分道扬镳以后形成的一种对诗的习惯意识。其实秦观的诗虽然气魄不大,却也自成一格。在宋诗中论抒情性是比较突出的,而且就从上面两首也可以看出,其诗并不都是柔婉的风格。

被列为"苏门四学士"的除黄庭坚、秦观,还有晁补之和张耒。张耒以平易朴素的语言写了不少反映民间疾苦、针砭社会现实的诗篇,有追踪唐代张籍的意味,但写得较为粗率。晁补之则又逊于张耒。此外与苏轼、苏辙兄弟并称为"二苏三孔"的孔文仲、孔武仲、孔平仲三兄弟亦有诗名,其中孔平仲诗胜于二位兄长,风格与苏轼有些近似,但缺乏苏轼那种妙趣横生的才思。在此简单提及这些诗人,可以略见北宋后期诗歌的概况。

第14章

南宋与金代文学

南宋与金是差不多同时并存、分据中国南北的政权。女真族的金王朝建立于1115年，十多年中先后攻灭了辽和北宋。1127年，金兵南下占领北宋都城汴京，徽宗、钦宗被俘，北宋宣告灭亡；康王赵构即位后辗转南迁，最后落脚在临安（今浙江杭州），延续了宋王朝的统绪，史称南宋。宋、金间时战时和，但大体维持了沿淮河一线相对峙的局面，终了，金、宋又相继亡于蒙古族的元王朝。

南宋与金虽由不同的民族掌握着统治权，但都以中国文化传统的承担者自居；南北两地的文人文学和通俗文艺，也都在北宋原有的基础上发展，并各自取得一些新的成果。在通俗文艺方面，金文学的新异因素要更为明显，不仅金后期出现的《西厢记诸宫调》在中国文学史上有着重要的意义，而且元初的几位杂剧大家如关汉卿等都是由金入元的，这也证明在金后期文学中孕育着重要的变化。——顺带说明，由于资料不充分，很难细辨戏剧、小说从北宋到南宋及金的演化，所以都放在本章作一交代。

一、南宋初期的诗词

南宋初期的诗词作者，生活经历多横跨北宋与南宋。时代巨变的冲击，使他们的作品表现出北宋诗词所缺乏的强烈的情感；同时，由于抒情的需要，这一时期许多作者对诗与词的界限也不再分得那么严格。

陈与义等　南宋初最出色的诗人是陈与义（1090—1138），字去非，号简斋，洛阳人，北宋政和年间入仕，金兵南侵，他从陈留向南流亡，经数年颠沛，才抵达南宋都城临安，历仕至参知政事。

陈与义被方回列为江西诗派的"三宗"之一，而现代研究者或表示不赞成。他推重苏轼、黄庭坚、陈师道的诗，并以"涉老杜之涯涘"为写诗的最高目标(见《简斋诗外集》),他的诗很讲究字面的研炼和构思的奇巧,这可以看出他跟江西诗派至少有重要的相通之处;但他作诗,既注意到"不可有意于用事"(见徐度《却扫编》),而且虽"用心亦苦","意不拔俗,语不惊人,不轻出也"(葛胜仲《陈去非诗集序》),但很少是写得艰深拗硬的,他的奇巧主要依赖于敏锐的感受和活跃的想象力而不依赖于学问,这是他和黄庭坚等人的明显区别。

在两宋之际,陈与义的诗给人们带来了一种新鲜感。他写景抒情,常常兼有新颖精巧与自然清丽的特点,如"墙头语鹊衣犹湿,楼外残雷气未平"(《雨晴》),非常细致地写出雨后初晴时的变化,语意新奇却毫不怪特;"客子光阴诗卷里,杏花消息雨声中"(《怀天经智老因访之》)写客居他乡的寂寞心情,看似平淡而实为工巧。又如《雨》:

萧萧十日雨,稳送祝融归。燕子经年梦,梧桐昨暮非。一凉恩到骨,四壁事多违。衮衮繁华地,西风吹客衣。

此诗是陈与义早年沉沦下僚、在汴京等待授职时所作。三四句不直说秋风引发客愁,而托情于物,写燕子在秋日即将南去,感觉前迹虚渺如梦,梧桐在雨中凋零,已非昨日之态,从中透露出一种失落感,用意颇曲折,语言却很清俊。五六句层层透入来写,江西派的味道尤重,但仍然不晦涩。

在经历"靖康之难"后,陈与义诗除了保持早年的若干特点而外,其感怀世变之作多苍凉悲慨之气,则是早年所未有的。作于逃难途中的《正月十二日自房州城遇虏至》诗自言"但恨平生意,轻了少陵诗",表明他从情感上与杜甫有了直接的契合,也更亲切地理解了杜诗的精神内涵。因而他南渡以后所写的诗,每每有近似杜甫的风格,如《登岳阳楼》"万里来游还望远,三年多难更凭危。白头吊古风霜里,老木沧波无限悲";《除夜》"多事鬓毛随节换,尽情灯火向人明。比量旧岁聊堪喜,流转殊方又可惊",都是把个人命运与国家命运错综在一起,写得慷慨悲凉。下面再录其《牡丹》诗为例:

一自胡尘入汉关,十年伊洛路漫漫。青墩溪畔龙钟客,独立东风看牡丹。

牡丹是陈与义故乡洛阳的名花,离乡十年,人已老去,故乡犹收复无期，所以当他凝视着异乡的牡丹时，心中的痛苦难以言说。诗中没有直接的议论，但在鲜明的形象中，人们能够体会到诗人深深的家国之念。

两宋之际被归为江西诗派的诗人尚有吕本中和曾幾。和陈与义相似，他们也都有咏叹乱离之悲、感伤国运艰危的诗作，如吕本中《兵乱后杂诗》"后死翻为累，偷生未有期"之句，极为沉痛；曾幾《寓居吴兴》"相对真成泣楚囚，遂无末策到神州。但知绕树如飞鹊，不解营巢似拙鸠"二联，写出了很深的无奈。在诗歌理论上，吕本中提倡所谓"活法"，要求写诗既不背于规矩而又能出于规矩之外（见《夏均父集序》），赞赏"胸次即圆成"（《别后寄舍弟三十韵》），宗旨虽不出黄庭坚、陈师道之范围，却有某种纠偏的意义。曾幾接受了吕本中求变的思想，常有些写得清新活泼的诗作，论者或以为开了杨万里"诚斋体"的先声（钱锺书《宋诗选注》）。如《三衢道中》：

梅子黄时日日晴，小溪泛尽却山行。绿阴不减来时路，添得黄鹂四五声。

李清照　李清照（1084—约1151）号易安居士，章丘（今属山东）人，出身于富有文化气氛的仕宦之家，自小多才艺。长成后嫁给亦属仕宦之家、爱好金石学的赵明诚，婚后夫妇在一起常常诗词唱和、购置图书，欣赏金石。总之，这是典型的高级士大夫家庭才女的生活经历。

北宋覆亡之际，李清照避难至南方追随任建康知府的丈夫，然而不久赵即病逝。在金兵深入南下、南宋政权尚未稳定的数年间，她一直过着辗转流离、坎坷不尽的生活。后来定居临安，境况也一直都很艰难。据说她还有过一次失败的再婚经历。与前期相对照，她的后期生活显得格外孤独凄凉。

李清照以词名世，但在其少量传世诗文中也有佳作。著名的《金石录后序》以他们夫妇所搜罗的金石器物及书画的聚散过程为线索，反映了时代动乱造成的文物丧亡和个人身世之悲苦，情意真切，有些细节相当动人。而《夏日绝句》之慷慨雄迈，即使宋代男性诗人笔下亦不多见：

生当作人杰，死亦为鬼雄。至今思项羽，不肯过江东。

关于词的艺术，李清照在其《词论》提出了比较完整的看法。文中强调词"别是一家";批评柳永的词"词语尘下",表明她反对过于俚俗化和带有市民情趣的倾向;批评苏轼等人的词"皆句读不葺之诗尔,又往往不协音律",表明她反对词的风格与诗相混及音律上的不严格;批评晏几道的词"苦无铺叙",秦观的词"专主情致而少故实",表明她主张词既要有铺叙,有情致,也要有比较深厚的文化内涵。这些批评显示这位女词人心气甚高,也表达了她自己对词的追求。其作品与理论大体是一致的。

由于生活的剧烈变化,李清照前后期词的情感表现也有显著区别。前期词中常有一种贵族化的生活气息。如《如梦令》写传统的惜春题材,非常巧妙地通过对答,借着侍女的粗率、漫不经意,衬托出女主人的慵懒、娇贵和对时光流逝的敏感:

昨夜雨疏风骤,浓睡不消残酒。试问卷帘人,却道海棠依旧。知否,知否?应是绿肥红瘦。

"绿肥红瘦"是很新颖又非常感性的造句。又如《醉花阴》之"莫道不消魂,帘卷西风,人比黄花瘦",都显示了作者运用语言的才思。在这些词里浮动着难言的惆怅,它也是作者情感丰富、感受敏锐之个性的表现。

爱情尤其离别相思之情,是李清照前期的词中最重要的题材。这也属于词的传统题材,但过去大多是男性作者以女性口吻来写这一类词,是拟想的产物。而李清照是把自己的亲身感受与内心体验写在词中,它的真挚细腻、委婉动人是一般词人难以达到的,如《一剪梅》:

红藕香残玉簟秋,轻解罗裳,独上兰舟。云中谁寄锦书来,雁字回时,月满西楼。　花自飘零水自流,一种相思,两处闲愁。此情无计可消除,才下眉头,却上心头。

美丽的形象、清雅而灵动的语言,构成感人的风情。"轻解罗裳,独上兰舟",那一种轻盈;"才下眉头,却上心头",那一种缠绵,呈现出女性特有的细腻和娇柔。

而在南宋所作的词,感受的敏锐依然在,却充满了愁苦悲凉之情。《永遇乐》写元宵佳节,回忆"中州盛日"的情形之后,对照着这样的寂寞与酸辛:"如今憔悴,风鬟雾鬓,怕见夜间出去。不如向、帘儿底下,听人笑语。"而《武陵春》写到"闻说双溪春尚好,也拟泛轻舟"的念头之后,结果却是："只恐双溪舴艋舟，载不动、许多愁。"久经飘零，独在异乡，生命成为追怀往日幸福和在此追忆中感受一切美好尽皆毁灭的载体。有时候，她的愁绪表现得非常沉痛乃至凄厉，如《声声慢》：

寻寻觅觅，冷冷清清，凄凄惨惨戚戚。乍暖还寒时候，最难将息。三杯两盏淡酒，怎敌他、晚来风急！雁过也，正伤心，却是旧时相识。　满地黄花堆积，憔悴损，如今有谁堪摘？守着窗儿，独自怎生得黑？梧桐更兼细雨，到黄昏、点点滴滴。这次第，怎一个愁字了得！

开首连用七个叠词，为素来未有之创格。但这并不是表面的奇巧，它切实地传达着心境。而从读者来说，一下子就被引入到一种很特殊的感情氛围。此后一层层铺写，直到用对"愁"的否认，把愁写到极顶。在李清照这类词中，很少从正面涉及民族危亡的背景，但人们却能够从她的个人遭遇、她心灵深处的伤痕，意识到它的巨大阴影。

李清照作为一个女性作者，可以无愧地跻身于宋词一流大家的行列，并且具有独特的个人特色。她的词和李后主一样，具有非常单纯的抒情性，发自内心的情感流动总是居于词的中心。但在词已经有了多年的艺术积累之后，她比起李后主这样的早期词家，在技巧上又有着更为精细的讲究。按照词"别是一家"的主张，李清照极其注意词与诗歌的不同抒情方式，而女性的性格又分外加深了它的细腻深婉。她善于通过生动的别出心裁的细节来传达情感的状态，而且善于通过多层次的起伏转折表现情感的微妙变化。李清照也极其注意词在语言上的特殊性。她的词中的语言经过精心锤炼，但又不像周邦彦那样雕刻得用力，而是尽量以浅易自然的面貌出现。她喜欢把典雅的语言用得自然，把俚俗的语言用得雅致，两者相融，别有风致。一些精巧而又活泼的口语的运用，使得她的词洋溢着活力。总之，人们在李清照的词中，看到了词在形成之初时的某些本色和成熟的艺术技巧的结合。

张元幹、张孝祥　由于词的形式上的特点，它比诗更适宜于表达跳荡的和变化不定的情绪。在靖康之变的巨大冲击下，文人的悲愤心态和词的艺术形式得到契合，由苏轼所开创的豪放词风遂在一些词人手中获得发扬，张元幹、张孝祥更是其中的代表。

张元幹（1091—约1161）字仲宗，号芦川居士，北宋末为太学生，曾被抗金名将李纲辟为属官。绍兴年间，胡铨上书请斩秦桧，遭到流放，张元幹作《贺新郎·送胡邦衡待制赴新州》为他送行并抒发不平之慨，当时即广为传播：

梦绕神州路。怅秋风、连营画角，故宫离黍。底事昆仑倾砥柱，九地黄流乱注？聚万落千村狐兔。天意从来高难问，况人情老易悲难诉。更南浦，送君去。　　凉生岸柳催残暑。耿斜河、疏星淡月，断云微度。万里江山知何处？回首对床夜语。雁不到、书成谁与？目尽青天怀今古，肯儿曹恩怨相尔汝？举大白，听《金缕》。

民族危亡的形势和主战人士被严厉压制的遭遇造成了作者激烈的悲愤。昆仑倾倒、黄河漫流、万村狐兔，这是对危亡局势的描述，也是表现强烈的情绪所需要的巨大空间和激荡的动态。而说到别后之情，也是用"万里江山"、"青天"、"今古"这些时空跨距大的概念来描述。因为作者要表达的是在历史大变局下共通的志趣与悲慨。尽管这词布局未免简率，但饱满的感情和流贯的气势，仍旧造成强劲的震撼。

情绪热烈，境界阔大，波澜起伏，是张元幹这一类词的基本特点。像另一首《贺新郎·寄李伯纪丞相》是为李纲而作，一开头便是"曳杖危楼去，斗垂天、沧波万顷，月流烟渚"，再由"怅望关河空吊影"和"正人间、鼻息鸣鼍鼓"的对映，引出深深的孤独："谁伴我，醉中舞！"虽然有许多无奈，却总不肯沦入颓靡。这种激荡的英雄气，构成了苏轼与辛弃疾之间的桥梁。

张孝祥（1132—1170），字安国，号于湖居士，绍兴二十四年（1154）中进士后，成为主战派阵营中的活跃人物。他比张元幹小一辈，但由于写作背景与词风相近，人们习惯将二人并列论述。

张孝祥感怀时事的词作以《六州歌头》最为著名，这个词调几乎全是短句，节奏急促，作者特意选择它来表达一种激愤不平的心情。"征尘暗，霜风劲，悄边声"，是淮水边界令人伤怀的景象；"念腰间箭，匣中剑，空埃蠹，竟何成？时易失，心徒壮，岁将零"，是志士失意的悲慨；"冠盖使，纷驰骛，若为情？"是对妥协主义者尖锐的讥刺，而最终归于："闻道中原遗老，常南望，翠葆霓旌。使行人到此，忠愤气填膺，有泪如倾。"以中原民众的失望来激发读者的共鸣。词在写法上较平直，却也有淋漓畅快的好处，在当时感动了许多人。但从艺术上看，张孝祥吟咏人生情怀的词作《念奴娇·过洞庭》更为出色：

洞庭青草，近中秋、更无一点风色。玉鉴琼田三万顷，着我扁舟一叶。素月分辉，明河共影，表里俱澄澈。悠然心会，妙处难与君说。　应念岭表经年，孤光自照，肝胆皆冰雪。短发萧骚襟袖冷，稳泛沧溟空阔。尽吸西江，细斟北斗，万象为宾客。扣舷独啸，不知今夕何夕。

泛舟在一片晶莹澄澈、浩渺无垠的世界中，诗人的心灵也变得与自然一样广大而澄澈；自我的精神形象脱出琐屑的人间，独对宇宙，怡然自得。词中可以明显看到苏轼前后《赤壁赋》与《水调歌头》词的影响，但一种孤傲之态却是苏轼所没有的。毕竟张孝祥更为年轻气盛。

二、南宋中期诗词

南宋中期，宋与金之间形成相持不下的对峙状态，孝宗隆兴年间的北伐虽告失败，但"隆兴和议"的条件却较之前的"绍兴和议"有所改善，事实上也是对这种状态的确认。

社会转向安定促进了经济的发展，由于江南优越的地理条件，临安在原来基础上成长为规模宏大、消费活跃的城市，上层和民间的游乐都很热闹，一位不出名的士子林升对此留下了一首很出名的诗："山外青山楼外楼，西湖歌舞几时休。暖风熏得游人醉，直把杭州作汴州。"

但这首诗的讽刺性质，在说明有人已忘却中原的失陷的同时，也正说明了有人对此无法忘怀。在南宋中期的诗词中，呼吁洗雪耻辱、收复中原，渴望建功立业、在实现民族使命的同时成就个人的英雄之梦，仍然是重要主题；当这一切无法实现时，涌发的悲愤也依然浓重。只是文人的情感不仅贯注于这一面，在社会相对安定的条件下，各种题材都引起他们的兴趣，人们也有暇对文学的艺术形式和技巧从事深入的探讨，尝试打破前人的模式。

总之，这一阶段是南宋文学最兴盛的时期。诗歌方面，所谓"中兴四大家"中的陆游、杨万里、范成大（还有一位是尤袤），词领域的辛弃疾，都各有特色；陆游和辛弃疾在整个中国文学史上也占有相当重要的地位。

范成大与杨万里　范成大（1126—1193）字致能，号石湖居士，曾数任地方大吏，升迁至参知政事。晚年退职闲居于家乡的石湖畔（在今苏州郊外）。

范成大一生经历很广，其诗涉及的社会生活面也相当广泛，较多反映农民的处境和生活状态是一个显著的特点。从艺术风格来说，其诗的面貌也较复杂，有学中晚唐诸家的，也有受江西派诗风影响的，而最受人们注意的，则是用七绝形式写成的反映社会风情的诗篇，其中他于乾道六年（1170）出使金国时所作七十二首绝句和晚年退职闲居时所作《四时田园杂兴六十首》最有名。

使金绝句记录了他在北方的见闻与感想。其中写到在金人统治下一些历史遗迹和北宋时代的名胜之地的情形，汉族民众的生活及他们对南宋收复中原的期望，金国落后的风俗习惯（这里也包含着一些民族偏见）等等。范成大完全是在北宋灭亡后生长起来的，但从这些诗来看，却有一种旧地重游、不胜沧桑之感的味道。因为这里表达的是民族情绪，是一个汉族士大夫对本民族文化发源地陷于异族统治的忧患意识与悲愤情感。其中有些写得相当感人，如《宿州》：

狐鸣鬼啸夜茫茫，元是官军旧战场。土伯不能藏碧磷，三三两两照前冈。

虽然不作议论，但对战争的残酷的慨叹、对死者的哀悯却溢于言表。又如《州桥》：

州桥南北是天街，父老年年等驾回。忍泪失声询使者：几时真有六军来？

这是写往日北宋都城汴京的百姓对宋王朝的眷怀和对南宋统治者的失望。在北伐无望的情势下，作为南宋的使者，"几时真有六军来"的追问对于他的内心是极大的冲击。

《四时田园杂兴六十首》是范成大晚年退居石湖时所作。以前写农村的诗,或以歌咏乡村风光和农人朴素的劳作生活为中心,或以揭露农村现实的痛苦、斥责官吏豪强对百姓的盘剥压迫为中心,各成一个系列,范氏这组诗则是两者的结合。在前一种主题上,他不作过分理想化的描述;在后一种主题上,他也不是写得很尖锐激烈,语调比较平静。作者在组诗的小序中说,这些诗是他"野外即事,辄书一绝"而成,也就是由亲身经历、亲眼观察所得,所以生活气息浓厚,比较完整地反映了田园乡村的生活面貌。下面略录数首为例:

雨后山家起较迟,天窗晓色半熹微。老翁敧枕听莺啭,童子开门放燕飞。
昼出耘田夜绩麻,村庄儿女各当家。童孙未解供耕织,也傍桑阴学种瓜。
采菱辛苦废犁锄,血指流丹鬼质枯。无力买田聊种水,近来湖面亦收租。

以七绝形式记录各地风物民情是范成大的一种喜好,除上述两大组诗外,还有不少相似的作品。这类诗语言朴素,笔调自然流畅,其中的佳作有一种触兴而发的天然情趣。但它的纪实意味太重,对诗的艺术、对诗歌的语言特殊性并不用心关注。许多篇合在一起看,犹如风俗长卷,给人以新鲜感,但作为单篇来读,好诗却不多。这未免是个缺憾。

杨万里(1127—1206)字廷秀,号诚斋,吉水(今属江西)人,历任太常博士、宝谟阁直学士等职,后因与当权的韩侂胄政见不合,隐居多年。他是一位对理学很有兴趣的人物,《宋史》将他列入《儒林传》;他所开创的"诚斋体",则是宋诗在江西派诗风盛兴之后的一大变化。

在《荆溪集序》中,杨万里自述其学诗的过程是"始学江西诸君子",而后学陈师道的五律、王安石的七绝,而后又学唐人绝句,但"学之愈力,作之愈寡",即感觉作诗很难;到了淳熙五年(1178)的一日,于诗"忽若有寤",以前效仿的对象都不再学了,"口占数首,则浏浏焉无复前日之轧轧矣"。而且,从此"步后园,登古城,采撷杞菊,攀翻花竹,万象毕来,献予诗材",写诗变得非常容易。

这一描述非常像一位习禅者对佛理的"证悟"过程,由此可以看到,杨万里和南宋的许多理学家一样,在思想方法上同禅宗的关系密切。实际上他对诗学的根本看法也是与他对禅学和理学的理解一致的,《题唐德明建一斋》中"平生刺头钻故纸,晚知此道无多子。从渠散漫汗牛书,笑倚江枫弄江水"数句，本是说求真知之道，但用来说他作诗的态度也很恰当。大概而言，杨万里诗学主张的要点是轻视书本知识，主张亲近日常生活、亲近自然，由此获得诗的素材；反对刻意为诗，认为诗应该自然而然地产生于"是物是事适然触乎我，我之意亦适然感乎是物是事"的过程中（《致徐达书》），即所谓"老夫不是寻诗句，诗句自来寻老夫"（《晚寒题水仙花并湖山》）。这对江西诗派"点铁成金"、"夺胎换骨"的主张和刻意求深求异的作风正是一种反动。

"诚斋体"的优长之处，首先是能够从极平凡的生活和自然景象中发现诗意，这种特点其实在杨万里自称于诗"忽若有寤"的淳熙五年之前的创作中就可以看到，如《小池》：

泉眼无声惜细流，树阴照水爱晴柔。小荷才露尖尖角，早有蜻蜓立上头。

这是一首风趣轻快的小诗，表现出作者对自然之美的一种突发的感受和在诗中如摄取瞬间镜头般呈现这种美感的能力。不过，从平凡的日常生活中觅诗，也很容易导致琐细无趣，所以杨万里又常常在这些俗常景象中融入自己的带哲理性的体悟，这样写成的诗，不仅保持了自然与生活的盎然生机，而且富于理趣，像下面两首诗：

莫言下岭便无难，赚得行人错喜欢。正入万山圈子里，一山放出一山拦。（《过松源晨炊漆公店六首》之五）

碧酒时倾一两杯，船门才闭又还开。好山万皱无人见，都被斜阳抬出来。（《舟过谢潭三首》之三）

由于杨万里的诗注重从寻常的自然景物与日常生活中发现诗趣、表现自己的人生体验，力图以浅求真，他在语言形式方面不太用力，诗中多采用自然的口语、俗语，且句子大多写得完整而连贯，以求在日常化的形态中求得新颖、生动、轻快与风趣的效果。这构成了"诚斋体"的一个基本特征。

"诚斋体"的出现打破了江西派诗风的笼罩，从一个相反方向开辟了宋诗的新路数。但从杨万里本人的创作来看，其弊病也是很明显的。禅学或理学的思维方式对诗来说有从日常平凡处启发诗趣的益处，也有消解诗歌激情的害处，与此相关，杨万里诗极少有写得感情激昂奔放或沉郁深厚的，偶一为之，也总是不得体。譬如《重九后二日同徐克章登万花川谷，月下传觞》一诗，他"自谓仿佛李太白"（见罗大经《鹤林玉露》），诗中写饮酒时月影落杯中，而后"举杯将月一口吞，举头见月犹在天。老夫大笑问客道：月是一团还两团？"其实是粗劣的假装猖狂。再则，由于杨万里相信诗是随兴而发、信口而成的东西，而实际上自然天成之作并不那么易得，所以在留下一部分佳作的同时，也留下不少粗率滑易、浅俗无味的作品。后之不肖者循着他不好的一面，直把"诚斋体"变成了打油诗的幌子。所以对"诚斋体"的评价，往往褒贬相距甚远，这跟批评者着眼于哪一面大有关系。

陆游 陆游（1125—1210）字务观，中年自号放翁，出身于山阴（今浙江绍兴）的一个名宦之家，祖陆佃、父陆宰均至高位。陆游生长于忧患之秋，他记忆幼年时常看到长辈在一起谈论国事，"或裂眦嚼齿，或流涕痛哭，人人自期以杀身翊戴王室"（《跋傅给事帖》），这一家庭氛围自小给他以民族意识的熏陶。

但陆游在仕途上一直不大顺利。二十九岁那年他曾在省试中名列第一，然而在次年的礼部试中却被秦桧一党黜落。孝宗即位后主战派占了上风，陆游也受到孝宗的赏识，特赐进士出身。后任镇江、隆兴二府通判。但张浚主持的北伐失败，隆兴和议签订，导致主和势力抬头，陆游也遭罢黜，归乡闲居了数年。

乾道六年（1170）陆游四十六岁时被起用为夔州通判，后应四川宣抚使王炎之请入幕襄理军务，抵达汉中的南郑。这里是南宋与金相对抗的西部前线，军旅生活令陆游感到非常兴奋。他骑马走遍汉中一带的军事要塞，考察形势，并积极向王炎"陈进取之策"（《宋史》本传）。同时这也是他诗歌创作的重要阶段。但仅仅八个多月后，王炎即被调回临安，陆游也转至成都任职。之后数年中，他在四川担任过一些闲散官职或代理地方官。感到挫折的陆游常放浪醉酒，又因此遭到攻击，受到处分。他也索性自号"放翁"。至淳熙五年（1178），陆游奉调还朝。

离川东归后，陆游曾任提举福建、江西二地常平茶盐公事，不久又遭弹劾而罢职。此后三十年中他虽断断续续几度复出，但大部分时间赋闲在乡。宁宗嘉泰初权臣韩侂胄力主北伐，已七十多岁的陆游最后一次复出，官至秘书监、宝谟阁待制。但他终究也没有盼到北伐的胜利，八十五岁那年一病不起，在临终前留下了一首《示儿》诗：

死去元知万事空，但悲不见九州同。王师北定中原日，家祭无忘告乃翁。

陆游是古代名诗人中留下作品最多的一位，其《剑南诗稿》收诗九千余首。他享年高而经历广，诗歌所涉及的内容十分丰富。其中最引人注目的主题，是渴望投身于抗金事业并由此实现个人的功业理想。而由于南宋在与金人的军事对抗中处于劣势，主张妥协求和的主张通常占据上风，这类诗总是既热情奔放，又充满悲愤。而与此相对应，陆游也写了许多描绘乡村风情、自然景物，表现日常生活的诗篇，这类诗大抵呈现出闲适恬和的情调。这种特征，固然与士大夫文学的传统趣味有关，同时也因为陆游一生中有很长时间罢职闲居，沉浸于恬静的乡村生活成为他内心的安慰。上述两类风格不同的诗作，合成了陆游诗的基本面目。

前一个主题的诗歌在很大程度上反映着自北宋灭亡以来民族的共同情绪，但和同时代的同样也关注民族忧患的诗人杨万里、范成大等不同，陆游的这类诗作一是更直接地代表了主战派的心声，对于统治阶层中主张妥协求和的一派，常常发出尖锐的抨击；一是更富于行动的欲望，从早年的"战死士所有，耻复守妻孥"（《夜读兵书》），到晚年的"一闻战鼓意气生，犹能为国平燕赵"（《老马行》），都表达了直接投入抗金战事的渴望。因而这类诗有着很强烈的英雄主义色彩，如下二例：

和戎诏下十五年，将军不战空临边。朱门沉沉按歌舞，厩马肥死弓断弦。戍楼刁斗催落月，三十从军今白发。笛里谁知壮士心，沙头空照征人骨。中原干戈古亦闻，岂有逆胡传子孙。遗民忍死望恢复，几处今宵垂泪痕。（《关山月》）

早岁那知世事艰，中原北望气如山。楼船夜雪瓜洲渡，铁马秋风大散关。塞上长城空自许，镜中衰鬓已先斑。《出师》一表真名世，千载谁堪伯仲间！（《书愤》）

宋诗长期存在抑制激情的倾向，而在陆游这类诗中上述倾向得到了改变。这不仅因为洗雪民族耻辱、恢复中原终究是公认的道德正义，激情发越的背后有可以预见的社会支持，而且也和诗人的个性相关。对于军旅生活的想象总是容易引起陆游的兴奋，投身壮烈的战争实际也被理解为对凡庸人生的超越。像《金错刀行》所写"黄金错刀白玉装，夜穿窗扉出光芒。丈夫五十功未立，提刀独立顾八荒。京华结交尽奇士，意气相期共生死"一类诗句中，可以清楚看到个人形象的浮凸。中年在南郑服务于王炎军幕的短暂经历在陆游心中留下了深刻的烙印，他自陈自己的诗风由此而大变。然而《自述》诗对"四十从戎驻南郑"的具体回忆，却集中于军中生活的豪宕不羁，包括"酣宴"、"纵博"乃至"宝钗艳舞光照席"，这很能说明陆游对士大夫传统中充满拘谨、虚饰的生活程式的厌倦。不过话说回来，陆游虽然自号"放翁"，其实又并不能真正摆脱正统观念的拘局，在讴歌自己的英雄理想的时候，他还是常常要向着符合正统观念的立场摆动一下，以防脱轨。就像《金错刀行》中说到"千年史策耻无名"之后，马上又补上"一片丹心报天子"。总之，若与宋代一般文人相比，陆游诗较富纵放豪宕的气概，若与辛弃疾词相比，还是多了一点迂腐气味。

另一类型的作品常常是陆游在报国无门的情况下一种无奈的寄托。不过，水光山色，田园风情，终究也是陆游所喜爱的，他能细心地体会出其中的生机和情趣，不少诗都写得很有情致。像《游山西村》：

莫笑农家腊酒浑，丰年留客足鸡豚。山重水复疑无路，柳暗花明又一村。箫鼓追随春社近，衣冠简朴古风存。从今若许闲乘月，拄杖无时夜叩门。

这诗作于陆游在孝宗乾道初年于隆兴府通判任上被罢职还乡时。诗中将他家乡的一个小山村写得既像是陶渊明笔下的桃花源，却又更朴实平凡一些。在对农家淳厚简朴的生活的赞美中，诗人设想着这或许可以成为心灵的安顿。但"从今若许闲乘月"云云，实际还是透露了一种寂寞和不甘，只是写得很淡，不易察觉而已。第二联写景之句既朴素又精巧，且寓含超越诗歌本身内容的普泛性哲理，深得读者的喜爱。陆游诗中写自然风光、日常生活的精美对句颇多，堪与此联媲美而同样有名的例子，是《临安春雨初霁》中的"小楼一夜听春雨，深巷明朝卖杏花"。

陆游早年学诗于曾几，江西诗派的作风对他有一定影响。对诗歌语言的精细考究，喜欢运用典故、化用前人的诗句的习惯，其实到老也未完全消除，只是他并不肯把自己禁锢在这一圈牢中，尤其中年以后，他的诗风有很大的变化。一方面他广泛学习了前人之长，从他诗中可以看到李白的奔放、杜甫的深沉和精练，也可以看到白居易闲适诗的轻快的调子；另一方面，如他的名言"工夫在诗外"（《示子遹》）所表示的，他强调诗的妙处来自于丰富的生活经历和对现实世界的深切感受，而不主张模拟古人，所以在广泛汲取他人之长的同时更注意从自身的需要出发灵活运用。因而，陆游诗歌的风格具有多样化的面貌。大体说来，他的好诗以七言为多。其中七言古体往往写得热情奔放，而七言律诗尤为人称道，或以深沉郁勃的气格抒发报国之志、悲愤之情，或以简淡清丽的笔调描述自然景物和日常生活，前面所录的《书愤》和《游山西村》，可以作为两种类型的代表。

前人经常说及的陆游诗毛病，是他有时写得太快太多，不免有粗率滑易之作（晚年尤甚），这种不精心而作的诗往往自相蹈袭，令人生厌。所以陆游诗保存得那么多，对于其作为诗人声誉，未必是幸事。

陆游亦能词，虽然他对词没有对诗那样看重，但还是留下了一些佳作，如《钗头凤》：

红酥手，黄縢酒，满城春色宫墙柳。东风恶，欢情薄，一怀愁绪，几年离索。错、错、错。　　春如旧，人空瘦，泪痕红浥鲛绡透。桃花落，闲池阁，山盟虽在，锦书难托。莫、莫、莫。

这首词旧传是为他的被迫离异的妻子唐琬而作，近年有研究者提出与此无关。后说近是。不管怎样，词中把一对被阻隔的有情人的心理写得很感人。此外《诉衷情》写壮志难酬的悲愤，《卜算子·咏梅》以梅的形象自喻，表现一种清高孤傲的情怀，也都给人以鲜明的印象。

辛弃疾　辛弃疾（1140—1207）字幼安，号稼轩，出生于金人统治下的历城（今山东济南）。祖父辛赞仕于金，却一直以恢复中原为志，并以此教育辛弃疾。绍兴三十一年（1161）宋金交战时，二十二岁的辛弃疾参加了耿京领导的一支反金义军，并代表耿与南宋朝廷联络。在北归途中得知耿京被叛徒张安国所杀、义军溃散，随即率领少量精锐突袭敌营，把叛徒擒拿带回建康。这一壮举给他带来极高的声誉。

此后辛弃疾开始了在南宋的仕宦生涯。起初他并未受重用，但自三十三至四十二岁的十年间，他从知滁州始，以后接连在江西、湖北、湖南等地担任提点刑狱、转运使、安抚使一类重要的地方官职，这表明统治集团的高层对其才能并非没有认识。然而作为一个从北方归来的人，他的仕途经历在官场中是不合常规的；他的豪迈倔强的性格和执着北伐的热情，也使他难以在畏缩而圆滑的官场中牢牢立足。淳熙八年（1181）冬，他终于因受到弹劾而被免职，而后在上饶自筑的带湖别墅闲居了整整十年。

至绍熙二年（1191），辛弃疾才被再度起用，由福建提点刑狱迁为安抚使，然而仅仅两年光景，他又一次遭弹劾而罢职，这以后他迁居铅山，又闲居了八年。到嘉泰三年（1203）主张北伐的韩侂胄起用主战派人士，已六十四岁的辛弃疾出知绍兴府兼浙东安抚使，继而转为镇江知府。然而韩侂胄主持下的仓促北伐遭到可悲的大溃败，辛弃疾也一再受到攻击。这位一生以英雄自诩的词人最后在悲痛与失望中度过衰病晚景。

辛弃疾小于陆游十五岁，他的经历和文学作品的气质与陆游多有相似之处。但从两人不同的方面去看，或许更容易认识辛弃疾。首先，如辛弃疾自言"家本秦人真将种"（《新居上梁文》。按辛氏祖籍为甘肃狄道），其家世不具有深厚的士大夫文化传统，他又是在金人统治下的北方长大，也较少受到使人一味循规蹈矩的传统文化教育。在他身上，有一种浓郁的英雄豪杰之气，或者以正统眼光来看，他实是一个"枭雄"式的人物[①]。谏官对辛弃疾的弹劾，指控他"用钱如泥沙，杀人如草芥"（《宋史》本传），这虽然是恶意夸大，但仍可看出他的行为不守官场规则。陆游有妻亲爱，迫于母命而休弃之，遂伤怨至老，这在辛弃疾身上恐怕是不可想象的。再则，作为一个具有实干才能的政治家，辛弃疾多次主持"路"（相当于现在的省）一级地方军政实务，在湖南安抚使任上还曾亲自训练了一支"飞虎军"，他对抗金事业的追求，更强烈也更切实地包含着英雄之士乘风而起的志向。把辛的"了却君王天下事，赢得生前身后名"（《破阵子》）与陆的"千年史策耻无名，一片丹心报天子"相比，前者的自傲之态是十分明显的。辛弃疾不喜欢写诗而把全部精力投入词的创作，也正是因为这一体式更宜于表达激荡多变的情感。

---

① 陈廷焯《白雨斋词话》即云，辛氏"变则为桓温之流亚"。

宋词到辛弃疾手中得到又一次大改造。谈到词的所谓"豪放"风格，前人惯以苏辛并称。但苏轼词虽然境界开阔，却并不以热烈的情感表现为特征；基于老庄哲理的旷达，使他的词中的感情通常是由冲动归于平静。而辛弃疾词则总是充满炽热的感情，其基调即是英雄的豪情与英雄失志之悲。"道男儿到死心如铁。看试手，补天裂"（《贺新郎》），"算平戎万里，功名本是，真儒事，公知否？"（《水龙吟·甲辰岁寿韩南涧尚书》）这种勇毅和自信令人激动。而挫折引起的心潮涌动也是有力的，像《八声甘州》借李广自喻："汉开边，功名万里，甚当时、健者也曾闲！"纵使失望到颓废，他也并不能把冲动的感情化为平静，"身世酒杯中，万事皆空。古来三五个英雄，雨打风吹何处是，汉殿秦宫"（《浪淘沙》），这些看似旷达的句子，仍然传达出作者内心中极高期望破灭成为绝望时无法消磨的痛苦。永远不能在平庸中度过人生的英雄本色，伴随了辛弃疾的一生，也始终闪耀在他的词中。它奏响了宋词的最强音。下面所录《水龙吟·登建康赏心亭》是辛弃疾南归的第十二年重游当年南归的首站建康时所作：

楚天千里清秋，水随天去秋无际。遥岑远目，献愁供恨，玉簪螺髻。落日楼头，断鸿声里，江南游子，把吴钩看了，栏干拍遍，无人会，登临意。　休说鲈鱼堪脍，尽西风、季鹰归未？求田问舍，怕应羞见，刘郎才气。可惜流年，忧愁风雨，树犹如此！倩何人，唤取红巾翠袖、揾英雄泪。

这是对山河破碎的悲哀，对壮志成空的悲哀；怀着这样的悲哀看岁月无情地流去，令人更觉得怵目惊心。然而即使词人毫不掩饰地写他的人生失望，写他的痛苦和眼泪，也毫无柔弱之感，我们看到的是一个英雄绝不甘沉没的心灵。而直到他晚年出任镇江知府时所作《永遇乐·京口北固亭怀古》，仍然是壮怀激烈：

千古江山，英雄无觅、孙仲谋处。舞榭歌台，风流总被、雨打风吹去。斜阳草树，寻常巷陌，人道寄奴曾住。想当年，金戈铁马，气吞万里如虎。　元嘉草草，封狼居胥，赢得仓皇北顾。四十三年，望中犹记、烽火扬州路。可堪回首，佛狸祠下，一片神鸦社鼓。凭谁问：廉颇老矣，尚能饭否？

当时辛弃疾一面为将要爆发的宋金间的战争作准备，同时内心颇多忧虑。词中结合着京口的史迹、自己的往事和当下的处境抒发情怀，孙权、廉颇、南朝宋武帝刘裕、文帝刘义隆，这些古往人物和作者一起出现在词的空间中，诉说着历史曾经有过的壮观，曾经有过的"仓皇"，凝视着历史又将揭开的一幕。它的内涵之浑厚，精神之郁勃，令人无从赞美。

以上两篇在辛词中可说是最著名和最有代表性的，但我们说辛弃疾对宋词的改造，还不只是指他写了许多这种类型的作品。词到了辛弃疾手中，题材拓宽到几乎没有限制的程度，军国大事、人生哲理、田园风光、民俗人情、日常生活、友情或者恋情，甚至读书体会，任何别人用其他文学样式写的东西，他都可以用词来写。有的也许并不合适，但总体说来，他继苏轼之后开拓了词的更为广阔的天地。而辛词的风格虽说以雄伟奔放为最明显的特征，却也不止于此；随着内容、题材的变化和感情基调的变化，辛词的艺术风格也有各种变化。所以刘克庄《辛稼轩集序》说："公所作，大声鞺鞳，小声铿鍧，横绝六合，扫空万古，自有苍生以来所无。其秾纤绵密者，亦不在小晏、秦郎之下。"如著名的《摸鱼儿》以传统的婉媚风格写惜春与宫怨，又借此为象喻表现自己屡受打击的怨愤，用笔极为细腻。他的许多描述乡村风光和农人生活的作品，又以朴素清丽、活泼灵动见长。"城中桃李愁风雨，春在溪头荠菜花"（《鹧鸪天》），"七八个星天外，两三点雨山前"（《西江月》），此种朴实而爽利的笔调，是不易到的境界。下录其《清平乐》：

茅檐低小，溪上青青草。醉里吴音相媚好，白发谁家翁媪？　大儿锄豆溪东，中儿正织鸡笼，最喜小儿无赖，溪头卧剥莲蓬。

这是非常动人的一幅田园风情图画。南朝乐府有《三妇艳》一题，以"大妇"、"中妇"之举止衬出"小妇"的可爱，而辛弃疾翻用为乡人家三儿，尤为生趣盎然，人几不识其由来。

辛弃疾在词的语言运用上也作了有力的开拓。前人说苏轼是以诗为词，辛弃疾是以文为词，这并不准确，但确实也看到辛词的语言更加自由解放，略无拘束。它的第一个特点是形式松散，语义流动连贯。辛弃疾很少有意识地把句子写得特别紧缩，而喜欢在流贯的文脉中表现出情绪的起伏与律动。如《水龙吟》中"落日楼头，断鸿声里，江南游子，把吴钩看了，栏干拍遍，无人会，登临意"，虽习惯上按韵脚句断，其实意义和语气是一路连贯而下的，构成了很长的句子，让人感觉到情绪不可阻遏的奔涌。它的第二个特点是语言的成分多样，从浅俗的到优雅的，从民间俚语到夹杂许多虚词语助的文言句式，无施而不可。它的第三个特点是喜欢化用典故以及前人诗文中的语汇和成句。许多运用得恰到好处、浑成自然的例子，使词的内涵由此大为扩展。如前举《水龙吟·登建康赏心亭》的下阕，连用张翰、刘备、桓温的故事，借古人的形象从不同角度展示了作者的内心，意味非常丰厚。同时，这种写法也体现着辛弃疾的历史感。

概括说一句就是：词到辛弃疾，真正进入了自由的境界，为后人留下了广阔的发展余地。

当时与辛弃疾有私人交往的陈亮与刘过词风也与辛弃疾相近，他们加上另外一些作者，常被称为"辛派词人"。不过，他们的艺术水准距辛弃疾相当远。

三、南宋后期诗词

南宋中期的著名诗人和词人范成大、杨万里、辛弃疾、陆游在1193至1209年的十余年间相继去世，这标志了一个文学时代的终结。

在这期间所发生的政治大事件也对文学变化的动向有着相当的影响。其一是韩侂胄于宁宗开禧二年（1206）发动的北伐战争遭到惨败，南宋以更为屈辱的条件获得暂时的苟安，这使得朝野士大夫恢复中原的梦想日益暗淡下去。辛、陆那种富于英雄主义精神的激昂声调虽然还有人继承，却终究是不那么响亮了。一是这以后史弥远擅权，钳制言论，制造文祸，也促使社会思想文化趋向消沉。南宋后期的文学家大多社会地位较低，流连光景，吟咏风情，自然更容易成为他们创作的中心。

从生活年代来说，年辈虽比辛、陆诸人为低而去世时间与之相近的姜夔，本也可以视为中期作家，但其词作以日常生活、自然风光为主要题材，抒情风格委婉而低沉，语言形式讲究工丽精巧的特点，却引导了南宋后期词的方向。活动年代稍后的"四灵"在诗的领域内，也强化了对形式美的追求。

南宋后期诗歌创作成就不高，却显示了一个重要动向，即摆脱往日宋诗的主流而试图向着唐诗的传统归复，这已开元明诗复古尊唐倾向的先声。正是在这种背景下，出现了文学理论史上的重要著作——严羽的《沧浪诗话》。

严羽论诗立足于它"吟咏性情"的基本性质，而《福建文苑传》亦以"扫除美刺，独任性灵"总括严氏诗论。《沧浪诗话》全书完全不涉及诗与儒道的关系及其在政治、教化方面的功能，而重视诗的艺术性和由此造成的对人心的感发，这与理学家的文学观恰成对立。根据上述宗旨，严羽针对江西诗派的"以文字为诗，以才学为诗，以议论为诗"提出了尖锐的批评，并由此涉及了宋诗的具有普遍性的弊病，认为"本朝人尚理而病于意兴"，对苏轼、黄庭坚都表示了相当的不满。在揭示宋诗的主要弊病方面，严羽的批评是很有力的。

同时，他借用禅宗的思想方法和语言，提出"诗有别材，非关书也；诗有别趣，非关理也"，认为作诗之道，在于"妙语"——即超乎理性认识、逻辑分析的直觉体验，并以盛唐诗为最高标准，要求达到一种"羚羊挂角，无迹可求"即不能从具体文字去追寻而必须从整体上去体味、富于言外之韵的浑然高妙的境界。他敏锐地意识到诗歌的构思与欣赏都与逻辑思维不同，既不是知识积累的结果，也不是理论分析的结果；诗歌的语言，在根本上不是说明性的，而是暗示性的。《沧浪诗话》较前人在更深的层面上触及了诗歌理论方面最具核心意义的问题，对后世创作实践和诗歌理论都产生了很大影响。

姜夔与吴文英 姜夔（约1155—约1209）字尧章，号白石道人，鄱阳（今江西波阳）人，出身于一个小官僚家庭，少有才名却屡试不中。他精于书画，擅长音乐，能诗词，善文章，一生漂泊江湖，依傍于爱好文艺的高级士大夫，靠他们的资助度日，其身份介乎友人与门客之间。他曾自言"凡世之所谓名公巨儒，皆尝受其知矣"（周密《齐东野语》），似乎颇为自豪，但在那样的生涯里要说畅心快意总是难的，而几分矜持与清高则为维护尊严所必需。

这种特殊的生活方式造就了姜夔的个性，也影响了他的词的艺术。范成大谓其"翰墨人品，皆似晋宋之雅士"（周密《齐东野语》），这显然是指其具优雅气质，至于晋宋间士人贵族化的放任，则是与他无缘的。而对他的词，过去人常用"清空"二字评价，这大致由四个方面的因素构成：一是词中的情感，多属于文人士大夫那种高洁清雅的意趣，即很少有世俗的香艳繁杂，也很少有豪壮激烈的情怀；二是表现手法，多追求言外之意、空灵的神韵，而避免质实粗重的笔触；三是词中的语言、意象，多数不是色彩鲜丽或雍容华贵的，而是偏向于淡雅素净；四是词的意境，一般都避免过于狭小逼仄或密集拥挤，而以疏朗开阔居多。所以张炎《词源》中以"野云孤飞，去留无迹"形容他的词风，而周济《宋四家词序论》则说他"清刚"、"疏宕"。

姜夔写过一些表现民族忧患的词作，但即使这类词也大致不脱其基本的风格。如他在淳熙三年（1176）路过扬州所写的《扬州慢》：

淮左名都，竹西佳处，解鞍少驻初程。过春风十里，尽荠麦青青。自胡马窥江去后，废池乔木，犹厌言兵。渐黄昏，清角吹寒，都在空城。　杜郎俊赏，算而今重到须惊。纵豆蔻词工，青楼梦好，难赋深情。二十四桥仍在，波心荡、冷月无声。念桥边红药，年年知为谁生！

词中写出扬州这一名城在金兵南侵后的荒凉景象和人们对战争的厌惧，并引入杜牧赞美扬州的浪漫与繁华的诗意作为反衬，格外增添了伤感。是年姜夔二十多岁，但词中并无年轻人的昂奋的情调，而只有无奈的感慨、哀愁的叹息。意境是衰凉的，又带着几分虚渺，这是战争留下的精神创伤，也是作者个性的反映。

姜夔三十七岁那年做客范成大的石湖别墅，作《暗香》、《疏影》二曲，获范氏激赏，遂将家伎小红赐嫁于他。归途中姜夔作《过垂虹》诗，有"自作新词韵最娇，小红低唱我吹箫"之句。由这一文学史上有名的风流故事可以见到姜氏的生活样态，而那两首词也是姜词中具有代表性的名作。兹录《暗香》：

旧时月色，算几番照我，梅边吹笛？唤起玉人，不管清寒与攀摘。何逊而今渐老，都忘却、春风词笔。但怪得、竹外疏花，香冷入瑶席。　江国，正寂寂。叹寄与路遥，夜雪初积。翠尊易泣，红萼无言耿相忆。长记曾携手处，千树压、西湖寒碧。又片片吹尽也，几时见得？

词的内容大致是对梅怀旧兼以梅喻人,但写得比较朦胧,所怀之人究为实有所指还是词境中的虚构,也无从判断。全篇结构细腻精巧。上阕先通过月色和梅花,勾连现在和过去,然后转入同"玉人"月下摘梅的回忆,随即又转到现在,自比何逊,表示对美景无从下笔,后面却又说梅香不断沁入,撩人情思,欲罢不能。下阕开头宕开一笔,马上再切入对故人的思恋之情,然后写出回忆中的另一幅景象——西湖携手赏梅,最终回到现在,惋惜梅花片片零落,不知何时再开,暗暗绾合相忆之人不知何时重逢的意思。全篇不断在过去、现在之间作往复摇曳,又在这种往复摇曳中不断拓开,写得清丽委婉而又空灵缥缈。这种把咏物与抒情密切结合、虚实相生的词作在姜词中占有不小的比例,亦为后人所喜爱和效仿。

《暗香》篇变化跌宕、错落有致的结构,是姜词一种特色的表现。另外,讲究字句的锤炼也是姜词的特色。《扬州慢》中"波心荡、冷月无声"写荒城的空寂之感,《暗香》中"千树压、西湖寒碧"写雪后一片梅花低垂的幽姿,另如《点绛唇》中"数峰清苦,商略黄昏雨"写黄昏中几座寥落的山峰间云雾缭绕雨欲来的气氛,无不精深微细,动词的运用尤其新异而深切。

姜夔精通乐律,不仅能够按词律填词,还能修正旧谱,并用各种方法创制新曲来填词,这样就比一般词人更多了一层自由,可以在保持音节谐婉的条件下相对自由地选择句式长短及字的平仄,因而更便于他写出好词来。上举《扬州慢》和《暗香》都是自度曲。

姜夔也有诗名,后来被列入"江湖诗派"中。他善于锤炼字面,使字句精巧工致而不落痕迹,一些绝句写得清妙秀远,与其词有相近的风韵,如《除夜自石湖归苕溪》:

细草穿沙雪半销,吴宫烟冷水迢迢。梅花竹里无人见,一夜吹香过石桥。

南宋后期词的又一名家是比姜夔约晚一辈的吴文英(生卒年不详),字君特,号梦窗,四明(今浙江宁波)人,他和姜夔一样终生未入仕途,做过贾似道、吴潜、史宅之等显贵的门客。词中不少应酬唱和之作甚无意味,而写得较好的则是一些怀念旧时恋情的作品。

吴文英也精通乐律,十分注重词的音乐特性,能作自度曲,但其词风与姜夔有很大不同，如果说姜夔的词以清雅疏宕为特色，那么吴文英的词则以密丽深曲为特色。大致说来，吴文英的词有如下一些特点：色彩比较秾丽明艳，意象比较密集，喜用代字（如下例中"片绣"代指落花），语意紧缩，意脉断续跳跃，因而不是很容易读懂。这与李商隐等人的诗风有某种关联，在词史上则是沿温庭筠、周邦彦一绪而加以变化。兹以《渡江云·西湖清明》为例：

> 羞红颦浅恨，晚风未落，片绣点重茵。旧堤分燕尾，桂棹轻鸥，宝勒倚残云。千丝怨碧，渐路入、仙坞迷津。肠漫回，隔花时见，背面楚腰身。　　逡巡。题门惆怅，堕履牵萦，数幽期难准。还始觉、留情缘眼，宽带因春。明朝事与孤烟冷，做满湖、风雨愁人。山黛暝，澄波澹绿无痕。

这首词回忆他与杭州一歌女相识时的情形，字面十分华丽，但时间、空间的关系以及人、景、情的过渡、转换都不太清楚，未免令人感到晦涩。但细读细想，却也能从闪烁跳跃的辞采中感受到丰富的情感内容。

后人对于吴文英词的评价，往往褒贬不一，相互冲突。张炎《词源》谓其"如七宝楼台，眩人眼目，碎拆下来，不成片段"，而周济《宋四家词选》则称许"梦窗词奇思壮采，腾天潜渊，返南宋之清泚，为北宋之秾挚"。吴文英写词的手法，长处是能够锻炼出很精练的句子，容纳较大密度的内涵，造成色彩缤纷的境界和扑朔迷离的气氛；而且正如周济所论，这种词字面上的秾丽与抒情的深挚是有关系的。但从吴词脉络过于隐晦，有时令人感觉一片光怪陆离，在理解字面上太耗费精力这些毛病来说，张炎的批评也不是毫无道理，只是未免贬之太甚。

吴文英喜作长调，他的三首《莺啼序》均为四叠二百四十字，是词中前所未有的宏大篇制，这不仅显示了作者善于铺叙的能力，也表现了在抒情上追求充分的倾向。

永嘉四灵与江湖诗派　南宋宁宗、理宗年间，杭州书商陈起成为诗坛上的一个核心人物，是文学史上引人注目的现象。作为富商兼诗人，陈起喜欢结交文人雅士，喜欢刻印诗集，又常借书、送书给人，他的书铺遂成为许多诗人来来往往的联络枢纽。叶茵《赠陈芸居》诗说他"得书爱与世人读，选句长教野客吟"，又称赞他"江湖指作定南针"，可见其在所谓"江湖诗人"心目中的地位。

在南宋后期重要的诗人群体中，陈起刻印了叶适所编的《四灵诗选》，又搜集选择了一部分诗人的集子以《江湖集》的总名刻印，以后又续刻了《江湖后集、续集》，前人或通称为《江湖诗集》。分别来说，"永嘉四灵"与"江湖派"不是同一概念，但在广义上前者也被归为"江湖诗人"。

"永嘉四灵"指赵师秀、徐玑、徐照、翁卷四人。他们都是古永嘉郡地域（今浙江温州周围）人，字或号中都有一个"灵"字，遂有斯称。四人或仅为薄宦，或终生未仕。他们诗歌主张与江西派针锋相对，反对依据书本知识来作诗，但也并不走"诚斋体"轻快滑易的路子，而是以贾岛、姚合作为楷模，崇尚"苦吟"。所以他们的诗作体式上以五律为主，题材上多写自然景物，喜欢在清远幽寂的意境中表现淡泊脱俗的人生情趣。

"四灵"写诗苦心雕琢推敲，有些诗句写得很精巧，像赵师秀的"地静微泉响，天寒落日红"（《壕上》），徐玑的"殿静灯光小，经残磬韵空"（《宿寺》），翁卷的"数僧归似客，一佛坏成泥"（《信州草衣寺》），徐照的"千岑经雨后，一雁带秋来"（《山中即事》），都能写出细致的感觉。但他们的诗大多情感收敛，境界狭窄，意境、词语常有雷同重复，难以有杰出的创造。"四灵"本因叶适的表彰而出名，但叶适后来也批评他们是"敛情约性，因狭出奇"（《题刘潜夫南岳诗稿》）。

四人中以赵师秀享誉最高，他的诗面目略为丰富，七绝《约客》尤以富于韵味而广为传诵：

黄梅时节家家雨，青草池塘处处蛙。有约不来过夜半，闲敲棋子落灯花。

"四灵"只是一个小诗人的小群体，但在当时影响却颇广。因为他们代表了一种反拨宋诗主流风格、向唐诗复归的努力；他们对诗歌形式美的高度重视，也具有隔断道统文学观之侵蚀的意义。所以尽管成就有限，在整个诗史的演变中却是一个值得注意的环节。

所谓"江湖诗派"是由陈起刊行《江湖集》而得名的。这些诗人其实是一个关系非常松散的群体，其中如姜夔不仅年辈较早，而且与陈起等人并无交往；他们也没有明确提出过大家公认的诗学主张，所以并不是严格意义上的诗歌流派。大概而言，这些诗人大多有过漂泊江湖的经历，一般都不大喜欢江西派的作风，是他们共同的特点。在这一诗人群中最著名的为戴复古和刘克庄。

戴复古（1167—？）字式之，号石屏，一生以布衣的身份游历四方。他的诗有不少反映民间疾苦和抨击朝政之作，像《织妇叹》、《庚子荐饥》等，指责时弊都很尖锐。而在诗歌艺术方面，他主张"须教自我胸中出，切忌随人脚后行"（《论诗十绝句》），取式较广而不专主一家一派。从体式来看，他虽然五律写得最多，但也并不专注于此，歌行体，五古，五、七言近体都有。他对诗歌语言更不像"四灵"那样用力雕琢，反而是常用口语和俗语（其《望江南·自嘲》词有"杜陵言语不妨村"之句），虽有时显得粗糙，但有时则能够在浅白中写出浑厚的韵味，达到相当高的境界。如《三山宗院赵用父问近诗……》篇中"利名双转毂，今古一凭栏。春水渡旁渡，夕阳山外山"二联，就是这种佳例。又像下面这首《夜宿田家》：

> 簦笠相随走路歧，一春不换旧征衣。雨行山崦黄泥坂，夜扣田家白板扉。身在乱蛙声里睡，心从化蝶梦中归。乡书十寄九不达，天北天南雁自飞。

诗中写漂泊浪游的生活和情感都非常真实，这种题材本来很容易走到杜甫的套路上去，但此诗却毫无模仿的痕迹，让人感到亲切有味。

刘克庄（1187—1269）字潜夫，自号后村居士，莆田（今属福建）人，早期多年任低级官职或为人作幕僚，淳祐间赐同进士出身，官至工部尚书。在以"江湖"为名称的诗人群中，他是少有的达到显达地位的一个。其诗最初学"四灵"，后来嫌他们的格局太小，于是广泛汲取唐宋各家。刘克庄对诗的看法似乎很通达，感觉唐人的诗很好，"本朝"各名家的也很好，没有偏好偏恶。他自己的诗从好处来说是格局较大，气势较开阔，题材较丰富并较多触及社会重大问题，从缺点来说是没有自己的个性特征；由于他贪多务得，草率之作也不少。下面所录《乌石山》诗回忆儿时生活并由此感慨人生，写得朴素而有情趣：

> 儿时逃学频来此，一一重寻尽有踪。因漉戏鱼群下水，缘敲响石斗登峰。熟知旧事惟邻叟，催去韶华是暮钟。毕竟世间何物寿，寺前雷仆百年松。

刘克庄也有词名，风格颇受辛弃疾影响。但和一般学辛词的人一样，有以粗率为豪爽的毛病。

作为江湖派核心人物的书商陈起有些诗也写得很不错，譬如《买花》：

今早神清觉步轻，杖藜聊复到前庭。市声亦有关情处，买得秋花插小瓶。

文字不够精致，但通过一件日常琐事所表现的生活情趣却真实而有味；写"市声关情"令人想到作者的商人身份，这也颇有意思。另外，叶绍翁在江湖诗人中不算出名，但他的《游园不值》清丽而带有理趣，是妇孺皆知的名作：

应怜屐齿印苍苔，小扣柴扉久不开，春色满园关不住，一枝红杏出墙来。

周密、张炎、王沂孙　周密、张炎、王沂孙都是由宋入元的词人，他们以一种清婉而凄楚的调子吟唱出宋词最后的声音。

周密（1232—1298）字公谨，号草窗，曾当过义乌令，入元后不仕。他和吴文英并称"二窗"，但其词风实远于吴文英而更接近姜夔；不过他虽有姜夔词清丽低婉的特色，却写不到那么精微。下录其《玉京秋》：

烟水阔。高林弄残照，晚蜩凄切。碧砧度韵，银床飘叶。衣湿桐阴露冷，采凉花时赋秋雪。叹轻别，一襟幽事，砌蛩能说。　客思吟商还怯。怨歌长、琼壶暗缺。翠扇恩疏，红衣香褪，翻成消歇。玉骨西风，恨最恨、闲却新凉时节。楚箫咽，谁倚西楼淡月。

此篇为宋亡前的作品，写秋时客居临安的愁绪。词中能感受到人生失意的哀怨，但尽可能写得含蓄委婉，主要通过景物来映衬。与姜夔词相比，它的层次显然不够曲折丰富，像上阕的写景，虽然很漂亮，但只是在单一层面上延展。宋亡以后的词作，则较多表现了亡国之恨，情绪要显得浓厚一些，内涵也比较清楚，《一萼红》："回首天涯归梦，几魂飞西浦，泪洒东州。故国山川，故园心眼，还似王粲登楼。最负他、秦鬟妆镜，好江山、何事此时游！"不过这种感慨不是化为激情喷涌而出，更多的是一种无奈的伤感。

张炎（1248—？）字叔夏，号玉田，又号乐笑翁，其家世代名宦，早年过着贵公子的优游生活；宋亡后不仕，漂泊四方，潦倒而终。

张炎作有《词源》，为词学名著。他论词推重姜夔，标榜"骚雅"、"清空"，所作也较能得姜夔之长处，善于把浅白的语言写得精巧，善于用象征的手法、在虚实不定的意境中抒发感情。他现存的词大多作于宋亡之后，因为家世的关系，写景抒情中常带有深沉的亡国之痛，情调凄凉。如《高阳台》写西湖春暮，用很传统的惜春笔调开头，而后一层层渲染出一片凄凉衰飒的气氛，终了归结于"无心再续笙歌梦"，甚至"怕见飞花，怕听啼鹃"，写出很深的哀痛。而《解连环·孤雁》则是以咏物为象征的写法：

楚江空晚。怅离群万里，恍然惊散。自顾影、欲下寒塘，正沙净草枯，水平天远。写不成书，只寄得、相思一点。料因循误了，残毡拥雪，故人心眼。　谁怜旅愁荏苒。谩长门夜悄，锦筝弹怨。想伴侣、犹宿芦花，也曾念春前，去程应转。暮雨相呼，怕蓦地、玉关重见。未羞他、双燕归来，画帘半卷。

这形单影只、惊恐交集、思慕群侣的孤雁，正是作者在时代的巨变中一种无依无靠、不知何终的心境的写照。

王沂孙（生卒年不详）字圣与，号碧山，入元后曾任庆元路学正。他的咏物词最为著名，现存词作亦以此类为最多。王氏咏物有强烈的特点，他总是将自身的情绪渗透在关于对象的描摹或有关典故的铺写中，通过暗示关系使那些片断组合成完整的意境；他所表达的情绪又很微妙复杂，所以词的结构特别地曲折，语言也特别地精细。下以《齐天乐·蝉》为例：

一襟余恨宫魂断，年年翠阴庭树。乍咽凉柯，还移暗叶，重把离愁深诉。西窗过雨，怪瑶佩流空，玉筝调柱。镜暗妆残，为谁娇鬓尚如许？　铜仙铅泪似洗，叹移盘去远，难贮零露。病翼惊秋，枯形阅世，消得斜阳几度？余音更苦，甚独抱清商，顿成凄楚？漫想薰风，柳丝千万缕。

在这词中寄托了故国之思和对个人身世的哀痛，同时融合了世事无常、兴亡盛衰不由人意的沧桑感，但字面上始终不离蝉的形象和有关典故，写得时隐时显。这种笔法恐怕主要不是缘于环境的压力（元朝统治者对这类文学作品并不在意），而是缘于矛盾和忧郁的情怀。语言在诉说故国怀

文天祥及汪元量　在南宋覆灭的日子里,文天祥作为殉国者,汪元量作为遗民,以不同的声调写下了宋诗最后的篇章。

文天祥(1236—1283)字宋瑞,别号文山,庐陵(今江西吉安)人,二十岁中进士第一名,蒙古大军进逼临安时,被委为右丞相兼枢密使。随后即至元军中谈判,被扣押。后脱险南逃,继续从事复国活动,再度因兵败被俘,押到大都(今北京)囚禁四年,因不肯屈降,终于被杀。

对南宋的覆亡无可逆转这一严酷事实,文天祥是有认识的;甚至,他也并不反对自己的亲人出仕元朝,认为这在道义上也是各有所取①。但即便如此,他仍然坚持自己的人生选择,鞠躬尽瘁,继之以死。这种高贵的人格精神在其相关的诗篇中有着强烈的表现,如著名的《过零丁洋》:

辛苦遭逢起一经,干戈寥落四周星。山河破碎风抛絮,身世飘摇雨打萍。惶恐滩头说惶恐,零丁洋里叹零丁。人生自古谁无死,留取丹心照汗青。

诗中将个人身世之悲与国家危亡之悲融为一体,交织着悲怆、哀婉、激奋、绝望等种种复杂的心情,给人以很深的感动。他的《正气歌》以一系列历史人物的事迹赞誉威武不能屈、富贵不能淫的凛然气节,表明自己要以此"正气"抵御狱中种种邪气的侵袭,保持人格的完整,也成为诗史上传诵的名篇。

汪元量是供奉内廷的琴师,元灭宋后,跟随宋王室被掳至北方,后来当了道士,南归钱塘,不知所终。在这种特殊经历中,他的《醉歌》十首、《越州歌》二十首、《湖州歌》九十八首,用七绝联章的形式,每一首写一事,分别记述了南宋皇室投降的情形、战乱对江南社会的破坏,和他北上途中所见所闻,有"宋亡之诗史"(李珏《湖山类稿跋》)之称。这类诗多以朴素的语言白描叙事,却每每内涵着深重的伤痛,如《醉歌》中的一篇:

乱点连声杀六更,荧荧庭燎待天明。侍臣已写归降表,臣妾佥名谢道清。

---

① 如他赠二弟文璧(璧仕宋而降元)的《闻季万至》诗,以"三仁生死各有意"指他们兄弟的不同选择,又其《狱中家书》也说这是"惟忠惟孝,各行其志"。

诗中据实直书谢太后屈辱地签署降书一事,而讥刺之意,悲悯之情,以及作为宋人的耻辱感,尽在其中。此外,他还有许多诗篇以怀古伤今的方式抒写了心中的悲哀,如《彭州》之感慨"歧路茫茫空望眼,兴亡滚滚入愁肠",《戏马台》之悲叹"欲吊英灵何处在,髑髅无数满长洲"等等。汪元量本非修养深厚的诗人,所作并不以修辞的精深见长,但诗中那种沧桑感和亡国之痛,没有亲身经历这一切的人是难以感受到的。

四、宋代的小说与戏曲

宋代城市与商业的发达,对文学产生了多方面的影响。在前面我们曾说及城市中歌妓的演唱与词的传播的关系,书商选刻诗集与诗歌风气的关系,而更明显的则是由此刺激了市民文学的兴盛。据宋人笔记记载,在以北宋都城汴京和南宋都城临安为中心的城市中,普遍建有被称为"瓦舍"的娱乐场所,"瓦舍"中又分设若干"勾栏",演出各种各样的伎艺,杂剧和"说话"是其中最重要的两项,它们有力地促进了古代戏曲和白话通俗小说的成长。而文人所作的文言小说,也因受市民文学的影响产生了一些新的变化。

宋代的说话艺术与通俗小说 "说话"即讲故事的伎艺在唐代就有了,而从宋代文献来看,当时说话艺术已经广泛流行于民间。孟元老《东京梦华录》和耐得翁《都城纪胜》都记载了宋代说话的各种分类名目,其中最重要的是"小说"和"讲史"①,而周密《武林旧事》记临安一地讲小说的名家就有五十二人,讲史的名家亦有二十三人。

说话人所用的底本以及仿照这种文本写成的小说便是话本小说。由于现在能够看到的话本最早刻行于元代(以前认为保存有宋话本的《京本通俗小说》,许多研究者认为系"发现者"缪荃孙伪造,这基本上可以确定),

---

① 《都城纪胜》将"说话"分为四家,但由于原文不甚明晰,对另二家的名目多有争议;依鲁迅《中国小说史略》的划分,则为"说经"和"合生"。

所以很难对宋代白话小说的情况作出具体评价。但根据文献记载，元代所刻讲史话本的内容有些在宋代就已流传，这是毫无疑问的；明人所编小说类话本集中，有些作品标明源出于宋人之作，也可以作为间接的考察途径。如《警世通言》中《崔待诏生死冤家》一篇，题下注："宋人小说题作《碾玉观音》。"《醒世恒言》中《十五贯戏言成巧祸》一篇，题下注："宋本作《错斩崔宁》。"即使小说的文字已经被改写过了，但主要人物和基本情节该是原来就有的（否则就无须作那种说明）。而从这两种故事的人物与情节，就可以看出浓厚的市井生活趣味。特别是《碾玉观音》写一个王府中的"养娘"果敢地追求府中的玉匠，被打死后鬼魂仍寻来与自己所爱之人同居，到了极无奈时，宁可抓住他同去做鬼，那种热烈的个性是十分感人的。总之，虽然我们现在不太清楚宋代白话通俗小说的实际情况，但它对这类小说的发展无疑起过相当大的作用。

宋代的文言小说　宋代文人所作文言小说大体仍可分为志怪与传奇两类。明胡应麟《少室山房笔丛》论唐宋文言小说之区别，谓："唐人以前纪述多虚，而藻绘可观；宋人以后论次多实，而彩艳殊乏。"大致，想象力较弱，文字过于平实，又多寓教训之意，是宋代文言小说较普遍的弱点。论其原因，鲁迅谓是"士习拘谨"（《中国小说史略》）。如乐史所作《绿珠传》，虽是传奇之体，但故事情节相当简单，而教训的议论却不少，且如鲁迅所言态度"严冷"（同前）。

但宋代文言小说中的一部分作品有向"说话"靠拢的倾向，这仍值得重视。如写隋炀帝故事的《大业拾遗记》、《隋炀帝海山记》、《炀帝开河记》、《隋炀帝迷楼记》四篇就是明显的例子。这些小说作者不明，或托名唐人，而鲁迅《中国小说史略》判断为宋人作品。小说主要描述炀帝纵恣失政以至败亡的事迹，但情节多为虚构，立意也并非严肃的政治批判。鲁迅说："帝王纵恣，世人所不欲遭而所乐道，唐人喜言明皇，宋则益以隋炀。"对想象中的帝王生活的兴趣，才是这些小说的核心；而在描写炀帝面临败亡的哀伤时，小说也渗透了具有普遍意义的人生无常的伤感。如《迷楼记》写到炀帝在江都听到宫人夜中唱喻示杨氏当灭、李氏将兴的童谣时，饮酒自歌曰："宫木阴浓燕子飞，兴衰自古漫成悲。他日迷楼更好景，宫中吐艳恋红辉。"这种预知迷楼必将易主、来日虽有"更好景"却尽属他人的悲哀，是很深重的。

由于注重趣味，这些小说在细节的描写上每有出色之处，如《大业拾遗记》中的一节：

> 长安贡御车女袁宝儿，年十五，腰肢纤堕，骏冶多态，帝宠爱之特厚。……时诏虞世南草《征辽指挥德音敕》于帝侧，宝儿注视久之。帝谓世南曰："昔传飞燕可掌上舞，朕常谓儒生饰于文字，岂人能若是乎？及今得宝儿，方昭前事。然多憨态。今注目于卿，卿才人，可便嘲之。"世南应诏为绝句曰："学画鸦黄半未成，垂肩鲜袖太憨生。缘憨却得君王惜，长把花枝傍辇行。"上大悦。

如鲁迅所评，这种描写堪称文笔明丽而情致绰约（见《中国小说史略》）。

从总体上说，上述几篇小说跟民间"讲史"的兴盛应有密切的关系。后来的《隋唐志传》、《隋唐演义》也正是在这一基础上增饰而成的。

宋代文言小说中描述普通民众生活的作品，也有不少具有跟话本小说相通的特点。如《青琐高议》所收的《张浩·花下与李氏结婚》①便是一例。小说作者不明，叙张浩慕李氏女美色，与之私结婚姻之约，李女向张索其亲笔所写诗为凭证；后张浩的叔父为张另谋聘娶，李女即持所得凭证讼于官府，获得认可而与张浩成婚。这篇小说写得比较粗糙，情节也不大合理，但它把男女双方私下订立的婚约作为婚姻的合理甚至是合法的根据，却是后来俗文学中常见的婚姻观念，也是一种市井趣味的反映。在体式上，这篇小说于叙事过程中多夹杂诗词，也与传世话本小说相似。《青琐高议》中有好多篇是这种体式的，研究者或径称为"话本体小说"，当否不论，这类小说与"说话"、话本关系密切是可以肯定的。

要之，宋代文言小说虽然艺术水准不高，但其与俗文学相互渗透而呈现出某些新的特点，在文学史上却是重要的现象。也正因此，后代通俗文学每每在这里寻取素材，如罗烨《醉翁谈录》中的《苏小卿》、《王魁传》所叙故事，在元以后戏曲中久演不衰。

---

① 《青琐高议》每篇正题下均标有七字俗语的副题，研究者多认为与俗文学的影响有关。

宋代的戏曲　从文学史的角度来看，成熟的戏曲文学要到元代才出现，但在整个中国古代戏曲的发展过程中，宋代也是一个重要的时期。

在宋代以前，唐五代的"参军戏"已经具备某些戏剧成分。参军戏有"参军"、"苍鹘"一正一副两种角色，通过对话、动作表演诙谐滑稽的内容，现代的相声、独脚戏等曲艺与之尚有某种相似之处；有些参军戏也用歌唱形式演出。宋代的戏曲被称为"杂剧"，周密《武林旧事》记其名目则为"官本杂剧"，和"说话"一样，是瓦舍勾栏中最重要的演出内容，在宫廷内和官员的宴集中也有演出。"杂剧"之谓"杂"本就是纷杂之意，其形态是多样化的，主要的大致有两类，一是沿袭参军戏而发展的滑稽戏，一是歌舞戏。后者虽也与参军戏有某种关联，但变化已经很大，并且逐渐成为宋杂剧的主要样式。《武林旧事》录宋代官本杂剧戏目二百八十种，据王国维《宋元戏曲史》考证，其中用大曲的占一百多种，而大曲本是歌舞相兼的大型乐曲；另外又有数十种是用诸宫调、法曲、词调的，可能也有一部分是歌舞戏。不过歌舞戏的表演也带有滑稽成分，故吴自牧《梦粱录》言"杂剧全以故事，务在滑稽"。因为这是以娱乐为目的的艺术，使人看得有趣是很重要的。实际上直到元杂剧，滑稽性质的插科打诨仍是必不可少。

宋杂剧没有剧本留传下来，所以我们对它的演出内容不太清楚，仅有个别的剧目可以从名称上作大概的推测，如《崔护六幺》当是演崔护"桃花人面"诗的本事。但据《梦粱录》等文献记载，它演出时有四或五个固定角色，必要时还可添加，这表明宋杂剧应有略丰富的情节，与参军戏那种简单的滑稽表演是不同的。代言体的特征虽还不明确，但正在向这一方向转化。

五、金代的文学

金是一个由游牧部落迅疾崛起而建立的王朝，完颜阿骨打称帝后始有女真文字，可见其本来的文化基础之薄弱。但在统治中原的一百多年中，女真族统治阶层和汉族士大夫逐渐融合，形成了一种以汉文化为主体而又包含多元因素的文化,与同时的南宋文化相比,它具有不同的特色。从文学方面来说,虽然由于文献缺乏而无法充分了解其全貌,但它的某些特点在整个中国文学史上的重要意义仍然是显而易见的。

元好问与金代的诗、词　金代文人有别集传世的不多,其诗词主要是通过元好问所编《中州集》及所附《中州乐府》保存下来的。

《中州集》中所收金前期文士均为由宋入金者,其中以诗著名的有宇文虚中、高士谈,诗、词兼长的有吴激,而蔡松年则最擅长于词。他们经历了北宋乱亡,仕于异族的王朝,内心难免有许多痛苦,所作每每渗透了悲凉的情调。如宇文虚中的《春日》诗:

北洹春事休嗟晚,三月尚寒花信风。遥忆东吴此时节,满江鸭绿弄残红。

吴激《人月圆》词是因在一金朝官员的宴席上见到一位被掳的北宋宫女,感慨而作:

南朝千古伤心事,犹唱《后庭花》。旧时王谢,堂前燕子,飞向谁家?　恍然一梦,仙肌胜雪,宫髻堆鸦。江州司马,青衫泪湿,同是天涯。

这首词在北、南两朝流传甚广,它所表达的哀伤牵动了许多人的心情。

至金中期以后,北、南媾和,社会渐趋稳定,汉族文士的处境也得到改善。作为在金的统治下出生和成长的一代人,他们不再有前期文人所感受到的悲哀与痛苦,诗词遂多绮丽风雅之章。北宋名家苏、黄对其时诗人影响颇大,但金代文人的思想本较南宋为自由,整个诗坛风气也并不是那么褊狭,不少人主张更广泛地向前代吸收,逐渐形成尊古的趣尚。尤其值得注意的是在金中后期的诗论中,存在一种不满于江西派诗歌的知性化倾向而强调任情的意见,如王若虚在《滹南诗话》中提出:"哀乐之真,发乎情性,此诗之正理也。"李纯甫为刘汲《西嵓集》作序说:"三百篇……大小长短,险易轻重,惟意所适。虽役夫室妾悲愤感激之语,与圣贤相杂而无愧,亦各言其志也已矣。"(《中州集·刘西嵓汲》引)而到了金末的元好问,无论在理论还是创作上,都走向一条与宋诗主流完全不同的道路。

元好问(1190—1257)字裕之,号遗山,秀容(今山西忻县)人,生活在金王朝受蒙古势力压迫而衰亡、崩溃的时代，曾任县令等地方官职，仕至行尚书省左司员外郎，金亡不仕，致力于诗歌创作和金代文献的编理。

元好问是金代最杰出的诗人，后世对他的评价甚高。他写了不少论诗的文字，《论诗》绝句三十首尤为著名。他对前代诗人，如曹、刘之慷慨，阮籍之深沉，陶潜之真淳，均极表赞赏，而对宋诗多有不满，且明确宣称"论诗宁（岂）下涪翁拜，未作江西社里人"。《四库提要》以"高古沉郁"评元好问的文学风格，大体其诗学趣味偏向于一种由内在的热情所决定的浑厚雄放。

金亡前后反映战乱苦难的诗作是元好问诗中最出色的一类，清代赵翼盛赞"唐以来律诗之可歌可泣者，少陵十数联外绝无嗣响，遗山则往往有之"（《瓯北诗话》），即指此而言。如《岐阳》三首之二：

百二关河草不横，十年戎马暗秦京。岐阳西望无来信，陇水东流闻哭声。野蔓有情萦战骨，残阳何意照空城。从谁细向苍苍问，争遣蚩尤作五兵？

这首诗以正大八年元军破凤翔战事为背景。在凝练严整的形式中，悲愤的感情以强大的力量向外扩张。尤其五、六二句的象征写法，野蔓绕枯骨的多情而柔弱和残阳照空城那种巨大冷漠的笼罩两相对映，令人深刻地感受到战争的惨酷和诗人内心巨大的痛苦。而结末两句，又跳出"敌"、"我"对立的立场，对人类的战争这一现象提出指控式的责问，也是震撼人心的。元好问是早已汉化了的鲜卑族拓跋氏后裔，仕于女真族的金朝，而面对着蒙古族的狂暴力量，这种复杂的民族背景，恐怕是造成其超越性立场的重要原因。而正是直接从个体的感受出发指控战争，增加了诗歌的情感力量。另如《壬辰十二月车驾东狩后即事》五首之二的开头，"惨淡龙蛇日斗争，干戈直欲尽生灵"，也同样是直截地把战争本身看成是可诅咒的事情。

元好问的词也很出色，他对两性间真情的赞美，较宋人同样主题的词更显明朗热烈，如《摸鱼儿》，据词前小序乃是为"大名民家小儿女有以私情不如意赴水者"而作，作者对这一对年轻人不仅毫无指责，而且借二人化为并蒂莲的传说颂赞其精神永存："海枯石烂情缘在，幽恨不埋黄土。"另一首《摸鱼儿》词也写"情"，词前亦有小序：

乙丑岁赴试并州。道逢捕雁者云："今日获一雁，杀之矣。其脱网者悲鸣不能去，竟自投于地而死。"予因买得之，葬之汾水之上，累石为识，号曰"雁丘"。时同行者多为赋诗，予亦有《雁丘辞》。旧所作无宫商，今改定之。

恨人间、情是何物，直教生死相许！天南地北双飞客，老翅几回寒暑。欢乐趣，离别苦，是中更有痴儿女。君应有语，渺万里层云，千山暮景，只影为谁去？　横汾路，寂寞当年箫鼓。荒烟依旧平楚。招魂楚些何嗟及，山鬼自啼风雨。天也妒，未信与、莺儿燕子俱黄土。千秋万古。为留待骚人，狂歌痛饮，来访雁丘处。

元好问买雁而为之下葬的故事应该是真实的吧。"恨人间，情是何物，直教生死相许！"由雁的故事，激起如此优美的爱情赞歌。

《西厢记诸宫调》及院本　和南宋一样，金代通俗文学也有显著的发展，尤其诸宫调与院本，直接奠定了元杂剧的基础。

诸宫调是一种以唱为主而兼有讲说的曲艺，因其用多种宫调的曲子联套演唱而得名。表演时叙述与代言兼用，同现在的评弹相似。据《梦粱录》载，系北宋中期艺人孔三传所创，最初流行于汴京，至金代进一步繁兴。但诸宫调作品保存下来的仅有两种，一种是已残缺的《刘知远诸宫调》，另一种就是著名的《西厢记诸宫调》。不过《西厢记诸宫调》开头部分在说到将要演唱的故事时，以"也不是"什么、"也不是"什么的方式一口气提到八种故事名目，可见当时流行的诸宫调种类并不少。

《西厢记诸宫调》作者董解元，是金中期人。"解元"是当时对读书人泛用的美称（《武林旧事》记临安说书人，也有叫"张解元"的），其名字、身世均不详。惟董解元在作品开头部分曾作过一些自我介绍，如"秦楼谢馆鸳鸯幄，风流稍是有声价，教惺惺浪儿每都伏咱"，"一回家想么诗魔多，爱选多情曲。比前贤乐府不中听，在诸宫调里却著数"之类，大概可以知道他是一个放浪不羁、以创作诸宫调为专业的市井才人。

元稹所作传奇《莺莺传》描述了一个青年男女自相爱悦的故事，同时留下了一个以伪善的理由掩饰男主人公自私行为的破坏性的结局。这故事中包含着相互冲突的因素。至宋代围绕这一故事产生了一些新的作品，其中赵德麟以说唱形式写的《商调蝶恋花》最为重要，它在情节上虽并无大改动，但对张生抛弃莺莺的行为采取指责的态度，更多地渲染了故事的悲剧气氛，这代表了人们对原故事所持人生态度的不满。

而至《西厢记诸宫调》，故事的性质发生了根本的改变。张生和莺莺成为一对彼此爱悦、至死不渝而历经磨难、终于结合的情侣，在原作中并没有多少主动行为的莺莺的母亲则成为家长威权和礼教的代表，故事中的基本矛盾变为私情与礼教的冲突。

这种变化有着深厚的思想文化背景。从一般意义上说，"私情"即青年男女间自由的恋爱是一种动人的文学主题，但在传统礼教的抑制下，它却很难得到肯定的表现。而随着城市经济与市民文化的兴盛，这种阻遏才逐渐被打破。在前面关于宋、金文学的介绍中，可以看到肯定私情的作品正在不断增多。尤其在金人统治的北方，由于女真族尚保存着某些宽松的婚配习俗，它对汉族的礼教文化也起到一定的冲击作用。在《西厢记诸宫调》开头部分所提及的其他诸宫调作品虽未传世，但通过文献记载以及后世沿承其题材的戏曲作品来考察，像"井底引银瓶"、"双渐豫章城"、"离魂倩女"等篇，应当均是肯定和赞美男女私情的。所以《西厢记诸宫调》并不是孤立地出现的。但同时我们也不能不注意到：就目前所能看到的资料而言，《西厢记诸宫调》是中国文学史上第一部以宏大的规模、复杂的结构、深入细致的描述，从正面反映私情与礼教的冲突，肯定爱情与婚姻自由的文学作品，在这基础上又产生了元杂剧《西厢记》这一中国古代爱情文学的经典。

进一步说，肯定爱情与婚姻的自由，实际上又是肯定个人普遍的自由权利的基础和起点，从金元文学直至"五四"新文学，众多表现这一主题的作品或深或浅地隐含着上述意义，所以《西厢记诸宫调》实可视为中国古典文学向近代方向进展的标志性作品。

从《莺莺传》三千余字的篇幅，发展到《西厢记诸宫调》五万余字的规模，情节变得大为丰富，其中的张生闹道场，崔、张月下联吟，莺莺探病，长亭送别，梦中相会等场面都是新加的。因此，作品对人物性格以及因为性格因素而产生的相互冲突可以作出充分细致的描写，能够较好地揭示人物与其生存环境的复杂关系。譬如莺莺对张生的爱慕之情态度，从犹豫到坚决，由被动变为主动，最终不惜以自己的生命殉爱情，整个过程写得相当曲折。同时，作者又用了大量篇幅来刻画人物的思想感情，如张生赴京应试时在旅舍思念莺莺的一节，表现其心理活动的曲词长达六七百字，写得十分细腻，这在过去的叙事文学作品中是没有过的。

总的来说，《西厢记诸宫调》虽然还存在诸如枝蔓过多、有些部分显得松散、个别地方人物的言行表现得不尽合理等缺陷，但在发扬叙事文学的长处方面，它作出了可贵的努力，为后人提供了重要的经验，对中国文学的发展起到了不可忽视的作用。

金人统治北方后，北方的杂剧又改称为"院本"，而据元末陶宗仪的《南村辍耕录》说，"院本，杂剧，其实一也"。其书并记录了金院本戏目近七百种。金院本也没有剧本传下来，但从这些戏目来看，金院本中故事性较强的作品所占比例似乎高于宋杂剧。如《庄周梦》、《赤壁鏖兵》、《杜甫游春》、《张生煮海》等，均为元杂剧所承袭。

值得说明的是，元杂剧一些重要的作家如关汉卿、白朴等是由金入元的，所以不少研究者认为成熟的戏曲形态应该在金末就已出现，只是现在无法判断这些作家哪些作品在金代写成。这种推断是合理的。而且，不管怎么说，诸宫调和金院本的多种特点，都为戏曲的成熟提供了条件。

第 15 章

元代文学

元王朝是中国历史上第一个由少数民族建立的统一政权。元代的一百多年，是经济文化十分活跃的时期。

元朝的蒙古族统治阶层一向看重实利，鼓励商业，明方孝孺称："元以功利诱天下……而宋之旧俗微矣。"（《赠卢信道序》）工商业的发展使一些原有的和新兴的重要城市呈现空前的繁荣，这在《马可波罗行纪》对元大都等城市充满羡慕的描绘中可以看到。同时，元也奉行积极的对外政策，不仅沿袭宋制建有市舶司，至元年间世祖忽必烈还指示制定了规范海上贸易、保护民间舶商的《市舶则法》。正是在政府的支持下，元代中外贸易往来异常兴盛，超越前代。元是一个扩张性的王朝，也是一个富于商业精神和冒险精神的王朝。

当然，自蒙古统治者进入中原始，就越来越多地接受了汉族传统文化。忽必烈即位后改国号为"元"，就是取《周易》"大哉乾元"之义。正如许衡向忽必烈提出的，"必行汉法乃可久"（《元史》本传），这是实行统治的需要。但在中国历代统一王朝中，元代文化中"异质"因素的渗透仍然是最为显著的。在元代，尽管官方也试图利用儒学，但蒙古民族粗犷豪放的性格和重视实利的习惯，同这种抑制性的思想学说总是很隔膜，所以实际上在元代，儒家思想作为精神统治的力量是相当薄弱的；社会中所谓"九儒十丐"的说法（见谢枋得《送方伯载归三山序》），也正道出儒生的困窘。同时，在宋代已经完全成熟的科举制度到元代也受到严重破坏，不仅元初数十年间一度废除科举，而且即使后来得到恢复，由于仕出多途，它也远没有像在宋代那样重要。

对汉族文化人来说，即使不涉及元朝统治者针对汉人的恶劣的民族歧视政策——所谓"四等人制"，其统治亦有许多令人灰心的地方。但与此同时，元代特殊的社会状态却也引发出一系列具有积极意义的后果——尽管那未必出于统治者的意愿。首先，由于统治者轻忽思想控制，形成了文人思想较为自由活跃的局面，一些异端精神也得到容忍。其次，随着大批文化人失去仕途希望，他们也摆脱了对国家政权的依附。而由于城市经济造就了具有相当规模的文化消费需求，他们可以通过向社会出卖自己的智力创造谋取生活资料，因而既加强了个人的独立意识，也获得对真实人生的亲切的理解。就这样，元代社会造就了一群杰出的非传统类型的文人，他们开始具备自由职业者的某些特征。

元代文学正是因此而呈现出异常的活力。像杂剧、说话、讲唱等通俗性、大众化的市井文艺形式，在民间已经流行了很久，它虽然内蕴着生机，但在尚未有杰出的文人参与创作时，并不能产生优秀的作品。如果说金末董解元作《西厢记诸宫调》是一个标志，那么到元代，我们看到更多富于天才的作家投入到杂剧的创作中来。中国戏曲文学因此而大放光芒。

当元杂剧出现以后，作为虚构性叙事文学的戏曲、小说，成为最能够代表中国文学成就的类型，文学史的面貌也从此发生了改变。因为虚构性叙事文学在反映人与环境的复杂关系、表现人对生活的意欲与想象方面有着特殊的优长，而富于原创力量的作家使这一优长获得了实现。

一、 元代前期杂剧

用简单的划分方法，元杂剧可以大德年间（1297—1307）为界，分为前后两期。前期作家主要活动于以大都为中心的北方城市，后期杂剧作家大都活动于东南沿海城市。这种变化与南北统一以后东南沿海城市经济发展迅速而北方城市的地位明显降低有关。但从创作成就来说，前期才是元杂剧的全盛期。

元杂剧的体制　　元杂剧是在宋、金杂剧的基础上糅合了诸宫调的多种特点，并从其他民间伎艺中吸取了某些成分而形成的，它是完全的代言体。

元杂剧的基本结构形式，是以四折、通常外加一段楔子为一本，表演一种剧目；只有极少数剧目是多本的。一"折"意味着一个故事单元，同时也是音乐单元；每一折用同一宫调的一套曲子组成（元代流行的宫调有九种：仙吕宫、南吕宫、正宫、中吕宫、黄钟宫、双调、越调、商调、大石调）。"楔子"是对剧情起交代或连接作用的短小的开场戏或过场戏，通常只有一二支曲子。

元杂剧就其性质来说是一种歌剧，它的核心部分是唱词。通常限定每一本由正旦或正末两类角色中的一类主唱；正旦所唱的本子为"旦本"，正末所唱的本子为"末本"。一人主唱的规定对合理安排剧情和塑造众多人物形象造成了一定的限制。

元杂剧的角色，可分为旦、末、净、外、杂五大类，每大类下又分若干小类，以此把剧中各种人物分为若干类型，以便于带有程式化的表演。

关汉卿的杂剧　一种新的文艺样式需要伟大的作家将它提高和定型。对于元杂剧来说，关汉卿不仅是创作年代最早的作家之一，而且作品数量和类型最多，艺术成就也最为杰出，他无疑是元杂剧最重要的奠基人。

关汉卿的生平情况，只能以现存的一些片断材料推知大概。元末锺嗣成《录鬼簿》中说他是大都（今北京）人，"太医院户（一本"户"作"尹"），号已斋叟"，将他列为有剧作传世的"前辈已死名公才人"之首。而元末朱经的《青楼集序》则把他和杜善夫、白朴都明白列为"金之遗民"。他由金入元当是可以肯定的。另外，关汉卿作有《南吕一枝花·杭州景》，证明他到过杭州，因而当是卒于元统一全国以后。

关汉卿的《南吕一枝花·不伏老》套数，对自己的生活方式和为人作了一番描述（参见后文散曲部分）。他自称"一世里眠花宿柳"，是"盖世界浪子班头"，"通五音六律滑熟"，可以见出他常年流连于市井和青楼，以自己的才艺谋生。对这种生涯，他觉得很自豪。

关汉卿杂剧见于载录的共六十六种，现存十八种，其中十三种是无疑问的：《窦娥冤》、《单刀会》、《哭存孝》、《蝴蝶梦》、《诈妮子》、《救风尘》、《金线池》、《望江亭》、《绯衣梦》、《谢天香》、《拜月亭》、《双赴梦》、《玉镜台》；另有《鲁斋郎》等五种是否关作，尚有争议。下面选择《窦娥冤》、《救风尘》、《单刀会》三种主题和风格均有明显区别的作品稍加分析。

《窦娥冤》的全名是《感天动地窦娥冤》，它以强烈的悲剧特征，揭示了社会的不公正。作者从两方面加以强化，使这一点显得极其尖锐：一方面，是主人公窦娥的弱小、善良、毫无过失——她是个孤女，因父亲欠下高利贷无力偿还，被卖给蔡家作童养媳，年纪轻轻就守了寡，尽心尽力地侍候着同是寡妇的婆婆；在公堂上，因不忍见婆婆被拷打而承担了被诬陷的罪名，临赴刑场时，还怕婆婆见到伤心，特意请刽子手绕道而行。在这些情节中，也表彰了窦娥的"贞节"和"孝道"，但根本上是为了表现窦娥具有社会所赞同的一切德行，来强调她的善良无辜。而另一方面，则是各种各样的社会因素，造成她一重又一重的不幸。从孤儿到童养媳到寡妇，她的悲惨遭遇已经令人十分同情，却偏偏又遇上地痞恶棍张驴儿父子的胁迫与诬害；当她自信清白大胆走上公堂时，等在那里的是一个昏聩愚蠢、视人命如虫蚁的太守。实际上，整个剧本中所出现的每一个人物，包括窦娥的父亲和她所孝敬的婆婆，都或多或少、或间接或直接地造成了窦娥无尽的不幸，而地痞恶棍加上昏庸贪婪的官僚，最后把她送上了断头台。这一结果彻底颠倒了普通老百姓所信奉所要求的善恶各有所报的法则，无论在剧情本身还是在观众心理上，都已掀起了巨大的感情浪涛，而最终从窦娥愤怒的呼喊中喷泄而出：

有日月朝暮悬、有鬼神掌著生死权。天地也，只合把清浊分辨，可怎生糊突了盗跖、颜渊！为善的，受贫穷更命短；造恶的，享富贵又寿延。天地也，做得个怕硬欺软，却元来也这般顺水推船。地也，你不分好歹何为地？天也，你错勘贤愚枉做天！哎，只落得两泪涟涟。（《滚绣球》）

在这个故事里，善良的被粉碎是绝对化的，这引导人们以超越具体事件的态度来看待人类社会的秩序，感受到极大的震撼。就此而言，王国维认为将《窦娥冤》放在世界伟大的悲剧中也毫不逊色（《宋元戏曲史》），并不是夸张之谈。只是作者没有能够把悲剧的力量维持到底，最后她的经科举做了官的父亲平反了冤案，使得剧中的激情和尖锐的矛盾冲突平息下去。

《救风尘》则是一种结构巧妙的喜剧。剧中三个主要人物性格鲜明，配合得恰好：同是风尘女子的宋引章和赵盼儿，前者天真轻信、贪慕虚荣，后者饱经风霜、世情练达；而另一角色周舍，则是个轻薄浮浪又狡诈凶狠的恶棍。宋引章被周舍所骗，赵盼儿利用周舍好色的习性，以身相诱，将她救出火坑。剧中周舍作为恶势力的代表被放在受愚弄的地位上，他由于自身的卑劣品格而受到诱骗，终于大倒其霉，这无疑给普通观众带来很大的快感。而通常为社会道德所不赞同的色相欺骗，成为代表正义一方的必要和合理的报复手段，这显然反映出市民社会的道德观念，剧情也因此变得十分活跃。像赵盼儿对周舍指责她违背咒誓时的回答："遍花街请到娼家女，那一个不对着明香宝烛，那一个不指着皇天后土，那一个不赌着鬼戮神诛，若信这咒盟言，早死的绝门户。"那真是理直气壮，泼辣得很。另外，《望江亭》写谭记儿面临杨衙内企图杀害她丈夫、强娶她为妾的险境，机智地利用酒色将他愚弄，使之沦为阶下囚的故事，也有相似的特点。

《单刀会》是一历史题材的抒情诗剧，它的剧情很简单：鲁肃设宴约关羽过江，企图强迫他交出荆州，关羽明知其意，却不肯示弱，单刀赴会，复安然归去。作为戏剧来看，这一作品的故事性、动作性未免薄弱，但在抒情性方面却有很好的效果。关汉卿本人的性格无疑是很高傲的，借着描绘历史上的英雄人物，他抒发了自己对人生的慷慨豪情。如关羽过江时那一段脍炙人口的唱词，对于剧情发展并不重要，却以浓郁而苍凉的情感打动人：

水涌山叠，年少周郎何处也？不觉的灰飞烟灭，可怜黄盖转伤嗟。破曹的樯橹一时绝，鏖兵的江水由然热，好教我情惨切！（云）这也不是江水，（唱）二十年流不尽的英雄血！（《驻马听》）

历史的行程是惨烈的，而惨烈的历史转首成空，这是令人感到悲凉的地方；但是，即使如此，英雄也不能放弃他们在历史中的行动，而必须在历史中建树自己的业绩，这是令人感到亢奋的地方。所以，这一段唱词从古至今一直为人们所喜爱。

关汉卿杂剧的题材、内容、风格是多样化的，水准也并不齐一。但总的说来，它显示了根源于作者自由的个性与博大的胸怀的活跃而强大的艺术创造力。他的剧作涉及多个社会层面中各式各样的人物，这些人物大多写得生动、鲜活，具有实际生活中人物性格的多面性，很少有从干巴巴的概念出发去理解的；他集中反映了弱者的生活遭遇和生活理想，既揭示了社会对他们的不公平，也反映出他们顽强、机智的斗争精神，有力地丰富了中国文学的内涵。

作为中国戏曲发展初期出现的剧作家，关汉卿对与舞台演出密切相关的戏曲文学的特征已经有了出色的理解。他的一部分优秀之作，善于在激烈的矛盾冲突中营造戏剧氛围，善于在清晰的叙述步调中展开抒情，结构单纯明快而又变化多姿。

在语言方面，关汉卿被认为是元杂剧"本色派"的代表。这种语言较少文饰，既切合剧中人物的身份与个性，也贴近当时社会活生生的口头语言，更能把观众感情引入到剧情和戏剧人物的命运中。而另一方面，正如王国维评关汉卿"一空倚傍，自铸伟词"（《宋元戏曲史》），它是艺术创造的产物而非简单地搬用日常口语。能够把质朴浅俗的口语锤炼得委曲细致，而又始终新鲜活泼，生气蓬勃，是其基本特点。元杂剧对中国文学转向以白话为主起了重要作用，从根本上影响了后代许多人对于文学语言的认识，而关汉卿作为元杂剧的奠基人和典范作家，他的贡献是值得歌颂的。

白朴的杂剧　　白朴（1226—？）字太素，号兰谷；原名恒，字仁甫，出生于金的末年。父白华是金朝著名诗人。白朴幼年经历颠沛流离，长成后家世沦落，不复有仕进之意，长年漂泊于大江南北。晚岁乃定居金陵。他是元代最早以文学世家的名士身份投身于戏剧创作的作家，其剧作见于著录的有十六种，完整留存的有《墙头马上》与《梧桐雨》。

《墙头马上》的素材源自白居易新乐府诗《井底引银瓶》。原作写一名少女与情人私奔而最后遭遗弃的故事，其主题在诗的小序中明言为"止淫奔"，是为道德教化而作的。但诗中又将私情故事写得颇为动人，所以这诗犹如元稹的《莺莺传》，内涵有矛盾的因素。《西厢记诸宫调》提及诸宫调中有写"井底引银瓶"的作品，虽不存世，但从作者介绍的语气来看，其主旨与原诗相比应当已有变化。白朴的《墙头马上》可能是从诸宫调进一步演变而来，情节与白诗略有相似之处：洛阳总管李世杰的女儿李千金在花园墙头看到骑在马上的裴尚书之子裴少俊，两人一见钟情，李当夜随裴私奔，在裴家后花园暗住七年，生一儿一女。裴尚书发觉后，逼裴少俊休了她。后裴少俊中状元，以母子之情打动李千金，夫妇才得重聚。但杂剧的主题，则完全与白居易原诗相背，是热情赞美男女间的自由结合，从"止淫奔"变成了"赞淫奔"。

李千金是剧中最重要和最具有个性的人物。她一出场的唱词便大胆表述对于满足情欲的要求：

我若还招得个风流女婿，怎肯教费工夫学画远山眉。宁可教银缸高照，锦帐低垂，菡萏花深鸳并宿，梧桐枝隐凤双栖。这千金良夜，一刻春

宵，谁管我衾单枕独数更长，则这半床锦褥枉呼做鸳鸯被。(《混江龙》)

在见到裴少俊后，她不但一开始就主动约他幽会，而且自始至终，都是理直气壮地为自己的私奔行为辩护，用泼辣的语言回击裴尚书等人对于自己的指责。在"大团圆"的庆宴上，她还这样唱道："只一个卓王孙气量卷江湖，卓文君美貌无如。他一时窃听求凰曲，异日同乘驷马车，也是他前生福。怎将我墙头马上，偏输却沽酒当垆。"总之，通过李千金这一人物的行动和语言，剧本对自由的爱情、非礼的私奔、男女的情欲都作出率直袒露、毫无畏怯的肯定和赞美，这个形象是过去文学中所没有的。

《梧桐雨》取材于白居易的诗《长恨歌》，在描述唐明皇与杨贵妃之爱情悲剧的过程中，着重刻画了唐明皇的内心世界：由于政治上的失败，他从权力的顶峰跌落，失去繁华辉煌的生活，失去美如天仙的杨妃和如痴如迷的爱情，在孤独与苍老中感受着往日如梦消逝以后的寂寞与哀伤，一种对盛衰荣枯无法预料和把握的幻灭感。幸福是脆弱的，生命最终归于悲哀，这是剧中所传达的主要情调，它无疑渗透了作者因个人身世而发的沧桑与悲凉之感。

《梧桐雨》是一部抒情诗剧，比之《墙头马上》的世俗化倾向，它更多地表现出文人化的趣味，尤其以典雅优美、富于抒情诗特征的曲词著名。特别是第四折，全部二十三支曲子几乎都是唐明皇的内心独白，写他的忆旧、伤逝、相思、愧悔、孤独、哀愁等种种心情。其中后十三支曲子，通过对秋雨梧桐的描写，反复地以凄凉萧瑟的环境与人物的心境相互映照，彼此交融，获得强烈的抒情效果。这里仅取最后一曲《黄钟煞》的末节为例：

斟量来这一宵，雨和人紧厮熬。伴铜壶点点敲，雨更多泪不少。雨湿寒梢，泪染龙袍，不肯相饶，共隔着一树梧桐直滴到晓。

马致远的杂剧　马致远，号东篱，大都人。生卒年不详，年辈略晚于关汉卿、白朴。曾任江浙行省省务提举。剧作见于著录的有十五种，今存《汉宫秋》、《青衫泪》、《荐福碑》、《岳阳楼》、《陈抟高卧》、《任风子》六种。

《汉宫秋》是马致远杂剧中最著名的一种，敷演王昭君出塞和亲故事。

这故事原本带有许多传说成分，马致远在此基础上再加虚构，把昭君出塞的原因，写成匈奴引兵攻汉，强行索取；把元帝写成一个软弱无能、为群臣所挟制而又多愁善感、深爱王昭君的皇帝；把昭君的结局，写成在汉与匈奴交界处投江自杀。这样，《汉宫秋》成了一种假借历史故事而加以大量虚构的宫廷爱情悲剧。

《汉宫秋》是末本戏，主要人物是汉元帝。剧中写皇帝都不能主宰自己、不能保有自己所爱的女人，那么，个人被命运所主宰、为历史的巨大变化所颠簸的这一内在情绪，也就表现得更强烈了。事实上，在马致远笔下的汉元帝，也更多地表现出普通人的情感和欲望。当臣下以"女色败国"的理由劝汉元帝舍弃昭君时，他忿忿地说："虽然似昭君般成败都皆有，谁似这做天子的官差不自由！"灞桥送别时，他感慨道："早是俺夫妻悒怏，小家儿出外也摇装。"对夫妻恩爱的平民生活流露出羡慕之情。

《青衫泪》由白居易《琵琶行》敷演而成，虚构白居易与妓女裴兴奴的爱情故事，中间插入商人与鸨母的欺骗破坏，造成戏剧纠葛。在士人、商人、妓女构成的三角关系中，妓女终究是爱士人而不爱商人，这也是文人的一种自我陶醉吧。

马致远的杂剧写实的能力不强，也缺乏紧张的戏剧冲突，其长处在善于写优美的抒情性曲辞。其语言不像《西厢记》、《梧桐雨》那样华美，而是朴实自然与典雅精致的结合，前人对此评价甚高。下以《汉宫秋》第三折中写元帝自述与昭君别离之苦的一节为例：

呀！俺向着这迥野悲凉，草已添黄，色早迎霜，犬褪得毛苍，人搠起缨枪，马负着行装，车运着糇粮，打猎起围场。他他他，伤心辞汉主，我我我，携手上河梁。他部从入穷荒，我銮舆返咸阳。返咸阳，过宫墙；过宫墙，绕回廊；绕回廊，近椒房；近椒房，月昏黄；月昏黄，夜生凉；夜生凉，泣寒螀；泣寒螀，绿纱窗；绿纱窗，不思量。（《梅花酒》）

呀！不思量除是铁心肠，铁心肠也愁泪滴千行。美人图今夜挂昭阳，我那里供养，便是我高烧银烛照红妆。（《收江南》）

王实甫与《西厢记》 王实甫，大都人，《录鬼簿》列为"前辈已死名公才人"而位于关汉卿、白朴、马致远等人之后。一般认为他是由金入元的作家，生活年代与关汉卿相仿或稍后。从元末明初的贾仲明为他写的吊词来看，他也是关汉卿那样的一个风流落拓的文人。其剧作见于载录的有十四种，现存的除《西厢记》外，尚有《丽春堂》、《破窑记》。

《西厢记》取材于董解元的《西厢记诸宫调》，依戏曲的要求进行了重新创作，并在一些重要环节上弥补了原作的缺陷，这主要表现在：一方面删减了许多不必要的枝叶和臃肿部分，使结构更加完整，情节更加集中；另一方面，也是更重要的，是让剧中人物更明确地坚守各自的立场——老夫人在严厉监管女儿，坚决反对崔、张的自由结合，维持"相国家谱"的清白与尊贵上毫不松动，张生和莺莺在追求爱情的满足上毫不让步，他们加上红娘为一方与老夫人一方的矛盾冲突于是变得更加激烈。这样，不仅增加了剧情的紧张性和吸引力，也使得全剧的主题更为突出、人物形象更为鲜明。

元杂剧以四折一本表演一种剧目和只允许一个角色唱的体制，对剧情的充分展开和多个人物形象的刻画造成了很大限制。《西厢记》则是一种规模宏大的多本剧，共五本二十一折（其中第五本系王实甫本人所作还是他人续作，尚有争议），各本由不同的人物主唱，它因而突破了上述限制。

在情节上，全剧波澜起伏，矛盾冲突环环相扣。从一开始崔、张邂逅于普救寺而彼此相慕，就陷入一种困境；而后张生在老夫人许婚的条件下解脱孙飞虎兵围普救寺的危局，似乎使这一矛盾得到解决；然而紧接着又是老夫人赖婚，再度形成困境。此后崔、张在红娘的帮助下暗相沟通，却又因莺莺的疑惧而好事多磨，使张生病卧相思床，眼见得好梦成空；忽然莺莺夜访，两人私自同居，出现爱情的高潮。此后幽情败露，老夫人发威大怒，又使剧情变得紧张；而红娘据理力争并抓住老夫人的弱点加以要挟，使得她不得不认可既成事实，矛盾似乎又得到解决。然而老夫人提出相府不招"白衣女婿"的附加条件，又迫使张生赴考，造成有情人的伤感别离。在可能是后人续作的第五本中，直到大团圆之前，还出现同莺莺原有婚约的郑恒的骗婚，再度横生枝节。这样山重水复、萦回曲折的复杂情节，是一般短篇杂剧不可能具有的。它不仅使得故事富于变化、情趣浓厚，而且经过不断的磨难，使得主人公的爱情不断得到强化和淋漓尽致的表现。

剧中主要人物张生、崔莺莺、红娘，各自都有鲜明的个性，而且彼此衬托，相映成辉。张生的性格，是轻狂兼有诚实厚道，洒脱兼有迂腐可笑。

他大胆妄为,一味痴情,成为剧中矛盾的主动挑起者。张生的剧中身份是一书生,其形象实际上渗透了市民社会的趣味。莺莺的形象在《西厢记》中也得到较小说和诸宫调更为精细的刻画。她始终渴望着自由的爱情,只是由于受到家庭的压制和身份及教养的约束,她总是若进若退地试探获得爱情的可能,并常常在矛盾的状态中行动:一会儿眉目传情,一会儿装腔作势;才寄书相约,随即赖个精光……因为她的这种性格特点,剧情变得十分复杂。但是,她终于以大胆的私奔打破了疑惧和矛盾心理。而作者以赞赏的眼光描述其对爱情的主动追求,使得这个剧本极富于生气和光彩。红娘在诸宫调中才成为重要的角色,到了杂剧中变得尤为活跃。她机智聪明,热情泼辣,又富于同情心,常在崔、张的爱情处于困境的时候,以其特有的机警使矛盾获得解决。她虽只是个小小奴婢,却代表着健康的生命,富有生气,所以她在精神上总是充满自信,居高临下,无论张生的酸腐、莺莺的矫情,还是老夫人的固执蛮横,都逃不脱她的讽刺、挖苦乃至严辞驳斥。她不受任何教条的约束,世上什么道理都能变成对她有利的道理。在她身上反映着市井社会从实际利害上考虑问题的人生态度。

优美的语言也是《西厢记》获得成功的重要因素。和关汉卿杂剧的"本色"风格不同,《西厢记》有一种华美的诗剧风格。它的曲词广泛融入源于古典诗词传统的语汇、意象,与鲜活的口语巧妙地结合起来,将一个浪漫的爱情故事描述得风光旖旎,情调缠绵,声口灵动,格外动人。像一开场莺莺所唱的一段:

可正是人值残春蒲郡东,门掩重关萧寺中。花落水流红,闲愁万种,无语怨东风。(《赏花时幺篇》)

写出了生活在压抑中的女性的青春苦闷和莫名的惆怅。又像"长亭送别"一折中莺莺的两段唱:

碧云天,黄花地,西风紧,北雁南飞。晓来谁染霜林醉?总是离人泪。(《端正好》)

见安排着车儿、马儿,不由人熬熬煎煎的气;有甚么心情花儿、靥儿,打扮的娇娇滴滴的媚;准备着被儿、枕儿,则索昏昏沉沉的睡;从今后衫儿、袖儿,都揾做重重叠叠的泪。兀的不闷杀人也么哥?兀的不闷杀人也

么哥！久已后书儿、信儿，索与我凄凄惶惶的寄。(《叨叨令》)

第一支曲化用范仲淹《苏幕遮》词句，以秋天之景衬托离人之情，文辞雅致，第二支曲改用口语，一泻无余地倾诉了别离的愁闷。两种曲辞的配合，把感情表现得更细腻。

从唐传奇《莺莺传》到《西厢记诸宫调》再到《西厢记》杂剧，展示了以爱情为主题的文学创作的不断发展。《西厢记》杂剧的艺术成就尤为杰出，它在相当长的年代中持续地影响了后代的文学的进步乃至人们的生活观念。

《赵氏孤儿》、《李逵负荆》及其他　纪君祥的《赵氏孤儿》和康进之的《李逵负荆》，都是元代前期杂剧中的名作。

《赵氏孤儿》主要根据《史记·赵世家》所记春秋晋灵公时赵盾与屠岸贾两个家族矛盾斗争的历史故事敷演而成。剧中的屠岸贾被描绘为极其凶狠残暴的"权奸"式人物，他不仅杀害了赵氏全家三百口人，连刚出生的孤儿也不放过。赵朔门客程婴将赵氏孤儿偷带出宫，奉命把守宫门的韩厥不忍小儿被杀，遂放走程婴，自刎而死。继而屠岸贾竟下令杀死全国出生一个月至半岁的婴儿，程婴与赵盾友人公孙杵臼商定计策，以己儿冒充赵氏孤儿，然后出面揭发公孙收藏了他。公孙与假孤儿被害，真孤儿得以保全，长成后程婴向他说明真相，终于报了大仇。

《赵氏孤儿》突出描写了一群具有正义感的人对残暴势力的反抗。他们或杀身成仁，或忍辱负重，以最大的牺牲履行自觉选择的使命，使人格在高尚的境界中得到完成。如韩厥发现程婴偷带赵氏孤儿，他觉得自己若是通过加害这无辜的弱小者而获取荣利，是可耻的事情，所以守可自杀也不愿损害自己的人格；年老的公孙杵臼觉得救孤而死，比无聊赖的生更令人欢喜和兴奋，高唱："大丈夫何愁一命终？况兼我白发蓬松！"而程婴为了救孤抚孤，不惜牺牲自己的儿子，毁弃名誉，承担了更大的危险和精神压力。总之，剧中主要人物是在与强大的外部力量的对抗中实现其个体意志的，因而戏剧冲突尖锐激烈，矛盾连续不断，气氛始终紧张，呈现出典型的悲剧美感。所以王国维认为它与《窦娥冤》一样，即使与世界悲剧名作放在一起也毫不逊色。《赵氏孤儿》也是最早传入西方的中国古典戏剧作品，伏尔泰曾将它改编为《中国孤儿》。

元杂剧中出现了一大批以水浒故事为题材的作品，至今存目的有三十余种，其中完整传世的有六种：《李逵负荆》、《燕青博鱼》、《黄花峪》、《双献功》、《争报恩》、《还牢末》。这些剧作一般的特点，是叙述权豪势要、贪官污吏、豪强恶棍（尤其是"衙内"式的人物）欺压善良，迫害无辜，劫夺妇女，谋取财物，而由梁山好汉作为正义力量的代表，对这些邪恶势力加以审判和惩罚。戏剧中的梁山好汉，既是反抗政府的造反者，又似乎是在代替失职的地方政府执行其应有的功能，乃至维护社会的道德风化，像《还牢末》中所唱的"将奸夫淫妇都杀坏，方显的义气仁风播四海"。这反映出封建时代普通民众的思想特点。

《李逵负荆》是元代水浒戏中最著名的一种，作者康进之，生平事迹不详。剧中叙恶棍宋刚、鲁智恩冒充宋江、鲁智深，掳走酒店主王林的女儿满堂娇。李逵闻知此事勃然大怒，回山大闹忠义堂，指斥宋江、鲁智深玷辱梁山名誉。后知是歹徒冒名作恶，李逵深悔莽撞，负荆请罪，并协同鲁智深擒获歹徒，将功补过。

这是一出用"误会法"构成的喜剧。作者用了较细致的笔法描绘出李逵是非分明、爱憎强烈而又天真鲁莽的形象，令人觉得既可笑又可爱。如一开始李逵听了王林的哭诉，回到山寨不由分说便拔斧砍旗，又与宋江以脑袋为赌，立下军令状，显示他火暴而不顾后果的个性；在与宋江和鲁智深下山对质的过程中，他因先入为主的成见，对二人的一举一动都表示怀疑，憨直之人的自以为"精明"显得格外有趣；真相大白后，他勇于认错，但为了保住脑袋，却又装糊涂耍无赖；最终抓住了歹徒，他觉得自己为宋江、鲁智深洗刷了坏名声，终究很得意。全剧写得紧凑而饶有风趣，语言也很老练。

元代前期的杂剧作品数量很多，比较著名的尚有：尚仲贤的《柳毅传书》和李好古的《张生煮海》都是关于爱情的神话剧；杨显之的《潇湘雨》和石君宝的《秋胡戏妻》，都反映了妇女在婚姻生活中的不幸；元代的包公戏是颇为流行的题材，除了前面提到的关汉卿的《鲁斋郎》、《蝴蝶梦》之外，李潜夫的《灰阑记》也是一部优秀的作品，剧中写金钱对封建家庭的破坏，写世人倚强凌弱，都很真实有力。《灰阑记》曾被译成英、法、德等多种文字，德国著名剧作家布莱希特曾据此改编成《高加索灰阑记》。

二、元后期杂剧

元统一全国后，北方杂剧作家纷纷漫游或迁居南方，南方籍文人也纷纷染指杂剧创作。大致到大德末年以后，杂剧创作活动的中心逐渐由大都转移到杭州。由此到元末是元杂剧的后期阶段。元后期杂剧杰出作家和优秀作品的数量难以和前期相比，但还是产生了一些具有新特点的重要作品；同时，在北杂剧的影响下，南戏也开始兴盛起来。

郑光祖的杂剧　郑光祖，字德辉，《录鬼簿》说他是平阳襄陵（今属山西）人，"以儒补杭州路吏"，周德清《中原音韵》把他与关汉卿、白朴、马致远并列，后人称为"元曲四大家"。《录鬼簿》著录其剧作十七种，今存七种，以《倩女离魂》、《王粲登楼》、《㑇梅香》三种最为著名。

《倩女离魂》是郑光祖的代表作，据唐人陈玄祐传奇《离魂记》改编而成，写王文举与张倩女原系"指腹为婚"，彼此相爱，文举因张母嫌其功名未就，被迫上京应试，倩女之魂化而为二，其一离开躯体去追赶王文举，与之相伴多年。王文举中状元后，携倩女魂归至张家，离魂与留在家中的倩女重合为一。

这一剧作在继承前人的基础上，利用荒诞的情节更深入地写出旧时代女子在礼教扼制下的精神生活。一方面，倩女的离魂为追求爱情，违背礼教，大胆地追随情人，表现得十分坚强和勇敢。可以说，离魂代表了这一类妇女内在的欲望和情感的力量。而另一方面，留在家中的倩女辗转病床，苦苦煎熬，当王文举寄信到张家，说要和妻子（即倩女的离魂）一同回来时，她以为他另有婚娶，不由得悲恸欲绝。这一倩女形象则反映了妇女在婚姻方面受制于人的事实。

《㑇梅香》是一部模仿《西厢记》的爱情剧，虚构裴度之女裴小蛮与白居易之弟白敏中的恋爱关系；《王粲登楼》根据王粲《登楼赋》而作，抒发了文士怀才不遇的感慨。

郑光祖杂剧在立意、结构方面没有很大的创造性，上举三剧情节均有所依傍。其长处主要在曲词语言精美、抒情色彩浓郁，显示了较高的文学才华。如《倩女离魂》写离魂月夜追赶王文举，写景抒情融为一体，意境十分优美。兹举一例：

> 我蓦听得马嘶人语闹喧哗，掩映在垂杨下，唬的我心头丕丕那惊怕。原来是响珰珰鸣榔板捕鱼虾。我这里顺西风悄悄听沉罢，趁着这厌厌露华，对着这澄澄月下，惊的那呀呀呀寒雁起平沙。(《小桃红》)

秦简夫的杂剧　秦简夫，大都人，后流寓杭州，生平不详。剧作见于著录的有五种，今存三种：《东堂老》、《剪发待宾》、《赵礼让肥》。

《东堂老》写富商赵国器因儿子扬州奴不肖，临终前向人称"东堂老"的好友李实托子寄金。后扬州奴交结无赖、肆意挥霍，终于沦为乞丐。李实用赵国器所留下的银钱买进扬州奴卖出的家产，又对他屡加教诲，使浪子回头，而后将家产交还给他，让他重振家业。

在中国古代的传统观念中，由于商业对建立在农业经济基础上的政治秩序具有一定的腐蚀作用，所以一直提倡重农抑商。反映到文学中，商人也总是受鞭挞的，似乎他们都是不劳而获。元代商业经济的发展，造成社会观念的变化，这在本剧中表现得十分明显。如东堂老的一段唱词，对商人通过艰辛经营积聚财富表示了充分的肯定：

> 想着我幼年时血气猛，为蝇头努力去争，哎哟！使的我到今来一身残病。我去那虎狼窝不顾残生，我可也问甚的是夜甚的是明，甚的是雨甚的是晴。我只去利名场往来奔竞，那里也有一日的安宁？投至得十年五载，我这般松宽的有，也是我万苦千辛积攒成，往事堪惊。(《滚绣毬》)

在元杂剧中，《东堂老》是一部写实性特别强的作品。剧中只是以合理的情节、朴实的语言，敷演一个商人社会中常见的故事，很少有传奇的因素。这一浪子败家和悔悟改过的故事，包含道德劝诫意味，但它所表现的，不是"重义轻利"的士大夫道德，而是更具有真实性的、与追求物质利益相联系的商人道德；作者对此也并不重在理性的阐释，而是在写实中自然地反映出来。所以，无论从审视生活的态度还是从写作艺术来看，《东堂老》都代表着戏曲文学的重要进步。

乔吉、宫天挺的杂剧　乔吉（？—1345），字梦符，号笙鹤翁，又号惺惺道人，山西太原人，流寓杭州。剧作存目十一种，今传三种：《两世姻缘》，写韦皋与妓女韩玉箫的恋爱；《扬州梦》，写杜牧与歌女张好好的恋爱；《金钱记》，写韩翃与王柳眉的恋爱。这三种剧都假托历史上的著名文人，是典型的才子佳人戏。乔吉是享有盛名的散曲家，他的杂剧中的曲文，写得精巧而华丽，与剧中所写才子的风流艳事成为恰好的配合。

宫天挺（生卒年不详）字大用，曾为浙江钓台书院山长，后为权贵中伤，虽获辩明，终不见用。剧作存目六种，今存两种：《范张鸡黍》，写汉代范式、张劭因愤恨权奸当道而绝意仕进，结为生死之交；《七里滩》，写严子陵拒绝汉光武帝刘秀之召，隐居七里滩以垂钓为乐。这两种剧都有借古讽今的意味，反映了作者的人生理想。如《七里滩》中严子陵对刘秀说道：

你也不是我的君，我也不是你的卿。咱两个一尊酒罢先言定：若你万圣主今夜还得去，我便七里滩途程来日登。又不曾更了名姓。你则是十年前沽酒刘秀，我则是七里滩垂钓的严陵。

这里借着对历史的想象，表现了对帝王权威的轻蔑态度，希望得到生活于等级化的政治秩序之外的权利。这种对个人尊严的重视，是元以后文学的基本趋向。

三、元代南戏

南戏的形成和发展　自宋室南渡以后，北方的宋杂剧转化为金院本，然后产生了元杂剧，这是古代戏曲中成熟较早的一支；而在南方，宋杂剧则演变为南戏，这是古代戏曲中成熟稍迟的另一分支。

南戏旧称"戏文"，因最初产生于永嘉（今浙江温州一带），故又称"永嘉杂剧"或"永嘉戏曲"。关于它的产生年代，仅有的几种记载出入甚大，祝允明《猥谈》说是北宋"宣和之后，南渡之际"，旧题徐渭作的《南词叙录》则说始于南宋光宗朝，两者相差六七十年。近年胡忌先生在元初人刘埙的《水云村稿》中发现了一种以前未被注意的资料，即卷四《词人吴用章传》所说："至咸淳，永嘉戏曲出，泼少年化之。而后淫哇盛，正音歇。"咸淳（1265—1274）是宋度宗年号，时当南宋末年。刘埙生活年代与之相近，所言当更为可信。据此，"永嘉戏曲"大概最初只是在今温州一带流行，到南宋末才比较普遍地流行于南方各地，到元代仍继续盛兴。

在《猥谈》和《南词叙录》中著录的最早的南戏剧目是《赵真女蔡二郎》和《王魁》，这两种与现存早期南戏《张协状元》均出于温州，且都是写男子富贵变心的故事。这体现了早期南戏的一个特点。这种剧作有其具体的社会背景：在科举制度下，许多"寒士"有了一举成名、步入仕途的机会，这容易造成原有婚姻的不稳定。但读书求官，并不只是个人的行为，它常常需要一个家庭乃至家族付出努力。相应地，人们也要求这些读书人对家庭和家族利益承担相应的义务。早期南戏以指责男子负心为重要主题，既反映了在宋元时温州这一地域民间的道德观，也是南戏本身民间气息浓厚的表现。

南戏剧目现存约有二百三十多种，绝大多数产生于元代，可见元代南戏之盛。但早期南戏有剧本流传下来的仅有保存于《永乐大典》残卷中的《张协状元》、《小孙屠》、《宦门弟子错立身》三种。其中《张协状元》研究者多认为是南宋的作品，但其实际年代仍值得深入探究；后两种一般认为是元代作品。从剧作的形态来看，《张协状元》无疑是三剧中最为古老的，它的开头是以局外人的说唱来叙述故事，然后才进入角色的表演；《小孙屠》则已经出现"南北合套"的形式，反映出南戏受北杂剧影响的面目。

南戏的体制在各方面都要比北杂剧来得自由。它的曲调配合，虽有一定的惯例，却没有严密的宫调组织，可以根据剧情需要作较为自由的选择；它的剧本结构，也不像杂剧那样因为受音乐限制而形成"四本一楔子"的固定模式，而是以人物的上下场的界线分场，变化灵活，全剧可长可短，但大都比杂剧的一本来得长；它也不像杂剧那样每本戏规定只能由一个角色主唱，而是任何角色都可以唱，而且有接唱、同唱、多人合唱等各种形式，能把曲、白、科有机地结合起来。

南戏的成熟原本缓于北杂剧，当关汉卿等名家创作出大批杰作时，南戏中尚无值得一说的作品。此正如《南词叙录》所说，盖缘"名家未肯留心"。元统一全国后，北方的杂剧作家纷纷南下，南戏较之已经高度成熟的杂剧显然相形逊色。但这也造成了南北剧交流的机会，南戏得以向北杂剧学习，发生了一些重要变化。如改编杂剧的剧目，采用杂剧的一些曲调等等，而更重要的是戏剧艺术在整体上得到了提高。到了元末，出现了《琵琶记》、《拜月亭记》等优秀的作品，标志着南戏达到了成熟的阶段。

当南戏发展成熟以后，其自由的体制更便于展开复杂的剧情、塑造丰满的人物形象等优长便充分体现出来，最后在南戏体制的基础上形成了合南北剧之长的戏曲形式，即明以后所流行的传奇。

高明的《琵琶记》

高明（？—1359）字则诚，自号菜根道人，其家乡瑞安属古永嘉郡范围，正是南戏的发源地。他于至正五年考取进士，曾任处州录事、福建行省都事等职。亦能诗文，但以南戏《琵琶记》最为著名。

早期南戏有《赵真女蔡二郎》，写赵五娘和蔡伯喈的故事。蔡伯喈即蔡邕，东汉末著名文人。但在民间传说中，蔡伯喈只是借用历史人物之名。陆游《小舟游近村舍舟步归》诗说："斜阳古柳赵家庄，负鼓盲翁正作场。死后是非谁管得，满村听说蔡中郎。"由此可知蔡伯喈故事在南宋已成为民间讲唱文学的流行题材，蔡已被描述成反面人物。而《赵真女蔡二郎》一剧，想必就是由"盲翁"说唱之类演变过来的，《南词叙录》谓此剧所演，"即伯喈弃亲背妇，为暴雷震死"，是早期南戏写得最集中的关于寒士富贵变心的故事。高明《琵琶记》是对这一故事的改编，但他在剧中彻底改变了蔡伯喈的形象。正如本剧"题目"所概括的，"有贞有烈赵真女，全忠全孝蔡伯喈"，男女主人公都被刻画为道德典范。当然高明作此剧不只是为了做翻案文章，而是另有宣扬"贞烈"、"忠孝"之类正统道德的用意。但剧作描述蔡、赵夫妇在成为这种道德典范的过程中，却蒙受各种精神压迫和生活灾难，这显示作者对真实生活的理解和他信奉的道德观有着内在的矛盾；他的描述，让人看到了现存道德秩序的不合理乃至违背人性。这些构成了本剧真正的价值。

《琵琶记》所写的蔡伯喈，是一个爱父母、爱妻子、喜好田园生活的文士，本来他的家庭几乎是和谐完满的。但父亲以事君尽忠、立身扬名方为"大孝"为理由逼他赴京应考，他不得不忍痛抛下家庭；考中状元以后，因为有皇帝的圣旨，他又不得不答应牛丞相招他入赘的要求；他要求辞官还乡侍奉父母，也被皇帝以"孝道虽大，终于事君"的理由驳回。辞考不从、辞婚不得、辞官不允，使得蔡伯喈既不能与妻子团聚，又无法奉养父母，结果父母在饥荒中死去。这些情节针对"伯喈弃亲背妇"的原故事而作，写得并不是很合理。但它凸显了蔡伯喈为了实践"忠"与"孝"的道德，不得不放弃个人意志，受制于外部权威性的力量，不得不承受因此而带来的灾难，这却是具有普遍意义的；不管作者是否意识到，他客观上揭示了那些强制性的道德要求是不合情理的，有可能对个人造成大灾难。

赵五娘的遭遇更是充满了苦难：她被丈夫遗弃却必须奉养公婆，家境贫寒而又遭遇灾年，竭力尽"孝"仍被婆婆猜疑。最后，尽管她受尽艰辛，甚至自己吃糠度日，公婆还是悲惨地死去了；在埋葬了他们之后，她只得怀抱琵琶，一路乞讨去寻找丈夫。从作者的本意来说，将赵五娘置于极端艰困的处境，是为了把妇女以自我牺牲来维持家庭的美德表现得更为强烈；他甚至借赵五娘之口说："索性做个孝妇贤妻，也得名书青史。"这显然是对观众的道德诱劝。但剧中很多具体情节的描写是富于真实感的，它集中反映了旧时代妇女身受的非人的磨难。在赵五娘悲痛的倾诉中，真正动人的东西决不是她的"贞烈"、"孝贤"，而是她的不幸。虽然《琵琶记》有一个大团圆的结尾：赵五娘被"深明大义"的牛小姐所接受，当蔡伯喈为父母守孝期满后，他们一夫二妇过上了和睦的生活。但赵五娘以及蔡伯喈所经历的一切精神痛苦与生活灾难，并不能由此被抹杀。

《琵琶记》代表了南戏在进入明清"传奇"阶段之前所达到的较高的艺术成就。整部剧情以赵五娘和蔡伯喈不同遭遇的双线并行发展：一面是蔡伯喈满心苦闷地处于一片繁华富贵的气氛中，一面是赵五娘拼命挣扎在满目荒凉萧条的境地。由于南戏的换场很自由，又不限一人主唱，上述两条线的许多场面不断交错出现，两人的抒情歌唱彼此交替，相互对映，效果非常强烈。而这是北杂剧无法做到的。剧中的语言大都本色自然，能够比较深入地写出人物的心理和感情活动。《糟糠自厌》一出中赵五娘两段唱词非常有名：

呕得我肝肠痛，珠泪垂，喉咙尚兀自牢嗄住。糠那！你遭砻被舂杵，筛你簸扬你，吃尽控持。好似奴家身狼狈，千辛万苦皆经历。苦人吃著苦味，两苦相逢，可知道欲吞不去。（《孝顺歌》）

糠和米，本是相倚依，被簸扬作两处飞。一贱与一贵，好似奴家与夫婿，终无见期。（白）丈夫，你便是米呵，（唱）米在他方没寻处。（白）奴家恰便似糠呵，（唱）怎的把糠来救得人饥馁？好似儿夫出去，怎的教奴，供膳得公婆甘旨？（《前腔》）

曲子写赵五娘触物生情，从糠的难咽想到自己和糠一样受尽颠簸的命运，又从糠和米想到自己和丈夫的分离，引起对丈夫的思念和埋怨。以口头语写心间事，委婉尽致。

四大南戏——《荆》、《刘》、《拜》、《杀》 元代较著名的南戏另有《荆钗记》《刘知远白兔记》《拜月亭记》《杀狗记》，习惯上简称为《荆》《刘》、《拜》、《杀》，凌濛初《谭曲杂札》称之为"四大家"。这些剧作的传世剧本大多经过明人的修改加工。

四剧中历来评价最高的是《拜月亭记》（又名《幽闺记》），一般认为是元人施惠（字君美）作。此剧系改编关汉卿的《拜月亭》，原剧写尚书之女王瑞兰在战乱流离中与书生蒋世隆结为夫妻，后被父亲强行拆散。多年后王尚书招新科状元为女婿，却正是蒋世隆，夫妻终得团圆。《拜月亭记》人物、情节与关汉卿剧作大略相同，但二剧相比较，最能显示出南戏在体制上的优越性。关作在四折的短小体制中写了一个涉及社会生活面相当广阔的故事，显示了出众的才力，但毕竟难以充分展开。而到了南戏中，由于扩大了规模，因而得以增添出许多生动的细节、细致的描写、委婉的抒情，使剧情的发展更显得起伏跌宕、波澜层叠。此剧的语言往往在平易自然中显露出文采，历来受人们赞赏。李卓吾认为它超过《琵琶记》，可与《西厢记》媲美，并说："《拜月》曲白都近自然，委疑天造，岂曰人工！"（《李卓吾批评幽闺记拜月亭》）

《荆钗记》一般认为是元人柯丹邱所作。剧本叙穷书生王十朋和大财主孙汝权分别以一支荆钗和一对金钗为聘礼，向钱玉莲求婚，钱爱王的才学，与之成婚。后王赴京考中状元，因拒绝万俟丞相的逼婚，被调至边地任职。他的家书被孙汝权截去，改为"休书"，玉莲不受欺骗，坚拒继母要她改嫁孙汝权的威逼，投江自杀，被人救起。王十朋闻知玉莲自杀，设誓终身不娶。后夫妻仍以荆钗为缘，得以团聚。

《刘知远白兔记》是"永嘉书会才人"在《五代史平话》和《刘知远

诸宫调》等的基础上编撰而成的，写五代后汉开国皇帝刘知远"发迹变泰"以及他和李三娘悲欢离合的故事。《杀狗记》写富家子弟孙华结交无赖之徒，赶走胞弟孙荣，其妻杨月杀狗扮为人尸放在门外，使他在一场假造的横祸中认识到唯有骨肉兄弟才真正可靠。此剧与元后期杂剧作家萧德祥的《杀狗劝夫》情节相同，但孰为先后难以推断。其作者前人多称是元末明初人徐畑，但现代研究者一般认为他实际上可能只是改编者。这两种剧作都比较质朴，每有粗糙之处，但剧情颇为生动有趣，保留了源于民间的艺术特色。

四、元代散曲

散曲的体式和特点　一般所说的"元曲"包括性质不同的两大分支：一是戏曲（这里主要指北杂剧），一是散曲。前者是剧中人物所唱的歌曲，后者是广义的诗歌的一种。就音乐特点、格律形式来说，这二者是一致的，曲牌系统也完全相同。只是戏剧中的歌曲是整个戏剧结构的一部分，散曲则是独立的。

散曲又分为小令和套数两类。小令一般用单支曲子写成，也可以用两三支曲子组成一首，称为"带过曲"；套数用同宫调的多支曲子组成较长的一篇，和杂剧中的套曲相似。散曲原来只用北曲，后来才有少数用南曲或南北合套的。

散曲与音乐密不可分，文字上属于有固定格律的长短句形式，这和词的形态最为接近，而且元曲曲牌出于唐宋词牌的也不少。但散曲和词又确有很大差别。从重要的方面来说，一是散曲的韵部区分和诗词不同，诗词的韵部和已发生变化的口语的情况已有所脱离，散曲则是按当时北方口语划分韵部，这表明散曲是一种更为生活化的东西。二是散曲可以在规定的曲谱之外添加衬字，字数从一字到十数字不等。所以散曲的写作享有更大的自由；也正因此，散曲的句式更富于变化。三是散曲的语言更为通俗化，特别是早期散曲，常大量运用俗语和口语，包括"哎哟"、"咳呀"之类的语气词。这正如凌濛初《谭曲杂札》所说的"方言常语，沓而成章，着不得一毫故实"。

上述特点，使散曲成为更自由、轻灵的形式，更适宜于表达即兴的、活泼的情感。所谓"尖歌倩意"（芝庵《唱论》），即一种前所未有的尖新感、灵动感，构成了散曲的主要艺术特征。而且这与诗词中通过特殊的修辞手段而呈现出的新异感并不相同，它是一种恣肆率直的情感表现，完全有违于中国诗歌传统里典雅的、情感收敛的美学观念。以一首无名氏的《塞鸿秋·村夫饮》为例，我们很容易看出这种特征：

宾也醉主也醉仆也醉，唱一会舞一会笑一会，管甚么三十岁五十岁八十岁。你也跪他也跪恁也跪，无甚繁弦急管催，吃到红轮日西坠，打的那盘也碎碟也碎碗也碎。

散曲本是一种通俗活泼的民间娱乐歌曲，它的兴起与词在文人手中越来越变得精雅有关。当元代一些文人摆脱了对政权的依赖而与市民社会接近，从而也在相当程度上摆脱了传统伦理的束缚时，散曲为他们提供了一种能够更自由更充分地表达其思想情感的工具；他们的世俗化的、纵恣而少检束的人生情怀，找到了一种恰当的表现形式。同时，也是由于大量文人参与写作，散曲在元代走向繁盛，成为一种与诗、词并立的新的诗歌样式。

元代散曲始终与杂剧保持着同步的节律。和杂剧一样，它也可以大致分为前后两期。前期散曲创作的中心在北方，后期则转到南方。由于受南方文化影响，散曲的语言风格也有一个从浅俗向精雅转变的过程。

元代前期散曲　最早的散曲作家是金元之际的名诗人元好问。其后作家如关汉卿、王和卿、白朴、马致远等，是与市民社会、市井文艺关系密切的文人；而卢挚、张养浩、王恽等，则是在官场中取得较高地位的文人，这两群作者的散曲既有相通之处，又有较明显的差异。

随着传统信仰的失落，早期作家们对封建政治的价值普遍采取否定态度。在元好问的《人月圆·卜居外家东园》中，就明白宣称："凭君莫问，清泾浊渭，去马来牛。"所谓"风云变古今，日月搬兴废"（卢挚《沉醉东风·退步》），"盖世功名总是空"（白朴《乔木查·对景》），政治被描绘成一场虚空。"兴，百姓苦；亡，百姓苦"（张养浩《山坡羊·潼关怀古》），朝代兴废也不过是少数人的闹剧。代表着为政治为君主献身精神的屈原，经常被人嘲弄，所谓"何须自苦风波际"（陈草庵《山坡羊·无题》），"屈原清死由他恁"（马致远《拨不断·无题》），作为儒家伦理信条之根基的"忠君"观念亦已发生动摇。

在这种意识下，后一个类群的文人喜欢把隐士式的洒脱生活作为理想的人生境界来描绘，这和士大夫阶层的传统情趣是一致的。如卢挚《沉醉东风·闲居》中写道："共几个田舍翁，说几句庄稼话。瓦盆边浊酒生涯，醉里乾坤大，任他高柳清风睡煞。"张养浩《朝天曲·无题》则云：

> 柳堤，竹溪，日影筛金翠。杖藜徐步近钓矶，看鸥鹭闲游戏。农父渔翁，贪营活计，不知他在图画里。对着这般景致，坐的，便无酒也令人醉。

而前一个类群的文人，则更多把世俗的享乐、情爱包括性的满足视为人生的必需与合理的追求，美和快乐的根源。就创立散曲的富于时代特征的风貌神韵而言，他们的贡献尤为重要。

关汉卿的散曲同他的杂剧多有相通之处：豪爽而带老辣，富有热爱生活的激情，对世事具有一种智慧的洞察力，常表现出诙谐的个性。

关汉卿散曲中有一部分是抒写自身的人生情怀的，其中以《南吕一枝花·不伏老》套数最为著名。前已提及，在本篇中关氏描述了他的浪子风流生涯，而对此他不仅毫无惭色，在结尾一段，更骄傲地自夸：

> 我是个蒸不烂煮不熟捶不匾炒不爆响珰珰一粒铜豌豆，恁子弟每谁教你钻入他锄不断斫不下解不开顿不脱慢腾腾千层锦套头。我玩的是梁园月，饮的是东京酒，赏的是洛阳花，攀的是章台柳。我也会围棋会蹴鞠会打围会插科，会歌舞会吹弹会嚥作会吟诗会双陆。你便是落了我牙歪了我嘴瘸了我腿折了我手，天赐与我这几般儿歹症候，尚兀自不肯休！则除是阎王亲自唤，神鬼自来勾；三魂归地府，七魄丧冥幽。天哪，那其间才不向烟花路儿上走！

自述性的作品总是牵涉到对人生价值的判断，如屈原《离骚》之不忘君国，陶潜《五柳先生传》之淡泊遗世，都各有时代特征。而关汉卿的这一套散曲，则是新的宣言。这里固然有属于士大夫传统的"任诞"作风，但它并不指向超脱，而是指向对市井化的俗世生活的充分享受。就像对

《离骚》和《五柳先生传》之类一样，没有必要将《不伏老》看作是完全真实的生活记录，它的真正意义是倾诉了在摆脱对政治权力和传统价值观的依附之后，一个热爱自由而又能以自己的才华保障这种自由的人所感受到的快乐，所以它的语调是那么昂扬、诙谐。

关汉卿散曲中写得最多是男女情爱。这类作品多带有叙事成分，善于在短小的情节中把人物情态写得活灵活现，如《一半儿·题情》：

碧纱窗外静无人，跪在床前忙要亲。骂了个负心回转身。虽是我话儿嗔，一半儿推辞一半儿肯。

还有像《双调新水令·无题》套数，写一对青年男女的幽会过程，其中包括性行为的片断。在关汉卿看来，这本来是值得赞赏的事情，所以他能够写得坦然而优美。这种态度为古典文学的拓展提供了活力。

王和卿是关汉卿的朋友，性格诙谐，善于嘲谑。他的《醉中天·咏大蝴蝶》非常有名：

弹破庄周梦，两翅驾东风。三百座名园，一采一个空。谁道风流种，唬杀寻芳的蜜蜂。轻轻飞动，把卖花人搧过桥东。

蜂蝶采花通常暗喻男女风流情事。但在这首小令里，用夸张之笔描绘成的纵恣的意象，更多地体现了生命力的扩张。

白朴出身于文学世家，他的散曲既受市井趣味的影响，又与传统文学保持着较多的关联。前者如《阳春曲·题情》，用通俗的语言写女性对生活的欢娱的珍爱：

笑将红袖遮银烛，不放才郎夜看书，相偎相抱取欢娱。止不过迭应举，及第待何如？

后者如《天净沙·冬》，用精致的语言描绘出优美的自然意境：

一声画角谯门，半庭新月黄昏。雪里山前水滨。竹篱茅舍，淡烟衰草孤村。

马致远是元代前期作家中留存散曲数量最多的一个，其作品内容也较为纷杂。以一种虚无的眼光看待历史兴亡，感慨浮生若梦，是他写得较多也最引人关注的主题。如小令《拨不断》有这样的追问："王图霸业有何用？"而《双调夜行船》套数更以鄙薄的口气描述人类社会的纷争，下面是它的收尾曲《离亭宴煞》：

> 蛩吟罢一觉才宁贴，鸡鸣时万事无休歇，争名利何年是彻？看密匝匝蚁排兵，乱纷纷蜂酿蜜，急攘攘蝇争血。裴公绿野堂，陶令白莲社。爱秋来时那些，和露摘黄花，带霜烹紫蟹，煮酒烧红叶。想人生有限杯，浑几个重阳节？人问我顽童记者，便北海探吾来，道东篱醉了也。

在"密匝匝蚁排兵"等数句中，透露出作者对政治历史的憎恶感与虚幻感，前人所看重的政治功业当然更是毫无意义。而接着对隐逸生活的颂美，也不具有坚持某种道德节操的意义，而只是希望将短暂的人生化为富于审美趣味的享受。这种脱离政治站在个人立场上对人生价值的思考，对以后的文人很容易引起内心的共鸣。

旧题马致远作的《天净沙·秋思》向来脍炙人口，但元人盛如梓《庶斋老学丛谈》提到这首小令时称是"无名氏"作，看来它的著作权尚有问题。暂且仍抄录在此处：

> 枯藤老树昏鸦，小桥流水人家。古道西风瘦马。夕阳西下，断肠人在天涯。

白朴也曾用《天净沙》曲牌写四季景色，其写法与本篇颇相似，上面所举的《冬》可供比照。这首是否马致远作固有疑问，但可以看出这种写法当时曾一度流行。

元代后期散曲　元代后期，许多出生于北方的文人来到南方生活，其中以散曲著名的有贯云石、乔吉等；一些南方文人也积极参与散曲创作，其中张可久享誉最高。

散曲原本与词有密切的亲缘关系。后期散曲以乔吉、张可久为代表，进一步向清雅工丽发展，向词的风格接近。他们虽也兼用俚语，却加以精心锤炼，这使散曲与市井文艺的趣味有所脱离。

贯云石（1286—1324），本名小云石海涯，号酸斋，维吾尔族人。出身高贵，仕途显达，却很早就退出官场，浪迹于江、浙一带。

贯云石性情豪放，散曲也写得十分爽利，有一种与众不同的风格，如辞官后作的《清江引》：

弃微名去来心快哉！一笑白云外。知音三五人，痛饮何妨碍？醉袍袖舞嫌天地窄。

曲中写出一种放浪不羁的傲态，有点李白诗的味道。朱权《太和正音谱》评贯云石之作"如天马脱羁"，于此可见。

贯云石也善于写自然景物，文笔清雅，有天然风韵，如《清江引·咏梅》：

芳心对人娇欲说，不忍轻轻折。溪桥淡淡烟，茅舍澄澄月。包藏几多春意也。

乔吉《绿幺遍·自述》云："时时酒圣，处处诗禅。烟霞状元，江湖醉仙。"他的散曲今存小令二百零九首，套数十一首，大抵围绕其四十年漂泊的生涯，呈现出一个江湖才子洒脱不羁的精神面貌。有时可以看到对自由人生的尽情想象和放旷的豪情，如《殿前欢·登江山第一楼》：

拍阑干，雾花吹鬓海风寒。浩歌惊得浮云散。细数青山，指蓬莱一望间。纱巾岸，鹤背骑来惯。举头长啸，直上天坛。

而有时则是寂寞萧瑟的况味，如《凭阑人·金陵道中》：

瘦马驮诗天一涯，倦鸟呼愁村数家。扑头飞柳花，与人添鬓华。

这是不同的意境，却都是真实心情的起伏之态。

乔吉的散曲通常形式较整饬，节奏明快；他在语言的锤炼上也很下功夫，像"山瘦披云，溪虚流月"（《折桂令·泊青田县》）之类的写景句，显得很精致。这些都有向词接近的倾向。但乔吉又常把俚语、口语与工丽精致的语言揉打成一片，从而保持散曲语言浅俗活泼的特点，像《水仙子·忆情》中"担着天来大一担愁，说相思难拨回头。夜月鸡儿巷，春风燕子楼，一日三秋"，就是典型之例。

张可久（约1270—1348后）字小山，《录鬼簿》称其为庆元（今浙江宁波一带）人，做过"路吏"和"首领官"等低级职务，而从他的散曲来看，他又经常过着隐居和游荡江湖的生活。今存小令八百五十多首，套数九首，是元人留存散曲最多的。内容多写隐居生活的闲情逸致，男女风情，尤擅于描摹山水风光。

张可久的散曲多为单支曲的小令，少用衬字，避免俚俗语汇，而更多地融化诗词语汇和意境，比起乔吉来更接近于词。只是比传统的文人词仍显得灵动活跃，在这方面尚保持着散曲的特征。明人朱权称赞其作"清而且丽，华而不艳，有不吃烟火食气"（《太和正音谱》），这样的风格在士大夫中能获得更多的好感，所以前人对张可久散曲的评价很高。

描绘江南景色是张可久的特长，如《普天乐·暮春即事》：

老梅边，孤山下。晴桥蝴蛛，小舫琵琶。春残杜宇声，香冷荼蘼架。淡抹浓妆山如画，酒旗儿三两人家。斜阳落霞，娇云嫩水，剩柳残花。

这是张可久众多写西湖风光的作品之一。对景物的描写非常注意画面感，末二句"娇云嫩水"与"剩柳残花"的对照，用矛盾的元素组合，颇有艺术趣味。"且将诗做画图看"（《红绣鞋·虎丘道上》），作者是很喜欢将诗情画意相沟通的。

而写男女风情的小曲大多比较活泼，如《朝天子·春思》：

见他，问咱，怎忘了当初话？东风残梦小窗纱，月冷秋千架。自把琵琶，灯前弹罢，春深不到家。五花，骏马，何处垂杨下。

以才士自视、风流自赏却长期担任吏职的张可久，看待仕途生涯甚黯淡而极无奈。《殿前欢·客中》写仕途艰难说："青泥小剑关，红叶溢江岸，白草连云栈。功名半纸，风雪千山。"这也使得他的散曲中经常有一种拂之不去的伤感气氛。在《人月圆·客垂虹》中，他为自己绘了这样的自画像："黄花庭院，青灯夜雨，白发秋风。"

元代后期作家睢景臣留下的作品甚少，但一篇《般涉调哨遍·高祖还乡》套数却极有名。它通过一个乡民的眼光，以谐谑的笔调，将汉高祖"威加海内兮归故乡"的场面写得滑稽可笑。这可以理解为元代文人借历史故事表现的对皇权的嘲弄，但其所隐含的一种颇有深意的思考尤其值得注意：同一事物用不同的方法来描述，其结果是完全不一样的。譬如，在乡民的眼光里，皇帝的仪仗原来是"红漆了叉，银铮了斧，甜瓜苦瓜黄金镀"，

"一面旗鸡学舞,一面旗狗生双翅",一堆乱七八糟。这看起来是因为乡民的无识,但愿意思考的人们却会由此想到:许多神圣与庄严的事物,本来不过是故弄玄虚而已。

五、元代诗文

最能代表元代文学的创造性和成就的,无疑是戏曲与小说。但对多数文人而言,最具历史传统的诗歌仍然是抒发人生情怀的主要文学样式。元诗不仅反映了百年间动荡、复杂的社会状况,呈现了不同时期中知识阶层的精神面貌,而且对于认识中国诗歌的发展趋势及其与新兴文学样式之间的关系,都有重要的价值。

作为元诗的前驱,北方以元好问为代表,南方以"四灵"、严羽等人为代表,对宋诗长期以来重理智而轻感情的倾向进行了反拨。随着元朝势力的拓展,南北潮流合而为一,这种对宋诗的反拨也就成为元诗的主流。回到唐代乃至汉魏六朝,在元代诗人中是相当普遍的主张,其实际意义乃是恢复唐诗所代表的重视抒情的传统。也许他们的诗歌未必写得有宋诗那么精深,但正如明胡应麟《诗薮》所谓"元人力矫宋弊",这一导向对诗歌的发展是有重要意义的。到了元代末期,以商业经济发达的东南城市为主要基地,以杨维桢等人为主要代表,诗歌中更出现与市民文艺相融合、突出个人价值与个人情感、在美学上打破古典趣味等种种新的现象,体现出向近现代方向靠拢的动向。本节将主要介绍元代诗歌,兼及散文和词。

元代前期的北方诗人　自元王朝统治北方至统一全国不久的一段时期,出身于北方的诗人主要有耶律楚材、郝经、刘因等。这一时期的元诗成就有限,但北方的诗人们仍然表现了自己的特色。

耶律楚材(1190—1244)是这些诗人中生活年代最早的一位。他字晋卿,号湛然居士,是辽皇族的子孙,仕于金,后为成吉思汗召用,终成元初的名相。他是一个经历复杂的人,在投身于历史大变局的同时,内心常怀着对平凡生活的向往。这类感情往往写得朴素而真实。如《过燕京和陈秀玉韵》其四，由"余生不得乐林丘"的感慨而追忆年轻时"几帙残编聊映眼，一张衲被且蒙头"的光景，觉得那是快乐的生活，而在西域所作《思亲有感》其二，也相当动人：

> 伶仃万里度西陲，壮岁星星两鬓丝。白雁来时思北阙，黄花开日忆东篱。可怜游子投营晚，正是孀亲倚户时。异域风光恰如故，一销魂处一篇诗。

《四库全书总目》称耶律楚材的诗"语皆本色，惟意所如，不以研炼为工"，说得不错。其诗虽然不算特别精美，但写得相当自如，在元代多民族文化混融的过程里，是值得注意的存在。

郝经（1223—1275）字伯常，陵川（今山西晋城）人，元世祖忽必烈即位前就对他很器重，后作为国信使去南宋，遭拘禁达十数年，始终不屈。他是一个信奉儒学的人，以儒家的气节奉事元主，而为元人所敬重，对于研究中国文化而言这是很值得注意的例子。

郝经的诗可以看出受韩愈、李贺影响的痕迹，他喜欢写富于起伏变化、夹杂议论的古体诗，喜欢用险怪的语词，诗中常是充满向外扩张的力量。而十分引人注目的是：他喜欢用这种风格的诗赞颂北人的勇毅凶猛，表现对武力的崇拜，有时甚至带有血腥气息。由此可以看出强悍的蒙古文化气质对汉族文人的影响，和由此产生的对汉诗的渗透。如《北岭行》：

> 中原南北限两岭，野狐高出大庚顶。举头冠日尾插坤，横亘一脊缭绝境。五台南望如培塿，下视九州在深井。上有太古老死冰，沙埋土食光炯炯。盘磴滑硬草无根，枯石摩天堕生矿。南人上来不敢前，扑面欲倒风色猛。坡陀白骨与山齐，惨淡万里杀气冷。岭北乾坤士马雄，雪满弓刀霜满颈。稀星如杯斗直上，太白似月人有影。寄语汉家守城将，莫向沙场浪驰骋。

诗人完全是站在蒙古王朝的立场上说话，有些内容带有政治色彩。不过，单纯从写景来说，其雄强有力是古诗里不多见的。

刘因（1249—1293）字梦吉，号静修，曾任右赞善大夫等职，不久即辞官。他是一位理学家，但个性豪迈，有些诗写得颇有超迈之气。如《渡白沟》的后半自述孤独无遇，却意气高昂："黄云古戍孤城晚，落日西风一雁秋。四海知名半凋落，天涯孤剑独谁投！"又如《寒食道中》：

> 簪花楚楚归宁女，荷锸纷纷上冢人。万古人心生意在，又随桃李一番新。

对生与死的循环交替，诗人关注的是生的可喜，表现出豁达的情怀。

赵孟頫、戴表元等　元统一全国以后，由南宋入元的诗文作家，主要有赵孟頫、戴表元以及仇远等人。

赵孟頫（1254—1322）字子昂，号松雪道人，湖州（今属浙江）人，宋皇室后裔。宋亡家居，三十三岁时应征出仕于元，官至翰林学士承旨。从赵的特殊身份来说，这一境遇既非所愿，亦无从逃脱，所以他内心总是充满愧疚和苦闷。而对历史的回顾，成为他试图挣脱现实耻辱的努力。

在赵孟頫最为著名的《岳鄂王墓》一诗中，抒写了对宋亡的感慨和由此而生的悲哀：

> 鄂王坟上草离离，秋日荒凉石兽危。南渡君臣轻社稷，中原父老望旌旗。英雄已死嗟何及，天下中分遂不支。莫向西湖歌此曲，水光山色不胜悲。

自南宋后期岳飞冤案得到平反以来，这位主战派将领成为人们想象历史的另一种可能的焦点。这诗中下笔便写岳墓的荒芜，正是呈现出希望彻底毁灭所留下的凄凉；而忘却却又是仍处于历史巨变过程中的人们做不到的，所以他们只能承受自己无力承受的哀伤。

然而从岳飞引出的想象并无多少根据，中国历史上的南北对峙总是以南方的失败告终，背后有更深的玄机。赵孟頫北上以后所写的《闻捣衣》把对历史的回顾延伸到更远："苜蓿总肥宛要襄，琵琶曾泣汉婵娟。"而当个人陷落在历史的漩流中时，他无法解释自己为什么要承担不可解释的历史："人间俯仰成今古，何待他年始惘然！"赵孟頫的诗大都写得秀丽而委婉，情感的表达以深厚的文化修养为凭依。清顾嗣立《元诗选》说："赵子昂以宋王孙入仕，风流儒雅，冠绝一时……而诗学又为之一变。"即由于赵的北上，元诗在艺术上得到了提高，向着雅致方向发展了。

戴表元（1244—1310）字帅初，奉化（今属浙江）人，宋末曾任建康府教授，宋亡后隐居，晚年被荐为信州教授，未几辞归。《元史》中说他于至元、大德间,在东南一带"以文章大家名重一时"。

在元早期诗人中,戴表元是鼓吹"唐风"、力矫宋诗之弊的有力人物。其《洪潜甫诗序》对宋诗变唐诗之风总体上表示否定;据袁桷《戴先生墓志铭》,他对理学给文学造成的破坏也深表不满,"力言后宋百五十余年理学兴而文艺绝"。

南宋破灭之际,戴表元颠沛流离于浙中一带,一度避兵祸于四明山中,他的诗有相当一部分记载了这种困苦的生活,以及战争给民众带来的灾难,颇有特色。如《南山下行》记战乱年代人命难保,惊心动魄,而《辛巳岁六月三日书事》以"情怀经苦思平世,颜貌缘愁似老人"之句写人们避祸时焦虑的心情,平实而又真切。至于《茅斋》这样的小诗,却又写出春日山斋的另一种情趣:

红杏园林雨过花,远陂深草乱鸣蛙。春风不问茅斋小,自向阶前长笋芽。

《元诗选》评戴氏五、七言近体诗为"诗律雅秀"。一般来说,戴诗以诗格调清新、形象鲜明见长,辞意较浅,不像传统的宋诗那样曲折或带有理趣,但颇有韵致。这体现着对于新的艺术规范的追求。

戴表元也以文章著名。如《送张叔夏西游序》,记词人张炎少年时代作为贵游公子的翩翩风姿,和中年漂泊潦倒的境遇,以及酒中高歌、忘怀穷达的神态,文辞简洁,感情亲切自然,却没有多少堂皇的议论。

仇远(1247—1326)字仁近,入元后做过溧阳教授,晚年优游湖山以终。他的《酒边》写道:"却有一尊春酿在,醉眠犹胜楚三闾。"和元代许多散曲一样,否定了以屈原为象征的"忠"的传统信条。于诗自言"近体吾主于唐,古体吾主于《选》"(见方凤《山村遗集序》),亦以宗唐和复古作为对宋诗的反动。

他的诗作以七律较著名,多写对世事变迁的感慨,如《次胡苇杭韵》:

曾识清明上巳时,懒能游冶步芳菲。梨花半落雨初过,杜宇不鸣春自归。双冢年深人祭少,孤山日晚客来稀。江南尚有余寒在,莫倚东风褪絮衣。

"元四家" 到了元代中期,社会趋向稳定,蒙古统治者对汉文化表示了更多的尊重，文人的心态逐渐从战争和改朝换代的冲击中摆脱出来。自赵孟頫北上，带来"风流儒雅"的诗歌趣味，此时在以京师为中心的诗坛进一步扩大了影响。其时主要作家是有"元四家"之称的虞集（1272—1348，字伯生）、杨载（1271—1323，字仲弘）、范梈（1272—1330，字亨父，一字德机）、揭傒斯（1274—1344，字曼硕）。他们先后在京城担任翰林等馆阁职务，常相互唱和切磋，遂成为宗师式的人物。四家的诗歌取向仍以宗唐复古为主导，而与宋诗相背。如杨载主张"诗当取材于汉魏，而音节则以唐为宗"（《元史》本传），就是颇有代表性的意见。

《元诗选》称四家诗"为有元一代之极盛"，后世沿袭此评价的颇多。就对诗艺的讲究和写作的精致来说，他们确实是元代最突出的。但这四人作为馆阁文人，所作难免受到正统美学趣味的限制，在个性的表现方面实不及元末诗人。

虞集自成帝大德时入仕，历数朝皆受优宠。他主张诗歌当温厚平和而不失声韵光彩之美，诗作也是循这一条路数。但除了一些歌颂朝廷盛德之作，其诗在雅正的面貌下，仍有重抒情的特点。如《院中独坐》：

何处他年寄此生，山中江上总关情。无端绕屋长松树，尽把风声作雨声。

这是于仕宦中期望退居山水的心情。后二句说风吹过松树的声音犹如雨声，增添了内心的萧瑟之感，故以"无端"二字以表惊悸。但这很可能是象征写法，宦场中无端地将"风"作"雨"，所以令人思退，情系"山中江上"。而致仕以后所作诗，较以前的诗多几分绮丽多几分风情，如一组题画诗中的《海棠》篇：

睡起多情思，依稀见太真。一枝红泪湿，似忆故宫春。

在四家中杨载较多浪漫的诗人气质，范梈为其诗集所作序中说，其诗"傲睨横放，尽意所止"。像"放浪天地间，无今亦无昔。古人得意处，相与元不隔"（《遣兴偶作》）之抒怀，"北风海上来，大雪何壮哉，上下九万里，洗净无纤埃"（《雪轩》）之写景，都可以见出他个性中纵恣的因素。而且，杨载作诗不像虞集等人主要由现实的人事而发生感想，他每有凭空想象，如《宗阳宫望月分韵得声字》诗中著名的"大地山河微有影，九天风露寂无声"一联，似从天界俯视人间的景象，意境浩渺，《纪梦》也有一种奇幻华丽：

> 四面青山拥翠微，楼台相向辟天扉。夜阑每作游仙梦，月满琼田万鹤飞。

范梈喜作歌行体，在声调、结构上颇用心，但总显得创造力不够。他的一些绝句颇有情致，如《浔阳》一诗：

> 露下天高滩月明，行人西指武昌城。扁舟未到心先到，卧听浔阳谯鼓声。

揭傒斯出身贫寒，诗中情感有较接近平民的一面。如《临川女》写一个盲女被母兄遗弃，得到善人的救助，自述"我母本慈爱，我兄亦艰勤。所驱病与贫，遂使移中情"，很深入地揭示了贫困者的无奈。不过其诗最突出的风格，乃是《四库全书总目》所说的"清丽婉转"。如《重饯李九时毅赋得南楼月》：

> 娟娟临古戍，晃晃辞烟树。寒通云梦深，白映苍梧暮。胡床看逾近，楚酒愁难驻。雁背欲成霜，林梢初泫露。故人明夜泊，相望定何处？且照东湖归，行送归舟去。

杨维桢与元代后期的诗 元代后期实为元诗真正的高峰，清顾嗣立《元诗选·凡例》称，"迨至正之末，而奇材益出焉"。其时主要诗人有萨都剌、杨维桢、高启①、顾瑛等，他们活动的地域主要在东南一带的城市。

元后期，东南一带城市的经济发展很快，市民阶层也远较前代为壮大。在崇尚"功利"的社会氛围中，市民中的上层人物往往在地方上有很大影响，这种影响并且渗透到文化领域。如诗人顾瑛、画家倪瓒，均是富豪。明王世贞《艺苑卮言》说他们凭借自身的资财与才能，"风流豪赏，为东南之冠，而杨廉夫（维桢）实主斯盟"。商人与文艺关系如此之深，在过去是没有过的。

他们的诗因为与市民社会、市民文化的密切关联，而形成某些独特面貌。一个特点是富于世俗生活的情调，常以赞赏的态度描述城市的繁荣、人生的享乐，另一个特点是自我意识较为强烈，如杨维桢的《大人词》、

---

① 本书按习惯把高启放在明代介绍，但实际上他主要活动于元末，所以在论及元末文学的一般特征时，又不能不提到他。

高启的《青丘子歌》、顾瑛的《自题像》等，都直接描绘了自身的精神形象，表现了尊重自我个性的要求。同时，他们的诗在艺术风格上也多有突破传统规范之处；杨维桢的诗更被人攻击为"文妖"。从另一角度来看，元代后期诗歌在生活情趣和题材、语汇等诸多方面，都受到新兴的市井文艺——小说、戏剧、散曲的影响，所谓"雅"文学和"俗"文学的界限变得模糊了。而这一切意味着古典诗歌正在寻求新的历史变化。

萨都剌（约1300—？）字天锡，号直斋，回族人，出生于武臣之家，曾在南方任各种地方官职，晚年寓居杭州。

萨都剌是虞集的门生，虞集说他的诗"最长于情，流丽清婉"（《傅与砺诗集序》）。他的诗集中写女性之美和男女之情的作品为数不少，有的近似竹枝词的风格，而情调颇为热烈，如《游西湖》："惜春曾向湖船宿，酒渴吴姬夜破橙。蓦听郎君呼小字，转头含笑背银灯。"写出一个活泼的生活场景，有散曲那种轻灵的味道。一些长篇歌行则往往接近宫体诗的气息，如《鹦鹉曲题杨妃绣枕》中有如下的描绘："美人春睡苦不足，梦随飞燕游昭阳。觉来粉汗湿香脸，一线新红枕痕浅。"这和中期"四家"以典雅为主的风格显然有别。

萨都剌另一类有特色的诗是渗透了历史感的抒怀之作。他性格磊落，自视甚高，诗中语言流畅，情感舒张，显示出豪迈的气概。如《九日》：

北固山前逢九日，小凉天气入青袍。湘江水落玄霜下，吴地秋深白雁高。落帽看花怜我辈，呼鹰戏马忆儿曹。孙刘事业今何在，斗酒聊舒太白豪。

萨都剌也是元代重要的词人，其《念奴娇·登石头城次东坡韵》是追和苏词的名作：

石头城上，望天低吴楚，眼空无物。指点六朝形胜地，唯有青山如壁。蔽日旌旗，连云樯橹，白骨纷如雪。一江南北，消磨多少豪杰。　　寂寞避暑离宫，东风辇路，芳草年年发。落日无人松径里，鬼火高低明灭。歌舞尊前，繁华镜里，暗换青青发。伤心千古，秦淮一片明月。

这首词和前引《九日》诗在惋惜生命的无情流失方面有相近的情调，但它从宏阔的时空落笔，气象更显高远；和苏词追慕古昔英雄而自悲不遇的主旨相比,它更多着眼于历史的破灭与人生的痛苦,别有一种苍凉意味。

给元后期诗歌带来更大变化的是杨维桢[①](1296—1370)。他字廉夫,号铁崖、铁笛道人、东维子等,诸暨(今属浙江)人。曾任钱清盐场司令、建德路总管府推官等职,晚年隐居于松江。明初应召至南京,纂修礼乐书,不久归里。杨维桢诗在元末东南地带有很大影响,宋濂为他写的墓志铭说:"吴越诸生多归之,殆犹山之宗岱,河之走海,如是者四十余年。"在他的周围还形成了一个诗人群体,他自称"吾铁门称能诗者,南北凡百余人"(《可传集序》)。

杨维桢论诗的要点,一是强调源于情性,认为"有性此有情,有情此有诗"(《剡韶诗序》),二是在提倡"复古"的同时反对模拟,提出"摹拟愈逼,而去古愈远"(《吴复诗录序》),三是重视诗的艺术特征,主张"诗有情、有声、有象、有趣、有法、有体"(《来鹤亭集序》)。这些见解对明人有较明显的影响。在诗体方面,他不喜格律森严的近体而多作乐府体,其诗集即名为《铁崖古乐府》。但这种"古乐府"不仅风格与传统的乐府诗有异,范围也更宽,近于七绝的竹枝词、宫词、香奁诗等都包含在内。所以,杨氏所谓"古乐府"实际就是一种自由体。

杨维桢诗内涵复杂,但主要的特征仍是很明显:以个人生命意欲为核心,显示自我精神的张扬,赞美世俗享乐,表现对美丽的异性的渴望。

在杨维桢诗中,有多篇描述自我精神形象的作品,如《大人词》、《道人歌》、《五湖游》等均是。这种精神形象跨越时空、独立天地、驰骛八极、孤傲无侣。它虽是源于陆象山"吾心即宇宙"的哲学观(陆氏之说则源于佛学),主旨却不在表现哲理,而是传达了个人意志的扩张,正是这种扩张带来诗中人物恣肆飞扬的神情,如《五湖游》:

鸱夷湖上水仙舟,舟中仙人十二楼。桃花春水连天浮,七十二黛吹落天外如青沤。道人谪世三千秋,手把一枝青玉虬。东扶海日红桑樛,海风约住吴王洲。吴王洲前校水战,水犀十万如浮鸥。水声一夜入台沼,麋鹿已无台上游。歌吴歈,舞吴钩,招鸱夷兮狎阳侯。楼船不须到蓬丘,西施郑旦坐两头。道人卧舟吹铁笛,仰看青天天倒流。商老人,橘几弈? 东方生,桃几偷? 精卫塞海成瓯窭,海荡邛山漂髑髅,胡为不饮成春愁?

---

① "桢"字或作"祯",古籍所见参差不一,今暂从《明史》。

"道人卧舟吹铁笛"直接点出作者的号——铁笛道人。在此呈现的诗人自我的精神形象，逍遥于仙境与尘世，纵览古今，赏玩历史与自然的变迁，而又始终不失去凡俗的享乐。诗中有李白、李贺游仙诗那种奇思异想影响的痕迹，却没有他们愤世嫉俗、远离凡尘的情绪。而《大人词》所写的"大人"，也既是"天子不能子，王公不能侍"，又是"男女欲不绝，黄白术不修"，这些都意味着精神的超越无须以放弃粗鄙的世俗生活为条件。

美女是杨维桢诗中不断出现的人物，她们使人生变得快乐。像《城西美人歌》写道："美人有似真珠浆，和气解消冰炭肠……美人兮美人，吹玉笛，弹红桑，为我再进黄金觞。旧时美人已黄土，莫惜秉烛添红妆。"有意思的是，过去诗中的美女大抵给人以纤弱、慵懒、哀怨之类的感觉，杨维桢诗中所写却大多体态矫健，充满活力。像如下两首诗：

齐云楼外红络索，是谁飞下云中仙？刚风吹起望不极，一对金莲倒插天。（《续奁集二十咏·秋千》）

鹿头湖船唱赧郎，船头不宿野鸳鸯。为郎歌舞为郎死，不惜真珠成斗量。（《西湖竹枝歌九首》之二）

前一首，女子荡秋千，在前人笔下多是"隔墙送过秋千影"这样隐约的写法，而杨维桢却尽力写出其恣狂的情状；后一首则写出女子豪爽热烈的情感，她们都不再是温柔而娇弱的。

杨维桢诗的审美情趣违背诗歌传统的"雅正"要求，而与元代小说、戏剧、散曲等市井相通。胡应麟《诗薮》说他的《香奁八咏》"是曲子语约束入诗耳。句稍参差，便落王实甫、关汉卿"。他的眼光很敏锐。不过，这一特点实以《续奁集二十咏》最为明显。作者用一组诗写一个少女自订私约而如意成婚的过程，并从多方面赞美她的美丽，就从《相见》《相思》、《的信》、《私会》这些标题来看，就很有情节性，像是杂剧的缩略。

杨维桢诗在艺术上不能说怎么精美，有些也写得过于古怪，但确实很有生气。它体现了元末东南沿海地区的文化变异对中国古典诗歌发展演变的要求，这是其真价值所在。

顾瑛（1310—1369）字仲瑛，别名阿瑛，昆山人（今属江苏），由经商而成为吴中巨富。其园林"玉山草堂"人称"园池声伎之盛甲于天下，四方名士,常主其家"(《元明事类钞》),实为东南地区文士聚会的沙龙,杨维桢亦多出入于此,并为文会盟主。顾瑛还编辑了《玉山草堂雅集》,录存与会者的诗作,当日流传颇盛。文人雅集向来带有贵族气息,玉山草堂中的集会,则反映了商人在获得财富以后对文化价值的追求和在文化领域的势力,这是值得注意的现象。

顾瑛的诗因其生活经历不同于一般文人而显示出一些特色。如他有一首题《雪景盘车图》的诗,描述商人从事长途贩运的艰辛和面对的风险,并表达了商人对官僚的愤慨,这在古诗中是少见的。他的《自题像》一诗则写出了自己的某些个性特征:

儒衣僧帽道人鞋,天下青山骨可埋。若说向时豪侠处,五陵鞍马洛阳街。

前二句表现自己思想态度和人生观念的随和,后二句写出自己作为商人而堪与贵族相比的豪迈。

六、元代小说

元代文学最突出的成就在于虚构性文学的长足进展,杂剧和小说是其辉煌代表。不过,由于通俗小说作者的情况大多不很清楚,又常在流传过程中受到出版者的修改,其产生年代的问题变得很复杂。譬如在元代刊刻的作品,可能是当代产生的,也可能是从前代流传下来的;而确知元代已经出现的作品如果只存有明代的刻本,也很难说刊刻时经过了多大程度的修改。对此,我们将尽量作些说明。

话本小说 宋代盛行的说话艺术在元代仍然流行,并仍以"小说"、"讲史"二类最为重要,但早期的话本小说哪些属于宋,哪些属于元,现在已难以分清,所以研究者常笼统地称之为"宋元话本",这是不得已但也是比较稳妥的态度。

元代早期罗烨的《醉翁谈录》中著录了许多小说话本的名目,其中少数几篇的内容尚可见于《警世通言》。但"三言"中虽有不少篇取材于前代,包括前面提及的在题下注明出于"宋人小说"的,都经过相当大的修改,仅可以作为考察宋元小说的资料,而不适宜径直视为宋元小说了。

另外,钱曾《述古堂藏书目》及《也是园书目》也有"宋人词话"的著录。其中有五篇见于《清平山堂话本》(明嘉靖时洪楩所编刊《六十家小说》的残本),即《简帖和尚》、《西湖三塔记》、《柳耆卿诗酒玩江楼记》、《风月瑞仙亭》、《合同文字记》。但据章培恒先生考证,这五篇均编定于元代①。比较"三言"中取材于前代的小说,这五篇文字显为粗朴,当是较接近宋元小说的原貌。

这些小说结构、描写都比较粗糙,而情节大多离奇。想必"说话人"在说书时会有许多发挥,所以在文本上只需故事性强就行。另一显著特点是富于市井趣味,而在道德观上常是马马虎虎。像《简帖和尚》写皇甫殿直因受骗误以为妻子跟别人有私情,将她休了,后来在相国寺遇见她与新丈夫在一起,却又同她彼此凝视,内心很留恋;及至知道自己原是被骗,又和妻子重圆。这里包含着市井民众的人情味。当然市井趣味也可能是粗鄙的趣味。如《柳耆卿诗酒玩江楼记》写柳耆卿(即词人柳永,但实为假托)做余杭县宰,喜欢上妓女周月仙却被拒绝,遂命一舟子对她施暴,然后又在酒宴上当周的面歌唱她被辱后所作的诗,令她羞愧惶恐。对这种恶劣的行为作者并不持指责态度,而是让周月仙就此被"征服",甘心侍奉耆卿。作者显然并不拿现实生活的规则来要求小说中的人物,而只是在投合读者(听众)的某种潜在欲望。

讲史类话本,目前尚有多种元刊本存世。包括《五代史平话》,《全相平话五种》即《新刊全相平话武王伐纣书》、《新刊全相平话乐毅图齐七国春秋后集》、《新刊全相秦并六国平话》、《新刊全相平话前汉书续集》、《至治新刊全相平话三国志》;另有一种《大宋宣和遗事》,系抄撮旧籍而成,其中有几个部分属于讲史性质。

上述小说中以《五代史平话》较为出色。在宋代说话中,说"三分"即三国故事和说五代史都是很受欢迎的节目,元刊《五代史平话》或是源于宋人说话的底本。历史上三国与五代都是"乱世",也是枭雄人物际会风云、大有作为的时代,他们的故事容易引发听众的兴奋;五代帝王又多

---

① 《关于现存的所谓"宋话本"》,载《上海大学学报》1996年第1期。

为平民出身,其"发迹变态"的经历更能给市井民众带来幻想的快乐。从小说艺术来说,《五代史平话》虽然也写得比较简略,但文字较《全相平话五种》明显来得清通,有些部分已经写得相当细致生动,能够吸引人阅读。这意味着原来作为说话人所用底本的"话本"向着真正的小说文本发展,有了长足的进步。

另有一种与后来的《西游记》有着渊源关系的《大唐三藏取经诗话》,学界有宋刊、元刊两种意见。在"说话"的分类中,以前多列入"说经"。但它和"说经"为敷演佛经故事的本义不甚相符。其实说话人的门户之限未必那么严格,后人也未必需要将所有话本明确归类。

上述话本虽然艺术成就不是很高,但对于古代小说的成长,意义却很重要。

文言小说《娇红记》 元代文言小说佳作甚少,但却出现了一部小说史上非常特别的作品——《申王奇遘拥炉娇红记》,简称《娇红记》。它长达一万七千余字,在文言小说中是空前的。

明代高儒《百川书志》著录此书,署为元虞集著,而另一文献记载为元宋梅洞(名远)著。研究者或认为这两种署名都不一定可据。

这篇小说的故事并不新奇,也算不上复杂:书生申纯至其舅父王通判处作客,与表妹娇娘相恋,以至私通。申生家请媒人至王家求亲,遭到王通判的拒绝。其后申纯考取进士,王通判也同意两人结合,但帅府的公子得知娇娘美丽,前来求亲,王通判又把娇娘许给了他。见事已无望,娇娘遂绝食而死,申生亦自缢身亡,两人死后成仙。以前最长的文言小说数《游仙窟》,不足九千字,却已包含许多拖沓、堆砌的内容,而《娇红记》却并无旁出枝蔓,它形成如此宏大的篇幅,完全是因为作者对故事发展过程写得十分深细;它的情节之曲折,细节之丰富,描述之细腻,都是过去的文言小说从未有过的。举例来说,单是写两人从相识到确定彼此的爱情,就约有四千字,作者通过一系列琐细的事件,来呈现他们怎样互生好感、相互试探、逐步走近,直至两颗年轻的心热烈地融合在一起。在这以后,转入两人为维护自己的爱情而与压迫势力反复的抗争,也同样是委曲周至。

这种写法其实已经包含了对小说的一种理解:小说不仅要叙述一个完

整的故事，而且需要虚构活生生的生活场景；不仅要写出人物的行动，而且要深入人物的心理。唯有如此，小说才能真正发挥其艺术上的优长，通过想象表现人的生活意欲与环境的矛盾，使读者在虚构的真实中不知不觉地受到感染。就此而言，《娇红记》已开了《红楼梦》的先河。

但也正是因为这种努力，暴露了《娇红记》不可克服的缺陷。文言是一种与日常生活语言脱离的书面语，用文言写那种简洁而精致的小说是合适的，但是当用文言作十分细腻的描述时，由于阅读和心理反应不能同时完成，它产生了一种抵抗力，使读者无法沉入到小说的虚构世界中去。在此情况下，语言反而显得冗杂累赘。由此我们也可以看到：中国古典小说朝着白话方向转化，从表层原因看是由通俗性的需要造成的，从深层原因看，实际是由小说艺术自身的特点决定的。

《三国演义》 《三国演义》与《水浒传》这两部长篇小说的出现，标志着中国古代小说发展到了新的高峰。和元杂剧一样，这种成就是优秀文人的文化素养与民间艺术活力相结合的结果。

《三国演义》原名《三国志通俗演义》。作者罗贯中，生平不详，现在一般据贾仲明（或谓无名氏作）《录鬼簿续编》等书提供的材料，认为他名本，字贯中，号湖海散人。祖籍太原，在杭州生活过。其生活年代主要应在元末，是否活到明代则不可知。此书现存最早的版本刊于明嘉靖元年，二十四卷，二百四十则；后有一种假托的"李卓吾评本"将之合并为一百二十回。清康熙年间，毛纶、毛宗岗父子对此书作了加工整理，修改了回目，对情节和文字也作了些增删，但仍基本上保存了全书的原貌。这种简称为《三国演义》的一百二十回本后来最为通行。不过此书在明中叶就有人用简称，见于汪珂玉《珊瑚网》引莫云卿《笔麈》，毛氏父子也是沿袭前人。

三国是一个社会动乱、英雄辈出而激动人心的时代。关于这一时代的历史与人物，陈寿的《三国志》提供了相当丰富的史料，而裴松之为之作注，又有很大扩充；由于体例不受限制，裴注的资料有不少是富于趣味性和故事性的。如作为文学人物形象的曹操，其某些特点在裴注所引《曹瞒传》中就已经可以看到。所以三国历史与人物向来就是文人诗词咏唱的对象，有关故事也很早就流传于民间。据杜宝《大业拾遗录》，隋炀帝观水上杂戏，有曹操谯水击蛟、刘备檀溪跃马的节目。苏轼《东坡志林》也记载了"涂巷中小儿"顽皮讨嫌，家中给了钱让他们听人说三国故事的情形。

宋代说话中，有"说三分"的专门科目和专业艺人。现存早期的三国讲史话本，有元至治年间所刊《全相三国志平话》。同时，元代戏剧舞台上也大量搬演三国故事，现存剧目即有四十多种。罗贯中的《三国演义》是对以"讲史"为主的民间艺术的继承与发挥，但与之又有相当大的区别。相比于《全相三国志平话》的粗糙简略以及史实多有谬误的面貌，《三国演义》显示出作者对史料的高度熟悉和娴熟运用，而民间传说的内容则是巧妙地穿插在以史料为主干的框架内。

关于三国的历史，主要是在宋代形成了一种以蜀汉为"正统"的评价，这也影响到民间流传的三国故事。《三国演义》承袭了这一倾向，显示出尊刘贬曹的基本态度。与此同时，它也引入了在民间文艺中就很强烈崇尚"义"的道德观，这从一开始写刘、关、张桃园三结义就很明显。这里的所谓"义"其实是一种市井道德，它强调人与人之间的相互扶助以及知恩图报的原则，帮助人们在政治集团、血缘联系之外建立强有力的共同利害关系。小说中，封建正统道德和市井道德相结合，构成了一种解释历史、评价人物的大概尺度。

但绝没有必要过分认真地看待《三国演义》的道德意识，它虽然提供了作者叙事所需的立场，而小说的文学活力与之并无多大关系。只要想到小说中写得最为血肉丰满、令人难忘的人物竟是"汉贼"曹操，就能理解这一点。《三国演义》真正吸引读者的，是它在一个宏大的叙事结构中描绘了极其壮阔的、波谲云诡的历史画面，描绘了从秩序崩溃到秩序重建的过程中各种力量的相互冲突、分化组合，而作者尤其关注的，是人在历史中的欲望与行动。作者几乎无法抑制他的英雄主义观念，常常把自己织就的道德薄纱抛弃不顾，不拘在政治上属于哪一方，只要是具备勇敢、智慧、尊严、毅力这些高贵气质，即显示出生命力量的人物，都得到热情的赞颂。在这样的历史斗争中，弱者和愚者被毫不留情地逐出，不管其本来的身份多么高贵（如可怜的汉皇室），原有的势力多么强大（如袁绍、袁术兄弟）。

小说中虚构成分最多的赤壁之战故事是很好的一例：这场决定三国鼎立之势的关键性战争，在《三国志》中仅有简略的记载，作者将其铺排为整整八回的篇幅，写得波澜壮阔、高潮迭起，始终充满戏剧性的变化。而三方主要人物，都被当作英雄来描写。曹操横槊赋诗时的自我陶醉和几分苍凉，诸葛亮游说东吴的深察人心与从容不迫，孙权不甘屈服于强敌、断案立誓的激动，周瑜设计诱敌的才智和机敏，无不给读者留下深刻印象。历史在这里被描绘成英雄展示其生命激情、意志与才华的舞台。明人王圻说罗贯中是"有志图王者"（《稗史汇编》），并没有提出任何根据，恐怕是从小说中得来的感受吧。

英雄人物也会遭遇失败，但因为在失败中仍然不丧失尊严，他们仍然是英雄。像庞德为关羽所擒，对关羽的劝降，大骂"竖子"，称"刘备乃庸才耳"，遂不屈而死，书中引诗赞他为"烈烈大丈夫，垂名昭千载"；关羽为东吴所擒，孙权亲自劝降，他厉声痛骂"碧眼小儿，紫髯鼠辈"，自称"有死而已"，书中引诗赞他"气挟风雷无匹敌，志垂日月有光芒"。还有像祢衡那样的文士，本是游离于历史大局之外，言行也颇显得浮夸无实，但他不屈于权势、使本欲羞辱他的曹操却当众受到羞辱的"击鼓骂曹"故事，也同样写得非常有生气。

作为中国第一部长篇小说，《三国演义》也建立了中国文学的第一座人物长廊。虽然，《三国演义》写人物的笔墨还不够细致，人物的性格层次也不够丰富，但各种具有鲜明个性差异的人物形象彼此映衬，仍然初步显示出人性的多样面貌。譬如"关羽温酒斩华雄"的一节：

绍曰："可惜吾上将颜良、文丑未至！得一人在此，何惧华雄！"言未毕，阶下一人大呼出曰："小将愿往斩华雄头，献于帐下！"众视之，见其人身长九尺，髯长二尺，丹凤眼，卧蚕眉，面如重枣，声如巨钟，立于帐前。绍问何人。公孙瓒曰："此刘玄德之弟关羽也。"绍问现居何职。瓒曰："跟随刘玄德充马弓手。"帐上袁术大喝曰："汝欺吾众诸侯无大将耶？量一弓手，安敢乱言！与我打出！"曹操急止之曰："公路息怒。此人既出大言，必有勇略；试教出马，如其不胜，责之未迟。"袁绍曰："使一弓手出战，必被华雄所笑。"操曰："此人仪表不俗，华雄安知他是弓手？"关公曰："如不胜，请斩某头。"操教酾热酒一杯，与关公饮了上马。关公曰："酒且斟下，某去便来。"出帐提刀，飞身上马。众诸侯听得关外鼓声大振，喊声大举，如天摧地塌，岳撼山崩，众皆失惊。正欲探听，鸾铃响处，马到中军，云长提华雄之头，掷于地上。——其酒尚温。

和《三国演义》全书风格的一致,这里的文字也是相当简略的。但仔细阅读,还是颇有趣味。当时身份只是"马弓手"的小人物关羽针对袁绍"上将未至"的叹息挺身"大呼"而出,足见他的骄傲;袁氏兄弟作为世代贵族出身的军阀看不起这等低贱之徒,他们的表现却仍有区别:袁术极为浮躁,袁绍则有意让关羽一试,却又担心被华雄所笑,见出他的虚荣和缺乏决断。而曹操始终表现出他的识力与机警。最后关羽提头掷地的动作,再一次证明他是勇武的,也是无礼的。他们的行为均与自身的品性相关,而各人的结局也在这里就有了预兆①。

进一步说,《三国演义》所写个别重要人物,作者还是注意到了其品格的复杂性。如曹操就是突出的例子。关于曹操的多种史料原有相互矛盾之处,这在小说中被处理成可以理解的多面化人格。他一出场就被称赞为"好英雄",却又不断在道德上受到指斥;他常常是豪迈而果断的,却又有多疑的一面;他通常器度恢宏,却也屡有心胸狭隘的举动。曹操实是中国文学中第一个性格丰富的形象,而且这一形象具有很大的阐释空间。只是这样的例子不多,全书还没有把人物形象的塑造放到主要地位。

从上面的引文可以看到《三国演义》的语言风格,这是一种文白相间的语言。之所以如此,可能因为作者常需在书中直接引用史料,如用纯粹的白话就难以谐调;也可能因为白话作为文学语言在当时尚未充分成熟。但不管怎样,它还是体现着小说语言的演化趋势。

长篇小说的出现,显示了一种新的文学意识:需要以宏大的眼光,在广阔的时空范围和复杂的人物关系中理解人类的生活。这背后根本的动力,是人对自我存在的关心。无疑的,我们可以说《三国演义》是中国文学发展史上具有划时代意义的作品。

《水浒传》 在《宋史》等史籍中,曾简略记载了以宋江为首的一支反叛武装的情况,这支武装有首领三十六人,一度"横行齐魏","转略十郡,官军莫敢婴(撄)其锋",后在海州被张叔夜伏击而降。

宋江等人的事迹很快演变为民间传说。宋末元初人龚开《宋江三十六赞》的序文中说及"宋江事见于街谈巷语"。罗烨的《醉翁谈录》记载宋

---

① 这一节分析参考了夏志清的《中国古典小说史论》。

元说话名目，已有"石头孙立"、"青面兽"、"花和尚"、"武行者"等。《大宋宣和遗事》有一部分内容，从杨志等押解花石纲、杨志卖刀，依次述及晁盖等智劫生辰纲、宋江杀阎婆惜、九天玄女庙受天书、张叔夜招降宋江等情节，虽然内容简单，却已有了略为系统的面目。另外，前已述及元杂剧中也有相当数量的水浒戏。要之，宋江等人的故事自宋元之际始，以说话、戏剧为主要形式，在民间愈演愈盛。正是在这样的基础上，形成了长篇小说《水浒传》。

关于《水浒传》的最早著录见于明嘉靖时高儒的《百川书志》："《忠义水浒传》一百卷，钱塘施耐庵的本，罗贯中编次。"据此，则是书原作者为罗贯中，而经过施耐庵的修改——所谓"的本"，意谓真本、最好的本子。施耐庵生平不详，仅知他是元末明初人，曾在钱塘（今浙江杭州）生活。由于《水浒传》的语言与《三国演义》差别甚大，可以认为施耐庵修改的程度是很大的。但事情还不是如此简单：在元末明初，找不到像《水浒传》一样用纯熟的白话写成的其他作品，所以我们现在见到的《水浒传》，很可能在明嘉靖年间刊行时再一次经过重大修改。

《水浒传》的版本问题非常复杂，争议也很多。简单说，它有繁本和简本两个系统，后者是前者的节本，但在省略描写细节的同时，又增添了新的故事内容。在繁本系统中，现存天都外臣序本和容与堂刊本（均为一百回）较接近原貌。另有一种一百二十回的袁无涯刻本，将简本系统才有的平田虎、王庆故事重写后增入了进去，称为《忠义水浒全传》。明末金圣叹将繁本的《水浒传》砍到梁山大聚义为止，成为七十回本。因为它保存了原书最精彩的部分，文字也有所改进，遂成为最流行的版本。

明末有一种将《水浒传》与《三国演义》合刻的本子，称为《英雄谱》，这道出了两书最基本的共同点。但和《三国演义》以史料为主干不同，《水浒传》虽也依托历史，其实除了"宋江"这个人名和梁山武装的反叛性质外，小说中的人物和故事与史实无关而全出于虚构；再则，《三国演义》所写的大多是历史上的著名人物，属于社会上层，《水浒传》中人物则多属于社会中下层，是平民英雄。这些人物形象更直接地反映着市井社会的趣味。

和《三国演义》一样，《水浒传》也有叙事的道德立场，梁山一杆杏黄旗上绣着的"替天行道"四字，梁山议事大厅匾额所标榜的"忠义"二字，就是作者为梁山事业所设立的道德前提。"替天行道"表明了这一群好汉蔑视现实秩序的正当性来源于"天"这一居于人间权力之上的最高意志。因为中国文化传统中存在着这样的意识：当一个时代的政治发生了极大混乱时，便意味着"天道"不彰，这时由政权以外的力量出来"替天行道"，至少在表面上可以说得通——《水浒传》对北宋末政治黑暗状况的描述，提供了梁山好汉"替天行道"的现实根据。而"忠"则意味着"替天行道"与对皇帝、朝廷的最终忠诚在根本上相一致，换句话说，"天"此时并未发出改朝换代的指示，梁山军队的责任是在山寨中帮助皇帝，使政权的行为回到"天道"所要求的轨道——"酷吏赃官都杀尽，忠心报答赵官家。""义"作为普泛的正义概念，内容则复杂得多，它是梁山好汉处理相互关系以及与其他人群之间关系的准则，其中市井道德意识的成分更多。

上述原则为梁山英雄的反叛行为蒙上一层按照社会传统观念至少是勉强可以解释的道德掩饰。但实际上《水浒传》内在的道德意识是相当混杂和模糊的。小说的核心内容，是描写了市井英雄不平凡的人生。他们的行为有时可以包容在正统观念的范围内，但更多情况下是与之相冲突的。而且，说到底，一伙"强人"无论怎样自称"替天行道"，都是对既存权力秩序的狂烈挑战。

梁山聚义始于晁盖等人劫夺生辰纲。而事前吴用劝阮氏三兄弟入伙，目标首先不是反政府，而是"大家图个一世快活"。而"大块吃肉，大碗喝酒，大盘分金银"，几乎是梁山好汉的口头禅。这种平民化的豪放而粗俗的语言，表达了对通过占有物质财富而获得自由快乐的生活的向往。把口腹之欲与恣肆的自由浪漫精神结合在一起，这在鲁智深大闹五台山的故事中演示得堪称轰轰烈烈。因为避祸而不得已做了和尚的鲁智深耐不得寺庙里寡淡的禁欲生活，下山喝得烂醉，而后怀揣一条熟狗腿上得山来，打坍了凉亭，砸碎了金刚，追着打着逼和尚吃肉吓得满堂和尚惊散。把人的世俗生活欲望写得如此慷慨豪华是《水浒传》不同凡响的地方。

英雄遭受压迫时生命的力量由聚敛而爆发，越发惊人。武松欲为兄伸冤，却状告无门，于是拔刃雪仇，继而在受张都监陷害后，血溅鸳鸯楼；林冲遇祸一再忍让，被逼到绝境，终于复仇山神庙，雪夜上梁山；解珍、解宝为了索回一只他们射杀的老虎，被恶霸毛太公送进死牢，而引发了顾大嫂众人劫狱反出登州……这些都是《水浒传》中壮丽的故事。肯定复仇的权利，赞美复仇的行为，构成《水浒传》的一大特色。与不能忍受自身受欺凌相应，不能忍受他人尤其弱者受欺凌，也是英雄气质的表现。鲁智深为了与己无干的金翠莲拔拳打死了郑屠，从此由军官而流落江湖；武松宣称"我从来只要打天下硬汉不明道德的人"，他痛打蒋门神，为施恩夺回快活林，也是因为对方恃强凌弱。如果说这些行为伸张了正义，那么它首先是伸张了好汉的意志。

至于像鲁智深倒拔杨柳、武松景阳冈打虎这一类与社会矛盾无关的情节，则是从另一种角度歌颂了英雄的勇力。这种故事因为不涉及人与人对抗的紧张感，在粗犷豪迈之中又有几分优美，它调节了小说的气氛。

有必要指出《水浒传》包含了不少对野蛮暴力的认可，如张青夫妇开黑店宰杀旅客做人肉馒头，李逵为了逼迫朱仝上梁山而随手劈死了由他照看的知府的四岁小儿，诸如此类，所在多有，作者写得轻松而似不甚经意。好汉行走"江湖"的故事，原本和民间秘密帮会的背景有联系，所以"替天行道"不知不觉地就会带上一种盲目的破坏性。还有，《水浒传》是一部男性中心意识特别强烈的小说，轻视女性，尤其仇视"淫妇"，也成了英雄气概的证明，西方的骑士精神在这里是完全看不到的。

但尽管有这些缺陷存在，尽管对"正义"的确认有种种矛盾，《水浒传》的主体仍然是试图在某些具有新鲜意味的正义原则下赞美生命的自由与快乐。普通人的日常生活终究是平庸的，人们不能不忍受它而又无法不感到烦倦。梁山好汉却是另一种人物，他们是传奇式的理想化的，比起《三国演义》中的人物又更接近于平民。在他们身上表现出的个性、力量、情感的奔放，给人以生命力舒张的快感，使读者获得很大的心理满足。

《水浒传》是文学史上第一部用纯粹的白话写成的长篇小说。白话文学绝不是"怎么说就怎么写"就能成功的，白话作为文学语言来运用有其发展的历程。从唐代变文和话本开始就运用白话，宋元话本又有明显进步，但文白相杂、粗糙简朴仍是普遍情况。而到了《水浒传》，白话才真正成为流利纯熟、生动活泼的文学语言，就"绘声绘色、惟妙惟肖"而言，其效果是文言所不可能达到的。有了《水浒传》，白话文体在小说创作方面的优势得到了完全的确立；就此而言，它堪称是里程碑式的作品。

《水浒传》作为长篇小说的结构不如《三国演义》那么宏大而完整，

但在人物形象的塑造方面付出了更大的努力，也取得较后者更为突出的成就。它原本形成于民间说话和戏剧故事的基础上，在长篇框架内仍保存了若干具有独立意味的单元，一些最重要的人物，在有所交叉的情况下，各自占用连续的几回篇幅，其性格特征得到集中的描绘，表现得淋漓酣畅。这显示了人物形象的塑造在小说中占有主要地位。而且，《水浒传》中的人物，作者每因其身份、经历之异写出他们不同的个性，像武松的勇武豪爽，鲁智深的嫉恶如仇、暴烈如火，李逵的纯任天真、戇直鲁莽，林冲的刚烈正直，无不栩栩如生。金圣叹说书中"人有其性情，人有其气质，人有其形状，人有其声口"（《〈第五才子书施耐庵水浒传〉序三》），这固然有些夸大，但就其中几十个主要人物而言，是可以当之无愧的。就是小说中着墨不多的次要人物，有时也写得十分好看。像杨志卖刀所遇到的牛二，那种泼皮味道真是浓到了家。

《水浒传》所写的英雄人物，性格倾向十分强烈，性格的复杂性和前后变化较少，这和它传奇性有关：用浓墨重彩来显示英雄的非凡气质，更容易强烈地打动读者。但这并不意味着简单粗糙。譬如李逵，作者常常从反面着墨，通过似乎是"奸猾"的言行来刻画他的淳朴。又譬如鲁智深性格是暴烈的，却常在关键时刻显出机智。再则，作者虽然写的是传奇性人物，却常常能够考虑到具体的生活环境对他们的影响，将他们的行为写得真实可信。如林冲见妻子被人调戏，顿时愤怒，"恰待下拳打时，认的是本管高太尉螟蛉之子高衙内……先自手软了"。因为他身为禁军教头，生活优裕，不得不思前顾后，想到一拳之下，"太尉面上须不好看"。总之，由于白话语言的纯熟运用和小说内容向着以人物为中心转移，《水浒传》代表了通俗文学新的发展高度，并预示了古典小说的发展方向。

第 16 章

明代诗文

明代约二百八十年的历史（1368—1644），在世界范围来说，差不多正好相当于欧洲的文艺复兴时代，也就是从中世纪向"现代"过渡的时代。长久以来，关于明中后期是否已经出现资本主义萌芽的问题有过很多争论，但不管在中国的土壤上有无可能自然生发欧洲式的资本主义生产方式，明代社会经济与思想文化发生的一系列变化也是引人注目的，这种变化甚至可以追溯到元代。中国东南沿海城市的手工业和商业经济在元末已相当繁荣，经历明初的衰退以后，到明中期与后期，重新得到恢复和进一步的发展，研究者注意到在一些纺织工场开始出现具有数十人规模的雇佣劳动现象。在思想领域，产生于明中叶的王阳明学说以"心即理"的哲学命题对程朱理学提出修正，它潜涵着承认个人认识真理的权利、承认个性尊严而反对偶像崇拜的意味，在士大夫中曾经盛行一时。到了明后期，李贽的思想在王学基础上更向前迈进，他不仅对人欲表示充分的肯定，反复论说为自身谋利益是人的天性的合理表现，而且提出了从根本上摆脱对历史"元典"的依赖而重新建设社会思想文化的要求。称他为中国古代的启蒙思想家并非过分。

和欧洲文艺复兴运动相似，明中后期思想文化的发展趋向，也可以归之于一种人本主义内涵。只是在前者，人本主义指向个人从神的权威下的解放，在后者，人本主义指向个人从以维护封建专制体制与等级秩序为目的的群体意志与群体道德的约束下的解放。正像目前学界普遍承认的，晚明思潮的核心就是个性解放。

"五四"新文学运动的两位重要的理论家胡适和周作人在追溯新文学的源流时发表了不同的意见，前者认为金元文学是新文学的源头，后者则更强调晚明文学对新文学的启导意义。他们的看法各有偏重，在此不作详析。也许应该说，中国古代文学早在金元时期就已出现了向着现代方向转化的苗头，而到了晚明这种转化表现得愈为强烈和鲜明，并且上升为具有哲学基础的文学理论。因而，明中后期文学在伸张个人意志、表现人与环境的冲突和人的生存困境方面，出现了过去所没有的广度与深度。

但正如人们所熟知的，明代也是封建专制体制空前强化的时代。相比于元末以来以东南沿海城市为主的社会变化而言，封建政治体制在全国范围有着远为广大深厚的农业经济与乡村社会基础，而它的代表者对于历史挑战的反应，是强烈遏制有可能危及自身存在的力量，加强以奴化人性为目的的思想统治。因此，向现代转化的历史进程在中国显得极其艰难，而这一种复杂的背景，也造成了明代文学的复杂性。

一、 明代前期诗文

明王朝具有雄才大略而果毅残暴的开国皇帝朱元璋，堪称是一位有着历史性敏感的人物。立国以后，他不仅以暴虐手段建立了前所未有的个人独裁，在社会经济方面，也强烈地贯彻"重农抑末"的政策。在鼓励垦荒、扶植农业的同时，他用军队封锁海上交通，禁止民间的对外贸易；在最富于活力的东南沿海地区，大批地方富豪或被抄没家产，或被迫迁徙，中心城市苏州一度呈现荒凉景象。这一切根本上是为了铲除对王朝统治可能构成威胁的基础。

在思想文化方面，朱元璋也实行了严厉的控制。他宣称："胡元以宽而失，朕收平中国，非猛不可。然歹人恶严法，喜宽容，谤骂国家，扇惑非非，莫能治。"（《太师诚意伯刘文成公集》存《皇帝手书》）这显示了他对自由言论的憎厌。明初发生过多起看来莫名其妙的文字狱，如有数名府学教官同时因他们执笔的表章中有歌颂皇帝为天下"作则"字样，被认为"则"是影射"贼"，统统处死。或以为这是心胸褊狭所致，其实另有深刻用意：唯有这种无从辩解的"诛心"式的杀戮，才彻底显示出皇权的绝对性，而造成巨大的威慑。在中国的文化传统中，士向来有"隐"的权利，并以此为荣，而朱元璋钦定的《大诰》却规定，"寰中士夫不为君用"者，有抄家杀头之罪，从而彻底取消了士大夫与政权游离的选择。如果说，宋代的文化专制已相当发展，那么至少士大夫的人格在表面上还是得到了尊重，所以他们多少能够维持士以求"道"为最终人生目标的理想。而明朝自其立国之初，就试图从根本上塑造文人的奴性品格。

在明代，程朱理学被以一种强烈的态度尊奉为官方学说，这一学派的儒家经典注本被当作士子日常的功课和科举考试的依据。而在科举中，自明初至成化年间逐渐形成固定程式、规定字数、要求只能"代古人语气为之"(《明史·选举志》)而绝不许自由发挥的八股文，更强化了对文人思想的禁锢而影响深远。

因而，元代末年所形成的自由活跃的文学风气到明初戛然而止，由此到成化末年（1368—1487）的一百多年，成为文学史上一段相当漫长的衰微冷落的时期。

高启等 肇始于元末的吴中诗派到明初仍维持了短暂的声势。其时杨维桢年衰，高启（1336—1374）成为首要人物。启字季迪，号青丘子，生长于苏州，元末动乱时隐居乡里。明初应召赴南京参与修撰《元史》，后任翰林院编修，继授户部侍郎的高职，他坚辞不受，仍归田里。洪武七年，朱元璋借他案将其牵连斩决，年仅三十九。高启之死，《明史》说缘于他有诗讽刺了朱元璋，这未必可靠也未必那么重要，根本原因在于他的不肯合作。由于他的名望，朱元璋向不愿顺从的士人所发出的警告显得分外有力。

高启敏感而富于诗人气质，内心世界非常丰富，对不自由的生存环境难以忍受。他其实并非没有参与政治的念头，但政治与他的个性显然不相适应，因而决心安于做一个诗人。在表现自我人格的《青丘子歌》中，他说自己"不肯折腰为五斗米，不肯掉舌下七十城"，"不问龙虎苦战斗，不管乌兔忙奔倾。向水际独坐、林中独行"，表明了对当时正在进行的群雄奋争的厌倦。而读《过奉口战场》一诗，我们更能理解其厌倦的理由。诗中在描述战争所造成的惨状后，发出这样的慨叹："年来未休兵，强弱事并吞。功名竟谁成，杀人遍乾坤！愧无拯乱术，伫立空伤魂。"

诗歌成为高启快乐的源泉。友人杨基回忆说："季迪在吴时，每得一诗，必走以见示，得意处辄自诧不已。"（《梦故人高季迪》诗小序）其神情可以想象。这是因为创作让他感受到生命力获得发扬的兴奋。《青丘子歌》中写道："斫元气，搜元精，造化万物难隐情。冥茫八极游心兵，坐令无象作有声。"主观精神作为主宰的力量统摄和再造万物，令世界呈现其本来未显示的意态。"妙意俄同鬼神会，佳景每与江山争"，在诗的世界里，诗人成了造物主，堪与鬼神、自然媲美。对自我的创造能力的欣赏，令诗人摆脱了现实的压迫，独享创造的欣喜："世间无物为我娱，自出金石相轰铿。"诗在高启这里没有任何外在的目的，而只是诗人自身内在的需要。他对诗的纯艺术和个人性的认识，是过去极少见的。

但高启还是被朱元璋召去了南京，自由是不可能的。在短暂居京的日子里所作的诗总是有一种高压下的惶恐与哀伤。像《池上雁》以一头"野性不受畜"却"偶为弋者取"的大雁自喻，它尽管被豢养在"华沼"，却"终焉怀惭惊，不复少容与"，只是望着远乡，"哀鸣每延伫"。又如《夜闻谢太史诵李杜诗》：

前歌《蜀道难》，后歌《逼仄行》，商声激烈出破屋，林乌夜起邻人惊。我愁寂寞正欲眠，听此起坐心茫然，高歌隔舍与相和，双泪迸落青灯前。李供奉，杜拾遗，当时流落俱堪悲，严公欲杀力士怒，白首江海长忧饥。二子高才且如此，君今与我将何为？

这诗里看不出背后的事件是什么，但能够感受到难以名状的悲慨，和诗人一旦卷入官场就容易被淹没的预感。

高启在元代长期过着隐居生活，这种生活通常被描写成恬适安宁的样子，但高启的心境却显得异常纷扰复杂，他的精神难以得到安顿。而在明代的高压政治下，心理感受敏锐的他更被焦虑和惊惶所笼罩。就是在辞官回乡以后，他仍然不能摆脱抑郁的心情，如《步至东皋》所写：

斜日半川明，幽人每独行。愁怀逢暮惨，诗意入秋清。鸟啄枯杨碎，虫悬落叶轻。如何得归后，犹似客中情？

诗中毫无优游山林的闲适，而是充满了阴暗幽凄。五、六两句所写是全诗的核心意象：枯杨被鸟啄碎，虫子用一根细丝悬荡在半空，落叶飘零，这似乎是生命遭摧残而且毫无着落与安全感的象征。

在《孤鹤篇》中高启借鹤的形象幻想着自由而美丽的世界："荫之长林下，濯之清涧隈。圆吭发高唳，华月中宵开。"但这离他遥不可及。他的诗告诉人们的是觉醒的自我精神在严酷的环境下的悲哀，自由因为被怀念而显出它的分外可贵。正统诗论爱说高启开明初雅音，以说明"文运"与"时运"相盛衰，这对高启毋宁是一种狎弄。

高启与吴中杨基、张羽、徐贲一起被后人称为"明初四杰"。杨基与高启关系甚密，诗名亦仅次于高。他性格较温和，诗以普通的写景抒怀之作为多，没有显著特色，感受细腻、意象新巧是其所长。此外，杨维桢弟子贝琼以及袁凯均是吴中有名的诗人。

　　吴中作为元末经济文化特别活跃的地区和张士诚的根据地，是朱元璋着重打击的对象。因政治原因致死的吴中名士先后达十余人，上述"四杰"尽在其内。一度十分兴盛的吴中文学由此式微，直至明中叶才得复兴。

　　在明初几个地方性诗派中，以林鸿为首的"闽中十子"也有值得注意之处。吴中诗派一般而言以崇尚古乐府为主流，杨维桢甚至说："诗至律，诗家之一厄也。"(《蕉窗律选序》)林鸿则提倡学盛唐诗，且实以律诗为中心。《唐诗品汇》记其言，在略述前代诗之不足后说道："唯李唐作者，可谓大成……开元天宝间，神秀声律，粲然大备，学者当以是楷式。"这一观点经高棅《唐诗品汇》的系统阐释，对明诗后来的演变产生了较大影响。而林鸿的诗作，《四库全书总目》亦评为"以格调胜"。

　　宋濂、刘基　　在遏制元末思想文化风气的同时，官方也运用政治力量努力把文学纳入意识形态的统治之下，贯彻这一意志的代表人物主要是宋濂。

　　宋濂（1310—1381）字景濂，号潜溪，至正二十年（1360）为朱元璋所征召，明开国后为《元史》总裁，官至翰林学士承旨、知制诰。他是明代礼乐制度的设计人，被称为"开国文臣之首"（《明史》本传）。

　　宋濂将朱熹学说作为明王朝文化建设的支柱，他对于"文"的见解完全是遵循这一前提展开的，其核心也就是宋代理学家早已提出过的"文道合一"论。只是在明初暴虐的政治氛围中，其表述愈发显出亢奋与夸张。如《文原》中说："呜呼！吾之所谓文者，天生之，地载之，圣人宣之。本建则其末治，体著则其用章，斯所谓乘阴阳之大化，正三纲而齐六纪者也！"《徐教授文集序》说："立言者必期无背于经始可以言文，不然不足以与此也。"接着用一长串排比句指出各种各样的内容、风格均"非文也"，总括而言之，是孟子之后"世不复有文"，自贾谊、司马迁至韩愈、欧阳修均不够格，只有到了宋代几位理学家才称得上"六经之文"。这论调带给人一种恐怖感。

宋濂所表述的是官方立场而非个人见解，这一点从奉朱元璋诏命修撰而由他任总裁的《元史》的体例也可以证明。自范晔《后汉书》分立《儒林》、《文苑》两传以区分经学之士与文章之士，后代官修正史多沿袭之。《元史》却取消了这种区分，单立《儒学传》，并于该传中解释说："经艺文章，不可分而为二。""文不本于六艺，又乌足谓之文哉！"

其实宋濂本来的思想颇驳杂。他虽出于儒门，却一度信奉道教，又好佛；他在元代就与杨维桢相交甚笃，后来为之作墓志铭，还为其"玩世"的行径辩解。他的上述论调，既是为了迎合朱元璋，也是以新朝的思想指导者自居。但可悲的是朱元璋根本不承认他是什么"大儒"，而带有侮辱性地称之为"文人"（见《明史·桂彦良传》）。因为在朱元璋的政治体制中，已不能够允许有"大儒"——社会的思想指导者存在，皇帝本人就是思想指导者。宋濂最后因其孙宋慎受胡惟庸一案牵连，全家谪徙茂州，途中病死于夔州，成了明初酷政的牺牲品。

与宋濂同为明开国功臣的刘基（1321—1375），字伯温，文学思想与宋濂有相近之处。他论诗对元末流行的"诗贵自适"的态度表示不满（《王原章诗集序》），认为《诗经》之作"美刺风戒，莫不有裨于世教"（《照玄上人诗集序》），才值得效慕。但他与宋濂仍有许多不同。一是刘基的思想主要以传统儒学为基础，并不特别偏向于程朱理学，持论没有那么苛严；一是从作品的面貌来看，宋濂的文集中很少保存他追随朱元璋以前的作品，呈现的完全是一"明臣"的腔调，刘基现存诗文（尤其诗）大多作于元末，所以要显得活泼得多。

刘基的散文以短篇寓言著称，但其文学成就主要还在诗歌方面。他的诗题材很广，既有站在儒者的立场反映民生疾苦的，也有从个人角度感时伤乱、自叹不遇的，描绘山水、吟弄风月的诗篇也不少，其实正属于"自适"一类。他的诗语言不重雕琢，却也不乏清丽之感；一些咏怀诗流露出豪杰气概，颇有特色，如《感怀》：

结发事远游，逍遥观四方。天地一何阔，山川杳茫茫。众鸟各自飞，乔木空苍凉。登高见万里，怀古使心伤。伫立望浮云，安得凌风翔！

台阁体　"台阁体"是指永乐至成化上层官僚中流行的诗体（扩大来

说也兼指散文），主要人物是"三杨"：杨士奇、杨荣、杨溥，他们先后都官至大学士。

此时明王朝建立已历多年，社会渐趋繁荣，需要一种"盛世之音"来配合。但成祖朱棣以武力政变取帝位，对群臣的钳制之峻刻不下高祖；其后政治的严酷虽趋缓解，人心却依然惶恐。《明史》以三杨合传，赞语有"均能原本儒术，通达事几"，直白说就是严守程朱理学的规条，行事谨小慎微，以求迎合君主专恣而难测的意志。故明初的台阁文学，言其产生的动力，是大臣欲"以其和平易直之心发而为治世之音"（杨士奇《玉雪斋诗集序》），内容多反映上层官僚的生活，尤多应制、唱和之作，在表达一己的感情时，则要求"适性情之正"，抒写"爱亲忠君之念，咎己自悼之怀"（杨荣《省愆集序》）。总之，这是一种由压抑的道德和平庸的人格出发的文学，甚至在艺术上也缺乏创造的热情，而这种诗风一度成为明诗的主流。

沈德潜《论明诗十二断句》说："三杨以后诗卑靡，崛起西涯号中兴。"认为李东阳给明初诗风带来了转折。李东阳（1447—1516）字宾之，号西涯，或以籍贯被称为"茶陵"，并有"茶陵诗派"之目。他在成化、弘治年间以台阁大臣的身份主持诗坛，其诗风大致仍在台阁体的范围。但他论诗，一是推崇唐音，强调宗法杜甫，并认为"宋诗深，却去唐远；元诗浅，去唐却近"（《怀麓堂诗话》），一是重视诗歌语言的艺术，在其《怀麓堂诗话》中，对诗的声律、音调、结构、用字等方面的问题均作了细致的分析，这表达了恢复诗歌的抒情功能与审美特征的意图。

二、明代中期诗文

从弘治到隆庆（1488—1572）的近百年为明代文学的中期。

在这一时期，随着农业生产得到恢复和显著增长，手工业和商业有了超越前代的发展，尤其东南地区的城市再度显现其强大的生机。如明初受打击最严重的苏州，王锜《寓圃杂记》中说到它的变化，称明初的景象是"邑里潇然，生计鲜薄"，正统、天顺间"稍复其旧，然犹未盛"，到了成化年间，已经是"迥若异境"；到了他写这一段文字的弘治年间，则"愈益繁盛，阓檐辐辏，万瓦甃鳞，城隅濠股，亭馆布列，略无隙地"不但恢复了旧日的繁华，并且再度成为东南一带的经济中心。

到了明中期，高层的政治气氛已不再像明初那样严酷，官僚阶层在国家政治生活中的作用显然有所提高，文网亦有所松弛。而与此同时，随着城市工商业发展、社会财富增长，以道德信条为基础的国家统治机器迅速显现出它的脆弱性，贪欲滋长、奢靡风行、政治腐败，渐渐成为普遍的现象。

作为官方意识形态的程朱理学显示出它与社会发展、现实生活之间严重的不协调。事实上，要求统治阶层"存天理，灭人欲"是困难的，以权力为占有财富的凭依这一封建体制的基本法则也根本无从改变，而对于享乐的追求，也不可能永远被限制在一个狭小的范围。道德规则既不可奉行也不受信赖，必然造成社会危机。在这种情况下，道德的重建成为迫切的问题。明代中期出现的王阳明的学说，就是企图从儒学内部进行一次深刻调整的努力。但他以"心"为"理"之本源、主张由个人的内省体验来达到对真理的认识与把握的理论，本意虽在强调道德内化，以克服"知"、"行"不一的矛盾，其所包含的尊重自我、否定外在权威的意识，却可以导致异端的阐释。而另外一些政治地位不高却与市民社会关系更深的文人，则并不以重新设计国家意识形态为己任，而更关心如何解脱陈旧的价值体系对个性的束缚。与王守仁生活年代相仿的祝允明的《祝子罪知录》，就是明代较早出现的具有异端色彩的思想著作，其中最突出的两点，一是反对程朱理学，抨击道学为"伪学"；一是强烈地怀疑权威、反抗旧传统，厌恶人言亦言、缺乏生命活力的精神惰性。他说："言学则指程朱为道统，语诗则奉杜甫为宗师……凡厥数端，有如天定神授，毕生毕世不可转移，宛如在胎而生知，离母而故解者，可胜笑哉，可胜叹哉！"

明中期作家在反对宋代理学的同时，亦对宋代文学乃至整个宋代文化加以排斥。在《罪知录》中，祝允明不仅斥责宋濂基于程朱理学的《文原》为"腐颊烂吻，触目可憎"，而且直指"诗死于宋"，又专作《学坏于宋论》。而李梦阳也说"宋儒兴而古之文废"（《论学》），"宋无诗"（《缶音序》）。对这些带有偏激性的言论，需要放在特定的时代心态下来看待。在"宋人曰是，今人亦曰是；宋人曰非，今人亦曰非"（杨慎《文字之衰》）的迂腐卑弱的思想文化风气中，这种论点不仅有纠偏的意义，实际上也是以一种迂回的方法反抗明初建立的官方学说。

大致说来，明中期是文学从前期的衰落状态中恢复生机、逐渐走向高潮的时期。当然，这种转变经历了许多曲折。

吴中四子　明中期文学的复苏，首先表现于两个文学集团："吴中四才子"和"前七子"。前者是一个地域性的集团，其成员政治地位都不高，影响范围较小。但他们活跃于苏州这一城市经济特别繁盛的环境，与市民阶层的思想文化息息相通，其文学创作具有很多新鲜的内涵。前七子则大多科第得志，并以京师为活动中心，其影响遍布于全国。而吴中四子中的徐祯卿考取进士后成为前七子之一，沟通了两个群体之间的联系。

"吴中四才子"指祝允明、唐寅、文徵明和徐祯卿。其中祝允明（1460—1526）实为魁首。他字希哲，号枝山，出身于世代官宦之家，弘治间中举人后，七次应进士考试而不第，遂以举人身份入仕，任广东兴定知县，迁应天府通判，不久辞官。其为人"傲睨冠绅"，"玩世自放，惮近礼法之儒"（《国宝新编·祝允明传》）。

祝氏在传统文化方面具有深厚的根底，人称"贯通百家，纵横群籍"（刘凤《续吴先贤赞·祝允明传》）。他爱好哲理的思索，对传统思想的批判虽被指为"狂诞"，其实颇具理性锋芒。他论文说："观宋人文无若观唐文，观唐无若观六朝晋魏。大致每如斯以上之，以极乎六籍。"（《答张天赋秀才书》）这好像是一种"复古"论调，且也拿"六籍"即六经做幌子，但用意在推崇六朝文学是明显的。而唐宋以来在儒学原则下总体上被否定的六朝文学，实具有鲜明的纯文学特征，它在明代自祝氏始越来越受到重视，反映了文学史观的重要变化。

祝允明诗文的一个显著特点，是表现出自我觉醒的意识和向外拓张的强烈要求。《大游赋》劈头一句，就说："允明以宇宙之道，于我而止矣！"《和陶渊明饮酒诗》则云："遐览天地间，何物如我贵？"而《丁未年生日序》中描述自我的精神形象，则是："激义而气贯白日，廓量而心略沧海。思诒远也，通八遐之表；愿处高也，立千仞之上。洗涤日月，披拂风云。谷雉之死而靡它，山鸡顾景而自爱。一履独往，千折弗挠者矣。"这些表述显然与元末的吴中文学有一种相通，而较杨维桢的类似表述更具理性内涵。

作为先觉者，不能不感受到环境的强大压力，何况祝允明也无法在现实社会中为自我拓张的要求找到出路，这造成了苦闷的心情。《短长行》写道：

> 昨日之日短，今日之日长。昨日虽短霁而暄，今日虽永阴复凉，胡不雨雪为岁祥？胡不稍暖开初阳？徒为蔽天氛曀日黝黪，人物惨懔无精光！物情望有常，造化诚巨量。气候淑美少，君子道难昌。阴晴长短不可问，古来万事都茫茫！独怜穷海客卧者，魂绕江南烟水航。

此诗作于祝允明五十多岁在广东兴宁任知县时。他一生自负，却到僻远之地做一个小官僚，内心是不快的。但诗的重点却并不落在"不遇"的伤感上，而是从一个阴天令人不适的感受，联想到社会的沉闷，感慨暗淡的世界使得众人万物失去了自身的光彩，并引发到对整个历史的怀疑。我们看到龚自珍的诸如"万马齐喑究可哀"（《己亥杂诗》）之类的社会批判，在这里已经有了兆头。

祝允明的文章思想性较强，从文学性来看佳作不多。其诗《四库提要》评以"风神清隽，含茹六朝"，多以哲理和抒情相结合，修辞则不甚求精美。

唐寅（1470—1524）字伯虎，一字子畏，号六如居士、桃花庵主等，其家世代为商人，他是这个家庭中第一个走读书求仕道路的子弟。弘治年间中乡试第一名，会试中受一桩科场舞弊案的牵连，被逮下狱，继遭罚黜，失去仕进的希望。回苏州后以卖画为生，"益放浪名教外"（王世贞《像赞》）。

唐寅的诗文在表现城市生活、世俗情趣和抒情的坦白直露方面有着鲜明的特点。如《阊门即事》诗开头即宣称"天下乐土是吴中"，继以"翠袖三千楼上下，黄金百万水西东。五更市买何曾绝，四远方言总不同"两联写出商业中心城市苏州的繁华，透露出一个商人子弟快乐而自信的心情。据称他早期创作"颇崇六朝"（袁袠《唐伯虎集序》），但也并非只是追慕古调。如《金粉福地赋》以极其铺张的词藻描摹了奢靡享乐的场景，实是对当时东南城市中追求物质生活的社会氛围的一种夸耀性的渲染。

科场案不仅打碎了唐寅的仕进梦想，而且使他蒙受极大耻辱。但在选择卖画为生以后，他成为商品社会中的自由职业者，心理的压迫因而获得解脱。《言志》诗说："不炼金丹不坐禅，不为商贾不耕田。闲来就写青山卖，不使人间造业钱。"这里显示了游离于社会主流之外的快乐乃至骄傲。对科举、权势、荣名这些为士大夫阶层所尊奉的价值体系，他也一概加以蔑视，并有意识地强化了自己"狂诞"的形象。

与此相应，唐寅后期的许多诗歌，如《一年歌》、《桃花庵歌》、《把酒对月歌》、《醉时歌》等，也完全脱离了传统文人诗的规范，用尽可能浅俗的语言、轻快自由的音调，描述自己凡庸的生活和对这种生活的热爱。兹以《桃花庵歌》为例：

桃花坞里桃花庵，桃花庵里桃花仙。桃花仙人种桃树，又摘桃花换酒钱。酒醒只在花前坐，酒醉还来花下眠。半醒半醉日复日，花落花开年复年。但愿老死花酒间，不愿鞠躬车马前。车尘马足贵者趣，酒盏花枝贫者缘。若将富贵比贫者，一在平地一在天。若将贫贱比车马，他得驱驰我得闲。别人笑我忒风颠，我笑他人看不穿。不见五陵豪杰墓，无酒无花锄做田。

这种诗对向来的文人诗歌传统是一种破坏，所以王世贞嘲笑它"如乞儿唱《莲花落》"①（《艺苑卮言》）。但在这里可以注意一种力图在精神上、语言形式上走出古典传统的尝试。

前七子 所谓"前七子"是以李梦阳、何景明为中心，包括康海、王九思、边贡、王廷相、徐祯卿的文学群体。七人皆为弘治间进士，以才气自负，在政治上对他们所不满的人事每每采取挑战姿态。尤其李梦阳，因与权宦、皇戚作对，数次入狱，终不悔改。他们相聚唱和，在文学上提出具有震撼力的主张，同样表达了年轻的新进官僚群体引导文学潮流、改变社会文化状态的意图。

李梦阳（1473—1530）字献吉，号空同子，庆阳（今属甘肃）人，弘治六年中进士，官至江西提学副使。其家数世行商，父习儒，曾任封丘王府教授，但梦阳有兄长仍以经商为业。因而他与商人多有交往，并为他们写传、作序。

李梦阳的文学主张中有两点最为突出：一是重情，一是倡言复古。

---

① 有意思的是，胡适的新诗最初也曾遭到梅光迪完全相同的讥讽。

重情的理论着重对诗而言。在《梅月先生诗序》中，李梦阳提出诗歌创作的原动力在于情，情遇外物而动，心有所契，形诸声音、文字，乃有诗。《鸣春集序》言诗为"情之自鸣者"，说得更简明。因为重视情，所以对真情流露、天然活泼的民间歌谣格外推崇。《诗集自序》中说："今真诗乃在民间。"有人向李梦阳学诗，他教人效仿《琐南枝》——当时流行的市井小调（见李开先《词谑》）。在这种理论框架内，将诗作为"政教"工具的主张便难以立足。

李梦阳的"复古"理论，主要是在诗文两方面提出最好的典范、效仿的榜样。大体文崇先秦、两汉，古体诗崇汉、魏，近体诗崇盛唐。《明史》本传中概括为"文必秦汉，诗必盛唐"，是简化而不甚准确的说法。复古的动机，首先是以汉唐文化的宏大气象，改造因程朱理学的钳制和八股文的流行而导致衰弱无生气的明诗文。这里包含着一种认识：各种诗、文体式，在其臻于成熟阶段时，总是最完美和最富于生命力的。同时这种理论也意味着对唐宋古文和宋诗的排斥。

复古的途径是学习古人的"格调"、"法式"。这些概念缺乏精确的辨析，大概说来，是指格式、声调、结构、句法等因素。提倡这些是为了使他们的理论具有可操作性，而可操作是领袖人物吸引大众的条件。

重情和摹拟在李梦阳看来似乎并不矛盾，因为可以"以我之情，述今之事，尺寸古法，罔袭其辞"（《驳何氏论文书》）。但实际上这里是有问题的：思想情感是文学中最活跃的因素，它需要语言形式与之作相适应的不断调节变化。强调"古法"，容易造成形式的封裹，在缺乏创造力的作者那里，更会催生假模假式的赝品。但不可否认，李梦阳所发起的复古运动对扭转当时的文学风气是强有力的，如《四库提要》所称："学者翕然从之，文体一变。"自此宋濂等人的"文道合一"论以及"台阁体"可谓一蹶不振。

李梦阳的诗有些写得偏于粗豪、生硬，而一些佳作则苍劲雄壮，《秋望》是他的名篇：

黄河水绕汉宫墙，河上秋风雁几行。客子过壕追野马，将军韬箭射天狼。黄尘古渡迷飞挽，白月横空冷战场。闻道朔方多勇略，只今谁是郭汾阳？

何景明（1483—1521）字仲默，号大复，弘治间进士，河南信阳人，官至陕西提学副使。

在文学复古的基本原则上，何景明与李梦阳并无歧异，但在创作方法问题上，他却曾与李梦阳发生争论，彼此书信往复，各执己见。何景明以"舍筏登岸"（《与李空同论诗书》）说反对李氏"尺寸古法"的主张，其意在强调学古只是走向独创的过程，就像渡过河不能还守着筏子。在理论上说何的意见较为合理，但在引导一种新潮的实际作用上，其效果却不如李说。

何景明的诗以俊逸秀丽著称，语言流畅，音调委婉，意境和谐，是普遍的情况；而李梦阳所热衷的雄强有力的表现，在他诗里是难以找见的。二人的趣味差异如此明显。下录其《沅水驿》，此诗当作于何氏于正德初出使南方时。

小驿孤城外，阴森草树幽。晚凉凭水榭，秋雨坐江楼。绝域鸿难到，空山客独愁。夜深归渡少，渔火照汀洲。

唐宋派及归有光　当前七子和吴中四子所掀起的第一个文学高潮过去之后，在嘉靖、隆庆时期，出现了以唐顺之（1507—1560）、王慎中（1509—1559）为首的"唐宋派"与以李攀龙、王世贞为首的"后七子"之间的对峙。

明嘉靖间，社会危机继续加深。士大夫阶层中相当一部分人在对朝廷、对国家政治秩序越来越感到失望的情况下，唯以奢靡享乐为意，这意味着他们以明显的消极态度对待皇权和它所代表的国家。唐、王诸人则属于尚以积极态度看待自己的社会责任的一部分人，他们对形势深感痛心。当时王学开始流行，唐顺之、王慎中都跟王阳明的几位重要弟子有交往，对王学甚有兴趣。不过他们从王学中主要汲取其与封建正统文化、程朱理学相一致的内涵，认为它的内省修养方式可以帮助个人"惩忿窒欲、克己复礼"（《与胡柏泉参政》），从而成为道德意义上的"真正英雄"。

所谓"唐宋派"在文学观上，主要是强调唐、宋古文和宋诗中所体现的尊道精神，来反对前七子的复古运动所造成的文学与道统的疏隔。而且，严格说来，王慎中和唐顺之实际上是宗宋派——说得更清楚些，是道学派，因为他们真正推崇的，首先是宋代理学而不是文学。唐氏认为"程朱诸先生之书""字字发明古圣贤之蕴"（《与王尧衢书》），又说："三代以下之文，未有如南丰（曾巩）；三代以下之诗，未有如康节（邵雍）者。"(《与王遵岩参政》) 王氏也说："由西汉而下，（文章）莫盛于有宋庆历、嘉祐之间，而粲然自名其家者，南丰曾氏也。"(《曾南丰文粹序》) 曾巩之文、邵雍之诗，即使在宋人中，文学气息也最为淡薄。所以这里虽在论诗说文，评价的基准却是道学。他们尽管能够指出文学复古运动的某些弊病，但讥訾"近时文人说秦说汉说班说马"（唐顺之《与陈两湖》）的目的，并非为了纠正文学复古的流弊，而是努力使文与道重新合一。唐氏就明白说："文与道非二也。"(《答廖东雩提学》) 这种论点对于文学的发展具有更大的危害。至于唐顺之主张为文当"直摅胸臆，信手写出"(《答茅鹿门知县第二书》)、"开口见喉咙"(《又与洪方洲书》)，看起来与晚明文学中"性灵"派的文论相似，但两者的前提是完全不同的。"性灵说"所重视的人的"喜怒哀乐嗜好情欲"（袁宏道《叙小修诗》），正是唐顺之他们力图克服、消除的东西。

唐宋派中的茅坤以编选《唐宋八大家文钞》著称。他在理论上附和唐、王，但不那么极端，态度常有些游移，他的"文人"气也比较重些。

至于过去也被归入"唐宋派"的归有光（1507—1571）的情况则有所不同。因出仕较晚，他在文坛发生影响比唐顺之、王慎中等人要迟。归有光批评攻击的对象，主要是嘉靖后期声势煊赫的"后七子"。他既对文学复古的主张不满，对模拟的文风尤其斥之甚厉，主张为文根于六经，宣扬道德，这是人们把他列入"唐宋派"的主要原因。但归有光不是一个道学味道很重的人。他在散文方面酷好司马迁，爱讲"龙门家法"，同时对宋、元文也不排斥；再有，他对文学的抒情作用也比较重视，曾说："夫诗者，出于情而已矣。"(《沈次谷先生诗序》) 又认为"圣人者，能尽天下之至情者也"，而"至情"就是"匹夫匹妇以为当然"(《泰伯至德》)。这和唐、王的观点有一定距离。

在归有光的文集中，大量的文章散发着迂腐的说教气息，但与肯定"匹夫匹妇"的"至情"有关，他一部分散文如《先妣事略》、《寒花葬志》、《项脊轩志》等，写得相当感人。如《寒花葬志》：

婢，魏孺人媵也。嘉靖丁酉五月四日死。葬虚丘。事我而不卒，命也夫！

婢初媵时，年十岁，垂双鬟，曳深绿布裳。一日天寒，爇火煮荸荠熟，婢削之盈瓯。予入自外，取食之，婢持去不与。魏孺人笑之。孺人每令婢倚几旁饭，即饭，目眶冉冉动。孺人又指予以为笑。回思是时，奄忽便已十年。吁，可悲也已！

在日常生活中捕捉印象深切的感受，娓娓道来，却寄托着感慨和深情，是归有光这一类散文的长处。

后七子 "后七子"是继"前七子"之后再度兴起的一个倡导文学复古的集团，形成于嘉靖中期以后，以李攀龙、王世贞为首，另有徐中行、梁有誉、宗臣、谢榛、吴国伦。这是一个社会联系十分广泛的群体，当时另有"后五子"、"广五子"、"末五子"等，与之声气相连，"翕张贤豪，吹嘘才俊"（钱谦益《列朝诗集小传》），声势十分浩大。

王世贞之弟王世懋曾说到"后七子"集团形成的一种背景："嘉靖时，海内稍驰骛于晋江（王慎中）、毗陵（唐顺之）之文，而诗或为台阁也者，学或为理窟也者。（李）于鳞始以其学力振之，诸君子坚意唱和，迈往横厉，齿利气强，意不能无傲睨。"（《贺天目徐大夫子与转左方伯序》）可见李攀龙、王世贞等人重振复古运动实与唐宋派造成的文学倒退现象有关。但在他们的文学活动中，不仅文学复古运动固有的弊病（尤其艺术形式上的模拟倾向）显得更加突出，他们的宗派意识、门户之见也远比"前七子"严重。当时代思潮进一步朝有利于个性自由的方向演变时，后七子的理论和创作就显得落后于时代。因而在嘉靖后期，徐渭从与"唐宋派"完全不同的另一个立场上对后七子提出严厉的批判，要求抛弃"复古"的理论旗帜，这就揭开了晚明文学的序幕。

李攀龙（1514—1570）字于鳞，号沧溟，山东历城人，嘉靖二十三年进士，官至河南按察使。李攀龙的文学观主要沿袭李梦阳，但又更推进一步。如一般复古论者视《史记》、《汉书》为古文的典范，而李攀龙则从更古的《战国策》《吕氏春秋》等书中汲取"古法"，似乎这样格调就愈高。在这种观点影响下，李氏以及其他一些古文家的文章里常常充塞着在历史上久已废绝的语言和上古时代的修辞方式，读来十分吃力。

李攀龙的诗对语言的推敲很用心，也自有其人生情怀在内，但其风

格,总是接近于某一种典范,如《塞上曲四首·送元美》:

> 白羽如霜出塞寒,胡烽不断接长安。城头一片西山月,多少征人马上看。

这是盛唐绝句的味道,但也过于依傍唐人了。

"后七子"中各方面成就最高的是王世贞(1526—1590)。他字元美,号凤洲、弇州山人,出身于太仓(今属江苏)官宦世家。嘉靖二十六年进士。严嵩当权期间因其父被杀,一度弃官家居,隆庆初复出,官至南京刑部尚书。王世贞才学宏富,著作甚多,《四库全书总目》在评说他的文集《弇州山人四部稿》与《续稿》时称:"自古文集之富,未有过于世贞者。"

王世贞是一位重要的批评家,他不仅伸张了李梦阳以来文学复古运动的宗旨,在《艺苑卮言》等著作中,还对诗歌"法式"问题作了具有系统性的阐释。他强调"有物有则",认为离开了法则就谈不上文学,这实在是一个很重要的观点。他的具体见解既包含着崇古的偏见,但也有很多精辟的看法,丰富了古代形式批评的理论,很受后人重视。另外,他晚年对文学的看法也有些变化,基本宗旨虽未变,但更具有包容性。

王世贞对古体诗的节奏、声调有很多讲究,今取一首《短歌自嘲》为例:

> 我不能六翮飞上天,又不能摧眉折腰贵人前。为郎五载,偃蹇不迁,讯牍再过心茫然,但晓月费司农钱。移书考功令,愿赐归田,考功笑谓:"汝犹须眉在人面,留之何益去不全。"西山山色青刺眼,为我拥鼻赋一篇。乃公调笑亦常事,有酒且逐东风颠。

诗作于王世贞嘉靖年间在北京任刑部郎职时。他本是贵公子兼才士,当然自视很高。入仕后才知官场污浊,京城不易居。这首诗以"自嘲"为名而为对现实的嘲弄。另有一首五古的《德州渡口》写女子送别,颇有韵致:

> 月细仅如钩,疑升复疑没。美人沙间坐,白露湿罗袜。低头怨去船,举头愁残月。

以上大体可以看出王世贞的诗在学古和自创之间的调和。

徐渭 徐渭在诗歌、散文、戏曲诸方面,均是晚明文学的先驱。但他地位低卑,生时名不出乡里,去世十余年后才因袁宏道的表彰而声名大盛。而这一事实,却更有力地说明了到明中期末季,随着个性解放的思潮逐渐高涨,文学复古运动本身的弊病已经成为文学进一步发展的障碍,对此提出批判、加以廓清乃是文学发展自身的需要。

徐渭(1521—1593)字文长,号天池山人、青藤道人,出身于山阴(今浙江绍兴)一个破落的官僚家庭。他富于天才,少有神童之名,却从未考中举人,一生经历充满坎坷。晚年为精神病所苦,多次自杀,最终穷困潦倒而死。

徐渭思想上受王阳明心学影响较深,但引申的方向则趋于异端。他把朱熹比为酷吏,认为"君君臣臣父父子子"的等级观念是儒学中粗浅的东西;他提出:"自君四海、主亿兆,琐至治一曲之艺,凡利人者,皆圣人也。"(《论中》)表现了对物质生产中的创造者的极大尊重。这些地方反映出明代社会思想的历史性进步。

在文学方面,徐渭把情感和个性的不受束缚的表现放在了首要地位,因而对在当时占主导地位的"后七子"流派深感不满。如《叶子肃诗序》说:

不出于己之所自得,而徒窃于人之所尝言,曰某篇是某体,某篇则否,某句似某人,某句则否,此虽极工逼肖,而己不免于鸟之为人言矣。

这显然是针对李、王的。他自己的诗文创作,在适己之需的前提下取前人之长,无所专主。以散文言,像《豁然堂记》等略近于宋人,有些短文则开晚明小品之先声,如《与马策之》:

发白齿摇矣,犹把一寸毛锥,走数千里道,营营一冷坑上,此与老牯踉跄以耕,拽犁不动,而泪渍肩疮者何异?噫,可悲也!每至菱笋候,必兀坐神驰,而尤摇摇者,策之所也。厨书幸为好收藏,归而尚健,当与吾子读之也。

这是徐渭晚年在宣府做幕僚时寄给门人的一封短札,文字随意而精警,极生动传神地写出了他在落魄生涯中的悲苦心境,同时也显示出不甘寄人篱下的个性。

徐渭在诗歌方面喜爱中唐,尤推崇韩愈、李贺,正与李、王异趋。这是因为中唐那种险怪、幽绝的诗风更适宜表现他激动不宁的心态。在怀古类型的诗中，他常发出蔑视君臣名分、等级秩序的议论，如《严先生祠》说严光事，有"一加帝腹浑闲事，何用傍人说到今"之句，《伍公祠》说伍子胥事，有"举族何辜同刘草，后人却苦论鞭尸"之句。而抒发自我人生情怀的诗作，亦时时表现出"胸中又有勃然不可磨灭之气，英雄失路托足无门之悲"（袁宏道《徐文长传》），即顽强地宣示对社会压抑的反抗。如《少年》诗：

少年定是风流辈，龙泉山下鞲鹰睡。今来老矣恋胡狲，五金一岁无人理。无人理，向予道，今夜逢君好欢笑。为君一鼓姚江调，鼓声忽作霹雳叫。掷槌不肯让渔阳，猛气犹能骂曹操。

诗中写一个老年塾师，也曾狂放风流，如今晚岁潦倒，遭人白眼。他和同样潦倒的徐渭彼此倾吐胸中块垒，并为之击鼓，表达对世道的不平和生命中的激情。此诗节奏急促奔放，带有主观宣泄的意味。

从徐渭这些诗文中可以知道："古格"、"古调"之类的审美趣味，确实已经不能适应文学发展的需要了。

三、晚明诗文

自万历到明末（1573—1644）为明代文学的后期。这是明王朝的统治走向崩溃的时期，又是明代文学全面进入高潮的时期。

晚明时代社会充满激烈的矛盾冲突。在工商业经济不断增长的同时，封建政权对它的压制和掠夺也日益严重。万历时"国用大匮"，神宗派遣大批太监充当税使、矿监，直接从民间工商业搜刮财富。水陆交通要道上，"层关叠征"，税使矿监胡作非为。这激起民间声势浩大的暴力反抗。万历三十年前后的几年中，湖广、山东、苏州、江西景德镇诸地所发生的驱逐税使矿监的行动都有数千甚至数万人参加。而农村由于大规模的土地兼并而产生的游民也不断增加社会的动荡力量。

而国家机器的效能却从内部受到根本性的破坏。由于"富民"的大量出现，政治地位、权力与财富大致相对应的社会结构已很难维持，这导致权力阶层占取超常财富的欲望不断膨胀。研究者指出，当时即使在士绅阶层内部，财富聚散无常也是普遍的现象，一个官宦之家如果其子孙未能进入仕途，原有的家产很快就会被新兴的权势者侵夺殆尽。这清楚表明官僚阶层承担公共事务的职能被严重削弱，国家机器正在因腐败而失去它的有效性。

晚明思想界的斗争也显得格外尖锐。在这一时代，以抑制人性、否定人欲为主要特征的封建正统道德，既不为统治者自身所遵行，更不为市民阶层和受到商品经济熏陶的文化人所信奉，它仅仅是强加于社会的统治力量，是封建统治的具有道义合理性的虚伪说明。而社会本身的历史性进步，已经到了对这种旧的价值体系从根本上提出挑战的时候。但这种挑战同时也是艰难和危险的，因为改变中国社会结构的机缘尚远未出现。

在这种复杂的环境里，文学以充满矛盾的状态繁兴着。

李贽与晚明文学　晚明文学一个重要的特点，是理论上的自觉性，而这种自觉性又是和牵涉更深更广的对社会对人性问题的思考联系在一起的。在思想上对晚明文学的发展起了重大推动作用的人物首数李贽。

李贽（1527—1602）字卓吾，号宏甫，别号温陵居士。曾任云南姚安知府，后辞官讲学，终以"敢倡乱道，惑世诬民"的罪名被逮下狱，自刎而死。李贽的学说吸收了阳明心学和禅宗思想的若干成分，但远不能为这两家所包容，它鲜明地代表了社会变革的要求。李贽公然以"异端"自居，正面地对孔子的权威提出怀疑，嘲弄"人皆以孔子为大圣"，并非真的知道孔子是怎么回事，只不过代有此言，大家"矇聋而听之"罢了（《题孔子像于芝佛院》）。又说："夫天生一人，自有一人之用，不待取给于孔子而后足也。"（《焚书·答耿中丞》）他还轻蔑地评说六经和《论语》《孟子》，说这些书要么是史官、臣子的过分褒美，要么是迂阔懵懂的弟子的胡乱记录。虽然李贽没有展开对传统文化的系统批判，但至少经明确提出了这种要求。李贽思想的另一个重要内容，是对人欲的充分肯定。"人必有私"，"此自然之理、必至之符"（《藏书·德业儒臣后论》），所以人为自己谋利益无可非议，好色好货也很正常。至于历来之"政、刑、德、礼"，皆是少数人"强天下使从己"（《李氏文集·道古录上》）。这些论点之所以使统治阶层感到恐慌，是因为它浅明而尖锐，其锋芒指向了封建体制的根基。上述论点从打开思想禁锢的意义上促进了文学的自由创造，而李贽在《童心说》所阐述的则是一种从人性理论出发的文学理论，对晚明文学的影响更直接。所谓"童心"，李贽解释为"绝假纯真，最初一念之本心"，指的由人的自然本性所产生的未经假饰的真实情感；与之对立的东西，则是由耳目而入的"闻见道理"——即社会教给人们的知识与价值体系。他提出："天下之至文，未有不出于童心者也。"而接受"闻见道理"愈多，则"童心"愈受障蔽，由此产生的文学就愈是虚伪。这已不再是泛泛谈论真情对文学的重要性，而是指出了只有把人性从既存知识与价值体系的束缚下解放出来，真情才能显露，"至文"才能产生。

李贽相信文学样式的更代本身即体现了文学的发展，对戏曲与小说表示高度重视。他以士大夫从未有过的热情赞美优秀的戏曲、小说作品，还亲自对《水浒传》、《西厢记》、《琵琶记》等作进行评点和修改。由于李贽在一大批文化人中享有崇高威望，戏曲、小说在文人心目中的地位也获得显著提高。

总之，李贽在一些具有根本意义的环节上影响了晚明的文人和他们的创作。而他因为鼓吹异端学说而被捕，最终自杀，也证明尽管晚明社会思想控制久已松懈，守旧势力的忍耐还是有限度的。他的遭迫害是一个警告，相应地，晚明文学的发展势头也由此受到阻遏。

公安派的文学革新理论　　晚明最重要的文学流派公安派，因主要作家袁氏三兄弟为湖广公安（今属湖北）人而得名：袁宏道（1568—1610）字中郎，号石公，万历二十年进士，做过吴县令、吏部郎中等。他是公安派的首要人物。袁宗道（1560—1600）字伯修，万历十四年会试第一，授翰林庶吉士，官至右庶子。袁氏三兄弟中，他年居长而才气较弱，性格也比较平和。袁中道（1570—1623）字小修，号凫隐居士，年轻时以豪侠自命，任情放浪。万历四十四年四十六岁时才中进士，曾任国子监博士、南京礼部郎中等职。另外，陶望龄、江盈科等都是与三袁关系密切的文人。袁氏三兄弟均与李贽有密切交往，李贽也曾对袁宏道极表赞赏。

公安派的文学观集中表现于袁宏道倡导的"性灵说"。"性灵"一辞早在南北朝时就屡见用于文学评论，如颜之推称"文章之体，标举兴会，发引性灵"(《颜氏家训·文章》),其意义大致与"性情"相近。但袁宏道的"性灵说"是从李贽"童心说"的基础上发展出来的,它和"理"、和"闻见知识"——即社会既存的行为准则、思维习惯处于对立的地位,有着明确的个性解放的精神。

在中郎看来,"性灵"外现为"趣"或"韵",而"趣得之自然者深,得之学问者浅"。所以童子是最有生趣的,品格卑下的"愚不肖",只知求酒肉声伎之满足,"率心而行,无所忌惮",也是一种"趣";恰恰是讲学问做大官的人,"毛孔骨节俱为闻见知识所缚,入理愈深,然其去趣愈远矣"(《叙陈正甫会心集》)。总之,保持人性的纯真和活泼是首要的,真实的卑下也比在封建教条压抑下形成的虚伪的高尚要好。从评价文学作品来说,情感和欲望不受束缚的真实表现,便成为首要标准。他在《叙小修诗》中说,较之文人诗篇,"闾阎妇人孺子所唱"的歌谣更有流传的价值,因这些歌谣"任性而发,尚能通于人之喜怒哀乐嗜好情欲"。

其实,无论"童心"或"性灵",都不可能是什么绝不受社会意识的熏染而纯出于天然的东西,但就其作为人性未加掩饰、扭曲的真实状态来说,总是与社会意识存在距离和冲突,在社会发生深刻演变的时候,这种距离和冲突会变得越来越大。在向来的正统文学观中,诗文的首要义务是载道明志,有益于教化,虽不反对性情的表露,却要求它符合于由社会的道德戒条所设定的"雅正"规范。袁中郎他们标举"性灵"时有意地将它与"理"和"闻见知识"相对立,其实际意义正在于打破对于文学所加的种种束缚,为与封建道德不很合拍的"喜怒哀乐嗜好情欲"大量进入文学提出根据。

以"性灵"为标志的文学,在语言形式上也需要更大的自由,以充分适应独特的个性表现的需要。这构成了公安派在理论上与文学复古运动——主要是后七子——的冲突。袁宏道竭力表彰徐渭,就是因为他不为李、王的声威所动,其诗虽"体格时有卑者,然匠心独出,有王者气,非彼巾帼事人者所敢望也"(《徐文长传》)。他抨击在后七子宗派习气下形成了以拟古为复古的恶劣诗风,"有才者诎于法,而不敢自伸其才,无之者拾一二浮泛之语,帮凑成诗……一唱亿和,优人驺子,皆谈雅道"(《雪涛阁集序》)。而《叙小修诗》评其弟之作,则说:

大都独抒性灵，不拘格套，非从自己胸臆流出，不肯下笔。有时情与境会，顷刻千言，如水东注，令人夺魄。其间有佳处，亦有疵处；佳处自不必言，即疵处亦多本色独造语。然予则极喜其疵处，而所谓佳者，尚不能不以粉饰蹈袭为恨，以为未能尽脱近代文人气习故也。

值得注意的是，袁宏道如此明确地提出：诗若蹈袭前人，纵"佳处"亦不足称赏；相反，倘属本色独造，则"疵处"也令人喜爱。这里包含了哪怕破坏经典传统也要走出新路的革新意识。事实上，从唐寅（袁宏道对他也颇有好感）到公安派，对中国古典诗歌传统确实是作出了带破坏性的尝试，尽管他们没有找到更好的出路，这种尝试在文学史上的意义仍是不可低估的。至于"独抒性灵，不拘格套"，则可以视为代表公安派主要文学主张的一个总括性的口号。周作人曾提出，胡适倡导"文学革命"的"八不主义"，要义实已包含在此中，这虽不很确当，却是看到了新文学运动与历史上的文学革新要求具有内在关联。我们在一部文学简史中以较大篇幅来介绍公安派的文学理论，也是因为它在中国古代文学朝现代方向转化的过程中具有显著的代表性。

但另一方面，公安派的理论也存在明显的局限和前后矛盾。袁宏道等人本不像李贽那样具有反叛精神，他们对守旧的政治与社会势力颇多畏惧。还在李贽遭迫害前几年，袁宏道就已感觉他的见解"尚欠稳实"——实即太过偏激（见袁中道为他写的行状），并忧念"今时作官，遭横口横事者甚多"（《答黄无净祠部》）。至李贽死后，他们以之为戒的畏祸之心更重（见袁中道《李温陵传》、陶望龄《辛丑入都寄君奭弟书》等）。所以公安派的文学理论虽以个性解放的精神为底蕴，但"独抒性灵"必然会遭到的个人与群体的正面抗争，则是他们较少涉及的。而且，袁宏道早期对"劲质而多怼，峭急而多露"的诗风很表赞赏（《叙小修诗》），后来却又提出："凡物酿之则甘，炙之则苦，唯淡也不可造；不可造，是文人真性灵也。"（《叙咼氏家绳集》）这变化说到底实是人生态度一步步退缩的结果。

公安派的诗歌与小品散文　　袁宏道说自己写诗的态度是"信心而出，信口而谈"（《张幼于》），袁中道自论其诗亦言："颇厌世人套语，极力变化，然其病多伤率易，全无含蓄。"（《寄曹大参尊生》）大致说，写诗每多冲口而出，浅易率直，宁取俚俗，不取陈套，是袁家三兄弟共同的特点。因此在语言风格上，他们也很自然地倾向于白居易、苏轼等人。但三人才情、个性有异，诗作的特点与成就也有所不同。

袁宏道的诗优于其兄弟。他在诗中常常发出尖锐的议论，如《湖上别同方子公赋》之二，以"曷为近汤火，为他羊与鸡"责难岳飞的忠节，其大胆实属少见；《显灵宫集诸公以城市山林为韵》之二自称"诗中无一忧民字"，缘由则是"自从老杜得诗名，忧君爱国成儿戏"，说得也很深刻。在这种议论中显示出与皇权疏离的态度。

袁宏道诗一般不甚精练，但由于思想新颖、感受敏锐，有些作品写得轻快而优美。如民歌风调的《江南子》：

鹦鹉梦残晓鸦起，女眼如秋面似水。皓腕生生白藕长，回身自约青鸾尾。不道别人看断肠，镜前每自销魂死。锦衣白马阿谁哥，郎不如卿奈妾何？

这是一个已婚的美丽女子不满于自己的丈夫，为那不相识的"锦衣白马"人怦然心动的瞬间。在诗人看来，这心情无可非议，所以他把这一瞬间描绘得美丽而动人。

也有像《东阿道中晚望》这样精警有力的诗篇：

东风吹绽红亭树，独上高原愁日暮。可怜骊马蹄下尘，吹作游人眼中雾。青山渐高日渐低，荒园冻雀一声啼。三归台畔古碑没，项羽坟头石马嘶。

作者的自我形象独立高原，俯视人世。"游人"之眼迷于富贵者所乘之马扬起的灰尘，这是大众生活的隐喻；荒园冻雀一声凄厉的啼叫，则传达出这昏沉世界中的不安和惊悸。而想象项羽墓前石马犹在发出无声的长嘶，则表达着对历史中不死的英雄精神的向往。但一切都沉没于暮色里。

袁中道的诗感情强烈，其入仕前的作品，常表述失意之愤和任侠之情，如《风雨舟中示李谪星、崔晦之，时方下第》中"早知穷欲死，恨不曲如钩"，愤激的情绪溢于言表，那种大胆的自白，也令人震惊。另如《感怀诗》之五：

少时有雄气，落落凌千秋。何以酬知己？腰下双吴钩。时兮不我与，大笑入皇州。长兄官禁苑，中兄宰吴丘。小弟虽无官，往来长者游。燕中多豪贵，白马紫貂裘。君卿喉舌利，子云笔札优。十日索不得，高卧酒家楼。一言不相合，大骂龙额侯。长啸拂衣去，飘泊任沧洲。

这诗颇有李白式的狂傲，下笔随意，却也淋漓痛快。又有像《夜泉》这样的小篇，颇显出作者的灵气：

山白鸟忽鸣，石冷霜欲结。流泉得月光，化为一溪雪。

无论中郎还是小修，都有相当数量的诗写得过于轻率，像大白话，打油诗。如前者的"疾疾愁愁三日雨，昏昏滑滑一年秋"（《病中见中秋连日雨，柬江进之》）、后者的"一峰绿油油，忽出青蓝外"（《感怀诗》）之类诗句，实无诗味可言。中国古典诗歌的传统是强大的；袁氏兄弟使用的诗歌形式仍然是古典的形式，在这范围内，不可能因为大量运用俚俗和平易的语言就取得令人诚服的成就，却会给人以不伦不类的感觉。所以袁中道后期论诗又主张"以三唐为的"（《蔡不瑕诗序》），再度向传统回归。

袁宗道诗较少强烈的情绪，明白、浅显，语言时有啰唆，有些像白居易后期的随意之作，感染力较弱，不多论说。

公安派在文学创作方面更显著的成就表现在被称为"小品"的散文领域，它在文学史上也具有更重要的意义。

"小品"原是佛家用语，指大部佛经的略本，明后期才用来指一般文章。今存有明末书商陆云龙编选的《皇明十六家小品》。这以前，袁中道在《答蔡观察元履》一文中虽未明确提出"小品"的名目，却已指出了这一类型散文的主要特征：

近阅陶周望祭酒集，选者以文家三尺绳之，皆其庄严整栗之撰，而尽去其有风韵者。不知率尔无意之作，更是神情所寄，往往可传者。托不必传者以传，以不必传者易于取姿，炙人口而快人目。班、马作史，妙得此法。

今东坡之可爱者，多其小文小说，其高文大册，人固不深爱也。使尽去之，而独存其高文大册，岂复有坡公哉！

……偶检平倩及中郎诸公小札戏墨，皆极其妙。石篑所作有游山记及尺牍，向时相寄者，今都不在集中，甚可惜。后有别集，未可知也。此等慧人，从灵液中流出片语只字，皆具三昧，但恨不多，岂可复加淘汰，使之不复存于世哉！

文中用以与"高文大册"相对立的"小文小说"、"小札戏墨"之名目，以及关于这一类文章的特点的解说，基本上已点明了小品概念的内涵。大致而言，晚明小品体制通常比较短小，文字喜好轻灵、隽永；多表现活泼新鲜的生活感受，讲究情绪、韵致；偏重于思想的机智，而避免从正面论说严肃的道理。还有，袁中道所说"托不必传者以传"——其内容未必重要，作品却以其艺术价值得以传世，也从写作态度上说明了小品的特点。此外，它并不专指某一特定的文类，尺牍、游记、传记、日记、序跋等均可包容在内。

广义的小品文可以追溯到很远，《世说新语》可以算是较早的名作，苏轼的短文更被认为是晚明小品的不祧之祖。但只有到了公安派提出"性灵说"，写作了较多数量灵便鲜活、真情流露的新格调的散文，并有意识将其与从前散文的主流相区别，这一种文类才真正形成，"小品"概念才得以确立。它标榜"性灵"，与唐宋古文宣扬"道统"，恰好是对立的；它对道统的背离，使散文得到了一次解放。

在尺牍《丘长孺》中，袁宏道用自嘲的口吻述为县令之苦：

弟作令备极丑态，不可名状。大约遇上官则奴，候过客则妓，治钱谷则仓老人，喻百姓则保山婆。一日之间，百暖百寒，乍阴乍阳，人间恶趣，令一身尝尽矣。苦哉！毒哉！

在一连串尖刻的譬喻中写尽低级官员的苦恼，也活脱显示出一个爱好自由的文人与官场不相适应的个性。由此文可以知道袁宏道为何总是逃官。

个性舒张的要求在社会环境中得不到满足，这使晚明文人把精神转托于山水与日常生活的情趣，因而在小品中产生大量的也是占主导地位的自我赏适、流连光景之作。袁宏道《西湖》一文中写道："山色如娥，花光如颊，温风如酒，波纹如绫，才一举头，已不觉目酣神醉。此时欲下一语描写不得，大约如东阿王梦中初遇洛神时也。"这是把西湖当作女郎来依假了。但也并不是说晚明小品只是闲逸之情的产物。在袁宏道的名篇《徐文长传》中，就通过徐渭一生坎坷而痛苦的经历，抒发了这一时代敏感的文人对于个性难以舒张的共同苦闷。下面是其中一节：

> 文长自负才略，好奇计，谈兵多中，视一世士无可当意者，然竟不偶。文长既已不得志于有司，遂乃放浪曲糵，恣情山水，走齐、鲁、燕、赵之地，穷览朔漠，其所见山奔海立，沙起云行，风鸣树偃，幽谷大都，人物鱼鸟，一切可惊可愕之状，一一皆达之于诗。其胸中又有勃然不可磨灭之气，英雄失路托足无门之悲，故其为诗，如嗔如笑，如水鸣峡，如种出土，如寡妇之夜哭，羁人之寒起。虽其体格时有卑者，然匠心独出，有王者气，非彼巾帼而事人者所敢望也。

文中把徐文长描绘成一种新的时代英雄。他与世异调，屡遭不幸，却永不肯俯首向人，而宁愿承担悲剧的命运。

袁中道的散文足以与中郎相敌，或雄快，或尖新，或简洁，或闲淡，大抵性情流露，能打动人心。其《寿大姊五十序》属于比较正规的文字，但在排斥惯常套语、直抒胸臆的特点上，与小品是相通的。前半述儿时光景，因早失母，姐弟相怜，十分感人：

> 龚氏舅携姊入城鞠养，予已四岁余，入喻家庄蒙学。窗隙中，见舅抱姊马上，从孙冈来，风飘飘吹练袖。过馆前，呼中郎与予别。姊于马上泣，谓予两人曰："我去，弟好读书！"两人皆拭泪，畏蒙师不敢哭。已去，中郎复携予走至后山松林中，望人马之尘自萧冈灭，然后归，半日不能出声。

袁中道有《游居柿录》，是关于日常见闻的札记随笔，上世纪30年代曾以《袁小修日记》之名印行。此书因是不经意之作，尤其显得散淡洒脱，全无"文章"的格式腔调，在古代散文中颇为少见。择其较短的一则如下：

> 夜，雪大作，时欲登舟至沙市，竟为雨雪阻。然万竹中雪子敲忱，铮铮有声；暗窗红火，任意看数卷书，亦复有少趣。自叹每有欲往，辄复不遂，然流行坎止，任之而已。鲁直所谓"无处不可寄一梦"也。

小品散文自公安派以后，又陆续出现了许多作家，他们共同创造了散文史上全新的局面。

竟陵派　竟陵派的得名是因为这一派的主要人物锺惺、谭元春均为竟陵（今湖北天门）人。锺惺（1574—1624）字伯敬，号退谷，万历三十八年进士，官至福建提学佥事。谭元春（1586—1637）字友夏，少慧而科场不利，崇祯十年死于赴进士考试的旅途中。锺、谭曾编选《诗归》（单行称《古诗归》、《唐诗归》），在序文和评点中宣扬他们的文学观，风行一时，竟陵派因此而成为影响很大的诗派。

公安派诗歌之弊在于俚俗、浅露、轻率，至其末流愈甚，所以又有竟陵派的新变。锺、谭在理论上接受了公安派"独抒性灵"的口号，同时提出以一种"深幽孤峭"的风格来纠正前者的弊病。锺惺《诗归序》谈如何求"古人真诗"，有云："真诗者，精神所为也。察其幽情单绪，孤行静寄于喧杂之中，而乃以其虚怀定力，独往冥游于寥廓之外。"

在重视自我精神的表现上，竟陵派与公安派是一致的，但二者的审美趣味迥然不同，这背后又有着人生态度的不同。公安派诗人虽然也有退缩的一面，但他们敢于怀疑和否定传统价值标准，敏锐地感受到社会压迫的痛苦，毕竟还是具有抗争意义的；他们喜好用浅露而富于色彩和动感的语言来表述对各种生活享受、生活情趣的追求，呈现内心的喜怒哀乐，显示着开放的、个性张扬的心态。而竟陵派所追求的"深幽孤峭"的诗境，则表现着内敛的心态。他们的诗偏重心理感觉，境界小，主观性强，喜欢写寂寞荒寒乃至阴森的景象，语言又生涩拗折，常破坏常规的语法、音节，使用奇怪的字面，每每教人感到气息不顺。如谭元春的《观裂帛湖》：

荇藻蕴水天，湖以潭为质。龙雨眠一湫，畏人多自匿。百怪靡不为，喁喁如鱼湿。波眼各自吹，肯同众流急？注目不暂舍，神肤凝为一。森哉发元化，吾见真宰滴。

这诗不大好懂。大致是写湖水寒冽，环境幽僻，四周发出奇异的声响，好像潜藏着各种怪物。久久注视之下，恍然失去自身的存在，于是在森然的氛围中感受到造物者无形的运作。锺、谭诗类似于此的很多，他们对活跃的世俗生活没有什么兴趣，所关注的是虚渺出世的"精神"。他们标榜"孤行"、"孤情"、"孤诣"（谭元春《诗归序》），却又局促不安，无法达到陶渊明式的宁静淡远。这是自我意识较强但个性无法向外自由舒展而转向内倾的结果，由此造成他们诗中的幽塞、寒酸、尖刻的感觉状态。

竟陵派诗风在明末乃至清初十分流行，其影响远比公安派来得久远，这是晚明个性解放的思潮遭受打击以后，文人心理上的病态在美学趋向上的反映。

竟陵派的散文一反公安派的清丽舒展，在文章的立意和组织上特别费心，不过各人的情况略有不同。钟惺较擅长议论，常有新颖之说，其文字陆云龙称为"工苦之后，还于自然"（《钟伯敬先生小品序》），注重转折之致，但不怎么生涩。谭元春的文章喜欢故意写得屈奥不平顺，又喜描摹萧寒景象，与他的诗相近。大致竟陵派的文章读起来多数比较拗口，也是所谓"深幽孤峭"，但在追求语言的特殊表现方面，他们给人们提供了有益的借鉴。

王思任、张岱　王思任和张岱是晚明小品散文的重要作家。需要说明的是，被尊为晚明小品集大成者张岱现存的散文名作完全是作于清初，把他放在这里介绍，主要还不是为了遵从习惯，而是为了更方便地显示自公安派以来一段时期中小品散文的总体概貌。

王思任（1574—1646）字季重，号谑庵，万历进士。清兵攻破其家乡绍兴时绝食而死。

王思任的散文具有特异的语言风格。用语尖新拗峭，与竟陵派有相似处，然意态跳跃，想象丰富机智，往往出人意表，并富于诙谐之趣，又常在瑰丽之辞中杂以俗语、口语，是明显的不同。如《小洋》中写景："山俱老瓜皮色。又有七八片碎剪鹅毛霞，俱金黄锦荔，堆出两朵云，居然晶透葡桃紫也。"极见灵秀之气。下录《天姥》：

从南明入台，山如剥笋根，又如旋螺顶，渐深遂渐上。过桃墅，溪鸣树舞，白云绿坳，略有人间。饭斑竹岭，酒家胡当垆艳甚。桃花流水，胡麻正香，不意老山之中，有此嫩妇。过会墅，入太平庵看竹，俱汲桶大，碧骨雨寒，而毛叶离褷，不啻云凤之尾。使吾家林得百十本，逃幘去裈其下,自不来俗物败人意也。行十里,望见天姥峰,大丹郁起。至则野佛无家,化为废地,荒烟迷草,断碣难扪。农僧见人辄缩,不识李太白为何物,安可在痴人前说梦乎!……

说山水极为灵动。又像"老山""嫩妇"之喻,对映成趣,表现出作者诙谐的性格。

张岱(1597—1697)字宗子,一字石公,别号陶庵,出身于山阴世代官宦之家。未曾入仕,如其自述,早年乃一"极爱繁华"的"绮袴子弟"(《自为墓志铭》),明亡后入山著书,生活艰苦,然始终隐迹不出。

张岱天资聪颖,经历丰富,爱好享乐,性情放达,守大节而不拘泥。散文集《陶庵梦忆》、《西湖梦寻》两书中,都是忆旧之文,所谓"因想余生平,繁华靡丽,过眼皆空,五十年来,总成一梦"(《陶庵梦忆》序),心绪是颇为苍凉,但着眼处仍是人世的美好、故国乡土的可爱,洋溢着人生情趣。《西湖七月半》写道:

西湖七月半,一无可看,止可看看七月半之人。看七月半之人,以五类看之。其一,楼船箫鼓,峨冠盛筵,灯火优傒,声光相乱,名为看月而实不见月者,看之;其一,亦船亦楼,名娃闺秀,携及童娈,笑啼杂之,环坐露台,左右盼望,身在月下而实不看月者,看之;其一,亦船亦声歌,名妓闲僧,浅斟低唱,弱管轻丝,竹肉相发,亦在月下,亦看月,而欲人看其看月者,看之;其一,不舟不车,不衫不帻,酒醉饭饱,呼群三五,跻入人丛,昭庆、断桥,嚣呼嘈杂,装假醉,唱无腔曲,月亦看,看月者亦看,不看月者亦看,而实无一看者,看之;其一,小船轻幌,净几暖炉,茶铛旋煮,素瓷静递,好友佳人,邀月同坐,或匿影树下,或逃嚣里湖,看月而人不见其看月之态,亦不作意看月者,看之。

杭人游湖,巳出酉归,避月如仇。是夕好名,逐队争出,多犒门军酒钱,轿夫擎燎,列俟岸上。一入舟,速舟子急放断桥,赶入胜会。以故二鼓以前,人声鼓吹,如沸如撼,如魇如呓,如聋如哑,大船小船,一齐凑岸,一无所见,止见篙击篙、舟触舟、肩摩肩、面看面而已。少刻兴尽,官府席散,皂隶喝道去,轿夫叫船上人,怖以关门,灯笼火把如列星,一一簇拥而去。岸上人亦逐队赶门,渐稀渐薄,顷刻散尽矣。吾辈始舣舟近岸,断桥石磴始凉,席其上,呼客纵饮,此时月如镜新磨,山复整妆,湖复频面，向之浅斟低唱者出，匿影树下者亦出，吾辈往通声气，拉与同坐。韵友来，名妓至，杯箸安，竹肉发。月色苍凉，东方将白，客方散去。吾辈纵舟，酣睡于十里荷花之中，香气拍人，清梦甚惬。

各色人等汇聚在七月半的西湖内外，有炫耀富贵的，有欣喜好奇的，有卖弄风情的，有装疯卖傻的，有故为矜持的，无不显着些可笑，又无不显着些可爱。而西湖独于喧嚷纷扰之后，呈其秀美予钟情之人。这一幅世俗风情画带给人们的，是睿智、幽默与愉悦情趣的混合。文章不着议论，亦无深意可寻，却令人遐想，确实是美妙的文字。

在晚明时期由公安派开始同时推行的诗文变革中，小品文能够取得较大的成功，是因为散文不像诗歌那样依赖于特殊的语言表现形式，容易转向自由的抒写；以往散文受"载道"文学观的影响也比诗歌来得严重，一旦向"性灵"一面偏转，容易显现出新鲜的面目。尽管在传统观念影响下，许多人习惯把所谓"唐宋八大家"所代表的"古文"系统视为中国古代散文的正宗，但从文学的意义来说，背离这一系统的晚明小品散文是更接近于现代散文的。也正因如此，新文学运动时期的散文从这里得到更多的借鉴。

四、明代散曲与民歌

明代散曲与民歌都是当时所唱的歌曲。不同的是前者为文人士大夫所作，多在家庭或友朋宴集时用来助兴（明代士大夫蓄养家伶的情况颇普遍），有固定的宫调格式。民歌则主要出于无名作者之手，虽有一些基本的调式，但音乐的要求比较简单，没有太多的格律上的讲究。其中很多是歌楼妓院中演唱的。

但明代文人与市井生活原本有密切的关联，许多人也喜爱民间俗曲。明代的民歌看起来泼辣拙朴，下层社会的气息较浓，但元明以来，雅俗混融，文人从事这一类创作而流于民间也不是什么稀罕之事。如冯梦龙所辑《山歌》中，有些就注明是他本人或他的朋友所作。

明代的散曲　散曲从元代兴起以后，很大程度上取代了词的功能，明代仍延续这个方向，曲盛而词衰。虽然明代散曲不像元代散曲那样给人以耳目一新之感，但作家作品的数量要超过元代（据任讷《散曲概论》统计，明代作有散曲的有三百三十人），一些名家的优秀之作，在发掘新的生活内容和深入表现人情世态方面，也有所发展。

明前期相当长的时间中，散曲和其他文学类型一样，处于衰退状态。当时影响最大的散曲作者是宗室贵族朱有燉，有《诚斋乐府》。他的曲作以音律谐美著称，流传久远。语言风格追踪马致远、贯云石的豪放一派。所写内容，以赏花、题情及宴游、应酬为多，散发着一种富贵闲适的情调。

弘治、正德年间，明代散曲有了显著的发展。当时北方的知名作者有康海、王九思等，南方的知名作者有王磐、陈铎、唐寅等。

前七子中的康海（1475—1540）、王九思（1468—1551）同时也是戏曲和散曲作家。他们都是陕西人，都因为被指与刘瑾同党而遭黜退，隐居乡里，常在一起宴游。两人的散曲，也都有大量对现实政治表示不满、对自身的遭遇感到愤慨以及在无奈中以闲居生活的安适为自我慰勉的作品。如康海的《水仙子·酌酒》：

> 论疏狂端的是我疏狂，论智量还谁如我智量。细寻思往事皆虚诳，险些儿落后我醉春风五柳庄。汉日英雄、唐时豪杰，问他每今在何方？好的歹的一个个尽撺入渔歌樵唱，强的弱的乱纷纷都埋在西郊北邙，歌的舞的受用者休负了水色山光。

这是失意之后的牢骚。对政治生活、英雄功业的否定，对日常生活的赞美，与元散曲一脉相承。

同时期南方散曲家的作品带有更多的市井气息，内容要显得宽广。

王磐（约1470—1530）字鸿渐，号西楼，一生未仕。他的散曲，王骥德《曲律》曾评为北曲之冠，文辞爽利俊朗，是其所长。其中多数是写闲适的生活情趣，另一些作品则反映了社会生活景象。如套曲《嘲转五方》挖苦不停赶场子做法事的和尚，而小令《朝天子·咏喇叭》讽刺太监的作威作福，尤为著名：

> 喇叭，锁哪，曲儿小腔儿大。官船来往乱如麻，全仗你抬声价。军听

了军愁,民听了民怕,那里去辨甚么真共假?眼见的吹翻了这家,吹伤了那家,只吹的水净鹅飞罢。

散曲特有的尖新泼辣的语言风格,在这里得到很好的发挥。

陈铎(1469以前—1507)字大声,号秋碧,生活在南京。世袭指挥使,然不守官职,醉心于词曲,当时南京教坊中人称"乐王"。所作内容以写男女风情最多,文辞流丽。他有一种《滑稽余韵》的小集,收曲一百三十六首,用当时以城市为主的各种社会职业为题,写形形色色的人情世态,是散曲中别开生面之作。因对象的不同,作者的态度有同情、有挖苦、有指斥,但偏重于戏谑嘲讽,也以这一类写得较为成功。如写里长"小词讼三钟薄酒,大官司一个猪头",写巫师"手敲破鼓,口降邪神。福鸡净酒嗯一顿,努嘴胖唇",写蒙师"抹朱涂墨几十年,野史歪文四五篇,诗云子曰千百遍",都很传神。下面录一首完整的例子:

寻龙倒水费殷勤,取向金穴无定准,藏风聚气胡谈论。告山人须自忖:拣一山葬你先人,寿又长身又旺,官又高财又稳,不强如干谒侯门?(《水仙子·葬士》)

嘉靖前后,为明代散曲最为兴盛的时期,出现了众多的名家,作品的风格也更为多样化。从乐曲来说,在昆腔兴起以前,虽也有兼用南北曲的,但以北曲为盛;这以后,北曲衰落,南曲愈盛,因而有所谓南词一派。这一时期中著名的曲家,有沈仕、杨慎、金銮、冯惟敏、梁辰鱼等,其中冯惟敏的成就最为卓著,梁辰鱼则是南词的代表。

沈仕(1488—1565)字懋学,号青门山人,是杭州的著名画家,散曲专写艳情,描写刻露而生动,有"青门体"之称。如《锁南枝·咏所见》:

雕栏畔,曲径边,相逢他蓦然丢一眼。教我口儿不能言,腿儿扑地软。他回身去一道烟,谢得蜡梅枝把他来抓个转。

这种曲子带有情节性,和元曲的精神及当时民歌的特点相通。

杨慎(1488—1559)字用修,号升庵,四川新都人,正德间试进士第一,授翰林修撰。嘉靖初谪戍云南永昌,此后即长期生活于家乡四川和戍所云南之间。杨慎在明代以博学著称,也能诗,他与妻黄娥的散曲近人合编为《杨升庵夫妇散曲》。杨慎的散曲格律不很精确，王世贞讥为"多川调，不甚谐南北本腔"（《曲藻》）。内容多写心中的不满与愁怨，注重意境，稍带有词的风格。如《黄莺儿·春夕》：

一水隔盈盈，峭寒生日暮情。梨花小院人初静。玉箫懒听，金杯懒倾，月明闲杀秋千影。梦难成，村舂相应，疑是棹歌声。

金銮（约1495—约1584）字在衡，号白屿，原是甘肃人，中年随父宦游南京，后即长期居留。一生未仕，而多与达官名士交往，心中常感不平。但他性情豪爽，善于把这种苦闷化作嘲谑，如套数《北双调新水令·晓发北河道中》自嘲说："干了些朱门贵，谒了些黄阁卿，将他那五陵车马跟随定。把两片破皮鞋磨得来无踪影，落一个脚跟干净。"可以体会到豁达与苦涩的交织。在艺术上，他的散曲以格律精工著称，善于融口语与丽辞为一体，既婉转又畅达，兼有诙谐之趣。只是应酬之作较多，是其一病。他的一些写妓院中生活情景的曲子，不作浪漫的美化，真实而生动。如《北胡十八·风情嘲戏》：

寻思的意儿痴，作念的口儿破，睁着眼跳黄河，甜言甜语谎儿多。弄杀你小哥，图甚么养活？吃的亏做一堆，识的破忍不过。

冯惟敏（1511—约1580）字汝行，号海浮，山东临朐人，以举人授涞水知县，升至保定通判。他是明代最重要的散曲家，其成就可与元代名家相比。所作除了写景抒情、宴游酬唱，还有不少篇章慨叹民生疾苦，揭露社会弊端、讽刺官场丑恶，是散曲中少见的。套数《正宫端正好·吕纯阳三界一览》是比较特别的作品。一方面，作者把冥司写得一片阴暗昏乱，具有讽刺封建政治的用意；另一方面，通过冥司的荒唐判案，也寓含了古今是非一笔糊涂账的意味。譬如判"二十四孝"中郭巨埋儿是"佯慈悲"、王祥卧冰是"假孝顺"，判秋胡妻投江为"泼赖"等等，就是在游戏之笔中表现了明中期文人对传统价值观念的嘲笑。凡此种种，都扩大了散曲的内涵。

冯惟敏散曲的语言不事雕饰，活泼自然，有元代早期散曲的豪爽磊落之气。如《玉江引·阅世》：

我恋青春,青春不恋我。我怕苍髯,苍髯没处躲。富贵待如何?风流犹自可。有酒当喝,逢花插一朵。有曲当歌,知音合一伙。家私虽然不甚多,权且糊涂过。平安路上行,稳便场中坐,再不惹名缰和利锁。

这是冯氏辞官归田以后所作,意思并不新鲜。但一般士大夫写来,未免透露着不得志的牢骚,冯氏笔下,则呈现爽朗明快的情趣。

冯惟敏也善于描摹世情。他不乏出入秦楼楚馆的风流经历,《朝天子·赠田桂芳》八首等表明他和这类女子的感情也很诚挚委婉,但他刻画妓院中的虚伪欺诈,却又入木三分,《仙子步蟾宫·十劣》十首就是这方面的代表,另外,《南锁南枝·盹妓》也写得很出色:

打趣的客不起席,上眼皮欺负下眼皮,强打精神扎挣不的。怀抱着琵琶打了个前拾,唱了一曲如同睡语,那里有不散的筵席?半夜三更路儿又跷蹊,东倒西歆顾不的行李。昏昏沉沉来到家中,睡里梦里陪了个相识,睡到了天明才认的是你。

这曲子中本有嘲讽的意思,但却真实地描绘出妓女生活的无奈和身心的困顿,令人生出同情。而冯惟敏散曲最可贵之处,就在于它的自然和真实。

梁辰鱼(约1521—约1594)字伯龙,号少白、仇池外史,昆山人。他失意于功名,寄情于声乐,平生任侠好游。因用昆山腔作传奇而名震一时,散曲也很有影响。梁氏作曲,声律精整而文辞工丽,喜化用诗词中的名句,口语成分减少,因而接近词的体格。《仙吕入双调夜行船序·拟金陵怀古》套数是典型的例子,"徙倚,故国秋余,远树云中,归舟天际。山势,还依旧枕寒流,阅尽几多兴废?"声调颇为雄壮,截取前人成句,也还锤炼得浑成,但离曲的韵味实远。他的一些写情之作,则不完全如此。如《玉抱肚·嘱鱼》:

鱼儿生受,傍江来略说个意由。你趁春潮切莫稽迟,好留心不宜差谬。郎今移住在剡溪头,直到门前溪水流。

声调稳切,句式也比较工整,但保留了口语的神气,仍有散曲活泼灵动的特点。

对梁辰鱼散曲的评价分歧极大。尊之者称为"曲中之圣"（张楚叔选辑《吴骚合编》），贬之者则说因为他倡导的工丽之习，使得"不惟曲家一种本色语抹尽无余，即人间一种真情话，埋没不露已"（凌濛初《谭曲杂札》）。客观地说，作为个人创作，梁氏散曲有他的特色和成就，但由他引出的风气导致了散曲本色的消失，则也是事实。

晚明文学繁盛，同时民歌越来越受到重视，但文人散曲较前一阶段反呈衰退之势。其时最重要的作者是施绍莘（1588—约1630）。他字子野，号峰泖浪仙，华亭（今上海松江）人。科举不利，遂绝意仕进，流连山水，放浪青楼。作品多抒写个人日常生活的情怀，以山水风光、四时景物及友朋赠酬、男女风情最为集中，间有怀古伤今之作。自梁辰鱼倡导工丽，以词格为散曲，后来沈璟又特别强调音律的精细，一般作者于文辞宗梁，于音律宗沈，从两方面对散曲造成束缚。施绍莘通音乐，也爱好丽词，但不过分追求形式的工巧，而能出以才情，以自然新警之句，写种种真实的生活感受，因此成为明散曲最后的名家。施作最大的特点是情深。他写艳情而不觉庸俗轻薄；风花雪月，最容易写成陈词滥调，他却能给人以新鲜之感，如《南商调二郎神·惜花》中一曲《三段子》：

空中似尘，淡濛濛是谁人梦魂？苔前似鳞，点疏疏是谁人泪痕？平明一阵寒差甚，绣帘不卷风尤紧。正酒晕扶头，倦妆时分。

但元曲的爽朗活泼，到施绍莘毕竟所余无几了。

明代的民歌　明代民歌在明代文学中有特殊的意义。从明中期以来，自李梦阳、何景明至李卓吾、袁中郎、冯梦龙、凌濛初等，都不仅由于个人的兴趣而喜爱民歌，也把民歌富于真情实感、奇思异想和灵动活泼、无所忌讳的特点，奉为文学的审美理想。李梦阳教人学诗当以《锁南枝》为榜样，冯梦龙说民歌有"借男女之真情，发名教之伪药"（《山歌序》）的功效。由此可以了解明代文学的某种基本特点。

关于民间俗曲在明代各时期流行的情况，沈德符《万历野获编》中有较详细的记述：

元人小令行于燕赵，后浸淫日盛。自宣、正至成、弘后，中原又行《锁南枝》《傍妆台》《山坡羊》之属，李崆峒先生初自庆阳徙居汴梁，闻之，以为可继"国风"之后。何大复继至，亦酷爱之。今所传《泥涅人》及《鞋打卦》《熬鬏髻》三阕，为三牌名之冠，故不虚也。自兹以后，又有《耍孩儿》《驻云飞》《醉太平》诸曲，然不如三曲之盛。嘉、隆间乃兴《闹五更》《寄生草》《罗江怨》《哭皇天》《干荷叶》《粉红莲》《桐城歌》《银纽丝》之属，自两淮以至江南，渐与词曲相远。不过写淫媟情态，略具抑扬而已。比年以来，又有《打枣竿》《挂枝儿》二曲，其腔调约略相似，则不问南北，不问男女，不问老幼良贱，人人习之，亦人人喜听之，以至刊布成帙，举世传诵，沁入心腑。其谱不知从何来，真可骇叹。又《山坡羊》者，李、何二公所喜，今南北词俱有此名。但北方唯盛爱《数落山坡羊》，其曲自宣、大、辽东三镇传来。今京师技女，惯以此充弦索北调，其语秽亵鄙浅，并桑濮之音亦离去已远。而羁人游婿，嗜之独深，丙夜开樽，争先招致。

就沈氏所述来看，大致可以知道这些民间俗曲先是起于北方，而后流传至南方，在明中叶以后，愈演愈盛，乃至"举世传诵"。在这过程中，又始终有文人士大夫的参与，因他们的褒扬和辑集刊布，加速了它的流播。这些曲子多是妓女所唱，乐调比较简单，而内容则以写男女之情为主，其放恣的程度，也是愈来愈甚。这种情况和明代社会风气及文人文学的变化，大体有相同的步调。

现存最早的明代民歌集，为成化年间金台鲁氏所刊《新编四季五更驻云飞》等四种。虽尚无显著特色，但其中写怨男痴女心情的作品语气颇为活泼。如下面一首：

富贵荣华，奴奴身躯错配他。有色金银价，惹的傍人骂。嗏，红粉牡丹花，绿叶青枝，又被严霜打，便做尼僧不嫁他！

这是写一个女子因贪图荣华富贵而错嫁恶人之后的悔恨心情，由此肯定了真挚爱情对于人生的重要。

在正德刊本的《盛世新声》、嘉靖刊本的《词林摘艳》和《雍熙乐府》中，都收有一些较早的民间歌曲，较之后期之作，尚较为拘谨。不过较早的民歌中还是有些绝佳之作流传下来。如陈所闻《南宫词纪》中所收"汴省时曲"两篇，其中一篇就是沈德符称为《锁南枝》一曲之冠的《泥捏人》：

> 傻俊角，我的哥！和块黄泥儿捏咱两个。捏一个儿你，捏一个儿我，捏的来一似活托，捏的来同床上歇卧。将泥人儿摔碎，着水儿重和过，再捏一个你，再捏一个我。哥哥身上也有妹妹，妹妹身上也有哥哥。

如此天真烂漫、异想天开，难怪引起文人雅士的惊叹。

万历时期出现许多辑录散曲、时调（或兼收戏曲）的选本，其中收民歌较多的，有黄文华编辑的《词林一枝》、熊稔寰编辑的《徽池雅调》、龚天我编辑的《摘锦奇音》。这里面的民歌，仍以写男女之情的最为集中，而以感情的大胆真率、语言的尖新倩巧为特征，与前面所提到的选本中的民歌有不同的面貌。当然，选本的年代不一定就是所选作品的年代，但从所用的曲调来看，当以嘉、隆以后的为多。举《罗江怨》一首为例：

> 纱窗外月正高，忽听得谁家吹玉箫。箫中吹的相思相思调，诉出他离愁多少，反添我许多烦恼。待将心事从头从头告，告苍天不肯从人，阻隔着水远山遥。忽听天外孤鸿孤鸿叫，叫得奴好心焦。进绣房泪点双抛，凄凉诉与谁知谁知道。

晚明时期通俗文学专家冯梦龙对于民歌也表现了极大的兴趣，编辑了《挂枝儿》（又名《童痴一弄》）和《山歌》（又名《童痴二弄》）。前者已略有残缺，今共存四百三十五首；后者收作品三百八十首，其中包括一些上千字的长篇。"挂技儿"是万历时流行南北的时调，冯梦龙所辑，据小注说明，其中有些出于文士之手；《山歌》则是用吴语写成的吴地民歌的专集。在几种重要的俗曲集中，这两种所收作品年代最迟，对情感的表现大胆甚而放肆，反映出晚明时代的社会气氛。

《挂枝儿》中的情歌常写得热烈而曲折深细，生活的真实感极强，如《做梦》：

> 我做的梦儿到也做得好笑，梦儿中梦见你与别人调，醒来时依旧在我怀中抱，也是我心儿里丢不下，待与你抱紧了睡一睡着，只莫要醒时在我身边也，梦儿里又去了。

还有些带有诙谐色彩的，表现出晚明文学普遍的特点，如《送别》：

送情人直送到丹阳路,你也哭,我也哭,赶脚的也来哭。赶脚的,你哭是因何故?道是:去的不肯去,哭的只管哭;你两下里调情也,我的驴儿受了苦。

在《挂枝儿》中已经有些牵涉情欲的内容,《山歌》则更甚,相当一部分作品含有对性行为的暗示及直接描写。在这里,市井生活的粗俗气息和追求自由幸福的欲望是混杂在一起的。而有些篇则写得俏丽动人,如《模拟》表现小儿女的痴情,真是活灵活现:

弗见子情人心里酸,用心模拟一般般。闭子眼睛望空亲个嘴,接连叫句"俏心肝"。

《山歌》中的长篇大多是故事性的,说白和唱相杂,语气生动、情绪活泼的特点比那些短篇表现得更加充分,是研究吴地民间文艺的极好材料。

第 17 章

明代戏曲与小说

在前一章中，我们以诗文为中心，对明代文学演变的社会与政治背景作了必要的说明，这种说明也对戏曲、小说同样有效。和诗文一样，明代的戏曲、小说也经历了前期的萎缩、中期的复苏、晚期的高潮这样三个阶段。而且，这种同步状态，又很好地说明了明代传统文学样式与通俗文学之间关系的密切。

一、明代前期到中期的戏曲与小说

《剪灯新话》《剪灯新话》是明初的一部文言短篇小说集，四卷二十篇，附录一卷。作者瞿佑（1341—1427），字宗吉，有诗名，曾为杨维桢所赏识。据日本《剪灯新话句解》本所存作者《重校剪灯新话后序》，此书成于"洪武戊午岁"（1378）。

在文言小说系统里，《剪灯新话》是志怪与传奇体的结合；书中一部分作品反映了市井民众生活及其思想感情，则又与话本小说的影响有关。在明初严酷的文学环境中，此书则较多保留了元末文学的精神，是难得的。

《剪灯新话》中大约有一半以上的故事写男女爱情，描写中对感情的真挚与否看得很重要。如《翠翠传》写"淮安民家女"翠翠与同学金定私相爱慕，当父母为她议婚时，她竟公然宣称："必西家金定，妾已许之矣。若不相从，有死而已。"后夫妇二人遭遇战乱而离散，翠翠被人掳为姬妾，作者对她的"失身"也毫无谴责，仍然赞颂她和金定之间的爱情，这显然不把礼教当一回事。又如《联芳楼记》则是一个富于浪漫色彩和世俗化欢快情调的故事：一个年轻的商贩郑生在船头洗澡时，被河边高楼上一家富商的两个女儿——薛兰英、薛蕙英窥见并喜欢上，她们便"以荔枝一双投下"，表示爱慕。晚间郑生立于船头，二女用一竹兜把他从窗口吊上去，"既见，喜极不能言，相携入寝室，尽缱绻之意焉"。薛家的父亲虽然"大骇"，最终还是成全了他们。以如此明朗的笔调描写青年男女对自由爱情的追求，这在以前的小说中是很少见的。

在语言风格方面，《剪灯新话》仍存在好用骈俪、多引诗词的缺陷，但它的叙述已经完全是浅近的文言，这显示了文言小说的发展趋向。

至永乐年间，又有李昌祺仿《剪灯新话》而作的《剪灯余话》。其内容及一般特点亦与《新话》相似。作为附录的《贾云华还魂记》明显受元代小说《娇红记》的影响，但加上了女主人公死后还魂的大团圆结尾。《剪灯新话》和《余话》在明前期的文学中具有独特的面目，但在当时缺乏与之相呼应的创作。到了明后期，两书中有不少故事被白话小说和戏剧所吸收。

明代前期的戏曲　明初的文化专制主义也笼罩了戏曲领域，按法律规定，民间演剧不准妆扮"帝王后妃、忠臣烈士、先圣先贤"，但"神仙道扮及义夫节妇、孝子顺孙、劝人为善者不在禁限"（《昭代王章》），这是要求戏曲为封建政教服务。在此情况下，戏曲创作中最盛的是点缀升平的娱乐之作和宣扬封建道德的作品。

在这种特殊的环境下，皇室贵族朱有燉（1379—1439）成为明初影响最大的戏曲作家。他是明太祖之孙，袭封周王，谥"宪"，故世称周宪王。作有杂剧三十一种，总称《诚斋乐府》。其中大多为供富贵人家消遣娱乐的游赏庆寿、歌舞升平、神仙道化之类内容，而牵涉社会生活的剧作，也有意识地灌注了统治者所要求的道德思想。如《香囊怨》写妓女刘盼春钟情于秀才周恭，因鸨母逼其接待富商陆源，自杀明志，尸体火化后，她所佩藏有周恭寄赠情词的香囊完好无损。这是元杂剧就有的士子、富商、妓女三角关系的老套，但在表彰女子贞节时运用了神话手段，使道德主旨更突出。

朱有燉的剧作主要还是以娱乐为目的，只是注意到思想要正确。成、弘年间，身为理学大儒和高级官僚的丘濬在利用戏曲为教化手段方面，态度更为积极。他的《五伦全备忠孝记》传奇，主角为兄弟俩，名唤"五伦全"、"五伦备"，内容是演他们如何做到"五伦全备"，道德主旨之鲜明，罕有其匹。丘濬官至礼部尚书、大学士，而染指正统文人向来轻视的戏曲，就是为了"使世上为子的看了便孝，为臣的看了便忠"。这可以看作是以道德理念为核心的台阁文学的强有力的扩展。

明中期杂剧　至弘治以后，戏曲创作开始出现转机。虽然表彰忠孝的意识依然存在，但作品取材渐有生活气息，不再是着意演绎统治阶级的道德观念；而到了徐渭的《四声猿》，则已显著地表现出反抗精神和新的时代意识。

到了明中期，杂剧在戏曲中已不占主导地位，但仍有作者喜欢这种较为短小的体制。只是这种杂剧和元杂剧差别很大，一种戏不一定是四折，也不一定由一人主唱，而且常有南北曲混用的。

王九思的《杜甫游春》、康海的《中山狼》均是明中期较早出现的杂剧名作。两剧都有讽世之意，和二人因与刘瑾的关系被罢黜有关。《杜甫游春》写杜甫春游长安城郊，见村郭萧条，宫室荒芜，痛骂李林甫等权奸误国，又于酒肆质典朝服买醉，决心隐身避世。或言剧中李林甫系指当朝权臣李东阳。《中山狼》的情节出于马中锡的寓言故事《中山狼传》，写东郭先生救狼而几为狼所害，幸得一老人设计解救，剧中刻画狼的诡诈甚用力。结尾处借老人的话，指世人多负恩，"却不个个是这中山狼么？"流露出很深的愤世嫉俗情绪。也有人认为此剧系讥刺李东阳，因康海曾救李氏出狱，然难断确否。这两种剧作作为艺术作品来看，都未免单薄，但和前期杂剧相比，因较多寓涵了作者的人生经验和情感，尚能给人一定的感染。

至冯惟敏的杂剧《僧尼共犯》，情趣渐浓。此剧写僧明进与尼惠朗结下私情，被邻人捉至官司，钤辖司吴守常将两人打了一顿板子，断令还俗成亲，并说："成就两人，是情有可矜。情法两尽，便是俺为官的大阴骘也！"冯氏为人好戏谑，他让明进和惠朗挨一顿打再欢欢喜喜结为夫妻，算是于情于法都有了交代，也是他的个性的表现。这和晚明戏剧强烈而严肃地为情欲争权利虽态度有别，毕竟还是有人情味的。剧中明进的唱词说："都一般成人长大，俺也是爷生娘养好根芽，又不是不通人性，止不过自幼出家。一会价把不住春心垂玉箸，一会价盼不成配偶咬银牙。正讽经数声叹息，刚顶礼几度嗟呀。"对禁欲戒律所造成的人性痛苦表示了同情。

徐渭有杂剧集《四声猿》，包含《狂鼓史》一折，《翠乡梦》二折，《雌木兰》三折，《女状元》五折。长短无定制，所用曲调也不拘南北，形式很自由。在明中期包括传奇在内的戏剧中，它是闪耀着新的思想光彩的杰作，和徐渭的诗歌一样，代表了明中期文学与晚期文学之间的过渡。

《雌木兰》和《女状元》都是写女扮男装的故事：木兰代父从军，驰骋疆场；黄崇嘏考取状元，为官精干。这两种剧都突出了女子的才能，"裙钗伴，立地撑天，说什么男儿汉"，对男尊女卑的传统思想提出针锋相对的挑战。《狂鼓史》虚构祢衡、曹操死后，在冥司的安排下重演当日骂座的情景。"骂曹"的内容，不外乎历史记载和故事传说中曹操的狠毒伪善、狡诈奸险、草菅人命等罪恶。但徐渭通过祢衡之口，主要是为了宣泄由巨大的社会压迫所带来的精神痛苦和愤懑不平之气。这一剧作在当时受到许多文人的喜爱和高度评价，也正是因为它并不是就历史而写历史，或借历史讽喻现实政治；它的感人之处，是那种恣狂的个性和烈火般的激情。

《翠乡梦》写高僧玉通苦修数十年而未成正果，却在一夕之间就被妓女红莲破了色戒；他的后身化为柳翠，沦落风尘，却一经点明，立时顿悟。这个故事有禅宗思想的背景，但提出的道理是有普遍性的：人不可能通过禁欲的手段达到道德完善，这种戒律脆弱而不堪一击；倒是经历过人世的沉沦，反而能领悟人生的真谛。玉通破戒以后同红莲有一段对话，红莲作为情欲的象征力量，表现得恣悍泼辣，而玉通的自我辩解，却显得苍白无力，十分可怜。比起冯惟敏《僧尼共犯》，这里对禁欲主义的批判是正面而更为强烈的；围绕僧侣、宗教、情欲、道德，作者展开的思考也很具吸引力。

《四声猿》的曲辞不假涂饰而才气飞扬，锤炼纯熟而接近口语，故王骥德谓其"追躅元人"（《曲律》）。下举《雌木兰》中《寄生草么篇》为例：

> 离家来没一箭远，听黄河流水溅。马头低遥指落芦花雁，铁衣单忽点上霜花片，别情浓就瘦损桃花面。一时价想起密缝衣，两行儿泪脱真珠线。

明中期传奇 明初以来，传奇以改编元代剧作为多，创作颇为凋敝。明中叶则有了明显改变，李开先的《宝剑记》、无名氏（或谓王世贞）的《鸣凤记》、梁辰渔的《浣纱记》代表了明传奇的兴起。

李开先（1502—1568）字伯华，号中麓，山东章丘人，嘉靖进士，官至太常寺少卿。曾罢官闲居二十余年。《宝剑记》叙林冲被逼上梁山的故事，但情节、主旨与《水浒传》所写有很大不同。在《宝剑记》中，林冲是因二度上疏弹劾高俅、童贯败坏朝政而遭到迫害，后带了梁山大军包围京师，终于为朝廷消除了奸佞。剧本的主旨如开首《鹧鸪天》曲所言："诛谗佞，表忠良，提真托假振纲常。"剧中虽然不免有许多说教的成分，但敢于动用反叛武装迫使朝廷改正错误，这种想象到底是豪气的。《夜奔》是全剧最好的一出，曲辞写得苍凉浑厚，具有浓厚的抒情性，如下《沽美酒》曲：

怀揣着雪刃刀，行一步哭号咷。拽长裾急急蓦羊肠路绕，且喜这灿灿明星下照。忽然间昏惨惨云迷雾罩，疏喇喇风吹叶落，振山林声声虎啸，绕溪涧哀哀猿叫。吓的我魂飘胆消，百忙里走不出山前古庙。

产生于隆庆年间的《鸣凤记》是一部关切当代政治事件的剧作。作者把以严嵩父子及赵文华为一方的"奸党"和以杨继盛、董传策等人为一方的"忠臣"向两个方向作极端化的描绘，所以矛盾冲突显得格外激烈，在当时的戏剧中很少有。但也正因此，剧中人物尤其作为"忠义"的化身来写的杨继盛显得缺乏普通人的思想感情，令人感到僵硬。写忠奸斗争的戏，都容易染上这样的毛病。

梁辰鱼的《浣纱记》是第一部用昆腔演出的戏曲。据《南词叙录》记载，明中叶南方流行范围较广的声腔有弋阳腔、余姚腔、海盐腔；另有昆山腔，"止行于吴中"。大约到了嘉靖中后期，以魏良辅为首的一批艺术家对昆山腔进行了改革。这种经过改良的昆山腔清柔而婉折，富于跌宕变化，其声调"恒以深邈助其凄泪"（余怀《寄畅园闻歌记》），具有很强的艺术表现力。梁辰鱼本是昆山人，他在魏良辅的帮助下首先将这种新腔推向戏曲舞台，对它的传布起了很大作用。此后传奇的演唱，昆腔便占了主导地位。

《浣纱记》试图把政治和爱情相结合来写，故事梗概是：起初范蠡与西施相爱，以一缕溪纱为定情之物，后越国面临危亡，范蠡以国事为重，劝说西施到吴国去承担使吴王惑乱的任务。灭吴之后，范蠡功成身退，两人在太湖舟中成婚。在这个故事的政治性情节中，西施不过是所谓君国利益的工具，这和爱情主题根本上是矛盾的。作者显然意识到这一点，所以用较多的篇幅渲染了西施在成为政治的牺牲品时所感受到的深深悲哀。如

《迎施》出中《金落索》曲的一节："溪纱一缕曾相订，何事儿郎忒短情，我真薄命！天涯海角未曾经，那时节异国飘零，音信无凭，落在深深井。"又《思忆》出中《二犯渔家傲》曲：

> 堪羞，岁月迟留。竟病心凄楚，整日见添憔瘦。停花滞柳，怎知道日渐成拖逗。问君早邻国被幽，问臣早他邦被囚，问城池早半荒丘。多掣肘，孤身遂尔漂流，姻亲谁知挂两头！那壁厢认咱是个路途间霎时的闲相识，这壁厢认咱是个绣帐内百年的鸾凤俦。

西施的悲剧命运并未被看作是理所当然的事情，作者写她的哀怨还是令人感动的。这和一味宣扬封建伦理而轻忽人情的剧作有明显的区别。

《浣纱记》的语言研炼工丽，受到主张"本色"的曲评家的指责。但也应该看到，由于作者的才情，这些工丽的文辞并不显得僵板。

《西游记》　明代中期，顺应着市民阶层文艺需求的增长，小说的出版空前繁荣，《水浒传》和《三国志通俗演义》就在嘉靖时期开始广泛地刊刻流传，而文学史上另一部伟大的长篇小说《西游记》差不多也在这一段时期问世。

《西游记》的故事源于唐僧玄奘只身赴印度取经的史实。关于取经事迹、西行见闻，先有玄奘口述而由弟子辩机写成《大唐西域记》，继而有玄奘另两名弟子慧立、彦悰所撰《大唐大慈恩寺三藏法师传》；后者并含有部分夸张性的描绘和带神话色彩的异域传闻。此后，取经故事逐渐成为民间文艺的重要素材。在戏曲系统中，金院本、宋元南戏都存有与此相关的剧目，杂剧则有元吴昌龄的《唐三藏西天取经》、元末明初杨景贤的《西游记》等。在小说系统中，元刊话本《大唐三藏取经诗话》虽篇幅不大，也比较粗糙，但已具备了《西游记》故事的粗浅轮廓。书中有猴行者化为白衣秀士，为唐僧保驾，这就是孙悟空的雏形。而比较完整的小说《西游记》，至迟在元末明初已经出现。原书已佚，但《永乐大典》卷一三一三九"梦"字条下引《梦斩泾河龙》故事，标题即为《西游记》，其内容与现存百回本第九回前半部分基本相同。古代朝鲜的汉语教材《朴通事谚解》中有八条注文，介绍了取经故事的主要情节，与今传百回本《西游记》十分接近。据此可以推测，元人的《西游记》已具有相当规模，并奠定了百回本《西游记》的基本骨架。

明万历二十年金陵唐氏世德堂刊《新刻出像官版大字西游记》为这部小说现存最早的版本，二十卷一百回。是书既谓"新刻"，陈元之序又提到"旧有叙"，可见在它以前已有旧本存在。推测而言，《西游记》的最后完成当在嘉靖中后期。现代以前的《西游记》版本没有署吴承恩名的，但因明天启《淮安府志》著录山阳人吴承恩（约1500—约1582）的著作有《西游记》一书，清人吴玉搢、阮葵生等据此推断吴即是小说《西游记》的作者，后鲁迅、胡适对此作了进一步的肯定。近数十年来，国内外已有不少研究者怀疑《淮安府志》所著录的吴承恩《西游记》并非百回本小说《西游记》。

《西游记》是一部驰骋幻想、诙谐有趣的小说。鲁迅在《中国小说史略》中驳斥了清人关于它的各种穿凿附会的解释，提出此书"实出于游戏"，这是很平实的看法。但一部小说不包含深隐的特别用意，并不意味着它的内涵就是浮浅的。在《西游记》用诙谐的笔调写成的离奇的神话故事中，渗透着作者对人性的透彻的理解，和豁达而富于智慧的看待人生的眼光。它给读者带来娱乐，也引发读者活跃的联想和思考。

《西游记》有一个"历险记"式故事框架。这种故事结构在古今中外的虚构性文学中最为常见，它除了便于展开惊险离奇的情节，也常常成为生命过程的象喻——虽然未必出于有意。

取经故事的主角，理所当然应该是唐僧，但在经过长期演变最终形成的《西游记》中，却是孙悟空占据了这一历险记故事的中心地位。甚至，开始七回只是这猴王独自的表演。这种变化包含着一种选择：如果是以"圣僧"为中心，小说的气质将是另一种样子，它难免会有更多的宗教气息，会变得更严肃一些。这显然不符合以市井民众为主的读者的口味。而以孙悟空为中心，驰骋想象的空间就广阔得多了。从破石而生，这猴子就是谁也管不着的精灵；继而远游学艺、闯龙宫、闹冥司、大闹天宫，他把整个世界的秩序搅得一塌糊涂；他在花果山上自在称王的日子，无忧无虑，无法无天，欢欢喜喜。这一系列描写极富于童话气息，是对恣野的人性摆脱一切束缚而获得彻底自由的天真想象。当然，就人性的处境而言，约制的力量永远大于获得自由的能力，所以孙悟空终于被天界秩序的维护者所镇压，被引导到无上崇高的佛门。但即使说孙悟空从一个野神历经取经路上的九九八十一难而最后成为"斗战胜佛"是一条自我完成的"正道",作者也不愿以过分改变其基本的性格特征为代价。在取经路上,他仍然以"齐天大圣"自居,动辄向人们夸耀自己捣乱闹祸的光荣历史;他照旧桀骜不驯,对玉皇大帝、太上老君等尊神放肆无礼,有时甚至对观音菩萨、如来佛祖撒泼;而妖精们只要对他恭恭敬敬,叫他一声"外公",他大抵都肯原谅。总之,尽管自由是受限制的,作者还是通过孙悟空这个神话英雄,表现了人的天性中对自由的最大渴望。

而猪八戒的形象则代表着人性贪恋实实在在的世俗享乐的一面。对他说来,拥有女人、过得去的财富以及可以充分享用的食物是重要的,他也愿意以辛苦的劳作来获得这些;若有另外的女人肯同他"耍子",则属于意外的收获。因为好色,他不断受到女妖甚至菩萨的戏弄,这让人感到可怜和忧伤。他的人生哲学与取经这一趋向理想主义和精神至上原则的行动有天然的冲突,因为那纯然是不可理解的荒谬。所以在取经路上一旦发生问题,他总是急于建议"把白马卖了,给师父买一口棺木",这是取消取经行动的最彻底的方法。但尽管猪八戒有那么多的毛病,他还是属于"好人"的队伍,对他的嘲谑也仍然是善意的。因为他身上的毛病实是人类普遍存在的弱点的放大。这一种文学形象是过去未曾有过的,他的出现,显示中国文学对人性的弱点有了更为宽容的态度,也预示着中国文学中的人物类型会向日常化和复杂多样的方向发展。孙悟空和猪八戒的形象构成了鲜明的对照,但尽管粗蠢的更像一个俗汉的猪八戒总是遭到机智的英雄孙悟空的调侃和捉弄,他们在取经路上的争吵还是很有味道,因为他们都有李贽所说的"童心"。

其实,就是《西游记》中诸多妖魔鬼怪,也并不尽然是丑恶恐怖的。作为一部娱乐性很强的神话小说,作者显然不取一种严厉的道德评判态度。所以,神佛有时也可笑,妖魔有时也可爱。好些妖魔原本是从天界逃脱出来的,到了人间逍遥上一阵,做些恶事,或完成其风流宿缘,仍又回天界勤修苦炼,这与猪八戒、沙僧的经历并无根本的区别。像黄袍怪爱百花羞公主,罗刹女因母子分离而痛恨孙悟空,都很可以理解;就是牛魔王一面在外拈花惹草,一面又还费心讨好原配夫人,他的辛苦也应该同情。所以这些妖魔鬼怪的故事,也让人读得饶有趣味。

在中国文学史上,以神话为素材的文学创作一向不够发达,《西游记》

以丰富的艺术想象力，描绘出一个光怪陆离的神话世界，在一定程度上弥补了上述缺陷。这部小说带给人们无穷的快乐，因为它是那样想入非非而又真实可信，那样海阔天空而又活泼可爱，它的文字也灵动流利，体现了中国文学在一旦摆脱思想拘禁以后所产生的活力，这在文学史上具有相当重要的意义。

二、晚明小说

晚明戏曲、小说的创作高度兴盛，因此有必要将其分别介绍。

以《金瓶梅词话》为代表，晚明小说出现了一种重要的发展，就是开始从传奇转向写实，由不平凡的英雄的故事转向普通人的日常性生活。小说由此在更为深入和充分的程度上显示了它的重要功能——在虚构和想象的世界中审视人的生存状态和人性的困境，进而表达人对生活的渴望。在白话短篇小说集——冯梦龙编撰的"三言"和凌濛初编撰的"二拍"中，我们同样感受到十分浓郁的市井生活气氛。

白话小说无疑代表了晚明小说的主要成就，但因此而疏忽了文言小说的发展却也是不恰当的。宋懋澄所著《负情侬传》、《珠衫》为"三言"中最出色的两篇——《杜十娘怒沉百宝箱》、《蒋兴哥重会珍珠衫》——提供了重要基础，就是典型的例子。这种情况再次说明雅、俗混融是中国后期文学发展的重要动力。

《金瓶梅词话》《金瓶梅词话》是古代第一部以普通家庭的日常生活为素材的长篇小说。书名由小说中三个主要女性（潘金莲、李瓶儿、春梅）的名字合成。它借用《水浒传》中西门庆与潘金莲的故事做开头，写潘金莲未被武松杀死，嫁给西门庆为妾，由此转入西门庆家庭内发生的一系列事件，以及与这家庭相联系的社会景象，直到西门庆纵欲身亡，其家庭破败，众妾风云流散。故事以北宋为背景，但实际反映的是具有晚明时代特征的社会面貌。

这部小说的成书及早期流传情况和之前几部著名的长篇小说有所不

同。在它问世以前,并没有内容相近的雏形作品存在。《万历野获编》的作者沈德符是位博闻多识、留心民间文艺的人,但他在读到小说以前,完全不知道这是怎样的一本书。从书中借用了屠隆的《祭头巾文》这一情况来看,小说的完成应该不早于万历初,而它很快在几位名流间辗转传抄。据袁中郎于万历二十四年(1596)写给董其昌的信,他曾从董处抄得此书的一部分;又据《万历野获编》,沈德符在万历三十七年从袁中道处抄得全本。种种迹象表明,它应是一位文人独立创作的成果,最初的流传范围也是在文人群中。

现在所能看到的《金瓶梅》的最早刻本,是卷首有万历四十五年东吴弄珠客序及欣欣子序的《金瓶梅词话》,共一百回。其后有崇祯年间刊行的《新刻绣像批评金瓶梅》,清康熙年间张竹坡评点的《金瓶梅》,均有程度不等的修改。小说作者以"兰陵笑笑生"为化名,他究为何人,自明代起就有各种猜测性的说法,现代研究者也提出种种推考,但迄无定论。

《金瓶梅词话》因为有较多性行为的描写,长期被看作是一部淫秽小说。确实这种描写过于暴露而且缺乏美感上的考虑,它与晚明较为放纵的社会风气有关。从艺术方面来看,小说也多有粗糙之处,如细节不甚严密,夸张和写实不够协调等等;在文体上,作者喜欢运用说唱文学的手段,文中大量插入词曲之类韵文,也颇显得累赘。但现代研究者还是对它在中国小说史上的地位给予很高的评价。

过去的长篇小说主要以历史故事、民间传说为素材,在民间的"说话"和戏曲表演中经过长期的酝酿、改造而形成,富于传奇性是普遍特征。如《三国演义》《水浒传》《西游记》,可以说都是写非凡人物的非凡经历。《金瓶梅词话》则不同,它的人物是凡琐的,没有什么超常的本领和业绩;它的故事也是凡琐的,没有什么惊心动魄的地方。而且,它以一种冷峻的嘲戏的态度,对人性的丑陋、生存的可悲表现了更多的关注;中国文学里最常见的诗情画意式的描绘、对善恶有报的廉价的信赖在这里几乎不存在,纵欲和死亡却成为小说中人物生命的基调。但正因对人的真实平常的生活状态的深入考察与描绘,它成为我国第一部真正意义上的社会小说,或如鲁迅在《中国小说史略》中所说的"世情书"。

小说男主人公西门庆和三位女主角中最活跃的潘金莲,都是邪恶而又生气勃勃的人物,他们的行动支配着小说的主要脉络,他们的生活态度与命运也构成了小说的主要色调。

西门庆是一个暴发户式的富商,是新兴的市民阶层中的显赫人物。《金瓶梅词话》以不少篇幅通过他的活动反映了当时社会中的官商关系。晚明是一个以政治权力为核心的封建等级秩序被商人所拥有的金钱力量严重侵蚀的时代。虽然《明律》关于不同身份的人物的器物服饰有区分等级的明文规定,但在小说中我们看到,西门庆一家物质享用的奢华,远远超出于一般官僚。而官僚阶层面对金钱力量也不得不降尊纡贵。第三十回写到位极人臣的蔡太师因收受了西门庆的厚礼,送给他一个五品衔的理刑千户之职;在过生日之际,更以超过对待"满朝文武官员"的礼遇接待这位携大量金钱财物来认干爹的豪商。第四十九回又写到文采风流的蔡御史在西门庆家做客,受到优厚的款待,还得了两个歌妓陪夜,对于他的种种非法要求,无不一口应承。凭借金钱买通政治权力,使得西门庆敢于为所欲为,相信钱可通神,"就使强奸了嫦娥,和奸了织女,掳了许飞琼,盗了西王母的女儿,也不减我泼天的富贵!"

但作者同时也揭示了西门庆这样的人物和封建政权多少仍是处于游离状态的。小说中有两处描写颇堪体味。一是四十九回写歌妓董娇儿服侍蔡御史一夜,得了"用红纸大包封着"的一两银子,拿与西门庆瞧,西门庆嘲笑道:"文职的营生,他那里有大钱与你,这个就是上上签了。"这里显示了富商对文官的寒酸的卑视。另一处是五十七回写西门庆对尚在怀抱中的儿子说:"儿,你长大来,还挣个文官,不要学你家老子,做个西班出身(指捐官),虽有兴头,却没十分尊重。"这里却又表示了对"文官"——国家机器中的核心成员——的向慕。他虽然能够收买一部分政治权力为己所用,却不可能在国家的政治事务中显示自己的力量。

在小说中西门庆是一个极富于生命力的人物,这种生命力是由金钱支撑的,甚至在相当程度上实可理解为金钱的化身。作为豪商,西门庆既缺乏社会活动空间,也缺乏传统文化中的道德信念,于是,生命力的肆滥的宣泄,尤其是对异性永无休止的追逐,成为他体认和表现自身存在的方式,直到纵欲身亡。在他死后,他的一群门客做了一篇极为滑稽的祭文,对他的性能力加以热烈的歌颂,这种对死亡的调侃透出可笑而阴寒的气息。

潘金莲在小说中同西门庆真可谓天生一对。她美丽、伶俐、乖张,具有色情狂和虐待狂的性格,有时十分冷酷。但仔细读小说,我们就会发现,她的邪恶是在她的悲惨的命运中滋长起来的。潘金莲出生在一个穷裁缝的家庭，九岁就被卖到王招宣府中学弹唱，学得"做张做势，乔模乔样"；后来又被转卖给张大户，年方十八就被那老头儿收用了；再后来她又被迫嫁给"人物猥獕"的武大。她虽美貌出众，聪明灵巧，却从来没有机会在正常的环境中争取自己做人的权利。来到西门庆家中，她不用说不能与尊贵的主妇吴月娘相比，也不像李瓶儿、孟玉楼那样有钱，可以买得他人的欢心；但她又不甘于被人轻视，便只能凭借自己的美貌与机灵，用尽一切手段来占取主人西门庆的宠爱，以此同其他人抗衡。她的心理是因受压抑而变态的，她用邪恶的手段来夺取幸福与享乐，又在这邪恶中毁灭了自己。正是基于对其命运的哀怜，在现代改编的关于潘金莲的文艺作品中人们给予她较多的同情。

为《金瓶梅词话》作序的"欣欣子"（这可能是作者的另一化名）称此书的宗旨是"明人伦，戒淫奔，分淑慝，化善恶"，但实际上这只是一种有意识的和常规性的标榜，小说本身则很少有基于传统道德的说教。值得注意的倒是作者的一种矛盾态度：在小说中，金钱和情欲既使人性趋向于贪婪丑恶，同时也是人性中不可抑制的企求；它既被视为邪恶之源，又被描写为快乐与幸福之源。以对李瓶儿的描写为例，她先嫁给花子虚，彼此间毫无感情，后来又嫁蒋竹山，仍然得不到满足，在这一段生活中，她的性格较多地表现为淫邪乃至残忍；嫁给西门庆后，情欲获得满足，又生了儿子，她就更多地表现出女性的温柔与贤惠来。这使人看到：纵欲固然导致邪恶，对自然欲望的抑制却也会导致人性的恶化。

《金瓶梅词话》不是以某种正面的人生观、价值观写出的批判性小说，作者也缺乏一种明确的立场来处理人性的矛盾，但至少他对人性的复杂是有理解的，他在这方面的考察也很深。所以在这部一百回的长篇小说中，几乎没有一个通常意义上的"正面人物"，也几乎不存在通常意义上的"反面人物"。像前面说到李瓶儿有不同的两面，而潘金莲也并不是单纯的恶人，就是西门庆的"恶"也不是以简单的符号化的形式表现出来的。他的慷慨豪爽、"救人贫难"，多少表现出市民阶层所重视的品德。他对妇女从来就是贪得无厌地占有和玩弄，但当李瓶儿病死时，他也确实表现了真诚的悲痛。小说对这一事件的描写十分细致。一方面，西门庆不顾潘道士提出的"恐祸将及身"的警告，坚持要守在垂危的李瓶儿身旁，当她死后，不顾一切地抱着她的尸体痛哭；另一方面，作者又借西门庆心腹玳安之口指出："为甚俺爹心里疼？不是疼人，是疼钱。"这里并不是说西门庆的感情是虚假的，而是说西门庆因为想到李瓶儿嫁他时带来了大量的钱财而格外心疼她，贪财是他的感情的重要基础。而这种真诚的一时冲动的感情，却又不能改变西门庆好色的无耻本性，小说接着又写他为李瓶儿伴灵还不到"三夜两夜"，就在灵床的对面奸污了奶子如意儿。大体说来，《金瓶梅词话》刻画人物形象，论精确细致是有所不足的，草率之处常有，但作者确实具有很高的智慧，能够轻松自如地把握人物的基本特性，以较为丰富的性格层次来塑造人物形象。

在传奇性小说中，故事情节占有重要的地位，到了《金瓶梅词话》，它的重要性明显降低了，作者常常在一些琐碎的、似乎可有可无的细节上下功夫，借此构造鲜活的生活场景，揭示人物的性格特征。像第五十六回写帮闲角色常时节因无钱养家，被妻子肆口辱骂，及至得了西门庆周济的十几两银子，归来便傲气十足，他的妻也立即变得低声下气。这种描写就小说故事情节的发展而言完全可以省略，但却尖锐地反映出在金钱的驱使下人性是何等的可悲与可怜；正是许多这样的"闲文"，渲染了小说的总体气氛。至于《金瓶梅词话》的语言，虽然有些地方显得粗糙，尤其是引用诗、词、曲时，往往与人物的身份、教养不符，但总体上说是非常有生气的。作者十分善于摹写人物的鲜活的口吻、语气，以及人物的神态、动作，从中表现出人物的心理与个性，以具有强烈的直观性的场景呈现在读者面前。鲁迅称赞说："作者之于世情，盖诚极洞达，凡所形容，或条畅，或曲折，或刻露而尽相，或幽伏而含讥，或一时并写两面，使之相形，变幻之情，随在显见，同时说部，无以上之。"（《中国小说史略》）如第四十九回写西门庆宴请蔡御史，请他关照生意，之后留他宿夜，来至翡翠轩：

只见两个唱的盛妆打扮，立于阶下，向前花枝招飐磕头。蔡御史看见，欲进不能，欲退不可，便说道："四泉，你如何这等爱厚，恐使不得。"西门庆笑道："与昔日东山之游，又何别乎？"蔡御史道："恐我不如安石之才，而君有王右军之高致矣。"于是月下与二妓携手，不啻恍若刘、阮之入天台。因进入轩内，见文物依然，因索纸笔，要留题。西门庆即令书童，连忙将端溪砚研的墨浓，拂下锦笺。这蔡御史终是状元之才，拈笔在手，文不加点,字走龙蛇,灯下一挥而就,作诗一首。

风雅的形态与卑俗的心理交结在一起。作者不露声色,就写尽了两面。这种文笔,后来在《儒林外史》中得到极大的发展。

晚明是一个非常复杂的时代。一方面是传统价值观正在失去它的号召力,肯定"好货"、"好色"成为时代的新思潮,但另一方面,具有正面意义的新的价值观却难以确立。人欲横流而无所归,这使一些敏感者对人自身、对生存的意义产生了恐慌。前面我们说及,纵欲与死亡构成了小说中人物生命的基调,这里面渗透着悲凉的气氛;而这种悲凉气氛还将长时期地飘浮在中国文学的世界中。

但人们并没有理由要求文学承担起指导社会进步的任务。作为一部小说,《金瓶梅词话》以其对社会现实的冷静而深刻的揭露,以其在凡庸的日常生活中表现人性之困境的视角,以其塑造生动而复杂的人物形象的艺术力量,为中国古典小说开辟了一个新的方向,这就是它的价值所在。《儒林外史》《红楼梦》就是沿着这一方向继续发展的。《石头记》的脂评说《石头记》(即《红楼梦》)"深得《金瓶》壼奥",不为无见。

《金瓶梅》传世既广,随之也出现了一些续书。据沈德符《万历野获编》称,有一种叫《玉娇李》的,"笔锋恣横酣畅,似尤胜《金瓶梅》",今已不存。另有清初丁耀亢撰《续金瓶梅》等,俱不见佳。

《醒世姻缘传》《醒世姻缘传》一百回,原署"西周生辑著,然藜子校定"。清人杨复吉《梦阑琐笔》说:"鲍以文云:留仙尚有《醒世姻缘》小说,盖实有所指。"胡适以此为基础进行考证,认为它确为蒲松龄作。但近些年来许多研究者对此表示反对。小说中称明朝为"本朝",称朱元璋为"我太祖爷",且不避康熙名讳,大体可以断定为明末之作。此书在日本享保十三年(清雍正六年,1728)的《舶载书目》中已有记载,其刊行年代大约是在明末清初之际。

《醒世姻缘传》以明代前期(正统至成化年间)为背景,写了一个两世姻缘、轮回报应的故事。前二十二回写晁源娶妓女珍哥为妾,在同出打猎时射死一只仙狐并剥了皮,二人又虐待晁妻计氏,使之自缢而死,此是前生故事。二十三回以后是后世故事:晁源托生为狄希陈,先后娶仙狐托生的薛素姐为妻、计氏托生的童寄姐为妾。转入后世的薛、童是极端悍泼的女人，她们想出种种稀奇古怪的残忍办法来折磨丈夫，而狄希陈则极端怕老婆，只是一味忍受。后有高僧胡无翳点明了他们的前世因果，又教狄希陈念《金刚经》一万遍，才得消除冤业。而珍哥则是现世受报，受了许多折磨后死去。

《醒世姻缘传》的主旨很明确：通过说因果报应来劝人为善，这没有什么高明的地方。但它另有值得重视的价值。这部小说虽然写作水准比不上《金瓶梅》，但在以写实手法描述家庭生活的特点上与之相近。它对家庭成员间彼此虐待之情形、对"怕老婆"故事的津津乐道，有变态心理的因素存在，但也从一个过去小说很少涉及的视角反映了不合理的婚姻制度所造成的家庭与个人的灾难。再则，这部小说虽是以家庭生活为中心，所涉及的社会生活面却是十分广阔，上至朝廷官府，下及市井小民，形形色色的人物，无不收入笔下。作者似乎对小城镇里中下层的生活景象特别熟悉，写士绅家庭的情形，其实更像是小户人家的景象；描写小吏、商人、地痞的行径，则格外显得生动；就这一点来说，它还是颇有特色的。

《醒世姻缘传》长达一百万字，枝蔓甚多，情节琐碎冗长，因此不耐读。它的长处是一些人物的性格写得很鲜明，人物对话大量运用方言土语，口气非常生动。特别是薛素姐骂老公，那种尖刻泼辣、花样百出、滔滔不绝，虽然粗俗，实在是有才华。可惜要引很长文字才能见出味道，只好割爱了。

《封神演义》与《新列国志》 晚明时期在书商的操持下，出现了数量众多的长篇小说，但主要是为营利而作，聊供消遣，大多写得很粗糙。其中稍好一些的有《封神演义》、《新列国志》。

《封神演义》一百回，有原刊本现藏日本内阁文库，为明舒载阳所刻，假托锺惺批评。此书卷二题有"钟山逸叟许仲琳编辑"，一般即以许为作者。但这方面尚有许多争议。

姜子牙辅佐武王伐纣的故事，很早就是民间说书的材料，今尚存有元代所刻《新刊全相平话武王伐纣书》，已包含不少神怪内容。除此之外，当还有一些相类的传说。《封神演义》就是这类传说故事的汇总和新编之作。它虽名"演义"，但并无多少历史资料可供依托，在商、周大战中，天上的神仙分成阐教、截教二派，分别支持武王、纣王，展开神怪大战，成为小说的核心内容。结果是纣王自焚，姜子牙将双方战死的重要人物——封神。所以它通常被列为"神魔小说"。

《封神演义》也运用了古代一些最基本的政治观念来描述商、周之争，如赞美明君的"仁政"，如反对昏君的残暴统治，歌颂忠君精神（包括忠于暴君）等等。不过作为一种消遣性的读物，这些观念只是为了便于叙事而存在，并不具有真正的思想性。小说较能吸引人的地方，是写神怪大战时，表现出荒诞离奇的想象。他们或具千里眼，或具顺风耳，或能肉翅飞行，或能随意土遁，或有七十二变，又各有各的法宝相助，显得光怪陆离。只是作者的才华颇为有限，所写的神怪性格简单，故事情节也过多雷同，所以文学价值不高。其中关于哪吒的故事较为有趣。哪吒是一个儿童的形象，他大闹龙宫、剔骨还父，后以莲花为化身，在幻想形态中表达了对父权的叛逆精神，与孙悟空的形象有共通之处。

从明代中期到后期产生了相当数量的历史演义小说，形成了一个完整的系列，加上已有的《三国志通俗演义》，包容了从开天辟地到明代为止的全部历史。其中余邵鱼编写于嘉靖、隆庆年间的《列国志传》述春秋战国历史故事，经冯梦龙加以大规模的扩充和改编，易名《新列国志》，共一百零八回。此书内容基本上都本于《左传》、《国语》、《战国策》、《史记》等史籍，其长处在于文字通畅，能够把春秋战国纷繁复杂的历史编排得有条不紊；有些故事因在史籍中就有较丰富的素材和一定的戏剧性，经过作者的加工，显得有声有色。清乾隆年间蔡元放又在冯氏的基础上略作修订润饰，以《东周列国志》之名行世。

冯梦龙与"三言"　冯梦龙（1574—1646）字犹龙，长洲（今江苏苏州）人，崇祯年间做过几年福建寿宁知县。一生精力，主要用于通俗文学的整理与创作，成就卓著。前面提及他曾搜集、刊行了民间歌曲集《挂枝儿》、《山歌》，编写了长篇小说《新列国志》，而最重要的工作，是编撰了通称为"三言"的三部白话短篇小说集：《喻世明言》(原名《古今小说》)、《警世通言》、《醒世恒言》，分别刊刻于天启元年前后、天启四年和七年，各四十种，共计一百二十篇。

明中叶已有话本小说的汇编和刊行，现存有嘉靖年间洪楩所刊《六十家小说》的残余部分，即《清平山堂话本》，有完篇二十七种、残篇两种。其中收有几篇明以前的旧作，其余都是明人的作品。它反映了话本小说作为书面读物而受社会欢迎的情况，是"三言"、"二拍"的先声。但其艺术水准距后者颇远。过去因为误认为伪造的《京本通俗小说》确实保存了宋元话本小说的原貌，导致对"三言"的理解和评价都有偏差。事实是只有到了"三言"中，我们才看到用纯熟的白话写成的堪称精致的短篇小说；这些小说素材来源是多样化的，改编旧有话本只占其中一部分，大多数篇目则是根据前人笔记小说、传奇、历史故事以及当时的社会传闻写成；这些小说虽然仍有摹仿话本的痕迹，常用"说话人"的口气来叙事，但作者对文本的语言相当重视，完全不是将其作为"说话"的脚本来看待。从总体上来说，"三言"已经有了较强的创作意识，如元话本《红白蜘蛛》为《醒世恒言》中《郑节使立功神臂弓》的蓝本，而黄永年据其新发现的元刊本残页推考，前者的规模尚不及后者的一半。又如冯梦龙本人所编《情史》中的《昆山民》只是不到二百字的传闻记录，而到了《醒世恒言》中的《乔太守乱点鸳鸯谱》，则演为情节繁富而具有浓厚喜剧色彩的佳构。此外，由于"三言"规模甚大，有些研究者推测此书的完成当有冯氏友人的参与，这有待进一步考证。

"三言"的素材来源广泛，涉及不同社会阶层的各种类型的人物。但作为小说集，它引人注目的特点，则是大量描写了普通市井人物的生活与欲望。同时，小说所表达的思想观念也很纷杂。一方面，书名就已公开标榜了其宗旨在于提供人生经验与道德教训，在叙事过程中作者也常常站在社会与传统道德的立场对读者发出劝诫乃至警告；但另一方面，作者又常常站在个人的立场来说话，要求尊重人的感情，肯定人们按照自身意欲追求生活幸福的权利，后者是"三言"又一引人注目的特点。

《卖油郎独占花魁》在以上两个特点上均有所表现。小说中花魁娘子莘瑶琴作为一个名妓，周旋于公子王孙之间，在奢华的生活中感受到的却是人格的屈辱；而在卖油小商人秦重那里，她才得到近于痴情的爱和无微不至的体贴，终于，她选择跟随秦重去过一种相濡以沫的朴实生活。这是一个关于美丽与善良的温情故事。而在据《负情侬传》改写成的《杜十娘怒沉百宝箱》中，则严厉斥责了贵公子对感情的背叛。小说中李甲与京师名妓杜十娘相恋，因深恐穷乏携妓而归不能见容于身居高位的父亲，在盐商孙富的巧言劝说下答应将十娘转让给他。按照传统道德标准，他抛弃一个妓女以求父亲的欢心，算不上什么过错；孙富劝李甲时所说的"父子天伦，必不可绝；若为妾而触父，因妓而弃家，海内必以兄为浮浪不经之人"，也符合一般的"道理"。但在本篇中，李甲的背叛却被视为严重的不道德行为；十娘当众将自己暗藏的无数珍异宝物抛入江中，怒斥孙与李后投江而死的行动，成为对这种背叛行为最大的蔑视和最激烈的抗议。

叙述年轻人因情欲而陷入困境的故事时，作者的立场甚为矛盾，但确实有不少篇还是表达了富于人情味的明朗态度。《闲云庵阮三偿冤债》写富商之子阮三与陈太尉之女玉兰相恋而又无缘共处，阮因此而得病。在一尼姑的安排下，二人终得幽会于尼庵的密室中，纵情欢乐之下，阮三忽然死去。陈玉兰忍受艰难生下阮的遗腹子，将其抚养成人。这篇小说虽有"宿缘"之类无味的解说，但故事主体浪漫而悲伤，令人对旧时代那些为追求自由的爱情而付出巨大代价的年轻人深感同情。

至于据《珠衫》写成的《蒋兴哥重会珍珠衫》更有特别之处。故事写年轻商人蒋兴哥与妻王三巧感情很好，但在兴哥外出经商时，三巧却被另一商人陈大郎骗奸，事后且相爱不舍。蒋兴哥于归途中因巧合得知情由，遂将妻子遣送回娘家。三巧后来嫁一官员为妾，兴哥又将其房中十六箱衣物财货交付给她，因为见物则伤心。继而兴哥于粤中误伤人命，而审理官员恰是三巧之夫，三巧便谎称兴哥是她表哥，求丈夫将他救下。待到相见之时，两人相抱大哭。那官员问得其详，就让他们重归于好。这一故事所表明的生活观念非常值得注意。在旧礼教中，妇女因贪于情欲而"失节"是极大的罪恶，绝无可恕。从《水浒传》等小说杀戮"淫妇"的情节，人们能够意识到它的严重。但在《蒋兴哥重会珍珠衫》中，三巧的形象始终是可爱的，从未被涂污；关于他们夫妇从离婚到复婚过程中心情的描写，实际是认为妇女"失节"并非不可饶恕的罪恶，在"失节"的同时夫妻相爱之情仍然存在。这种对人性的坦诚而平实的看法，对"失节"妇女同情而宽容的态度，实实在在表现出人本主义的光彩，它在中国古代文学中极为难得。

本篇在表现白话小说的优长方面也很特出。"三言"对宋懋澄所著两篇文言小说处理的方法不一样。《负情侬传》作为文言小说而言是很出色的，《杜十娘怒沉百宝箱》只是将它改得浅显些，增加了一些比较口语化的对话，变动有限。正因如此，文言小说的某些弱点也被保存下来。特别是，由于文言小说追求简洁、不多作心理描写，关于为人聪明仔细的杜十娘为何会把自己的终身托付给最后被证明人品极低劣的李甲，没有必要的令人信服的说明。而《蒋兴哥重会珍珠衫》则仅仅是利用了《珠衫》的故事梗概，其篇幅约当于原作十倍。它的语言完全不含原作的文言成分，细节非常丰富，人物心理活动的描写也较为充分，人物的个性显得鲜明而丰满。如写蒋兴哥得知妻子与人私通后的情形，将原作仅"货尽归家"四字的交代，扩充成相当长的一段：

（兴哥）回到下处，想了又恼，恼了又想，恨不得学个缩地法儿，顷刻到家。连夜收拾，次早便上船要行……急急的赶到家乡，望见了自家门首，不觉堕下泪来。想起："当初夫妻何等恩爱，只为我贪着蝇头微利，撇他少年守寡，弄出这场丑来，如今悔之何及！"在路上性急，巴不得赶回，及至到了，心中又苦又恨，行一步，懒一步。

他又恼又恨又悔的心情，表现得既真实又细致，这是文言小说几乎无法做到的。顺带可以说明：由于宋懋澄与冯梦龙生活年代相近，《蒋兴哥重会珍珠衫》又是"三言"第一部《喻世明言》的首篇，它出于冯的手笔应该没有什么疑问。

由于资料的缺失，关于白话短篇小说艺术发展的脉络现在已难以描述清楚。但种种迹象证明，在冯梦龙这样优秀的文学家参与之前，其艺术形态是颇为粗糙的。因此，《三言》可以说是中国文学史上里程碑式的巨作。

"二拍"及其他　与"三言"并称的"二拍"，指凌濛初编撰的《拍案惊奇》和《二刻拍案惊奇》。前书撰成于天启七年，四十卷四十篇；后书是因前书印行卖得好，应书商之请续作，完成于崇祯五年。也分为四十卷，但第二十三卷与初刻同卷相重，第四十卷为附录杂剧《宋公明闹元宵》，实有小说三十八篇。凌濛初（1580—1644）字玄房，别号即空观主人，浙江乌程（今湖州市）人，一生以著述为主，晚年曾任上海县丞、徐州判官。

"二拍"中已不再有改编旧传话本之作，而完全是作者据野史笔记、文言小说和当时社会传闻创作的。在表现市民社会的生活气氛方面，"二拍"较之"三言"显得更强烈。《拍案惊奇序》说："今之人但知耳目之外牛鬼蛇神之为奇，而不知耳目之内日用起居，其为谲诡幻怪非可以常理测者固多也。"小说中写人生之否泰变化、商业冒险、恩怨相报及私情、诱拐、骗局、劫夺，形形色色，诚为无奇不有。全书的思想观念也相当混杂，常有因果报应之类的道德说教。但总的来说，它所反映的是一种为欲望所鼓动的热烈而纷乱的生活，作者的人生观与"存天理，去人欲"的陈腐观念是格格不入的。书中直接攻击朱熹的《硬勘案大儒争闲气》显然是有意之作，写他因挟私嫌于唐仲友，为了编织罪名，肆意迫害妓女严蕊，滥用刑罚。作者有意把朱熹与严蕊对照来写，大儒被描绘成十足的小人，妓女却是"词色凛然"，令人"十分起敬"，甚至说："这个严蕊乃是真正讲得道学的。"这故事原出周密《齐东野语》，但并非史实。小说对朱熹的攻击其实是表达了对作为官方意识形态的程朱理学的极大厌恶。

"二拍"中不少故事反映了商人的经济活动和追求财富的人生观念。像《转运汉遇巧洞庭红》、《叠居奇程客得助》，均以欢快的文笔描述商人的奇遇，撇开其神奇的成分，实际是赞赏敢于冒险求财富的人生选择。作为通俗读物，私情也仍然是"二拍"中最重要的主题，在这方面，据冯梦龙《情史》中《张幼谦》一篇创作的《通闺闼坚心灯火》最为出色。故事写罗惜惜与张幼谦自幼相爱，私订终身之盟，后惜惜被父母许嫁他人，她誓死反抗，每日与幼谦私会。

> 如是半月，幼谦有些胆怯了，对惜惜道："我此番无夜不来，你又早睡晚起，觉得忒胆大了些，万一有些风声，被人知觉，怎么了？"惜惜道："我此身早晚拼是死的，且尽着快活，就败露了，也只是一死，怕他甚么？"

青年女子为追求个人幸福而对封建礼教所作的大胆抗争，在这里被描述得具有悲壮的意味。

与"三言"相比，"二拍"的私情故事中有更多的关于情欲的描写。无疑在这里有书商所需要的迎合市民粗俗趣味的成分，但每每也由此散发出追求幸福的狂野气质，如《闻人生野战翠浮庵》写杨氏女自幼被骗入尼庵，后爱上书生闻人嘉，便假扮和尚出走，在夜航船上主动招惹闻人嘉，最后得成完美婚姻。作者对此评述道："这些情欲滋味，就是强制得来，原非他本心所愿。"而人的"本心所愿"，在许多故事中都是主人公行动的合理根据。

论艺术水准,"二拍"较"三言"为粗直。它的语言也算老练,但总不够细腻,在人物心理活动的描绘方面更嫌简单。所以像《蒋兴哥重会珍珠衫》、《卖油郎独占花魁》这样全篇精雕细琢的佳作在"二拍"中是找不到的。晚明其他白话小说集为数众多,从不同的方面反映了明末的人情世态。其中较好的有《西湖二集》三十四卷,周楫编纂,原刊于崇祯年间。内容主要是与西湖有关的传说故事,多涉及杭城民俗,富有生活气息,故为人们所喜爱。其中《巧妓佐夫成名》写一个机智的妓女帮一个穷酸书生利用社会弊端诓财窃势的故事,颇有讽刺意味。

　　通俗小说标榜"劝世"、教化,原是通例,"三言"、"二拍"也不例外。但只要作者自身的人生观念不那么狭隘,作品的实际内涵就会比较丰富和活跃。而随着明末社会趋向崩溃,在一部分白话小说中以传统道德挽救世道人心的意识表现得远比"三言"、"二拍"为积极。像"天然痴叟"著《石点头》、"薇园主人"著《清夜钟》、"东鲁古狂生"所编《醉醒石》,均以"推因及果、劝人作善"立意。近年发现的《型世言》也属于上述类型。其书十卷四十回,陆人龙著,约刊行于崇祯五、六年间。此书在国内失传已久,唯在韩国汉城大学奎章阁藏有原本。近年首先为海外学者所注意,1993年中华书局继之出版了点校排印本。书中皆述忠孝友悌、贞烈节义之事,不少故事颇觉可厌。如《淫妇背夫遭诛,侠士蒙恩得宥》,写"侠士"耿埴与"淫妇"邓氏私合甚久,终因她对待丈夫过于恶劣而将她杀死,如此无情无耻之徒却为作者所歌颂。不过,由于《型世言》基本上都是取明代的人物故事、社会传闻写作的,可以从中了解当时风俗人情及各种社会现象。

三、晚明戏曲

　　晚明戏曲高度繁盛,东南一带,尤为风行。当时士大夫宴集以观赏戏曲为娱乐成为普遍风气,一些殷富人家还蓄有家庭戏班。这无疑会刺激剧本的创作。晚明戏曲创作和小说一样深受晚明社会新思潮的影响,特别是在一些爱情、婚姻题材的剧作中,主"情"反"理"、追求人性解放的精神十分突出。

由于戏曲的繁盛,关于戏曲的艺术形式的理论探讨也进一步深入,产生了一些重要的专门著作,如沈璟的《南九宫十三调曲谱》、王骥德的《曲律》、吕天成的《曲品》等。在戏曲作品的整理与出版方面,这一时期也取得显著的成绩。如臧懋循的《元曲选》、毛晋的《六十种曲》、沈泰的《盛明杂剧》,都是古代最重要的戏曲作品集。

汤显祖的戏曲创作　汤显祖(1550—1616)是晚明最重要的戏曲家,他的《牡丹亭》是晚明文学最富于代表性的作品之一。汤字义仍,号若士,又号清远道人,江西临川人。万历十一年进士,曾任南京礼部主事。后因上疏论事,抨击时政,指斥宰辅,贬为广东徐闻县典史。至万历二十一年后,汤显祖在浙江遂昌做了五年知县,终于辞职还乡。晚年的精力主要用于戏曲创作。

在任职南京的后期,汤显祖与著名禅僧达观相识,成为挚友。差不多时,他读到李贽的《焚书》,深表倾慕。相隔多年,他和李贽曾相会于临川。被奉为晚明思想界"二大教主"的李贽和达观对汤显祖的思想有显著影响。在文学观方面,汤显祖的理论被概括为"尊情"说,它与公安派的"性灵"说同是源于李贽"童心"说。他并不是一般地重视其抒情功能,而是把"情"与"理"放在对立地位上,伸张情的价值而反对以理格情。"是非者理也","爱恶者情也",情与理并非并行不悖,而常是"情在而理亡"(《沈氏弋说序》),甚至"情有者理必无,理有者情必无"(《寄达观》)。汤显祖所说的"情"是指生命欲望、生命活力的自然与真实状态,"理"是指使社会生活构成秩序的是非准则。理具有制约性而情则具有活跃性,任何时候都存在矛盾。而当社会处于变革时期,情与理的激烈冲突必不可免。在这种情况下尊情抑理,也就是把个人意欲置于既有社会规范之上,它是一种具有人本主义色彩的表述,在文学创作中即表现为人性解放的精神。

与尊情理论相联系的主张是尚奇。汤显祖对人性在社会陈规的抑制下趋于委琐、僵死的状态至为厌恶,《合奇序》云:"世间唯拘儒老生不可与言文。耳多未闻,目多未见,而出其鄙委牵拘之识,相天下文章,宁复有文章乎?"《序丘毛伯稿》进一步说:"天下文章所以有生气者,全在奇士。士奇则心灵,心灵则能飞动,能飞动则下上天地,来去古今,可以屈伸长短、生灭如意，如意则可以无所不如。"这是强调文学的想象力和创造性，其倾向是偏于浪漫主义一面的。汤显祖也是晚明重要的文学思想家之一，仅从以上简述，也可以看出其文学主张具有鲜明特点，并与其创作活动紧密相关。

汤显祖早年创作以诗文为主，袁中郎曾说他和徐渭是诗人中不受后七子势力影响的仅有的佼佼者。在戏曲方面，他最早的作品为万历初年所写的《紫箫记》，未完，后于万历十五年改编为《紫钗记》。其余三剧即《牡丹亭》、《邯郸记》、《南柯记》，均作于辞官以后的晚年，这四种传奇以其书斋名合称《玉茗堂四梦》。

《牡丹亭》全名《牡丹亭还魂记》，在文学史上，与元杂剧《西厢记》同是最著名的爱情剧。故事取材于话本小说《杜丽娘慕色还魂记》，写南宋时太守杜宝之女杜丽娘私自游园，在梦中与素不相识的书生柳梦梅幽会，尽男女之欢。醒来幽怀难遣，抑郁而死。杜宝迁官异地，葬女于官衙花园。柳梦梅上京赴试时路过此地，拾得杜丽娘的自画像。他观画思人，终于和杜丽娘的阴魂相会。后柳梦梅挖墓开棺，杜丽娘起死回生，两人结为夫妇。继而柳梦梅考中状元，杜宝拒不承认两人的婚事，最终由皇帝出面解决，全家大团圆。

严格说来，《牡丹亭》的有些缺陷是很明显的：全剧五十五出，结构显得松散冗长，特别是后半部分李全兵乱、杜宝平叛的内容，与爱情主线游离。最后柳梦梅中状元、皇帝下旨完婚的结尾，构想亦属平庸。但此剧在当时引起的反响非同小可。它问世不久，便"家传户诵，几令《西厢》减价"（沈德符《顾曲杂言》），不但为众多才士所称赏，而且在社会上引起轰动。娄江女子俞二娘读《牡丹亭》而哀感身世，含恨而死；杭州女艺人商小玲演此剧时悲恸难禁，猝死在舞台上。这些故事说明《牡丹亭》是一部具有鲜明的时代特点和震撼人心的艺术力量的杰出剧作，比起过去的爱情剧，有重要的新内涵，因而它的缺陷不足以掩盖它的光彩。

《牡丹亭》与《西厢记》相比，有一个最重要的区别：杜丽娘的爱情故事不是由某个实在的对象引起的；她首先是渴望异性、渴望爱情，在自然涌发的生命冲动的引导下才进入与柳梦梅的梦中幽会，而后恣一时之欢，孕育了生死不忘之情。这一情节以最明确的方式宣示：爱情以及性爱，首先是年轻女子自身的需要；在两性关系中，女性并不必定是被动者；如果爱情不存在，它可以被生命的内在渴望创造出来。——在那一时代，这是惊人的表达，它激起了巨大的波澜。

在全剧最动人的《惊梦》、《寻梦》两出中，以一系列精美的曲辞，唱出杜丽娘被禁制的生命渴望，如《惊梦》中的《皂罗袍》：

原来姹紫嫣红开遍，似这般都付与断井颓垣。良辰美景奈何天，赏心乐事谁家院？朝飞暮卷，云霞翠轩，雨丝风片，烟波画船，锦屏人忒看的这韶光贱！

这是写美丽的生命犹如美丽的春光一般荒废，使人不能甘心。而梦乡中恣情的幽会、生命在欲望的满足中欢舞的场景，也被描绘得极其动人，醒来时丽娘依然体味着它的"美满幽香不可言"。当好梦不再、郁闷愈深，使她深觉人生不足留恋时，她也希望死后能葬于梅树（象征柳梦梅）之旁，使幽魂得以常温梦境："这般花花草草由人恋，生生死死随人愿，便酸酸楚楚无人怨！"

《牡丹亭》与《西厢记》的另一个重要区别，是作者具有更明确的反抗封建社会意识的出发点。从表面上看，剧中似乎并不存在与杜丽娘、柳梦梅相对立的反面人物，杜丽娘的梦中之爱乃至死而复生与柳梦梅结合，都是在不为他人所知的状态下完成的。然而，作品又确确实实使人感受到她始终在一张看不见的罗网中苦苦挣扎。

作为官宦人家独生女儿的杜丽娘，生活在与外界完全隔绝的朱门深宅之中。她的父母一个是清廉正直的官员，一个是典型的贤妻良母，作为封建社会中常规道路上的成功者，他们以自己的"爱"给予女儿以最大的压迫，竭力把她塑造成一个绝对符合于礼教规范的淑女，甚至连她在绣房中因无聊而昼眠，她去了一趟花园，衣裙上绣了一对花、一双鸟，父母也会不满或惊惶，唯恐她惹动情思。杜丽娘的老师陈最良是她除家人以外唯一可以接触的男性。他"自幼习儒"，考白了头发还只是一个秀才，除了几句经书，他就不知道人生是什么。作为封建社会常规道路上的失败者，他也专心以习得的酸腐来腌制丽娘鲜艳的生命。作者对杜丽娘的生活环境、周围人物的描绘，深刻地揭示了她所面对的是完整而强大的社会势力和正统意识。她所作的只是徒然的抗争，她的现实的结局只能是含恨而死。

以杜丽娘的死作为全剧的悲剧结局，未始没有深刻的批判性。但这不能使汤显祖满足。纵使强烈的反抗在现实中缺乏可能性，作为文学家，他依然可以托之于幻想，托之于浪漫的虚构，使生命的自由意志与陈腐的社会规制间的冲突达到尖锐的程度，从而赋予剧作以力度。杜丽娘"慕色而亡"，死犹不甘，幽魂飘荡，终得复生，与所爱之人结成婚姻，这种荒诞离奇情节具有极真实的意义，它喻示人们追求自由与幸福的意志无论如何也不能被彻底抹杀，它终究要得到一种实现。在这里，文学有力地表现了它作为人们创造自身生活的方式的本质功能。它在当时社会中引起轰动，尤其在一些青年妇女中引起激烈的反响，正是基于此。

而当故事回到俗世，作者又不得不借用皇帝下旨完婚的俗套，这也许可以理解为粗率的败笔；但即便如此，它还是令人颓丧地理会到梦想在现实中归根结底的无奈。另外，一个小小的本来是可有可无的细节，也有令人深深感慨之处：当丽娘复生与柳梦梅成婚之时，作者让她特意声明："奴家依然还是女身。"梦的狂欢未曾破坏处女的"圣洁"。

《牡丹亭》是一部美丽的诗剧。作者以优美的文辞，写出众多浪漫的幻想场景，大量的内心独白，构成了浓郁的抒情气氛。像《惊梦》、《寻梦》两出，把春日园林的明媚风光、杜丽娘的伤春情怀和内心深处的隐秘融为一体，语言艳丽而精雅，非常动人。前面所录《皂罗袍》便是一支名曲。《写真》一出写丽娘因梦成病，渐渐憔悴，恐自己的美貌终将毁灭，因思"自行描画，流在人间"，其中的两段曲辞是：

> 轻绡，把镜儿擘掠。笔花尖淡扫轻描。影儿呵，和你细评度：你腮斗儿恁喜谑，则待注樱桃，染柳条，渲云鬟烟霭飘萧；眉梢青未了，个中人全在秋波妙，可可的淡春山钿翠小。（《雁过声》）

> 宜笑，淡东风立细腰，又似被春愁著。谢半点江山，三分门户，一种人才，小小行乐，拈青梅闲厮调。倚湖山梦晓，对垂杨风袅。忒苗条，斜添他几叶翠芭蕉。（《倾怀序》）

这种充满伤感的顾影自怜，表达了对生命深深的爱恋。

主要通过抒情性的曲辞，杜丽娘的形象呈现出丰富的情感层面。在日常的行为举止上，她从不失名门闺秀的身份，游玩空寂无人的花园，还想到"步香闺怎便把全身现"；当独处深思时，她却不由自主地发出对"才子佳人""密约偷期"的倾慕；在更深的一层，当完全摆脱现实束缚进入梦境时，她的潜在欲望便充分地活跃起来，情感炽热而毫无羞怯。这种多层面的描写，表现了作者对人性内涵的认识和更大程度的肯定。而正是因此，他才成功地塑造出杜丽娘这样一个过去的爱情剧中没有过的女性形象。

总体上说，明传奇的语言比之元杂剧较多人工雕琢的痕迹，在辞采方面追求过重。《牡丹亭》同样有卖弄才情的倾向。但才华和激情，使这部名剧并不因华丽而减损生气，这是非常难得的。

在汤显祖其他三剧中，取材于唐传奇《枕中记》即"黄粱美梦"故事的《邯郸记》较有特色。剧本并非只是敷演原作，而是渗入了作者对明中后期上层政治的感受。剧中写卢生开始建立大功，却受到诬害，流放崖州，不仅朝中无人为他说一句公道话，连小小的崖州司户也对他肆加凌辱，及至卢生复官，他又马上自绑请罪。卢生病危时，大小官吏均深表关切，内心则各有盘算，官场中炎凉变幻，于此表现得淋漓尽致。而这位卢生出将入相，生活极尽骄奢淫逸，却好谈"戒色"，最终又正是丧命于"采战"之术。最可悲的是他临死还不忘"加官赠谥"，担心后人少算了自己的功劳，并亲拟了遗表，始肯瞑目。而一梦醒来，黄粱未熟。

通常政治题材的戏剧，容易陷入以夸张笔法写忠奸斗争的陈套。《邯郸记》虽也有一些漫画式的笔法，但它的基础是具有真实性的，高层政治的痼疾、士大夫的心态、人情的险恶，被作者以一种冷峻的笔调深入地刻画出来。全剧仅三十出，在明代传奇中属短小精悍之作。曲文简练纯净、顺畅老辣，讽刺尖锐而不动声色，在语言风格上另有一种境界。

《南柯记》《紫钗记》分别取材于唐传奇《南柯太守传》与《霍小玉传》，均以"情"为核心。从艺术创造而言，则又逊《邯郸记》一等，兹不赘述。

沈璟与吴江派　　万历年间，戏曲在文人中受到前所未有的重视。把戏曲作为一种特殊的艺术形式，从音律、语言、演唱乃至结构诸方面进行较深入的探讨而造成广泛影响的，是以沈璟（1553—1610）为首的"吴江派"。沈字伯英，号宁庵、词隐，吴江（今属江苏）人。"吴江派"之名由其籍贯而来。

中国传统戏曲是一种歌剧，而沈璟所关注的主要是其歌曲部分，特重声韵之和美。他是曲学名家，所作《南九宫十三调曲谱》在前人著作的基础上对南曲七百十九个曲牌进行考订,指明正误,成为后人制曲和唱曲的权威教科书。但这一专长也带来格律至上的偏见。《词隐先生论曲》有云:"名为乐府,须教合律依腔。宁使时人不鉴赏,无使人挠喉捩嗓。"沈氏曾因《牡丹亭》不合他的以昆腔为准的音律要求,将之改为《同梦记》,引起汤显祖强烈的抗议,并针对性地强调"文以意趣神色为主"(《答吕姜山》)。这就是明代戏曲史上有名的汤、沈之争。其矛盾焦点说到底,是戏曲当以文学因素为首要还是当以音乐音素为首要的问题。对这二位名家的争论,有些戏曲家提出折中调和之论,如被认为是吴江派嫡系的吕天成在《曲品》中说:"倘能守词隐先生之矩矱,而运以清远道人之才情,岂非合之双美者乎?"这在当时是有代表性的意见。

吕天成《曲品》是一部以分列品第方式评论戏曲作家与作品的著作,也有好的见解,不过因缺乏系统的理论观点,总体上显得散碎。而王骥德(?—1623)的《曲律》,则是明代曲论中最有系统性和理论性的著作。王字伯良,号方诸生,早年曾师事徐渭,后深受沈璟赏识。虽然前人把他归于吴江派,但他对汤显祖也很尊崇。《曲律》共四十章,涉及戏曲源流、剧本结构、文辞、声律、科白以及作家作品的评价等,力求总结前人的研究成果而加以发展,囊括戏曲创作及评论中的所有问题,眼界宽广,有不少精彩的意见。其中最值得注意的,是提出"论曲,当看其全体力量如何"的原则。前人论戏曲,大都从一个方面甚至摘取个别曲子、个别字句来评析,而王骥德首次提出从整体上、从各种因素的组合效果来评判一部戏曲作品,这是一个很大的进步。

吴江派中人,据沈自晋《望湖亭》传奇第一出的《临江仙》词所列,除沈璟、吕天成、王骥德外,尚有叶宪祖、冯梦龙、范文若、袁晋、卜世臣及沈自晋本人,可见其声势不小。

沈璟著有传奇十七种,其中《红蕖记》、《埋剑记》、《双鱼记》以情节离奇、关目曲折取胜,表现了重视舞台效果的倾向,对后来的戏剧创作有一定影响。但沈氏思想颇为陈腐,也不善于深入刻画人物心理,成就颇受限制。王骥德在戏曲理论上头头是道,创作却尤其薄弱,像诗歌领域里作《沧浪诗话》却写不好诗的严羽。

上述诸人中,叶宪祖的剧作多写男女爱情,较出色的有杂剧《寒衣记》,素材源于《剪灯新话》中的《翠翠传》。小说中刘翠翠与金定是抑郁而死的，戏曲则集中写当翠翠于战乱中忍辱委身于李将军之后，夫妇二人千方百计，终于重新生活在一起。在真挚爱情的光芒下，"失贞"的阴影不复存在，作者在此表达了一种健康的人生态度。袁晋的《西楼记》传奇写书生于鹃与妓女穆素徽的爱情故事，对于鹃的痴情刻画用力，突出了"情"的不可磨灭。此剧既有吴江派重视音律的长处，情节也富于曲折变化，一向流行很广。

《玉簪记》与《红梅记》 《玉簪记》传奇是明代戏曲中的名作，数百年长演不衰，其受欢迎程度仅次于《牡丹亭》。作者高濂，生平不详，他仅有两种剧作传世，另一种名《节孝记》的却甚无趣味。《玉簪记》写少女陈娇莲于金兵南下之际在逃难中与母亲失散，入金陵女贞观为道姑妙常，后观主之侄潘必正借宿观中，两人经茶叙、琴挑、偷诗等一番曲折后，私自结合。事被观主察觉，遂迫潘必正登程赴试，妙常追赶至舟中，哭诉离情。至潘必正登第得官，迎娶妙常。

在《玉簪记》的最后部分，点出潘、陈两人其实早经父母指腹为婚，这是作者为了证明两人恋情的合法性而特意加上的掩饰；从剧情的发展过程来说，这纯粹是青年男女冲破礼教和宗教禁欲规制而自由结合的故事。此剧有几个明显的优点：一是情节单纯，没有一般传奇剧头绪纷繁的毛病，因而能够集中笔墨细致地描述潘陈两人结合的过程和心理活动，尤其妙常对于爱情的热烈向往和畏怯害羞的心情、她对潘必正若迎若拒的态度，写得十分生动。二是它的分寸感掌握得极好，作者以一种风趣明快的调子来写越规的恋爱，对情欲也不回避，大有风情却绝无恶趣。三是曲辞非常漂亮，既非华丽，亦非简朴，而是一种优美波俏的风格，恰好地体现了全剧带几分喜剧色彩的浪漫情调。下举第十六出《寄弄》中的《朝元歌》为例：

你是个天生后生，曾占风流性。无情有情，只看你笑脸儿来相问。我也心里聪明，脸儿假狠，口儿里装做硬。待要应承，这羞惭怎应他那一声。我见了他假惺惺，别了他常挂心。我看这些花阴月影，凄凄冷冷，照他孤另，照奴孤另。

万历年间另一位剧作家周朝俊生平情况也不清楚，他写有传奇十余种，仅存《红梅记》。此剧头绪纷杂，疏于剪裁。但剧中李慧娘的形象十分感人。她是贾似道相府中侍妾,仅因游湖时见到裴禹而脱口赞叹一声"美哉少年!"竟遭残杀。但慧娘死而不甘,真情难泯,游魂潜入贾府与被拘禁的裴禹相会,并助他脱身。《鬼辩》一出,写贾似道拷打众姬妾追查私放裴禹之人,李慧娘挺身而出,自认其事,还挑战地声称:"俺和他欢会在西廊下,行了些云雨,勾了些风华。""小妮子从来胆大,因此上拼残生来吊牙。"表现出被压迫妇女的复仇精神和反抗性格。现代京剧《李慧娘》即依据上述情节改编而成。

吴炳与阮大铖　吴炳(?—1647)字石渠,号粲花主人,宜兴(今属江苏)人,明末曾辅佐桂王小朝廷,被俘后绝食而死。阮大铖(约1587—1646)字集之,号圆海,怀宁(今属安徽)人,在南明弘光朝时与东林、复社士人为敌,继而投降清朝,颇为士林所讥评。两人政治表现不同,但在戏曲创作方面常被相提并论,讲究音律的和谐精致,情节结构趋于致密、复杂,是他们共有的特点。

吴炳著有传奇《西园记》、《绿牡丹》、《疗妒羹》、《情邮记》、《画中人》,合称《粲花斋五种曲》。五剧均以歌颂男女真情为主题。

《西园记》是吴炳的代表作。写王玉真、赵玉英两女同居于赵家花园,书生张继华在西园遇王玉真而一见钟情,却误以为是赵玉英。赵玉英自幼许配给顽劣异常、别号"王白丁"的王伯宁,抑悒成疾,含恨而死。张继华闻讯以为死去的是自己的心上人,悲恸欲绝,再遇到王玉真时,又误以为是赵玉英的幽魂。后回到杭州,深夜思念王玉真而呼唤赵玉英之名,赵玉英的阴魂被感动,遂冒名王玉真与之幽会。之后又经过一连串的误会,最终张、王才得成婚。

此剧结构精巧,情节曲折,而线索清楚,是注重演出效果的作品。但这种复杂的结构并不只是给人以才思慧巧之感,在剧情跌宕起伏的展开过程中,也逐步揭示了人物的命运和内心世界。尤其是赵玉英,宁死也不愿接受不如意的婚姻;做了鬼、冒了名也要走近自己心爱的人。这是一种非常热烈的性格,她的不幸与张继华、王玉真有情人终成眷属的故事相对照,悲剧的意味也格外浓厚。

阮大铖所著《咏怀堂传奇》今存四种:《燕子笺》《春灯谜》《双金榜》、《牟尼合》。前三种代表阮大铖剧作的典型风格,即重视演出的观赏性和娱乐性,善于运用误会手法。如《春灯谜》全名《十错认春灯谜》。剧中父子、兄弟、夫妻、翁婿关系一度全被错认,显示出构思的工巧。但和吴炳的作品相比,同样用误会、巧合手法,阮作有些过分,因而每每觉得不自然。

《燕子笺》为阮大铖的代表作,写唐代士子霍都梁与妓女行云相好,绘成两人游乐的《听莺扑蝶图》,被裱匠误送至礼部尚书郦安道之女飞云处,飞云有所感念而题诗于笺,又被燕子衔去,落入霍都梁手中,于是素未见面的两人苦陷相思;又有鲜于佶知情后兴起风波,经许多曲折,霍都梁得以先后娶飞云、行云两女为妻。这故事题材并不新鲜,但情节极富于曲折性,变化丛生,演出很是热闹。至于曲词的工丽流动,向为人们所称赏。如《拾笺》一出中霍都梁因所绘图画被错换成《水墨观音图》,唱道:

我破工夫描写出当垆艳,不做美的把花容信手传。敢则是丰神出脱的忒天然,因此上他化为云雨去阳台畔,差送了春风桃李美人颜,倒换得普陀水月观音现。(《醉扶归》)

晚明戏曲中的优秀作品,多是描写恋爱与婚姻故事,但并不能说,这些作品只是表达了人们对美好的爱情与婚姻的希望。爱的自由是通向人的完全自由的一道门,它总是最先被感觉到的,是人首先需要的。但当人们拍打这道封闭的门时,内心中自觉或不自觉地向往着更多的东西。

第 18 章

清代诗文

中国最后一个封建王朝——清，是由占全国人口比例极低的满族建立并以其为核心实施统治的。如果说一个新建立的专制政权总是有强化思想控制的需要，那么这种需要对清王朝来说是更迫切的——在较为自由的思想氛围中无法想象少数民族对多数人口的统治不受质疑。而清的统治较同是少数民族建立的元的统治稳定和有效，实有赖于这种思想控制。

承认中国传统文化尤其是儒学的正统地位，并以这种文化的继承者自居，这是清朝统治者易宾为主的必要程序。但到清以前，所谓中国传统文化包括儒学已经形成颇为纷繁的面貌，选择和阐释才能决定方向。在这方面，清人从明初的统治那里找到了现成的榜样，即努力发扬传统文化中有利于专制制度的内容；具体地说，就是通过倡导理学来实行对民众、首先是读书人的奴化熏陶。康熙初年重新刊行了明永乐年间纂集的《性理大全》，后又在此基础上由康熙帝亲自主持编写了《性理精义》，下令颁布全国。他对朱熹的推崇不遗余力，誉之为"开愚蒙而立亿万世一定之规"（《御制朱子全书序》），"欲求毫厘之差，亦未可得"（《圣祖仁皇帝圣训》）。这种近乎神化的赞誉，其意义早已超出思想评价，只不过试图通过建立绝对的思想权威来取消人们的独立思考，再伴以严酷的文字狱，伴以网罗名士、优容文人的羁縻政策，清王朝织成了文化专制之网。

另一方面，文化人也面临自身的选择。晚明时代由于个性主义思潮没有强大到足以引起社会变革的程度，思想文化呈现出新旧交杂的混乱状况。到了明末社会崩溃之际，许多人所想到的不是推进社会变革，而是恢复由旧道德所保障的社会秩序。尤其面对尖锐的民族冲突，旧道德传统更被一些人看作是固结人心、挽救危亡的唯一力量。顾炎武就是一个显著的代表。他的气节和学术研究方法固然有可以肯定的理由，但他的基本思想主张，是维护程朱，对明中期以后自王阳明至李卓吾的反传统精神一概排斥，痛斥为与魏晋玄学一样是亡国的肇端，"罪深于桀纣"（《日知录·朱子晚年定论》），力图在经学的传统上重建社会思想的主导方向。所以，离开清初民族矛盾的因素来看，顾氏的主张大多与清朝统治者所提倡的相合。

但历史变化有其深层和内蕴的动力，这种变化可能被阻滞，却无法中断。

当战乱平息、清王朝的统治至康熙中期趋于稳定之后，首先是农业生产获得显著增长，继而城市工商业也走向复苏。由于在清代手工业对国家的依附关系、工人对坊主的依附关系都较明代为宽松，工商业的活跃程度和规模都很快超过了前代，资本的集中和流动也远比前代为显著。像钱庄这种信用机构，在清代发展得比明代更为普遍和完善，正是适应工商业经营规模和活动范围扩大的结果。而且，不仅是东南沿海，北方如北京、太原，中部如汉口，广东如佛山等城市，都出现了相似的情况。不管以什么样的形态，中国社会将逐渐走向现代是无疑的。但从17世纪末到19世纪中叶，正是西方资本主义迅猛发展，现代科技文化日新月异的时代，而处于封建专制制度下的中国进步却过于缓慢，最终结果是被外来力量打破了它自然的进程。

思想文化方面的情况也同样如此。尽管统治者为实现思想控制付出了最大的努力，却无法切断晚明思潮所代表的历史进步。甚至，他们也无法造成明初那种众口一词的局面。这一方面是由于统治者为了获得汉族士大夫的支持，对并非直接反对清王朝的人不能不有所容忍，但归根结底，经过晚明思潮的激荡，对人的愚化已经没有那么容易。就拿乾嘉考据之学来说，尽管在很大程度上它是知识者逃避思想高压的场所，但其在纯学术研究中表现出的理性精神，未始不是对经学传统中横蛮与蒙昧力量的抵抗。从文学领域来看，以程朱理学为核心、以承担"道统"自居的桐城派，从一开始就被许多学者名流所轻视。所以，清前期文学虽有低落，但仍然延续着晚明文学的方向在发展；到中期，袁枚所倡导的"性灵"说在多方面发挥了晚明文学的思想与趣味，小说《儒林外史》《红楼梦》更标志了中国古代文学所达到的新高度，至于龚自珍的文学精神，则进一步显示出向现代靠拢的特征。过去习惯把龚自珍作为从1840年开始的"近代"人物来论述，然而龚氏死于1841年，他的思想与创作跟鸦片战争以后中国社会的变化没有多少关系。

从清前期与中期，中国文学是沿着自身的道路在推进。而到了鸦片战争爆发以后，随着整个中国政治、经济、文化的自然进程因外来力量的强烈冲击而发生突然的变化，文学也进入令人眼花缭乱的突变状态，最终导致"五四"新文学的诞生。但如果认为这仅仅是外来影响的结果，却不符合事实。梁启超说："光绪间所谓新学家者，人人皆经过崇拜龚氏之一时期，初读《定庵文集》，若受电然，稍进乃厌其浅薄。"（《清代学术概论》）可见龚自珍的思想情趣在本质上与清末的思想变革相通。完整地看，从元末以来，尤其是从明中后期以来，中国文学中以人本主义为底蕴、以张扬个性为核心要求的变革因素虽屡遭挫折，却在艰难中持续地成长着。它因西方文化的刺激而出现急速的扩张，并因大量吸收西方文化因素而变形，但中国文学的发展归根结底是一个连贯的过程，这是可以证明的；并且，这也是"五四"时期的思想者们已经注意到的。

为了叙述的方便，我们将清代诗文与戏曲、小说分为两章来介绍，但上述关于时代背景的概说，则是针对整个清代文学而言的。

一、清代前期诗文

我们这里说的清代前期，指从清人入关至雍正末（1644—1735）。

从晚明到清前期，历史的变化极其复杂。不仅有朝代更迭的动荡，还交杂了激烈的民族矛盾，同时又有封建正统文化与异端倾向的冲突。这些矛盾相互交错，使文化人面临着难以应付的人生困境和艰难的选择。这一阶段的诗（包括词）文的面貌也因而显得纷繁复杂。

钱谦益、吴伟业　清初的诗坛上，钱谦益、吴伟业是在明末就享有盛名、入清后继续保持着相当影响的诗人，他们和龚鼎孳被称为"江左三大家"。在明末清初之际诗歌的分流中，他们各自代表了不同的趋向。

钱谦益（1582—1664）字受之，号牧斋，晚号蒙叟，江苏常熟人。明末官至礼部侍郎，又是东林党首领，在士林颇具影响，但也多次遭到政敌的打击，曾一度入狱。南明朝为礼部尚书，后率先降清，又为士林所耻。不久告病归，与反清势力保持联系，并为之出谋划策。他的一生在政治漩涡中沉浮不已，给人以进退失据之感。

钱谦益对明中期以来的新思潮及与之相联系的文学变革采取否定的态

度。他认为，由于"百年以来学问之缪种浸淫于世运、熏结于人心"，遂导致"近代之文章，河决鱼烂，败坏而不可救"（《赖古堂文选序》），而纠正的办法，是"建立通经汲古之说，以排击俗学"（《答山阴徐伯调书》）。他论诗好标举"性情"，但又主张重"学问"，以为"诗文之道，萌折（拆）于灵心，蛰启于世运，而茁长于学问"（《题杜苍略自评诗文》），给"性情"的表现加上了限制；他反对褊狭地宗法一家一派，认为唐、宋、元诗均有可取，但较多的是向宋诗的方向摆动。清代诗歌宗宋的一派，实即以钱氏为起点。

钱谦益的生活观念和情感都很复杂，对于呈现于诗中的自我形象，他是经过理智的思考来找到恰当姿态的。把唐诗的华美的修辞、严整的格律与宋诗的知性相结合，是其诗显著的特点。萧士玮《读牧斋集七则》赞美钱诗之"停当"为人不可及，这"停当"包括抒情和语言技巧两方面的稳当。兹以《天启乙丑五月奉诏削籍南归，自潞河登舟，两月方达京口，途中衔恩感事，杂然成咏，凡得十首》之一为例：

破帽青衫出禁城，主恩容易许归耕。趁朝龙尾还如梦，稳卧牛衣得此生。门外天涯迁客路，桥边风雪蹇驴情。汉家中叶方全盛，《五噫》何劳叹不平。

满腹牢骚，却全以"颂圣"的笔调写出，堪称委曲周致。

在降清复又退居乡里后，钱谦益诗中多感慨兴亡之作；尤其是郑成功水师入长江之际，许多诗篇激诋清人，流露出期望恢复故国的兴奋。但因其为人反复无常，这些诗被人斥为自我雕饰之辞，而章太炎则以为"不尽诡伪"（《訄书·别录》）。大抵写作这类诗与参与反清活动，都是他的精神自救之举吧。下录《丙申春就医秦淮，寓丁家水阁浃两月，临行作绝句三十首》之四：

苑外杨花待暮潮，隔溪桃叶限红桥。夕阳凝望春如水，丁字帘前是六朝。

秦淮风物依旧，而前朝风流散去如梦，写来思深笔婉。

钱谦益文化素养很高，他的诗善于使事用典，也富于藻丽，这些对于重视雅致趣味的清代许多诗人都有很大的吸引力。

吴伟业（1609—1672）字骏公，号梅村，江苏太仓人。明末官至左庶子。明亡后迫于清廷的压力而出仕，曾任国子监祭酒，不久辞职南归。吴伟业并没有强烈的用世之心，入清以后也不再参与政治活动。为了保全家族他违心地出仕清朝，这又使他受到传统"名节"观念的沉重压迫，心情十分痛苦。"浮生所欠止一死"（《过淮阴有感》），"脱屣妻孥非易事，竟一钱不值何须说"（《贺新郎·病中有感》），这种表述与其说是写内心的愧耻或自我辩解，毋宁说更多地写出了个人在历史的变迁中难以自主的悲哀。

吴伟业对明诗尤其复古派的评价不像钱谦益那样持否定态度，其创作也主要以唐诗为宗，早期善于用清丽之笔抒写青年男女的缠绵之情，易代之际以重大历史事件为背景的七言歌行体的长篇尤负盛名，如《圆圆曲》、《听女道士下玉京弹琴歌》、《鸳湖曲》、《琵琶行》、《临淮老妓行》、《永和宫词》等。这些诗以叙事为主干，又具有浓郁的抒情色彩，讲究藻饰和声韵，人称"吴梅村体"。

作为一个诗人，吴伟业对个人在历史中的命运有更多的关注。如著名的《圆圆曲》以充满同情的笔调描述了名妓陈圆圆曲折坎坷的经历：

前身合是采莲人，门前一片横塘水。横塘双桨去如飞，何处豪家强载归？此际岂知非薄命，此时只有泪沾衣。熏天意气连宫掖，明眸皓齿无人惜。夺归永巷闭良家，教就新声倾坐客。坐客飞觞红日暮，一曲哀弦向谁诉！白皙通侯最少年，拣取花枝屡回顾。早携娇鸟出樊笼，待得银河几时渡？恨杀军书底死催，苦留后约将人误。相约恩深相见难，一朝蚁贼满长安。可怜思妇楼头柳，认作天边粉絮看。遍索绿珠围内第，强呼绛树出雕栏。若非壮士全师胜，争得蛾眉匹马还。蛾眉马上传呼进，云鬟不整惊魂定。蜡炬迎来在战场，啼妆满面残红印。

这一部分写陈圆圆先是被皇戚田畹买来献给崇祯皇帝，后遣送出宫，被吴三桂看中，田畹又把她送给吴为妾；李自成军队攻占北京后，大将刘宗敏将她占为己有；吴三桂引清兵夹击李自成，重新把她夺回。陈圆圆似乎成为历史转折的关键，然而实际上她从未发出任何主动的动作，只是被命运所播弄。诗中对吴三桂的行为措辞隐约闪烁，既有嘲讽，又有同情。"恸哭六军俱缟素，冲冠一怒为红颜"；"妻子岂应关大计，英雄无奈是多情。全家白骨成灰土，一代红妆照汗青"，这些诗句写出了吴三桂的悲剧性处境：他不能忍受所爱之人被人强占的耻辱，而由此付出的代价，是包括父亲在内的全家的毁灭。写这首诗时，吴三桂声势正盛，但吴伟业已经暗示：在中国的历史文化传统里，他是不可能被谅解的；而人一旦陷入历史的困境，就无法作出两全的选择，无法逃脱悲剧的命运。这首《圆圆曲》写得烟水迷离，百感交集，极富于艺术魅力。

吴伟业长篇歌行的写作手法自具特色。《四库全书总目》评价说："格律本乎四杰，而情韵为深；叙述类乎香山，而风华为胜。"这一概括相当准确。从诗歌的性质来说，吴伟业的这类作品本近于白居易的《长恨歌》、《琵琶行》等叙事诗，但他却不像白居易那样，按照事件的自然过程来叙述，而是借用了初唐四杰的抒情性歌行的结构方法，在诗人的联想中腾挪跳跃。如《圆圆曲》就是以陈圆圆与吴三桂的关系为中心，穿插了陈圆圆的一生主要经历，以及作者对主人公命运的感慨叹息，显得摇曳多姿。

王士禛 从顺治末年到康熙中期，易代大势已定，清王朝笼络汉族文人的政策也逐渐产生了效果。尽管反清情绪远未消除，但社会的心理已经发生了变化。适应这种变化而成为新一代诗坛领袖人物的是号称"一代文宗"的王士禛（1634—1711）。他字贻上，号阮亭，别号渔洋山人，山东新城人。其名又作"士祯"，系在其死后清朝为避雍正名讳而追改。顺治十五年进士，后深受康熙帝恩遇，升迁至刑部尚书的高位。

明亡时王士禛年仅十岁，没有太多的历史宿账和感情包袱，而作为一个读书人，他又必须把个人的前途和新王朝联系在一起，这是了解他的诗歌创作的前提。顺治十四年秋，已在两年前的会试中式并将于次年参加殿试的王士禛于济南大明湖畔与众名士结社吟诗，赋《秋柳四首》。此诗一出，大江南北遍为传诵，和者达数百人，这表明它不是一首日常性的抒情之作，它的内涵牵动了许多文人的心情。下面录第一首：

秋来何处最销魂？残照西风白下门。他日差池春燕影，只今憔悴晚烟痕。愁生陌上黄骢曲，梦远江南乌夜村。莫听临风三弄笛，玉关哀怨总难论！

《秋柳》诗素称恍惚难解，有各种推测之论。但将今尚存的同时唱和之作合看，可知其意在表达对明亡的伤感，并无可疑。诗一开始就直指"白下"即南京，它是朱元璋立国、南明王朝覆灭这两个特殊时期的政治中心，是旧日风华繁盛之地。西风残照下的白下门外秋柳衰残，回忆中春燕绕飞的景象消逝无痕，这是幻灭的意象。"黄骢曲"是唐太宗破窦建德后命乐工制作的乐曲，它暗喻明的兴起；"乌夜村"在昆山，用在这里令人想到清初江南激烈的抗清斗争。但在典故的衬托下，明亡的悲哀被处理成过去式的或谓历史的悲哀，而美丽的语汇和缥缈的意象，又减少了这种幻灭感对人心的刺激。王士禛在这里表达了一种从明亡的悲哀中挣脱出来的要求，它渐渐被士大夫所认同。到了康熙中期，这种心理愈加深入，像《桃花扇》就是同一背景下的产物。

就艺术表现上的特点来说，王士禛的《秋柳四首》所传达的人生伤感避免用尖锐和刺激性的语言来显示，而是在美丽的意象与和婉的声韵中隐约地流动，可以感受却很难实指。这已经符合于他后来提出的诗歌理论主张——所谓"神韵"说。康熙初王士禛任官扬州时，曾编选唐人律绝为《神韵集》（已佚），为其标举"神韵"说之始。晚年他又编选了《唐贤三昧集》，再次申述了这一主张。王氏对唐代诗人，不喜杜甫、白居易、罗隐等人，而偏爱王维、孟浩然、韦应物等，集中所选，也主要是这一路诗人的作品。从其书序文来看，王氏的论诗主张源于司空图和严羽，要求诗歌应有高妙的意境和天然的韵致，富于言外之味。但"神韵说"也并不只是重复前人的诗论，这里既包含了七子派对"格调"的讲求，也包含了公安派重视"性灵"的意味，杨绳武称"神韵得，而风格、才调、法律三者悉举诸此类"（《资政大夫经筵讲官刑部尚书王公神道碑铭》），即指明了这一点。

王士禛的一些著名的绝句，完全通过景物来抒情，意境空渺，更能体现"神韵"说的审美趣尚，如《江上》：

萧条秋雨夕，苍茫楚江晦。时见一舟行，濛濛水云外。

作者对此诗颇为自得，尝夸许为"一时伫兴之言，知味外味者，当自得之"（《香祖笔记》）。诗中的画面确实很美，也能够体会到某种孤独的情绪，但已近乎有无之间。

王士禛既富才情，地位又高，他的"神韵"说提出之后，在诗坛风靡一时。但也有诗人对此表示反对，其中最著名的，就是王士禛的甥婿赵执信。他在诗论著作《谈龙录》中对王士禛诗论和诗作提出的批评，要点有三：一是"神韵说"过于玄虚缥缈，二是王氏只取一格，眼界太狭，三是王氏"诗中无人"。这些批评是有一定道理的。

朱彝尊、陈维崧、纳兰性德　词在元、明时代由于散曲的盛行而告衰落。但对于性情收敛、爱好雅致趣味的清代文人来说，散曲的尖新、俚俗的语言风格显得不合适，而词作为一种特殊的诗体，比狭义的诗而言较为贴近日常生活和鲜活的情感，与散曲相比又要显得"雅"一些，因而在清代出现词的"中兴"。清词的兴起，与朱彝尊、陈维崧二人的提倡关系最大，谭献谓"锡鬯、其年出，而本朝词派始成"（《箧中词》），但要论才情卓异，却要数纳兰这位满族贵公子，这也堪称中国文学史上的佳话。

朱彝尊（1629—1709）字锡鬯，号竹垞，生于浙江秀水（今嘉兴）的名宦之门。曾长期游幕四方，五十岁时方以布衣举博学鸿词科，授翰林院检讨，后归乡潜心著述。他是位博通经史的学者，又是名诗人，与王士禛并称为"南朱北王"。他与查慎行继钱谦益之后推动了清诗宗宋一派的兴起。其诗重才藻，求典雅，清人对之评价很高，这和重学问的时代风气有关，就诗的情味而言，他并不能与王士禛相比。在词的领域，他是清词中影响最大的"浙西词派"的开创者。

朱彝尊于词主张宗法南宋，尤尊崇其时格律派词人姜夔、张炎，提出："世人言词，必称北宋，然词至南宋始极其工，至宋季而始极其变。姜尧章氏最为杰出。"（《词综·发凡》）他本人词作讲求音律工严，用字致密清新，其佳者意境淳雅，语言精巧。如《洞仙歌·吴江晓发》：

> 澄湖淡月，响渔榔无数。一霎通波拨柔橹，过垂虹亭畔，语鸭桥边，篱根绽、点点牵牛花吐。　红楼思此际，谢女檀郎，几处残灯在窗户。随分且敧眠，枕上吴歌，声未了、梦轻重作。也尽胜、鞚丝乱山中，听风铎郎当，马头冲雾。

清晨舟行江南水乡的风情被描摹得十分细腻。一路月淡水柔，篱边花发，楼头灯残，舟中人在吴歌声中若梦若醒，写出一种清幽的情趣。

朱彝尊有一部分据说是为其妻妹而作的情词，大都写得婉转细柔，意味深长，如《桂殿秋》：

思往事，渡江干。青蛾低映越山看。共眠一舸听秋雨，小簟轻衾各自寒。

这是一首单调小令，却被推举为朱词的代表作。词中写在全家人共乘一舟的场景下有情人相舍不得、欲近不能的心情极其真切，所谓"咫尺天涯"，莫甚于此。

朱彝尊词以艺术的精雅而言，在清人中堪称一流。但意境不够阔大，风调比较单一。他虽还有一部分怀古、咏史之作，颇有苍凉之意，但那终究不是主要的。

所谓"浙西词派"，因龚翔麟编选以朱彝尊为首的《浙西六家词》而得名，但其余五人均不甚出色。至清中期，这一派才出现另一位重要词家厉鹗。

陈维崧（1625—1682）字其年，号迦陵，江苏宜兴人。他少负才名，性豪迈，明末为诸生，入清周游四方，晚年始举博学鸿词科，授翰林院检讨。

陈维崧所作词存约一千八百首，为古今词人所罕见。题材广泛，无所不入，继承了苏、辛以诗为词的传统，而以感慨身世、怀古伤今的抒情之作最具特色，语言风格很明显是学辛弃疾的。如《贺新郎·甲辰广陵中秋小饮孙豹人溉堂归歌示阮亭》：

把酒狂歌起，正天上、琉璃万顷，月华如水。下有长江流不尽，多少残山剩垒！谁说道、英雄竟死！一听秦筝人已醉，恨月明、恰照吾衰矣。城楼点，打不止。　　当年此夜吴趋里，有无数、红牙金缕，明眸皓齿。笑作镇西鹦鹉舞，眼底何知程、李？讵今日、一寒至此！明月无情蝉鬓去，且五湖、归伴鱼竿耳。知我者，阮亭子。

此篇作于康熙三年，时王士禛（阮亭）官扬州，陈与之交好。词中感慨南明政权的失败，寄寓故国之思，抒发英雄失志之悲愤，辞气慷慨。句法带有散文成分，意脉连贯而顿挫分明，正是发扬了辛词的特色。陈词以这种苍凉豪放之作最多，许多小令，也写得很有骨力，如《好事近》："别来世事一番新，只吾徒犹昨。话到英雄失路，忽凉风索索。"另外，陈维崧也像辛弃疾一样，写有一些婉媚风格的词。

陈廷焯《白雨斋词话》批评陈维崧词"发扬蹈厉而无余蕴"，这是因为他崇尚蕴藉词风的关系。要说到缺陷，陈词一是追仿辛弃疾的痕迹过重，一是写作过多过速，难免会出现粗率的作品。

当时在陈维崧周围还会聚了一些与之风格相近的词人，以宜兴古名称"阳羡派"。

清前期独成一家的词人是纳兰性德（1655—1685）。他原名成德，字容若，号楞伽山人，满洲正黄旗人，大学士明珠长子。康熙十五年进士，官至一等侍卫。

纳兰性德属于那种高度敏感、内心丰富的天才类型，这类诗人往往短寿。从表面上看，他作为一个贵族公子，生活经历很平静，除了前妻的亡故和几次出使边陲，无多周折。但出入相府、宫廷的生活，在他非但不觉得满足，反而感觉到难言的压抑。他更希望过一种平民的、世俗的生活，因为那意味着较多的自由。"德也狂生耳，偶然间，缁尘京国，乌衣门第"（《金缕曲·赠梁汾》）；"羡煞软红尘里客，一味醉生梦死"（《金缕曲·简梁汾》），可以见出他的心情。又《如梦令》写道：

> 万帐穹庐人醉，星影摇摇欲坠。旧梦隔狼河，又被河声搅碎。还睡，还睡，解道醒来无味。

那种人生无聊的感觉，足以令人心惊。

纳兰性德深于情，后来有人认为《红楼梦》中宝玉写的就是他，大约与人们从其词中感受到的气质有关吧。他的许多表现男女之爱和悼念亡妻的词，写得十分感人。如《蝶恋花》：

> 辛苦最怜天上月，一昔如环，昔昔都成玦。若似月轮终皎洁，不辞冰雪为卿热。　　无那尘缘容易绝，燕子依然，软踏帘钩说。唱罢秋坟愁未歇，春丛认取双栖蝶。

纳兰词风最近于李后主，出语天然，即华丽处亦不觉雕琢，纯以性情之真和感悟之深动人。如前举《如梦令》开头"万帐穹庐人醉，星影摇摇欲坠"，堪称天然壮丽。又如《山花子》中"愁向风前无处说，数归鸦"，写出愁闷无聊赖的情状，"人到情多情转薄，而今真个悔多情"，写出对于"情"的一种特殊感受，都是出色的例子。王国维说他"从自然之眼观物，以自然之舌言情，此由初入中原，未染汉人风气，故能真切如此。北宋以来，一人而已"(《人间词话》)，评价很高。

散文的变化 入清以后，随着封建正统文化的再次强化，散文中固有的"载道"传统又重新抬头了。在清朝统治者看来，这是由衰转盛的表现。《四库提要》说："古文一脉，自明代肤滥于七子，纤佻于三袁，至启、祯而极敝。国初风气还淳，一时学者始复讲唐宋以来之矩矱。"但从文学的个性表现和自由抒发的价值上看，这正是严重的衰退。

不过这种衰退也不是简单的和直线式的。首先，晚明的异端思想在这一时代仍然有人继承发扬，最突出的例子便是廖燕（1644—1705）。他的《性论》等抨击程朱理学十分痛快，《山居杂谈》更宣称"天下只我一人，余俱我之现相也"，对自我极端强调。这或许与廖燕地位较低、在当时不太引人注目有关（他是今韶关地方的一名秀才），但这也证明晚明思想的进步不可能被彻底扼杀，问题只是它怎么能够得到表现而已。

晚品小品的创作也仍在延续，只是大抵转向一种闲逸的情调。习惯上归于明代而实际作于清初的张岱的一些作品，即代表着这一倾向。此外，李渔的《闲情偶寄》中有许多类似近代随笔的文字，谈如何把日常生活变成艺术化的享受，有许多话题，都说得很新鲜。如《菜》一文谈菜花虽贱，因其至多至盛而可贵，有如"君轻民贵"，这种联想就很奇特，很有意思。文中描绘道：

园圃种植之花，自数朵以至数十百朵而止矣，有至盈阡溢亩，令人一望无际者哉？曰无之。无则当推菜花为盛矣。一气初盈，万花齐发，青畴白壤，悉变黄金，不诚洋洋乎大观也哉！当是时也，呼朋拉友，散步芳塍，香风导酒客寻帘，锦蝶与游人争路，郊畦之乐，什伯园亭，惟菜花之开，是其候也。

这种文章固然谈不上有多少高明的见解，却有活泼的美感，较之装腔作势的高谈大论，更有文学趣味。

至于文坛上居于正统地位的，是《四库提要》称"复讲唐宋以来之矩矱"的古文家，先有侯方域、魏禧、汪琬所谓清初"三大家"，后有桐城派。前者代表了从明末文风向清初文风的转变，后者代表了与官方意志相应的古文体式的确立。

从反映明清之际文风转变的意义来看，侯方域（1618—1654）是最具代表性的。他在明末是一个活跃于东南一带的贵公子、名士，行止很自然地会染上明末文人任性放浪的习气。明亡后归乡里，他把自己的书室名从"杂庸堂"（意为杂于庸人之间）改为"壮悔堂"，表明要力纠往日之非。这同时也表现于他对文章的态度。其盟弟徐作肃《壮悔堂文集序》言："侯子十年前尝为整丽之作，而近乃大毁其向文，求所为韩、柳、欧、苏、曾、王诸公以几于司马迁者而肆力焉。"侯氏本人也曾谈起这类被毁弃的文章，说它流于华藻，"间有合作，亦不过春花烂熳，柔脆飘扬，转目便萧索可怜"（《与任王谷论文书》）。从这些描述和明末东南名士的文学风尚来看，所作当以偏向华美和感情显露的骈文为多。侯氏在为人上由傲诞任性转向努力于儒者的修养（见其《壮悔堂记》），在为文上从"春花烂熳"转向讲求"唐宋以来之矩矱"，这实在不仅仅是由于年龄增长、多历变故而趋向平稳，而是顺应了时代的变化，意图在新的社会环境中获得新的立足点。

不过，一种文学好尚的完全改变也是很困难的。侯方域后期的散文虽向"古文"传统靠拢，但要说"原本六经"还是不够。同时齐名的汪琬即指斥侯氏"以小说为古文辞"（《跋王于一遗集》）。这位汪琬曾官翰林院编修，其"文学砥行"得到过康熙皇帝的称赞。他的文章力求雅正，结构严谨而文字朴实。

清初三家，虽说接迹唐宋载道之文的传统，但不足以自立为一代之文。随着清王朝统治的稳定和思想控制的深化，适应这一"盛世"的需要，由方苞提出以程朱理学为内核，以《左传》、《史记》等先秦两汉散文及唐宋八家古文为正统，以服务于当代政治为目的，在文章体格和作法上又有细致讲求的系统化的古文理论，并以具体的作品与之配合。因为方苞和接续其理论主张的刘大櫆、姚鼐都是安徽桐城人，所以有"桐城派"之称。在姚鼐的努力下，"桐城派"成为全国性的和影响最广泛的宗派，其影响一直延续到民国。

方苞（1668—1749）字灵皋，号望溪。康熙四十五年进士，曾因同乡戴名世《南山集》案牵连入狱，几乎论斩，后得赦，官至内阁学士、礼部侍郎。其门人王兆符于《望溪文集序》中记方氏自言以"学行继程朱之后，文章介韩欧之间"为人生志向，这对于了解他的文学主张也很重要。

桐城派能够造成广泛而深远的影响有多种原因，其中重要的一点，是方苞一开始所提出的理论就具有明晰而系统的特点。他的方法是通过对一个核心概念——"义法"——的多层面的阐释来建立自己的理论系统。所谓"义法",最基本的解释可以说得很简明:"义,即《易》之所谓'言有物'也;法,即《易》之所谓'言有序'也。"(《又书货殖传后》)只是说言之有物而文有条理。若结合方氏其他论述作总体的归纳,则"义"主要指文章的意旨、论断与褒贬,"法"主要指文章的布局、章法与文辞。

但方苞所谓"义法"乃"古文"之"义法","若古文则本经术而依于事物之理"(《答申谦居书》),也就是说必须依据儒家经典的宗旨来叙事论理,方有"义法"可言。这种古文又有它的历史统系,"盖古文所从来远矣,六经、《语》、《孟》,其根源也。得其支流而义法最精者,莫如《左传》、《史记》,……其次《公羊》、《穀梁传》,……两汉书、疏及唐宋八家之文"(《古文约选序例》)。不过在方苞看来,唐宋八家还有不够的地方,如柳宗元、苏氏父子经学根底都太差,欧阳修也嫌粗浅(见《答申谦居书》)。这其实就是接过唐宋古文的"道统"旗号,再参取程朱一派理学家的意见,对学唐宋八家的某些不够纯正的地方加以纠正。

虽然"义"与"法"有别,但方苞通常还是把两者当作一个完整概念使用的。所以他讲具体的文章作法,也是说"义法"。从这方面说,义法包括章法、文辞。章法比较虚,对文辞的要求则很具体:其原则是"雅洁";为了实行这一原则,"不可入语录中语、魏晋六朝人藻丽俳语、汉赋中板重字法、诗歌中隽语、南北史佻巧语"(沈廷芳《书方先生传后》记其语)。简而言之,古文之文辞不可浅俗、轻巧、华丽,因为这可能引导不庄重的情感。

大致方苞是用"义法"说取代了前人的"文道"说。因为"文"与"道"容易分为两物,"义法"则密不可分。单独讲"义"与"法"内涵不同,但法从义生,义由法显,故两者就合一了。同时"义法"又包含了许多可实际操作的写作方法,更容易被一般读书人所接受。所以,方苞的一套理论在当时的著名学者和文士中并不被看重,但社会影响却逐渐扩大。

方苞本人的文章,以人物传记类型写得最为讲究,盖因叙事之文,最易见"义法"。少数山水游记则板重绝伦。他的文章中最有价值的应数《狱中杂记》,因是作者亲身经历,以往的忧惧和愤慨记忆犹新,文章记狱中种种黑暗现象,真切而深透,议论也较少迂腐气。由此可以见出方苞文章的功力。但这又并非严格意义上的"古文",也不能代表方苞散文的一般特点。

刘大櫆（1698—1779）字才甫,一字耕南,号海峰,晚官黟县教谕。他因文章受到方苞的嘉许而知名,并师事方苞,又为姚鼐所推重,在"桐城派"的形成中起着承先启后的传递作用。其《论文偶记》对方苞之说有新的阐发。他进一步探求了文章的艺术形式问题,讲究文章的"神气"、"音节"、"字句"及相互间的关系。

二、清代中期诗文

自乾隆初至道光十九年（1736—1839）为清中期。

到了乾隆时代,明清易代的历史震荡已经完全过去了。清王朝作为中国历史合乎正统的一环,已经被承认为无可置疑的事实。而社会发展所造成的更具根本性的矛盾,这时重又单纯而尖锐地刺激着人们的思考。虽然没有形成晚明那样显著的社会思潮,但是,对封建专制下人格奴化现象的厌恶,对个人的创造才能无法实现而感到的苦闷,却在清中期的文学中有着持久而深入的表现。

"格调说"与"肌理说"　康熙时王士禛以倡导"神韵说"主盟诗坛,到了乾隆时代,这种诗论遭到沈德潜、翁方纲、袁枚等名家的反对。但他们所引导的方向,却又各自不同。

沈德潜（1673—1769）字确士,号归愚,他六十七岁才中进士,官至内阁学士兼礼部侍郎,为乾隆帝所信重,故影响诗坛主要是在乾隆时代。其论诗之作有《说诗晬语》,又编选了《古诗源》、《唐诗别裁集》、《明诗别裁集》、《国朝诗别裁集》（即《清诗别裁集》）等书来体现他的主张。

沈德潜的诗论,一般称为"格调说"。所谓"格调",本意是指诗歌的格律、声调,同时也指由此表现出的高华雄壮的美感。其说本于明代前后七子而有所变化,故沈氏于明诗推崇七子而排斥公安、竟陵,论诗歌体格则宗唐而黜宋。

但沈氏诗论另有一个最重要和最根本的前提，就是要求有益于统治秩序、合于"温柔敦厚"的"诗教"。其《说诗晬语》第一节就说："诗之为道，可以理性情，善伦物，感鬼神，设教邦国，应对诸侯，用如此其重也。"这是他和明代复古派完全不同的地方。他也讲诗"原本性情"，却又认为"动作温柔乡语"是"害人心术"的，这种诗必须摒除（见《国朝诗别裁集·凡例》）。所以，在宗唐和讲求格调的同时，还须"仰溯风雅，诗道始尊"（《说诗晬语》）。这与桐城派古文家对待唐宋八家之文的态度非常相似。总之，以汉儒的诗教说为本，以唐诗的"格调"为用，企图造成一种既能顺合清王朝严格的思想统治而又能点缀康、乾"盛世气象"的诗风，是沈氏诗论的本质。

在乾隆时做过内阁学士的翁方纲（1733—1818），以提倡"肌理说"闻名。他是一位学者，也以学者的态度来谈诗，认为"为学必以考证为准，为诗必以肌理为准"（《志言集序》）。所谓肌理，兼指诗中的义理和作诗的条理。他认为学问是作诗的根本，"宜博精经史考订，而后其诗大醇"（《粤东三子诗序》），同时认为宋诗的理路细腻为唐诗所不及，所以主张宗法宋诗。在提倡诗风的"醇正"方面，他其实与沈德潜相合。所以"格调说"与"肌理说"只是从不同的角度体现了乾隆时代以宫廷为中心的诗学趣味。

袁枚与性灵派　在清中期诗坛上代表着新的变化的是以袁枚为首的性灵派。这其实不是一个严格意义上诗歌宗派，只是指在诗学观点和创作风格上相近的一群人。言实际成就，袁本人而外以黄景仁、张问陶最为重要。乾隆时代又有"江右三大家"之目，指袁枚、赵翼、蒋士铨，因而也有将另二人亦列入这一派的。赵与袁尚多相通，蒋士铨则特好表彰忠孝节义（他还是一位戏曲家，剧作也以此为特色），庶几与上述诸人背道而驰。另外，郑燮也被列入这一派。

袁枚（1716—1797）字子才，号简斋，又号随园主人，浙江钱塘（今杭州）人。乾隆四年进士，入翰林院，复出为地方官，在江南一带做过六年知县。后辞官，居于江宁（今南京）小仓山下的随园。袁枚思想通达，才情过人，处世圆滑，生活放浪，虽地位不高，却广交巨宦豪商、四方文士，负一时重望。

袁枚值得注意的地方首先是他从许多方面重申了晚明的反传统思想。

他和李贽一样肯定人欲的合理性，并从这一立场出发，对矫饰虚伪的假道学加以激烈的抨击。《清说》一文认为圣人之治，就是要让"好货好色"的人欲得到满足，又说："自有矫清者出，而无故不宿于内，然后可以寡人之妻、孤人之子而心不动也；一饼饵可以终日，然后可以浚民之膏、减吏之俸而意不回也；谢绝亲知，僵仆无所避，然后可以固位结主而无所蹰躇也。"这是说以禁欲自高的人，不但是意有所图，而且往往冷酷无人道。

对于盲目崇拜儒家经典的态度，袁枚也坚决表示反对。在《答定宇第二书》中，他提出六经中除《周易》、《论语》外"多可疑"，六经之言未必"皆当"、"皆醇"，甚至借老庄的话，攻讦"六经皆糟粕"（《偶然作》）。学者章学诚指斥他"敢于进退六经，非圣无法"（《书坊刻诗话后》），倒是说明了他的思想的自由解放。

袁枚的诗歌主张一般称为"性灵说"，这主要是继承晚明公安派"独抒性灵，不拘格套"诸论，又汲取南宋杨万里的意见，而构筑成自己系统的理论。其要点大体是：强调诗由情生，"性情以外本无诗"（《寄怀钱玙沙方伯予告归里》）；进一步说，性情又总是具体个人的性情，所以作诗须讲求自我个性；认为作诗虽说"才、学、识三者宜兼，而才为尤先"。归结来说，就是真情、个性、妙才三要素。在以上前提下，袁枚也肯定学习古人、精心磨炼的必要，重视诗的"工妙"。这些主张和公安派相比，原则相通，但不那么具有破坏性。

袁枚的诗歌创作有其显著特色，但难称大家。这与他的生活态度有关。他虽然思想敏锐，却也能与世沉浮，能够在风流生涯中自得其乐。像《自嘲》所写的"有官不仕偏寻乐，无子为名又买春。自笑匡时好才调，被天强派作诗人"，令人感到他的痛苦已经自我消解得淡薄了。所以他的诗虽体式多样，但不以厚重壮大、激情奔放为特色，而以新颖灵巧见长。如《春日杂诗》：

清明连日雨潇潇，看送春痕上鹊巢。明月有情还约我，夜来相见杏花梢。

前两句写雨中春色初发，后两句写月华融漾在杏花梢的幽艳，而以明月有情、相约观赏勾连前后，极为巧丽活脱。又像《寄聪娘》是写奔波宦途时对爱妾的思念，也是很灵巧：

思量海上伴朝云，走马邯郸日未曛。刚把闲情要抛撇，远山眉黛又逢君。

袁枚诗在当时社会中极受欢迎，因为它的解放的精神、灵妙的才思，有一种消除人们内心压力的作用。

袁枚又长于散文。他厌恶一般古文家动辄以"明道"欺人，所作以思想开明、感情真挚为基本特色，与桐城派大异其趣。其中尤为出色者为《祭妹文》。袁妹素文，因不堪丈夫的虐待而逃回娘家，却又享寿不永。祭文哀其不幸，在往日琐事的回忆中寄托凄恻之情，尤为真切动人。此文风格与韩愈《祭十二郎文》近似，而姚鼐编《古文辞类纂》不取《祭十二郎文》，这也反映出他们对"古文"的理解是不同的。以技巧性而言，《随园记》在袁枚散文中颇为出色。文笔自然流转，不见用力，而文气完足，又让人觉得结构颇严谨，表现了相当的修养和才气。

赵翼（1727—1814）字云崧，号瓯北，曾官贵西兵备道。他是一位著名的史学家，《廿二史札记》、《陔余丛考》为世所重。论诗与以发扬个性和创新为最高标准，《论诗》绝句云：

李杜诗篇万口传，至今已觉不新鲜。江山代有才人出，各领风骚数百年。

不要说见解卓异，即从此诗看作者的精神气质，亦是傲然不群。

好发议论是赵翼诗的一种特点。他思想机智而敏锐，议论多带个人感情，所以并不枯燥。《读史二十一首》集中表现了这一特点。如第八首论"二十四孝"中"郭巨埋儿"故事，对封建道德中反人性的东西加以抨击，开头"衰世尚名义，作事多矫激"二句，指出貌善而实恶之事，每因求名而起，下笔峻切。又如第七首由大儒郑玄和高僧慧远先后为"剧盗"所敬重的故事引申出去，说当法网苛严之时，这种事情将会完全是另一种结果："使其遇黠吏，早以通贼论。管汝儒与释，且试吏威伸。"当世人读到这里，恐怕都会会心一笑吧。

"乾隆六十年间，论诗者推为第一"（包世臣《齐民四术》）的黄景仁（1749—1783），字仲则，江苏武进人，是个身世坎坷的寒士。他早年即为谋生奔走四方，多次应试不中，一生潦倒而多病，三十五岁时因被债务所逼欲投奔陕西巡抚毕沅，病死于途中。

穷愁困顿的生活实情自然成为黄景仁诗的重要内容，如"我生万事多屯蹶，晬到将圆便成阙"（《中秋夜雨》），"全家都在风声里，九月衣裳未剪裁"（《都门秋思》），"惨惨柴门风雪夜，此时有子不如无"（《别老母》），写尽寒士的悲酸。但仅以此来看待黄仲则是远远不够的，在他的诗中，还常常表现出对于人格尊严的珍视和由此产生的孤傲之情。典型的如《圈虎行》，写他在北京所见的一次驯虎表演，通过描绘这只猛兽任人驱使、做出各种貌似威风而实则"媚人"的架式，抒发了人性因屈服于外力的威压而扭曲的沉痛悲哀，具有呼唤英雄人格回归的潜在意义。著名的《杂感》则写道：

> 仙佛茫茫两未成，只知独夜不平鸣。风蓬飘尽悲歌气，泥絮沾来薄幸名。十有九人堪白眼，百无一用是书生。莫因诗卷愁成谶，春鸟秋虫自作声。

此诗情绪虽比较低落，但那种自视甚高的兀傲，和坚持要在人世间发出自己声音的固执，仍可以感受到他那种在辗转不遇的处境下的顽强性格。这一类诗，反映着乾隆时代文学中个体意识的复苏和强化。

黄景仁的诗以七言之作最能显现其特有的气质，风格深受唐诗影响，但又自出机杼。分别而言，其七古多效李白，特别是那些描写壮丽飞动的景色以抒发磊落恣放之情的篇什，"见者以为谪仙人复出也"（洪亮吉《黄君行状》），如《观潮行》之写钱塘江潮："才见银山动地来，已将赤岸浮天外。研岩碬岳万穴号，雌呿雄吟六节摇。"七言律绝意象鲜明，感情表达得很深细，有晚唐特别是李商隐诗的风味，如《感旧》《绮怀》等篇。"悄立市桥人不识，一星如月看多时"（《癸巳除夕偶成》）写孤寂心情，"似此星辰非昨夜，为谁风露立中宵"（《绮怀》）写相思之苦，都善于用精美的语辞写出忧郁的心绪，令人情为之动而一读不忘。

张问陶（1764—1814）字仲冶，号船山，四川遂宁人。乾隆末年进士，授翰林院检讨，曾官莱州知府。他对袁枚最为服膺，论诗如"诗中无我不如删"（《论文八首》），"好诗不过近人情"（《论诗十二绝句》）云云，与之完全同调。他的诗作抒发感情也有自由解放的精神，如中国古代诗歌很少对夫妇之间亲昵的感情生活作正面的描写，而张问陶却对此无所忌讳。《斑竹塘车中》写道：

翕翕红梅一树春，斑斑林竹万枝新。车中妇美村婆看，笔底花浓醉墨匀。理学传应无我辈，香奁诗好继风人。但教弄玉随萧史，未厌年年踏软尘。

他很坦然地夸耀妻子的美丽、表述对妻子的爱恋，且以自来被鄙薄的香奁诗人的身份鄙薄自以为是的理学家，显示出与社会文化传统相对抗的姿态。

在语言艺术上，张问陶的诗大都写得清浅灵动，追求"百炼功纯始自然"（《论诗十二绝句》）的境界，写景的小诗尤为突出，如《初冬赴成都过安居题壁》：

连山风竹远层层，隔水人家唤不应。一片斜阳波影碎，小船收网晒鱼鹰。

厉鹗、张惠言　厉鹗（1692—1752）在诗、词两方面都是朱彝尊的继承人。他字太鸿，号樊榭，钱塘（今杭州）人，家境清贫，性情孤直而好读书。编有《宋诗纪事》，扩大了宋诗派的影响。其诗作宗宋的特征十分强烈，好用僻典、故事，用意深刻。一些近体短篇以出俗的幽深清寒之意表现出他的孤寂的性格，如《冷泉亭》：

众壑孤亭合，泉声出翠微。静闻兼远梵，独立悟清晖。木落残僧定，山寒归鸟稀。迟迟松外月，为我照田衣。

浙派词的势力从清前期延伸到中期，厉鹗继朱彝尊成为其支柱。他以画为譬论词，以辛弃疾、刘克庄诸人为北宗，周邦彦、姜夔诸人为南宗，认为如同画一样，南宗胜于北宗，以风格言也就是清婉深秀胜于慷慨豪放。其词作以纪游、写景及咏物为多，音律和文辞都很工炼。与朱氏有所不同的地方，是他的词中特多孤寂的情调，这种情绪在寻求宣泄时，会形成自我的扩张，使词呈现壮奇之趣。如《齐天乐·吴山望隔江霁雪》：

瘦筇如唤登临去，江平雪晴风小。湿粉楼台，酽寒城阙，不见春红吹到。微茫越峤，但半泓云根，半销沙草。为问鸥边，而今可有晋时棹？　清愁几番自遣，故人稀笑语，相忆多少。寂寂寥寥，朝朝暮暮，吟得梅花俱恼。将花插帽，向第一峰头，倚空长啸。忽展斜阳，玉龙天际绕。

浙派词自厉鹗之后，虽仍保持一定影响，但声势已不振。嘉庆年间新兴的词派，是以张惠言（1761—1802）为代表的"常州派"。张字皋文，号茗柯，江苏武进（今常州）人，嘉庆四年进士，官翰林院编修。他是一位经学家，并以词和散文著名，所编《词选》代表了他的词学观点。

词自其诞生以来，就是一种偏重表现个人日常生活情感的特殊诗体。以正统的文学观来看，它是所谓"诗余"，是低一等的文学体式。但也正因此，词较少受正统文学观的束缚，在抒情方面保存了更多的自由。张惠言欲提高词的地位，这本也无可非议。但他的立场，不是强调词的抒情和唯美特征；他在《词选序》中提出，词的正格是一种通过比兴手法表达"贤人君子幽约怨悱不能自言之情，低徊要眇以喻其致"并讲究文辞之"深美闳约"的体式，与诗、骚、赋相似，这其实是通过曲解的方式来阐释词的传统，使之与儒家文学标准相符。《词选》共选唐宋词人四十四家，而序文特加称许的，在唐为温庭筠，在宋为张先、苏轼、秦观、周邦彦、辛弃疾、姜夔、王沂孙、张炎。这个名单初看很难找到明确的共同点，但张氏自有解说。他最推崇的是温庭筠，而原因是在他看来温词种种美人香草的辞面都只是比兴，内中隐有深微的大义（这实际是经今文学的解释方法）。而宋之八家，都还有缺点，即"不免有一时放浪通脱之言出于其间"。所以他虽选了苏、辛，但主要是选其含蕴委婉之作。这种带有经学气息的词学理论所指引的路径实比浙派词更为狭窄，在感情的表现方面也更为收敛和隐晦。

在张惠言之后，周济（1781—1839）进一步发挥了他的词学理论，并明确提出"诗有史，词亦有史，庶乎自树一帜矣"（《介存斋论词杂著》），强调了词作为一种独立文体的地位。所以张、周之论，又被称为词史上所谓"尊体运动"。但这对于词的创作的发展，并没有带来什么实际成效。常州派词人中，张惠言本人的词作以文字简净、抒情委曲细致见长，但词旨隐约，费人猜详。又由于好以"春感"一类内容作"比兴寄托"，几篇放在一起，就显出重复来。或许因此，张作词不多。至于其他作者，更未见出色。

汪中与骈文 清代是一个各种文体形式都比较繁盛的时期，其中也包括骈文。追溯而言，晚明时期复社诸子便已提倡骈文，入清以后，文化风气总体上的趋雅，使骈文更容易得到肯定。清初的骈文名家陈维崧、毛奇龄诸人，实际是把晚明风气带入清代的作家，至雍正、乾隆之际，胡天游成为承上启下的人物，时人称其"骈体文直掩徐、庾"（齐召南《石笥山房集序》）。至乾隆、嘉庆之际，骈文进一步盛兴起来。

乾、嘉骈文之盛，又带有与桐城派古文相抗衡的意味。当时著名学者文士，如钱大昕、袁枚、章学诚、阮元，均在各自不同的立足点上攻击桐城派。其中阮元据六朝"文笔说"立论，赞同萧统以"沉思翰藻"之作为文，而经、史、子著作均非文的观点，视骈文为文章的正统（见《书梁昭明太子文选序后》）。李兆洛又编有大规模的《骈体文钞》，收录秦至隋的文章七百余篇，而实际包括许多散体文，其用意是"欲合骈散为一，病当世治古文者知宗唐宋不知宗两汉"（《清史稿》本传），并与姚鼐所编的《古文辞类纂》争一短长。而吴鼒所编《国朝八家四六文钞》则收录了号称"骈文八大家"的袁枚、邵齐焘、刘星炜、吴锡麒、孙星衍、洪亮吉、曾燠、孔广森八位当代人之作。但创作成就最高的，则应数汪中。

汪中（1744—1794）字容甫，他的生平与他的朋友黄景仁有些相似，"少苦孤露，长苦奔走，晚苦疾疢"（汪喜孙《汪容甫先生年谱》），却禀性孤直，恃才傲物，被目为狂人。他不喜宋儒之学，对封建礼教和传统思想每加驳斥。如《列子·说符篇》记"狐父之盗"路遇"爰旌目"将饿死于道，遂以食物救活了他，而爰旌目醒后义不食盗者之食，终于饿死。这故事本是立足于道德说教，汪中却反其意作《狐父之盗颂》，热烈赞美狐父之盗救人的美德。他认为盗者之食是冒犯死刑而得，以之救助他人而不图报，乃缘乎"悲心内激"，所以是格外可贵的，并感叹道："吁嗟子盗，孰如其仁！"这不仅仅出于个人身世之感，它确实表现了作者对人性和伦理问题的深刻思考。

汪中骈文作品《广陵对》、《哀盐船文》、《自序》等，均为人所称道，而《经旧苑吊马守真文序》，更是文采优美，感情动人：

岁在单阏，客居江宁城南。出入经回光寺，其左有废圃焉。寒流清泚，秋菸满田，室庐皆尽，惟古柏半生，风烟掩抑，怪石数峰，支离草际，明南苑妓马守真故居也。秦淮水逝,迹往名留,其色艺风情,故老遗闻,多能道者。余尝览其画迹,丛兰修竹,文弱不胜,秀气灵襟,纷披楮墨之外,未尝不爱赏其才,怅吾生之不及见也。

夫托身乐籍,少长风尘,人生实难,岂可责之以死!婉娈倚门之笑,绸缪鼓瑟之娱,谅非得已。在昔婕妤悼伤,文姬悲愤,矧兹薄命,抑又下焉。嗟夫,天生此才,在于女子,百年千里,犹不可期,奈何钟美如斯,而摧辱之至于斯极哉!

余单家孤子,寸田尺宅,无以治生,老弱之命,悬于十指。一从操翰,数更府主,俯仰异趣,哀乐由人,如黄祖之腹中,在本初之弦上。静言身世,与斯人其何异?只以荣期二乐,幸而为男,差无床箦之辱耳。江上之歌,怜以同病;秋风鸣鸟,闻者生哀。事有伤心,不嫌非偶。

贫贱者难以维持人格的尊严,徒有才情灵性,不免为世所摧辱,故"人生实难"——这种切身感受,是作者将被视作卑贱的妓女马守真引为同调、伤悼她同时也是伤悼自己的基础。这里有着深刻的理解和人道精神,与白居易"同是天涯沦落人"的感慨是有时代差异的。文章骈散兼行,安雅而委曲,确是难得的美文。

姚鼐 桐城派古文虽受到多方面的攻击,但并未失去其存在的基础。甚至,由于姚鼐的推动,它的影响更为扩大,成为一个全国性的宗派。

姚鼐(1731—1815)字姬传,又以其书室名被称为惜抱先生。乾隆二十八年进士,官至刑部郎中,任四库馆修纂。后辞官,历主江宁、扬州等地书院凡四十年。姚氏的古文理论,是顺应时势进而对先人之说加以系统总结和若干修正的结果,其要点有三:

第一,他提出学问之事有义理、考证、文章三方面,"必兼收之,乃足为善"(《复秦小岘书》)。从"古文"来说,"义理"指正确的思想、道理,这是首要的;"考证"指做文章所需要的学养和辨明事实的功夫;"文章"指文采。这三者必须恰当地结合在一起。

第二,姚鼐把文章的艺术风格归结为"阳刚"和"阴柔"两端,较之西洋美学概念,大致"阳刚"近于"崇高","阴柔"则近于"优美"。他还指出阳刚、阴柔因不同程度的配合会产生各种变化,虽各有偏胜但不可极其一端。这方面的论述涉及具有普遍意义的艺术美学问题，归纳又很简明。

第三，他把刘大櫆提出的文章四要素扩充为八，"曰神、理、气、味、格、律、声、色"，认为前四者是"文之精"，后四者是"文之粗"，而抽象的前四者要通过具体的后四者来体现和把握，并要在领悟前四者之后，摆脱后四者的束缚，而进入"御其精者而遗其粗者"（《古文辞类纂序目》）的境界。

较之桐城派前人，姚鼐文论的特点一是在以理学为内核的前提下更为注意文章之美，追求"道与艺合"的境界，一是明晰易懂，并具有很强的可操作性。他所选编的《古文辞类纂》，体例清楚，选择较精，并附以评论，也便于学习掌握桐城派古文理论的要旨。此书流布天下，极大地助长了桐城派的声势。学者们看不起桐城派，原因之一是它的熟套，而这种熟套却正是桐城派获得众人趋从的重要法宝。

姚鼐的文章，说理、议论偏多且大都迂腐，但写人物和景物，也间有生动之笔。他的游记颇重文采，不像方苞为了追求庄肃雅洁而显得板重。下录《登泰山记》中观日出的一节：

戊申晦，五鼓，与子颖坐日观亭待日出，大风扬积雪击面。亭东自足下皆云漫。稍见云中白若樗蒱数十立者，山也。极天云一线异色，须臾成五采。日上，正赤如丹，下有红光动摇承之，或曰："此东海也。"回视日观以西峰，或得日，或否，绛皓驳色，而皆若偻。

姚鼐主讲书院四十年，门下弟子甚众，他们对扩大桐城派的影响起了很大作用。其中管同、梅曾亮、方东树、姚莹号称"四大弟子"。

《浮生六记》 清中期散文中，《浮生六记》很值得注意。作者沈复（1763—？）字三白，江苏苏州人，作幕经商为生，不以文名。其《浮生六记》是自传性的作品，原有六卷，今存前四卷，记述家居及游历生活，前三卷《闺房记乐》、《闲情记趣》、《坎坷记愁》多述他与妻子陈芸之间的感情和日常琐事，以及因失欢于父母，夫妇被迫离家出走，困于穷病，以致陈芸郁郁而死的痛苦经历。

《浮生六记》一个很特别的地方，是以细致的事实记述，清楚地指出正是由于其父亲的颟顸粗暴、其弟的自私无行，导致他们夫妇陷于困窘，导致陈芸悲惨的夭折。旧时代家庭中家长威权的祸害之重，可以从这里得到深刻认识。而作者尽管用语不失恭谨，事实上是为眷恋夫妻之情而不惧显暴父母之过、家庭之丑，那完全是不合"孝道"的。这种内容，已经开了新文学中揭露封建家庭丑恶的作品的先河。

《浮生六记》文字不重妆点，亦无章法结构之讲究，而自然明莹纯净，感情尤其真实动人。且正如陈寅恪所说，这种写"闺房燕昵之情意，家庭米盐之琐屑"的文字，在当时乃"例外创作"（《元白诗笺证稿》）。作为一无名文人的一部小书，它没有在历史中淹没，并在"五四"以后越来越受人们的喜爱，正是因为它突破了礼法顾忌，代表着散文深入表现人性人情之真的趋势。下录一节，是记两人偷偷借故出游的一桩琐事：

> 吴江钱师竹病故，吾父信归，命余往吊。芸私谓余曰："吴江必经太湖，妾欲偕往，一宽眼界。"余曰："正虑独行踽踽，得卿同行，固妙，但无可托词耳。"芸曰："托言归宁。君先登舟，妾当继至。"余曰："若然，归途当泊舟万年桥下，与卿待月乘凉，以续沧浪韵事。"时六月十八日也。是日早凉，携一仆先至胥江渡口，登舟而待，芸果肩舆至。解维出虎啸桥，渐见风帆沙鸟，水天一色。芸曰："此即所谓太湖耶？今得见天地之宽，不虚此生矣！想闺中人有终身不能见此者！"闲话未几，风摇岸柳，已抵江城。
>
> 余登岸拜奠毕，归视舟中洞然，急询舟子。舟子指曰："不见长桥柳阴下，观鱼鹰捕鱼者乎？"盖芸已与船家女登岸矣。余至其后，芸犹粉汗盈盈，倚女而出神焉。余拍其肩曰："罗衫汗透矣！"芸回首曰："恐钱家有人到舟，故暂避之。君何回来之速也？"余笑曰："欲捕逃耳。"于是相挽登舟，返棹至万年桥下，阳乌犹未落也。八窗尽落，清风徐来，纨扇罗衫，剖瓜解暑。少焉霞映桥红，烟笼柳暗，银蟾欲上，渔火满江矣。

龚自珍　龚自珍（1792—1841）一名巩祚，字璱人，号定盦，浙江仁和（今杭州）人。道光九年进士，官礼部主事。四十八岁辞官南归，两年后暴卒于丹阳云阳书院。他学识宏富，既是敏锐而深刻的思想家，又是富于激情和想象力的文学家。

龚自珍的各类著述几乎完全作于鸦片战争爆发以前。他对社会弊端的揭露和对社会危机的思考，主要集中于封建专制所造成的根本性痼疾；他绝少援引明人学说，但他的许多核心论点，譬如对自我的重视、对私利的肯定、对"童心"的赞美等等，却分明与李贽等人一脉相承；他预言了清王朝的败落，却并没有将外来暴力视为这一败落的条件。这一切都表明，他的思想是中国社会发展的结果，也表明在西方文化大规模涌入中国以前，突破封建专制就已成为有识之士推动社会进步的尖锐要求。

重视自我的主体性是晚明思潮的一个特征，龚自珍则将其提升到前所未有的高度。"众人之宰，非道非极，自名曰我"，这个"我"被认为是化生万物的根源（见《壬癸之际胎观第一》）虽然在宇宙观上这种说法源于佛教哲学，但它的实践意义乃在于肯定具体个人的自我价值。在《论私》中，龚氏强调"私"是人们考虑一切问题的基点，以公认的美德而言，爱国、忠君、孝敬父母、爱护子女、忠贞于丈夫，无不因为那些对象首先是从"私"的立场上被确认的。这种议论不仅仅是对私利的肯定，而且接触到道德作为利益的保障而存在的实质，具有相当深刻的意义。到了"五四"时代，个人主义学说流行，我们看到某些典型的表述与龚氏言论仍十分相近。如郁达夫说："我若无何有乎君，道之不适于我者还算什么道，父母是我的父母；若没有我，则社会，国家，宗族等那里会有？"（《中国新文学大系·散文二集·导言》）

而社会衰弱不振的根本原因，在龚自珍看来，是个人的尊严和创造才能受到压抑，尤其是作为社会中坚的士大夫普遍人格低落。一方面，士大夫屈服于专制政权，唯知阿谀取媚，"自其敷奏之日，始进之年，而耻已存者寡矣！"那些政要之官，"知车马服饰、言词捷给而已，外此非所知也"（《明良论二》）；另一方面，当"才士与才民出，则百不才督之缚之，以至于戮之"（《乙丙之际著议第九》），社会以其物质与思想的统治力量使有才者归于平庸或沉默，以至"左无才相，右无才史，阃无才将，庠序无才士，陇无才民，廛无才工，衢无才商；抑巷无才偷，市无才驵，薮泽无才盗。则非但鲜君子也，抑小人甚鲜"（同上）。而社会使个人失去发展的可能，其自身也同样失去发展的可能，遂成为"三等之世"中最下等的"衰世"，"乱亦竟不远矣"（同上）。从封建体制在根本上失去自我更新的生机而不仅是从一些具体现象来看待清王朝的衰微，这是龚自珍不同凡响之处。

龚自珍有一部分散文近于现代所谓"杂文"，其特点是借助艺术形象来表达思想,又带有感情色彩。如《吴之癯》类似人物传记而并非写某个实在的人物,这位"癯"于世多忧,好言人过,指京师郎曹为"柔而愎",尚不如古人的"刚愎";责"王公大人之清正而俭者"为"神不旺,不如昔之言行多瑕疵者",锋芒锐利,显示出对"衰世"的特异眼光。他其实是作者自身的影子。又如《病梅馆记》借物抒志,更为人们所熟悉:

> 江宁之龙蟠,苏州之邓尉,杭州之西溪,皆产梅。或曰:"梅以曲为美,直则无姿;以欹为美,正则无景;梅以疏为美,密则无态。"固也。此文人画士,心知其意,未可明诏大号,以绳天下之梅也;又不可以使天下之民,斫直、删密、锄正,以夭梅,病梅为业以求钱也。梅之欹、之疏、之曲,又非蠢蠢求钱之民,能以其智力为也。有以文人画士孤癖之隐,明告鬻梅者,斫其正,养其旁条,删其密,夭其稚枝,锄其直,遏其生气,以求重价,而江、浙之梅皆病。文人画士之祸之烈至此哉!
>
> 予购三百盆,皆病者,无一完者。既泣之三日,乃誓疗之,纵之,顺之。毁其盆,悉埋于地,解其棕缚。以五年为期,必复之全之。予本非文人画士,甘受诟厉,辟病梅之馆以贮之。
>
> 呜呼!安得使予多暇日,又多闲田,以广贮江宁、杭州、苏州之病梅,穷予生之光阴以疗梅也哉!

数百字的短文,融叙述、议论、抒情于一体,借梅喻人,揭露病态的社会使人才不能得到自然健康的生长,表达了挣脱枷锁、追求自由发展的愿望和救世之心,意味深长。

龚自珍也富于诗人气质。《己亥杂诗》中写道:"少年哀乐过于人,歌泣无端字字真。既壮周旋杂痴黠,童心来复梦中身。"对"童心"的追怀与珍爱,是因为感受到纯真的人性因"周旋"于俗世而被污浊所淹没。而作为一个时代的先觉者,不甘遁世自适的志士,他的精神常是痛苦的。"箫和剑"是他反复使用的意象,代表着他多情易感和豪放任侠的两面。从早年的"怨去吹箫,狂来说剑,两样消魂味"(《湘月》词),到晚年的"剑气箫心一例消"(《己亥杂诗》),他在人间走过与世寡合、孤傲悲慨的行程。但不管怎样,他的诗中总是有一种睥睨俗世的奇气、高扬飞越的人格精神。

抨击时弊之作代表着龚自珍诗歌的一个方面。鸦片的危害,物价的暴涨,统治者对民间的搜括,在其诗中都有所反映,而最为锐利锋芒,则指向士林的卑琐情状，如《咏史》：

金粉东南十五州，万重恩怨属名流。牢盆狎客操全算，团扇才人踞上游。避席畏闻文字狱，著书都为稻粱谋。田横五百人安在，难道归来尽列侯？

在"金粉东南"的上层社会，是一片苟且无聊而又自命风流的景象，诗人不禁追问：像田横五百壮士所表现的英雄主义精神，难道在世间已不可复得了吗？他的内心被深深的绝望所笼罩。以龚自珍的个性，与周围郁闷的环境发生冲突是不可避免的。《十月廿夜大风不寐起而抒怀》以"贵人一夕下飞语，绝似风伯骄无垠"开头，描述一种借着权势而无比骄狂的压迫如何向他袭来；他自省冲突的起因，是"侧身天地本孤绝，矧乃气悍心肝淳！欹斜谑浪震四坐，即此难免群公瞋"。人们由此可以想象孤傲的诗人在陈腐的官场中激起的惊愕与不安，他的不寻常使"群公"愤怒了。

在龚自珍诗中常常会看到浩荡涌发的悲哀："情多处处有悲欢，何必沧桑始浩叹"（《杂诗》），"百脏发酸泪，夜涌如原泉"（《戒诗五章》），如此等等。但这绝不是弱者的哀号，而是壮士在孤独的抗争中的自伤，在这种自伤中，诗人的精神仍然保持着强大的扩张力。他的诗以奇特瑰丽著称，就是这种精神力量的艺术表现。

黄金华发两飘萧，六九童心尚未消。叱起海红帘底月，四厢花影怒于潮。（《梦中作四截句》之二）

"六九"为阴阳卦象，以指造化循环的劫数。在这里，诗人以自由的梦想幻造出气势磅礴的瑰丽意境。此外，如"西池酒罢龙惨语，东海潮来月怒明"（《梦得"东海潮来月怒明"之句醒足成一诗》），"秋心如海复如潮，但有秋魂不可招"（《秋心三首》），"不容明月沉天去，却有江涛动地来"（《三别好诗》），"今日帘旌秋缥渺，长天飞去一征鸿"（《己亥杂诗》）等等，无不具有想象突兀、辞句奇丽、意象飞动的特点。甚至，诗人写落花，会是"如钱唐潮夜澎湃，如昆阳战晨披靡，如八万四千天女洗脸罢，齐向此地倾胭脂"（《西郊落花歌》）。在这一类诗中，可以感受到激烈的情绪律动，和诗人的灵魂在重重压抑中飞腾起舞的姿态。

情诗在龚自珍的集子中也占有一定比例。这固然是其"不检细行"的生活印痕，亦是他在沉闷的人间寻求性情之真、寻求美丽的人生梦想的记录。下面是《己亥杂诗》中的一篇：

> 能令公愠公复喜，扬州女儿名小云。初弦相见上弦别，不曾题满杏黄裙。

语言很轻快，却是一往情深，写出狂士的洒落之态。而像《能令公少年行》，则以瑰丽悱恻之笔，描绘若仙若幻的异性风采。《己亥杂诗》中一篇言及秦皇汉武，有所谓"设想英雄垂暮日，温柔不住住何乡？"情成了人生的最后寄托。

诗的个性和激情是龚自珍最为重视的，其余均可不论。他的诗形式上包括古体近体、长篇短章，《己亥杂诗》用三百十五首七言绝句组成，述其辞官南归时经历和平生感慨万端之意，尤为特别；语言风格则有时平易有时深奥，多议论而热情洋溢。他曾说："欲为平易近人诗，下笔清深不自持。"（《杂诗》）欲平易而不得，是因为他的独特的感受、深邃的思想、复杂而活跃的情绪，需要有异常的意象和语言结构来表现。他的诗，给人以奇丽非凡、纵横浩博的感觉，非汉魏亦非唐宋之貌，完全是龚自珍独有的风格。

龚自珍也擅于词，于哀婉绮丽中多激荡不平之气。如下面这首《湘月》写作者离开家乡杭州十年中遭受挫折的感怨：

> 天风吹我，堕湖山一角，果然清丽。曾是东华生小客，回首苍茫无际。屠狗功名，雕龙文卷，岂是平生意？乡亲苏小，定应笑我非计。　　才见一抹斜阳，半堤香草，顿惹清愁起。罗袜音尘何处觅？渺渺予怀孤寄。怨去吹箫，狂来说剑，两样消魂味。两般春梦，橹声荡入云水。

综括龚自珍的各方面的创作，尖锐的思想、自由的精神、狂傲的个性、激荡的热情，构成了其独特的面貌。可以说，它是古典传统向现代演变的代表。梁启超在《清代学术概论》中将龚氏比之为法国的卢梭，又说："晚清思想之解放，自珍确与有功焉。"他多少注意到了龚自珍的"现代性"。

《再生缘》与弹词　　清代民间流行的兼有说唱的曲艺形式，北方有鼓词，南方有弹词。论其渊源，大致沿唐之"变文"、宋之"陶真"、元明之"词话"一路演变而成，因地域文化的差异，最终分化为南北两支。以现存文本来看，鼓词主要是依托历史讲述战争故事、英雄传说，其中《呼家将》比较著名，弹词则有更多的文学创作成分。

弹词的文字，包括说白和唱词两部分，前者为散体，后者以七言韵文为主。语言上则有"国音"（普通话）和"土音"（方言）之分。方言的弹词以吴语为最多，另外像广东的木鱼书，则杂入广东方言。弹词的篇幅往往很大，如产生于福建的《榴花梦》竟达三百六十卷、约五百万字。内容通行用第三人称叙述。文字大多很浅近。就文学性质而言，弹词实是一种韵文体的长篇小说。

弹词的演出至为简单，二三人、几件乐器即可（甚至可以是单人演出），而一个本子又可以说得很长，这种特点使之适宜成为家庭的日常娱乐，弹词的文本也宜于作为一种消遣性的读物。特别是一些地位较高家庭中的妇女，既无劳作之苦，又极少社交活动，生活至为无聊，听或读弹词于是成为她们生活中的喜好。清代弹词的兴盛与这一背景颇为有关系，许多弹词的写作也有这方面的针对性。许多有才华的女性也因此参与了弹词的创作，既作为自娱娱人、消磨光阴的方式，也抒发了她们的人生感想。一些著名的作品如《再生缘》、《天雨花》、《笔生花》、《榴花梦》等均出于女性作家之手。

《天雨花》三十回是清代弹词的早期之作，成书于顺治八年，作者陶贞怀。写明末忠臣左维明及其女左仪贞的故事。书中弥漫着封建说教的气氛，但在描绘左仪贞等女性形象时，赞美了她们的聪明才智，在一定程度上表达了女性对父权和夫权的不满。

乾隆时期产生的长篇弹词《再生缘》，因受著名学者陈寅恪的称赏而引起研究者的广泛注意。全书二十卷，前十七卷为陈端生作，后三卷为梁德绳所续，最后由侯芝修改为八十回本印行，三人均为女性。陈端生（1751—约1796），浙江杭州人，是曾任《续文献通考》纂修官总裁的陈兆仑的孙女。

《再生缘》的故事头绪繁多，情节富于变化。大要是写卸职还乡的大学士孟士元有女孟丽君才貌出众，许配云南总督皇甫敬之子皇甫少华。国丈之子刘奎璧欲娶丽君而不得，设计陷害孟与皇甫两家。丽君女扮男装出逃，考中状元，并连立大功，位极人臣。在此过程中刘氏败，皇甫少华亦因丽君之荐立功封王。一般故事到此应进入"大团圆"，然而陈端生却写孟丽君因各种缘故，不肯承认自己的真实身份，拒绝与父母相认、与少华成婚，最后皇帝得知内情，欲逼其为妃，丽君气苦交加，口吐鲜血。大约陈端生难以为故事设计满意的结局，遂就此搁笔。梁德绳所续仍以"大团圆"陈套收场，殊无意味。

《再生缘》的故事模式，是常见的忠奸斗争加上婚姻纠葛，书中人物行为的根据亦不出正统的伦理范围。但书中别有新鲜之处。陈端生是个有才华而且很自信的女子，她通过孟丽君这一主要人物形象，传达了自己的人生梦想。这不仅表现在孟丽君的才能和功业上，而且正如陈寅恪《论再生缘》所言，书中写孟丽君以男子身份居高位后，违抗御旨，不肯代皇帝脱袍，面斥想要认女的父母，接受皇甫敬、少华父子的跪拜，"则知端生心中于吾国当日奉为金科玉律之君父夫三纲，皆欲藉此等描写以摧破之也"。只不过她的方法，是利用封建道德教条来反对封建秩序，书中所公开标榜的正统伦理成了似是而非、只要对己有用就可以随意搬弄的东西。而故事写到孟丽君身份暴露后无法再继续下去，根本上是因为作者不愿让孟丽君回到依附于男性的地位。上述特点，鲜明地表现了女性希望挣脱封建伦理之束缚的要求。

陈端生活跃的思想，使她的创作显得富有灵性和生气。《再生缘》虽然是一部传奇性的作品，整个故事完全出于想象和虚构，但情节的开展，却并不让人觉得生硬。描写人物也较为细致生动，包括写忠奸斗争的部分，正反两面人物的品格也不是极端化的。它的结构尤为研究者所称赏，尽管头绪纷繁，却处理得毫不紊乱，故事写得跌宕起伏而严谨清楚。当然，作为一个青年女子在闺阁中驰骋想象之作，脱离生活真实的地方终究是不可免的。至咸丰初年又产生了仿效《再生缘》的《笔生花》，二十二回，邱心如作。述明代女子姜德华为逃避点秀女而乔扮男装出走、建功立业故事。

三、清后期诗文

自鸦片战争爆发至辛亥革命（1840—1911）为清后期，这也就是通常所说的"近代"。

清后期或许可以算是中国历史上最为诡异纷乱的时代。清王朝连同整个封建政治制度正走向崩溃，外患内乱连年不断，西方文化如潮涌入，中国的前景、中国文化的前景变得极不明确。从林则徐、魏源等先驱者提出"师夷之长技以制夷"，到以曾国藩、张之洞为首的洋务派提出"中学为体，西学为用"的主张，再到以西方式的共和国为目标的"革命"理论日益风行，社会始终处在剧烈动荡中。在这背景下，文学以一种极不稳定的状态朝着新的方向变化。

魏源、姚燮 魏源、姚燮是鸦片战争前后较著名的诗人。

魏源（1794—1857）字默深，湖南邵阳人，曾官高邮知州，和龚自珍是好友。他是一位有见识的学者和思想家，曾受林则徐嘱托编纂叙述各国历史地理的《海国图志》。

魏源的诗给人强烈的印象是充满忧患意识。政治的衰败、民生之艰困，更有强敌的横暴，使他深感社会危机难以解脱，如《江南吟十章》、《寰海十章》及《后十章》、《秋兴十章》等，都是议论时事、抒写感愤的诗篇。在这种苦闷的时代，个体生存的意义何在也成为内心深处的苦恼。五绝《晓窗》写道：

少闻鸡声眠，老听鸡声起。千古万代人，消磨数声里。

但魏源又是一个性格豪迈的人，他并不总是沉浸在忧愤之中。《金陵怀古》中"只今雨雪千帆北，自古云涛万马东。千载江山风月我，百年身世去来鸿"两联，写得气势雄浑，颇有英雄气概。他喜欢写雄壮奇伟的自然景象，《太室行》、《钱塘观潮行》、《天台石梁雨后观瀑歌》、《湘江舟行》等均有此种特点，从中可以看出作者的审美趣味。大致而言，魏源的诗在表现开张的个性方面与龚自珍相近，但他显然缺乏龚自珍在特异的语言构造中所表现出的尖锐的人生感受。

姚燮（1805—1864）字梅伯，号复庄，道光举人。他写有很多关于鸦片战争时事和有关社会情况的诗篇，如《哀江南诗五叠秋兴韵八章》之二：

飓风卷蠹七星斜，白发元戎误岁华，隘岸射潮无劲弩，高天贯月有枯槎。募军可按冯唐籍，解阵空吹越石笳。最惜吴淞春水弱，晚红漂尽细林花。

此诗写陈化成之战死。这一时期关涉时政的诗篇大多情绪比较夸张，姚燮此诗从年老的陈化成无力支撑颓势落笔，流露了深深的哀痛和同情，比一些情绪激动的诗更为感人。

姚燮的《双鸩篇》是写一桩爱情悲剧的叙事诗。其诗以七言为主，长达三百多句，在古诗中很少见。在如此宏大篇幅中，诗人将男女主人公的相恋之情、痛苦之情表现得淋漓尽致，不再以含蓄委婉为目标，这也反映着古诗的变化。

曾国藩及其周围　曾国藩因镇压太平天国而获得显赫地位并成为许多人心目中的精神领袖，因而在文学方面也具备了极大的号召力。作为洋务派的首领，曾国藩并不是简单的守旧人物。但在文化思想方面，他确是力图通过发扬儒教义理来为清王朝重建稳定的秩序，他倡导桐城派古文就有这方面的意义。王先谦《续古文辞类纂序》说他与梅曾亮"相与修道立教，惜抱遗绪，赖以不坠"，也说明了这一点。

曾国藩对桐城派的文学主张作出了一定的修正。其中最重要的是在姚鼐所提出的义理、考证、文章三要素中加入"经济"，谓"此四者阙一不可"（《求阙斋日记类钞》）。这是重视文章在政事上的实用性，和他的特殊身份是相适应的。不过，这也使"古文"距文学散文更远了。在封建政治极度衰弱、西学日兴的形势中，"桐城派中兴"表面上热闹一时，其生机却是有限的。到了曾氏嫡传弟子那里，就已不能不对变化的形势作出更积极的反应。

曾国藩门下曾汇聚众多文士，不少人负一时文名，尤著者为张裕钊、吴汝纶、薛福成、黎庶昌，世称"曾门四弟子"，而吴汝纶更被视为桐城派最后一位宗师。但吴氏不仅关心西学，甚至声称"仆生平于宋儒之书独少浏览"（《答吴实甫》），并预言"后日西学盛行，六经不必尽读"（《答姚慕庭书》），这在前代桐城派人物中，实属不可想象。此外，以"古文家"自命的严复和林纾，前者翻译《天演论》等多种西方社会学著作，引起巨大的社会震动，后者与他人合作翻译了大量的西洋小说。在他们身上有旧派人物的色彩，但又有很多新思想（特别是严复），对于社会文化的变革起了很大作用。

曾国藩也是所谓"宋诗运动"的领袖人物。虽然早一时期的程恩泽和祁寯藻已提倡宋诗在前，但曾国藩的登高力呼，才使推崇宋诗尤其是黄庭坚诗的风气盛极一时，故曾氏自谓"自仆宗涪公，时流颇忻向"（《题彭旭诗集后即送其南归》）。除曾氏本人外，这一派中较著名的诗人还有何绍基、郑珍、莫友芝等。到清末民初，宋诗派进而演化为"同光体"。

王闿运、陈三立　至清末民初，西学日兴，文化变革愈显激烈，在这一环境下仍有一群坚持中国古典诗歌传统的诗人存在，王闿运、陈三立可算是他们的代表。

王闿运（1833—1916）字壬秋，号湘绮，湖南湘潭人。他的诗善于模拟汉魏六朝的风格，抒写旧式文人的情怀，面貌较陈旧，但造诣颇高。以《寄怀辛眉》为例：

空山霜气深，落月千里阴。之子未高卧，相思共此心。一夜梧桐老，闻君江上琴。

而清末影响最大的诗派则是属于宋诗传统的"同光体"，其活动年代主要在光绪中期以后，一直延续到"五四"前后。其中又分为以陈衍、郑孝胥为代表的闽派，以沈曾植为代表的浙派，以陈三立为代表的赣派。陈三立的成就最为特出。

陈三立（1853—1937）字伯严，号散原老人，江西义宁（今修水）人。光绪十二年进士，官吏部主事。后在湖南辅助任巡抚的父亲陈宝箴推行新政。戊戌变法失败后，父子同被革职。卢沟桥事变爆发后，忧愤绝食而死。与抱守旧文化传统颇为安然自得的王闿运相比，陈对社会政治与思想文化的变化具有远为强烈的敏感。他的诗以宗法黄庭坚为主，却并非古人的翻版，在力避熟俗而求生新的努力中，凸现着他的尖锐的人生感受。

日本学者吉川幸次郎对陈三立诗的敏感性给予很高的评价，认为它常常表现了一种个人被外部环境所包围和压迫而无从逃遁的感觉（见其《中国诗史》）。如《十一月十四夜发南昌月江舟行》：

> 露气如微虫，波势如卧牛。明月如茧素，裹我江上舟。

露气和水波幻化成活的生命，蠕动着向诗人涌来，而向来作为柔静的意象出现在传统诗歌中的月光，在这里却像无数茧丝要把诗人捆缚起来。与前举王闿运诗的静谧淡远相比，区别是明显的。再如《园居看微雪》：

> 初岁仍微雪，园亭意飒然。高枝噤鹊语，欹石活蜗涎。冻压千街静，愁明万象前。飘窗接梅蕊，零乱不成妍。

微雪园亭，向来是诗家所爱的优美景象，在这里却呈现为令人窒息的世界。

陈诗的敏感性，表明他已难以退回到旧式隐士的情怀。从客观原因来说，这是由于处于文化变异中的中国前景极不明朗，使人精神不宁；另一方面，这也源于需要自由空间的自我意志与压抑的社会总体环境的冲突。而所谓"压抑的社会总体环境"往往难以实指，似乎是无形的存在，所以诗人多用自然意象来象征它。这种感觉在后来的新文学中继续以不同形式表现出来。所以，陈三立的诗虽然语言形式完全是古典的，内在气质实已包含了某种现代意味。作为古典诗歌传统内最后一名重要的作者，他是值得重视的。

康有为等　戊戌变法和反清革命中一些风云人物如康有为（1858—1927）、谭嗣同（1865—1898）、秋瑾（1875—1907）等，均非一般意义上的诗人。但他们有些诗作确实很出色，这是由他们强烈的性格、创造历史的自信造成的。如康氏为人雄强自负，其诗亦气势不凡，《登万里长城》云：

> 秦时楼堞汉家营，匹马高秋抚旧城。鞭石千峰上云汉，连天万里压幽并。东穷碧海群山立，西带黄河落日明。且勿却胡论功绩，英雄造事令人惊！

诗中把神人鞭石下海为秦始皇造石桥的传说改造为鞭石上山，以表现英雄人物驱使一切的非凡力量。结末两句尤可注意：在康氏看来，始皇最值得惊叹的，首先是"英雄造事"的气魄！此诗的写作距康氏投身戊戌变法尚有多年，而以英雄自诩的豪气已洋溢在诗行间了。

谭嗣同在戊戌变法中不惜以生命殉理想，其人格为世人所重。他早年的诗就写得慷慨豪迈，有英雄气，如《潼关》：

终古高云簇此城，秋风吹散马蹄声。河流大野犹嫌束，山入潼关不解平。

大河的不可羁勒，群山的兀立争胜，都是诗人个性的象征。联系他在《仁学》中要冲决一切罗网的宣言，可以感受到很强烈的自由解放精神。

秋瑾以"鉴湖女侠"为号，喜酒善剑，果敢明决，从她赴日留学途中所作《日人石井君索和即用原韵》一诗中可以看到其豪迈的形象：

漫云女子不英雄，万里乘风独向东。诗思一帆海空阔，梦魂三岛月玲珑。铜驼已陷悲回首，汗马终惭未有功。如许伤心家国恨，那堪客里度春风。

以上选列的均是晚清推进历史变革的重要政治人物的诗篇，在反映社会思潮上应有较大代表性。而不论各人具体立场如何，以英雄自诩、通过主动选择和承担某种社会使命来实现个人价值，则是共通的。所以这一类诗和居于依附地位写出的政治诗有完全不同的气质，它是自由思想不断成长的历史环境中的产物。回顾龚自珍对人性奴化、人格堕落、人才凋零的社会状态的批判，可知前引梁启超说光绪间新学家读龚氏著作"若受电然"，其感通之处究竟何在。

黄遵宪、梁启超等　清末在诗歌与散文领域试图以显著的变革来适应社会变化的，有黄遵宪与梁启超。

黄遵宪（1848—1905）字公度，号人境庐主人，广东嘉应（今梅州）人。光绪举人，曾任驻日、英使馆参赞及旧金山、新加坡总领事。回国后积极参加维新变法，变法失败后去职家居，老死乡里。

黄遵宪二十一岁所作《杂感》，就对"俗儒好尊古"提出批评，宣称"我手写我口，古岂能拘牵"，表现了不为传统束缚的个性；至戊戌变法前夕，他更进一步提出"新派诗"的名目。《酬曾重伯编修并示兰史》云："废君一月官书力，读我连篇新派诗。"后来在《人境庐诗草自序》中，他对自己在诗歌方面的追求作出了更详尽的说明。其要旨大体是最广泛地汲取古代文化和现实生活中的材料，打破一切拘禁，而终"不失乎为我之诗"。尤具特色的有两点：一是提出"古人未有之物，未辟之境，耳目所历，皆笔而书之"，这表明他重视以诗反映不断变化和日益扩大的生活内容；一是提出要"以单行之神，运排偶之体"，并"用古文家伸缩离合之法以入诗"，这表明他的诗歌爱好有散文化倾向，这一倾向同他多以诗叙事写物有关。

多记时事是黄遵宪诗的一大特点。如记述中法、中日战争的《冯将军歌》、《东沟行》、《哀旅顺》、《哭威海》、《度辽将军歌》等，记述太平天国和义和团之乱的《拔自贼中述所闻》、《天津纪乱》、《聂将军歌》等，都体现着黄氏以诗为史的意识。而尤其使人耳目一新的，是那些与他的外交官经历有关的反映世界各地风土人情和包含着新的科学文化知识的作品。以前者言，如《樱花歌》描述樱花开时日本举国若狂的欢腾景象，《纪事》记美国总统竞选、两党哄争的情形，《登巴黎铁塔》写登埃菲尔铁塔所见所思；以后者言，像《今别离》四首在传统的游子思妇题材中，以火车、轮船、电报、照相等新事物以及东西半球昼夜相反的现象构成离别与相思的情景，凡此种种，令国人大开眼界。下录《今别离》之四：

> 汝魂将何之？欲与君追随。飘然渡沧海，不畏风波危。昨夕入君室，举手搴君帷。披帷不见人，想君就枕迟。君魂倘寻我，会面亦难期。恐君魂来日，是妾不寐时。妾睡君或醒，君睡妾岂知？彼此不相闻，安怪常参差。举头见明月，明月方入扉。此时想君身，侵晓刚披衣。君在海之角，妾在天之涯。相去三万里，昼夜相背驰。眠起不同时，魂梦难相依。地长不能缩，翼短不能飞。只有恋君心，海枯终不移。海水深复深，难以量相思！

因为东西半球昼夜相反，寝起各异，所以离人的梦魂也不得相见。在古诗的传统里，这种立意自然显得很新奇。

黄遵宪在诗史上有其重要的地位。他清楚地意识到古典诗歌传统不足以充分表现日益复杂的社会生活和文化知识，要求诗与时为变，在题材、风格、语汇诸方面打破一切忌讳，对于推进诗歌的变革有重要意义。他的诗在当日诗坛上给人们的印象是很强烈的，丘逢甲称赞他为"诗世界之哥伦布也"(《人境庐诗草跋》),黄氏本人亦颇为自得。但他并没有真正为中国诗歌开辟新的方向。当西方事物带来的新异感散去以后,其诗的弱点也就暴露出来了。钱钟书《谈艺录》批评它"差能说西洋制度名物,掎摭声光电化诸学,以为点缀,而于西人风雅之妙、性理之微,实少解会。故其诗有新事物,而无新理致",这是不错的。这证明中国诗歌必须有一种更具根本性的变化。

梁启超(1873—1929)字卓如,号任公,又号饮冰室主人,广东新会人。早年师事康有为,是戊戌变法的核心人物之一。后与康氏一起组织保皇会。但梁的思想能与时为变,不断接受新事物,故后期在推进文化革新方面仍有许多建树。

戊戌变法失败后,梁启超亡命日本,广泛接触日本新文化和西方文化,并移借日语中"革命"一词的用法①,提出了"诗界革命"、"文界革命"、"小说界革命"的口号。在《夏威夷游记》中,梁启超就"诗界革命"的方向提出要兼备三长:一为"新意境"(主要指诗的题材、内容),二为"新语句",三为"以古人之风格入之"。他对黄遵宪诗评价最高,谓诗人之"锐意欲造新国者,莫如黄公度"。但他也指出"其所谓欧洲意境语句,多物质上琐碎粗疏者,于精神思想上未有之也"。简言之,在较低的标准上,黄可为"诗界革命"的模范;在高标准上,则连他也不合格。

晚清的诗歌变革运动成效不大,有多种原因。如过分强调社会功用(这和"小说界革命"一样),片面趋新求异,都有碍于艺术上的成就。但关键一点,还是梁启超所谓"古人之风格"的问题。中国古典诗歌有悠久的传统和辉煌的成就,也有其审美心理、欣赏习惯上的局限。要在充分保持古诗之优长、不背离"古人之风格"的条件下,成功地、富有创造性地表现现代人的生活与心理,实际上是很困难的。这也就是新诗必然要兴起的原因。

报纸作为一种全新的大众性传播媒体,在戊戌变法前后蓬勃兴起,有力地影响了文体的变化。梁启超是倡导这种"报章体"或谓"新文体"的代表性人物。他先是担任当时最有影响的《时务报》的主笔,宣传变法主

---

① 汉语"革命"的本意是"天命革易",指改朝换代;日人以"革命"译英语"revolution",指变革。

张；流亡日本期间，又继续在《清议报》和《新民丛报》上撰文，议论政事、宣传西方学术文化。这种文章虽还属于文言的范围，却已带有较多的白话成分。它的特点，如梁氏在《清代学术概论》中介绍，是"务为平易畅达，时杂以俚语、韵语及外国语法，纵笔所至不检束……其文条理明晰，笔锋常带情感，对于读者，别有一种魔力焉"。虽然这种"新文体"主要是宣传性而不是文艺性的，但在当时，它完全打破了传统古文的束缚，促进了新式散文的诞生。其中有些文章也很有文采，下举《少年中国说》的结末为例：

红日初升，其道大光；河出伏流，一泻汪洋；潜龙腾洲，鳞爪飞扬；乳虎啸谷，百兽震惶；鹰隼试翼，风尘吸张；奇花初胎，矞矞皇皇；干将发硎，有作其芒；天戴其苍，地履其黄；纵有千古，横有八荒；前途似海，来日方长。美哉我少年中国，与天不老！壮哉我中国少年，与国无疆！

画面绚丽，文采飞扬，朗朗上口。虽是得于骈文的修养，但它的恣肆热烈，却和向来讲究渊雅的骈文不同。

戊戌变法前后还曾出现一股推广白话文的新潮，各地创办的白话报刊为数众多，如裘廷梁甚至提出"崇白话而废文言"的主张（《论白话为维新之本》）。这虽然着眼在通过普及教育以图强国，但客观上为后来胡适他们提倡白话文学提供了重要的社会基础。

另外值得一说的是苏曼殊（1884—1918）。他是一个极富灵性和浪漫气质的人，能诗善画，还写小说，且通日、英、法、梵诸种文字，曾译过拜伦、雪莱的诗作和雨果的《悲惨世界》。他既是和尚，又是革命者，而两者都不能安顿他的心灵；他以一种时而激昂时而颓废的姿态，表现着强烈的生命热情。

苏曼殊的诗中常常渗透了孤独与伤感的情绪，如《本事诗十章》之九：

春雨楼头尺八箫，何时归看浙江潮？芒鞋破钵无人识，踏过樱花第几桥。

他的情诗最为倾动一时。下录《寄调筝人》之三：

偷尝天女唇中露，几度临风拭泪痕。日日思卿令人老，孤窗无那正黄昏。

郁达夫《杂评曼殊的作品》说："他的诗是出于定盦的《己亥杂诗》，

而又加上一脉清新的近代味的。"此所谓"近代味"，主要表现为抒写感情的大胆坦然，和与此相应的语言的亲切自然。苏曼殊熟悉雪莱、拜伦的诗，他的爱情诗中无所忌讳的真诚放任，以及对女性的渴慕与赞美，融入了西洋浪漫主义诗歌的神韵。虽然很少用新异的名词概念，却在传统形式中透出新鲜的气息。当时渴望感情得到自由解放的青年，从他的热烈、艳丽而又哀伤的诗歌情调中，感受到了心灵的共鸣。

第 19 章

清代戏曲与小说

清代戏曲与小说大体仍沿着明代文学的趋向发展，分别而言则有所不同。戏曲以前期为盛，清初的李渔和康熙朝的洪昇、孔尚任均有出色的作品。到了乾隆时代以后，尽管戏曲演出越来越普及和兴旺，但由于高级士大夫蓄养家伶的风气和文人对戏曲创作的兴趣都开始减退，从文学角度来看，已缺乏新的创造。小说则是在乾隆时代以《儒林外史》和《红楼梦》为代表，攀升到中国文学史的新高峰。至清末，由于新型大众媒体报纸杂志的流行，小说创作呈现出爆发势态，虽然优秀之作不甚多，却有许多新鲜的尝试。

一、清代前期的戏曲与小说

李渔 李渔（1611—1680）是清初重要的戏曲及白话短篇小说作家。过去，人们因为他的作品缺乏思想性而对之不够重视，近些年来这种情况得到了改变。他字笠翁，明末曾多次应乡试，均不第，清初居金陵，靠开书铺印行通俗书籍、组织家庭戏班巡回演出于官绅之家谋生，其身份兼为清客和文化商人。有短篇小说集《十二楼》、《无声戏》，戏曲集《笠翁传奇十种》等。李渔才智过人，深谙人情世故，又经过晚明思潮的熏陶，对正统文化及社会生活的荒诞性有清晰的了解，但他是一个以写作为谋生手段的人，就吸引读者、观众而言，作品的娱乐功能是首要的，这造成了其戏曲、小说的某些共同特点。

《十二楼》"钟离睿水"序引李渔语云："吾于诗文非不究心，而得志愉快，终不敢以小说为末技。"在创作所带来的快感上，他把小说的价值置于诗文之上。其小说的内容无非是怜才喜色一类的恋爱和婚姻故事，且常杂有许多传统伦理的说教和因果报应的解释。但李渔的"正经"话往往说得很滑稽，有浓厚的反讽意味。如《夏宜楼》中一段奇论："男子与妇人交媾，原不叫做正经"，只因可以生儿子，才成为"一件不朽之事"，令人发笑。又如《合影楼》开头一节，力主防止青年男女的接触要彻底，因为他们一旦动了念头，即便"玉皇大帝下了诛夷之诏，阎罗天子出了缉获的牌，山川草木尽作刀兵，日月星辰皆为矢石，他总是拼了一死，定要去遂心了愿"，倒是在说"情"的不可阻遏和禁欲的无效了。李渔小说的情节大都不落陈套，构思巧妙，而在一些荒诞的情节中，又常包含了对传统文化意识的肆意嘲谑。如《无声戏》中《男孟母教合三迁》写许葳与尤瑞郎二男相恋，结为"夫妻"，瑞郎不仅深爱其"夫"，且在死后为之守节，又效"孟母三迁"，尽力抚养其子成器，得封为"诰命夫人"。这种故事将一些正统的价值观念演述得十分滑稽。此外，李渔写青年男女间痴情相恋的故事有些也很动人（如《合影楼》），可以说承续了"三言"、"二拍"的传统。

李渔的《闲情偶寄》收录了各种随笔一类的杂著，其中关于戏曲创作的《词曲部》分为"结构"、"词采"、"音律"、"宾白"、"科诨"、"格局"六章，是古代戏曲理论的名作。其特点是重视舞台演出的效果，由此出发强调戏剧文学的特殊性。

《笠翁传奇十种》所写的题材同样是才子佳人一类容易投人所好的故事，为了提供娱乐，大多写成喜剧、闹剧，且和他的小说一样，每以荒诞情节博笑（如《奈何天》与小说《丑郎君怕娇偏得艳》为同一故事，写一奇丑男子连娶三个绝色美女）。李渔在戏曲中也常常用戏谑的语言嘲弄社会中的陋习和人性的可笑一面，如《风筝误》借丑角戚施之嘴宣扬游戏之乐，对"雅人"大肆讥讽，指责"文周孔孟那一班道学先生，做这几部经书下来，把人活活的磨死"，颇有寓庄于谐的意味。

爱情题材的《比目鱼》是李渔剧作中最为感人的一种，写贫寒书生谭楚玉因爱上一个戏班中的女旦刘藐姑，遂入班学戏，两人暗中通情。后藐姑被贪财的母亲逼嫁钱万贯，她誓死不从，借演《荆钗记》之机，自撰新词以剧中人物钱玉莲的口吻谴责母亲贪恋豪富，并痛骂在场观戏的钱万贯，然后从戏台上投入江水，谭亦随之投江。两人死后化为一对比目鱼，被人网起，又转还人形，得以结为夫妇。一种生死不渝的儿女痴情，表现得淋漓尽致。在艺术技巧方面，李渔的剧作较好地体现了他在《闲情偶寄》中提出的原则。最特出的一点，是剧情新奇，结构巧妙，绝不入前人陈套，其巧合的情节虽出人意外，却又针线细密。如《比目鱼》戏中套戏，十分新奇;《风筝误》写两对男女之间误会迭生的故事,也是特出的一例。

李渔的小说和戏曲通常立意不高,其庸俗的市井趣味常遭到人们的批评,但善于描绘常人的生活欲望,在离奇的情节中表现出真实的生活气氛,却是其明显的长处。总体而言,它在脱离士大夫文化传统、脱离文学的政治与道德功用,偏重世俗生活、偏重娱乐性方面,是十分突出的。这种特点,其实也是中国古典文学趋向现代的一种表现。

李玉等 明代苏州曾经是戏剧创作与演出的一个中心城市,到了清初仍有许多作家在这里活动。其中李玉最为著名,另有朱㿥、朱佐朝、叶时章、张大复、丘园等。他们中的多数人彼此交往密切,常合作写剧,所以有的研究者称之为"苏州派"。

李玉(1591?—1671?)字玄玉,又以其书斋名号"一笠庵主人"。吴伟业《北词广正谱序》说他在明末曾中副榜举人。所作传奇三十多种,今存十八种。其中作于明末的以"一笠庵四种曲"即《一捧雪》、《人兽关》、《永团圆》、《占花魁》最为有名,合称"一人永占"。此外,《清忠谱》写作年代不详,但吴伟业的序作于清初,剧本大概也是清初所作;《万里圆》(又名《万里缘》)、《千钟禄》(又名《千忠戮》)都作于清初。

李玉属于明末清初力图以旧道德的重振来挽救"颓世"的人物,代表这一倾向的作品有《一捧雪》和《清忠谱》。

《一捧雪》写权奸严世蕃为谋夺莫怀古家传宝物"一捧雪"玉杯而对其加以陷害的故事。在全剧的矛盾冲突中起关键作用的,是几个社会地位低下的人物,他们分属"正"、"邪"两个方面。属于反面的,是莫家门客汤勤。他原是流落街头的艺人,被莫家收容,后为巴结严世蕃而为之出谋划策陷害莫怀古,并趁机谋夺莫的爱妾雪艳娘。属于正面的,是莫家义仆莫诚和贞妾雪艳娘,前者代主受戮,使莫怀古得以逃生,后者为了不让汤勤说出莫诚代死的真相,假意嫁给汤勤,在洞房中刺死他然后自杀。剧中充满对奴隶道德的歌颂,而作者以为这是可以纠正"世风"的力量。汤勤是剧中写得比较鲜活的人物,他善于投机取巧,伶俐而险恶,不信天理,不讲人情,具有相当的聪明才智,为了往上爬而在道德上毫无顾忌。这种市井人物具有时代特点,是过去戏剧中未曾有过的。

《清忠谱》写天启年间魏忠贤"阉党"迫害东林党人的史实。剧中的周顺昌本来的政治地位并不重要，作者有意将他描绘成国家精神支柱式的人物，使其在人格上呈现极端道德化的面目。不仅竭力刻画他"忠臣不怕死"的刚直性格，而且反复渲染他对妻儿毫无留恋、近乎麻木的态度，以映衬他"许身君王"的彻底，这种以对个人的彻底否定来完成的忠君精神，与《一捧雪》所歌颂的奴隶道德完全是一致的。

李玉剧作中写得较好的是《千钟禄》，述明初燕王（即后来的永乐帝）与建文帝争夺帝位、攻破南京后，建文帝化装成僧人逃亡的故事。《惨睹》一出中的《倾杯玉芙蓉》一曲唱词在当时流传很广：

收拾起大地山河一担装，四大皆空相。历尽了渺渺程途、漠漠平林、垒垒高山、滚滚长江。但见那寒云惨雾和愁织，受不尽苦雨凄风带怨长。雄城壮，看江山无恙，谁识我一瓢一笠到襄阳。

此剧虽是写明初史事，却隐约带有明亡的影子。剧中写燕王为追索建文帝而大肆屠杀的情节，以及建文帝逃亡途中的凄惶情景，都表现了巨大的历史变动带给人们的失落感，具有悲剧气氛。

李玉的剧作大多剧情紧凑，冲突激烈，舞台演出的效果较好。但由忠臣、义仆、贞妾这一类角色为主人而忘我牺牲所表现出的激情，多依赖于语言的夸张，并不能给人以很深的感动。

《聊斋志异》 记述鬼怪灵异故事的文言小说作为表现奇思异想和抒发幽怀的手段，晚明以来在文人士大夫中甚为流行，至蒲松龄的《聊斋志异》发挥到极致。

蒲松龄（1640—1715）字留仙，别号柳泉居士，山东淄川（今淄博淄川区）人，出身于一个久已衰落的世家。他从小随弃儒从商而不忘恢复门庭的父亲读书，十九岁时以县、府、道试三个第一补博士弟子生员，自此文名大振，而自视甚高。但此后的科场经历却始终困顿不振，一直到七十一岁时，才援例得到一个已经无意义的岁贡生名义。做过短期的幕宾，后来长期在官宦人家教私塾糊口。大致从中年开始，他一边教书一边写作《聊斋志异》，书未脱稿，便在朋辈中传阅，并得到当时诗坛领袖王士禛的赏识。

在文言小说的系统中，《聊斋志异》是志怪与传奇体的混合。总共近五百篇作品中，约有半数为不具有故事情节的各类奇异传闻的简单记录，另一半才是真正意义上的小说，多为涉及神鬼、狐妖、花木精灵之类的奇异故事。

由于作者一生受尽科举之苦楚，与此有关的故事总是饱含其内心的辛酸与愤怨，给人以深刻的印象。如《三生》篇写名士兴于唐被某考官黜落，在三世轮回中与该考官的后身为仇，这种永不能解的怨毒，正是蒲松龄自身心态的反映。而《王子安》篇写王子安屡试不第，在一次临近放榜时喝得大醉，片刻间梦见自己中举人、中进士、点翰林，于是一再大呼给报子"赏钱"，又想到应"出耀乡里"，因"长班"迟迟而至，便"捶床顿足，大骂'钝奴焉往？'"酒醒之后，始知虚妄。这一种入木三分的描写，更揭示了士子在科举中的迷狂且带有心理反省的意味。

作为现实世界中的失败者，蒲松龄的内心常常是幽塞晦暗的，这使得他需要一种幻想的满足；而他的才情，又足以虚构出美丽的梦境。许多狐鬼、精灵与人相恋的故事便由此而产生。像《娇娜》、《青凤》、《婴宁》、《莲香》、《阿宝》、《巧娘》、《翩翩》、《鸦头》、《葛巾》、《香玉》、《绿衣》等，都写得十分动人。这些小说中的主要形象都是女性，她们或憨直任性，或狡黠多智，或娇弱温柔，但大抵都富有生气。因为她们是狐鬼花精之类，无法以礼教的准则来约束，也不像世人有很多利害的计较，所以在感情生活中她们大多采取主动的姿态而少有畏惧，她们对情人的选择也只听从感情的支配。总之，她们是甚少受到人间文明法则污染的一群。作者在想象中描绘出的这类女性形象，不管是否出于自觉，总之是揭示了一个重要的道理：只有在摆脱了冷酷的礼教规则之后，女性才是更美丽更可爱的。当然，即使在幻想中现实的阴影也依然存在，所以那些人与狐鬼之间旷男怨女的短暂结合终了往往给人以幽凄的感觉。

《聊斋志异》故事的格外动人之处，在于能够在匪夷所思的幻想中表现真挚的情感，而且，真实的人情和生活经验在奇异的情节中由于变形而显得尤为鲜明。如《绿衣女》写于生读书于深山旧寺中，忽有女子飘然而至，"绿衣长裙，婉妙无比"，两相欢爱，后此女无夕不至——

一夕共酌，谈吐间妙解音律。于曰："卿声娇细，倘度一曲，必能消魂。"女笑曰："不敢度曲，恐消君魂耳。"于固请之。曰："妾非吝惜，恐他人所闻。君必欲之，请便献丑，但只微声示意可耳。"遂以莲钩轻点足床，歌云："树上乌白乌，赚奴中夜散。不怨绣鞋湿，只恐郎无伴。"声细如蝇，裁可辨认，而静听之，宛转滑烈，动耳摇心。

歌已，绿衣女忽然变得满心疑惧，并伤感地说："妾心动，妾禄尽矣！"至晨将去，乞于生相送出门——

（于）方欲归寝，闻女号救甚急。于奔往，四顾无迹，声在檐间。举首细视，则一蛛大如弹，抟捉一物，哀鸣声嘶。于破网挑下，去其缚缠，则一绿蜂，奄然将毙矣。捉归室中，置案头，停苏移时，始能行步。徐登砚池，自以身投墨汁，出伏几上，走作"谢"字。频展双翼，已乃穿窗而去。自此遂绝。

一个微弱的生命被强暴的外力所窥伺着，却不顾危险，仍然要获得哪怕短暂的欢爱。在这缥缈的故事中，哀伤的诗意令人难忘。

《聊斋》的语言也颇有特色。它用简洁而优雅的文言叙事，而人物的对话虽亦以文言为主，但不仅较为浅显，有时还巧妙地融入白话成分，以摹写人物的神情声口。像《翩翩》写仙女翩翩收留了落魄浪子罗子浮，以树叶为情郎制作锦衣。某日有一位"花城娘子"来访，罗两度偷戏花城，他的衣衫均变回片片黄叶，当场出丑——

花城笑曰："而家小郎子，大不端好！若弗是醋葫芦娘子，恐跳迹入云霄去。"女亦哂曰："薄幸儿，便直得寒冻杀！"相与鼓掌。花城离席曰："小婢醒，恐啼肠断矣。"女亦起曰："贪引他家男儿，不忆得小江城啼绝矣。"

写二女相为戏谑的口吻，十分灵动。这故事也非常有趣。

《水浒后传》等长篇小说　清代前期产生了不少通俗性的长篇小说，其中《水浒后传》、《说岳全传》、《隋唐演义》等为一类，主要敷演英雄传奇故事。

《水浒后传》四十回，最初付梓于康熙三年（1664），写作年代当在顺治、康熙之交。其时清王朝对全国的统治已基本确立，但各地的反抗浪潮犹此起彼伏。作者陈忱，字遐心，号雁宕山樵，以亡明遗民自居，其书第一回序诗中"千秋万世恨无极，白发孤灯续旧编"之句，表明了他写作的心情和寄寓之意。

这部小说虽谓《水浒传》续书，实际与当代历史的关系极为密切。它以金兵南侵、宋室危殆为背景，写梁山泊一些未死的头领及梁山英雄的后人再加上另外一些江湖义士，以李俊为首重新聚集起来占山据水，开始虽以反抗地方上的贪官污吏为主，但自十四回以后，即转为与高俅、童贯、蔡京父子等卖国权奸和金兵的斗争；最后李俊等到海外创业建国，仍接受了南宋王朝的敕封。这些内容明显有影射清初时事的意味，并令人想到当时正以台湾为反清复明之基地的郑成功政权。

《水浒后传》在许多方面继承了《水浒传》的特色。但由于中心偏向于表现民族意识，小说中的人物形象作为"忠臣义士"的一面被强化了，水浒英雄自由豪放的个性和对世俗幸福的追求在这里却未能得到充分的表现，这妨碍了小说的成就。但作者的艺术修养还是比较高的，作为一部独创的小说，它的故事结构相当完整；语言虽比不上《水浒传》那样生气勃勃，却也流畅生动。

《说岳全传》八十回，写岳飞抗金和最后遭秦桧陷害而死的故事。题"仁和钱彩锦文氏编次，永福金丰大有氏增订"，钱彩、金丰生平均不详。书前有金丰康熙二十三年序。明代熊大木编有《大宋中兴通俗演义》，邹元标将其删节归并为《岳武穆精忠传》，《说岳全传》即在此基础上重新创作而成，内容以史实为核心而有较多虚构成分。

岳飞抗金故事自然会触及民族矛盾的问题，但小说在这方面却是有所回避的。书中将宋、金间的战争解释为一种"天意"，对金朝人物的描写较之明代作品而言也较少使用诟辱的语言，甚至不无誉美。这是为了避免触犯清朝统治者。而忠奸之争则成为全书的基本线索，是否忠于各自的王朝和君主，始终是评判的最高标准。因而，作为"忠"和"奸"的化身的岳飞与秦桧的形象，具有明显的符号化倾向。如书中写岳飞被捕后，因为担心岳云、张宪会造反，宁可写信将他们召来一起就死；部下张保探监时，见他处境之惨，撞死在狱中，他没有一点惋惜，反而哈哈大笑，说张保成全了自己。这种看似美化岳飞的描写其实颇有奴性色彩。倒是一些次要人还显得较有个性，尤其李逵式的人物牛皋，鲁莽憨直，常惹是生非，造成一种活跃的气氛。他敢于骂"那个瘟皇帝",敢于说"大凡做了皇帝,尽是些无情无义的"。他的形象既是岳飞的陪衬,又给予读者以一种心理上的平衡。

《说岳全传》能够吸引人的地方主要在于很强的故事性。全书的情节安排,除最后十几回显得零散、累赘,还是有间架,有波澜,头绪多而不乱。很多场面,如岳飞枪挑小梁王、高宠挑滑车、梁红玉击鼓战金山、岳云踹营,都写得很有气氛,颇能引起一般读者的兴趣,作为说书的材料,更是适宜。小说的语言虽没有很强的特色,却也堪称纯熟流畅。

《隋唐演义》一百回,褚人穫著,约成书于康熙年间,系根据元末以来《隋唐志传》、《隋炀帝艳史》、《隋史遗文》等历史小说改编而成,从隋文帝灭陈写起到安史之乱后唐玄宗回长安结束,把隋炀帝与朱贵儿、唐玄宗与杨贵妃处理为"两世姻缘",成为贯穿全书的一条线索。

此书大量吸收了有关的野史笔记、传奇小说的材料,面目驳杂。作为一种通俗读物,它赖以吸引读者的地方,一是渲染隋炀帝的宫闱生活和他的多情,一是描述隋末英雄的造反事迹。两者似乎矛盾,但在适应民间心理上却是一致的。其缺陷正如鲁迅所批评的"浮艳在肤,沉著不足"(《中国小说史略》)。不过,小说中包含了丰富的历史传说故事,许多情节生动有趣,秦琼、单雄信、程咬金、罗成等民间英雄的形象也还写得不错。与《隋唐演义》内容相近的小说,还有题"鸳湖渔叟较订"的《说唐演义全传》(简称《说唐》)六十八回,或以为产生于雍正年间,但今所见以乾隆年间的刊本为最早。此书的中心是隋末英雄汇聚瓦岗寨造反的故事,传奇的意味较《隋唐演义》更浓,秦琼、单雄信、程咬金、罗成等人的形象,也更为丰满一些。

上述这一类小说中写了许多民间草莽英雄的形象,很明显受到《水浒传》的影响。但值得注意的是:这些小说中的正统道德意识越来越浓厚,小说中英雄人物的性格,虽然还保持着桀骜不驯的特点,但他们受正统人物的支配、约束也越来越严重。沿着这个方向演变下去,就出现了"英雄"与政府、"清官"合作的公案侠义小说。

清代前期还产生了大量才子佳人类型的小说。这些小说大抵以青年男女诗简唱和、私相爱慕、经历挫折、最后奉旨(或奉父母之命)完婚为基本的模式,陈陈相因,千篇一律。小说中的人物,必定出于显宦或世家;

女子必定美貌无双,且爱才而不慕金钱与权势,男子必定文才出世,考起进士、状元来轻而易举。由于脱离生活实际,一般说来,人物形象都比较单薄。但这类小说的流行,终究反映着社会中追求爱情与婚姻自主的愿望更为普遍化;后来所谓"鸳鸯蝴蝶派"小说实与之一脉相承。较有代表性的作品有《平山冷燕》、《玉娇梨》两种,各二十回,都署"荑秋散人"(或"荻岸散人"等),前者叙燕白颔与山黛、平如衡与冷绛雪两对才子佳人的恋爱故事,后者写才子苏友白兼得两位佳人——白红玉和卢梦梨的故事。

《长生殿》与《桃花扇》 康熙中期出现的洪昇的《长生殿》与孔尚任的《桃花扇》,是古代戏曲文学史上最后的杰作。

洪昇(1645—1704)字昉思,号稗畦,浙江钱塘(今杭州)人,做了二十来年的太学生,未获一官半职。为人清高孤傲,赵执信说他"常不满人,亦不满于人"(《谈龙录》)。

自唐代以来,玄宗李隆基与杨贵妃的事迹在各种正史、野史、民间传说、文学虚构中形成了繁复的面貌,洪昇以白居易《长恨歌》、陈鸿《长恨歌传》所述为主,广泛参阅各种资料而加以取舍,费时十余年、三易其稿而写成《长生殿》,其创作的首要动因是为中国文学的这一特殊题材作出总结性的描述,而事实上《长生殿》也终结了这一故事在古典意义上的文学创作。

李、杨故事从一开始就包含一种内在的矛盾:一方面,它通过对宫廷生活的想象表现人们对一种华美而浪漫的爱情的向往,而另一方面,对那一段历史的标准阐释则认为李隆基因宠信杨贵妃而荒怠国政是引发安史之乱的根由,因而抒写兴亡之感与赞美儿女之情很容易彼此冲突。《长生殿》则试图将这两方面的内容结合成一体加以充分的描绘。剧中写由于唐明皇沉湎于对杨妃的恋情和杨氏家人的擅权乱政引发国家政治秩序的破坏和社会的动乱,虽也有批评明皇失政的用意,但从全剧结构来看,其着重点已不是提供政治教训,而是写出男女主人公因自身的过失导致生死分离,渲染了纵为天子、贵妃也无法决定自身命运的哀伤。这种描写不但没有构成对"情"的否定,相反成为"情"上升到前所未有的热烈境界的条件:正是由于生死之别,由于欢爱不再,男女主人公才真正认识到爱情对于生命的不可缺失的价值。如在《哭像》一出写唐明皇面对杨妃的木雕像神智迷恍，凄恻流涕，直哭得木雕像的眼里都流出了泪水，这种场景让读者或观众无法不为之深深感动。这种极致的"情"遂能感天地而动鬼神，超越生死，最终二人得以共升仙宫，实现一个爱情的美梦。由于"情"始终是贯穿全剧的核心，兴亡之感与儿女之情的矛盾就被淡化了。而如此将至情作为超越生死的力量来歌颂，实是对晚明文学精神的继承；在《例言》中，作者对有人称此剧"乃一部闹热《牡丹亭》"的说法表示赞同，也表明《长生殿》和《牡丹亭》有一脉相承之处。

《长生殿》在艺术上最受前人称赏的地方，一在结构，二在曲词。

明清传奇由于篇幅不受限制，头绪纷乱、情节枝蔓是常见的现象，即如《牡丹亭》这样的杰作亦不能免。《长生殿》全剧长达五十出，在写李、杨爱情的同时，又用了相当大的篇幅写安史之乱及有关的社会政治情况，场面宏大、人物众多、波澜曲折，却组织得相当严密，丰富的内容始终层次分明地展开。剧中以李、杨爱情为主线，这条主线又以一组道具——李、杨作为信物的金钗、钿盒贯穿始终，随情节变化由合而分，由分而合，有很强的戏剧性。

《长生殿》的曲词优美，也历来为人们所称道。从文字上说，它具有清丽流畅、刻画细致、抒情色彩浓郁的特点；从音律上说，不但洪昇本人精于此，而且还得到曾作《九宫新谱》的专家徐麟的帮助，所以"句精字研，罔不谐叶"（吴仪一序），即使从书面诵读，也能感受到那富于音乐性的美感。《闻铃》一出，继承《长恨歌》、《梧桐雨》的笔法，借风声雨声，衬托唐明皇心中的缠绵悱恻之情，将其痴于"情"的一面表现得深入。下录《武陵花》一曲为例：

淅淅零零，一片凄然心暗惊。遥听隔山隔树，战合风雨，高响低鸣。一点一滴又一声，一点一滴又一声，和愁人血泪交相迸。对这伤情处，转自忆荒茔。白杨萧瑟雨纵横，此际孤魂凄冷。鬼火光寒，草间湿乱萤。只悔仓皇负了卿，负了卿！我独在人间，委实的不愿生。语娉婷，相将早晚伴幽冥。一恸空山寂，铃声相应，阁道崚嶒，似我回肠恨怎平！

这可以说是一首优美的抒情诗。而随着人物身份的不同，《长生殿》曲辞的风格也多有变化，如李龟年流落江南时所唱的《一枝花》曲，别有一种苍凉的感觉：

不隄防余年值乱离,逼拶得歧路遭穷败。受奔波风尘颜面黑,叹衰残霜雪鬓须白。今日个流落天涯,只留得琵琶在。揣羞脸上长街又过短街,那里是高渐离击筑悲歌,倒做了伍子胥吹箫也那乞丐。

此曲与李玉《千钟禄》中《惨睹》一出的《倾杯玉芙蓉》曲一时流布甚广,有"家家'收拾起',户户'不提防'"的俗谚。

孔尚任(1648—1718)字聘之,孔子后裔。曾因被荐在御前讲经,受到康熙帝赏识,由国子监生的身份破格被任为国子监博士。后迁至户部员外郎,因故罢官。《桃花扇》剧本的写作始于其未出仕时,经十年苦心经营,于康熙三十八年始告完成。

此剧以复社(东林党后身)名士侯方域与秦淮名妓李香君的爱情故事为主线,描绘了南明弘光王朝由建立到覆灭的动荡而短暂的历史,从而也就写出了明王朝最后的崩溃。剧本的宗旨,作者说是"借离合之情,写兴亡之感"(《桃花扇·先声》),通过说明"三百年之基业,隳于何人、败于何事,消于何年,歇于何地"为后人提供历史借鉴,"惩创人心,为末世之一救"(《桃花扇小引》)。剧中人物皆实有其人,作者并对南明基本史实作过深入的调查与考证,使得这一剧作具有较严格的历史剧性质。

由于《桃花扇》描述了晚明的历史并歌颂了抗清的史可法等人,常被说成是表现民族意识的作品,这其实不符合事实。作者不仅特意在开场戏中对清人大唱颂歌以表明剧作所持的基本政治立场,他对主要人物的评价也大体基于官方标准:史可法兵败身亡仅一月,清军统帅多铎即下令为之建祠(见计六奇《明季南略》),此后清朝统治者一再对他加以褒扬,以达到笼络人心和彰扬忠节的双重目的;而马士英、阮大铖则是从《明史稿》起就被列为"奸臣"(《明史稿》开始修撰的年代早于《桃花扇》问世多年)。在这些地方,作者不可能标示特异的见解。

换一个角度来看,则可以注意到:尽管《桃花扇》问世距明亡已有五十多年,在清人的统治已完全稳定的情况下由明亡所引起的悲愤和强烈的反清情绪也逐渐平静,但人们怀旧的心理依然很浓厚;特别是对许多文人士大夫来说,其生存价值原本依托于明王朝的存在,易代的事实使他们不能不产生一种人生失落的感觉。《桃花扇》正是适时地顺应了社会心理的需要,通过描述危难动荡的特殊历史阶段的社会生活图景,抒发了巨大的历史变化在人们心中引起的深深的感慨。而《桃花扇》感动人心的艺术力量，正是源于这种对人的命运、人的生存处境的关怀。

作为一部反映重大政治事件的历史剧，《桃花扇》虽未能完全摆脱"正"、"邪"对立的套路，却也没有简单地将一切恶果归诸"奸邪"的罪过。剧中显示，南明王朝覆灭的不可避免，不仅由于弘光帝、马士英、阮大铖等人"私君、私臣、私恩、私仇"（《桃花扇·拜坛》眉批），复社文人的以"清流"自居、意气用事，史可法的才能短绌、缺乏果断，左良玉在清人大兵压境之际为了内部矛盾而起兵"清君侧"，都是导致南明覆灭的重要原因。"社稷可更，门户不可破，非但小人，君子亦然，可慨也"（《拜坛》眉批），这才是真正的"末世"景象，它令人无从自拔。这里表现出对历史较有深度的理解。

以前的戏剧把爱情故事与重大历史事件结合来描绘的已经很多，而《桃花扇》在两者的结合上，要比过去任何作品都来得紧密。剧中男女主人公的悲欢离合，始终卷入在南明政治的漩涡和南明政权从初建到覆亡的过程中，作者甚至有意避免对"情"作单独的描写。这正是为了突出"兴亡之感"，也就是突出个人与历史的关系。剧中一开始写李香君与侯方域由相互爱慕而结合，这种才士与名妓的爱情，是明末东南士大夫生活中最具浪漫色彩的内容，在作者笔下，写出一片旖旎的风光。然而经过一系列的风波曲折，当侯、李二人于明亡后重新相会在南京郊外的白云庵，似乎可以出现一个团圆的场面时，却被张道士撕破以香君的鲜血点染成的代表着爱情之坚贞的桃花扇，喝断了这一段儿女之情：

呵呸！两个痴虫，你看国在那里，家在那里，君在那里，父在那里，偏是这点花月情根，割他不断么？

因为侯、李的爱情在剧中被赋予了浓厚的政治色彩，它的圆满性已经和南明的存续联系在一起，所以"国破"自然"家亡"，两人只能以各自出家为结局。

在孔尚任那个时代，清取代明的合理性是不容否认的，而对个人曾经从属的王朝的"忠义"精神也是不容否认的。由于个人价值不能独立存在，那些跨越两代、毕竟还要在新王朝的统治下生活下去的士大夫，就面临了一种困境；而把历史的巨变解释为一场空幻，成为无奈的自慰。不仅是写侯、李的爱情，《桃花扇》全剧都弥漫着悲凉与幻灭之感。如《沉江》一出，以众人的合唱对殉国的史可法致以礼赞：

走江边，满腔愤恨向谁言？老泪风吹面，孤城一片，望救目穿。使尽残兵血战，跳出重围，故国苦恋，谁知歌罢剩空筵。长江一线，吴头楚尾路三千，尽归别姓。雨翻云变，寒涛东卷，万事付空烟。精魂显，《大招》声逐海天远。（《古轮台》）

这里使人感动的，不仅是英雄赴义的壮烈激昂，更是他的生既不能力支残局、他的死也不能于事有补的悲哀，终了只是"万事付空烟"。

《桃花扇》打破了习见的大团圆程式，成为古代戏曲史上唯一一部完整的悲剧，从而给读者或观众留下了更大的思考余地。这是因为作者看到了个人在历史变迁中的无奈和渺小。尽管作者未必是有意识的，但他确实触及了一个相当深刻的问题：在强调个人对群体的依附性的状态下，人一旦陷入历史造成的困境，人生悲剧便不可逃脱。

孔尚任非常重视戏剧结构。在《凡例》中，他提出剧情要有"起伏转折"，又要"独辟境界"，出人意料而不落陈套，还要做到"脉络联贯"，紧凑而不可"东拽西牵"。这些重要的戏剧理论观点，在《桃花扇》中得到较好的实现。全剧规模略小于《长生殿》，但剧情要比后者复杂得多，而且高潮迭起，始终保持着紧张的气氛，也比《长生殿》写得更紧凑。剧中以桃花扇这一具有象征意义的道具串联纷繁错综的情节，结构多有巧妙之处。

从人物形象的塑造来说，女主角李香君给人的印象颇为深刻。作者将她放在政治斗争的漩涡中来刻画，并借以表达某种道德理想，有些情节不免夸张。但她的美丽、聪慧和勇毅的个性，还是显得颇有光彩。尤其是《守楼》一出香君血溅桃花扇，写她在强暴的外力压迫下宁死不屈，不仅是普通意义上所谓"忠贞"的表现，更闪烁着人格尊严高于生命的人性光辉。

古代牵涉政治斗争的戏曲作品惯于把人物的性格在道德意义上推向极端，像《鸣凤记》、《清忠谱》都是典型的例子，《桃花扇》较多地注意到人物类型的多样化和人物性格的多面性，这不能不说是有意义的改进。如阮大铖本是著名戏曲家，剧中既写了他的阴险奸猾，也注意写他富于才情的一面；对复社文人，剧中也触及了他们风流轻脱的名士派头。尤为突出的是在正反两面之间作者还刻画了一些边缘性的人物,其中杨文骢写得最为成功。他能诗善画,风流自赏,八面玲珑,政治上没有原则,却颇有人情味。象征李香君高洁品格的扇上桃花,是他在香君洒下的血痕上点染而成,这也是很有意思的一笔。正是由于人物性格较为丰富,剧情才显得分外活跃灵动。

二、清代中期的戏曲与小说

乾隆时代出现的两部长篇小说——《儒林外史》与《红楼梦》,在中国文学史上有着特殊的价值。小说作者吴敬梓、曹雪芹都是败落的世家子弟,都具有高度文化素养,特殊的人生经历使他们更敏感地体会到历史正孕育着的危机与变化,更清醒和冷峻地看到了世态人情中某些本质的东西,从而对封建正统文化的价值提出了深刻的怀疑,并试图探求某种新的人生方向和精神前途。《儒林外史》与《红楼梦》也是迄今为止最为严肃的小说创作,它们既很少受社会通行观念的影响,也未尝有意迎合世俗阅读趣味,贯穿于其中的,是作者独特的人生体验、深刻的人生思考和倾注心血的艺术创造。小说文体便于通过描摹世态、刻画人情来反映人性的真实状态和人类生存处境的优长,得到了进一步的证明。在古代文学向现代方向转变的过程中,这两部小说具有标志性的意义;它们的艺术成就,也启迪了包括现代作家在内的许多后来人。

吴敬梓与《儒林外史》 吴敬梓(1701—1754)字敏轩,晚年自号文木老人,安徽全椒人。其家族自其曾祖起科第不绝,五十年"家门鼎盛",但到了他父亲时已开始衰落。吴敬梓二十岁时考上秀才(这是他一生取得的最高功名),三年后父亲亡故,他继承了一笔丰厚的遗产,却在短短几年内挥霍殆尽,被乡里视为"败家子"而"传为子弟戒"(吴敬梓《减字木兰花》词)。因为与族人交恶,吴敬梓于三十三岁时迁居南京,家境虽已困窘,但他仍过着豪放倜傥的生活。安徽巡抚赵国麟曾推荐他入京应"博学鸿词"科考试,他却称病不去。而他的经济状况日益恶化,主要靠卖文和朋友接济过活。《儒林外史》约作于吴敬梓四十岁至五十岁时，这正是他经历了家境的剧变而深悉世事人情的时期。

作为长篇小说，《儒林外史》的结构比较特别。全书没有贯穿始终的主要人物和故事框架，而是一个个相对独立的故事的连环套；前面一个故事说完了，引出一些新的人物，这些新的人物便成为后一个故事中的主要角色。但它也并不只是若干短篇的集合，书中以明代为背景，揭露在封建专制下读书人的精神堕落和与此相关的种种社会弊端，有一个非常明确的中心主题，也有大致清楚的时间线索，在情节上也存在内在的统一和首尾呼应。

在封建时代，"士"是社会的中坚阶层。按照儒学本来的理想，士的职业虽然是"仕"，其人生的根本目标却应该是求"道"（《论语》所谓"士志于道"），这也是士人引以为骄傲的。然而事实上，在专制政治下读书人越来越依附于国家政权，而失去其独立思考的权利乃至能力，导致人格的委琐和奴化。如何摆脱这种状态，是晚明以来的文学十分关注的问题。

《儒林外史》首先对科举大力抨击。在第一回"楔子"中，就借王冕之口批评因有了科举这一条"荣身之路"，使读书人轻忽了"文行出处"——即传统儒学要求于"士"的学问、品格和进退之道。第二回进入正文开始，又首先集中力量写了周进与范进这两个穷儒生的科场沉浮的经历，揭示科举制度如何以一种巨大的力量引诱并摧残着读书人的心灵。他们原来都是挣扎了几十年尚未出头的老"童生"，平日受尽别人的轻蔑和凌辱。而一旦中了举成为缙绅阶层的一员，"不是亲的也来认亲，不相与的也来认相与"，房子、田产、金银、奴仆，也自有人送上来。在科举这一门槛的两边，隔着贫与富、贵与贱、荣与辱。所以，难怪周进在落魄中入贡院参观时，会一头撞在号板上昏死过去，被人救醒后又一间间号房痛哭过去，直到口吐鲜血；而范进抱了一只老母鸡在集市上卖，得知自己中了举人，竟欢喜得发了疯，幸亏他岳父胡屠父那一巴掌，才恢复了神智。读书人为科举而癫狂的情状，通过这两个人物显露得极其充分而又带着一种惨厉的气氛。

作为儒林群像的画谱，《儒林外史》的锋芒并不只是停留在科举考试上。小说中所描写的士林人物形形色色，除了周进、范进这一类型外，有张静斋、严贡生那样卑劣的乡绅，有王太守、汤知县那样贪暴的官员，有王玉辉那样被封建道德扭曲了人性的穷秀才，有马二先生那样对八股文津津乐道而完全失去对于美的感受力的迂儒，有一大群像景兰江、赵雪斋之类面目各异而大抵是奔走于官绅富豪之门的斗方名士，也有像娄三公子、娄四公子及杜慎卿那样的贵公子，喜欢弄些"礼贤下士"或自命风雅的名堂，其实只是因为活得无聊。这些人物从不同意义、不同程度上反映了在读书人中普遍存在的极端空虚的精神状况，他们熙熙攘攘奔走于尘世，然而他们的生命是无根蒂的。这种社会景观从根本上揭示了封建制度对人才的摧毁和它自身因此而丧失生机。

但士林的出路究竟在哪里？这对吴敬梓仍然是艰难的课题。他晚年曾用心于经学，认为这是"人生立命处"（《文木先生传》）。这是试图通过对原始儒学的重新阐释来改造社会文化。与此相关，在《儒林外史》中也出现了庄绍光、迟衡山、虞博士等"真儒"，作者指望他们身上表现出的古道君子之风可以重建合理合情的社会价值。但这是一种观念化的、缺乏真实生活基础的愿望，那些"真儒"的形象也大抵显得单调而苍白；作为全书核心事件的祭祀泰伯祠的场面，貌似肃穆庄重而实际是腐气腾腾。到了小说结束时，这具有象征性的泰伯祠也早已荒芜——吴敬梓分明清楚它代表着一种虚幻的理想。最后，作者以四个"市井奇人"的故事来结束全书，这些"奇人"虽带一些城市生活的新鲜气息，但归根结底仍是士大夫文化传统里隐士情调的化身。总之，作者终究无法找到改变社会的方法，他能够做的只是借讽刺笔法揭示士人的生存困境。

《儒林外史》的讽刺笔法是写实与夸张的巧妙结合，而写实尤为坚实的基础。以前的小说中，像《金瓶梅》也有讽刺的妙笔，但从全书来看，则多夸张成滑稽腔调。《儒林外史》则不同，它的讽刺首先是通过选取合适的素材和准确的、透入人物深层心理的刻画来完成的。许多在日常生活中司空见惯的事情，经过提炼和描摹，加上在叙事中不动声色的放大，便清晰地透露出社会的荒谬与人心的伪妄；而当人们读这些故事的时候，却又觉得它仍然是真实的生活写照。卧闲草堂本第三回总评说："慎毋读《儒林外史》，读竟乃觉日用酬酢之间无往而非《儒林外史》。"指出了小说以写实为讽刺之根基所形成的警醒人心的力量。如第二回写"前科新中"的举人王惠舟行途中在私塾先生周进借居的观音庵歇脚，先是一番令人头晕的自我炫耀，然后用饭：

彼此说着闲话，掌上灯烛，管家捧上酒饭，鸡、鱼、鸭、肉，堆满春台。王举人也不让周进，自己坐着吃了，收下碗去。落后和尚送出周进的饭来，一碟老菜叶，一壶热水。周进也吃了。叫了安置，各自歇宿。

次早，天色已晴，王举人起来洗了脸，穿好衣服，拱一拱手，上船去了。撒了一地的鸡骨头、鸭翅膀、鱼刺、瓜子壳，周进昏头昏脑，扫了一早晨。

文笔似平淡而琐碎，却富于喜剧色彩。写两人的进食是一种对照，而王举人"拱一拱手"即去的轻描淡写和对周进清扫其食后残渣的不吝铺排的交代，又是一种对照。"扫了一早晨"是夸张的，但在已经形成的喜剧氛围中，这几乎是读者期待的夸张。

吴敬梓的眼光异常尖锐，他也刻画出严贡生那样十分卑劣粗俗的角色，但他并不缺乏对平凡人物的理解。许多人物看起来很可笑的行为，说到底只是表现着平凡的人性的弱点，或者是社会与命运的压迫所造成的人格的变形，而他对此的讽刺常常是带着同情的，这是《儒林外史》的动人之处。像周进在贡院中头撞号板、嚎哭吐血的情节，单独地看似乎非常愚蠢可笑，但人们已经读到过周进作为一个老"童生"所遭受的种种凌辱，会觉得他的举止是很自然的，是令人悲悯的。第四十八回写穷秀才王玉辉在女儿自杀殉夫之后，"仰天大笑道：'死得好！死得好！'"这令人感觉到可怕的荒谬。但作者也告诉我们：他的女儿之死与母家、婆家均贫寒有关；而王玉辉虽然能够将这自杀描述为崇高的事件，却也并非无动于衷。所以他外出途中见到一个守丧的少妇，会想起女儿，"那热泪直滚出来"。

明清的优秀小说呈现出从传奇性向非传奇性发展的趋向，这本质上是一个排除特异人物与偶然因素而逐渐深入人性真实的过程。《儒林外史》在这方面的成就，不仅表现为它的故事几乎完全没有传奇色彩和激烈的戏剧化冲突，更重要的是小说中开始出现对人物心理力求深入的把握和不乏精细的表现。吴敬梓善于理解人物的心理，但他不喜欢以叙述者的身份对此进行分析介绍，而总是让人物通过自身的动作、对话来表现。如第五回写严监生之妾赵氏在正室王氏病重时每夜焚香，哭求天地，表示愿代王氏死。到了王氏提出一旦自己死去她可以扶为正室时，"赵氏忙叫请爷进来，把奶奶的话说了"，只一句，便写透了赵氏的内心。第十四回写迂腐而正直的马二先生西湖边几次看女人，用笔更是平淡中见细微。第一回他遇上几船前来烧香的乡下妇女，从发型到衣着到脸部以至脸上的疤疥都细细看了一遍，如此放肆，是因为他"不在意里"。第二次他又在湖边看三个富贵人家的女客在船中换衣裳，一直看到她们带着丫环缓步上岸，到了快要遇上的时候，却"低着头走了过去，不曾仰视"。这一回其实是有点"在意里"了，举止反而有所节制。第三次写到他在净慈寺遇上成群逐队的富贵人家的女客，但尽管他"腆着个肚子"，"只管在人窝里撞"，却是"女人也不看他，他也不看女人"。因为太近的女人，古板而讲究君子之行的马二先生是不敢看的。但这"不看"也是一种"看"。就这样，马二先生在西湖边经受了女人引起的小小骚动，而平安地从"天理"与"人欲"之间穿行过去。这种完全没有故事性而只重表现人物心理的情节，是以前的小说中少有的。

《儒林外史》的语言是一种高度纯熟的白话文，写得简练、准确、生动、传神，极少有累赘的成分，也极少有程式化的套语。如第二回写周进的出场：

> 头戴一顶旧毡帽，身穿元色绸旧直裰，那右边袖子同后边坐处都破了，脚下一双旧大红绸鞋，黑瘦面皮，花白胡子。

简单的几笔，就把一个穷老塾师的神情面目勾勒出来。像"旧毡帽"表明他还不是秀才，"右边袖子"先破，表明他经常伏案写字，这些都是用笔极细的地方。而这种例子在小说中是随处可见的。白话写到如此精练，已经完全可以同历史悠久的文言文媲美了。

《儒林外史》当然也有一些不理想的地方。但它的许多特点，已经相当接近于现代小说。鲁迅小说中一些简洁的描写和冷峻的笔调，就可以看出与《儒林外史》的关系。

曹雪芹与《红楼梦》《红楼梦》的作者曹霑（约1715—约1763），号雪芹，或谓字梦阮。祖上本是居于辽东的汉人，后被编入满洲正白旗，随清人入关。雪芹曾祖曹玺的妻子当过康熙幼年的保姆，祖父曹寅小时也作过康熙的伴读，与皇室形成了特殊关系，因而在康熙朝曹家得到格外的恩宠。曹玺、曹寅及雪芹的伯父曹颙、父亲曹頫相继任江宁织造，前后达六十余年。江宁织造名义上是为宫廷采办织物和日常用品的官职，但曹寅实际是康熙派驻江南的私人心腹。康熙六次南巡，其中四次以江宁织造府为行宫，可见其受信任的程度和其家财富的丰裕。曹雪芹就是在这种繁盛荣华的家境中度过了他的少年时代。

曹家的衰落缘于皇权的交替。雍正五年（1727），曹頫以"织造款项亏空甚多"等罪名被革职，家产也被抄没，全家迁回北京。后于乾隆初年又发生一次详情不明的变故，曹家遂彻底败落，子弟们沦落到社会底层。曹雪芹本人的情况现在了解得还很少，只知他曾在一所宗族学堂"右翼宗学"里当过掌管文墨的杂差，境遇潦倒，常常要靠卖画才能维持生活。最后十几年，曹雪芹流落到北京西郊的一个小山村，生活更加困顿，已经到了"举家食粥酒常赊"（敦诚《赠曹芹圃》）的地步。在这僻陋之地他写成了辉煌的《红楼梦》（原名《石头记》），但未能完稿即弃世而去。

《红楼梦》的版本有两大系统。一为八十回的"脂本"系统，附有"脂砚斋"（作者的一位隐名的亲友）评语，故名。这是《石头记》原本的抄本。另一为一百二十回的"程本"系统，由程伟元于乾隆五十六年（1791）初次以活字排印，次年又重新排印了一次，文字有所改动，故分别称为程甲本、程乙本。程本的后四十回是怎样形成的，至今并无定论。一般认为是高鹗（约1738—约1815）续写的，他是汉军镶黄旗人，官至翰林院侍读。但也有人认为曹雪芹也留下了一些八十回以后的稿本，而高鹗只是对此作了补缀的工作。

《红楼梦》是一部伟大的小说。由于它和从来的小说都有很大不同，围绕它产生过许多穿凿附会之说。上世纪20年代，胡适作《〈红楼梦〉考证》，提出此书为曹雪芹的"自叙传"。这若是指《红楼梦》是以作者自身为原型的文学创作，不排斥小说必然包含自由的想象，应该是可以成立的。同时还须注意到：如果说这种小说是通过追忆的方式展开的，被唤起的并非只是往事陈迹，作者一生的经验和成熟的思考都直接作用于往事的再度塑形。

关于为什么要写这样一部小说，作者在小说的开头作了交代：

作者自云：因曾历过一番梦幻之后，故将真事隐去，而借"通灵"之说，撰此《石头记》一书也。……自又云：今风尘碌碌，一事无成，忽念及当日所有之女子，一一细考较去，觉其行止见识，皆出于我之上。何我堂堂须眉，诚不若彼裙钗哉？实愧则有余，悔又无益之大无可如何之日也。当此，则自欲将已往所赖天恩祖德，锦衣纨绔之时，饫甘餍肥之日，背父兄教育之恩，负师友规谈之德，以至今日一技无成、半生潦倒之罪，编述一集，以告天下人：我之罪固不免，然闺阁中本自历历有人，万不可因我之不肖，自护己短，一并使其泯灭也。

……此回中凡用"梦"用"幻"等字，是提醒阅者眼目，亦是此书立意本旨。

值得注意的是：从来文学作品在描述自我时，总是预先经过社会价值观念或至少是他自己认为是"应该"的准则的过滤，即使《儒林外史》，在以作者为原型的杜少卿身上也看不到吴敬梓出入风月场而败财之经历的痕迹，而曹雪芹却试图更直接地逼近生命的真相。过去因为过分强调《红楼梦》的批判性，常把这段文字理解为曲笔，那其实没有什么根据。曹雪芹并没有给读者一个虚假的忏悔，只是他也没有为他表示忏悔的生活感到愧耻。在经历人生沧桑之后回顾少年时代，那个自我用理智判断是荒谬的、负罪的，但在情感上却是那样值得留恋。如果说在追忆往事时自悔与自爱的心情同在，那么到了小说的氛围中后者的作用就更为重要。而正是因为忠实于自我、忠实于情感，《红楼梦》才呈现出与以往任何小说都不同的面貌。

在这一节文字中曹雪芹再三强调"梦"、"幻"是小说的基调。显然，家族由盛而衰，自身徒负才华而一事无成，使他感觉到生命的虚无。然而他却不能忘怀人生中令他感到负罪又令他感到美好的东西；在文字的重构中追寻梦幻中的美，伤悼它的丧失，便成为《红楼梦》的基本意蕴，对于读者，这也是感动之源。

以前八十回而论，《红楼梦》中贾宝玉的年龄是从十一二岁到十五六岁，所以把《红楼梦》简单地视为爱情小说不是很确切，它写的是一个性早熟而敏感的少年的特殊情感经历。从第五回梦游警幻仙境开始，贾宝玉经历了与众多女子（大约不下十数人）具有或隐或显的性意识内涵的亲热交往，同时还有同性间的爱慕。虽然林黛玉越来越占特殊地位，但宝玉的"泛爱众"也没有彻底结束。因为这本是少年的感情，它过于活泼而少有节制。在旧时代，少年人的性意识是不被成人世界所认可和正视的东西，它同样不被文学世界所承认；即便曹雪芹在借着宝玉的故事回忆往事时，也难免有负罪感。然而他在此中的眷恋何其深重，以至他要不顾一切地将其描绘出来。因此我们在这位天才的笔下，看到对女性纯出天然的爱慕乃至虔敬，看到了从未有过的风姿绰约、光彩照人的少女群像，她们几乎是"梦幻"的人生中唯一美丽的存在。

少年充满感性的生活注定要被成人世界的规则所破坏。家庭对少年的压力与社会施加给其一般成员的压力成正比，而一个少年已形成的个性距社会标准愈远，则遭遇的改造力量愈强。所以我们看到宝玉与父亲之间紧张的对抗，而贾政在暴怒中竟要活活勒死他。人在成长的过程里因为进入社会规范的需要而不断丧失自我，这是人性的一种处境。对此人们素来不以为有何异常，而曹雪芹深深感受到它的悲哀。

在小说里，成年男性的世界代表着历史与文化的正统，代表着蛮横的权力，它吞噬着贾宝玉所珍爱的由女儿的光彩所照耀着的梦幻一般的小天地。不仅如此，合宁、荣两府，那些作为家族支柱的男性，有炼丹求仙的，有好色淫乱的，有安享尊荣的，有迂腐僵硬的，却没有一个胸怀大志、精明强干的；这个腐败的贵族之家还以自毁的方式把贾宝玉的感情世界和他的"女儿国"带向最后的深渊。

《红楼梦》以非常强烈的态度指示给读者：美的东西都是脆弱易碎的。"女儿是水作的骨肉，男人是泥作的骨肉"，而女儿较之男人是脆弱的。便是在女儿群中，相比于薛宝钗，林黛玉是脆弱的，相比于袭人，晴雯是脆弱的，还有尤三姐，当她以一种堕落姿态放肆地与贾珍等人周旋时，她显得很强韧，而一旦真心实意爱上一个人，生命立刻崩碎……《红楼梦》充满了美的毁灭，这种毁灭昭示人们所生活的世界粗鄙而肮脏，它对于美的事物而言是悲剧舞台；但《红楼梦》却又充满了对美的怀想，这种执着的怀想在哀伤中表达着不能泯灭的人生渴望，它给人世留下了深长的感动。

《红楼梦》不只是关注贾宝玉与大观园中女儿们的情感生活。作为一部带自传色彩的小说，它的全部故事情节是随着贾府的衰败史展开的。作者以前所未有的真实性描绘出一个贵族世家的没落，并由贾府的广泛的社会联系，上至皇宫，下至市巷、乡野，时近时远地展现出更为宏阔的社会生活图景。虽然对政治的批判并非预设的任务，但由小说写实的品格所决定，从贾雨村徇情枉法、王熙凤私通关节、仗势弄权，薛蟠打死人浑不当事等等一系列情节，它仍然揭示出豪门势族的无法无天和封建法律对于他们的无效。俗世的污浊客观上也为贾宝玉之厌恶"仕途经济"提供了合理的根据。

《红楼梦》在艺术上最值得称道的，是人物形象的塑造。全书以一种精雕细刻的精神，描绘出上百个来自社会不同阶层、具有不同文化背景的人物，而无不自具一种个性、自有一种特别的精神光彩，哪怕是出场很少的人物，也写得惟妙惟肖、栩栩如生。他们构成了一座五光十色的人物画廊，在中国文学史上具有不朽的价值。

这种成就固然表现了作者的非凡才华，但从根本上说，它更依赖于作者对复杂的生活状态和人性的丰富含蕴的深刻理解，它内含着对人在现世中痛苦的生存的博大的同情。也许从一些次要人物身上，我们更容易认识这一点：像出身高贵却因家族沦落而寄身贾府的女尼妙玉，为了掩饰事实上的依附身份所造成的心理伤害，她总是孤傲得矫情，对高洁雅致的生活姿态显示出一种刻意的固执；像乡间老妇刘姥姥为生活所迫而借着一种"八竿子打不着"的亲戚关系跑到贾府打抽丰，心甘情愿以装痴弄傻的表演供贾母等人取乐，极似戏曲中的丑角，然而仔细读来，却处处有她的智慧、世故和辛酸。作者更以深刻的同情心和对少女特有的虔敬，刻画了许多婢女的美好形象，写出了她们在低贱的地位中为维护自己作为人的自由与尊严的艰难努力。像俏丽明艳、刚烈高傲而敢于反抗的晴雯，像天资聪慧、有着诗意情感的香菱，她们被毁灭的故事令人永远难忘。就是温顺乖巧、善于迎合主子心意的袭人，也并非没有自己的痛苦，当宝玉说起希望她的两个姨妹也到贾府中来时，她便冷笑道："我一个人是奴才命罢了，难道我的亲戚都是奴才命不成？"正是一种前人未及的人道主义情怀，成为《红楼梦》艺术创造力的根源。

至于《红楼梦》中的主要人物，不仅贾宝玉，像林黛玉、薛宝钗、王熙凤等，都有着鲜明的个性和丰富的性格层面，其个性的形成也都具有充分的生活逻辑的依据。拿林黛玉来说，她聪颖而多病，容易自伤；在贾府里，她既是一个因父母双亡而前来投靠的"外人"，又深得贾母等长辈的怜爱，其过敏的自尊和伶俐尖刻的言谈正是由上述因素促成。因为缺乏安全感，无力把握自己的命运，在与宝玉的悄悄的恋爱中，她总是警惕而多疑，不断地要求得到保证，使这爱情故事始终蒙着哀伤的阴影。薛宝钗则是生长于一个缺乏男性支撑的富贵人家，明智、早熟、洞悉人情，所以她很少表现得像黛玉那样自我中心，但她注重实际利害的性格却与重情任性的宝玉易生隔膜。至于作为荣国府管家奶奶的王熙凤，是《红楼梦》女性人物群中与男性的世界关联最多的人物。她"体格风骚"，玲珑洒脱，机智权变，心狠手辣，不但不相信传统的伦理信条，连鬼神报应都不当一回事。作为一个智者和强者，她在支撑贾府勉强运转的同时，尽量地为个人攫取利益，放纵而又不露声色地享受人生。而最终，她加速了贾府的沦亡并由此淹没了自己。在《红楼梦》中，这是写得最复杂、最有生气而且又是最新鲜的人物。

《儒林外史》与《红楼梦》共同标志了白话文学语言的新高度，而不同的是，前者以简练明快为显著特色，后者则更多一分细致委曲；在善于写人物对话方面，《红楼梦》尤为特出，不仅能切合人物的身份、教养、性格以及特定场合中的心情，使读者如闻其声、似见其人，连故事的情节也常常借此作交代，这是对《金瓶梅》之长的继承和发展。如第二十回中，写贾环和丫环莺儿掷骰子，输了钱哭起来，遂被宝玉撵了回去。他的母亲赵姨娘问明缘故，啐道：

谁叫你上高台盘去了？下流没脸的东西！那里顽不得？谁叫你跑了去讨这没意思？

凤姐在窗外听见，先斥责赵姨娘：

他现是主子，不好了，横竖有教导他的人，与你什么相干！——环兄弟，出来！跟我顽去！

然后一面吩咐丫环，一面教训贾环：

去取一吊钱来，姑娘们都在后头顽呢，把他送了顽去。——你明儿再这么下流狐媚子，我先打了你，打发人告诉学里，皮不揭了你的！

赵姨娘对宝玉受众人宠爱而贾环不讨人欢喜一直怀恨，于是把这种不满都发泄在贾环身上。但在封建宗法伦理中，赵姨娘虽以丫鬟被贾政收为妾，身份却依然是奴才，她的儿子贾环却是主子。所以凤姐听到她骂儿子又兼及宝玉，便不客气地教训她。对于贾环，凤姐根本也是看不起的，但却要求他有主子的样子。在这里，赵姨娘卑下的个性和怨恨的心理，王熙凤盛气凌人的威势，以及贾环在母亲身边染得的委琐，一一跃然纸上。《红楼梦》中这样的神来之笔，实是随处可见，它使读者如同进入了一个活的世界。

如同一切伟大的文学巨著，《红楼梦》也是说不尽的。它有诗意的浪漫情调，又有深刻的写实力量；它渗透了以世俗人生为虚无的哲学与宗教意识，却又令人感受到对生命不能舍弃的眷爱。1904年王国维作《〈红楼梦〉评论》，被认为是中国第一篇现代意义上的学术论文，这和《红楼梦》较之其他小说更适宜于运用现代观念来解析，或许不无关系。

《镜花缘》及其他 清中期产生的长篇小说流传至今的尚有多种，其中较有特点的为李汝珍的《镜花缘》和李海观的《歧路灯》。

李汝珍（约1763—约1830）字松石，直隶大兴（今属北京）人，学问广博，科举无成，只做过几年县丞一类佐杂官职。所作《镜花缘》一百回，故事起于以百花仙子为首的一百位花神因违犯天条，被贬下尘世，其中百花仙子托生为秀才唐敖之女唐小山。小说前半部分主要写唐敖、林之洋、多九公三人游历海外三十余国的奇异经历，后半部分主要写由诸花神所托生的一百名才女参加武则天所设的女试，及考取后宴饮赋诗的情景。同时，又自始至终贯穿着维护李氏正统、反对武则天篡政的线索。前后两部分情节上虽有一定联系，格调却不甚统一。

小说前半部分写得较有趣味。作者所描写的海外国度，虽多以《山海经》等古籍中的点滴记载为依据，但主要还是驰骋奇思异想，而在幻想性的虚构情节中，表达了对许多现实社会问题的看法。譬如主张男女平等是《镜花缘》的重要思想，百名花仙投生人间、各有作为的整个故事框架即与此有关，而在"女儿国"的故事中，这一思想得到更为生动的表现。作者把现实中的"男尊女卑"现象在"女儿国"中依样颠倒为"女尊男卑"，以此为女子鸣不平。故事中写林之洋被选为女王的"王妃"，遭受穿耳缠足之苦，实际是让男性从女性的立场来体会缠足等种种陋习的丑恶和非人道性质。此外如"两面国"中人之虚伪欺诈，"无肠国"中人之刻薄贪吝，

"豕喙国"中人之撒谎成性,"跂踵国"中人之僵化刻板等等,都是现实生活景象的映照。这种描写都是漫画式的,通过夸大和变形写出了社会的丑恶和可笑,虽不够深刻,却有其尖锐和醒豁的长处。作者还用这种漫画式的笔调写他的理想社会,如"君子国"中礼让成风,买卖双方竟是卖方求低而买方求高,在谐趣中表现了他对所谓"古风"的向往。

李汝珍是位学者型的文人,好在小说中卖弄学问。《镜花缘》后半部分写百才女考取女试,本也有为女性张目的意思,但百女会聚以后的部分,几乎是脱离了小说情节来大做文字游戏,乃是行一个酒令竟要占到十几页,实在是累赘不堪。

从小说艺术来说,《镜花缘》是不太成功的。但它的面貌颇为新奇,反映了那一时代的人们对海外世界的兴趣,也预示了古代小说的多样性变化。

《歧路灯》一百零八回,论产生年代要早于《镜花缘》。作者李海观(1707—1790),字孔堂,号绿园,乾隆举人,曾任县令。其书长期仅有抄本流行,上世纪20年代始有印本,80年代才出版了较好的栾星校注本。因为是埋没已久的古小说,一度引起热闹的讨论。其书述一世家子弟谭绍闻因交结"匪类"而堕落以至倾家荡产,后悔自新而终于成就功名的故事。其立意于教育子弟的目的十分明确,故书中多直接宣扬程朱理学、标榜封建伦理观念的文字。但在描述谭绍闻堕落的过程中,小说较多地反映了当时的社会风貌,较为生动地刻画了一批市井浮浪子弟的形象,这是值得一读的地方。

清代中期及以后的戏曲　明代后期到清代前期是文人戏曲创作的高潮,到了乾隆时代,这种创作已进入尾声。虽然作品数量不少,但总体上缺乏创造性。故下面仅对清中期主要剧作家作简单的介绍。

唐英(1682—约1754)著有《古柏堂传奇》十七种。他的若干剧目有浅俗单纯、便于演出之长,如根据梆子腔剧目改编的《面缸笑》、《十字坡》、《梅龙镇》等,后来被改编成京剧《打面缸》、《武松打店》、《游龙戏凤》等,广泛演出,这在清代戏曲家中不多见。

以诗文著名的蒋士铨剧作今存十六种,较为通行的有《藏园九种曲》。蒋氏戏曲在乾隆时代负有盛名,但大多说教意味甚浓。如《冬青树》传奇写文天祥、谢枋得等人殉难故事，论者或以为表彰了"民族气节"，然作者的本意却主要在宣扬忠节；又如《桂林霜》传奇写广西巡抚马雄镇拒绝跟随吴三桂谋叛而遇难，情调与前一种相仿佛。盖从"忠义"的意义而言，文天祥之忠于宋，马雄镇之忠于清，在作者看来并无不同。因此，人物性格难免干枯。其长处主要是以较高的诗歌才力写作曲辞，语言老练而富有文采。

杨潮观（1712—1791）作有均为单折的短小杂剧三十二种，合编为《吟风阁杂剧》。剧本多以史传记载为素材，加以虚构，以寄寓自己对政治与社会的看法。其中有些也是宣扬封建礼教的，如《感天后神女露筋》之表彰贞节。《寇莱公思亲罢宴》写北宋寇准预备设宴庆祝生辰，大肆铺张，府中一老婢见此景追忆起寇母当年含辛茹苦教育寇准的往事，悲从中来，寇准也因此感动，下令罢宴。此剧着重表现寇准的孝思，并有戒奢崇俭的用意，但写得较有人情味，使人容易接受。

另外，演白蛇与雷峰塔故事的戏曲，经过民间长期的流传与改造，在乾隆中叶基本成型，出现了两种重要的《雷峰塔》传奇剧本：一是艺人的演出本，相传出于戏曲艺人陈嘉言父女；一是徽州文士方成培的修定本。白蛇故事在中国各地戏曲中传演最为普遍，故这种剧本的出现值得注意。

自乾隆时期开始，戏曲演唱中昆曲的优势逐渐削弱，出现了"花部"（指各种地方戏曲）和"雅部"（指昆曲）的分判，这意味着地方戏曲已能与昆曲分庭抗礼，且逐渐占取上风。李斗《扬州画舫录》说："雅部即昆山腔；花部为京腔、秦腔、弋阳腔、梆子腔、罗罗腔、二簧调。"这是指乾隆时扬州的剧坛，已经可以看出花部各腔的繁盛。在北京，由于各地剧班纷纷进京，也很早就形成南腔北调汇聚的局面，乾隆时秦腔尤盛。至乾隆末年，三庆、四喜、春台、和春四大徽班进京，又带来徽剧的二簧调。徽班以唱二簧调为主，又吸收秦腔、昆曲等声腔曲调，逐渐风行一时。至道光年间，二簧调再次与湖北艺人带来的西皮调结合，成为一种新的徽剧，即皮簧戏，以后改称"京剧"，并逐渐成为流行全国的剧种。

花部和京剧在戏曲表演史的研究中是很重要的内容，但文学剧本大多出于改编而缺少创造。早期的花部剧本，在乾隆中期钱德苍所编《缀白裘》（新集）中有部分保存。

三、清代后期小说

　　清后期特别是到了清末的一二十年间,小说印行之盛是空前的。据日本学者樽本照雄《清末民初小说目录》推考,自1840至1911年间出版的小说有二千三百零四种(其中包括翻译小说一千零十六种)。造成小说如此兴盛的原因主要有两点:一是商业城市的规模不断扩大,市民对这种主要是娱乐性读物的需求不断增长;二是新式的大众传播媒介的成长。据统计,至1912年,全国有报纸约五百种,期刊约二百种。这里面除了专门刊登小说的期刊如《新小说》《绣像小说》《月月小说》《小说林》等之外,许多报纸也以副刊的形式登载小说。这些报刊为孕育和传播小说提供了前所未有的条件。

　　自鸦片战争以来,社会激烈动荡,各种新思潮不断涌入,清政权也越来越失去对社会的有效控制(特别是租界,官府已无权管理,而这里又恰恰是报刊集中的地方),清代后期小说在题材和内容方面发生许多新的变化。如果说像《儿女英雄传》、《三侠五义》等侠义小说大体还属于旧小说的范围,那么在狎妓题材的小说中,则既有陈旧的才子佳人模式,也有了像《海上花列传》那样冷静的具有写实意味的作品,反映了半殖民地化的中国都市生活的特有情景。而随着人们对清政权越来越失去信心,以抨击官场黑暗为中心的政治小说——即鲁迅所说的"谴责小说"也大量产生,其尖锐程度是中国过去各类文学都从来未曾有过的。更进一步,还出现了一些以鼓吹革命为明确目标的政治宣传小说。同时,科幻、侦探之类新型娱乐小说也开始流行。总之,这一时期的小说创作极其热闹,从中可以看到当时中国社会的一系列变化。

　　另外还必须注意到西洋小说的译印。翻译小说虽然并不属于"中国文学"的范围,实际上却极为有力地影响了这一特殊时期中国文学的变化。它不仅让人们了解到西方文化和风土人情,打开了眼界,也对许多新一代读书人的觉醒起了相当大的作用。清末民初最著名的"译者"是并不懂外文、依靠别人的口译来组织成文的"古文家"林纾,他一人在辛亥革命前所译小说就约有五十多种。这些翻译小说在社会上影响很大，《茶花女遗事》、《迦茵小传》等，都曾轰动一时，风行全国。然而，林纾同时又是一位坚决捍卫中国文化正统地位的卫道士。总之，在清末，一切光怪陆离的景象都无足为奇。

侠义小说 自《水浒传》以来，通俗小说中形成了一个描写民间英雄传奇故事的系统。但由于封建道德意识的渗透，这一类故事中的英雄人物越来越受官方意志的支配。到了嘉庆年间，有《施公案》专写清官施仕伦断案故事，有绿林好汉黄天霸等为之效力。清后期侠义小说仍然沿承这一方向，以维护官方立场的态度写英雄传奇，其中较具代表性的有《儿女英雄传》、《荡寇志》、《三侠五义》等。

《儿女英雄传》今存四十回，署为"燕北闲人"著，作者真名文康，姓费莫氏，字铁仙，满洲镶红旗人，大学士勒保之次孙。小说约完成于道光末或咸丰初，写安骥因父亲安学海被上司陷害入狱，遂变卖家产前往赎救，途中遇上歹徒，幸得侠女十三妹解救，并经其撮合，与同时被救的村女张金凤结为夫妇。而这位十三妹其实是安学海故交之女何玉凤，变姓埋名谋刺大将军纪献唐以报杀父之仇，因纪献唐已被天子处死，她自念无处可归，便欲出家，却被张金凤等人劝阻，最后也嫁给了安骥。安骥得两个妻子之助，考中探花，连连高升，位极人臣；张、何各生一子，全家享尽富贵荣华。

《儿女英雄传》要写出一种在"三纲五常"笼罩下的完美人生。安家一家人实践了臣忠、父严、母慈、子孝、妻贤这些基本的封建伦理纲常，又主要在安学海身上体现了饱学、仁厚、恬淡等旧时文人所尊崇的一般美德。安骥由科举飞黄腾达，则又寄托了作者对八旗子弟重振前人事业的期望。总之，这可以说是由一群在传统道德意义上而言的完美的人组成一个完美家庭，并且最终得到完美的幸福。正像在第三十四回中作者所明白宣称的那样，这部小说与《红楼梦》处处对立。

一般说来，像这样观念性很强的小说容易写得迂腐枯燥。但《儿女英雄传》虽然算不上出色，却还是有能吸引人的地方。这主要因为它并不总是在说教，作者也善于编故事，很多细节描写得生动有趣；小说的语言是用"说话人"的口气来写的，常常能写出相当生动的语气、腔调。如第四、五回中悦来客店一节，以安骥的迂腐与十三妹的豪气相对照，具有传统侠义小说的生动趣味。所谓"儿女英雄"，其实就是把才子佳人和英雄传奇两种类型的故事合为一体来写，这也有在陈套中翻新的意味。

《荡寇志》七十回，末附结子一回，俞万春（1794—1849）作，刊行于咸丰初年。小说情节紧接在被金圣叹腰斩的七十回本之后，让水浒一百单八将全都被雷神下凡的张叔夜、陈希真等所擒杀。这一方面表明作者仇视水浒英雄、反对让他们等人受招安的立场，不过作为小说而言，对历史上的名作加以颠覆，也是吸引读者的狡计。

刊行于光绪初年的《三侠五义》一百二十回，是说唱艺人石玉昆根据明人的《龙图公案》等小说敷演而成，原名《忠烈侠义传》。前半部分以包公断案的故事为主线，陆续引入南侠展昭、北侠欧阳春等侠客的活动，让他们成为包公辅佐朝廷、为民除害的帮手。

侠义小说是深受民间欢迎的一种文学类型。过去以《水浒传》为代表，虽承认对朝廷"忠义"的原则，但其主要内容偏重于对既存的不公正秩序的反抗。而《三侠五义》中的人物，虽常有小小的越规，但其主要活动却是实现对朝廷的"忠义"，并以被大官驱使为荣幸。它反映了民间英雄主义文学传统的衰退乃至消亡。不过，《三侠五义》中的侠义人物，还是保留了"江湖"身份，从而也保留了这一类人物形象固有的粗豪不拘的性格，这可以说多少仍有《水浒传》的余韵，而迎合了市井小民内在的"不安分"的心理吧。清末著名学者俞樾对第一回作了改写，又将书名改为《七侠五义》，成为后来最通行的版本。

《海上花列传》及其他　　清代后期娼妓业随着城市的扩张而旺盛，尤其像上海这样在半殖民地化的过程中高度繁荣的城市，汇聚了大量的金钱和各式人物，也汇聚了无数沦落的女子。一些经常出入于青楼的文人，遂把这里的生活情形写成市民喜爱的小说，其中较著名的有《花月痕》、《青楼梦》、《海上繁华梦》等。这类小说通常面目陈旧，但也出现了不同寻常的《海上花列传》。另外还有像《品花宝鉴》这种写官僚富豪与伶人之狎游的小说，在作者的态度上实也与前者相似。

《品花宝鉴》六十回，成书于道光后期。小说背景为乾隆时代，以名公子梅子玉与名旦杜琴言的同性恋故事为中心，描写王孙公子、巨商豪富的狎优风习，间及官场士林中的逸事。乾隆时代京师狎优之风甚盛，朝贵名公多有好此道者。作者陈森久寓北京，出入戏曲界，遂采拾所闻所见而为此书。

这部小说虽是写同性恋故事，却是用了才子佳人小说的笔调，伶人形象，与妓女无多差异；书中所谓"邪正"、"雅俗"的分判，也是才子佳人小说惯用的伦理装饰。而叙事之中，尤多温软缠绵之笔。如第二十九回写杜琴言至梅子玉家探病，梅正在梦中与杜相会，口诵白居易《长恨歌》诗句，而杜则在病榻旁为之垂泪不已，十足是一种男女痴情的场面。所以小说题材虽然特别，却未能深入描写这种非常态生活中人性的状况。但作为一种特殊的题材，它反映了清末小说的复杂化。从社会学意义来说，它的故事非常恰当地证明了一种女权主义理论：女性不仅是生理性别，它首先是一种社会性别。

《海上花列传》六十四回，题"花也怜侬著"。作者真名韩邦庆（1856—1894），字子云，号太仙，松江人，科举不第，曾长期旅居上海，常为《申报》撰稿。《海上花列传》自光绪十八年起在韩氏自己创办的《海上奇书》杂志上开始连载，每期二回，共刊十五期三十回；两年后，全书的石印本行世。

《海上花列传》主要写清末上海租界中成为官僚、富商社交活动场所的高级妓馆中妓女及狎客的生活，也间及低级妓女的情形，因而妓馆、官场、商界构成此书的三大场景。全书以赵朴斋、赵二宝兄妹二人的事迹为主要线索，前半部分写赵朴斋自乡间到上海投靠舅舅洪善卿，因流连青楼而沦落至拉洋车为生；后半部分写赵母携二宝来上海寻赵朴斋，而二宝亦为上海的繁华所诱，成为妓女。但赵氏兄妹之事在书中所占篇幅仅十分之一左右，前后还串联组织了其他许多人物的故事。书中语言是用普通话作叙述，用苏州话写对白。对不懂吴语的人来说，确实很难读，它的流传范围不广，即与此有关。

《海上花列传》不同于向来的同类题材小说。这里不把妓院写成孕育爱情的温床，看不到"才子佳人"的模式，却又并非以揭发妓女的"罪恶"为快，连作者在《例言》中所说的"为劝戒而作"亦仅是通例式的标榜而并非小说真正的宗旨。他所写的大抵是妓院中平凡琐细的生活场景，在这种场景中凸现人物的活动。出卖自己是妓女们的谋生方式，她们如常人一般有自己的喜怒哀乐；她们不比常人更好，也并不更坏。

作者写妓女与嫖客的感情纠葛有相当的深度。它总带有逢场作戏的意味，却并非纯然是相互欺骗，犹如入戏很深的演员，他们当下的情感是真实而动人的。而一旦妓女们在这里认真起来，企图从这里得到梦想的生活，却逃脱不了悲哀的结局。小说最后几回，一面写周双玉因与朱淑人的婚姻之约成空，便闹着逼朱淑人与她一同自杀；一面写赵二宝久盼相约白头的史三公子不至，重操卖笑生涯，被无赖"癞头鼋"恣意凌辱，这些沦落风尘的女子的无望的人生，令人不能不发出深长的叹息。

纯以写实能力而论，《海上花列传》几乎可以与《红楼梦》媲美。作者始终没有把注意力放在离奇的故事情节上，他的叙述始终很平淡，细琐如"闲话"，极少有夸张和过度渲染之处，从中透出人物微妙的心理和人生的苦涩的况味。鲁迅称许它"平淡而近自然"（《中国小说史略》），这是相当高的评价。这种笔法对一些现代作家（如张爱玲）有明显的影响。在同时代的小说中，这是很难得的了。

《官场现形记》与《二十年目睹之怪现状》 经过中日甲午战争以后一系列巨大的变故，古老的中国一步步滑到亡国的边缘，国人对腐败的清政府也完全丧失了信心。同时，清政府苟延残喘，对社会的控制能力也越来越弱。在这样的情况下，小说界出现了大量抨击时政、揭露官场阴暗与丑恶的作品。这一类小说大都写得很尖锐，但由于夹杂着商业目的，作者每每迎合读者求一时之快的心理，描写往往言过其实。鲁迅认为这一类小说还不够格称作讽刺小说，就把它们别称为"谴责小说"。李宝嘉的《官场现形记》和吴沃尧的《二十年目睹之怪现状》是这类小说的代表作；刘鹗的《老残游记》与曾朴的《孽海花》通常也列入"谴责小说"，但情况却有所不同。

李宝嘉（1867—1906）字伯元，号南亭亭长，江苏武进人。他少有才名，曾以第一名考取秀才，却终未能中举，因而对社会抱有不满。三十岁时来上海，先后创办了《指南报》、《游戏报》、《世界繁华报》，均是有较浓文艺气的消闲性小报。另外，他还曾担任过著名的小说期刊《绣像小说》的主编。

《官场现形记》六十回，写作于1901年以后的数年中，书未完稿作者就病故了，最后一小部分是由他的朋友补缀而成的。小说的结构大抵如《儒林外史》，由一系列彼此独立的人物故事连缀而成，鲁迅概括其内容说："凡所叙述，皆迎合，钻营，朦混，罗掘，倾轧等故事，兼及士人之热心于作吏，及官吏闺中之隐情。"（《中国小说史略》）书中写到的官，从最下级的典史到最高的军机大臣，其出身包括由科举考上来的，由军功提拔的，出钱捐来的，还有冒名顶替的，文的武的，无所不包。总之，凡是沾一个"官"字的，作者都要让他们"现形"。

这部小说立意揭露官场的黑暗，有些地方尚能写得有声有色。如第二回写钱典史巴结赵温，想借他走他的座师吴赞善的门路，后来在一次聚会上见吴赞善对赵温很冷淡，他的心也就冷了下来：

大家散了之后，钱典史不好明言，背地里说："有现成的老师尚不会巴结，叫我们这些赶门子拜老师的怎样呢？"从此以后，就把赵温不放在眼里。转念一想，读书人是包不定的，还怕他联捷上去，姑且再等他两天。

写一个小吏的心机，真是很细密。但正如胡适《官场现形记序》所说，这部小说善于写"佐杂小官"，"写大官都不自然"。这也许是作者生活经历所限。然而市井读者的兴趣，却主要在于大官的隐秘，所以作者的笔墨也多花在这方面。而他所写的大官的故事，大抵是鲁迅所谓"话柄"（社会传闻），没有多少真实性。如第五回写到何藩台出卖官缺，在那里清算账目，继而因为分赃不均，同他的亲兄弟兼经手人"三荷包"大打出手，差一点弄得太太流产。大官僚通过出卖官缺中饱私囊，确是清末社会的一大弊端，但作者将此写得犹如市井无赖的生意，这就没有真正的"现形"的意义，也失去了批判的力量。而从全书来看，大部分是这一类漫画式的笔调，所写的官没有一个是好人，而且这些人几乎全部坏到没有人性的地步。这固然可以使厌恶清政府的读者感到痛快，但社会的复杂性、人性的复杂性就被处理得简单化了。这样的小说，很难说有多大文学价值。

吴沃尧（1866—1910）字趼人，广东南海人，因家居佛山，自号"我佛山人"。他出身于一个衰落的仕宦人家，二十多岁时到上海，常为报纸撰文，后与周桂笙等创办《月月小说》，并自任主笔。他所作小说，以《二十年目睹之怪现状》最为有名，此外还有《痛史》《九命奇冤》等三十余种。

《二十年目睹之怪现状》共一百零八回，自1903年始在梁启超主编的

《新小说》上连载四十五回,全书于1909年完成。小说以"九死一生"为主角,描写他自1884年中法战争以来所见所闻的各种怪现状,其宗旨大致与《官场现形记》相类。不过,这部小说涉及的社会范围比《官场现形记》要广,它以揭露官场人物为主,又写到洋场、商场以及其他三教九流的角色。全书用第一人称叙述,为过去的长篇小说所未见,可能是受了翻译小说的影响。

吴沃尧性格强毅而多愤世之慨,所以文笔格外尖锐;他对社会问题的态度,是"主张恢复旧道德"(《新庵译萃》评语),所以抨击的矛头,往往针对旧道德传统的破坏。但描写之中,"伤于溢恶,言违真实"(鲁迅《中国小说史略》)的情况,较之《官场现形记》更为严重。像苟观察跪求新寡的媳妇嫁给制台大人充当姨太太以便自己升官;符弥轩虐待祖父,逼得他向邻居讨饭,甚至几乎将祖父打死;莫可基冒顶弟弟的官职,霸占弟媳,又把她"公诸同好,作为谋差门路",无不行同禽兽,绝无情理。以这种不近情理的描绘来批判社会统治阶层的道德问题,是难以取信于人的。所以鲁迅批评这部小说"终不过连篇'话柄',仅足供闲散者谈笑之资而已"(同上)。

《老残游记》与《孽海花》 《老残游记》二十回,署名"洪都百炼生"。1903年始刊于《绣像小说》,后又续载于天津《日日新闻》,1906年出版单行本。作者刘鹗(1857—1909),字铁云,江苏丹徒人。出身于官僚家庭,既受过传统的儒家教育,又对"西学"感兴趣,当过医生和商人,均不得意。后因在河南巡抚吴大澂门下协助治理黄河有功,官至知府。他的思想与洋务派接近,从事过铁路、矿藏、运输等洋务实业活动。后因在八国联军侵占北京时贱价向俄军购买其所掠之太仓储粟以赈济饥民,谪徙新疆而死。

《老残游记》全书为游记式的写法,以"老残"行医各地的所见所闻,串联一系列的故事,描绘出社会政治的情状。作者一方面坚决反对孙中山所领导的革命,一方面认为只有提倡科学、振兴实业,才能挽救危亡。在《老残游记》的第一回中,他把中国比作一条颠簸于惊涛骇浪中的帆船,认为并不需要改换掌舵管帆的人,而只需要送一只最准的外国罗盘给他们,就可以走一条好的路线。大抵像刘鹗这种比较新式的人物,行事颇有机变,而他们遇到的阻力,主要来自自诩方正而顽冥不化的守旧派。这种特殊性使《老残游记》与一般谴责小说不同，它揭露官僚的罪恶，对象主要是"清官"。作者在第十六回的"原评"中写道："赃官可恨，人人知之，清官尤可恨，人多不知。盖赃官自知有病，不敢公然为非；清官则自以为我不要钱，何所不可？刚愎自用，小则杀人，大则误国，吾人亲目所睹，不知凡几矣。试观徐桐、李秉衡，其显然者也。"徐桐、李秉衡均是清末顽固派的代表人物，作者特地提出这两个与小说本身并无关系的人物来，可以看出他揭露"清官"是别有用意的。小说中写到的"清官"主要是玉贤、刚弼二人。曹州知府玉贤有辖地"路不拾遗"的政声，靠的是对民众的残暴虐杀，一年中被他用站笼站死的有两千多人；被人称为"瘟刚"的刚弼，自命不要钱，恃此滥用酷刑，屈杀无辜。他误认魏氏父女为谋杀一家十三命的重犯，魏家仆人行贿求免，他便以此为"确证"，用酷刑逼供坐实。《老残游记》指出这种人名为"清官"而实为酷吏，揭露了封建政治中一种特殊的丑恶现象，确实是有见地的。

《老残游记》作为小说来看，结构显得松散，人物形象也比较单薄。但作者的文化素养很高，小说中许多片断，都可以当作优秀的散文来读。如写大明湖的风景、桃花山的月夜、黄河的冰雪、黑妞和白妞的说书等，文字简洁流畅，描写鲜明生动，为同时的小说所不及。这也增加了这部小说的艺术价值。

《孽海花》初印本署"爱自由者发起，东亚病夫编述"，后者是曾朴的笔名，前者是其友人金松岑的笔名。小说先是由金松岑写了开头的六回，而后由曾朴接手，对前几回作了修改，并续写以后的部分。全书原计划写六十回，但最后完成的只有三十五回。前二十五回作于1904至1907年间，后十回作于1927年以后的一段时间，所以它已不完全是清末的作品。作者曾朴（1872—1935）字孟朴，江苏常熟人，光绪举人，曾入同文馆学法文，对西方文化尤其法国文学有较深的了解，翻译过雨果等人的作品。他曾参加康、梁变法，辛亥革命后进入政界，做过江苏省财政厅长。因曾朴生活年代较迟，又较多接受了西方思想，所以这部小说不仅政治倾向上是赞成革命的，还宣扬了"天赋人权，万物平等"的新思想，这与一般所谓"谴责小说"是不同的。

小说以状元金雯青与名妓傅彩云的故事为线索，描写清末同治初年到甲午战争的三十年间上层社会文人士大夫的生活，以展现这一时期中国的政治、外交及社会的各种情态。在创作宗旨上，《孽海花》是作为一部历史小说来写的。小说中人物大多以现实人物为原型，如金雯青为洪钧，傅彩云为赛金花，威毅伯为李鸿章，唐犹辉为康有为，梁超如为梁启超等等，还有一些则直接用原名。作者自己说，他要反映的是"中国由旧到新的一个大转关"中"文化的推移"、"政治的变动"等种种现象，要"合拢了它的侧影或远景和相连系的一些细事"，使之"自然地一幕一幕的展现，印象上不啻目击了大事的全景一般"（《修改后要说的几句话》）。这种试图在各种人物的活动中表现历史的本质和趋向的立意，很明显带有现代色彩。

可惜小说本身并没有达到作者所提出的目标。这主要是由于作者的文学趣味实际上不是很高，看来他缺乏一定的历史哲学作为凭借来把握纷繁的历史现象，对人性的开掘也不够用力，倒是很富于猎奇心理，喜欢把各种关于权势人物或士林名流的琐闻轶事搬到小说中去，喜欢写文人与妓女的所谓"浪漫"生活，这说到底是为了迎合读者的趣味。

但另一方面，《孽海花》体现出的一些现代小说的特点仍然值得重视。首先，小说通过主人公在国外的旅行与社交活动，描写了中国小说中从未出现过的西方的社会文化场景，同时也真实地反映了西方生活方式怎样开始对中国人产生影响。此外，作者描写人物的某些态度也是过去小说中未曾有过的。特别是用笔墨较多的傅彩云，由妓女而成为金雯青的小妾，充过一阵公使夫人，最后仍成为妓女，小说中写她既温顺又泼辣，既多情又放荡，只要她出场，总是有声有色。这一人物形象实际上是作者在法国小说的影响下塑造出来的，她身上有一种很新鲜的气息。如书中写到傅彩云偷情之事被金雯青识破，金本欲问罪，却被傅理直气壮地驳斥了一通。以傅彩云的理论，"正妻"才有守护金家门风的道德责任，而"姨娘"即妾，原无须顾虑及此：

你们看着姨娘本不过是个玩意儿，好的时抱在怀里、放在膝上，宝呀贝呀的捧；一不好，赶出的，发配的，送人的，道儿多着呢！……当初讨我时候，就没有指望我什么三从四德、七贞九烈，这会儿做出点儿不如你意的事情，也没什么稀罕。你要顾着后半世快乐，留个贴心伏侍的人，离不了我！那翻江倒海，只好凭我去干！要不然，看我伺候你几年的情分，放我一条生路，我不过坏了自己罢了，没干碍你金大人什么事。这么说，我就不必死，也犯不着死。若说要我改邪归正，阿呀！江山可改，本性难移。老实说，只怕你也没有叫我死心塌地守着你的本事嘎！

这种论调并不只是体现了一般意义上的"泼辣"，它包含着新的人生观念。对此作者即使不是十分赞成，至少也未曾加以苛刻的指责。也正是因为作者持有宽容的态度，才能把这位美丽而放荡的妓女写得富于生气。

总的说来，清末虽然没有产生《儒林外史》、《红楼梦》那样的小说杰作，但新的变化却是十分丰富的。

结 语

为了避免生搬硬套的毛病，笔者在本书中有意识地少使用现代的翻译概念。但读者或许会注意到，在元、明、清文学部分，"人本主义"的概念还是反复出现了多次。这是因为在笔者看来，这一概念用于描述中国古代文学到后期的发展变化是合适的；而且，元、明、清文学中人本主义精神的成长，还构成了中国古代文学与现代文学之间的重要联系。

很多年来，中国人被"传统"与"现代"的对立而困扰：一说起现代，那好像只能是背弃传统而投向西方文化怀抱的，不可能就中国文化自身取得资源；一说起传统，那就好像只能是不断地退守，似乎中国文化的现代化绝非其自身所蕴涵的要求。但传统本来就是不断变化的东西，一种文化中的变异成分开始也许是异端，当它的合理性被认可以后，它自身就成为传统的一部分。毫无疑问，自清末以来，自"五四"而愈烈，中国文化深受西方文化的影响与冲击，文学的面貌堪称是日新月异。但如果不是中国文化自身已经蕴涵着变异的成分、变异的要求，这种迅疾的变化是无法产生的；反过来说，尽管新文学的"新"带着斑斓的西方文化色彩，但它终究是从中国文化自身的历史、自身的处境中产生的，面对着中国人自身的生活与难题，并且还带着自身的隐患。

我们可以把中国古代文学后期人本主义精神的成长视为中国文化传统中的"变异"现象，因为它以个人为本位，重视人的情感与欲望，肯定人的自由意志的态度，与占主导地位的社会意识形态要求个体自我克制，要求其服从群体意志和尊长威权的态度存在着直接的矛盾与冲突。但与此同时，我们也可以说上述人本主义精神的成长引导了中国文学与文化中新的传统的产生，因为它是代表着历史合理性的富于生命力的存在。有许多文学创作现象，证明了在人本主义"传统"上古今文学之间的联系。一个特别明显的例子是:在晚明、"五四"时期和上世纪80年代,都曾集中地出现了以爱情、婚姻为主题的创作;一般而言,这类作品大多不善于写"两人世界"的情感内容,对爱情心理的体验都不大深细,原因在于这类作品对个人受家庭与社会压迫的关注更甚于对两性之间关系的关注。在中国文学中,爱情和情欲每每被当作个体生命自我肯定的力量来歌颂,选择异性对象的自由和自然情欲的合理满足,被有意或无意地看成个人走向其自由权利的一道门;只要社会取消了个人的自由权利,文学总是首先敲这道门。

笔者在这样说的时候,绝无贬低外来文化对中国现代文学发展之作用的用意;恰恰相反,如果没有它的刺激与强大影响,后者的前进步伐将会是极其缓慢的,其面貌也会和现在所看到的大不一样。我们只是想证明:中国文学发展演变的整个过程,是存在着历史趋向的;在古今文学之间,也确存在着相通的核心价值。

图书在版编目(CIP)数据

简明中国文学史:典藏版/骆玉明著. —上海:复旦大学出版社,2018.11(2024.10重印)
ISBN 978-7-309-13826-9

Ⅰ.①简… Ⅱ.①骆… Ⅲ.①中国文学-文学史 Ⅳ.①I209

中国版本图书馆 CIP 数据核字(2018)第 178680 号

简明中国文学史（典藏版）
骆玉明　著
出　品　人/严　峰
责任编辑/宋文涛

复旦大学出版社有限公司出版发行
上海市国权路 579 号　邮编:200433
网址:fupnet@fudanpress.com　http://www.fudanpress.com
门市零售:86-21-65102580　团体订购:86-21-65104505
出版部电话:86-21-65642845
浙江新华数码印务有限公司

开本 787 毫米×960 毫米　1/16　印张 34.75　字数 524 千字
2018 年 11 月第 1 版
2024 年 10 月第 1 版第 5 次印刷

ISBN 978-7-309-13826-9/I·1113
定价:78.00 元

如有印装质量问题,请向复旦大学出版社有限公司出版部调换。
版权所有　　侵权必究